ULLSTEIN

Das Buch

Connecticut, Mitte der 50er Jahre. Dolores wächst als sensibles Mädchen bei einer labilen Mutter und einem gewalttätigen Vater auf. Der verläßt die Familie, als Dolores zehn ist. Damit ist Dolores` Kindheit plötzlich zu Ende. Ihre Mutter muß in die Psychiatrie; Dolores soll zur ungeliebten Großmutter umziehen. Sie beginnt, ihre Einsamkeit und ihre Trauer hinter einem altklugen Zynismus zu verbergen. Dann kommt ihre Mutter bei einem Unfall ums Leben. Wie ein gestrandeter Wal kommt sich Dolores vor, hilflos und einsam.

Aber sie ist stark und gibt nicht auf. Als ewige Außenseiterin von der restlichen Familie alleingelassen, schafft sie trotzdem die Aufnahmeprüfung für die High School. Doch der Druck der Umgebung ist zu stark. Nach einem Selbstmordversuch landet auch sie in einer Nervenheilanstalt. Eine Heirat und eine Scheidung liegen noch vor ihr, bis sie endlich Kraft und den Willen findet, ihr Leben selbst in die Hand zu nehmen, und zum großen Glück gelangt.

Der Autor

Wally Lamb, geboren 1951, begann am Tag der Geburt seines ersten Sohnes mit dem Schreiben. Sein Erstling *Die Musik der Wale* stand in den USA mehr als vierzig Wochen auf der Bestsellerliste und wurde auch in Deutschland zu einem Sensationsbestseller. Wally Lamb lebt mit seiner Frau und drei Söhnen in Connecticut und unterrichtet an der dortigen Universität Creative Writing.

Von Wally Lamb ist in unserem Hause bereits erschienen:

Früh am Morgen beginnt die Nacht

WALLY LAMB

Die Musik der Wale

Roman

Aus dem Englischen von
Heinz Zwack

Ullstein

Besuchen Sie uns im Internet:
www.ullstein-taschenbuch.de

Umwelthinweis:
Dieses Buch wurde auf chlor- und säurefreiem Papier gedruckt.

Jubiläumsausgabe Januar 2003
Ullstein Verlag
Ullstein ist ein Verlag des Verlagshauses Ullstein Heyne List GmbH & Co. KG

Titel der amerikanischen Originalausgabe: *She's Come Undone*
(Washington Square Press)
Übersetzung: Heinz Zwack
Umschlagkonzept: Sabine Wimmer, München
Umschlaggestaltung: Thomas Jarzina, Köln
Titelabbildung: Howard Schatz
Gesetzt aus der Cochin
Druck und Bindearbeiten: Ebner & Spiegel, Ulm
Printed in Germany
ISBN 3-548-25623-6

Teile dieses Romans sind in etwas abgeänderter Form in den Kurzgeschichten »Keep in a Cool, Dry Place« und »The Flying Leg« im *Northeast* Magazin erschienen.

Ich bedanke mich für die Erlaubnis, folgende Werke zu benutzen:
»The Prophet« von Kahlil Gibran

»Love Is Like a Heat Wave« von Eddie Holland, Brian Holland und Lamont Dozier

»It's My Party« von John Gluck, Wally Gold, Herbert Weiner und Seymour Gottlieb

»Our Day Will Come« von Bob Hilliard und Mort Garson

»Chiquita Banana« von Leonard MacKenzie, Jr., William Wirges und Garth Montgomery

»Both Sides Now« von Joni Mitchell

»Tonight's the Night (It's Gonna Be Alright)« von Rod Stewart

»Everyday People« von Sylvester Stewart

»Lover Man (Oh Where Can You Be)« von Roger J. (Ram) Ramirez, Jimmy Davis und Jimmy Sherman

»I'm a Man« von Steve Winwood und Jeremy Miller

»Mockingbird« von Inez Foxx und Charles Foxx

»Undun« von Randy Bachman und Burton Cummings

Für Christine,
die gelacht und geweint und mich an die Personen dieses Romans ausgeliehen hat.

Mein besonderer Dank gilt der Connecticut Commission on the Arts und der Norwich Free Academy für deren großzügige Unterstützung dieses Projekts.

Dank auch folgenden Persönlichkeiten, deren Unterstützung und/oder kritische Reaktion mitgeholfen hat, diesem Buch eine Form zu geben:

Lary Bloom, Theodore Deppe, Barbara Dombrowski, Joan Joffe Hall, Jane Hill, Terese Karmel, Nancy Lagomarsino, Ken Lamothe, Linda Lamothe, Eugenia Leftwich, Ann Z. Leventhal, Pam Lewis, Ethel Mantzaris, Faith Middleton, David Morse, Nancy Potter, Wanda Rickerby, Joan Seliger Sidney, Gladys Swan und Gordon Weaver.

Außerdem danke ich John Longo, dem ehemaligen Verwalter der Homer Babbidge Library im dritten Stock der Universität von Connecticut, der in den sieben Sommern, in denen diese Geschichte entstand, häufig sein Mittagessen im Gespräch mit mir verbrachte und mich später gelehrt hat, was Mut ist.

Ich bin dankbar, daß dieser Roman die liebevolle Fürsorge meiner Agenten und Freunde Linda Chester und Laurie Fox fand, die mit ihrem scharfen Verstand und ihrer Warmherzigkeit geholfen haben, die Story vorzubereiten.

Und schließlich danke ich ganz besonders einer Lektorin und *paisana,* Judith Regan, die – ihre Tochter Lara, eine Woche alt, in einem Arm und mein Manuskript im anderen – sich dafür entschied, diesem Roman als Hebamme beizustehen.

Our day will come
If we just wait awhile . . .
– Ruby and the Romantics

Toward the dawn we shared with you
your hour of desolation,
the huge lingering passion
of your unearthly outcry,
as you swung your blind head
toward us and laboriously opened
a bloodshot, glistening eye,
in which we swam with terror and recognition.

(Als die Morgendämmerung heranrückte, teilten wir mit dir deine Stunde der Einsamkeit, die gewaltige Leidenschaft deines unirdischen Aufschreis, als du deinen blinden Kopf zu uns herumschwangst und mühsam ein blutunterlaufenes, schimmerndes Auge öffnetest, in dem wir in Angst und Erkenntnis schwammen.)

– Aus »The Wellfleet Whale«
von Stanley Kunitz

TEIL EINS
Unsere liebe Frau der Schmerzen

1

Eine meiner frühesten Erinnerungen ist, wie meine Mutter und ich auf der vorderen Veranda unseres gemieteten Hauses in der Carter Avenue zwei Männern zusehen, die unseren nagelneuen Fernseher die Treppe hinauftragen. Ich bin aufgeregt, weil ich schon viel vom Fernsehen gehört, aber es noch nie gesehen habe. Die Männer tragen Arbeitskleidung in derselben Farbe wie der Karton, den sie gemeinsam schleppen. Wie die Krabben in Fisherman's Cove steigen sie die Betontreppen seitwärts hinauf. Und jetzt kommt der Teil meiner Erinnerung, auf den kein Verlaß ist: Meine visuelle Erinnerung besteht hartnäckig darauf, daß diese Männer Präsident Eisenhower und Vizepräsident Nixon sind.

Im Inneren des Hauses wird der Würfel mit seiner Glasfassade aus der Kiste genommen und auf seinen Sockel gehoben. »So, jetzt ganz vorsichtig«, sagt meine Mutter entgegen ihrer Gewohnheit; sie ist nicht der Typ, der anderen Leuten sagt, was sie machen sollen, ganz besonders nicht Männern. Wir stehen da und sehen zu, wie die beiden Männer an dem Gerät herumhantieren. Dann sagt Präsident Eisenhower zu mir: »Okay, Mädchen, und jetzt dreh an diesem Knopf.« Meine Mutter nickt, und ich trete näher. »So mußt du es machen«, sagt er, und ich spüre zugleich seine schwielige Hand auf meiner und zwischen meinen Fingern den sich drehenden Plastikknopf, der sich anfühlt wie einer der Steine im Mühlespiel meines Vaters. (Manchmal, wenn mein Vater zu laut gegenüber meiner Mutter wird, gehe ich ins Wohnzimmer und stekke mir einen Mühlestein in den Mund – ich lutsche daran und fahre mit der Zunge über die feinen Rinnen am Rand.) Jetzt höre und spüre ich, wie das Gerät mit einem Knacken zum Leben erwacht. Ein Zischen ist zu hören und dann Stimmen in der Box. »Dolores, schau!« sagt meine Mutter. Mitten auf der grünen Glasvorderseite erscheint ein Stern. Er wächst und wächst und wird zu zwei Frauen an einem Küchentisch. Zu ihnen gehörten die Stimmen. Ich fange an zu weinen. Wer hat diese Frauen eingeschrumpft? Sind sie lebendig? Echt? Es ist das Jahr 1956; ich bin vier Jahre alt. Das ist nicht das, was ich erwartet habe. Die zwei Männer und meine Mutter lächeln über meine Angst, sie haben Spaß daran. Oder vielleicht empfinden sie auch Mitgefühl und trösten mich. Meine Erinnerung an jenen Tag ist so wie das Fernsehen selbst, scharf und klar, aber nicht verläßlich.

Wir hatten den Fernseher nicht gekauft; er war ein Geschenk von Mrs. Masicotte, der reichen Witwe, die Chefin meines Vaters war. Die Beziehung zwischen meinem Vater und Mrs. Masicotte hatte im letzten Frühjahr angefangen, als sie ihn engagiert hatte, um einige von ihren riesigen Apartmenthäusern anzustreichen, und ihn anschließend dazu überredete, seinen eigenen Pickup Truck in ihrer Lieblingsfarbe, Pfirsichrosa, umzulackieren und in Schablonenschrift »Masicotte Properties, General Manager« auf die Türen zu schreiben. Mit dem geschenkten Fernseher sollte die Entscheidung meines Vaters gefeiert werden.

Wenn ich mich ganz weit zurückerinnere, dann kann ich meinen Vater sehen, wie er mit der Sprühpistole in der Hand seine Leiter heruntersteigt und meiner Mutter und mir zuwinkt, wenn wir ihm in unserem türkis- und weißlackierten Wagen sein Mittagessen bringen. Daddy steigt von der letzten Sprosse und zieht seine Gesichtsmaske herunter. Der Lärm seines tuckernden orangefarbenen Kompressors vibriert in meiner Kehle und meinen Beinen, und die plötzliche Stille, als er ihn ausschaltet, ist wunderbar. In seinem Haar, an Ohren und Augenbrauen kann man kleine Farbtupfer sehen, aber sein restliches Gesicht wurde von der Maske geschützt. Ich sehe weg, wenn er mit seinem sauberen Mund redet.

Wir essen im Gras zu Mittag. Mein Vater ißt Sandwiches, die mit stinkigem Zeug belegt sind, das Ma und ich nicht mögen: Leberwurst, Essiggurken, Limburger Käse. Er trinkt heißen Kaffee direkt aus der Thermosflasche, und wenn er schluckt, bewegt sich sein Adamsapfel auf und ab. Er redet von einer »sie« in einer Art und Weise, die mich verwirrt; »sie« ist entweder diese halbweiße Villa von Mrs. Masicotte oder die alte Dame selbst.

Ich bin jetzt beinahe vierzig, vermutlich von Mrs. Masicottes Alter ebensoweit entfernt wie damals von dem Alter meiner Eltern, als sie auf dem Rasen saßen und lachten und mir Löwenzahnsamen ins Gesicht bliesen, sich Pall-Mall-Zigaretten teilten und glaubten, Mrs. Masicotte sei ihre Zukunft – und daß dieser Emerson-Schwarzweißfernseher ein Geschenk sei, frei von all den Fallstricken, mit denen die Auflösung unserer Familie ihren Anfang nehmen würde.

Fernsehen wurde für mich zur Gewohnheit, zu meinem Tagesinhalt. »Geh doch hinaus in den Garten, Dolores, zum Spielen. Du wirst dieses Ding noch ausbrennen«, pflegte meine Mutter zu sagen, wenn sie ins Wohnzimmer kam. Aber meine Hand fühlte sich warm, nicht heiß an, wenn ich sie an den Kasten legte, beruhigend, nicht gefährlich wie der Junge von der anderen Straßenseite, der mit Steinen warf. Manchmal drehte ich den Mühleknopf, so weit es ging, und spürte dann, wie meine Hand von der Lautstärke zitterte.

Ma unterbrach immer ihre Hausarbeit, um sich unser Lieblingsprogramm »Königin für einen Tag« anzusehen. Wir saßen dann gemeinsam auf dem Sofa, ich hatte mein Bein um das von Ma geschlungen, und hörten den Frauen zu, deren Kinder von Kinderlähmung verkrüppelt oder deren Häuser von Blitz, Tod oder Scheidung heimgesucht worden waren. Diejenige, die das traurigste Leben hatte und den lautesten

Applaus bekam, durfte dann ihre Sorgen gegen ein Samtcape, Rosen und moderne Küchengeräte eintauschen. Ich klatschte gemeinsam mit den Zuschauern im Studio – am längsten und heftigsten für die Frauen, die mitten in ihren Geschichten zusammenbrachen und zu weinen begannen. Ich klatschte so sehr für diese Frauen, daß meine Hände brannten.

Zu den Pflichten meines Vaters als Mrs. Masicottes Geschäftsführer gehörte neben dem Außen- und Innenanstrich ihrer Liegenschaften auch, daß er den Beschwerden ihrer Mieter nachging und die monatliche Miete bei ihnen einkassierte. Letzteres tat er am ersten Samstag eines jeden Monats und fuhr dazu in Mrs. Masicottes pfirsichfarbenem Cadillac von Haus zu Haus. Als ich in die erste Klasse kam, wurde ich für alt genug erklärt, um ihn dabei zu begleiten. Meine Aufgabe bestand darin, bei den Mietern zu klingeln. Keiner schien erfreut darüber, meinen Vater zu sehen, und die meisten nahmen mich gar nicht wahr, wenn ich an ihnen vorbei in ihre düsteren Zimmer spähte, ihre Küchengerüche einatmete und ihre sprechenden Fernseher belauschte.

Mrs. Masicotte war eine Biertrinkerin, die mit dem größten Vergnügen lachte und tanzte; der Getränkeladen gehörte zu unseren regelmäßigen Einkaufstouren am Samstag. »Eine Kiste Rheingold, Flaschen«, sagte mein Vater immer zu dem Angestellten, einem alten Mann, dessen Name, Cookie, mir sehr komisch vorkam. Cookie bot mir immer eine in Zellophan eingewickelte Karamelstange an, und ich durfte, was Mrs. Masicottes Bestellung zu verdanken war, meine Stimme für Miss Rheingold in der Wahlurne aus Karton neben seiner Registrierkasse abgeben. (Ich stimmte immer für dasselbe Rheingoldmädchen, dessen dunkelbraunes Haar und rotlippiges Lächeln mich sowohl an Gisele MacKenzie aus »Hit Parade« als auch an meine Mutter erinnerten, die von den dreien am besten aussah.)

Mein Vater war stolz auf sein südländisches gutes Aussehen und wandte dafür einige Mühe auf. Ich erinnere mich daran, daß ich manchmal herumhüpfen und die Beine zusammenkneifen mußte, bis er seine ausgedehnte Körperpflege hinter der rosa Badezimmertür an der Carter Avenue beendet hatte. Wenn er dann herauskam, stellte ich mich in all dem Dampf und dem Duft nach Old Spice auf den Hocker und sah zu, wie mein Gesicht im Badezimmerspiegel wabbelte und tropfte. Daddy stemmte im Keller Hanteln – er war dann barfuß und trug ein Unterhemd und seine gelbe Badehose. Manchmal stolzierte er nachher in der Küche umher und zeigte Ma seine Muskeln oder hob den Toaster hoch, um seinem Spiegelbild einen Kuß zu geben. »Du bist nicht nur eitel, du bist wirklich von dir *überzeugt!*« sagte Ma dann immer lachend. »*Dich* habe ich überzeugt, oder?« pflegte er darauf zu antworten und jagte sie dann in der Küche umher und hieb uns mit dem Spültuch auf den Po. Ma und ich kreischten und protestierten und hatten großen Spaß daran.

Als wir dann den Fernseher hatten, brachte Daddy seine Hanteln nach oben und trainierte zu seinen Lieblingsprogrammen. Am liebsten hatte er Quizsendungen: »Die 64 000-Dollar-Frage«, »Tic Tac Dough« und »Winner Take All«. Manchmal rief er mitten unter seinem Ächzen und Stöhnen den Spielern, die gerade im Begriff waren, zu verlieren, die Lösungen zu. Oder er beschimpfte sie, wenn sie sich ihre Chancen versauten. »Na ja«, sagte er dann zu meiner Mutter, »da hat wieder so ein armes Schwein ins Gras gebissen und muß jetzt sein Leben lang weiter als armer Schlucker arbeiten, so wie wir anderen auch.« Champions, die wiederkamen, mochte er nicht, er hielt dann zu ihren Gegnern. Die Abscheu, die er für sie empfand, schien irgendwie mit seiner Fähigkeit in Verbindung zu stehen, Gewichte zu stemmen.

Wenn es nach meinem Vater gegangen wäre, hätten *wir* reich sein müssen. In seiner Vorstellung stand uns eigentlich Geld zu und hätte uns auch gehört, wenn seine einfältigen Eltern ihre dreißig Acres an der Fisherman's Cove nicht in dem Monat, bevor sie in dem großen Hurrikan von 1938 ertranken, für 3000 Dollar an einen Mr. Weiss verkauft hätten. In den Jahren der Depression, als mein Vater mündig wurde, hatte Fisherman's Cove bloß aus Marschgras, wilden Blaubeerbüschen und Holzhütten mit Außenklos bestanden, doch zu der Zeit, als er anfing, für Mrs. Masicotte zu arbeiten, lebten dort Millionäre. Dazu gehörte auch Mr. Weiss' Sohn, der zwei Häuser von Mrs. Masicotte entfernt wohnte und sich seinen Lebensunterhalt mit Golfspielen verdiente.

Mrs. Masicotte verzieh mein Vater ihren Reichtum, weil sie großzügig damit umging – »ihn unter die Leute brachte«, wie er es formulierte. In jenen frühen Jahren war der Fernseher nur das erste einer ganzen Reihe von Geschenken, die Mrs. Masicotte uns machte, wozu auch eine Schaukel für mich, Küchensachen für meine Mutter (braune Saftgläser und ein schwarzer Eiskübel mit Messingbeinen) und Geschenke für meinen Vater gehörten, die er von dem großen Haus an der Bucht nach Hause trug: ein Hahnentrittsportsakko, mit echtem Kaninchenfell gefütterte Lederhandschuhe und sein Lieblingsstück – eine Armbanduhr mit einem Twistoflexband, das man biegen, aber nicht brechen konnte.

»Nur weiter so, du Judenknilch, steck dir nur wieder zweitausend dazu«, schrie mein Vater eines Abends mitten in seinen Übungen den Fernseher an. »Die 64 000-Dollar-Frage« lief gerade, und ein Champion mit bunten Brillengläsern hatte siegreich die Revlon-Isolierzelle verlassen.

»Sag das nicht, Tony«, protestierte meine Mutter.

Sein Blick sprang vom Bildschirm zu ihr hinüber. »*Was* soll ich nicht sagen?«

Ma deutete mit dem Kinn auf mich. »Ich will nicht, daß sie solche Dinge hört«, sagte sie.

»*Was* soll ich nicht sagen?« wiederholte er.

»Ist schon gut, gar nichts. Vergiß es einfach.« Ma ging aus dem Zimmer. Die Hantel klirrte auf den Boden, so laut und überraschend, daß mein Herz einen Satz machte. Er folgte ihr ins Schlafzimmer.

Anfang der Woche hatte er von Mrs. Masicotte ein dickes Malbuch und eine Schachtel mit Wachsmalstiften mitgebracht. Jetzt klappte ich das Buch in der Mitte auf und malte das Gesicht einer wunderschönen Frau. Sie bekam lange Wimpern, roten Lippenstift, »Sienna«-farbenes Haar und eine Krone. »Hallo«, sagte die Frau zu mir. »Ich heiße Peggy. Meine Lieblingsfarbe ist Magentarot.«

»Schreib du mir niemals – *niemals!* vor, was ich in meinem eigenen Haus sagen darf und was nicht«, brüllte mein Vater hinter der Tür.

Ma weinte laut und entschuldigte sich.

Später, nachdem er an mir vorbeigestampft und weggefahren war, setzte Ma sich in die Badewanne – lang nachdem ich hätte schlafen gehen müssen, lange genug, daß ich das halbe Malbuch mit Peggys Leben hatte füllen können.

Gewöhnlich scheuchte sie mich hinaus, wenn ich sie nackt erwischte. Aber Daddys Wut hatte sie verstört und gleichgültig gemacht. Der Aschenbecher stand auf dem Badewannenrand und war voll ausgedrückter Pall Malls. Das Badezimmer war mit Rauch gefüllt, der sich bewegte, wenn ich mich bewegte.

»Siehst du meine Lady?« fragte ich. Ich dachte, die Zeichnungen könnten sie irgendwie trösten, aber sie sagte nur, daß sie nett seien, und sah gar nicht richtig hin.

»Ist Daddy gemein?« fragte ich.

Sie ließ sich so lange Zeit mit der Antwort, daß ich dachte, sie hätte mich vielleicht gar nicht gehört. »Manchmal«, sagte sie schließlich.

Ihre Brüste tauchten über dem Seifenschaum auf und verschwanden wieder. Ich hatte sie vorher noch nie beobachten können. Ihre Brustwarzen sahen wie Tootsie-Drops aus.

»Er wird gemein, wenn er unglücklich ist.«

»Warum ist er unglücklich?«

»Oh ...«, sagte sie. »Um das zu verstehen, bist du noch zu klein.«

Sie drehte sich plötzlich zu mir herum und ertappte mich dabei, wie ich ihre glänzenden nassen Brüste betrachtete. Das Wasser schwappte, sie schlang die Arme um ihren Oberkörper, und dann war sie wieder meine Mutter, so wie es sich gehörte. »Geh schon, verschwinde«, sagte sie. »Daddy ist nicht gemein. Was redest du da?«

Mrs. Masicottes Mieter bezahlten ihre Miete in bar, sie zählten meinem Vater Bündel von Zwanzig-Dollar-Scheinen in die ausgestreckte Hand. Besonders schön waren die Samstage, an denen Daddy sich um mich kümmerte, nachdem Mrs. Masicottes lederne Reißverschlußtasche mit Geld gefüllt war. Ihm gefiel, daß das viele Fernsehen meine schauspielerischen Talente geweckt hatte und ich vieles nachäffte, was ich gesehen hatte.

I'm Chiquita Banana and I've come to say
Bananas have to ripen in a certain way

Drive your CHEV-rolet
Through the U.S.A.
America's the greatest land of all!

Ich sang die Jingles, die ihm am besten gefielen, immer wieder. Manchmal spielten wir auf den kurvenreichen Straßen, die nach Fisherman's Cove führten, »wilde Fahrt«. Ich saß dann auf dem Rücksitz des Wagens, eine Art Mrs. Masicotte Junior, und befahl meinem Vater, schneller zu fahren. »Okay, Ma'am. Sind Sie bereit, Ma'am? Los geht's!« Dann griff ich nach der pfirsichfarbenen Samtkordel, die hinten an den Sitzen befestigt war, und Daddy jagte den Wagen um die Kurve und ließ ihn über Buckel in der Straße schlittern. »Spürst du diese blaublütigen Stoßdämpfer, Dolores? Als würden wir in unserem Wohnzimmer sitzen.« Oder, wie er mir einmal erzählte: »Dieser Wagen gehört *uns!* Ich habe diesen Straßenkreuzer von der alten Dame gekauft.« Ich konnte Mrs. Masicottes Parfumgeruch in den weichen Polstern riechen und wußte, daß es nicht stimmte, selbst damals, als man mir noch fast alles erzählen konnte – als ich, wenn meine Eltern miteinander stritten, noch dachte, sie würden sich, wie Lucy und Ricky Ricardo, auf eine etwas lautstarke Art lieben.

Diese Samstagsfahrten endeten jede Woche oben an der langen Einfahrt am Jefferson Drive, wo Mrs. Masicottes weiße Hochzeitstorte von Haus auf den Long Island Sound hinabblickte. Wir betraten das Haus durch die dunkle, kühle Betongarage, und die Türen des Cadillac knallten lauter zu als jemals sonst. Wir gingen die Treppe hinauf und öffneten die Tür, ohne anzuklopfen. Auf der anderen Seite war Mrs. Masicottes pfirsichfarbene Küche, wo ich immer die Augen zusammenkneifen mußte. »Und achte auf deine Manieren, ja«, versäumte Daddy nie, mich zu warnen. »Sag danke.«

In dieser Küche wartete ich immer, bis Daddy und Mrs. Masicotte zwei Zimmer von mir entfernt mit ihren wöchentlichen Geschäften fertig waren. Obwohl Mrs. Masicotte mich genauso gleichgültig behandelte, wie ihre Mieter das taten, versorgte sie mich gut, während ich warten mußte. Immer standen Teller mit Plätzchen aus der Bäckerei, dicke Bilderbücher mit glänzenden Seiten und Puppen bereit. Während des Wartens leistete mir Zahra Gesellschaft, Mrs. Masicottes fetter, brauner Cockerspaniel. Er saß zu meinen Füßen und beobachtete mit starrem Blick, wie die Plätzchen unbarmherzig vom Teller in meinen Mund wanderten.

Mrs. Masicotte und mein Vater lachten und redeten laut während ihrer Zusammenkünfte und ließen manchmal das Radio laufen. (Unser Radio zu Hause war eine Plastikbox; das von Mrs. Masicotte war ein Möbelstück.) »Gehen wir bald?« fragte ich Daddy jedesmal, wenn er in die Küche kam, um nach mir zu sehen oder um zwei weitere Dosen Rheingold für Mrs. Masicotte und sich zu holen. »Ein paar Minuten noch«, sagte er dann, ganz gleich, wie lange es noch dauerte.

Ich wollte, daß mein Vater an den Samstagnachmittagen zu Hause war und mit Ma lachte statt mit Mrs. Masicotte, die gelbweißes Haar hatte und einen fetten, kleinen Körper wie Zahra. Mein Vater sprach Mrs. Masicotte mit Vornamen an, LuAnn; Ma nannte sie einfach »sie«. »Sie ist's«, sagte sie Daddy jedesmal, wenn das Telefon uns beim Abendessen störte.

Manchmal, wenn die Zusammenkünfte sich besonders in die Länge zogen oder wenn sie da drinnen zu laut lachten, saß ich da und forderte mich selbst heraus, etwas Unartiges zu tun, und machte es dann auch. Einmal verschmierte ich alle Gesichter in den teuren Büchern. An einem anderen Samstag füllte ich einen Schwamm mit Wasser und warf damit nach Zahra. Und dann machte ich dem Hund regelmäßig die Zähne mit den Plätzchen lang und sorgte dafür, daß er nie an sie herankam. Alles, was ich tat – was meinen Vater immer wütend machte –, schockierte und erfreute mich zugleich.

In dem Jahr, als ich in die zweite Klasse kam, hatte ich langes Haar. Morgens vor der Schule kämmte meine Mutter meinen Pferdeschwanz und gab mir einen halben Teelöffel Maalox, um meinen nervösen Magen zu beruhigen. Meine Lehrerin, Mrs. Nelkin, schrie viel herum. Ich verbrachte den größten Teil des Schuljahrs mit dem Versuch, gehorsam zu sein – indem ich jedes Kästchen auf jedem Aufgabenblatt korrekt ausfüllte, lautlos Buchstabenwürfel über mein Pult schob und im Unterricht nie mit den anderen redete.

»Oh, mach dir keine Gedanken wegen dieser alten Zicke«, riet meine Mutter. »Denk lieber an das Baby, das wir bekommen.«

Mein Brüderchen oder Schwesterchen sollte im Februar 1958 zur Welt kommen. Als ich meine Eltern fragte, wie das Baby in Ma hineingekommen sei, lachten beide, und dann sagte Daddy, sie hätten es mit ihren Körpern gemacht. Ich malte sie mir aus, wie sie sich angezogen heftig aneinander rieben wie zwei Stöcke, mit denen man Feuer macht.

Den ganzen Herbst und den ganzen Winter drückte ich Flaschen an den Mund meiner Baby-Dawn-Puppe und rieb ihre Gummihaut im Badezimmerbecken im lauwarmen Wasser. Ich wollte ein Mädchen, und Daddy wollte einen Jungen. Ma war es gleichgültig, solange es nur gesund war. »Wie kommt es denn heraus?« fragte ich sie eines Tages, als das Warten beinahe zu Ende war. »Oh, mach dir da keine Sorgen«, war alles, was sie darauf sagte. Ich stellte mir vor, daß sie auf einem Krankenhausbett lag, ruhig und lächelnd, und ihr riesiger Bauch in der Mitte aufplatzte, so wie eine Hose.

Beim Frühstück am Morgen des Tages, an dem in der Schule die Valentine-Party stattfinden sollte, beschloß Ma, die Besteckschublade neu einzurichten – etwas, das sie so aufregte, daß sie weinen mußte.

Die Valentine-Party erwies sich als eine fünfzehn Minuten lange Enttäuschung am Ende des langen Schultags. Als sie vorüber war und wir in Schuhe, Mäntel und Strickmützen schlüpften, kam Mrs. Nelkin auf mich zu und sagte, ich solle an meinem Platz bleiben, wenn es zum Schluß der Stunde klingelte; mein Vater hatte in der Schule angerufen und gesagt, er würde mich abholen. Ich saß mit Mütze und Mantel und einem ganzen Stapel Valentine-Herzen auf dem Schoß in der Stille des leeren Klassenzimmers. Jetzt, wo die anderen Kinder gegangen waren, konnte man das scharrende Geräusch der Uhrzeiger hören. Mr. Horvak, der Hausmeister, fegte die Krumen von unserer Party auf, und Mrs. Nelkin korrigierte Aufgaben, ohne aufzublicken.

Schließlich erschien Grandma Holland aus Rhode Island – die Mutter meiner Mutter – an der Klassenzimmertür. Sie und Mrs. Nelkin flüsterten auf eine Art und Weise miteinander vorn im Klassenzimmer, daß ich mich fragte, ob sie sich etwa kannten. Dann sagte mir Mrs. Nelkin mit einer wesentlich freundlicheren Stimme, als ich von ihr gewöhnt war, ich könne nach Hause gehen.

Aber wir gingen *nicht* nach Hause. Grandma führte mich

die zwei Treppen hinunter zu einem Taxi, das uns zur St.-Paul's-Kathedrale brachte. Unterwegs sagte sie mir, meine Mutter habe wegen einer »Frauensache« in ein großes Krankenhaus in Hartford gehen müssen und mein Vater sei mitgegangen. Ma würde wenigstens zwei Wochen weg sein und sie, Grandma, würde sich um mich kümmern. Es gab plötzlich kein Baby mehr, und das war alles, was dazu zu sagen war. Zum Abendessen gab es püriertes Rindfleisch.

Die Heiligen auf den Mosaikfenstern der Kirche hatten denselben gequälten Blick wie die Frauen in »Königin für einen Tag«. Grandma holte ihren Rosenkranz heraus und murmelte die Kreuzwegstationen, während ich ihr folgte, Valentine-Herzen fallen ließ und versehentlich an die hölzernen Betstühle stieß, was ein lautes Echo erzeugte. Die Kerzen, die wir entzündeten, standen in dunkelbraunen Bechern, die mich an unsere Saftgläser von Mrs. Masicotte erinnerten. Ich durfte nicht an die Flamme kommen. Meine Aufgabe bestand darin, die Münzen in den Schlitz fallen zu lassen, zwei Dimes für zwei Kerzen, *ping, ping.*

Als Daddy am Abend nach Hause kam, legte er sich zu mir ins Bett und las meine Valentine-Herzen. Er blickte zur Dekke, wenn er von Ma redete. Irgendwie, sagte er, sei ihr in ihrem Bauch neben dem Baby eine Kordel gewachsen. (Ich stellte mir dabei die Kordel hinten am Sitz in Mrs. Masicottes Cadillac vor.) Und gerade als das Baby herauskommen wollte, schlang es die Schnur um seinen Hals und hat sich dabei erwürgt. Ein Junge – Anthony Jr. Während mein Vater redete, rannen ihm Tränen über das Gesicht, wie Kerzenwachs. Der Anblick versetzte mir einen Schock; bis zu jenem Augenblick hatte ich angenommen, daß Männer gar nicht imstande waren zu weinen, ebenso wie sie nicht imstande waren, Babys zu bekommen.

Mir gefiel es nicht, daß Grandma da war. Sie schlief auf einer Pritsche in meinem Zimmer und kochte unser Abendessen. Daß Daddy aus der Wasserflasche trank und sie dann wieder in den Kühlschrank stellte, war unhygienisch. Es war eine Schande, daß ihre einzige Enkeltochter sieben Jahre alt geworden war, ohne daß ihr jemand beigebracht hatte, wie man betete. Sie könne diese ewige Frage, wann meine Mutter nach Hause komme, nicht mehr hören. Schließlich tue sie ihr Bestes.

Grandma häkelte beim Fernsehen und sah dabei abwechselnd mit gefurchter Stirn auf den Bildschirm und auf das, was in ihrem Schoß lag. Sie mochte andere Programme als wir. In ihrer Lieblingsserie »Am Rande der Nacht« hatte eine reiche Frau insgeheim einen Mann getötet, indem sie ihm einen Grillspieß in den Hals stach, aber eine hübsche Frau aus einer armen Familie stand wegen des Mordes vor Gericht. »Da, sieh dir dieses reiche Biest an«, sagte Grandma und blickte mit zusammengekniffenen Augen auf die Mörderin, die unentdeckt auf der Gerichtsgalerie saß. »Sie ist die Schuldige.«

Mein schauspielerisches Talent nützte mir bei Grandma. Ich lernte für sie die zehn Gebote auswendig und ein Gebet, das sich Heil, heilige Königin nannte, über Leute, die an einem unheimlichen Ort, dem Tal der Tränen, mit den Zähnen knirschten. Grandma versprach mir mit geweiteten Augen, sie würde dafür sorgen, daß ich zur ersten heiligen Kommunion ginge, damit ich ein schönes, weißes Kleid mit Schleier tragen und den Leib Christi essen könne. Jeden Morgen redete sie mir meine Ängste aus und erklärte, kleine Mädchen meines Alters seien zu jung, um Maalox zu nehmen, und schickte mich dann ungeschützt zu Mrs. Nelkin.

Am Tage bevor meine Mutter endlich aus dem Krankenhaus nach Hause kommen sollte, erteilte Daddy mir die Erlaubnis, nicht zur Schule zu gehen. Er und ich luden Anthony Juniors Spielsachen, seine kleine Wiege und seine Badewanne auf den pfirsichfarbenen Pickup und fuhren zur Müllkippe. Auf der Fahrt dorthin sagte er mir, wir müßten Ma jetzt aufheitern und dürften das Baby überhaupt nicht erwähnen. Das kam mir durchaus vernünftig vor. Schließlich war es nicht ihre Schuld, daß das Baby tot war; das war Anthony Juniors eigene dumme Schuld.

Daddy warf die neuen pfefferminzgrünen Möbel auf einen Haufen alter Matratzen und leerer Farbkanister und stieg dann schwer atmend wieder ein. Er fuhr schnell über die von Schlaglöchern übersäte Zufahrt zur Müllkippe, und ich wurde immer wieder gegen die Tür geworfen. Möwen flogen vor uns weg, Leute schauten von ihrem Müll auf, um uns hinterherzusehen. Ich blickte auf Anthony Juniors unbenutzte Sachen zurück, die schnell hinter uns verschwanden, und begriff zum ersten Mal, daß sein Leben vergeudet war.

Mein Vater fuhr in Richtung Fisherman's Cove.

»Oh, nicht sie schon wieder«, beklagte ich mich. »Wie lange dauert es denn diesmal?«

Aber statt am Jefferson Drive in die lange Einfahrt einzubiegen, fuhr Daddy daran vorbei und nahm dann eine andere Straße.

Er parkte an der leeren Bootslände. Wir gingen auf einen wackeligen Steg hinaus und standen dann nebeneinander. Die kalte Frühlingsbrise ließ seine Nylonwindjacke flattern.

»Siehst du dort draußen?« sagte er. Er deutete auf die unruhigen Wellen des Long Island Sound. »Als ich ein kleiner Junge war, etwa so alt wie du, habe ich dort draußen hinter dieser roten Boje einen Wal gesehen. Er war in Richtung Süden unterwegs und ist irgendwie durcheinandergeraten. Dann ist er im seichten Wasser steckengeblieben.«

»Was ist passiert?«

»Nichts Schlimmes. Er ist ein paar Stunden herumgeschwommen, und alle haben ihn angeschaut. Dann, als die Flut kam, sind ein paar größere Boote hereingekommen und haben ihn wieder aufs Meer hinausgeschubst.«

Er setzte sich auf einen der Poller. Er sah krank und traurig aus, und ich wußte, daß er an Ma und das Baby dachte. Ich hätte ihn gern aufgeheitert, aber jetzt Jingles aus der Werbung zu singen kam mir unpassend vor.

»Daddy, hör zu«, sagte ich. »Ich bin der Herr, dein Gott, du sollst keine fremden Götter neben mir haben ...« Er sah mich voller Unbehagen an, wie ich Grandmas Gebote zitierte, ebenso groß und leer wie das Treuegelöbnis, das uns Mrs. Nelkin jeden Tag rezitieren ließ. »... du sollst nicht begehren deines Nachbarn Weib. Du sollst nicht begehren deines Nachbarn Gut.« Er wartete, bis ich fertig war. Dann sagte er, draußen sei es zu kalt und ich solle in den verdammten Truck steigen.

Meine Mutter kam wieder nach Hause, ihre Augen waren verquollen, ihr Bauch unter ihrer Umstandsbluse leer. Das ganze Haus füllte sich mit dem Duft von Nelken, die Mrs. Masicotte geschickt hatte. Mas sehnlichster Wunsch sei es, allein gelassen zu werden, sagte sie.

Sie blieb bis nach den Frühlingsferien in ihren Pyjamas, lächelte geistesabwesend über meine Geschichten, meine Puppenvorführungen, meine Fernseh-Jingles und meine Klagen. »Laß sie jetzt in Ruhe«, sagte Grandma immer wieder. »Hör auf, sie zu plagen.« Grandma selbst machte keine Anstalten, ihre Koffer zu packen.

Eines Tages hob Howard Hancin, mein Sitznachbar in der Schule, die Hand. Bis zu diesem Augenblick hatte ich Howard gegenüber völlig neutrale Gefühle gehabt und war deshalb absolut unvorbereitet, als Mrs. Nelkin ihn fragte, was er wolle. Er sagte: »Dolores Price kaut an ihren Wortsteinen. Sie kaut jeden Tag daran.«

Die ganze Klasse drehte sich um und starrte mich an.

Ich wollte es leugnen, aber dann schaute ich hinab und sah, daß es absolut richtig war: Die Pappbuchstaben auf meinem Pult waren verbogen und aufgeweicht, und einige waren von meinem Speichel noch ganz feucht, und, nun ja, einer der Bausteine klebte noch innen an meinem Gaumen, als Mrs. Nelkin auf mich zukam. Ich war schuldig wie die Sünde.

Sie schrie nicht. Sie hob kaum ihre Stimme, als sie Howard ansprach und damit auch die anderen in der Klasse und mich. »Ich nehme an, sie meint, daß das durchaus in Ordnung ist. Ich nehme an, sie meint, daß Schulgerät auf Bäumen wächst und daß ich einfach eine neue Schachtel für sie pflücken kann. Aber das werde ich nicht, richtig, Howard? Sie wird einfach den Rest des Jahres mit dem auskommen müssen, was sie hat. Nicht wahr?«

Howard gab keine Antwort. Mrs. Nelkin ging an unserer Reihe entlang wieder nach vorn. Ihre Absätze klapperten auf dem gewachsten Holzboden. Sie nahm ein Stück Kreide. Ich atmete nicht, bis ich sah, daß das, was sie schrieb, nichts mit mir zu tun hatte.

Als ich nach Hause kam, hörte ich meinen Vater im Schlafzimmer meiner Eltern schreien und rannte in den sicheren Schutz des Wohnzimmers. Er sei diese Heulsusigkeit verdammt noch mal leid. Es sei schließlich auch sein Baby gewesen, Herrgott noch mal. Was genug sei, sei genug. Die Haustür knallte zu, und Grandmas Schritte gingen von der Küche zum Zimmer meiner Eltern. Ma jammerte und jammerte; Grandmas Stimme war ein Murmeln.

Der Fernseher war eingeschaltet; ein Mann in einem Anzug redete über den Zweiten Weltkrieg. Ich ließ mich aufs Sofa fallen, zu erschöpft, um den Kanal zu wechseln.

Bomben purzelten unten aus einem Flugzeug, Soldaten winkten in einer Parade, und dann jagte mir etwas solche Angst ein, wie ich sie noch nie zuvor hatte – nicht einmal damals an dem Abend, als Daddy seine Hantel hingeworfen hatte. Auf dem Bildschirm trotteten Männerskelette, die Schürzen trugen, einen Hügel hinauf. Ihre tiefliegenden Augen schienen mich persönlich anzusehen, beobachteten mich und winkten mir aus Grandmas Tal der Tränen zu. Ich wollte den Fernseher abschalten, hatte aber Angst davor, ihn zu berühren. Ich wartete auf die Werbung, dann sperrte ich die Badezimmertür hinter mir ab und trank Maalox aus der Flasche.

In jener Nacht erwachte ich schreiend aus einem Traum, in dem Mrs. Nelkin mich zu einem Picknick mitnahm und mich dann seelenruhig und als wäre es die selbstverständlichste Sache der Welt davon in Kenntnis setzte, daß die Sandwiches, die wir aßen, das Fleisch meines toten Brüderchens enthielten.

Daddy war der erste, der in meinem Zimmer erschien – in Unterhosen, mit zerzaustem Haar und stolpernd, dicht vor Grandma und Ma. Ich fühlte mich plötzlich mächtig und schrie weiter.

Ma nahm mich in die Arme und wiegte mich hin und her. »Schsch, ganz ruhig. Sag uns, was los ist. Sag es einfach.«

»Es ist *sie*«, sagte ich. »Ich hasse sie.«

»Wen haßt du, Honey?« fragte Daddy. »Wen haßt du?« Er kauerte sich nieder, um meine Antwort besser hören zu können.

Ich hatte Mrs. Nelkin gemeint, aber überlegte es mir anders, noch während ich zu reden anfing. Ich griff an ihm vorbei und deutete auf Grandma, die mit verkniffenen Zügen in ihrem braunen Cordbademantel dastand. »Sie«, sagte ich. »Ich will, daß sie nach Hause geht.«

Der nächste Tag war Samstag. Ich sah mir im Wohnzimmer Zeichentrickfilme an, als Ma angezogen aus ihrem Schlafzimmer kam und mich fragte, was ich zum Frühstück wolle.

»Pfannkuchen«, sagte ich, so als ob die letzten Monate ganz normal gewesen wären. »Wo ist Daddy?«

»Er fährt Grandma zurück nach Rhode Island.«

»Sie ist weg?«

Meine Mutter nickte. »Sie ist weggegangen, als du noch geschlafen hast. Sie hat gesagt, ich soll dich grüßen.«

Grandma Holland konnte ich mit meiner neuentdeckten Macht verdrängen, aber nicht Mrs. Masicotte. Statt dessen ging ich jeden Samstag zu ihrem Haus, dankte ihr mit süßer Miene für ihre Geschenke und hielt Wache.

Eines Nachmittags brachte mir Mrs. Masicotte eine Schere, ein Betsy-McCall-Puppenausschneidebuch und den üblichen Teller mit Zuckerplätzchen. Ich aß ein paar Plätzchen, neckte Zahra damit und machte mich dann daran, Betsy aus der Kartonseite herauszudrücken. Dann schnitt ich das hübscheste Kleid aus und hängte es ihr um. »Schau, Zahra!« forderte ich den Cockerspaniel auf.

Ich trug Betsy zum Herd, schaltete das Gas ein und hielt sie in die blaue Flamme. Irgendwie wußte ich, daß das von all den Ungezogenheiten, die ich in Mrs. Masicottes Haus verübt hatte, die schlimmste war, etwas, was meinen Vater so wütend auf mich machen würde, wie er auf Ma wütend werden konnte. »Hilf mir!« flehte Betsy. Ihr Papierkleid fing Feuer, wurde braun und zerbröckelte. »Zahra, hilf mir! Hilf mir!«

Meine Absicht war es, den aufgedunsenen Hund zu erschrecken oder zumindest zu unterhalten, aber als ich wieder hinsah, starrte der Cockerspaniel die Plätzchen immer noch mit solcher Hingabe an, daß ich einen Augenblick lang nicht auf die Flamme achtete und mir Daumen und Zeigefinger verbrannte.

Meine Geschichte handelt von Sehnsucht: Sie ist ein unzuverlässiger Bericht über Probleme, die irgendwie im Jahre 1956 ihren Anfang nahmen, an dem Tag, an dem unser erster Gratisfernseher geliefert wurde. Und die Erinnerungen machen mich jede Woche mehrmals erneut zu einem Kind. Erst letzte Nacht war ich wieder in Mrs. Masicottes Küche, wandte mich von der brennenden Papierpuppe ab und lernte von dem fetten Hund Zahra meine erste Lektion der schrecklichen Kraft, die in der Sehnsucht liegt.

»Schau, Zahra! Ich sterbe!« stöhne ich. »Hilf mir! Bitte!«

Und der Hund – gebannt, mit starrem Blick – sieht nur die Plätzchen mit der Zuckerglasur.

2

Als ich zehneinhalb war, zog meine Familie nach Treetop Acres, in eine großzügige, flach angelegte Wohnanlage mit vielen Asphaltwegen, auf denen man radfahren konnte.

Unser gelbes Haus im Ranchstil, 26 Bobolink Drive, verfügte über eine Garage und im Badezimmer über eine Dusche mit Glasschiebetüren. Vor meinem Schlafzimmerfenster stand eine Trauerweide, die in windigen Nächten die Schindeln mit ihren herunterhängenden Zweigen peitschte. Das Haus war unser Eigentum, nicht gemietet.

Mrs. Masicotte war Anteilseignerin an Treetop Acres und hatte es so gedeichselt, daß wir ein doppelt großes Grundstück bekamen. Zu der Zeit hatte sie sich gerade einen neuen silberfarbenen Cadillac gekauft und Daddy ihren alten pfirsichfarbenen sowie einen Satz Golfschläger und die Mitgliedschaft in ihrem Country Club geschenkt. Ein Teil der Tätigkeit meines Vaters bestand jetzt darin, daß er an den Wochenenden mit Mrs. Masicotte Golf spielte.

Wenn Daddy nicht mit der alten Dame zusammen war, arbeitete er draußen im Garten – ebnete den Rasen ein, säte neuen aus und pfiff dabei vor sich hin, wenn er mit der Schubkarre Erde von einem Grundstücksende zum anderen schaffte. Er war sehr stolz darauf, daß wir ein doppelt so großes Grundstück wie alle anderen Nachbarn hatten. Er arbeitete jeden Abend, bis es dunkel wurde – und er zu einer düsteren Silhouette verblaßte und man dann nur noch ein leuchtend weißes Unterhemd sah, das sich wie von selbst bewegte, bis schließlich lediglich sein Pfeifen wahrzunehmen war.

Ma bügelte Vorhänge und hängte sie auf und pflanzte im hinteren Teil des Grundstücks rosa Dahlien. Aber die Blumen machten sie nur kurze Zeit glücklich. Das neue Haus hätte sie allergisch gemacht, beklagte sie sich; sie fing an, sich mehrmals täglich Spray in die Nase zu sprühen. Die Kinder, die unbeaufsichtigt auf unserer ruhigen Anliegerstraße spielten, machten sie nervös. Ihr fehlte gerade noch, sagte sie eines Tages, diesen gottverdammten Cadillac rückwärts aus der Einfahrt zu steuern und irgendein kleines Kind zu überfahren.

Jeanette Nord, meine neue beste Freundin, wohnte 10 Skylark Place, acht zehntel Meile von unserem Haus entfernt, wie mein neues Fahrrad Marke Schwinn am Tachometer anzeigte. Ich lernte Jeanette kennen, als ich das erste Mal durch die Anlage radelte. Als ich ein etwa gleichaltriges Mädchen auf einer Terrasse entdeckte, das dort mit einem Hula-Hoop-Reifen spielte, beschloß ich, sie mit meinen Radfahrkünsten zu beeindrucken, schätzte dann aber eine Bordkante falsch ein und landete zu Tode erschrocken unter meinen sich immer noch drehenden Rädern. »Weißt du was?« fragte Jeanette, als sie mit immer noch kreisenden Hula-Hoop-Reifen auf mich zukam, ohne meine blutenden Knie zur Kenntnis zu nehmen: »Eine meiner Siamkatzen bekommt Kätzchen.«

Jeanette und ich staunten über die Ähnlichkeiten, die zwischen uns bestanden: Wir waren beide im Oktober geboren, ein Jahr auseinander; beide linkshändige Einzelkinder mit zwölf Buchstaben im Namen; jeder von uns zog Dr. Kildare Ben Casey vor; unser Lieblingsnachtisch war Whip-and-Chill; unsere Lieblingsschallplatte »Johnny Angel«. Einen echten Gegensatz zwischen uns gab es nur in zwei Punkten: Jeanette hatte schon ihre Periode und die Erlaubnis, sich die Beine zu rasieren. Ich wartete noch auf beides. Im Frühling und Sommer jenes Jahres sahen Jeanette und ich uns Seifenopern an, tauschten 45er Platten und schmiedeten Pläne für ein gemeinsames Leben. Nach der High School würden wir uns zusammen ein Apartment in New York mieten und entweder Sekretärinnen oder Revuetänzerinnen bei den Rockettes werden. Anschließend würde Jeanette einen Tierarzt namens Ross heiraten und ich einen Schauspieler, der entweder Scott oder Todd hieß. Unsere jeweils fünf Kinder würden alle eng befreundet sein. Wir würden Tür an Tür Villen bewohnen und reich genug sein, um uns Klimaanlagen und Farbfernseher leisten zu können.

Die Nords besaßen zwei Siamkatzen, Vater und Mutter, Samson und Delilah. Mr. Nord, glatzköpfig und langweilig, verkaufte Krankenhauszubehör und war häufig über Nacht verreist. Mrs. Nord trug Lidschatten und Stirnbänder, die zu ihren Tops und ihren Bermudas paßten. Zum Lunch kochte sie uns Dinge, die sie in ihren Frauenzeitschriften entdeckt hatte: gebackene Hot dogs mit einer Kruste aus gemahlenem Special K; English Muffin Pizzas; Telstar Coolers (Limonade und Mineralwasser mit einer auf einen Zahnstocher gespießten Maraschinokirsche – eine Art eßbarer Satellit, bei dem man sich beim Trinken in die Lippen pikste). Mrs. Nord kannte die Texte von Jeanettes und meinen Lieblingsliedern. Sie brachte zuerst sich selbst und dann uns den Twist bei. (»Da, schaut her! Zuerst den Fuß nach vorn und eine Bewegung, als würdest du aus den Hüften eine Zigarette austreten. So ist's richtig!«) Wenn man sie aus einiger Entfernung ansah und dabei die Augen etwas zusammenkniff, hätte man schwören können, daß Mrs. Nord Jackie Kennedy sei. Meine eigene Mutter saß den ganzen Tag allein am Bobolink Drive, redete mit ihrem Wellensittich Petey und machte sich um tote Kinder Gedanken.

Etwa zu der Zeit, als wir in den Bobolink Drive zogen, hörte ich auf, meine Mutter auf den Mund zu küssen. Daß sie das Baby verloren hatte, lag jetzt über vier Jahre zurück. Daddy hatte alles versucht, um ihr darüber hinwegzuhelfen: Cha-Cha-Unterricht, »Hirnklempner«, eine Fahrt in die Poconos, Petey. Aber etwas an Anthony Juniors Leben und Tod hatte Ma in ihrem Körper auf eine Art und Weise verändert, die nicht mehr in Ordnung zu bringen war. Sie hatte sich ein gewaltiges Hinterteil zugelegt und ein völlig unverhofft auftretendes Gesichtszucken entwickelt. Wenn wir einkaufen waren, rannte ich lieber zwischen den Reihen umher, um Sachen zu holen, als mich mit ihr sehen zu lassen. Wenn in der

Schule Einladungen zu Elternversammlungen verteilt wurden, faltete ich sie so lange zusammen, bis sie dicke kleine Päckchen von einem Zoll Kantenlänge waren, die man ohne Mühe zwischen die Sitze der Schulbuspolsterung zwängen konnte. »Oh, meine Mutter ist berufstätig«, sagte ich Jeanette, wenn sie den Vorschlag machte, daß wir nicht zu ihr, sondern zu mir gehen sollten. »Sie mag nicht, daß ich Besuch habe, wenn sie nicht zu Hause ist.« Aber sie *war* zu Hause und praktizierte ihre eigenartigen häuslichen Gewohnheiten. Sie mußte z. B. das Telefon dreieinhalb Mal klingeln lassen, ehe sie abhob. Die Zeituhr an der Bratröhre mußte ständig in Gang sein. (Immer wenn der Zeiger auf Null zeigte und es klingelte, schaltete sie sie wieder auf sechzig Minuten und lächelte dann in einer Art innerer, geheimer Erleichterung.) Petey war Mas seltsamstes Bedürfnis.

Daddy hatte ihr den limonengrünen Wellensittich auf Anraten des Arztes gekauft, bei dem Ma wegen ihrer Nerven in Behandlung war; er hatte gesagt, Ablenkung würde ihr vielleicht guttun. Zuerst mochte Ma Petey nicht und beklagte sich über den Dreck, den er machte. Aber dann mochte sie ihn. Und dann fing sie an, ihn auf völlig unvernünftige Weise zu lieben. Sie sang ihm vor, redete mit ihm und spreizte immer wenn Daddy nicht zu Hause war, seine Käfigtür mit einem Gummiband auf, damit er frei im Haus herumflattern konnte. Am glücklichsten war Ma, wenn Petey tagsüber auf ihrer Schulter saß. Ich saß am Küchentisch, aß zu Mittag oder zeichnete und sah ihr zu, wie sie den Kopf nach links oder rechts drehte und Petey mit der Unterseite ihres Kinns streichelte. Am meisten litt sie abends nach dem Essen, wenn sie, Daddy und ich im Wohnzimmer vor dem Fernseher saßen und Petey draußen in der Küche war und sein Käfig mit einem Handtuch zugedeckt war. »Himmel noch mal, würdest du endlich einmal sitzen bleiben«, pflegte Daddy sich zu beklagen, wenn sie wieder einmal aufstand, um nach Petey zu sehen. Dann sank Ma in die Sofapolster, bekam feuchte

Augen und litt. Ich haßte Petey – ich hatte Phantasievorstellungen, daß er versehentlich zum Fenster hinausfliegen oder in den Ventilator geraten könnte und auf diese Weise sein Bann über Ma gebrochen würde. Daß ich Ma nicht mehr küßte, war eine bewußte Entscheidung, die ich eines Abends beim Zubettgehen mit der Absicht traf, ihr weh zu tun.

»Also, du bist aber heute geizig«, sagte sie, als ich bei ihrem Gutenachtkuß das Gesicht abwandte.

»Ich werde dir keinen Kuß mehr geben, Punkt und Schluß«, erklärte ich ihr. »Du küßt den ganzen Tag diesen Vogel auf seinen dreckigen Schnabel.«

»Das tue ich nicht.«

»Tust du doch. *Du* kannst dir ja Vogelkrankheiten einfangen, aber ich will das nicht.«

»Peteys Schnabel ist wahrscheinlich sauberer als mein Mund und deiner zusammen, Dolores«, wandte sie ein.

»Daß ich nicht lache.«

»Also, das stimmt. Ich habe das in meinem Vogelbuch gelesen.«

»Am Ende wirst du ihm noch einen Zungenkuß geben.«

»Jetzt komm du mir nicht mit Zungenkuß. Was weißt du überhaupt darüber? Paß auf, was du redest, kleines Fräulein.«

»Genau das habe ich vor«, sagte ich. Ich preßte mir die Hand über den Mund und drückte mein Gesicht ins Kissen.

Was ein Zungenkuß ist, hatte Jeanette mir erklärt, die sich freiwillig an dem Tag zu meiner Lehrmeisterin erklärt hatte, als ich zugesehen hatte, wie ihr Kater Samson auf dem Wohnzimmerteppich der Nords seinen erigierten Penis leckte.

Im Fernsehen lief »Love of Life«. Mrs. Nord saß im Obergeschoß an ihrer Nähmaschine und erzeugte Störungsstreifen quer über dem Bild. Jeanette kam gerade mit einem Tablett und zwei Telstardrinks darauf ins Zimmer zurück. »O mein Gott«, sagte ich.

»Was?« Ihr Blick folgte dem meinen zu Samson, der hingebungsvoll an sich leckte.

Jeanette reichte mir mein Glas. »Sind Jungs nicht widerwärtig?« Sie lachte. Dann starrten wir beide fasziniert auf den Kater.

»Vielleicht solltest du einen Tierarzt rufen«, schlug ich vor.

»Wozu denn? Der macht sich doch bloß einen Ständer.«

»Was?«

Sie lachte wieder und nahm einen großen Schluck aus ihrem Glas. »Darf ich dich mal was ganz Persönliches fragen?« sagte sie.

»Was denn?«

»Wieviel weißt du?«

»Genug«, sagte ich. Ich wußte nicht recht, wovon wir redeten, ahnte es aber.

»Ich meine nicht, wieviel du ganz allgemein weißt. Ich meine über Sex.«

»Kannst du schweigen?« fragte ich. »Ich nämlich schon.«

»Okay, ist schon gut«, sagte sie. »Entschuldige, daß ich geboren bin.«

Unsere Aufmerksamkeit wandte sich wieder »Love of Life« zu. Vanessa Sterling stritt sich gerade mit ihrer Stieftochter Barbara, die, ohne daß es bisher jemand wußte, von Tony Vento schwanger war. Ich schielte zu Samson hinüber, der immer noch konzentriert bei der Sache war. »Ich dachte nur«, sagte Jeanette, ohne den Blick vom Bildschirm zu wenden, »wenn du irgendwelche Fragen hast, könnte ich sie dir wahrscheinlich beantworten.«

»Also, ich habe keine«, sagte ich.

»Na prima. Soll mir recht sein.«

Dann kam eine Werbung, und anschließend saßen Barbara und Tony in einem Park mit unecht wirkendem Hintergrund. Sie wußten beide nicht, was sie wegen des Babys unternehmen sollten. Aber eine Ehe kam nicht in Frage. Tony war bloß

Mechaniker. Und seine Mutter war Hausmädchen in Barbaras Familie.

»Findest du Tony nett?« fragte Jeanette.

»Irgendwie schon. Und du?«

»Also, aus meinem Bett würde ich ihn nicht werfen.«

Ich fischte die Kirsche aus meinem Telstar und war fest entschlossen, keine Reaktion zu zeigen.

»Kannst du dir vorstellen, daß die es tatsächlich *tun?*« fragte Jeanette.

Samson erhob sich, streckte sich und schlenderte aus dem Zimmer.

»Wer?«

»Die beiden. Barbara und Tony. Vielleicht tun sie es im wirklichen Leben nach den Aufnahmen. Vielleicht spielen sie das gar nicht.«

Ich spürte, wie mir heiß wurde im Gesicht und wie sie mich beobachtete.

»Du weißt nicht, wie Frauen schwanger werden, oder?«

»Weiß ich doch.« Auf dem Bildschirm hielt Barbara sich die Hände vors Gesicht und weinte. Tony hieb mit der Faust auf den Stamm eines der unechten Bäume.

Meine Kenntnisse über Sex waren ein Mosaik aus belauschten Gesprächen und dem, was ich mir selbst zusammenreimte. In der dritten Klasse hatte ich den Begriff »miteinander schlafen« gehört und mir eine Zeitlang darüber Sorgen gemacht, daß eine zufällige Ermüdung zu einem ungewünschten Kind führen konnte – daß männliche und weibliche Fremde, die in einem Nachtzug nebeneinandersaßen, in aller Unschuld eindösen und als Eltern aufwachen könnten. Eine Weile glaubte ich, daß Leute schwanger wurden, indem sie ihre Brust aneinander rieben. Die Männer hatten ihre – du weißt schon, was –, um damit auf die Toilette zu gehen, überlegte ich; aber ihre Brustwarzen hatten keine andere nützliche Funktion. (Meine Lehrerin in diesem Schuljahr, Mrs. Hatheway, war schwanger. Während sie redete, malte ich mir aus, wie sie mit irgendeinem Ehemann, dessen Gesicht für mich bloß eine leere Stelle war, die erforderliche Brustwarzenreibung machte, die das Baby in sie hineingebracht hatte.) Gegenwärtig waren mir die Grundtatsachen über die Themen Periode und Jungfräulichkeit bekannt. Aber Samsons Lekken hatte mir und Jeanette gezeigt, daß meine Kenntnisse unvollständig waren.

»Die Folge heute ist langweilig«, sagte sie. »Laß uns radfahren.«

Wir fuhren durch Treetop Acres, und Jeanette erzählte mir, was sich an dem Tag zugetragen hatte, als sie mit ihrer Periode aufgewacht war. Zuerst hatte Mrs. Nord Jeanette zum Einkaufen mitgenommen und ihr einen Rock und eine Brosche gekauft. Anschließend waren sie in ein Restaurant gegangen und hatten dort Sandwiches gegessen, und Mrs. Nord hatte gesagt: »Jetzt schau mal, wir sind zwei Frauen, die zusammen Mittag essen.« Und dann war sie damit rausgerückt: Ein Mann und eine Frau zogen sich nackt aus und tauschten Zungenküsse, bis der Huhu des Mannes hart wurde. Dann steckt er ihn in das Huhu der Frau und spritzt etwas Nasses in sie hinein. Aber nicht Pinkel; etwas, das wie Shampoo Marke White Rain aussieht. Und dann war sie schwanger.

Im Restaurant waren nicht sonderlich viele Leute, sagte Jeanette, und sie saßen in einer Nische ganz hinten. Ihre Mutter hörte jedesmal, wenn die Bedienung vorbeikam, auf zu reden.

Als sie wieder in ihrem Schlafzimmer war, redete Jeanette immer noch von Sex.

»Falsch oder richtig«, sagte sie. »Die Frau kann immer noch schwanger werden, wenn sie und der Mann beide die Unterhosen anlassen.«

»Falsch.«

»*Richtig!* Diesem Mädchen, das an die Briefkastentante geschrieben hat, ist das passiert.«

Jeanette schlang die Arme um ihren Oberkörper und wandte mir dann den Rücken zu. Ihre Hände fuhren durch ihr

Haar, streichelten ihre Schultern und betasteten sie über und über. »Jetzt paß auf!« kicherte sie. »Mein Mann und ich küssen uns, Zungenküsse. O Ross, wie du mich erregst.«

»Du bist ein Schwein«, sagte ich. »Ich werde nicht zulassen, daß jemand das mit mir macht.«

»Nicht einmal Dr. Kildare?«

»Niemand.«

»Wie willst du dann mit deinem Mann fünf Kinder bekommen?«

Ich dachte eine Sekunde scharf nach. »Wir adoptieren sie. Wir adoptieren behinderte Kinder.«

Sie hüpfte an mir vorbei und griff nach ihrem Entscheider. Sie schüttelte ihn heftig, kippte ihn dann um und hielt die Hand über die Vorhersage. »Würde Dolores Price erlauben, daß Richard Chamberlain seinen Huhu in sie steckt?«

Ich verdrehte die Augen. »Das ist so komisch, daß ich nicht einmal lachen kann.«

Sie hob die Hand und lächelte triumphierend über das, was auf der freiliegenden Fläche stand.

»Was? Was steht denn da?«

»›Ganz entschieden ja.‹«

* * *

Eines Abends im Juli wandte Daddy sich beim Abendessen mir zu und fragte mich, ob ich gerne einen Swimmingpool im Garten hätte.

»Echt?« fragte ich.

»Warum nicht? Wir haben da draußen doch genügend Platz.«

»Wann?«

»Na ja, ich lasse im August einen Bagger kommen. Und dann muß der Beton abbinden. Und dann dauert es noch eine Weile, ihn zu füllen. Aber Mitte des Monats wirst du schwimmen können.«

Ich sprang auf und schmiegte mich an ihn. »Wo kommt er denn hin? Müssen wir die Weide absägen?«

»Nein. Auf die andere Seite. Wo ihre Blumen sind.«

Wir sahen beide Ma an. Ich merkte, daß ihre Nerven sie immer noch plagten.

Daddys Lächeln erstarb. »Was soll jetzt diese Schnute?« fragte er.

»Nichts«, antwortete sie. »Mir wäre es bloß lieber gewesen, wenn du mit mir geredet hättest, bevor du so große Pläne machst.«

»Ach, hör nicht auf sie«, sagte ich.

Sie stand auf und ging zum Spülbecken. Daddy seufzte verstimmt. »Wenn du wegen des Geldes schmollst – ich habe von der alten Dame letzte Woche einen Bonus bekommen.«

Sie ließ uns auf ihre Antwort warten. »Wofür?« fragte sie schließlich.

»Ich habe am Sonntag mit dem Besitzer von Cabana Pools Golf gespielt. Er ist ein alter Freund von LuAnn. Wir beide haben uns gleich gut verstanden. Er hat gesagt, er baut ihn uns zum Selbstkostenpreis ein.«

»Das Geld ist es nicht.«

»Was dann? Deine gottverdammten rosa Dahlien? Du hast wohl Angst, irgend jemand hier im Haus könnte ein wenig Spaß haben?«

Sie drehte sich um, sah uns an und deutete dann mit zitterndem Zeigefinger auf das Fenster über dem Spülbecken. »Mir fehlt gerade noch, daß ich eines Tages einmal in den Garten hinaussehe und irgendein zweijähriges Kind aus der Nachbarschaft mit dem Gesicht nach unten im Swimmingpool treibt.«

Daddy lachte dreckig. Und dann antwortete er so langsam, als wäre Ma selbst zwei Jahre alt. »Da kommt natürlich ein *Zaun* hin«, sagte er. »Um das ganze Ding kommt Maschendraht*zaun* herum.«

»Kinder steigen über Zäune.«

»Ein zweijähriges Kind soll über einen sechs Fuß hohen Zaun klettern?«

Sie spülte die Teller laut und heftig und knallte sie dann auf das Abtropfgitter. »Ich kann mir genau vorstellen, wofür du den Bonus gekriegt hast.«

Daddy warf mir einen raschen Blick zu und trank dann einen Schluck Eiskaffee. »Was soll das jetzt wieder heißen?«

»Nichts«, sagte sie.

»Nein, raus mit der Sprache!«

Sie wirbelte herum und funkelte ihn an, Seifenwasser spritzte von ihren Händen. Ein Teller klirrte zu Boden. »Es heißt genau das, was du glaubst«, sagte sie. »Daß du eine Hure bist, für ein altes Weib.«

Daddy sagte, ich solle hinausgehen und spielen.

»Draußen ist es zu heiß«, sagte ich. »Und da sind zu viele Moskitos.«

»Geh.«

Ich ging auf Beinen, die so weich wie Gelee waren, durch die Küche.

Draußen in der Garage bohrte ich mit dem Finger in einem der Rostflecken an dem Cadillac herum. Krebs nannte mein Vater das. Mr. und Mrs. Douville, unsere Nachbarn von nebenan, saßen auf ihrer vorderen Veranda. Auf dem Tisch zwischen ihnen brannte eine Citronellakerze.

Drinnen hörte ich, wie er sie ohrfeigte, hörte, wie Küchenstühle herumflogen. »Vielleicht muntert dich das ein wenig auf«, sagte er. »Oder das. Was hältst du davon? Hast du denn nie ...«

Die Douvilles bliesen ihre Kerze aus und gingen hinein.

»Dauernd meckerst du bloß über sie ... wo sie dafür sorgt, daß Brot und Butter auf dem Tisch ist ... ich bin diese gottverdammten Launen leid!«

Die hintere Tür flog auf, und Daddy kam in den Garten geschossen, beide Hände, die irgend etwas umschlossen, vor sich ausgestreckt. Ma rannte hinter ihm her.

»Tony, *nicht!*« bettelte Ma und zerrte an seinen Händen. »Es tut mir leid! Bitte! Es tut mir leid!«

Er warf seine Hände hoch und ließ los. Die kleine flatternde Silhouette, die er losließ, war Petey, der eine Sekunde lang über meiner Mutter in der Luft schwebte und dann quer durch den Garten in die Trauerweide flog.

»Ich hasse dich!« schrie meine Mutter. »Ich werde dich immer hassen!« Ihre Stimme hallte durch den ganzen Garten.

Ich stieg auf mein Fahrrad und fuhr weg, schnell und ohne mich umzusehen. Die schwüle Luft schlug mir ins Gesicht; wenn mir ein Kind über den Weg gelaufen wäre, hätte ich es vielleicht totgefahren. Ich raste an Jeanettes Straße und an der Tafel, auf der Treetop Acres stand, vorbei hinaus auf die Staatsstraße 118. Ich verkrampfte beide Hände um die Gummigriffe, quetschte das Zittern aus mir heraus. Ich haßte sie beide. Je heftiger ich in die Pedale trat – je mehr ich riskierte –, um so wohler fühlte ich mich.

Ich kam erst nach Hause, als es bereits dunkel war.

Als ich auf die Hintertür zuging, erschreckte mich Daddys körperlose Stimme. »Ich wollte dich gerade suchen gehen«, sagte er.

»Ist alles okay?« wollte Mas Stimme wissen.

»Ja.«

Ich kniff die Augen zusammen und konnte jetzt die Umrisse von beiden erkennen. Sie saßen nebeneinander auf der Stufe und rauchten zusammen eine Zigarette.

»War das nötig, daß du einfach davongerast bist?« fragte Ma. »Ich habe mich zu Tode geängstigt.« Die Spitze ihrer Zigarette glühte kurz, und ich hörte sie ausatmen.

»Ich war bloß radfahren«, sagte ich. »Ich mußte hier raus.«

»Warst du bei Jeanette?« fragte mein Vater.

»Nein.«

»Was in diesem Haus geschieht, geht sonst keinen etwas an.«

»Das weiß ich.«

Er stand auf und streckte sich. »Ich gehe ins Bett«, sagte er.

Ma und ich saßen dicht beieinander, so daß unsere Beine sich berührten, und hörten den Grillen zu. »Bring mich hinein«, sagte sie schließlich. »Mach mir eine Tasse Tee.«

Das Küchenlicht ließ uns die Augen zusammenkneifen. Mas Oberlippen waren purpurfarben und aufgedunsen. Als der Tee fertig war, stellte ich ihn vor ihr hin. »Setz dich«, sagte sie und deutete dabei auf den Stuhl neben sich.

Aber ich ging zur Küchentheke und setzte mich dorthin. »Was ist eine Hure?« fragte ich.

Sie sagte, sie wolle im Augenblick über gar nichts reden. »Das einzige, was ich mir die ganze Zeit ausmale, ist, daß sich irgendeine Katze an Petey heranpirscht. Morgen werde ich ...«

Und dann sah sie etwas auf meinen rosa Shorts und verstummte.

»Was ist?« fragte ich.

Aber sie starrte nur auf meine Shorts.

Ich sah und spürte es im gleichen Augenblick: den dunklen, feuchten Blutfleck.

»Ist ja großartig, Dolores. Vielen Dank«, sagte Ma, und ihr Gesicht löste sich in Tränen auf. »Das hat mir gerade noch gefehlt.«

Der Bagger erfüllte die ganze Straße mit seinem Lärm.

Irgendwann in der Mitte jener Woche, die nur aus Baggern und Zementmischen zu bestehen schien, zog sich Jeanettes Katze Delilah in den Wäscheschrank der Nords zurück und brachte sechs Kätzchen zur Welt. Jeanette und ich beobachteten den ganzen Morgen über die Mühe, die Delilah damit hatte, Babys aus ihrem Bauch zu stoßen; den ganzen Nachmittag lang studierten wir die winzigen blinden Dinger, wie sie lautlos schrien und sich an ihre Mutter kuschelten. Unmittelbar bevor ich nach Hause ging, stellte ich Jeanette die Frage, die ich ihr schon den ganzen Tag zu stellen versucht hatte.

»Weißt du, was eine Hure ist?«

»Eine Prostituierte«, sagte sie. Sie beobachtete meinen Gesichtsausdruck, der völlige Verständnislosigkeit erkennen ließ. »Eine Frau, die mit Männern für Geld Sex macht. Mommy sagt, daß es hier keine gibt. Es gibt sie bloß in den Großstädten. Ob eine Frau eine ist, kann man feststellen, wenn ...«

»Sind es immer Frauen?«

Die Frage veranlaßte Jeanette innezuhalten, und sie starrte mich an. Dann zuckte sie die Achseln. »Ich denke schon. Warum?«

Die Bauarbeiter fluchten und lachten unablässig und wollten immer wieder unsere Toilette benutzen. Mas Nerven waren in einem so schlimmen Zustand, daß sie beschloß, mit dem Bus nach Rhode Island zu fahren und Grandma zu besuchen. »Du kannst entweder mitkommen oder bei Daddy bleiben«, sagte sie.

»Ich bleibe bei Daddy.«

Die ganze Woche lang fuhr ich mit dem Rad zu Jeanette und drückte die warmen Kätzchen an meine Brust, immer zwei gleichzeitig. Zu Hause sah ich zu, wie unser Pool sich mit Wasser füllte.

Am Wochenende ging Daddy nicht mit Mrs. Masicotte golfen, sondern blieb bei mir zu Hause, planschte im Pool herum, sonnte sich und rannte ins Haus, wenn das Telefon klingelte. Seine Stimme drinnen war ein Murmeln, das das Murmeln des Poolfilters übertönte.

Am Montag morgen wachte ich spät auf und hörte ihn schwimmen. Von meinem Schlafzimmerfenster aus sah ich ihm zu, wie er Luft holte, tief eintauchte und dann wieder an irgendeinem überraschenden Platz an die Oberfläche kam.

»Wieso bist du zu Hause?« rief ich. »Warum bist du nicht arbeiten?«

»Darf man denn nicht einmal mit seiner Tochter einen Tag Urlaub machen?« fragte er. »Komm, zieh dir deinen Badeanzug an und komm raus.«

Später lagen wir dann auf Handtüchern neben dem Pool, um braun zu werden. »Übrigens«, sagte er, stützte sich auf den Ellbogen und lächelte. »Ich wollte dich schon immer etwas fragen.«

»Dann frag doch«, sagte ich.

»Was sind das für Dinger?«

Dabei sah er in einer Art und Weise auf die Vorderseite meines Badeanzugs, daß ich rot wurde. »Was?« fragte ich.

Er griff herüber und tippte an eine meiner Rundungen und versetzte mir dann spielerisch einen kleinen Kinnhaken. »Hast du da Nüsse drin versteckt oder was?«

»Ach hör schon auf«, sagte ich. Ich sprang ins Wasser, schwamm die ganze Länge des Pools und versteckte mein Lächeln unter Wasser. Er schäkerte immer herum, das war alles. War daran etwas auszusetzen? Wenn Mrs. Masicotte so dumm war, uns einen Pool zu kaufen, bloß weil er ein wenig mit ihr herumschäkerte, war das ihr Problem, nicht unseres.

Am Dienstag regnete es. Wir fuhren Besorgungen machen, wie früher auch. Aber für *uns*, nicht für die alte Dame. Aus einem dicken Bündel Geldscheine, das er in der Hosentasche herumtrug, legte Daddy Geld für Liegestühle, Luftmatratzen und meinen neuen zweiteiligen Badeanzug auf den Tisch. Wir standen mit unseren Einkäufen an der Ladentheke, als ihm plötzlich in den Sinn kam, daß ein Mädchen in meinem Alter einen eigenen Hausschlüssel haben sollte. »Moment noch«, sagte er zu dem Angestellten, der gerade unsere Einkäufe in die Kasse eintippte. »Wir haben noch etwas vergessen.«

Das Mittagessen nahmen wir in einem Chinarestaurant ein: Frühlingsrollen, Lo Mein und Glückskekse. »Was steht denn da?« fragte Daddy, als ich meinen Keks knackte und den Streifen Papier herauszog.

»›*Das Lächeln, das du ausschickst, kehrt zu dir zurück.*‹ Und deines?«

»›*Belanglose Freuden verkleiden sich als dauerndes Glück.*‹« Er warf sein Schicksal in den Aschenbecher. »Was auch immer das bedeuten mag.«

Die ganze Woche lang spielten und schwammen wir, ohne Petey, den Streit oder Ma zu erwähnen. Allmählich fing ich an, seinen Zorn nachzuempfinden, zu begreifen, wie jemand wie meine Mutter einen zur Weißglut bringen konnte – wenn sie den ganzen Tag rumnörgelte, sich Sorgen machte und sich dieses Zeug in die Nase sprühte. Auf meiner Luftmatratze im Wasser dahintreibend und auf- und abschaukelnd, sah ich in einem ruhigen Augenblick zu Daddy hinüber und dann wieder in das bewegte Poolwasser und dachte, wenn das Leben fair gewesen wäre, hätte er statt meiner Mutter Mrs. Nord kennengelernt und *sie* geheiratet. Dann würden sie jetzt glücklich und zufrieden mit ihrem Pool und ihren beiden Töchtern Jeanette und mir zusammenleben.

Bis zum Wochenende schwamm Daddy hundert Längen, und ich hatte es auf sechzig gebracht. Wir saßen am Poolrand, ließen unsere gebräunten Beine herunterbaumeln, und unsere Augen waren vom Chlor rosa und brannten.

»Erinnerst du dich noch«, fragte er, »als ich damals mein eigenes Anstreichergeschäft hatte? Ehe ich angefangen habe, für LuAnn zu arbeiten?«

»Damals hast du einen grünen Pickup Truck gehabt«, sagte ich. »Und Ma und ich haben dir immer dein Essen gebracht.«

»Stimmt«, lächelte er.

»Warum?«

»Ich weiß nicht«, sagte er. »Ich habe gerade daran gedacht.«

Ich wollte nicht, daß unsere gemeinsame Zeit endete. Ich wollte nicht, daß unser Gespräch irgendwie traurig wurde. »Was denkst du denn darüber?« fragte ich, beugte mich vor und bespritzte ihn mit kaltem Wasser. Er knurrte wie ein Löwe und jagte mich ein paarmal um den Pool herum.

Sonntag abend rief Daddy Ma an. Als er den Hörer auflegte, sagte er, Ma wolle, daß er mich nach Rhode Island fahre, und ich solle dann ein paar Tage bei Grandma verbringen.

»Wozu?« beklagte ich mich.

»Weil du sie seit Weihnachten nicht mehr gesehen hast«, sagte er.

»Das halte ich nicht aus. Darf ich nicht einfach hier bei dir bleiben?«

Er sah weg. »Was essen wir zu Abend?« fragte er. »Komm, wir bestellen uns eine Pizza.«

Die Schwellung an Mas Oberlippe war zu gelblichem Grün verblaßt. »Du hast mir gefehlt, Honey«, sagte sie. Wir warteten beide auf die Antwort, die von mir erwartet wurde, die ich aber nicht gab. »Also, was gibt es Neues?« fragte sie.

Ich zuckte die Achseln. »Gar nichts.«

»Eine ganze Woche und nichts Neues?«

»Jeanette gibt nächste Woche eine Party, weil die Schule wieder anfängt. Ich und sie und noch sechs Mädchen.«

»Und wie war der Rest der Woche? Habt ihr miteinander gesprochen – du und Daddy?«

»Oft sogar. Richtig klasse war das. Keine Sekunde war langweilig.«

»Hat er etwas gesagt?«

»Worüber?«

»Schon gut.«

Grandmas Haus roch nach Kampfer und war mit religiösem Kram vollgestopft. Das ganze Erdgeschoß war mit scheußlicher rosa Flamingotapete beklebt. An der Wand im Treppenhaus hingen lauter Familienbilder, ein gerahmtes Foto für jede Stufe. Da war eines von meiner Mutter und ihrer Freundin Geneva Sweet in weißen Kleidern und 40er-Jahre-Frisuren. Sie standen da und hatten einander die Arme um die

Hüften gelegt. Ein High-School-Abschlußbild von Eddie, dem jüngeren Bruder meiner Mutter, der mit neunzehn Jahren ertrunken war. Hochzeitsporträts von meinen Eltern und meinen Großeltern. Grandma mußte einem fast leid tun, wie sie in ihrem strahlenden Hochzeitskleid ernst und würdevoll neben ihrem Bräutigam stand, nicht ahnend, daß ihr Mann, ihr Sohn und ihr Enkel Anthony Jr. sterben würden.

»Alte Bilder sind faszinierend, nicht wahr?« fragte Ma, als sie mich dabei ertappte, wie ich sie studierte.

»Eigentlich nicht.« Ich zuckte die Achseln.

Den Rest des Besuches verbrachte ich damit, blöd in die Glotze zu starren, einsilbige Antworten auf Grandmas Fragen zu geben und Gesichter über ihre Kochkünste zu ziehen.

Als wir dann im Bus nach Hause fuhren, fing Ma an, lang und breit davon zu erzählen, wie ihre Mädchenzeit gewesen war – wie gerne sie ihre Schüchternheit überwunden hätte. »Grandma hat es ja gut mit mir gemeint, aber ... Und als dann Tony auftauchte und mich so oft anrief und sich für mich interessierte, nun, da konnte ich einfach ...«

»Willst du auf irgend etwas hinaus?« seufzte ich.

»Er hätte es dir sagen sollen. Das war der Sinn der ganzen Woche. Dein Vater möchte sich scheiden lassen. Er will uns verlassen.«

Der Bus brummte dahin; ich war viel zu müde und irgendwie benommen, als daß ich hätte denken können. »Das ist blöd«, sagte ich schließlich. »Warum läßt er denn einen nagelneuen Pool einbauen, wenn er weggeht?«

Sie streckte die Hand aus und griff nach der meinen.

»Müssen wir ausziehen?« fragte ich.

»Nein. Er zieht aus. Ist ausgezogen.«

»Wohin?«

»Nach New Jersey.«

»Und sein Job? Zieht die Masicotte auch dorthin?«

»Mrs. Masicotte? Sie hat ihn gefeuert. Er hat sich mit einer ihrer Mieterinnen eingelassen, und sie hat sie erwischt.«

Fünf Minuten lang schwiegen wir beide. Ich starrte nach vorn und sah zu, wie das Sitzpolster vor mir hinter meinen Tränen verschwamm. »Irgendwie ist es komisch«, sagte Ma schließlich. »Daß er eine Frau und eine Tochter hatte, hat sie nicht gestört. Bloß eine Freundin durfte er nicht haben... Hast du irgendwelche Fragen?«

»Wer behält den Cadillac?« fragte ich.

»Wir. Du und ich. Ist das nicht lustig?«

»Darf ich trotzdem zu Jeanettes Party gehen?« fragte ich.

Ich verbrachte die ganze Woche damit, Bahnen zu schwimmen, hob aber bei jedem kleinen Geräusch den Kopf und lauschte. Jedesmal, wenn Jeanette anrief, dachte ich, es wäre Daddy.

Am Freitag kam Ma schüchtern in ihrem Strandmantel an den Pool. Sie brachte ihre Utensilien mit: eine Tasse Tee, Zigaretten, Nasenspray. Sie mühte sich mit dem Gittertürchen ab, trat ans Wasser und tauchte den großen Zeh hinein. »Kalt«, sagte sie. Dann streifte sie ihren Mantel ab und setzte sich steif auf einen Poolsessel.

»Hübsch ist es hier«, sagte sie. »Komm raus, und unterhalte dich mit mir.«

Ich saß auf dem Poolrand, triefend und ungeduldig. »Ich wollte gerade mit meinem Programm anfangen«, sagte ich. »Was willst du?«

»O nichts. Bloß deine Gesellschaft. Darf ich dich etwas fragen?«

»Was?«

»Eigentlich ist es ja albern. Ich würde nur gern wissen... wenn du mich überhaupt nicht kennen würdest – wenn du einfach aufblicken und mich sehen würdest, eine Frau auf der Straße, eine Fremde –, würdest du dann meinen, daß ich hübsch bin oder häßlich?«

Sie trug noch denselben kitschigen zweiteiligen Badeanzug

wie früher, obwohl sie so fett geworden war: geblümtes Oberteil, Unterteil mit weißem Röckchen und ein blauweißer Fettwulst dazwischen. »Ich weiß nicht«, sagte ich. »Hübsch, denke ich.«

Sie musterte mich und suchte in meinem Gesicht nach der Wahrheit. Die Wahrheit, so wie ich sie sah, war, daß Daddy sie nicht verlassen hätte, wenn sie nicht immer so transusig gewesen wäre. »Hübsch?« fragte sie. »Wirklich?«

»Ja, hübsch häßlich.«

Ihre Unterlippe bebte. Sie griff nach ihrem Spray.

»Du liebe Güte, ich mache doch bloß Witze«, sagte ich. »Verstehst du denn keinen Spaß?«

Daddys Brief trug einen Poststempel von New Jersey: eine einzelne Seite aus einem Notizblock, die mir seine Liebe und Alimenteschecks versprach, aber keine Erklärung, weshalb er die ganze Woche mit mir geschwommen war, ohne mir die Wahrheit zu sagen, und wie er irgendeine Frau so wollen konnte, daß er uns dafür aufgab. Ich hatte bisher noch nie auf seine Schrift geachtet: unsichere, brüchige Striche – ganz und gar nicht wie Daddy selbst. »Donna möchte euch wirklich kennenlernen«, stand da. »Sobald die Zeit dafür reif ist.«

Auf Jeanettes Party sagte ich Kitty Coffey, sie würde riechen wie ein Wäschekorb, und war erfreut, als sie in Tränen ausbrach. Ich aß gierig, tanzte, bis mir der Schweiß ausbrach, und lachte so laut, daß Mrs. Nord hereinkam und mich darauf ansprach. »Bißchen leiser, Honey, ja? Ich kann dich im ganzen Haus hören«, sagte sie. »Halt's Maul, du Hure«, hätte ich gern gesagt, aber ich schnitt bloß ein Gesicht. Ich forderte die anderen Mädchen heraus, so lange aufzubleiben, wie *ich* das konnte – um zu beweisen, daß sie genausoviel Energie hatten wie ich. Als die letzte schließlich einschlief, fing ich so zu zittern an, daß ich überhaupt nicht mehr aufhören konnte. Vielleicht war er weggegangen, weil ich ein schlechter Mensch war. Weil ich gewünscht hatte, er hätte Mrs. Nord statt Ma geheiratet. Weil ich Ma gesagt hatte, daß sie häßlich sei.

Als der Morgen dämmerte, brannten meine Augen vom Schlafmangel. Ich bewegte mich auf Zehenspitzen zwischen meinen Freundinnen, die alle wie in Decken gehüllte Klumpen auf Jeanettes Boden lagen, und malte mir aus, sie wären alle tot, von irgendeiner schrecklichen Explosion getötet. Weil ich wach geblieben war, war ich die einzige Überlebende.

Draußen in dem sich langsam grau färbenden Garten der Nords zwitscherten die Vögel. Ich zog mich an, ging durch den Flur und radelte barfuß zurück zum Bobolink Drive.

Draußen im Garten summte der Poolfilter. Das Wasser war silbern und glatt. Petey saß auf der Zaunsäule.

Ich schnalzte mit der Zunge und ging auf ihn zu, rief immer wieder seinen Namen. Dann senkte sich meine Hand, war über ihm. Sein Schnabel pickte leicht nach meinem Finger. Ich konnte seine zerbrechlichen Knochen fühlen.

Ich sperrte mit meinem blanken neuen Schlüssel die Haustür auf.

Ma war in ihrem Schlafzimmer, wach und nackt. Sie stand vor dem hohen Spiegel und hielt ihre Brüste – sanft, liebevoll, ganz genau so, wie Jeanette und ich die kleinen Kätzchen gehalten hatten.

Da wären wir, dachte ich: zwei Frauen. »Schau!« sagte ich.

Sie fuhr herum und war erschreckt von meiner Stimme. Ich ließ den Vogel los. Er flatterte im Zimmer herum, kreiste um uns beide.

3

Ich saß auf dem Sofa mit dem braunen Karobezug, sah fern und war zugleich damit beschäftigt, meinen Pony mit Tesafilm an die Stirn zu kleben, weil Jeanette gesagt hatte, daß er sich so beim Trocknen nicht kräuseln würde. Meine Mutter saß auf der anderen Seite des Zimmers in ihrem Lehnsessel und hatte wieder einmal einen Nervenzusammenbruch.

Sie war über eines unserer Klapptabletts gebeugt und arbeitete ständig an einem religiösen Puzzle, ohne dabei irgendwelche Fortschritte zu machen. Trotz der frühsommerlichen Hitze trug sie ihre Kniestrümpfe und ihren rosa Steppmorgenrock. Außer Kraft-Karamellen nahm sie nichts zu sich. Ich hatte die letzten zwei Wochen immer wieder die Lautstärke des Fernsehers hochgedreht, mir Mühe gegeben, ihre Verwünschungen, die sie seit einiger Zeit vor sich hin murmelte, zu ignorieren, und auch versucht, den Wust von Zellophanpapier von ihren Karamellen, der sich im Halbkreis um ihren Stuhl herum ansammelte, nicht zur Kenntnis zu nehmen.

Nicht, daß Ma nicht dagegen angekämpft hätte. In Daddys Abwesenheit hatte sie den Flur im Erdgeschoß frisch getüncht, vor dem Fernseher mit Jack LaLanne gymnastische Übungen gemacht und auf den Rasenmäher so lange eingeschrien und eingetreten, bis er schließlich angesprungen war. Ihre Bemühungen, das Leben allein zu meistern, hatten sie in die Sonntagsmesse und zu einer Vielzahl kurzzeitiger Anstellungen geführt: Köchin in einem Heim, Kassenangestellte in einer Bank, Kurzwarenverkäuferin in Mr. Bigs Discountladen. Als im Winter nachts bei uns ein Leitungsrohr platzte, telefonierte Ma endlos, bis sie schließlich in den Gelben Seiten einen Installateur ausfindig machte, der extra aus dem Bett stieg, um das Rohr zu reparieren.

Aber wir hatten im vergangenen Herbst versäumt, etwas zur Poolwartung zu unternehmen. Blätter waren ins Wasser gefallen, zu Boden gesunken und dort verfault; als es Frühling wurde, war das Poolwasser eine braune Suppe.

Eines Morgens im Mai ging Ma hinunter und fand Petey tot in seinem Käfig liegen. »Warum ich? Warum immer ich?« schluchzte sie immer noch, als ich von der Schule nach Hause kam. Sie war an dem Tag nicht zur Arbeit gegangen und ging auch am nächsten nicht. Am Ende der Woche rief jemand von Mr. Bigs an, um ihr mitzuteilen, daß sie nicht mehr zu kommen brauchte. Aber um diese Zeit hatte sie bereits angefangen, in ihrem Morgenrock zu leben.

Mas Haar gab mir schließlich den Rest. In der Schule lutschte ich Pfefferminze für meinen Atem, trug ein Fläschchen mit Deodorant in meiner Handtasche und machte mich so oft wie möglich im Waschraum frisch. Mas ungewaschenes Haar, verklebt und verfilzt, beunruhigte mich so sehr, daß ich beschloß, den kalten Krieg gegen meinen Vater auszusetzen und die Telefonauskunft in Tenafly, New Jersey, anzurufen.

Seit mein Vater nach Tenafly gezogen war, wo er mit seiner Freundin Donna einen Blumenladen eröffnet hatte, war beinahe ein Jahr verstrichen.

»Guten Tag, Garden of Eden«, sagte Donna. Ich hatte bis jetzt erst einmal mit ihr geredet, und zwar hatte ich sie an dem Tag angerufen, als die Scheidung meiner Eltern endgültig war, und sie eine Hure genannt. Die zwei bedeutendsten Fragen in meinem Leben waren, wie Donna wohl aussehen mochte und aus welchem Grund mein Vater sie uns vorgezogen hatte.

»Kann ich mit Tony sprechen?« fragte ich eisig. »Hier spricht seine Tochter, *Miss* Dolores Price.«

Als mein Vater sich meldete, mußte ich mir erst sein nervöses Geplapper anhören. »Es ist wegen Ma«, sagte ich. »Sie führt sich so komisch auf.«

Er hustete, machte eine kleine Pause und hustete dann wieder. »Inwiefern komisch?« fragte er.

»Du weißt schon, eben komisch.«

Weder Donna noch ich hatten den Wunsch, unter demselben Dach zu leben, und weder die Nords noch mein Vater hielten etwas von meinem Vorschlag, daß Jeanette und ich den Sommer über in unserem Haus wohnen und Mrs. Nord uns unsere Mahlzeiten und die saubere Wäsche bringen sollte. So wurde entschieden, daß ich, bis Ma wieder in Ordnung war, in das Haus meiner Großmutter an der Pierce Street in Easterly, Rhode Island, ziehen würde.

Während der einstündigen Fahrt zu Grandma Holland drückte ich mein Notizbuch an mich, das mit den Adressen von Mädchen gefüllt war, denen ich das Versprechen abgepreßt hatte, mir regelmäßig zu schreiben. Daddy sah verstohlen abwechselnd zu mir herüber und dann wieder in den Rückspiegel. Hinter uns schwankte der U-Haul-Anhänger mit meinen Sachen hin und her. Ich wartete in stummer Ungeduld auf den tragischen Unfall, bei dem ich gelähmt würde, woraufhin meine Eltern wieder zu Verstand kommen würden. Ich malte mir uns drei zu Hause am Bobolink Drive aus – Daddy, der meinen Rollstuhl mit ernster Miene über den Bürgersteig schob und mir ewig dafür dankbar war, daß ich ihm verziehen hatte. Ma würde an der Tür stehen und traurig lächeln, und ihr Haar würde so sauber und glänzend sein wie das eines Breck-Shampoo-Mädchens.

Daddy sagte nicht viel zu Grandma. Er stellte mein Fahrrad und meine Koffer und Schachteln in den Eingang, gab mir einen Kuß auf die Stirn und fuhr wieder weg.

Grandma und ich waren distanziert zueinander.

»Fühl dich ganz wie zu Hause, Dolores«, sagte sie ein wenig verstört, als sie die Tür zu dem Zimmer öffnete, das einmal meiner Mutter gehört hatte. Im Zimmer roch es trocken und staubig. Die Fenster waren zugeklebt, und auf dem Fenstersims lagen kleine Reihen von Insektenleichen. Als ich mich auf die harte Matratze setzte, war ein Knistern zu hören. Ich versuchte, mir meine Mutter in diesem Zimmer als zwölfjähriges Mädchen wie ich auszumalen, aber ich sah immer nur Anne Frank auf dem Umschlag der Taschenbuchausgabe ihres Tagebuchs.

Jedesmal, wenn ich die Treppe hinauf- oder hinunterging, fiel mein Blick auf das Porträt von Eddie, meinem toten Onkel. Er hatte stacheliges kurzes blondes Haar. Seine Augen spähten unter zwei buschigen Brauen hervor und folgten meinen Schritten mit einer unheimlichen Fröhlichkeit. Sein Lächeln war beinahe ein hämisches Grinsen, als würde er aus dem Bilderrahmen greifen und mich beim Vorbeigehen in die Rippen stupsen wollen.

Zum Abendessen gab es Hackbraten und pürierten Spinat, und wir beide saßen in aller Stille da, die nur gelegentlich vom Klirren einer Gabel am Teller oder Grandmas Räuspern durchbrochen wurde.

Als sie aufstand, um sich Tee zu machen, sagte sie, zum Herd gewandt: »Weißt du, *sie* ist nicht verrückt. *Er* ist derjenige, der die Todsünde auf seine Seele geladen hat, nicht Bernice.«

Am Abend befestigte ich meine Dr.-Kildare-Collage mit Reißzwecken an der Wand und packte meine Kleider aus. Grandma hatte kleine Duftkissen in die Kommodenschubladen gelegt. Jedesmal, wenn ich eine öffnete, schlug mir der Geruch alter Damen aus der Kirche – mit ihren gepuderten, faltigen Hälsen und ihren zittrigen Singstimmen – entgegen. In der untersten Schublade der Kommode entdeckte ich in der hintersten Ecke eine ins Holz geschriebene Botschaft in roter Tinte. »Ich liebe Bernice Holland«, stand da. »Ergebenst, Alan Ladd.« Ich knipste zweimal im Laufe der Nacht das Licht an und stieg aus dem Bett, um mich zu vergewissern, daß sie immer noch da war.

Grandma drehte die Lautstärke ihres Fernsehers zu donnerndem Dröhnen hoch und sagte mir, ich solle lauter reden. Sie war immer noch von »Am Rande der Nacht« begeistert. Manchmal holte ich mir eine Cola aus dem Kühlschrank, flegelte mich neben ihr auf die Couch und schlürfte absichtlich beim Trinken.

»Hoffentlich sitzt du in der Schule nicht so«, sagte sie. »Das gehört sich nicht für eine Dame.«

Ich blätterte in der Fernsehzeitung und erinnerte sie daran, daß ich Ferien hatte.

»Als ich so alt war wie du und auf die Bishop School ging, bekam ich zum Jahresabschluß eine Medaille für musterhaftes Betragen. Da war ein Mädchen, Lucinda Cote hieß sie, die dachte, *sie* würde sie bekommen – und das hat sie mir auch gesagt. Sie war ekelhaft, völlig überspannt. Aber nein, sie haben sie mir gegeben. Und jetzt weiß meine eigene Enkeltochter nicht einmal, wie man richtig auf einem Diwan sitzt.«

»Was ist ein Diwan?« fragte ich und nahm wieder einen Schluck Cola.

»Ein *Sofa!*« sagte sie verzweifelt.

Dann sah sie in stummem Entsetzen zu, wie ich den Daumen auf die Öffnung der Colaflasche drückte, sie schüttelte und dann den Schaum in meinen Mund fließen ließ. »Darf ich den Fernseher leiser drehen?« fragte ich. »Ich bin schließlich nicht taub, weißt du.«

Abends nach dem Abspülen humpelte Grandma mit ihrem abgegriffenen Gebetbuch, das mit Gummiband zusammengehalten war, im Haus herum. Dann ließ sie sich vor dem Fernseher nieder, um sich ihre Wildwestserien anzusehen – »Bonanza« und »Rauchende Colts« –, während ich draußen in der Küche saß, kitschige Karten mit Genesungswünschen an Ma und seitenlange Klagebriefe an Jeanette schrieb.

In der ersten Woche, die wir zusammen verbrachten, sagte Grandma mir, es sei eine Sünde, wie ich heißes Wasser, Toilettenpapier und meine Freizeit vergeudete. Sie sagte, sie habe noch nie von einem Mädchen gehört, das in meinem Alter noch nicht häkeln konnte. Meine Vergeltungsmaßnahmen bestanden darin, daß ich sie, so gut ich konnte, schockierte. Beim Frühstück begrub ich meine Rühreier unter einem riesigen Berg Ketchup. Abends tanzte ich ausgelassen allein zu meinen 45er Platten, während sie mich von der Tür aus beobachtete. Die Ausrufe der Sängerinnen sang ich hauptsächlich um Grandmas willen laut mit: *My love is like a heat wave!... It's my party and I'll cry if I want to!* Eines Abends fragte sich

Grandma laut, weshalb ich mir eigentlich nie Sänger anhörte, die wenigstens singen konnten.

»Wer denn zum Beispiel?« spottete ich.

»Nun, Perry Como zum Beispiel.«

»Dieser alte Dinosaurier?« schnaubte ich.

»Nun, wie wäre es dann mit den Lennon Sisters? Die können doch nicht viel älter sein als du.«

Ich log und sagte ihr, daß eine ihrer heißgeliebten Lennon-Schwestern – Diane, die älteste, ihr Liebling – ein uneheliches Kind bekäme.

»Pfft«, machte sie und wischte es mit einer Handbewegung weg. Aber ihre Unterlippe zitterte, und sie ging hinaus und bekreuzigte sich.

Die Pierce Street roch nach Auspuffgasen und Gebratenem. Dauernd wurden Scheiben eingeworfen, Leute schrien, und Kinder warfen Steine. »Heiliger Bimbam«, murmelte Oma, wenn Autos mit halsbrecherischer Geschwindigkeit vorbeiquietschten. Sie sagte mir, sie habe ihren Mann, meinen Großvater, gewarnt und ihm vorgeschlagen, sie sollten den Ärzten, Anwälten und Lehrern folgen, die nach dem Krieg aus dem Viertel weggezogen waren. Aber Grandpa hatte das immer wieder aufgeschoben. Und dann, 1948, war er schließlich gestorben und hatte ihr Kinder im Teenageralter und ein Zweifamilienhaus mit einem undichten Dach hinterlassen. »Dieses Haus ist das Kreuz, das ich tragen muß«, sagte sie gern. Allmählich hatte sie sich eingeredet, daß es der Wille Gottes war, daß sie inmitten all des »Packs« geblieben war. Er hatte sie hierhergeschickt, als Symbol eines vorbildlichen katholischen Lebenswandels. Sie brauchte nicht mit den Nachbarn zu sprechen. Es reichte, ihnen ihr gutes Beispiel zu geben.

Abends, wenn es dunkel wurde, kam immer Mrs. Tingley, Grandmas Mieterin im zweiten Stock, mit ihrem glotzäugigen Chihuahua namens Cutie Pie die Seitentreppe herunter.

»Komm schon, Cutie Pie, Pipi machen«, sagte Mrs. Tingley immer, während der Hund nervös an seiner Leine kreiste. In all den Jahren, die Mr. und Mrs. Tingley Mieter meiner Großmutter gewesen waren, hatte Grandma immer angenommen, daß *er* der Trinker sei, nicht *sie*. Aber nach Mr. Tingleys Tod war der Mann aus dem Schnapsladen immer noch wie gewöhnlich vorgefahren. Meine Zimmerdecke war Mrs. Tingleys Schlafzimmerboden. Das einzige Geräusch, das man von oben hören konnte, war das Klicken von Hundepfoten, und ich malte mir aus, daß Mrs. Tingley dort oben im Bett lag und stumm an ihrer Flasche nuckelte.

Gegenüber von Grandmas Haus gab es einen Laden mit einem Blechdach, der aus zwei Teilen bestand. In der einen Hälfte war ein Friseurladen. Der Friseur, ein dünner Mann mit breiten Kinnbacken, saß die meiste Zeit traurig am Fenster, las Zeitschriften und wartete auf Kunden. In der anderen Hälfte war ein Tätowierladen, das Peacock Tattoo Emporium. Er wurde von einer hageren, älteren Frau mit schwarzgefärbtem Haar und roten Torerohosen geführt. An meinem zweiten Nachmittag bei Grandma, als ich auf der vorderen Veranda saß und auf den Briefträger wartete, winkte sie mich zu sich hinüber. Sie sagte, sie heiße Roberta, und bat mich, ihr ein Päckchen Newports aus dem Laden zu holen. Als ich zurückkehrte, wehrte sie das Wechselgeld ab und machte sich daran, mich mit der Geschichte ihres exotischen Lebens zu blenden. Sie war einmal mit einem Schwertschlucker verheiratet gewesen, der jetzt im Gefängnis saß, wo er auch hingehörte. Ihr zweiter Ehemann, ein Frankokanadier, der Herr habe ihn selig, war tot. Roberta war mit ihm in Alaska und Hawaii gewesen, aber Alaska hatte ihr besser gefallen. Sie hatte den Mord an Präsident Kennedy eine Woche vorher geträumt. Und sie war seit 1959 Vegetarierin, seit dem Tag, an dem sie in einer Dose Rinderhaschee eine tote Ratte gefunden hatte.

Als Grandma rauskam, um die Veranda zu fegen, entdeckte sie mich durch Robertas Fenster und winkte mir, ich solle nach

Hause kommen. Als ich wieder im Haus war, schlug sie mir mit einer zusammengerollten Zeitung auf den Kopf. »Daß du mir ja nie wieder mit diesem Stück Dreck redest«, herrschte sie mich mit zornrotem Gesicht an. »Daß du mir ja den Quatsch nicht anhörst, den die verzapft!«

»Ich habe das Recht, mir meine Freundinnen selbst auszusuchen!« schrie ich zurück.

»Aber nicht solche Flittchen, das Recht hast du nicht!«

Das Zentrum des Geschehens an der Pierce Street war Connie's Superette, ein kleiner Supermarkt im Untergeschoß eines großen, mit Asbestschindeln gedeckten Apartmenthauses. Connie, eine fette rothaarige Frau, die wie Lucille Ball aussah, saß auf einem Verandastuhl hinter der Theke. Sie hatte einen Ventilator, der ewig summte und direkt auf sie gerichtet war, und war sorgfältig darauf bedacht, ihre zwei Zoll langen Fingernägel nicht abzubrechen, wenn sie störrisch und widerstrebend die Sachen, die die Leute bei ihr kauften, in die Kasse eintippte. Connies Neffe, Big Boy, war der Fleischer. Er pfiff durch die Zähne und trug Madrashemden und eine mit Blut verschmierte Schürze. Er sah aus wie Doug McClure in »The Virginian«.

Grandma kaufte bei Connie's ein, weil sie nie Auto fahren gelernt hatte, aber auf Big Boy war sie böse, weil er einmal vor einem ganzen Laden voller Kunden zu ihr gesagt hatte: »Was soll es denn sein, Süße?« Als ich einzog, war sie zutiefst beglückt darüber, mich als Laufmädchen einzusetzen. Sie drückte mir jeden Tag ein paar zusammengefaltete Geldscheine in die Hand und schickte mich die Straße hinunter nach Pflaumensaft oder Stärke oder irgendwelchen Tabletten. Jedesmal, wenn ich zur Tür hinausging, ermahnte sie mich, ich solle einen großen Bogen sowohl um Big Boy als auch um den Ständer mit den unanständigen Magazinen machen.

Die Pysyks wohnten in dem Apartment über dem Superette. Ihre Zwillingstöchter, Rosalie und Stacia, waren die zwei einzigen Mädchen meines Alters in der Pierce Street. Sie hielten sich die meiste Zeit auf ihrem Balkon auf, wo sie tanzten und kicherten und den Jungs aus der Umgebung, die ihnen vulgäre Bemerkungen zuriefen, den Mittelfinger zeigten. Sie hatten einen tragbaren Plattenspieler mit einem gepunkteten Plastikgehäuse und eine verkratzte Schallplatte, »Big Girls Don't Cry«, die sie pausenlos mit höchster Lautstärke spielten. Beide Mädchen trugen besonders kurze Shorts und Blusen, die den Nabel freiließen, und waren so dünn wie Q-Tips, obwohl man den Eindruck haben konnte, daß sie ständig irgend etwas aßen oder tranken. Der ganze Tag war für sie eine einzige Party – eine, zu der niemand Zutritt hatte. Ich war zugleich eifersüchtig auf die Zwillinge und hatte Angst vor ihnen. Grandma hatte einmal einen Krug Wasser nach den Mädchen geschüttet und sie »Dreckige D. P.s« genannt, als sie sie dabei erwischt hatte, wie sie bei ihr geklingelt und sich dann hinter ihrem Catalpabaum versteckt hatten. Die Pysyk-Schwestern mochten mich von Anfang an nicht, und meine täglichen Botengänge zum Laden wurden für mich deshalb zum Alptraum.

»Hey, Kleine!« schrie Rosalie zu mir herunter, als ich das erstemal zu Connie's ging. Ihre Schwester lümmelte über dem Balkongeländer, feixte und aß aus einem Beutel Kartoffelchips. »Bist wohl ein bißchen überspannt? Hast wohl 'nen Besen im Hintern?« Hinter ihr winselten die Four Seasons ihr kratziges Falsett.

»Oh, hi«, rief ich mit einem unechten Lächeln hinauf. »Mann, das ist vielleicht eine gute Platte, die ihr da spielt. Die gefällt mir wirklich.« Ich konnte bereits sehen, wie wir drei zusammen von der Schule nach Hause gingen und ich ihnen meine 45er Platten lieh.

»*›Das ist vielleicht eine gute Platte, die ihr da spielt. Die gefällt mir wirklich‹*«, äffte Rosalie mich nach. Dann wieherten beide Mädchen wie Esel.

»Wie heißt du?« schrie Stacia herunter.

»Dolores.« Das kam ein wenig zittrig, wie eine Bitte.

»Oh«, sagte sie. »Ich dachte schon Bumsgesicht.«

Ihre Schwester quietschte vor Entzücken, zog mit den Zähnen das Papier von einem Stück Schokolade und spuckte es über das Geländer nach mir.

Das wiederholte sich jeden Tag. »Hi, Kotzbrocken«, schrie die eine etwa, wenn ich mich dem Laden näherte. »Grüß die ganzen Arschlöcher von uns«, rief dann die andere, wenn ich Minuten später mit Grandmas Einkäufen wieder herauskam. Mein Herz schlug wie wild. Das Wechselgeld wurde feucht in meiner Faust. Ich lächelte Anne Franks tapferes Lächeln und widerstand dem Drang davonzurennen. Wieder im Haus, studierte ich dann im Badezimmerspiegel mein Gesicht, ob da irgendwelche Hinweise zu erkennen wären, weshalb sie mich haßten. Ich nahm jede ihrer hundert mir eingebildeten Entschuldigungen an. Eines Nachts erwachte ich zitternd aus einem Traum, in dem die Zwillinge mich mit dem Angebot ihrer Freundschaft auf ihren Balkon gelockt und anschließend versucht hatten, mich mit dem Kopf nach unten über das Geländer zu werfen.

»Was sind D.P.s überhaupt?« fragte ich Grandma eines Abends. Sie saß am Küchentisch und murmelte ihren Rosenkranz, während ich das Geschirr abtrocknete. »Displaced Persons – Vertriebene. Leute, die wir nach dem Krieg aus Europa aufgenommen haben. Man sollte *meinen,* daß sie einem dankbar wären, oder nicht?«

Ich konnte verstehen, weshalb sie das nicht waren. Schließlich war ich auch eine Vertriebene und war Grandma für ihre Wohltätigkeit nicht allzu dankbar. Vielmehr widerten mich ihre Leberflecken, ihre leisen Rülpser und ihre Angewohnheit, in ihren Mund zu greifen und mit einem gurgelnden Geräusch ihre oberen Zähne herauszunehmen, an. Dolores Price, D. P.: Wir hatten sogar dieselben Initialen. Trotzdem ließen die Pysyks durch nichts erkennen, daß sie die Absicht hatten, mir freundlicher gegenüberzutreten.

Jeanettes Briefe kamen unregelmäßig und waren voller schmerzlicher Beweise dafür, daß ihr Leben ohne mich weiterging. Zwei Exfreundinnen schrieben überhaupt nicht zurück. Jeden Samstag traf ein Brief meiner Mutter aus dem staatlichen Krankenhaus ein. Es war schwer, ihren Gedanken zu folgen. In einem Satz erzählte sie mir von all den netten Leuten in ihrer Kunstklasse. Im nächsten sorgte sie sich um das Bügeleisen, das sie ganz sicherlich reingesteckt gelassen hatte, als wir unser Haus verließen. »Ich kann die Hitze von hier aus riechen«, insistierte sie. »Das Haus wird niederbrennen, ehe irgend jemand die Wahrheit erfährt.«

Eines regnerischen Nachmittags gingen Grandma die Eier aus. Ich erklärte mich widerstrebend bereit, welche zu kaufen, und dachte mir, daß selbst die kaltblütigen Pysykschwestern während eines solchen Wolkenbruchs nicht draußen sein würden. Zu meiner großen Erleichterung war ihr Balkon leer, und eine brennende gelbe Glühbirne war das einzige Lebenszeichen. Doch dafür stieß ich im Laden, als ich um die Ecke der Eiscremekühltruhe kam, auf die Zwillinge. Mein Magen fühlte sich an wie sonst in Aufzügen. Das war das erste Mal, daß ich sie aus der Nähe sah, und ich betrachtete sie voller Schrecken. Rosalie aß Zwiebelringe aus einer Dose. Stacia blätterte in einem Kinomagazin. Beide Mädchen hatten weißblonde Augenbrauen und eine Unmenge Pickel. Stacias Ohr war verformt. An der linken Seite ihres Kopfes standen zwei winzige Hautlappen heraus, als ob irgendein kräftiger Staubsauger den Rest ihres Ohrs wieder in ihren Schädel gesogen hätte.

»Oh, hi, Dolores«, feixte Rosalie. »Wenn du naß bist, siehst du noch häßlicher aus.« Ich sah zu, daß ich zur vorderen Theke kam.

»Hey, Connie!« schrie Stacia von ganz hinten aus dem Laden. »Mach schnell. Sie hat Wanzen.«

Big Boy war gerade dabei, seine Fleischertheke auszuleeren, und hielt einen Ring Frankfurter in der Hand. Er hielt inne und nahm mich zum erstenmal zur Kenntnis. Connie blickte mich aus argwöhnisch zusammengekniffenen Augen an, und ihre dicken Finger huschten schnell über die Tasten ihrer Kasse.

Mein Gesicht war heiß. Ich spürte, wie mir die Tränen kamen. »Ich habe keine Wanzen«, krächzte ich. »Die mögen mich nicht.«

Connie sah mich an, und dann wanderte ihr Blick zu den Zwillingen in Gang eins. »Daß ihr mir ja die Zeitschriften nicht anfaßt, wenn ihr schmierige Hände habt«, war alles, was sie sagte.

Stacia und Rosalie kamen kichernd und sich heftig kratzend auf die Kassentheke zu. Stacia hielt eine große Dose Mückenspray in der Hand. »Hilfe! Schafft sie hier raus!« lachte sie.

»Halt die Klappe!« sagte ich. »Du dreckiger D. P. ... du Flipperohr.«

Es kam zu einem kleinen Handgemenge, und ein paar Dosen mit Gemüse fielen von den Regalen. Ich kann mich nicht mehr erinnern, welcher der beiden Zwillinge mich niederschlug. Jedenfalls zerrten Big Boy und Connie uns auseinander. »Verdammt noch mal! Die haben mir einen Fingernagel abgebrochen!« schrie Connie. »Hinaus mit euch, alle drei!«

In der Version, die ich Grandma erzählte, hatte ich mich nicht gewehrt. Wenn ich nicht aufpaßte, so überlegte ich, würde ich am Ende nach New Jersey fahren und zu dieser Hure Donna höflich sein müssen.

Am Nachmittag darauf, als Grandma und ich uns »Art Linkletter's House Party« ansahen, traf ein Geschenk für mich aus dem Krankenhaus ein. Ich riß das braune Packpapier auf, und Grandma und ich starrten wie benommen auf seinen Inhalt. Es war eines der Gemälde aus dem Kunsttherapiekurs meiner Mutter. Das Bein einer Frau schwebte am klaren blauen Himmel zwischen ordentlich angeordneten Wolken. An dem Fuß war ein roter Schuh mit hohen Absätzen, und aus dem Schenkel wuchsen sittichgrüne, kräftige Flügel von einer Größe, die einen ausgewachsenen Engel tragen sollten.

Grandma brach das Schweigen als erste. Sie setzte sich auf den großen Sessel im Wohnzimmer und verschränkte die Arme vor der Brust. In den Hautfalten um ihre Augen standen Tränen.

»Mir gefällt es hier in Easterly wirklich«, sagte ich. Das war das einzige, was mir einfiel.

Sie strich über meinen Arm. »Mach dir nichts aus diesen blöden D. P.-Mädchen«, sagte sie. »Bleib einfach im Haus, bei anständigen Leuten wie uns.« Sie deutete mit einer Kopfbewegung auf den Fernseher, um Art Linkletter mit einzuschließen.

In meinem Zimmer breitete ich sämtliche Briefe meiner Mutter auf dem Bett aus und versuchte, in ihrer Schrift eine Spur von Zurechnungsfähigkeit zu finden. Dann klemmte ich das Gemälde hinter die Kommode.

Im August schrieb mich Grandma in die siebte Klasse der ehemaligen Schule meiner Mutter, St. Anthony's, ein. Ich hatte wahre Horrorgeschichten über kirchliche Schulen gehört. Jeanette Nords Cousine kannte ein Mädchen, dem man so oft ihr Arithmetikbuch auf den Schädel geknallt hatte, daß sie nach Jeanettes Darstellung einen Hirnschaden davongetragen hatte und für immer kahl geworden war. Trotzdem freute ich mich darauf, Mädchen und Jungs meines Alters kennenzulernen. Grandma beteuerte, daß rüpelhafte Mädchen wie die Pysyks eine öffentliche Schule besuchten. Ingrid Bergman war es schließlich, die mich für St. Anthony's gewann. Ihr trauriger, tapferer Tod in *Die Glocken von St. Mary* in der »Sonntagsmatinee« von Kanal Zehn traf mich tief in meinem Herzen. Am nächsten Tag schrieb ich mich ein.

Am ersten Schultag zupfte Grandma dauernd an meiner karierten Schuluniform herum und gab mir dann eine Thermosflasche mit Traubenlimonade und ein Sandwich mit Eiersalat mit, von dem sie sagte, sie hoffe, es würde bis Mittag nicht schlecht werden. Als ich durch die Pierce Street ging, betrachtete ich mich in den Schaufensterscheiben. »Ein Mädchen, das auf stille Art hübsch ist«, sagte ich mir. »Ich wette, sie hat ein trauriges Leben hinter sich.«

Im Schulhof lehnte ich mich an die kühle Ziegelmauer und setzte ein Lächeln auf, das jedem zeigen sollte, wie vollkommen glücklich ich darüber war, niemanden zu haben, mit dem ich reden konnte. Als mich ein Ball an der Schulter traf, verwechselte ich das mit einer Einladung zur Freundschaft, aber zwei Jungs, die halb so groß waren wie ich, winkten ungeduldig und schrien: »Hey, wirf schon!« Ich hob den Ball auf und sah mitten im Wurf etwas, das mir den Atem verschlug.

An einen Gitterzaun gelehnt und eine kleine Gruppe kreischender Mädchen mit den Ellbogen traktierend, konnte ich Rosalie und Stacia Pysyk sehen, beide in karierten Wolluniformen, die mit der meinen identisch waren. Dann ging alles viel zu schnell. Eine Glocke schrillte. Nonnen tauchten auf, klatschten in die Hände und riefen Anweisungen. Keine der beiden Pysyks hatte mich entdeckt. Ich betrat das Gebäude in sicherer Distanz zu ihnen.

Die Korridore rochen nach frischer Farbe und hatten knarrende Böden. Die lindgrünen Wände waren mit gerahmten Bildern früherer Abschlußklassen bedeckt, und ich versuchte trotz meiner Panik, im Vorübergehen das Bild meiner Mutter zu entdecken. Vor mir bog Stacia hinter der Nonne der sechsten Klasse in einen Korridor. Aber Rosalie, allem Anschein nach die Schlauere der beiden, schlenderte mit der tödlichen Ruhe einer Berglöwin in der Gruppe der siebten Klasse dahin.

Unser Klassenzimmer war oben im ersten Stock. Vor der Tür stand eine Gipsstatue der heiligen Jungfrau mit ausgestreckten Armen. Ich trottete hinter den anderen ins Zimmer und schickte der Statue ein Stoßgebet, sie möge mir dabei helfen, die nächsten 180 Schultage Rosalie Pysyk auf raffinierte Art aus dem Wege zu gehen. Zum Glück wurde mir das letzte

Pult in der Fensterreihe zugeteilt. Draußen war eine Feuerleiter. Wenn es zum Allerschlimmsten kam, dachte ich ...

Unsere Lehrerin, Miss Lilly, war ebenso neu an der Schule wie ich. Sie war eine große, zerbrechlich wirkende Frau mit trockenem, staubig aussehendem Haar, das sie vorn ein wenig aufgepeppt, dafür aber hinten mehr oder weniger vergessen hatte. Sie verbrachte einen großen Teil des Vormittags damit, die Schubladen ihres Schreibtischs zu öffnen und gleich darauf in kleinen Temperamentsausbrüchen wieder zuzuknallen, die sie jedesmal mit einem kurzen verkniffenen Lächeln zu tarnen versuchte. Ich studierte Miss Lilly intensiv, wobei mein Vertrauen darauf, daß sie mich vor Rosalie würde schützen können, allmählich schrumpfte. Die Feuerleiter war verrostet und wirkte ziemlich wackelig. Ich malte mir aus, daß sie unter meinem Gewicht vielleicht nachgeben würde, während Rosalie sich am Fenster die Seele aus dem Leib lachte und ich in weitem Bogen auf den Asphalt hinunterfiel.

Im Laufe des Vormittags hatte man uns allen einen Stapel schimmlig riechender Schulbücher zugeteilt: *Abenteuer in Weltgeschichte, Arithmetik für die moderne Jugend, Wissenschaft und Gesundheit für katholische Schulkinder* sowie einen mit Schwarzweißfotos von einem Jungen und einem Mädchen illustrierten religiösen Text, der die beiden bei einer Vielzahl heiliger Aktivitäten zeigte. Sie waren vergnügt oder würdevoll, je nachdem, was die jeweilige Aktivität erforderte, und beide wirkten dümmlich altmodisch. Ich fragte mich, ob man mir nicht etwa durch einen dummen Zufall das exakt gleiche Buch zugeteilt hatte, das meine Mutter schon benutzt hatte. Der Junge und das Mädchen auf den Bildern waren mir vom ersten Augenblick an unsympathisch – sonnige, gesunde, brave Typen von der Art, wie Grandma sie schätzte. Und sie hatte mich in diese ganze Geschichte hineingeritten, das alte Ekel.

In der Mittagspause folgte ich den anderen in ein Labyrinth von mit Linoleum bezogenen Tischen und Metallklappstühlen im Kellergeschoß der Schule. Die Pysyk-Zwillinge, wieder vereint, aßen zu Mittag Käsepopcorn aus einer riesigen Zellophantüte. Ihre Freundinnen begannen, sich zu recken und mich anzustarren, und ihr Gelächter hallte über den Lärm des Eßraums zu mir herüber. »Wer?« schrie eine und stand auf, um besser sehen zu können. »Die da?«

Ich saß an einem Tisch neben zwei übergewichtigen jüngeren Mädchen, die sich über Pferde unterhielten. Sie warfen mir nervöse Blicke zu und hörten auf zu reden. »Ich bin neu in dieser Schule«, sagte ich und schraubte den Deckel meiner Thermosflasche auf. »Ich bin in der siebten.« Beide Mädchen tauchten ihre Gesichter in ihre Sandwiches und kauten verunsichert.

Ein Junge tippte mich an. »Die will dich sprechen«, sagte er und deutete auf eine der alten Frauen, die in der Cafeteria arbeiteten. Aber als ich zu ihr ging, sagte sie, ich solle machen, daß ich weiterkomme, wenn ich bloß dastehen wolle, ohne etwas zu kaufen. Ich kehrte zu meinem Platz zurück. Jemand hatte meine Thermosflasche umgekippt, und die Traubenlimonade tropfte auf den Boden. Mein Sandwich war eine klebrige blaurote Masse.

Aus dem Augenwinkel konnte ich sehen, wie die Pysyks und ihre Freundinnen alle möglichen Verrenkungen machten, und Stacia drückte ihr Gesicht gegen die Tischplatte und prustete. Die zwei Mädchen an meinem Tisch starrten mich mit großen Augen an. »Was gibt es denn so Interessantes, Fettmops?« herrschte ich eine der beiden an.

Miss Lilly kam vom Mittagessen zurück und roch nach Zigaretten. Ich behauptete, ich hätte Krämpfe, worauf sie mir erlaubte hinauszugehen. Vor dem Klassenzimmer blieb ich kurz bei der Marienstatue stehen in der Absicht, ihr anzuvertrauen, was Rosalie mir angetan hatte. »Heilige Maria voll der Gnaden ...«, flüsterte ich, und dann hielt ich inne. Ihre Nase war abgebrochen, und ihre himmelblauen Augen starrten ins Leere. Sie ahnte nichts von der Schlange, die sich zu ihren Füßen krümmte.

Im Erdgeschoßflur blieb ich bei den langen Reihen gerahmter Bilder mit den Absolventen der letzten vierzig Jahre stehen. Ich entdeckte meine Mutter in der untersten Reihe der bräunlichen Porträts der Abschlußklasse von 1944. Ihr dunkles Kraushaar war in der Mitte gescheitelt und an beiden Seiten mit ovalen Spangen festgeklemmt. Ihre Augen schauten nicht richtig in die Kamera, und sie blickte sehr ernst. Mich wunderte es etwas, daß sie eher wie eine altmodische Ausgabe von mir als wie meine Mutter aussah. Im Korridor war es kühl und friedlich. »Hi«, sagte ich laut. Der Klang meiner Stimme ließ mein Herz schneller schlagen, aber ich fuhr fort. »Du bist geschieden, weißt du. Du hast eine Tochter. Das bin ich.«

Als Hausaufgabe hatte Miss Lilly uns ein Kapitel über Religion und eines über Mesopotamien aufgegeben. In meinem Zimmer war es heiß. Also holte ich den Tischventilator aus der Küche und richtete den Luftzug auf mein Gesicht. »Lieber Daddy«, schrieb ich auf ein leeres Blatt Papier aus meinem Ringbuch. »Ich weiß *genau,* daß Mommy Dich noch sehr liebt. Du fehlst uns beiden mehr, als ich Dir sagen kann. Ich glaube, ich bekomme Magenkrebs. Ich habe einfach so das Gefühl.« Dann übermalte ich, was ich geschrieben hatte, mit kräftigen Bleistiftstrichen, die sich durch mehrere Seiten durchdrückten.

Nördlich der Region des heutigen Persischen Golfs begann eine Zivilisation zu blühen, die fast ebenso weit fortgeschritten war wie die Ägyptens. Die Flüsse Euphrat und Tigris machten den Boden fruchtbar…

Ich starrte den Ventilator an und versuchte, in dem blaugrauen Schimmer die Form der Flügel auszumachen. Ich schob meinen Finger immer näher heran und sah zu, wie er zitterte. »Die werden mich in einer Blutlache finden. Daddy wird sich sein ganzes Leben lang hassen. Rosalie Pysyk wird einen Nervenzusammenbruch bekommen.«

Die Sumerer errichteten eine blühende Zivilisation auf dem frucht-

baren ebenen Land, das mit dem Schwemmgut der beiden Flüsse angereichert wurde. Ihre Beiträge zur Zivilisation ...

Ich drehte den Ventilator, und die glänzenden Seiten meines aufgeschlagenen Religionsbuchs begannen sich von selbst umzublättern. Ich blickte auf das liebe, brave Mädchen und den Jungen auf ihren Fotos: »Ich kann euch nicht leiden«, sagte ich ihnen. Plötzlich flatterte das Buch auf Seite 232 auf. Ein ehemaliger Nutzer – irgendein schmieriger Junge mit zweifellos schmutzigen Fingernägeln – hatte das Foto der beiden Musterschüler verunstaltet. Auf dem Bild gingen die beiden die Treppe einer Schule hinunter, die so ähnlich wie St. Anthony's aussah, und lächelten einander strahlend zu. Ihre Mittelpartien waren beide weiß radiert worden. Das Idealmädchen trug ein umgekehrtes Dreieck aus krausem Schamhaar und zwei nicht zueinander passende Brüste, die wie garnierte Napfkuchen aussahen. Der Huhu des Idealknaben war ein Periskop. Über ihren Köpfen schwebten zwei improvisierte Sprechblasen. »Wie wär's mit Sex. Verkehr. Also FIKKEN!« sagte das Mädchen mit einem strahlenden Lächeln. »Mmmm. Okay!!!!« erwiderte der Junge, wobei die Ausrufezeichen das Ausmaß seiner Begeisterung darstellen sollten.

Die Sumerer errichteten eine blühende Zivilisation auf dem fruchtbaren ebenen Land, das mit dem Schwemmgut der beiden Flüsse angereichert wurde. Ihre Beiträge zur Zivilisation ...

Innerhalb der nächsten Stunde trank ich zwei große Gläser Eiswasser, las immer wieder denselben Abschnitt in meinem Geschichtsbuch, hielt mein Gesicht einen Zoll vom Ventilator entfernt und schrieb in schwungvollen Buchstaben Richard Chamberlains Namen und Geburtstag auf die Vorder- und Rückseite meines Hefts. Nichts davon wirkte. Jedesmal, wenn ich auf Seite 232 zurückblätterte und mir sagte, ich hätte mir das Ganze nur eingebildet, waren sie immer noch da.

Am nächsten Tag trug Miss Lilly einen knöchellangen Paisleyrock und ein enges Hemd mit Rollkragen, bei dem man ganz deutlich die Umrisse ihres BHs sehen konnte. Ihr Haar war straff nach hinten gekämmt und zu einem Knoten von der Größe eines kleinen Hamburgers zusammengebunden. Sie sah völlig anders aus als am Tag zuvor. Ich fragte mich, ob sie vielleicht eine gespaltene Persönlichkeit hatte wie Margo in »Twilight Zone« – ob sie möglicherweise sogar verrückt war wie meine Mutter, falls nicht sowieso die ganze Welt verrückt war. Den ganzen Morgen lang blätterte ich immer wieder, obwohl ich das eigentlich nicht wollte, zu Seite 232, um mir immer wieder aufs neue deren geheime Existenz zu bestätigen.

Am Mittwoch morgen lächelte Miss Lilly geheimnisvoll und sagte, sie habe eine Überraschung für uns. »Brauselimonade!« vermutete jemand. Sie ging darauf überhaupt nicht ein und zog an den beiden Rollkarten, die über der Tafel hingen. Die ganze Tafel war voll mit Miss Lillys wunderschöner Handschrift. Sie sei eine halbe Stunde früher gekommen, sagte sie, um ein Gedicht für uns aufzuschreiben, »Ode an eine griechische Urne«. Sie erklärte, daß sie so etwas wie eine Expertin für dieses Gedicht sei und auf dem College eine Arbeit darüber geschrieben habe, die dreiundzwanzig Seiten in Schreibmaschinenschrift umfaßte. »Wenn ihr jetzt ganz still seid und euch stark konzentriert, dann werdet ihr, meine ich, den Versrhythmus spüren, wenn ich laut vorlese. Und sobald ich zu Ende gelesen habe, diskutieren wir über die Bedeutung dieses Gedichts.«

Sie begann mit leiser, klagender Stimme und schien fast augenblicklich in Trance zu sinken. Sie hielt ein frisches Stück Kreide in der Hand, das sie beim Lesen hin und her schwenkte. Wie Mitch Miller.

Rosalie Pysyk sah sich zu uns anderen um und deutete auf sich. Ich wußte, daß Miss Lilly gleich Ärger bekommen würde. Rosalie hielt ihren Unterarm an die Lippen, blies die Wangen auf und gab eine so verblüffende Nachahmung eines Furzes von sich, wie ich es seit dem Auszug meines Vaters nicht mehr gehört hatte.

In der Klasse kam nervöses Gelächter auf. Miss Lilly hielt inne, als ob jemand einen Kübel Eiswasser über sie geschüttet hätte. Ihr Gesicht verzog sich auf seltsame Weise, und sie ging zur Tafel und begann die »Ode an eine griechische Urne« mit weit ausholenden Bewegungen der Niederlage auszulöschen, wobei sie immer wieder über dieselbe Stelle strich, bis mir klar wurde, daß sie weinte. Rosalie saß seitlich auf ihrem Stuhl und bebte vor Lachen. Ich stellte mir vor, wie ich einen Revolver aus meinem Pult holte, zielte und sie, ohne mit der Wimper zu zucken, tötete.

Mein Mesopotamienaufsatz war ein jämmerlicher Fehlschlag. Miss Lilly schlug mit einem müden Seufzer vor, ich solle auf die Mittagspause verzichten und einige Änderungen an dem Aufsatz vornehmen, und wußte gar nicht, welche Freude sie mir damit machte. »Wenn du fertig bist, legst du den Aufsatz einfach auf mein Pult und kommst uns anderen nach. Wir sind dann zur Beichte in der Kirche. Hast du daran gedacht, deinen Spitzenschleier mitzubringen?«

Ich saß da und hörte zu, wie ihre Sandalen den Flur hinunterklapperten. Eine der Neonröhren gab ein seltsames brutzelndes Geräusch von sich, das die merkwürdige Stille des leeren Klassenzimmers betonte. Ich ging auf Zehenspitzen nach vorn und setzte mich auf Miss Lillys Stuhl. Ich hatte es nicht geplant. Ich blickte über die Reihen leerer Schulbänke, und eine Welle des Mitgefühls für Miss Lilly überkam mich. Auf ihrem Schreibtisch stand eine silberne Thermosflasche, und daneben lagen ein paar Notizen und Hinweise von Sister Margaret Frances, der Schulleiterin. Als ich das abgegriffene Buch mit Gedichten in die Hand nahm, öffnete es sich wie automatisch bei »Ode an eine griechische Urne«. Der Text war unterstrichen und trug eine Menge Hinweise, kleine Pfeile und Kreise und eine Reihe Ausrufezeichen.

Ihre Basthandtasche stand hinter dem Schreibtisch. Ich hob sie auf und griff hinein. Die Tür im Auge, zog ich ihre Autoschlüssel, ein Päckchen Winstons und ein braunes Plastikröhrchen mit Pillen heraus. Auf dem Etikett stand: »Sandra Lilly. Wenn nötig, eine vor dem Schlafengehen einnehmen.« In ihrer Geldbörse waren ein Fünf-Dollar-Schein, drei Quarters und ein paar Sieben-Cent-Briefmarken. Hinter dem verkratzten Zellophanfenster steckten ihre Fotos: eine blonde Frau mit aufgeplusterter Frisur, ein älteres Paar vor einem überdimensionierten Kuchen und eine Schwarzweißaufnahme von Miss Lilly und irgendeinem Mann am Strand. Miss Lillys Haar war naß und strähnig, und die Träger ihres Badeanzugs hingen herunter. Der Mann trug eine Sonnenbrille und hatte einen Schwabbelbauch.

Ich verbannte ihn in Gedanken aus dem Bild und stellte mir statt dessen Big Boy aus dem Superette vor. Sie lagen im Sand, Big Boy und Miss Lilly, und küßten sich innig. Sonst war niemand da. Sie rieben sich aneinander. Dann waren sie plötzlich beide nackt.

Als ich aufblickte, sah ich Rosalies rotes, plastikgebundenes Schreibheft. Plötzlich hatte ich einen perfekten Plan, ein Geschenk Gottes.

Ich steckte Miss Lillys Sachen wieder in ihre Handtasche, ging zu Rosalies Pult und nahm ihr Religionsbuch. Ich tauschte es gegen mein Buch aus und legte meines zu Rosalies Sachen.

Miss Lilly lächelte mir zu, als ich in den Beichtstuhl für Mädchen trat. Ich erwiderte das Lächeln und verspürte ein eigenartiges Gefühl der Zuversicht. Im Beichtstuhl wartete ich, bis Vater Duptulski sein Fenster aufschob.

»Segne mich, Vater, denn ich habe gesündigt. Meine letzte Beichte liegt drei Wochen zurück. Dies sind meine Sünden.«

Ich sagte ihm, daß ich meiner Großmutter gegenüber respektlos gewesen sei und elfmal halblaut geflucht hätte. Dann beichtete ich mit der demütigsten Stimme, die ich zustande brachte, daß ich von Bosheit erfüllt zugesehen hatte, wie meine gute Freundin Rosalie Pysyk ihr Religionsbuch mit einem schmutzigen unmoralischen Bild verunziert hatte. Ich lauschte einigermaßen erstaunt auf meine eigene Stimme. »Sie ist wirklich okay, Vater. Ich bin ganz sicher, daß sie das eigentlich gar nicht tun wollte. Diese und alle Sünden der Vergangenheit tun mir von Herzen leid.«

Als Buße erlegte mir Vater Duptulski zehn Gegrüßet-seist-du-Marias auf, etwas, das mir für eine Komplizin, sozusagen eine Brautjungfer des Verbrechens, eine angemessene Strafe zu sein schien. Ich kniete und betete – nicht um Vergebung, sondern, daß meine Annahme richtig sein möge: daß das Beichtgeheimnis mehr für Mörder als für Kinder galt.

Als wir dann wieder im Klassenzimmer waren, redete Miss Lilly gerade von Apostrophen, als Schwester Margaret Frances an der Tür erschien. »Miss Lilly?« sagte sie mit süßlicher Stimme. »Wir inspizieren die Bücher der siebten Klasse.«

Miss Lilly sah sie verblüfft an. »Nächste Woche?« fragte sie.

»Heute. Jetzt gleich.«

Nach der Schule stand Stacia ungeduldig herum. »Hast du Rosalie gesehen?« fragte sie jeden. »Hast du Rosalie gesehen?«

Rosalie Pysyk erschien am Donnerstag nicht zum Unterricht. Aber es hatte sich bereits herumgesprochen, was sie getan hatte. Und herumgesprochen hatte sich auch, worin ihre Strafe bestand, eine Strafe, die in ihrer Strenge alle Schulrekorde brach: Bis zu den Thanksgiving-Ferien würde Sister Margaret Frances jeden Nachmittag ein X auf die Tafel malen, und Rosalie würde dann eine Stunde lang mit der Nase an diesem X an der Tafel stehen.

An jenem Nachmittag ging ich so frei von allen Lasten nach Hause, daß ich fast glaubte zu schweben. Das Gefühl von Macht hatte mich hungrig werden lassen, und ich aß bereits aus dem Kartoffelchipsbeutel, als Connie ihn in die Kasse eintippte.

Grandma sah zu, wie ich mit dem Finger in den Ecken des Beutels nach Salz und Krümeln suchte und dann zwei Portionen Tapiocapudding aß, den sie zum Abendessen bereitet hatte.

»Du liebe Güte, die Schule macht dir anscheinend wirklich Appetit«, stellte sie fest.

»Es ist ein freies Land«, sagte ich. »Granny, Baby.«

An jenem Abend zog ich in meinem Zimmer Mas fliegendes Bein hinter der Kommode hervor und sah zum ersten Mal, daß es schön war.

Ich hängte es über mein Bett.

4

Im Januar bekamen wir vom Krankenhaus eine völlig neue Ma zurück: eine lächelnde, etwas nervös wirkende Frau mit ausgezupften Augenbrauen. Sie rauchte jetzt Mentholzigaretten und war wieder dünn – dünner denn je, richtig knochig. Sie erzählte mir, sie habe die Hälfte der Monate im Krankenhaus damit verbracht, mit einem Schrittzähler am Fuß durch das Gelände zu gehen, wobei sie über alles mögliche nachgedacht habe und zugleich ihre »Sitzpolster« losgeworden sei. In Straßenkilometern gerechnet hatte sie etwa drei Viertel der Strecke nach Kalifornien zurückgelegt.

An ihrem ersten Wochenende zu Hause saßen wir zusammen vor dem Fernseher und sahen uns die Beatles bei »Ed Sullivan« an. Ma, die neben mir auf dem Sofa saß, schlug mit ihrem Fuß, der den meinen berührte, den Takt. Ich vergoß stumme Tränen für Paul McCartney. Auf der anderen Seite des Zimmers schüttelte Grandma den Kopf und blickte finster.

»*Was ist denn?*« herrschte ich sie an, als die Kamera sich von der Gruppe löste und über die hysterischen Studiogäste schwenkte. Mein Haß auf Grandma war in jenem Augenblick ebenso tief wie meine Liebe zu Paul.

Sie könne den Unterschied zwischen dem Gesang und dem Gekreische dieser Mädchen im Studio, die sich wie Schreieulen aufführten, nicht erkennen. Wenn die Leute *das* für schön hielten, würde sie wohl aufgeben müssen.

»Na schön, dann gib auf«, riet ich ihr. »Meinetwegen.«

Ma mischte sich ein und wollte wissen, wer welcher Beatle sei.

»Das da ist George. Das ist der Ruhige. Das ist Paul McCartney, der Nette ...«

»Nett?« ereiferte sich Grandma. »Diesen häßlichen Beatnik findest du nett?«

Plötzlich füllte Ringo Starrs Gesicht den Bildschirm. »Und das ist Ringo«, sagte ich. »Übrigens Grandma, er ist es.«

»Er ist was?«

»Der Vater von Diane Lennons unehelichem Kind.«

Sie blickte erschreckt auf, doch dann tat sie meine Bemerkung ab. »Blödsinn«, sagte sie, erhob sich aus ihrem Sessel und erklärte, sie sei von mir, meiner Mutter *und* Ed Sullivan – von uns allen dreien – enttäuscht und so angewidert, daß sie jetzt zu Bett gehen würde.

»Soll mir recht sein«, sagte ich. »Zieh Leine.«

Als Grandmas Schlafzimmertür zuknallte, sah ich meine Mutter an. »Ich kann sie nicht ertragen!« sagte ich. »Sie ist so *mental* beschränkt!« Mas Gesicht zuckte, und ich sah auf den Teppich, auf meine Füße neben den ihren. »Ich wollte dich nicht beleidigen«, murmelte ich.

Jeden Morgen saß Ma nach dem Frühstück am Küchentisch, rauchte Kette und strich Personalanzeigen in den Zeitungen von Easterly und von Providence an. Sie sagte mir, es mache ihr angst, sich Arbeit zu suchen. Sie sei aber entschlossen, sich dieser Angst zu stellen. »So ist das im Leben, Dolores«, sagte sie. »Man muß auf die Tragfläche des Flugzeugs steigen und springen.«

Die Arbeitssuche meiner Mutter ärgerte Grandma, die

bereits eine Stelle als Haushälterin im Pfarrhaus von St. Anthony organisiert hatte.

»Hör zu«, erklärte meine Mutter Grandma. »Die haben mir dort eines beigebracht: Wenn man sich selbst einschränkt, braucht man sich nicht zu beklagen, wenn man nicht weiterkommt.«

»Also, was soll das jetzt wieder heißen?«

Ma ließ uns warten, während sie sich die nächste Salem anzündete. »Das heißt, wenn mir nicht danach ist, Toiletten sauberzumachen oder Männerunterhosen zu bügeln, um mir damit meinen Lebensunterhalt zu verdienen, brauche ich das auch nicht zu tun. Das war nämlich dreizehn Jahre lang mein Lebensinhalt, und wohin es mich gebracht hat, seht ihr ja!«

Grandma warf mir einen bestürzten Blick zu, und dann wurde ihre Stimme leiser, und sie sagte: »Für den Fall, daß du es vergessen hast, wir haben hier eine Schülerin der katholischen Schule im Zimmer. Ich finde, vor speziellen jungen Damen sollten wir nicht über die Unterwäsche von Priestern reden.«

Meine Mutter seufzte; dabei strömte ihr der Rauch aus beiden Nasenlöchern. »Zwo-zwoeinundsechzig Pierce Street«, murmelte sie. »Das Haus der Repression.«

Grandma griff nach einem Geschirrhandtuch und wedelte damit Mas Zigarettenrauch weg. »Ich mag diesen ekelhaften Geruch nicht. Das ist billig. Das ganze Haus riecht billig.«

»Oh, um Himmels willen, Ma, bloß weil eine Frau raucht, heißt das noch lange nicht . . .«

»Ich sehe, du hast dir jetzt auch noch das Fluchen angewöhnt.«

»Ma, ›um Himmels willen‹ ist nicht geflucht. Frag ruhig Vater Duptulski.«

»Also, zu meiner Zeit wußten Frauen, wo ihr Platz war.«

Meine Mutter verdrehte die Augen, entweder zu Gott oder zur Zimmerdecke, und wandte ihre Aufmerksamkeit mir zu. »Wenn du eine Frau bist, Dolores, kannst du zwei Dinge sein:

Betty Crocker oder ein Flittchen. Denk immer daran, wo du hingehörst – selbst wenn es dich umbringt.«

»Jetzt würde ich bloß gern wissen, woher du das alles weißt«, brummelte Grandma.

»Ma, wo, meinst du wohl, war ich die letzten sieben Monate? In Disneyland?«

Grandma und ich sahen weg.

»Nimm zum Beispiel nur die arme Marilyn Monroe«, fuhr Ma fort.

Grandmas Augen weiteten sich zornig. »Nimm doch *du* Marilyn Monroe!« sagte sie. »Ich will sie ganz bestimmt nicht haben. Weder zum Beispiel noch sonstwie.« Marilyn Monroes Tod – daß sie schließlich die gerechte Strafe für ihren liederlichen Lebenswandel bekommen hatte – war ein Lieblingsthema meiner Großmutter. In Grandmas Vorstellung hauste Marilyn Monroe in derselben Mülltonne wie Roberta von gegenüber.

»Aber, Ma, kannst du das denn nicht verstehen? Das, was alle von ihr erwarteten, war für sie wie eine Zwangsjacke. In der Krankenhausbibliothek war ein Buch über sie. Tief im Innersten war sie einfach ein verängstigtes kleines Mädchen.«

Grandma preßte ihre Lippen so fest zusammen, daß sie ganz weiß wurden. Sie stand langsam auf, ging zu dem Plastiktablett, wo sie ihre Medikamente aufbewahrte, und nahm eine Blutdruckpille. Als sie schließlich wieder zu reden begann, wandte sie sich dem Küchenherd zu. »Und das sagt sie von einer Sexbombe, die drei Filme gemacht hat, die von der Anstandsliga für unzüchtig erklärt worden sind. Das sagt sie von einer Frau, die nicht einmal soviel Anstand hatte, sich wenigstens einen Bademantel anzuziehen, als sie sich umbrachte.«

Die nächsten Tage redeten Ma und Grandma nicht miteinander. Grandma saß die meiste Zeit finster blickend vor ihren Seifenopern oder Wildwestfilmen oder ging mit einer Sprühdose Glade hinter meiner Mutter her. Einmal, als eine Salem-Werbung lief, streckte Grandma die Zunge heraus. Wenn sie Ma etwas sagen wollte, benutzte sie mich als Übermittlerin. »Dolores, sag diesem Schornstein, daß meine Cousine Florence wieder Probleme mit der Gallenblase hat.« Oder: »Dolores, sag Marilyn Monroes bester Freundin, der Arzt hat gesagt, daß mein Blutdruck wieder zu hoch ist.«

Keine der Firmen, bei denen Ma Personalfragebogen ausgefüllt hatte, rief zurück. Jeden Abend nach dem Essen schlüpfte sie in ihre dunkelblaue Seemannsjacke, schlang sich ihren gestreiften Schal um den Hals, stülpte sich die Ohrenschützer über und befestigte ihren Schrittzähler am Schuh.

»Kommst du mit?« pflegte sie mich regelmäßig zu fragen. Ich hatte nicht die geringste Lust. Ich war ein lautloser Detektiv und sammelte jedes winzige Anzeichen von Absonderlichkeit. Wie sie jetzt zwei Teebeutel für eine Tasse Tee nahm, nicht einen; wie sie sagte »Wird gemacht«, wenn man sie um gar nichts gebeten hatte. Sie war dann immer eine Stunde weg und kam wieder zurück – rotgesichtig und mit von der Kälte triefender Nase. Mich überraschte es jedesmal, wenn die hintere Tür aufging und ich sie in der Kammer stampfen hörte. Jedesmal wenn sie wegging, bereitete ich mich auf die Nachricht vor, daß Grandma oder die Tatsache, daß sie keine Arbeit bekam, sie zerbrochen hatte – daß sie wieder zu Fuß zum Krankenhaus marschiert war, um wieder verrückt zu sein. Ich konnte nicht mit ihr gehen. Ich konnte nicht.

Irgendwann im Laufe des Schuljahrs war das Gerücht aufgekommen, daß meine beiden Eltern tot seien. Ich verzichtete darauf, dieses Mißverständnis aufzuklären. Der Zustand meiner Mutter und die Freundin meines Vaters gingen nur mich etwas an. In St. Anthony's war ich die dritte Schülerin meiner Klasse, von oben gerechnet, hinter Liam Phipps und Kathy Mahoney. (Miss Lilly führte eine Rangliste von uns einunddreißig auf einem Teil der Tafel mit der Überschrift »Nicht löschen«. Aber jedesmal, wenn Miss Lilly Teamarbeiten verteilte, waren Rosalie Pysyk, der pickelige Walter Knupp und ich die letzten, die von den Teamführern gewählt wurden. Das war der Preis, den man dafür bezahlte, wenn man für sich bleiben wollte.) Eines Abends klopfte Ma, den Aschenbecher in der Hand, an meine Tür.

»Hast du Zeit?« fragte sie.

»Ich lerne Wortschatz. Miss Lilly fragt uns jeden Freitag ab.«

»Wird gemacht«, sagte sie. Sie trat vor meine Dr.-Kildare-Collage und betrachtete sie. »Als ich so alt war wie du, war das mein Zimmer, weißt du.«

»Das hat Grandma mir erzählt«, erklärte ich. Ich überlegte, ob ich die Kommodenschublade aufziehen und ihr das Alan-Ladd-Graffito zeigen sollte, entschied mich aber dann dagegen. »Du kannst mich ja abfragen, wenn du Lust hast.«

Sie nahm meine Liste und starrte sie an. Tränen standen ihr in den Augen. »Dieses Haus hier ist schlecht für meine Nerven«, sagte sie. »Grandma meint es gut. Aber ...«

»Frag sie nicht der Reihe nach ab. Frag durcheinander.«

»Also schön«, sagte sie. »›Domizil‹.«

»›Behausung‹.«

»›Konsequent‹.«

»›Zielstrebig‹.«

»›Kompromiß‹.«

»›Übereinkunft‹.«

»Okay. ›Therapie‹.«

»›Heilverfahren‹.«

Sie legte mein Heft beiseite. »Wir beide, du und ich, werden ein eigenes Zuhause haben, Dolores, sobald ich das schaffe«, sagte sie. »Das verspreche ich dir.«

»›Heilverfahren‹«, wiederholte ich.

»›Heilverfahren‹ stimmt ... es ist komisch, weißt du? Ich verbringe mehr als ein halbes Jahr dort unten – um mich geradezubiegen und mir zusammenzureimen, warum meine Ehe bloß ein Ersatz war. Und wo bringt mich das am Ende hin? Nach hier oben, wo das ganze Problem angefangen hat. Und dazu fahre ich noch den gottverdammten Cadillac der alten Masicotte. Das Ding ist ...«

»Fragst du mich jetzt Wörter ab oder nicht?«

»Tut mir leid. ›Paradox‹?«

»›Paradox‹?«

»›Paradox‹.«

»Laß das aus«, sagte ich. »Darauf komme ich später zurück.«

»Ich bin eine erwachsene Frau, oder? Ich darf eine Zigarette rauchen, wenn ich das will, oder nicht? ... Mir war jede Sekunde zuwider, die er für dieses reiche Miststück gearbeitet hat. Aber ich habe es nie riskiert, mich darüber zu beklagen, weil ich wußte, wo ich hingehöre ... genau das.«

Sie stand auf und ging im Zimmer auf und ab und blieb dann stehen und betrachtete lächelnd ihr Fliegendes-Bein-Gemälde. »Gefällt dir das?«

»Das ist okay«, sagte ich. »Es ist ziemlich cool.«

Sie strich mit den Fingerspitzen über das Papier. »Die haben eines von meinen Bildern im Speisesaal vom Krankenhaus aufgehängt. Ein Stilleben. Aber ich fand, daß dieses hier besser ist. Das war mein Lieblingsbild.«

»Was ist Repression?« fragte ich.

»Was?« Ihr Blick wanderte an meiner Liste entlang.

»Du hast gesagt, daß das hier das Haus der Repression ist. Was ist Repression?«

Sie setzte sich auf mein Bett und ließ sich nach hinten fallen. »Alles in sich einzuschließen. Über alles Schuldgefühle zu empfinden. Dr. Markey – das ist der Doktor, der mich behandelt hat – hat mir gesagt, die Hälfte meines Problems sei, daß ich in einer ungesunden Umgebung aufgewachsen bin. Daß das wie Verstopfung sei – emotional. Und das hätte dazu geführt, daß Tony und ich ... So hat er es jedenfalls ausgedrückt.«

»Sag das ja nicht Grandma«, riet ich. »Die dreht sonst durch.«

Sie strich mir mit dem Handrücken über die Wange. Ihre Hand fühlte sich kühl an. »Weißt du, wovor ich im Krankenhaus immer Angst gehabt habe? Ich hatte Angst, du würdest anders aussehen, wenn ich rauskomme. Aber das tust du nicht. Du bist noch ganz dieselbe.«

In der Zeit ihrer Abwesenheit hatten die Pysyk-Schwestern ihren Schrecken für mich verloren. Ich hatte auch angefangen, in mein Tagebuch, das man mit einem Schlüssel absperren konnte, Liebesgedichte zu schreiben. Wenn Grandma mir auf die Nerven ging, schlich ich mich immer in Robertas Tätowierladen, um zu rauchen und mich über mein Leben zu beklagen. Ma wußte das nicht und konnte auch nicht erkennen, daß ich mich verändert hatte.

»Laß nur nie zu, daß das mit dir passiert, Dolores.«

»Daß was passiert?«

»Daß die Leute alle auf dich scheißen. Du darfst nie für irgendeinen Mann so etwas wie seine persönliche Toilette werden, so wie das bei mir war ... All die Blumen, die sie mir geschickt hat, nachdem ich das Baby verloren hatte. Aber Nerven hatte sie, das muß man ihr lassen.«

»Wer?«

»Die alte Masicotte. ›Wirst du ihr keinen Dankesbrief schreiben?‹ hat er gesagt. Da saß ich und versuchte, nicht in Stücke zu gehen, und die beiden ...« Sie ging aus dem Zimmer, schneuzte sich und kam wieder herein.

»Aber das ist ja jetzt alles Schnee von gestern, oder? Wo waren wir? ›Paradox‹.«

»›Eine Situation ... eine Situation, die ... eine Situation, die widersprüchlich erscheint, aber trotzdem richtig ist.‹ So etwas Ähnliches.«

Wir musterten einander einige Sekunden lang. Dann beschloß ich, es zu riskieren.

Ich streckte die Hand aus und nahm ihr die Zigarette weg.

Sie sah mir zu, wie ich tief inhalierte und dann den Rauch über ihre Schulter blies.

»Da gibt es diese beiden Mädchen«, sagte ich. »Rosalie und Stacia Pysyk ...«

Eines Nachmittags unterbrach Schwester Margaret Frances unseren Unterricht, um über die Lautsprecheranlage bekanntzugeben, daß ein Meinungsbuch konfisziert worden sei. Solche Sachen seien bösartig und unchristlich, ließ sie uns wissen, und waren deshalb an der St.-Anthony's-Schule streng verboten. Schülerinnen oder Schüler, die dabei ertappt wurden, wenn sie solche Bücher in Umlauf setzten, hatten mit strengen Strafen zu rechnen.

In den nächsten Tagen sah ich jedesmal, wenn Miss Lilly uns den Rücken zuwandte, wie das rote Spiralheft die Reihen entlangwanderte. Draußen drängten sich die Mädchen in der Pause und nach dem Mittagessen Schulter an Schulter um den Schrein von St. Anthony, gaben das Buch weiter und drehten sich alle paar Sekunden um, um sich zu vergewissern, daß die aufsichtführende Nonne sie nicht erwischte. Als einigermaßen Außenstehende wußte ich nicht genau, was ein Meinungsbuch eigentlich war, vermutete aber, daß es entweder mit Sex oder Popularität zu tun hatte.

»Dolores, tust du mir einen *riesigen* Gefallen?« fragte mich Kathy Mahoney am Freitag bei Schulschluß. Ihr Gesicht war gerötet. Das war das erstemal, daß sie meinen Namen ausgesprochen hatte. Vom anderen Ende des Korridors näherte sich Schwester Margaret. *»Bitte?* Als Freundin?«

Ich blätterte das ganze Wochenende in dem Meinungsbuch, das Kathy in meine Schultasche gestopft hatte. In der obersten Zeile jeder Seite stand mit Markerstift der Name eines Schülers unserer Klasse. Darunter kritzelten die Kids ihre anonymen Beurteilungen. Kathys Seite, die erste in dem Heft, war mit überschwenglichen Eintragungen angefüllt: »Geil«, »Unvergeßlich gut«, »Love Me Do!«, »Freunde in alle Ewigkeit!« Die Dolores-Price-Seite hatte man offenbar ursprünglich vergessen, denn mein Name stand nur mit Kugelschreiber auf der Innenseite des Umschlags. »Kenn ich nicht« war der erste Eintrag, und darunter folgte eine ganze Reihe »KINs« und eine »Grundhäßlich wäre zuwenig gesagt« in Rosalie Pysyks Schrift.

Der Kugelschreiber fühlte sich in meiner linken Hand seltsam an; aber dafür war meine Schrift wackelig und nicht zu erkennen. »Still, aber nett«, fügte ich den Bemerkungen hinzu. »Sollte man kennenlernen.«

Im März hatte Ma ein Bewerbungsgespräch: Sekretärin in einer Firma, die sich mit Ungezieferbeseitigung befaßte. Ich saß mit gerunzelter Stirn hinter ihr auf dem Bett, als sie sich vor dem Spiegel zurechtmachte. »Also wirklich, das wird einmalig«, sagte sie. »Ich telefoniere ungern, habe seit meiner Schulzeit nicht mehr maschinegeschrieben, habe eine Heidenangst vor Wanzen und sehe aus wie eine Maus.«

»Du siehst viel besser aus, seitdem du dein Haar lang trägst«, sagte ich. »Du wirst die Stelle kriegen.«

Zum Abendessen war sie noch nicht zurück.

Sie ist weggelaufen, dachte ich. Und hat mich hier im Haus der Repression zurückgelassen.

Grandma und ich nahmen das Abendessen in fast völligem Stillschweigen ein. »Vielleicht hat sie die Stelle bekommen, und die haben sie gleich gebraucht«, meinte ich.

Grandma sagte, sie würde hoffen, daß das nicht der Fall sei. Schließlich konnte man ja nicht wissen, was Ma von einer solchen Tätigkeit heimtragen würde.

Als ich die Teller abtrocknete, kam mir plötzlich der Gedanke, meine Mutter könne Selbstmord begangen haben. Ich malte sie mir hoch oben am nächtlichen Himmel aus, wie sie an der Tragfläche eines Flugzeugs entlangging und über die Gefahr lachte. Ich sah sie springen.

Ich wandte mich Grandma zu, die Mas Abendessen gerade

in Klarsichtfolie hüllte. Was ich dann tat, kam ganz spontan. Ich knallte den gläsernen Deckel einer Pfanne auf die Theke, so daß er in Stücke ging. »Du hättest sie nicht so schikanieren sollen«, schrie ich. »Wenn sie wieder übergeschnappt ist, ist das *deine* Schuld.«

Grandma fuhr herum. »Jetzt hör mir mal gut zu, Dolores Elizabeth«, fauchte sie mich an. »Komm mir bloß nicht frech!« Doch ihre zittrige Stimme verriet, daß sie sich ebenfalls ängstigte.

Um Viertel nach acht polterte der Cadillac in Grandmas Straße, und Ma schoß durch die hintere Tür ins Haus. »Tut mir leid, daß ich so spät dran bin!« verkündete sie. »Wißt ihr was? Ich habe ein Auto gekauft!«

Sie trug eine nagelneue orangefarbene Jacke und schleppte ein halbes Dutzend Tüten und Schachteln. »Könnt ihr euch das vorstellen? Einen Buick Skylark, Baujahr 1962! Am Dienstag ist er fertig. Ein weißes Cabriolet. Und das beste ist, wir können diesen gottverdammten Cadillac in Zahlung geben. Nächsten Dienstag ist er fertig. Habe ich das schon gesagt? Und ich habe sie um hundertfünfundsiebzig Dollar heruntergehandelt. Die ganze Zeit habe nur ich geredet.«

»Hast du den Job bekommen?« fragte ich.

»Ich bin gar nicht erst hingegangen. Wer mag denn schon für eine Firma arbeiten, die Wanzen umbringt? Kinder, das war ein Tag! Da schaut!«

Sie zog ihre Strickmütze herunter. Ihr Haar war platinblond.

»Was meint ihr?« fragte sie und ließ ihr Haar fliegen.

»Ist es eine Perücke?«

»Nee. Das bin alles ich!«

Grandma erschien an der Tür. »Nun?« fragte Ma. Sie lachte nervös. »Sag doch jemand etwas.«

Grandma schüttelte den Kopf und wandte sich mir statt Ma zu. »Weißt du, als nächstes wird sie über die Straße marschieren und sich von der dort drüben tätowieren lassen.«

Im Warteraum des Peacock Tattoo Emporium gab es eine Reihe von Küchenstühlen, Standascher und schmutzige Zeitschriften. Man konnte sich seine Tätowierung aus einem dikken Ringbuch mit Illustrationen in Plastikhüllen aussuchen.

»Die sind *beide* verrückt«, sagte ich Roberta und sah dabei zum Fenster hinaus, um mich zu vergewissern, daß meine Großmutter mich nicht sehen konnte. »Ma *und* Grandma. Die sind bloß auf unterschiedliche Art verrückt.«

Zwischen uns hing ein Perlenvorhang. Auf der anderen Seite war Roberta damit beschäftigt, einen Kunden zu tätowieren. »Nun, dann gewöhn dich eben daran, Honey«, gackerte sie. »Die ganze Welt ist verrückt. Stimmt's nicht, Leon?«

»Ganz richtig, Roby«, sagte ihr Kunde.

Ich seufzte und rauchte und vertrieb mir die Zeit damit, in den alten eselsohrigen Zeitschriften zu blättern. In einem uralten *Coronet* gab Lana Turners Tochter im Gefängnis ein Interview und erklärte darin, weshalb sie Lanas Bodybuilderfreund erstochen hatte. Der Artikel enthielt Bilder des Opfers, Johnny Stompanato, und welche von Lanas Villa, mit einem Pfeil, der auf das Schlafzimmerfenster wies, wo der Mord sich ereignet hatte. Es gab auch eine Nahaufnahme von Lanas Tochter in unförmiger Gefängniskleidung. Ihr unheimlich eingedrückt wirkendes Gesicht erinnerte mich an das meine und das Jeanettes eines Nachmittags, als wir uns alte Nylonstrümpfe ihrer Mutter über den Kopf gezogen hatten. Vielleicht war Verrücktheit erblich, so wie braune Augen oder krauses Haar. Vielleicht wurde man einfach verrückt und tat solche Sachen, wenn man eine Mutter hatte, die sich scheiden ließ und sich einen neuen Lover zulegte.

Roberta schob den Perlenvorhang für Leon auseinander und erinnerte ihn an die Alkoholeinreibungen. In der Woche zuvor hatte ich zugesehen, wie er sich eine Hummel auf die Schulter tätowieren ließ. (Wenn der Kunde damit einverstanden war, hatte Roberta nichts dagegen, daß ich bei Oberkörperbehandlungen zusah. Ich konnte mich dazu zwingen, die Nadeln zu betrachten, wenn sie bereits drinnen waren, aber nicht, wenn sie *hineinstachen.*) Leon bezahlte Roberta. Dann gab er ihr die Hand und ging.

»Was hat er denn diesmal gekriegt?«

Sie blätterte in ihrem Ringbuch und zeigte mir die Kobra.

»Wo?«

Sie klopfte sich auf den Hintern. »Linke Backe. Nächste Woche kommt er und läßt sich die rechte machen. Er will einen Mungo in Angriffshaltung. Ich habe ihm gesagt, wenn es nicht in meinem Katalog ist, garantiere ich für gar nichts. Freihand wird manchmal gut und manchmal nicht. Er sagt, er glaubt an mich. ›Außerdem‹, sagt er, ›wer wird es denn außer mir schon sehen?‹ Er ist Junggeselle, verstehst du? Das heute war seine zweiundzwanzigste Tätowierung. Wie gesagt, die ganze Welt ist verrückt.«

»Manchmal denke ich, daß Grandma schlimmer dran ist als meine Mutter«, sagte ich.

Roberta lachte und setzte sich neben mich. Sie zündete sich ihre Zigarette an meinem Stummel an. »Thelma ist ein zäher alter Brocken wie ich. Eigentlich ist es ja komisch. Sie und ich sind etwa um die gleiche Zeit hier eingezogen – das war 1940, noch vor dem Krieg –, aber sie hat immer durch mich durchgesehen. Ihr Junge, Eddie, ist im selben Jahr ertrunken, in dem ich meinen Mann verloren habe. Als der Frankokanadier gestorben ist, hat sie mir einen gelben Kuchen mit Schokoladenguß geschickt. Unten an der Schüssel hing ein Stück Klebeband mit ihrem Namen drauf, damit ich sie ihr ja zurückgebe. Da wohnen wir jetzt seit fünfundzwanzig Jahren Tür an Tür und haben in der Zeit keine fünfundzwanzig Worte miteinander gewechselt.«

»Sie kann dich nicht leiden«, sagte ich. »Nimm es mir nicht übel.«

»Wahrscheinlich mache ich Thelma ein wenig Angst. Weißt du, sie hat ja nicht wie ich die Welt gesehen. Ich und mein erster Mann, wir sind überall herumgekommen damals, mit dem Zirkus, und haben alle möglichen Leute kennengelernt. Ich und der Frankokanadier auch. Als wir in Hawaii waren, sind wir sogar ein Stück in einen Vulkan hineingeklettert – einen ausgebrannten, weißt du. Und so was hat Thelma nie erlebt. Sie ist so was wie ein verängstigtes kleines Mädchen.«

Mir war ein wenig schwindlig, das kam vom Rauchen und von diesem seltsamen Zufall. Sie hatte Grandma gerade so geschildert, wie Marilyn Monroe in Mas Buch geschildert war. Paradox, dachte ich: eine Situation oder eine Aussage, die widersprüchlich ist und trotzdem richtig. Bei dem Wortschatztest hatte ich das vermasselt, aber plötzlich begriff ich.

Ich drückte meinen Stummel aus. »Wie war denn mein Onkel?« fragte ich.

»Eddie? Gut hat er ausgesehen – und ein richtiger Draufgänger war er. Er stand immer dort drüben auf der Veranda und hat Schneebälle geworfen. Und ein- oder zweimal hat er seinen Karren dort vorn hingestellt. Aber er war ein guter Junge. Mir hat er gratis den Schnee vorn weggeschaufelt. Schrecklich, als er gestorben ist, eine richtige Tragödie.«

Dann lachte sie und erzählte, wie Onkel Eddie sich einmal mit einem Fünf-Dollar-Schein über die Straße geschlichen habe. »Er hat gesagt, daß er eine Tätowierung möchte. Eine Rose, wenn ich mich richtig erinnere«, sagte Roberta. »Er wollte, daß ich sie ihm in die Achselhöhle mache, damit Thelma sie nicht sieht. Und dann, an einem heißen Sommertag, hatte er kein Hemd an und nicht daran gedacht und die Arme hochgestreckt. Sie hat ihn hier zu mir herübergezerrt und gesagt, sie würde die Polizei rufen und dafür sorgen, daß die mir den Laden dichtmachen. Schließlich sei es schon schlimm genug, einen Spitzbuben wie ihn allein aufzuziehen, ohne daß ich es ihr noch schwerer machte.«

»Wie alt war er?«

»Oh, fünfzehn oder so. Er ist oft hier herübergekommen und hat sich über sie beklagt, so wie du jetzt. Und dem Kanadier und mir hat er gesagt, er könnte es gar nicht abwarten, bis er von zu Hause weg und zur Navy gehen könnte.«

Ich wollte, daß sie weiter von Onkel Eddie erzählte, aber sie stand auf und sagte, sie wolle für heute Schluß machen. »Mhm«, sagte sie. »Ich und der Kanadier. Einmal war er ganz lieb, und am nächsten Tag hat er mich gegen die Wand geschmissen.« Sie lächelte betrübt und schüttelte den Kopf. »Und ich habe ihn gelassen. Ist das nicht auch verrückt?«

Kurz nachdem wir unser neues Auto bekommen hatten, erhielt Ma einen Job als Kassiererin für die Straßengebühren auf der Newport Bridge, dreißig Minuten von Easterly entfernt. Wenn sie ihre Khakiuniform trug, wirkte ihr Haar noch blonder. Sie fuhr jeden Tag mit offenem Verdeck zur Arbeit. Ehe eine Woche um war, hatte sie ihre erste Verabredung.

Ich sah, wie ihre Augenlider zuckten, als sie uns das eines Morgens beim Frühstück mitteilte. »Ein richtig netter Mann muß das sein«, sagte sie. »Er gibt mir jeden Morgen ein Hersheyküßchen mit seinem Geld. Riskiere es, habe ich mir gesagt.«

»Wie sieht er aus?« fragte ich.

»Irgendwie süß. Wenigstens in seinem Auto.«

Grandma legte ihre Gabel hin. Sie sagte, sie sei dieses mädchenhafte Getue von einer Frau, die zweiunddreißig Jahre alt sei, jetzt leid. Sie wolle meine Mutter daran erinnern, daß sie in den Augen der Kirche immer noch eine verheiratete Frau sei. Und dann sagte sie, sie hoffe, daß Ma sich nicht wegen einer Nacht mit einem Kerl ein Zimmer in der Hölle reservieren lasse. In meiner Vorstellung war Ma nie jemand gewesen, der zu so etwas fähig war. Ich malte sie mir die ganze Woche über aus, wie sie mit einem tiefausgeschnittenen Kleid in einem Nachtclub Wange an Wange mit Johnny Stampanato tanzte.

Als dann der große Augenblick gekommen war, hetzte Ma

aufgeregt in ihrem Zimmer herum und richtete sich her. Sie spritzte sich mit dem Tabuparfum an, das ich ihr letztes Weihnachten ins Krankenhaus geschickt hatte, legte Lippenstift auf und summte »Blame it on the Bossa Nova«. Der Mann, mit dem sie ausging, besaß einen Laden an der Edson Street, sagte sie mir. Er verkaufte Zeitungen, Zigaretten und Tabak und gemischte Nüsse. Ich war erleichtert, als ich erfuhr, daß sie nur ins Kino gehen wollten.

Grandma hatte die offizielle Position bezogen, daß sie es aufgegeben habe. Trotzdem war sie es, die mich an jenem Abend als Spionin mit einer heiligen Dreifaltigkeit von Fragen bewaffnet in Mutters Zimmer schickte: Welcher Nationalität war er? Welcher Religionsgemeinschaft gehörte er an? Wie war sein Familienname?

Sein Familienname war Zito. Mario Zito. »Aber meine Kumpels sagen alle Iggy zu mir, Miz Holland«, erklärte er Grandma, die sich mit beiden Händen an ihren Stuhllehnen festhielt und sich weigerte, ihm ins Gesicht zu sehen.

Iggy Zito war der völlige Gegensatz zu dem etwas gangsterhaften Johnny Stompanato. Er war klein, hatte krauses, rotes Haar und Sommersprossen und trug ein Cordjackett. Er lag irgendwie zwischen dem Typ Mann, den Jeanette und ich ignoriert hätten, und dem, über den wir uns lustig gemacht hätten.

»Und das ist meine Tochter Dolores«, sagte Ma. Ich nahm ihn eine Sekunde lang zur Kenntnis und konzentrierte mich dann wieder auf den Wohnzimmerteppich.

»Deine Mutter hat schon erwähnt, daß sie ein kleines Mädchen hat. Ich habe dir was mitgebracht, Süßes. Bloß eine Kleinigkeit, heh, heh.« Er überreichte mir eine zerknautschte Tüte mit einem Schmierfleck darauf. Mir war es zuwider, wenn ich den Speichel hören konnte, wenn jemand lachte.

Ma beugte sich über Grandma, die stocksteif auf ihrem Sessel saß, und gab ihr einen Kuß. Grandma reagierte überhaupt nicht.

»Ihr braucht nicht aufzubleiben«, lachte Ma.

»Ke-e-ii-ne Sorge«, antwortete Grandma und verdrehte die Augen in Richtung Fernseher.

Aus dem unbeleuchteten Zimmer vorn neben der Tür sahen wir zu, wie sie in Iggys schwarzen Station Wagon stiegen. Zu meiner Erleichterung rutschte Ma nicht wie ein Teenager neben ihn, sondern hielt sich an die Beifahrerseite.

»Zito. Italiener«, sagte meine Großmutter, als wir nebeneinander im Halbdunkel standen. Als wir dann wieder im anderen Zimmer waren, machte ich die Tüte auf, die er mir gegeben hatte. Sie enthielt zwei *Little-Lotta*-Comichefte und zwei Handvoll Pistaziennüsse.

Grandma ließ mich die Nüsse wegwerfen, weil sie nicht verpackt waren und man ja schließlich nicht wissen konnte, wer sie schon angefaßt hatte und wo sie herkamen. Wir verbrachten den Abend vor dem Fernseher. Wenn Grandma etwas über Mas Begleiter sagte, dann nannte sie ihn immer Mario Pepperoni. »Früher«, erklärte sie mir, »hätte man mit den Itakern nicht einmal gespielt. Sie waren schmutzig, hat mein Vater gesagt. Höchstens eine Stufe über den Farbigen.«

Als die Sommerferien anfingen, schickte mir Jeanette einen Brief, in dem sie mich einlud, sie für eine Woche in ihrem Haus zu besuchen. Sie hatte einen Schnappschuß von sich und den Kätzchen beigelegt, die inzwischen zu Katzen geworden waren. Ma sagte, sie könne nicht verstehen, weshalb ich das Angebot der Nords nicht annähme. Ich verstand es auch nicht ganz. Ich wollte einfach nicht. Ich zog es vor, meine Sommertage vor dem Fernseher zu verbringen oder draußen auf der Veranda, wo ich den obersten Hosenknopf öffnete, weil das bequemer war, und Kinozeitschriften und dicke Liebesromane las.

Zu meinem täglichen Ritual gehörte, daß ich jeden Nachmittag um vier Uhr zu Connie ging und mir dort ein Eiscremesandwich holte. Ich war gerade dabei, den schmelzenden

Rand davon abzulecken, als Ma zwei Stunden zu früh ihren Skylark in unsere Seitenstraße lenkte und zusammengesackt im Auto sitzenblieb. Sie hatte das Dach zugemacht. Ihr blondes Haar wirkte welk.

»Was ist denn?« fragte ich.

»Ach nichts. Ich bin bloß früher weggegangen. Mir war irgendwie nicht gut.«

Sie stieg aus und setzte sich neben mich auf die Verandatreppe.

»Viel Verkehr gewesen heute?«

»Das übliche.« Sie quälte sich aus ihren Schuhen mit den Keilabsätzen und fing an, sich die Füße zu kneten. »Ich weiß nicht, ob ich dir das sagen sollte«, begann sie dann. »Rate mal, wen ich heute gesehen habe.«

»Keine Ahnung. Jeanette?«

»Deinen Vater.«

Die beiden Worte fühlten sich an wie ein empfindlicher Zahn, auf den ich kräftig gebissen hatte.

»Was macht der denn hier oben? Warum ist er nicht in New Jersey?«

»Er ist vor einem Monat wieder hierhergezogen. So, wie es klingt, ist wohl nichts aus seinem kleinen Techtelmechtel geworden.«

»Arbeitet er wieder für die Masicotte?«

Ma schüttelte den Kopf. »Er macht irgendwelche Umbauarbeiten draußen in Newport. Aber als Angestellter, nicht selbständig. Ich habe ihm gesagt: ›Du hast immer noch eine Tochter. Eine Tochter, die dich vielleicht einmal sehen möchte. Von ihr hast du dich ja nicht auch scheiden lassen.‹«

»Ich *will* ihn nicht sehen! Ich will nur, daß er mich in Ruhe läßt.«

»Nun ja, trotzdem. Er hat jetzt kein Geld mehr geschickt, seit ... nicht, daß das für dich irgend etwas zu bedeuten hätte, Dolores. Was gibt es bei dir Neues?«

»Eigentlich nichts.«

»Nichts? Den ganzen Tag?«

Wenn ich jetzt etwas sagte, konnte es sein, daß ich zu weinen anfing. Weshalb sollte er für jemanden zahlen, von dem er bereits vergessen hatte, daß er überhaupt existierte. »Julie in ›Leuchtende Flamme‹ hat ihr Baby verloren«, sagte ich schließlich.

Sie seufzte und schmunzelte dann. »Er war so überrascht, mich zu sehen, daß er sein Kleingeld fallen ließ und aussteigen mußte, um es aufzuheben.«

»Was fährt er denn für einen Wagen?«

»Ich weiß nicht. Irgend so ein graues Ding.«

»Alt oder neu?«

»Alt. Du hättest hören sollen, wie er sich entschuldigt hat. Was sagst du jetzt dazu? Mich jahrelang wie Scheiße behandeln, und was tut ihm leid? Daß ihm ein paar Quarters runtergefallen sind.«

Daddy rief am nächsten Abend an, als gerade »Hollywood Palast« lief. Ma und Iggy waren wieder verabredet. Seine Stimme am Telefon klang blechern und weit weg. Ich malte ihn mir aus, flach und klein, aber lebend, eine sprechende Briefmarke.

»Ich bin gerade beschäftigt«, sagte ich, bemüht, mir das Zittern in meiner Stimme nicht anmerken zu lassen. »Was willst du?«

»Ich habe bloß angerufen, um zu hören, wie es dir geht, Honey. Darf ich nicht einmal meine Tochter anrufen? Wie fühlst du dich denn in Easterly?«

»Gut«, sagte ich.

»Also, vermißt du mich, oder was?«

Ich zitterte am ganzen Körper. Aber ehe ich mir eine Antwort zurechtlegen konnte, sprach er weiter. »Du hast wohl gar nicht bemerkt, daß ich weg war, stimmt's? Na, vielen Dank.« Sein Lachen war unecht.

»Dann hat deine Mutter also diesen Job in dem Zahlhäuschen, wie? Hat sie dir gesagt, daß ich sie neulich gesehen habe? Herrgott, ich wäre beinahe umgekippt, als ich an das Häuschen kam. Wie gefällt es ihr?«

»Das kann ich nicht sagen«, erklärte ich. »Da mußt du sie selber fragen.«

Er lachte wieder, als ob ich etwas Nettes gesagt hätte. Dann hustete er und räusperte sich. »Hör zu, so wie du klingst, bist du irgendwie sauer auf mich, Dolores. Und das kann ich auch verstehen. Nur, daß jede Geschichte zwei Seiten hat, weißt du. Vergiß das nicht.«

Ich mußte daran denken, wie seine Haut ausgesehen hatte, als ich unter Wasser in unserem Pool unter ihm schwamm. Weißlichblau wie ein Toter.

»Ich habe jetzt ein hübsches Apartment. In South Kingstown – Garden Boulevard heißt es. Vielleicht kannst du mich am Wochenende mal besuchen. Wir könnten chinesisch essen, was meinst du? Uns etwas mit nach Hause nehmen.«

Die Tränen versperrten mir die Sicht.

»Wie wär's, wenn ich dich mal Freitag abend abhole. Wir könnten das Wochenende zusammen verbringen.«

»Ich glaube nicht«, sagte ich.

Ich merkte, wie er die Geduld verlor. »Bei mir war auch nicht immer alles eitel Sonnenschein«, sagte er. »Donna und ich haben Schluß gemacht, falls dich das interessiert. Du solltest deinen Pa nicht so schnell zum Schurken machen.«

»Daddy? ...«

»Ich kann ja verstehen, daß du nicht ohne weiteres *meine* Partei ergreifst, nicht daß es da Parteien gäbe. Ich kann verstehen, daß du Loyalität für deine Mutter empfindest, besonders nach dem Krankenhaus. Aber vielleicht solltest du mal versuchen, mit einem Menschen zusammenzuleben, der ...«

»Daddy, ich muß jetzt weg. Ehrlich.«

»Ich werde jetzt nicht schlecht über sie reden, so wie sie das bestimmt die letzten zwei Jahre über mich getan hat.«

»Wirklich, Daddy.«

»Brauchst du etwas? Wenn du etwas brauchst, mußt du es nur sagen. Wie wär's, wenn ich dir meine Telefonnummer gebe? Dann kannst du mich anrufen, wenn du mich besuchen willst, okay?«

»Okay.«

»Hast du einen Bleistift?«

»Ja.«

Er rasselte eine Reihe Zahlen herunter, die ich einfach an mir vorbeifließen ließ. Dann stand Grandma neben mir, sie legte die Hand auf meine. »Soll ich mit ihm reden?« flüsterte sie. »Möchtest du, daß ich mit ihm rede?«

»Deine Mutter kriegt doch das Geld, das ich geschickt habe, ja? Hast du gewußt, daß ich dir jeden Monat etwas schicke?«

Nachdem ich aufgelegt hatte, sagte mir Grandma, ich solle mir keine Sorgen machen – wenn er wieder anrufen würde, würde sie sagen, ich sei nicht da. Sie fragte mich, ob ich mit ihr weiter Karten spielen wolle.

»Könntest du mich einfach nur halten?« fragte ich.

Das schien sie zu verblüffen, aber sie tat es. Ihr schmächtiger Körper fühlte sich steif und unnatürlich an. Sie legte erst eine Hand auf meinen Rücken, gab sich dabei Mühe, es richtig zu machen, dann die andere. Ich lehnte meine Stirn an ihre Schulter.

»Weine jetzt nicht«, sagte sie. »Du bist schon ein richtig braves Mädchen geworden. Hör jetzt auf zu weinen.« Ich schluchzte und zitterte und konnte einfach nicht aufhören damit.

Meine Mutter und Iggy Zito gingen noch zweimal miteinander aus, ehe sie erklärte, er sei ein Spießer, und aufhörte, sich mit ihm zu treffen. Wenn andere Männer anriefen, griff Ma immer mit einem Satz nach dem Telefon. »Halloo«, schnurrte sie dann mit einer schläfrigen Stimme, viel tiefer, als sie sonst redete. Ihre neuen Begleiter hupten meistens draußen oder trafen sich mit ihr irgendwo. Daddy rief auch noch einmal an, und Grandma sagte ihm, wie versprochen, ich sei »bei einer Freundin«.

Mitte Juli starb Mrs. Tingley an einem Schlaganfall, und Cutie Pie wurde in einem Wagen des Tierschutzvereins weggebracht. Grandma sorgte sich, sie könnte jetzt gezwungen sein, an Beatniks zu vermieten oder »irgendwelche Spinner«, und wünschte, sie könnte sich leisten, auf die Mieteinnahme zu verzichten. Sie ließ die Wohnung im zweiten Stock neu streichen und lüften, um den Hundegestank loszuwerden, und setzte dann eine Anzeige in die Zeitung.

Jack und Rita Speight, ein tolles junges Paar Mitte Zwanzig, sahen sie sich als erste an. Sie erinnerten Grandma an »die Art von Leuten, die *früher einmal* in der Pierce Street wohnten«, und zogen am ersten August ein. Alle drei – Grandma, meine Mutter und ich – verliebten wir uns prompt und hoffnungslos.

5

Rita Speight trug Windsong-Parfum und blauen Lidschatten. Sie war so winzig klein, daß sie ein Kissen brauchte, um über das Steuerrad ihres grünen Studebaker hinwegzusehen. Jeden Morgen fuhr sie in das Krankenhaus für Frauen und Kinder in Providence, wo sie als Schwester in der Kinderabteilung arbeitete. »Wie eine kleine Porzellanpuppe«, murmelte Grandma bewundernd, wenn sie Rita nachsah. Grandmas Freundin aus der Kirche, Mrs. Mumphy, kannte Ritas Tante. »Sie hatte eine Fehlgeburt, als sie noch in Pennsylvania wohnten«, vertraute mir Grandma im Flüsterton an. »Aber das bleibt natürlich unter uns.«

Jack Speight, groß und blond, war Diskjockey beim Sender W-EAS. Er war Talkmaster einer Show, die sich »Potpourri« nannte, erzählte Elefantenwitze und spielte die blöde Musik, die meine Mutter sich immer in ihrem Autoradio anhörte. Er fuhr einen dunkelbraunen MG mit einem Nummernschild, auf dem JK SP-8 stand. Er war fünfundzwanzig, drei Jahre jünger als Rita.

An dem Nachmittag, an dem sie ihre Habseligkeiten die Seitentreppe hinauftrugen, herrschte gerade eine Hitzewelle. Ich bezog mit einer Sonnenbrille und einem Taschenbuch Station auf der vorderen Veranda und begutachtete jeden exotischen Gegenstand, während er vorbeigetragen wurde: Musiktruhe, hawaiische Tiki-Lampen, ein Knautschsack, mit orangefarbenem Fell überzogene Polstersessel. Nach einer Weile zog Jack sein T-Shirt aus, und ich begutachtete ihn genauso.

Grandma beobachtete die Karawane mit den Besitztümern der Speights von innen aus. Sie hielt weder etwas von Sportwagen noch von »haarigen Möbeln«, aber Jack gewann ihr Herz binnen einer Woche nach ihrem Einzug, indem er auf einer ausgeborgten Aluminiumleiter in die schwindelerregende Höhe des Schrägdaches stieg und dort einen lockeren Antennendraht befestigte, der unseren Fernsehempfang mit Schneegestöber beeinträchtigt hatte. Grandma, Ma und ich beobachteten ihn von unten, die Hände wie Schildmützen an der Stirn. Grandma gab meiner Mutter einen Zehn-Dollar-Schein, als Jack die Leiter herunterkletterte. »Er soll das nehmen, Bernice«, flüsterte sie.

Ma hielt ihm das Geld hin, als er unten ankam. »Da«, sagte sie. »Das ist für Sie. Wir bestehen darauf.«

»Nein, wirklich, ich habe das gerne getan«, sagte er. »Trotzdem vielen Dank.«

Dem schloß sich ein von viel Gelächter begleiteter Tanz an, der damit endete, daß Ma ihn an den Hüften festhielt und ihm das Geld in die Hosentasche steckte, während Grandma und ich laut lachten und aufmerksam zusahen.

Die Decke im ersten Stock von Grandmas Haus war jetzt zur Tonbühne geworden, und ich wurde zu einer interessierten Zeugin der Alltagsroutine der Speights. Sie aßen jeden Abend um halb sieben zu Abend, unterhielten sich, während sie das Geschirr spülten, und sahen dann fern. Ihr Schlafzimmer befand sich direkt über meinem, und ich wachte um sechs Uhr morgens auf, wenn ihr Wecker klingelte. Um Viertel vor sieben kam dann Rita immer in ihrer gestärkten weißen Uniform die Treppe herunter, und dann entfernte sich ihr Studebaker klappernd aus der Seitenstraße. Jack blieb bis zehn vor acht im Bett. Ich konnte ihn beim Anziehen pfeifen hören.

Grandma tauschte sechs Rabatthefte gegen ein Kofferradio ein und stellte es auf den Kühlschrank. Wir gaben beide unsere nachmittäglichen Seifenopern auf und hörten uns statt dessen »Potpourri« an. Dienstags, wenn meine Mutter frei hatte, hörte auch sie sich die Sendung an.

»Er spielt so hübsche Musik«, sagte Ma einmal beim Mittagessen, während sie am Herd stand und uns in der Pfanne Käsesandwiches briet und bei den McGuire Sisters mitsummte. »Er und ich haben genau denselben Musikgeschmack.«

»Da sieht man wieder einmal, was du weißt«, sagte ich. »Er *muß* das fade Zeug spielen. Er mag eigentlich Rock 'n' Roll.«

Grandma schnaubte ungläubig.

»*Doch.* Gestern, als er von der Arbeit nach Hause kam, hat er eine Rolling-Stones-Platte aufgelegt. Er hat ganz allein getanzt. Mein ganzes Zimmer hat davon gewackelt.«

Ma sagte, er würde vielleicht Freiübungen machen. Grandma vermutete, daß er, wenn er überhaupt tanzte, das ganz bestimmt mit seiner Frau tun würde.

»Na schön, dann glaubt mir eben *nicht*«, sagte ich. »Ihr beiden seid ja so in ihn verknallt, daß ich gedacht habe, es würde euch vielleicht interessieren.«

Die Speights besuchten dieselbe Sonntagsmesse wie wir, und

bereits nach einer Woche hatte sich der Pfarrer Jack herausgepickt und dazu gebracht, das Körbchen mit der Kollekte herumzutragen. Er blinzelte mir zu und klimperte mit dem Kleingeld, als der Korb mein Gesicht passierte. Mein Herz schlug so laut, daß man es vielleicht sogar hören konnte, als ich ihm zusah, wie er an den Kirchenbänken entlangging. Einmal erwischte ich Ma auch dabei, wie sie ihn beobachtete. Sie bewegte bei der Kollekte bloß die Lippen, statt tatsächlich zu beten. Als sie sah, daß ich sie beobachtete, hefteten sich ihre Augen wieder auf ihr Gebetbuch, und dann räusperte sie sich und betete laut.

Eines Sonntags tauchte Rita nach dem Gottesdienst auf dem Parkplatz am Seitenfenster unseres Skylark auf und klopfte mit ihrem Ehering ans Fenster. Ma bremste ruckartig – Grandma wäre fast vom Vordersitz gerutscht.

»Hi, Leute«, sagte Rita. »Jackie und ich haben gedacht, ob Sie vielleicht heute abend zum Essen raufkommen wollen. Nichts Besonderes – bloß Tacos und mein weltberühmtes Chili con Carne.«

Ich rechnete schon damit, daß Grandma bei der Schilderung der Speisenfolge wieder vom Sitz rutschen würde, aber nicht einmal die Androhung scharf gewürzten ausländischen Essens konnte sie abhalten. »Oh, klingt ja reizend«, sagte sie. »Wir kommen doch, nicht wahr, Mädchen?«

Mädchen, schmunzelte ich in mich hinein, als ob wir die Marvelettes wären.

Kurz bevor wir am Abend hinaufgingen, zwang Ma Grandma zu dem feierlichen Versprechen, den Mund zu halten, falls sie etwas sah, was ihr nicht gefiel.

»*Du* sagst *mir*, wie man sich anständig benimmt, Bernice?« sagte Grandma. »Wenn ich du wäre, würde ich einfach den zweiten Knopf an der Bluse zuknöpfen und mir über mich selbst Gedanken machen.«

Wir polterten die Hintertreppe hinauf, meine Mutter mit einer Flasche Wein, Grandma mit einem Päckchen Mylantatabletten bewaffnet. Rita empfing uns mit einem roten Samtsombrero mit Bommeln an der Tür. »Olé!« sagte sie. Ma lachte lauter, als eigentlich notwendig gewesen wäre, und hielt ihr den Wein hin.

Was sie aus der Wohnung gemacht hatten, versetzte mich in Verzückung. Ein Bücherregal aus Hohlblocksteinen und ganz gewöhnlichen Brettern, auf denen Dutzende von Taschenbüchern mit Liebesromanen standen. Das untere Regal bog sich unter dem Gewicht von mindestens hundert Schallplatten durch. Ich sank auf einen der Knautschsacksessel, und mein Blick fiel auf das traurigste und zugleich beeindruckendste Gemälde, das ich je gesehen hatte: ein Negermädchen auf schwarzem Sand. Sie drückte eine Stoffpuppe an ihre Brust. Eine glitzernde Träne – so dick und naß, daß sie wie echt wirkte – war auf ihrer Wange zum Stillstand gekommen.

Grandma lehnte Jacks Angebot ab, auf dem pelzbezogenen Sessel Platz zu nehmen, und verlangte statt dessen einen Küchenstuhl. Sie setzte sich, jede Hand auf einem Knie, und ich sah, daß das Gemälde auch ihr auffiel. Sie starrte es eine Weile an. »Also, ich muß schon sagen, das ist ein beeindruckendes Bild«, sagte sie schließlich zu Jack. »Obwohl ich Farbige nicht besonders mag.«

Beide Speights kümmerten sich sehr um Grandma, ganz genau so, wie sie das mochte. Rita erkundigte sich nach Grandmas Blutdruck und wußte genau, was für Pillen sie dagegen nahm. Als wir in die Küche gerufen wurden, griff Rita mit einem gepunkteten Handschuh in die Bratröhre und zog eine kleine selbstgemachte Hühnerpastete heraus. »Ich dachte, Sie würden vielleicht etwas Milderes vorziehen, Mrs. Holland«, sagte sie. Grandmas Initialen waren mit der Gabel in die Pastetenkruste gedrückt.

»Also das ist vielleicht hübsch«, schwärmte Grandma und tätschelte Ritas Hand. »Das sieht so hübsch aus, daß es mir richtig weh tut, es zu essen.«

Ma pflanzte sich am Tisch zwischen die beiden Speights. Ich mußte mich neben Grandma setzen.

Jack schenkte meiner Mutter immer wieder von dem Wein nach, den sie gebracht hatte. Bei jedem Schluck wurde ihr Verhalten dem von Marilyn Monroe ähnlicher. Grandma war von ihrem Spezialgericht so entzückt, daß sie das überhaupt nicht zu bemerken schien. Sie nahm sogar nach einigem Zögern selbst ein Glas Wein an und ging so weit, sich die Lippen am Rand zu befeuchten.

Als Jack die Schüssel mit dem Chili weiterreichte, richtete er seine Aufmerksamkeit plötzlich auf mich. »Und was treibt Dolores Del Rio den ganzen Sommer?« wollte er wissen.

»Wer ist das?« fragte ich.

»Du kennst Dolores Del Rio nicht? Die südamerikanische Leinwandschönheit?«

»*Ich* werde Ihnen sagen, was sie den ganzen Tag macht«, mischte Grandma sich ein. »Sie sitzt in der Küche und hört jemand Bestimmtem im Radio zu. Sie haben da eine richtige Bewunderin.«

Ich hätte ihr auf den Fuß treten können. »*Ich?*« brauste ich auf. »Das mußt du gerade sagen!«

»Ich habe sie tatsächlich nach Dolores Del Rio benannt«, sagte Ma. »Als ich ein Teenager war, habe ich mir *Verdacht* mindestens fünfzig Mal angesehen.«

»Weißt du, was ›Dolores‹ bedeutet?« fragte mich Jack.

Ich zuckte die Achseln.

»Das ist Latein und bedeutet Schmerzen, Traurigkeit. Unsere liebe Frau der Schmerzen. Warum bist du so traurig?«

Die vier beobachteten mich. Ich blickte auf den Tisch, und im Zimmer wurde es still. Plötzlich *war* ich traurig – geradezu überwältigt von Traurigkeit. »Wer ist traurig?« fragte ich.

Ma fing an, einen komplizierten Witz zu erzählen, den sie auf der Arbeit gehört hatte. Dann hielt sie inne, schnaufte und warf dabei den Kopf so weit in den Nacken, daß ich all ihre Plomben sehen konnte. »Ach, du liebe Güte«, sagte sie. »Jetzt habe ich die Pointe vergessen!«

Jack machte sich über sie lustig, und sie stieß ihn in die Rippen. Er stieß zurück. Rita lachte und ließ die Schüssel ein zweites Mal herumgehen.

Das mexikanische Essen schmeckte feurig und ausnehmend gut. Ich wischte mir den Schweiß von der Oberlippe und sah Jack zu, wie er seinen Wein trank. »Wissen Sie was?« sagte ich. »Das Zeug hier hat genau dieselbe Farbe wie Ihr Wagen.« Das war mir ganz spontan eingefallen, und ich kam mir sofort albern vor.

Jack grinste mich an. »Mrs. Holland«, sagte er, »Ihre Tochter ist ein Genie. Jetzt sollte sie bloß noch aufhören, in der Kirche Geld aus dem Opferkörbchen zu stibitzen.«

Grandma war einen Augenblick so verblüfft, daß sie gar nicht merkte, daß das ein Witz sein sollte. Dann blitzten ihre Augen hinter ihrer goldgeränderten Brille, und sie versetzte Jack einen schüchternen Klaps auf den Arm. »Wenn Sie weiter solchen Unfug reden, kriegen Sie von mir eine Tracht Prügel«, lachte sie.

Jack schnappte sich den roten Sombrero und setzte ihn Grandma auf ihren kleinen Kopf. Er rutschte herunter, so daß eines ihrer Ohren nach vorn gebogen wurde.

Ich hielt den Atem an und wartete darauf, daß Grandma den netten Abend abrupt zum Platzen brachte. Aber weit gefehlt. Zu meiner großen Verblüffung hüpften die Bommeln an dem Hut, weil sie so heftig lachte. Das war das erste Mal, daß ich bei ihr erlebte, daß sie sich gehenließ.

Dann lag ich nachts im Bett, und die Bilder des Abends tanzten vor mir. Ich fühlte mich mit Energie geladen, als würde elektrischer Strom durch mich fließen. Schlafen war unmöglich, sagte ich mir, und dann döste ich ein, benommen von all den Antworten auf die Frage, weshalb ich so traurig sei.

Ich erwachte in Etappen, verwirrt von einem fremdartigen quietschenden Geräusch. Im Halbschlaf bildete ich mir ein, daß es Jeanette Nords Kätzchen wären, die irgendwie in meinem Zimmer herumliefen. Dann wurde mir bewußt – plötzlich und total –, was es war: das Ächzen und Beben von Bettfedern über meinem Kopf. Dann waren leise murmelnde Stimmen zu hören – nicht wie wenn sie sich beim Abspülen unterhielten –, »bitte« war das einzige Wort – von Rita –, das ich verstehen konnte.

Ich wußte, daß ich nicht lauschen sollte – daß ich sie mit nüchternen Gedanken verdrängen sollte: Jesus' Tod am Kreuz, die Kugeln, die Präsident Kennedys Kopf zerfetzt hatten, die Tätowiernadeln, die in Robertas Kunden steckten. Aber meine Schenkelmuskeln zitterten, und das, was Schwester Margaret Frances in einer nur Mädchen vorbehaltenen Zusammenkunft »unreine Gedanken« genannt hatte, geisterte durch mein Bewußtsein. Ich malte mir aus, wie sie halbnackt und fiebernd dort oben lagen – wie Liebende auf dem Umschlag von Taschenbüchern. Ich zog mein Kissen langsam zu mir her, küßte es zuerst mit geschlossenem und dann mit geöffnetem Mund. Meine Zungenspitze kam heraus und wanderte über das trockene faserige Tuch. »Bitte«, flüsterte ich. »Bitte.«

***

Am folgenden Morgen verschlief ich ihre Vorbereitungen für den Arbeitstag. Um halb elf schleppte ich mich aus dem Bett und nach unten, aß zwei Schüsseln Kakaoflocken und blätterte in dem Buch, das Rita mir am Abend zuvor geliehen hatte. *Die Geschichte einer Nonne* hieß es.

»Die Kleider, die du gestern von der Leine holen wolltest, hängen immer noch dort«, sagte Grandma, als sie in die Küche kam. Ich wählte ein beliebiges Kapitel und fing zu lesen an. Sie brummelte etwas von Hausarbeit, den Mädchen zu ihrer Zeit und wie gut es sei, daß in zwei Wochen die Schule wieder anfing.

Nach dem Mittagessen hörte ich mir Jacks Programm im

Radio an. Ich rechnete beinahe damit, ein Dolores Del Rio gewidmetes Lied zu hören oder irgendeinen Hinweis auf unser mexikanisches Essen. Aber er begnügte sich damit, eine Platte von Herb Alpert und der Tijuana Brass zu spielen.

Später stand Grandma zwischen mir und »As the World Turns«, die Hände auf die Hüften gestützt. Ich lümmelte auf einem der Wohnzimmersessel und blies immer wieder auf eine Fussel in dem halbherzigen Versuch, sie im Schwebezustand zu halten.

»Diese Kleider hängen immer noch dort draußen«, sagte sie. »Und dein Geschirr vom Frühstück und vom Mittagessen steht noch im Spülbecken. Zu meiner Zeit haben faule Mädchen eine Tracht Prügel bekommen.«

»Na schön«, sagte ich. »Dann wirst du mich wohl verprügeln müssen.«

Sie trat neben mich und gab mir einen Klaps auf den Arm – sie schlug dabei fester zu, als ich erwartet hatte, so fest, daß es brannte. »Und freche Bemerkungen haben sie auch nicht gemacht!«

»Was kitzelst du mich denn?« fragte ich.

Um vier Uhr hörte ich Jacks MG draußen auf der Straße, seine Schritte, die die Treppe hinauf- und dann wieder hinuntereilten. Die Wasserleitungsrohre ächzten, und ich wußte, daß er im Hinterhof seinen Wagen wusch. Als ich die Treppe hinaufging, feixte mich Onkel Eddies Bild hinter Glas an.

Von meinem Aussichtspunkt hinter den Badezimmervorhängen sah ich ihm zu, wie er immer wieder hinter den Laken und Handtüchern auftauchte und dann wieder verschwand. Mas und meine Sachen hingen auch auf der Leine: zwei von Mas schwarzen BHs und ein paar meiner ausgefransten Unterhosen, auch die mit dem Loch.

Jack trug abgeschnittene Jeans und ein verschossenes, umgedrehtes Sweatshirt mit abgeschnittenen Ärmeln und keine Schuhe. Er pfiff, während er den kleinen Wagen einschäumte. Ich dachte, wie Ritas Lippe sich unattraktiv an ihren Gaumen verzog, wenn sie lachte. Sie war nett, nicht hübsch. Sie sollte etwas mit ihrem kurzen, glatten Haar machen. So wie sie aussah, verdiente sie ihn eigentlich gar nicht.

Er kauerte sich nieder und schrubbte seine Speichenräder. Seine Beine waren muskulös, pelziger, als ich das vermutet hatte.

Beim Abendessen gestern hatte Ma sich so ... dieses Wort, das meine Mitschüler in das Meinungsbuch geschrieben hatten ... gegeben. Sie hatte sich über ihn gebeugt und ihm, wenn er sich über sie lustig gemacht hatte, kleine Klapse gegeben. *Geil:* das war das Wort. Ma und ihr dummes Getue, ihre schwarzen Spitzen-BHs.

Der grüne Gartenschlauch schlängelte sich zwischen seinen Beinen; er spritzte auf die Räder und wischte dann die Chromteile blank. Als er an der Wäscheleine vorbeikam, sah er geradewegs auf meine Unterhosen. Dann ging er die Innentreppe hinauf.

Audrey Hepburn auf dem Umschlag von *Die Geschichte einer Nonne* starrte mich von meinem ungemachten Bett aus an. Ihr Haar war von ihrem schneeweißen Nonnenschleier verdeckt; ihre großen Augen blickten verängstigt. »Was schaust *du* denn?« fragte ich. »Fuck you.« Das war das erste Mal, daß ich diese Worte jemals ausgesprochen hatte. Ich verspürte einen kurzen Schauder der Macht.

Dann setzte ich mich aufs Bett und schluchzte. Dolores Price: unsere liebe Frau der Schmerzen.

Als Ma von der Arbeit nach Hause kam, stand ich am oberen Treppenabsatz und belauschte Grandmas Klagen. »Wenn du nur nicht zulassen würdest, daß sie ... solange sie in *diesem* Haus wohnt ...«

»*Ich* werde mit ihr reden«, sagte Ma. »*Ich* hole die Wäsche rein.«

Als sie die Treppe heraufkam und klopfte, war meine Verteidigungsrede – meine Pointe – bereit. »Warum hörst du nicht auf, dich wie ein Teenager zu benehmen?« würde ich sagen. »Warum wirst du nicht einfach erwachsen und hörst auf, alle in Verlegenheit zu bringen?«

Aber statt mich zu kritisieren, setzte Ma sich neben mich und legte den Arm um mich. »Laß uns morgen zusammen ins Kino gehen«, schlug sie vor. »Oder einkaufen oder so etwas.«

***

Das Verdeck des Skylark war geschlossen. Es war ein grauer, regnerischer Nachmittag. Meine Mutter und ich waren auf der Rückfahrt von unserem Tag in Providence. Wir waren morgens weggefahren und hatten unterwegs gefrühstückt, und anschließend hatten wir zwei neue Schuluniformen und Mohairpullover für uns beide gekauft. Wir hatten auch eine halbe Stunde Schlange gestanden, um eine Matineevorstellung von *A Hard Day's Night* zu sehen. Aber die Mädchen vor und hinter uns kreischten, als sie die hinter Glas angebrachten Kinoplakate sahen; Ma hatte ihre Medizin vergessen und machte sich Sorgen, daß sie es nervlich nicht durchstehen würde. Ich schmollte kurz und gab mich dann mit *Mary Poppins* zufrieden.

»Wie muß ein Typ aussehen, damit du ihn nett findest?« fragte ich Ma.

»Ich weiß nicht«, sagte sie. »Groß, dunkel und muskulös. Wie wäre es mit Vic Damone – ist er frei?«

»Nein, im Ernst«, sagte ich. »Findest du, daß jemand wie, sagen wir einmal, Jack hübsch ist?«

Sie drückte auf die Bremse, ohne daß ich den Grund dafür erkennen konnte. Dann lachte sie. »Jack und wie noch? Jack Frost? Jack Benny?«

»Unser Jack. Jack aus dem zweiten Stock.«

»Oh, ich weiß nicht«, sagte sie. »Darüber habe ich noch nie richtig nachgedacht. Er und Rita sind ein nettes Paar, nicht wahr? Sie ist eine richtige Puppe.« Sie schaltete das Radio ein.

»Sie hat einen häßlichen Mund.«

»Du bist manchmal zu kritisch. Ich finde sie nett.«

»Findest du, daß Jack ein wenig wie dein Bruder aussieht? Dieses Bild von ihm an der Treppe erinnert mich an ihn.«

»Eddie? Nein, eigentlich nicht ... also na ja, jetzt, wo du es sagst ... aber Eddie war dunkler als Jack und kleiner.«

Sie schaltete das Radio wieder aus. Die Scheibenwischer gaben kleine Quietschlaute von sich.

»Ich wünschte, es wäre nicht schon fast September«, sagte ich. »Ich hasse diese Schule. Ich habe überhaupt keine Freunde.«

»Dieses Jahr wird es ganz anders werden«, sagte sie. »Du lieber Gott, die achte Klasse – ich kann es kaum glauben.«

»Wenn ich die Schule immer noch hassen werde, darf ich sie dann wechseln?«

»Du *wirst sie nicht* hassen«, sagte sie. »Deshalb gebe ich darauf gar nicht erst Antwort. Zünd mir eine Zigarette an, ja?«

Ich riß das Streichholz an, sog an der Zigarette und reichte sie ihr. Dann zündete ich mir selbst eine an. Wir rauchten stumm, und die Reifen des Skylark zischten über die feuchten Straßen.

»Wieso redet ihr, du und Grandma, eigentlich nie über Onkel Eddie?« fragte ich.

»Wer sagt denn, daß ich nicht über ihn rede? Was willst du denn wissen?«

»Ich weiß nicht ... Hast du geweint, als du erfahren hast, daß er ertrunken war?«

»Ja, natürlich habe ich geweint.«

»Hat er mich noch gesehen, ehe er gestorben ist?«

»Oh, oft sogar. Du warst etwa ein Jahr alt. Er hat sich immer über mich lustig gemacht, weil du kein Junge warst. Er hat dich im Arm gehalten und Fred zu dir gesagt ... O Gott, dieses Begräbnis, es war schrecklich. Er war immer so lebendig.«

»Hat Grandma geweint?«

Ma schaltete die Scheibenwischer aus. »Ich weiß nicht. Vielleicht. Aber nicht vor mir.«

»Sie hat um ihr eigenes Kind nicht geweint?«

»Sie war wütend – sie hat dauernd Radau gemacht, daran erinnere ich mich. Topfdeckel, Küchenschränke. Eddie war ein wenig wild. Er hat immer riskante Dinge getan.«

»Risiken«, sagte ich. Ich haßte Grandma, dieses eiskalte Miststück.

»Julie Andrews hat in dem Film heute eine gute Rolle gehabt, nicht wahr?« sagte Ma. »Richtig süß.«

»Im wahren Leben ist sie wahrscheinlich völlig verzogen.« Ich knipste das Radio wieder an und drehte so lange am Knopf, bis ich W-EAS fand. Ein Lied ging zu Ende, und Jacks Stimme war zu hören. Ich drehte ganz laut; seine Stimme füllte den Wagen.

»Die Augenbrauen vielleicht«, sagte Ma.

»Was?«

»Er ähnelt Eddie ein wenig um die Augenbrauen. Diese blauen Augen, die so aussehen, als wollten sie Unheil anrichten.«

Als wir nach Hause kamen, nahm ich das Radio mit nach oben in mein Zimmer, um Grandma nicht ansehen zu müssen. Ich probierte eine der neuen Uniformen an. Selbst die nächste Größe war ein wenig eng.

Jack erzählte einen Elefantenwitz. Dann hörte ich die Orgelklänge von »Our Day Will Come«. Ich hatte Jeanette die Platte zum Geburtstag geschenkt. Wir hatten das Lied immer zusammen auf dem Rücksitz im Wagen der Nords gesungen. Jeanette hatte meine Briefe seit Monaten nicht mehr beantwortet. Ich ging nach oben und sperrte meine Tür ab.

Meine Haarbürste war ein Mikrofon. Ich sang dem Spiegel vor und sah dabei Jacks schelmisch blickende blaue Augen vor mir.

If we just wait awhile . . .

Meine Lippen, die sich zum Text des Liedes bewegten, erzeugten in mir ein Gefühl, das zugleich sexy und traurig war. Mit meiner freien Hand griff ich unter meine Uniform.

Na und? sagte ich. Wenn Rita – Grandmas kleine Porzellanpuppe – es tun kann . . .

Ich schloß die Augen, und die Haarbürste fiel auf den Boden. Meine Hände wanderten innen an meinen Schenkeln entlang, vor und zurück, an meiner nassen Unterhose. Eddies Hände. Jacks Hände.

6

Es waren bestimmt schon um die fünfundzwanzig Grad, als ich in meiner kratzigen Wolluniform in die Küche schlurfte.

»Ta-da«, sagte meine Mutter. Ich warf ihr einen schmutzigen Blick zu.

Mir war in den Sinn gekommen, daß Jack und ich jeden Morgen um dieselbe Zeit aus dem Haus gehen würden und daß die St. Anthony's School auf seinem Weg zur Arbeit lag. Daraus hatte ich mein Phantasiegebilde aufgebaut: Ich würde inmitten des Gewimmels von Bussen in dem MG vorfahren, mit Jack über irgend etwas lachen, das nur wir beide wußten, und dann die Tür zu meiner neuentdeckten Popularität aufreißen. Mein Haar würde so glänzend und glatt wie das von Marianne Faithfull aussehen. Und ehe es Mittag war, würde man mich ganz bestimmt zur Klassensprecherin gewählt haben.

Aber an jenem schwülen Morgen war Jack bereits früher gefahren. Grandma stellte mir eine Schale Weizenflocken hin und schaltete den Tischventilator ein. Meine Mutter sagte, sie sei nicht bereit, das Ende der Sommerferien als Tragödie anzusehen, und dann plapperte sie weiter über die »Puderquasten«, einen Damenkegelverein, dem sie gerade beigetreten war. Sie brachten mich beide zur Haustür; Ma drückte mir die Hand und sagte mir, ich sei hübsch. Bis ich die halbe Meile zur Schule getrottet war, hatte mein Haar sich gekräuselt und meine verschwitzte Hand den Umschlag meines neuen blauen Ringbuchs verschmiert.

St. Anthony's hatte sich Schwester Presentation für die achte Klasse aufgespart. Sie war ein stämmiger kleiner Brocken von Frau, der weder Hitze noch Feuchtigkeit etwas auszumachen schienen, und sie begann unser neues Schuljahr, indem sie den Verhaltenskodex der Schule darlegte und einige wichtige Punkte dadurch unterstrich, daß sie mit ihrem Zeigestab gegen die Wandtafel klopfte. Sie verpflichtete uns, die achte Klasse, ein makelloses Beispiel für die jüngeren Schüler zu geben, und deutete an, daß unbesonnene Schüler – dabei stellte sie mit Rosalie Pysyk Augenkontakt her –, die sie etwa nicht ernst nehmen würden, Schreckliches zu erwarten hatten.

Wir verbrachten den ganzen Vormittag damit, Formulare auszufüllen und die Regeln von Schwester Presentation, die sie für das Verhalten im Unterricht aufgestellt hatte, in unseren Heften festzuhalten. Das Mittagessen nahm ich umgeben von den üblichen leeren Klappstühlen ein.

Am Nachmittag studierte unsere Klasse »Demokratie in Aktion«, indem sie zum dritten Mal hintereinander Kathy Mahoney zur Klassenvorsitzenden wählte. Am Ende des Schultags hatten nur zwei meiner Mitschüler mit mir geredet.

Während des Abendessens wiederholte Ma dieselbe abgedroschene Weisheit: Du mußt Geduld haben. Sie und Grandma würden mich am Abend beide allein lassen – Grandma ging zum Bingo und Ma mit den »Puderquasten« kegeln. Die Schwester hatte uns Naturwissenschaft und Religion aufgegeben, etwa eine Trillion Seiten.

Im Spiegel sah ich zu, wie das Abbild meiner Mutter sich den Lippenstift mit einem zwischen die Lippen gepreßten

Papiertaschentuch abtupfte. Sie bereitete sich auf dieselbe intensive Art auf das Kegeln vor, mit der sie sich auch auf Verabredungen vorbereitete. »Reg dich bitte nicht auf, oder so«, sagte ich. »Aber ich denke, ich könnte Magenkrebs haben.«

»Oh, Dolores, das sind bloß deine Nerven ... Grandma sagt, Rita arbeitet diese Woche in der zweiten Schicht. Das arme Ding. Sie mag das gar nicht.«

»Hör auf, das Thema zu wechseln. Du solltest mich morgen zu einem Arzt bringen. Ich habe das Gefühl, mir wächst da drin ein Tumor oder so etwas.«

Sie beugte sich vor und begann, ihr herunterhängendes blondes Haar zu bürsten. »Oh«, sagte sie, »du bist doch nicht schwanger, oder?«

Durch den Ausschnitt ihrer Bluse sah ich ihren schwarzen Spitzen-BH und ihre hüpfenden Brüste. »*Du* vielleicht? Du hast doch die vielen Boyfriends.«

Sie richtete sich auf und zeigte mit der Haarbürste auf mich. »Jetzt werd nicht frech«, sagte sie.

Grandma stand in der Tür, hielt ihre Handtasche an sich gepreßt und blickte finster. »Ich habe Judy Mumphy Viertel vor sieben gesagt, Bernice. Das letzte Mal, als du uns hingebracht hast, mußten wir ganz hinten sitzen, bei diesen lauten Ventilatoren, wo es so zieht. Wir haben den ganzen Abend gefroren. Die arme Judy konnte nicht einmal die Nummern hören.«

»Steig schon ein, Ma. Ich komme gleich.«

Sie beugte sich über mich und gab mir einen Kuß. »Laß dir einfach Zeit, Liebes. Ich muß jetzt weg. Diese Magengeschichte ist bloß Nervosität oder fettiges Essen oder so was. Kannst es mir glauben, Sister Mary Potato Chips.«

»Das nächste Mal, wenn du wieder durchdrehst, werde ich *dir* sagen, daß es fettiges Essen war. Mal sehen, wie *dir* das gefällt.«

Ma entgleiste das Gesicht. Sie ging hinaus und die Treppe hinunter und knallte beim Hinausgehen die Haustür zu.

Ich nahm das Papiertaschentuch von ihrem Frisiertisch und studierte die drei ineinander verschlungenen korallenroten Os, die sie darauf hinterlassen hatte. Sie erinnerten mich an ein chinesisches Ringpuzzle, das mein Vater mir einmal gekauft hatte, aber das war lange her. Ich hatte damals tagelang an dem Picknicktisch in der Carter Avenue gesessen und ohne Erfolg versucht, es zu lösen. Daddy hatte mich seit Anfang des Sommers nicht mehr angerufen. Als ich Ma gefragt hatte, ob er das Geld für meinen Unterhalt geschickt habe, sagte sie mir, wir würden gut klarkommen – wenn ich etwas brauchte, müßte ich das bloß sagen. Grandma antwortete präziser: Nein, er hatte kein Geld geschickt.

Im Tätowierladen auf der anderen Straßenseite war es dunkel, aber Robertas Licht hinten brannte. Am Seiteneingang parkte ein Motorrad, dasselbe, das ich die ganze Woche schon dort gesehen hatte. In der herrschenden Stille hörte ich Robertas Lachen. Die Straßenlaternen an der Pierce Street gingen an.

Ich setzte mich an das Telefonkästchen im Flur und fing an, Jeanette Nords Nummer zu wählen, und legte dann auf. Ich mußte mich eine Minute lang scharf konzentrieren, um mich an unsere alte Telefonnummer am Bobolink Drive zu erinnern. Ich holte meine Hausaufgaben heraus und lümmelte mich an den Küchentisch.

»Huhu.«

Er hielt sich beide Hände über die Augen, und seine Umrisse waren von der hinteren Gittertür verwischt. »Was habe ich denn gemacht, Del Rio?« lachte er. »Habe ich dich erschreckt?«

»Nicht richtig«, sagte ich. »Ich habe nur gelernt.«

»Entschuldige, wenn ich dich gestört habe, aber unser dämlicher Ventilator hat den Geist aufgegeben, und ich finde unseren Kreuzschlitzschraubenzieher nicht. Ob Granny einen hat, den ich mir ausborgen kann?«

»Schauen Sie halt nach«, sagte ich. »Kommen Sie rein.«

Er trug seine abgeschnittenen Jeans und sonst nichts. Ich sah weg. »Mann, ist das heiß, was? Auf dem Linoleumboden bei uns in der Küche könnte man ein Steak braten.«

Ich riß die Tür des Schränkchens auf, wo Grandma ihr Werkzeug aufbewahrte. »Ist da einer dabei?«

Seine Hände wühlten zwischen dem Werkzeug, holten welches heraus. Ich sah ihm zu und schob dabei meine Pantoffeln herum. »Alles, nur kein Kreuzschlitz«, sagte er.

»Oh. Nun ja, tut mir leid.«

»Ist schon in Ordnung. Der Motor ist wahrscheinlich sowieso im Eimer. Ich hatte nur gedacht, ich mach' das Ding mal auf und sehe es mir an, wo ich doch sowieso nichts Besseres zu tun habe.«

»Meine Mutter hat gesagt, daß Rita die Schicht gewechselt hat.«

»Yeah. Nun, vielen Dank. Oh, übrigens, sag mir Bescheid, wenn du einmal möchtest, daß ich dich zur Schule mitnehme. Ich bin heute morgen an dir vorbeigefahren. Sie liegt direkt auf meinem Weg.«

»Tatsächlich? Okay, vielen Dank.«

Die Gittertür klatschte wieder zu. Die Treppe draußen ächzte. Ich wandte mich wieder meinen Schularbeiten zu.

Er saß dort oben auf ihrem winzigen Balkon. Ich hörte ihn pfeifen.

Ich wusch mir das Gesicht im Küchenwaschbecken, dann ging ich in mein Zimmer hinauf und zog meine rosa Seersukkerbluse an. Als ich wieder unten war, zog ich so schwungvoll an der Schnur des Ventilators, daß ich einen Augenblick lang dachte, sie würde abreißen. Ich schlang sie mir um das Handgelenk, schlüpfte in meine Pantoffeln und ging zu ihm hinauf.

Er saß auf dem Balkonboden und ließ die Beine über den Rand baumeln. Das einzige Klare an ihm war das brennende Ende seiner Zigarette.

»Sie können sich den da ausborgen, wenn Sie wollen«, sagte

ich und hielt ihm den Ventilator hin. »Ich benutze ihn nicht.«

»Oh, das ist schon in Ordnung . . . aber nur, wenn du ganz sicher bist.«

»Hier.«

Neben ihm war eine nicht fertiggestellte Pyramide aus Bierdosen zu sehen. Er balancierte seine Zigarette auf der Balkonkante und griff nach dem Ventilator. »Du bist wirklich ein Schatz«, sagte er. »Wie wäre es mit einer Cola? Ein wenig Eiscreme?«

»Nein, danke.«

»Ganz bestimmt nicht?«

»Nun . . .« Ich lachte. »Eis vielleicht.«

Er stand auf und ging hinein. Ich drehte mich um und beobachtete seinen nackten Rücken, während er in der Küche herumging.

»Wie geht es denn in der Schule?« rief er. »Wir haben nur Vanille.«

»Ist schon recht«, sagte ich.

Ich hängte meine Beine über den Balkonrand und schüttelte meine Pantoffeln ab. Sie fielen lautlos unten auf den Boden. Auf der anderen Straßenseite ging Robertas Licht aus. Ich nahm Jacks Zigarette und rollte sie zwischen Daumen und Zeigefinger. Ein Zollbreit Asche fiel herunter.

Er kam heraus, mein Eis in der einen, Grandmas summenden Ventilator in der anderen Hand, und einer frischen Dose Bier in der Armbeuge. Er hatte den Ventilator mit einer Verlängerungsschnur versehen, die nach drinnen führte. Ich rutschte etwas zur Seite und machte ihm Platz, saß jetzt im Schneidersitz da mit den Bierdosen vor mir.

»Wie merkt man, daß sich ein Elefant in deinem Kühlschrank versteckt hält?« fragte er. Er setzte sich neben mich und trank einen Schluck Bier. Sein behaartes Bein berührte das meine.

Ich zuckte die Achseln.

»Weil Fußspuren auf der Butter sind.«

Ich lachte, aber es war nicht mein natürliches Lachen. »Ich werde verrückt«, sagte ich. »Ich mag Ihre Sendung.«

Er lächelte breit, sagte aber nichts. Er nahm wieder einen Schluck Bier. Der Ventilator war unglaublich laut.

»Freut mich, daß sie hier jemand mag«, sagte er schließlich. »Mein Chef sagt, mein Humor sei zu – wie hat er gesagt? – verschroben. Er sagt, ich muß mich besser auf Neuengland einstellen und auf Leute mittleren Alters.«

Er nahm ein paar lange Züge aus seiner Bierdose und fügte sie dann der Pyramide vor mir hinzu. »Wenn er meinen Vertrag nicht verlängert, sitze ich in der Scheiße.«

Ich zuckte zusammen.

»Sie sollten bei einem Sender sein, der *anständige* Musik bringt«, sagte ich. »Sie sind für diese alten Furzer viel zu gut.«

»Wenn deine Großmutter das hören würde – was würde die sagen?« fragte er.

»Weil wir schon gerade von alten Furzern reden«, sagte ich.

Er lachte. »Ach, jetzt übertreib nicht. Sie ist eine nette alte Lady.«

»Das meinen *Sie*. Meine Mutter hatte einen Bruder, der ist gestorben, als er neunzehn war. Grandma hat nicht einmal geweint oder so. Ihr eigener Sohn!«

»Vielleicht hat sie geweint, als sie allein war. Die Leute tun eine ganze Menge, wenn sie allein sind. Wie ist er denn ums Leben gekommen?«

»Er ist ertrunken. Irgendwie ist das richtig unheimlich, wissen Sie, weil meine Großeltern – der Vater und die Mutter meines Vaters – ebenfalls ertrunken sind. In einem Hurrikan. Das ist furchtbar lange her, es war lange bevor ich zur Welt gekommen bin. Also habe ich auf beiden Seiten meiner Familie Verwandte, die ertrunken sind.«

»Also, ich muß schon sagen, das ist ein richtig vergnügtes Gespräch, nicht wahr?« lachte Jack.

Ich spürte die Hitze in meinem Gesicht. Ich hielt den Mund und aß mein Eis.

Von hier oben sah die Pierce Street ganz anders aus – kleiner, geordneter. »Also«, sagte ich. »Ich mach' mich jetzt besser wieder an meine Hausaufgaben.«

Aber Jack stand auf. »Geh noch nicht«, sagte er. »Es ist nett, mit dir zusammenzusein. Ich komme gleich wieder.«

Das Licht in seinem Badezimmer ging an. Ich hörte ihn pinkeln.

Als er herauskam, hatte er eine neue Dose Bier in der Hand. »Ich würde ja gerne wechseln, das kannst du mir glauben«, sagte er. »In Portsmouth, New Hampshire, gibt es einen klasse Sender, der mich gerne hätte, aber Rita möchte nicht umziehen.«

»Ich will auch nicht, daß Sie weggehen. Dieses Haus hier war so langweilig, ehe Sie beide hier eingezogen sind«, sagte ich. »Die Frau, die die Wohnung vorher gemietet hatte, hat getrunken. Und sie hatte einen zurückgebliebenen kleinen Hund.«

Er lächelte mich an und fuhr sich mit den Fingern durch das Haar auf seiner Brust. »Tatsächlich?« sagte er.

»Ja, wirklich.«

Seine Hand berührte meinen Arm. »Kannst du ein Geheimnis für dich behalten?« fragte er.

Der Ventilator blies gegen meinen Rücken und ließ mich frösteln. Mein Löffel klimperte an der Schale mit dem Eis. »Okay«, sagte ich. »Natürlich.«

»Sie will nicht umziehen, weil sie schwanger ist.«

»Rita? Wirklich?«

Er zog sein Knie an die Brust und trank einen Schluck. »Es ist schon beschissen«, sagte er. »Vielleicht ist dein toter Onkel besser dran ... Sie hat schon zwei Babys verloren, weißt du.«

»Zwei?«

»Deshalb haben wir meinen letzten Job in Newark aufgegeben. Ich sollte die Sendung am Morgen übernehmen – fünfzigtausend Zuhörer Potential, und all die Typen in New York hätten mich gehört ... Fängst du an, dich zu langweilen? Du brauchst es bloß zu sagen.«

»Ich langweile mich nicht.«

»Sie würde durchdrehen, wenn sie wüßte, daß ich dir das alles erzähle. ›Diesmal wird es gut, Jackie. Das verspreche ich dir‹, hat sie gesagt. ›Selbst wenn irgendwas passiert, ich komm' schon durch.‹ Vielleicht hast du schon bemerkt, daß meine Ansicht über all die kleinen Entscheidungen, die sie trifft, nichts zu sagen hat. Hast du das mitgekriegt? So, und da kommt jetzt dieses Baby, und Randolph sagt, ich bin zu – wie hat er gesagt? – verschroben. Er sagt, er will erst abwarten, was passiert, ehe er meinen Vertrag verlängert. – Sie wird das Kind sofort verlieren.«

Ich spürte ein Rumoren im Magen. »Ich gehe jetzt besser«, sagte ich. Aber ich rührte mich nicht von der Stelle.

Er sah zu mir herüber und lächelte. »Dolores Del Rio«, sagte er. »Du und ich gegen all die Schurken, stimmt's?«

Ich gab keine Antwort. Er beugte sich vor und berührte meinen nackten Fuß.

»Stimmt's?«

»Stimmt.«

»Was ist denn?« fragte er. »Bist du kitzlig, oder was?«

Das Wort »kitzlig« ließ mich zusammenzucken. Ich stieß ein nervöses Lachen aus.

»Du *bist* kitzlig, nicht wahr?« sagte er. »Da, ich habe es dir ja gesagt!« Seine Hand schloß sich um meinen Knöchel. Seine Fingerspitzen tänzelten über meine Fußsohle.

»Lassen Sie das«, sagte ich. »Sonst falle ich ...«

Jetzt war er über mir. Seine Knie preßten sich gegen meine Seiten. Seine Finger hüpften und tanzten. »Bist du hier auch kitzlig? Und hier?«

Mein Kopf stieß gegen den Balkonboden, und ich bäumte mich auf, versuchte, ihn wegzustoßen, bekam keine Luft. Und dabei konnte ich die ganze Zeit nicht aufhören zu lachen. Sein Haar tanzte über seine Stirn, während er sich an mir rieb, mich kitzelte.

»Aufhören, bitte … *wirklich!*« quiekte ich.

Aber er hörte nicht auf.

Mein Kopf flog hin und her, und plötzlich sah ich, wie dicht beim Ventilator ich war. Mein Bein schoß vor. Der Turm aus Bierdosen flog vom Balkon und fiel klappernd auf die Straße hinunter.

Der Lärm ließ ihn aufhören. Er lachte, sein Atem ging schwer. Er roch säuerlich nach Bier, ein Schwall nach dem anderen. »*Bitte!*« sagte ich. »Sie zerdrücken mich.«

»Puh. Sag bloß nicht wieder, daß du nicht kitzlig bist«, lachte er. Er ließ mich los. »Jetzt habe ich es dir gezeigt.«

Ich hustete. Und dann weinte ich – heftig und ohne aufhören zu können.

Er lachte mich aus. »Hey!« sagte er. »Hör auf. Was ist denn?«

Als ich wieder reden konnte, sagte ich, es täte mir leid.

»Was denn?«

»Daß ich mich so dumm benommen habe.«

Er griff nach mir, aber ich entzog mich ihm.

»Was ist denn? Habe ich dir angst gemacht oder so etwas? Ich wollte uns doch bloß zum Lachen bringen. All das Gerede vom Tod und von Chefs und von Scheiße. Was hast du denn *gedacht*, daß ich mache?«

»Kümmern Sie sich nicht um mich«, sagte ich. »Ich bin blöd.«

Ich stand auf und schickte mich an, die Treppe hinunterzugehen, verschmierte meine Tränen.

»Ich kapiere es immer noch nicht«, sagte er. Er lehnte sich über das Geländer. »Zuerst hörst du nicht auf zu lachen, und dann – was ist denn mit dir los?«

Dann, in meinem Schlafzimmer, hörte ich ihn an der hinteren

Tür klopfen und rufen. Ich ließ das Telefon endlos klingeln. Es hallte durch das ganze Haus. Er wollte uns doch nur ein wenig aufheitern, redete ich mir ein. Kein Wunder, daß niemand in der Schule mit mir redete. Weil ich so zickig war.

Ma und Grandma kamen nach Hause. Ich setzte mich aufs Bett, mein Naturkundebuch auf dem Schoß. Grandma ging an meinem Zimmer vorbei und brummte etwas über Rüpel und Bierdosen und anständiger Leute Besitz.

Ma kam herein. Sie setzte sich auf mein Bett und strich mir meinen Pony aus der Stirn. »Ich hab' heute einmal mit einem Wurf und zweimal mit zwei Würfen abgeräumt. Wie geht es dir?«

Ich zuckte die Achseln, ohne von meinem Buch aufzublikken. »Macht es dir was aus?« fragte ich. »Ich bin müde und muß das noch zu Ende lesen.«

»Ist schon okay, Honey. Gute Nacht. Ich liebe dich.«

Sie wartete ein paar Sekunden, daß ich auch sagte, daß ich sie liebte. Ich *wollte* es sagen. Es riskieren. Aber es wollte nicht rauskommen.

Später in der Dunkelheit zog ich die Knie an mich heran und dachte an Onkel Eddie. Als ich dort oben auf dem Balkon keine Luft bekam – keine Kontrolle über meinen Atem mehr hatte: so mußte sich das Ertrinken für ihn angefühlt haben.

Meine rechte Seite schmerzte. Ich hatte einen langen Kratzer am Arm.

Als Rita von der Arbeit nach Hause kam, war ich noch wach. Ihre Stimmen murmelten dort oben. Mein Fuß wollte nicht aufhören zu zucken. Mein Verstand wollte sich nicht ausschalten . . . was ich dort oben gespürt hatte, als er über mir lag und mich kitzelte, mußte etwas anderes gewesen sein. Sein Knie oder sein Ellbogen oder so etwas. Er und Rita waren verheiratet, sie würden zusammen ein kleines *Baby* bekommen, um Himmel willen. Ich war ein Schwein und dämlich obendrein. Ich war jämmerlich.

»Kannst du ein Geheimnis für dich behalten?«

»Nehmen Sie Zucker, oder sind Sie schon süß genug?« hörte ich Grandma mit ihrer fröhlichsten Stimme sagen, als ich am folgenden Morgen die Treppe herunterkam. Irgendwann in der Nacht hatte ein Sturm die heiße, klebrige Luft verjagt. Eine kühle Brise ließ die Wohnzimmervorhänge flattern.

In der Küche ging mein Blick von Jacks rotgestreiftem Hemd zu Grandmas Lächeln und zu dem braunen Karton von der Bäckerei, der auf dem Tisch stand. Jack saß auf dem Platz meiner Mutter. Ma saß auf dem meinen und biß gerade in einen Doughnut.

»So, da ist sie ja!« verkündete Grandma mit gespielter Begeisterung. Sie zog den Küchenhocker an den Tisch und betätschelte die Sitzfläche. »Setz dich, Dolores. Und nimm dir auch ein Stück von diesem köstlichen Gebäck, das Mr. Speight uns gebracht hat.«

Jack hob eine unserer Kaffeetassen an seine Lippen und lächelte.

Das ganze Zimmer roch nach After Shave. Die roten und weißen Streifen wirkten so frisch und sauber, daß ich mich einen Augenblick lang fragte, ob ich den vorhergehenden Abend erfunden hatte.

»Hey, Dolores«, sagte meine Mutter. »Wie kann man feststellen, ob ein Elefant im Kühlschrank war?«

Mein Puderzucker hinterließ einen Streifen auf ihrer Khakibluse. Jacks Lächeln ließ ihn mehr denn je wie Onkel Eddie aussehen.

»Keine Ahnung.«

»Wenn er Spuren in der Butter hinterlassen hat.« Sie und Grandma grinsten erwartungsvoll.

»Oh«, sagte ich. »Der ist gut.«

In der Schachtel waren drei Doughnuts, die von Schlagsahne und Marmelade fast erdrückt wurden. Ma bestand darauf, daß ich einen davon auf meinen Teller legte.

»Hat die kleine Rita sich schon an ihre neue Arbeitszeit gewöhnt?« wollte Grandma wissen.

»Nun, letzte Nacht hat sie sich in die Wohnung geschleppt, mir zugenickt, als würde sie sich von irgendwoher an mich erinnern, und sich dann die Decke über das Gesicht gezogen. Sie schnarcht immer noch dort oben.«

Ma fing an, eine Geschichte von meinem Vater zu erzählen, daß er, kurz nachdem sie geheiratet hatten, immer nachts gearbeitet hatte. Ich stocherte in dem Doughnut herum und schob schließlich eine Gabel voll davon in den Mund. Die Schlagsahne war warm und gelb. Aus dem Augenwinkel sah ich, daß Jack mich beobachtete.

»Nun«, sagte Grandma und schenkte ihm Kaffee nach, »sagen Sie Rita, sie soll ihre Autotüren abschließen, wenn sie nach Einbruch der Dunkelheit herumfährt. All diese Spinner und Beatniks, die sich da heutzutage herumtreiben. Irgendwelche wilden Indianer haben letzte Nacht Bierdosen auf die Gasse geworfen. Ich denke, denen gefällt es einfach, daß anständige Leute hinter ihnen herräumen.«

Der Tischventilator stand auf der Theke, seine Anschlußschnur um den Sockel gewickelt.

»Hat jemand das Gewitter letzte Nacht gehört?« fragte Jack. »Ganz schön laut, nicht?«

Ich hatte es verschlafen.

»Du mußt ganz schön erschöpft sein heute morgen, Ma?« hänselte meine Mutter Grandma. »Sie bekreuzigt sich bei jedem Blitz, Jack.«

Grandma zog ein Gesicht. »Nun, bis jetzt hat dieses Haus noch kein Blitz getroffen, oder, Miss Neunmalklug?«

Ich schob meinen Teller weg. »Ich habe keinen Hunger«, sagte ich.

»Dolores, Jack hat gesagt, er würde dich gerne heute zur Schule bringen«, sagte Ma.

»Ist schon okay. Mir macht es nichts aus, zu Fuß zu gehen.«

»Es macht mir aber gar keine Mühe«, sagte Jack. »Wirklich nicht.«

An der Tür wischte Grandma über den Ärmel meiner Uniform und nahm mich dann bei beiden Händen. »Wenn diese ekligen D. P.-Schwestern dich dieses Jahr ärgern, dann sagst du es der Lehrerin. Oder noch besser, schick sie zu Mr. Speight und mir.«

Diese forsche Art war ein ganz neuer Wesenszug an ihr – für Jack. Wenn sie mit mir redete, nannte sie ihn Mr. Speight. Daß ich nicht lache, dachte ich mir. Wer von uns wußte denn schon, daß Rita schwanger war – ich oder sie? Wem glaubte sie wohl, daß er seine Geheimnisse anvertraute?

Draußen zwitscherten die Vögel, und die Pierce Street glänzte vom Regen. Meine Pantoffel standen ordentlich nebeneinander vor der Tür. Ob meine Mutter sie dorthin gestellt hatte? Oder Jack?

»Ich habe letzte Nacht vergessen, das Verdeck zu schließen«, sagte er. Er hatte Handtücher über die Sitze seines MG gelegt.

Ich setzte mich auf den nassen Sitz, knallte die Tür zu, sperrte sie ab und sperrte sie dann wieder auf. Mein Blick war starr, von ihm abgewandt. Als er nach dem Schalthebel griff, preßte ich die Knie zusammen.

»Wieso haben Sie uns Doughnuts gekauft?«

»Oh, ich weiß nicht... wahrscheinlich einfach, weil ich mich beim Frühstück gern unterhalte. Vergiß nicht, den Rest des Tages rede ich bloß mit einem Mikrofon und ein paar Plattenspielern.«

Ich fing an zu zittern, hörte auf, fing wieder an. In seinem Armaturenbrett war ein Loch, wo eigentlich ein Radio hätte sein sollen. Er lächelte ohne besonderen Grund und fegte durch die Pierce Street. »Widerliche D. P.-Schwestern?« fragte er.

»Rosalie und Stacia Pysyk«, sagte ich. »Diese zwei Mädchen, die mich letztes Jahr dauernd gepiesackt haben. Da, das sind sie!«

Die Pysyk-Schwestern waren wie bestellt plötzlich aufgetaucht und trotteten die Division Street hinauf. Jack drückte auf die Hupe und winkte. Die beiden blickten auf, starrten uns erstaunt an, und ich starrte zurück.

»Warum haben sie dich gepiesackt?«

»Wer weiß? Sie haben es eben getan.«

»Eifersüchtig, weil du so gut aussiehst«, sagte er.

Mein Mund wurde schief, als würde ich auf etwas kauen. »Yeah, das wird es wahrscheinlich sein.«

»Nein, ehrlich. Wenn du dich neben diese Vogelscheuchen stellst, Del Rio, dann sieht das aus wie Miss Universum in einem Hundekäfig. Da, schau dich doch an!«

Er drehte den Rückspiegel herum, damit ich mich sehen konnte. Mein Haar flog hinter mir. Ich sah sorglos und vergnügt und fünfundsiebzig Prozent hübsch aus.

Er bog den Spiegel wieder zurecht. Mir war zum Kotzen.

Er sah abwechselnd auf die Straße und zu mir herüber. »Oh, übrigens, ich hätte das beinahe vergessen. Wegen gestern abend. Ich wollte dir wirklich keine Angst machen, oder so. Weißt du – das Bier, die Hitze oder was auch immer. Das hat sich einfach so ergeben. Wir sind doch noch Freunde, stimmt's?«

Meine Nägel wurden ganz weiß an meinem Ringbuch. »Sicher.«

»Ich habe versucht, dich anzurufen, nachdem du unten warst. Ich wußte, du warst sauer.«

»Das habe ich wahrscheinlich nicht gehört. Ich habe ein Bad genommen.«

»Ist nicht wichtig. Wir wollen das einfach vergessen, okay?«

»Schon gut.«

Er tippte mit den Fingern aufs Steuerrad. Er hörte einfach nicht auf zu lächeln. »Nicht weil es wichtig wäre, oder so«, sagte er, »aber hast du ihnen etwas gesagt?«

»Daß Rita ein Baby bekommt?«

»Yeah. Das. Und überhaupt.«

Ich schüttelte den Kopf. »Warum sollte ich denn?«
»Richtig. Genau.«
Er hielt an der Schule an. »So, dann wünsche ich dir einen schönen Tag. Und laß dich bloß nicht von diesen zwei Schafsgesichtern ärgern. Weil du nämlich etwas ganz Besonderes bist.« Ohne mich anzusehen, griff er zu mir herüber, nahm meine Hand und drückte sie leicht. Er hielt sie ein paar Sekunden lang fest. Ich ließ es zu.
Zwei stur aussehende Jungs in Uniformhemden und Krawatten kamen angerannt, als Jack gerade wegfuhr. »Sieh dir das an«, sagte einer von ihnen.
»Wie schnell läuft denn dieser Rollschuh von deinem Vater?« fragte mich der andere. Er lächelte dümmlich und ließ dabei einen Mundvoll Zähne sehen, die wie Surfbretter aussahen.
»Er ist nicht mein Vater«, sagte ich. »Er ist ein guter Freund.«

»Miss Price?« sagte Schwester Presentation.
Ich spürte den Puls an meinem Hals. Ich wußte, daß sie mich erwischt hatte.
»Ja?«
»Kannst du sie uns nennen? Die restlichen Sakramente?« Die anderen reckten den Hals.
»Taufe, Beichte ...«, drängte die Schwester. Ein Dutzend Hände flogen in die Luft; die Frage war ein Kinderspiel, wenn man aufgepaßt hatte.
»Priesterweihe?« fragte ich.
»Das hat Eric schon gesagt.« Die Hoffnung wich von ihrem Gesicht; ich sah, wie sie sich mir gegenüber verhärtete. »Hast du gestern abend deine Hausaufgaben gemacht?«
»Zum Teil.«
»Nun«, sagte die Schwester, »›zum Teil‹ reicht nicht. Ein Mädchen, das sich nicht einmal die Mühe macht, am ersten Tag des Schuljahrs ihre Hausaufgaben zu machen, hat für

mich nicht die richtige Einstellung. Erinnerst du dich, was ich zu unvollständigen Hausarbeiten gesagt habe?«

»Nicht mehr genau«, sagte ich.

»Dann solltest du dein Heft herausnehmen und es nachschlagen. Wir warten auf dich.«

Von Panik erfüllt blätterte und blätterte ich, konnte es aber nicht finden.

»Nummer vierzehn«, sagte die Schwester ungeduldig. »Lies es laut vor.«

»›Jeder Schüler, der seine Hausaufgaben nicht vollständig erledigt hat, wird an dem betreffenden Tag automatisch nach der Schule dableiben.‹«

»Das ist richtig«, sagte sie. »Und ein Mädchen, das sich häufig weigert, seine Hausaufgaben zu machen, könnte sich im nächsten Juni draußen am Rand finden, nicht in der Reihe, die auf die Abschlußzeugnisse wartet. Stimmt's, Kinder?«

Alle nickten.

Mittags vermied ich es, in den Pausenraum zu gehen, und ging statt dessen auf den Schulhof. Kinder schnatterten und schrien; Sprungseile klatschten auf den Asphalt. Eine ganze Gruppe Drittkläßler spielte »Rotes Licht«. Ich haßte diese Schule – ich würde lieber ertrinken als hierhergehen.

Am Rande des Schulhofs hinter den Schaukeln stand in einem Halbkreis gelber Chrysanthemen die Statue des heiligen Antonius. Ich ging hinüber, vielleicht zog mich das einzelne Mädchen an, das dort anscheinend betete. Ich studierte sie von hinten. Ihre Beine waren lang und knochig – Gottesanbeterinnenbeine. Ihre Uniform beulte sich an einigen Stellen unter ihrem Gürtel aus. Ich ging leise auf sie zu. »Hi«, sagte ich.

Sie fuhr ruckartig herum, stöhnte auf und schlug sich mit der Hand auf ihre flache Brust. »Jesus, Maria und Josef!« sagte sie. »Du willst wohl, daß ich einen Herzanfall bekomme?«

Sie war aus der siebten Klasse. Ich hatte sie heute morgen während einer Versammlung beim Nasebohren beobachtet. »Entschuldigung«, sagte ich. Ich machte Anstalten wegzugehen.

»Bist du neu hier?« fragte sie.

»Eigentlich nicht. Ich bin letztes Jahr hierhergezogen. Aus Connecticut.«

»Da war ich mal. Es ist blöd. Wieso bist du auf diese beschissene Schule gekommen?« Ihre großen schwarzen Augen lagen unter einer durchgehenden buschigen Augenbraue tief in ihrem Gesicht. Zwischen den Fingern ihrer Hand quoll Rauch hervor. Ich überlegte kurz, ob sie vielleicht brenne, ehe mir in den Sinn kam, daß sie eine Zigarette rauchte, etwas, was nach dem Verhaltenskodex der St. Anthony's School strikt verboten war. Ich versuchte, alle sichtbaren Anzeichen von Erschrecken aus meinen Gesichtsmuskeln zu verdrängen.

»Oder hätte ich sagen sollen dieses *Gefängnis*?« fuhr sie fort. »Eine Schule, in der man keine Nylonstrümpfe tragen darf ...«

Sie zog wütend an ihrer Zigarette in einer Art und Weise, die zugleich trotzig und verstohlen wirkte. »Hausaufgaben, Prüfungen – ich bin doch nicht ihr Sklave. Kenny und ich haben Besseres zu tun. Hast du einen Freund?«

»Nein«, sagte ich. »Nicht richtig.«

»Ich und Kenny gehen jetzt seit siebeneinhalb Monaten miteinander. Seit ich in der sechsten Klasse war.«

»Wow«, sagte ich. »Ist es jemand in deiner Klasse?«

Sie schnaubte. »Daß ich nicht lache. Ich habe doch keine Lust, Babysitter zu spielen. Er ist auf der High School. Aber hört vielleicht nächstes Jahr auf, wenn er sechzehn ist. Weil nämlich all seine Lehrer ihm eins auswischen wollen. Außerdem hat er eines Morgens gesehen, wie so ein Lieferwagen Sachen in die Cafeteria brachte, und auf dem Truck stand der Name einer Hundefutterfirma. Kenny sagt, niemand kann ihn dazu zwingen, daß er Chappi ißt – die sollen doch ihr beschissenes Diplom behalten. Hast du je einen Typen französisch geküßt?«

Ich sah weg und dann wieder hin. »Da würde ich lieber nicht drüber reden.«

»So heiße ich, French. Bloß daß ich es nicht bin.«

»Was?«

»French – Französisch. Ich heiße Norma French, aber ich bin zu einem Viertel Cherokeeindianerin. Jemand hat mir gesagt, französisch küssen ist eine Todsünde. Aber das ist Blödsinn. Wer hat das denn festgelegt – der Papst? Ich wette, er hat es nie versucht, dieser dürre Itaker.« Sie hielt mir ihre Zigarette hin. »Willst du mal ziehen?«

Ich warf einen Blick auf Schwester Presentations Klassenzimmerfenster. »Nein, danke.«

»Kenny sieht aus wie Elvis. Wen findest du besser – Elvis oder die Beatles?«

Ich wußte, daß sie ein Verlierertyp war. Ich wußte ganz genau, was Jeanette Nord und ich hinter ihrem Rücken über sie gesagt hätten. Aber plötzlich hatte ich richtig Angst, sie würde aufhören, mit mir zu reden.

»Oh ... Elvis«, sagte ich.

»Genau richtig.« Sie zog wieder an ihrer Zigarette. »Der König des Rock 'n' Roll, daß du mir das ja nicht vergißt.«

»Und die Beatles mag ich auch«, sagte ich.

Die Haut rings um ihre Augen spannte sich, wenn sie lachte. Einer ihrer Vorderzähne war grau. »Diese beschissenen Knilche?« sagte sie. »Blödsinn!«

Sie könne deutlich erkennen, daß man bei mir einiges zurechtrücken mußte, sagte sie. Die Beatles waren alle schwul. Man brauchte sie ja bloß anzusehen. Die Mädels, die sich von denen befummeln ließen, hatten es wirklich nötig. Als sie zwei Jahre alt gewesen war, hatte sie einen Nagel verschluckt und konnte sich bis zum heutigen Tag an die Fahrt in der Ambulanz erinnern. 1963 hatte sie bei den Stock-Car-Rennen

Miss America die Hand geschüttelt, die, von nahe betrachtet, häßlich war und deren Make-up dicker als ein Telefonbuch war.

»Ich habe einen Freund, der ist Diskjockey«, versuchte ich auch etwas Interessantes zu sagen.

»So. Na klasse. Ich nenn' diese Typen immer Disk*scheißer*. Die sollen einfach die Klappe halten und die Musik laufen lassen. Da schau!«

Sie steckte die angezündete Zigarette in den Mund und machte ihn zu. Als sie ihn wieder aufmachte, steckte die Zigarette unter ihrer Zunge und brannte immer noch.

»O mein Gott«, sagte ich.

»Kenny hat mir das beigebracht. Wir verloben uns vielleicht bald. Er will es sich überlegen.«

Die Schulglocke ertönte dreimal hintereinander kurz und schrill. »Ach, Scheiße«, sagte Norma. »Da!«

Sie reichte mir die feuchte Zigarette und schlenderte zum Schulgebäude zurück.

Ich stand wie erstarrt da, hielt die Zigarette senkrecht in der Hand und starrte sie an. Dann warf ich sie auf den Boden und trat sie aus wie Lassie.

Der Schultag endete in der Kirche mit der ersten Mittwochsbeichte. Die meisten Achtkläßler mußten die Schüler der unteren Klassen in den Kirchenbänken beaufsichtigen und kamen deshalb als letzte zur Beichte. Ich war eine der sechs aus unserer Klasse, die man nicht ausgewählt hatte.

Über mir schwebte ein frommer Mosaikengel vor der knienden heiligen Jungfrau. Der Engel, so blond wie Marilyn Monroe und meine Mutter, blickte himmelwärts. Dicker, weißer Rauch umhüllte seine Füße, und ich mußte an die Raketenstarts im Fernsehen denken, bei denen Daddy so aufgeregt gewesen war.

»Irgendwann einmal fahren wir nach Florida hinunter und sehen uns einen an«, hatte er mir versprochen. Er war immer voller Versprechungen. Er hatte mein ganzes Leben zerstört.

Hinter dem Vorhang konnte man Fetzen der Schülerbeichten hören. »Yeah, aber, Vater, *er* hat damit angefangen. Ich sag' es Ihnen doch ...«, beharrte ein Junge. Stacia Pysyk, die bei den Siebtkläßlern saß, sah sich immer wieder um und schnitt ihrer Schwester Rosalie Grimassen. Norma French, die ein wenig abseits von den anderen saß, hatte offensichtlich ihre Kopfbedeckung vergessen. Inmitten der Schals und blumenbesteckten Hüte und Samtbänder saß sie mit einem grellroten Pullover auf dem Kopf, den Kragenknopf unter dem Kinn geschlossen mit Ärmeln, die wie die Ohren eines Beagle seitlich an ihrem Gesicht herunterhingen. Norma war mein einziger jämmerlicher Kontakt in St. Anthony's, und ich litt gottserbärmlich darunter, wie wenig Fortschritte ich gemacht hatte.

Im Beichtstuhl zählte ich Vater Duptulski meine Sünden auf: Hochmut, Fluchen, Respektlosigkeit Ma gegenüber. Ich ließ unreine Gedanken und Taten aus und gab mich reuig.

Ich mußte eine Stunde nachsitzen. An der Division Street rollte Jacks MG am Bürgersteig entlang und folgte mir. Ich tat so, als würde ich ihn nicht bemerken. Das war eine Art Spiel; wenn ich mich umdrehte und hinsah, würde ich verlieren.

»Hey!« rief er schließlich. »Soll ich dich mitnehmen?«

»Oh, hi!« sagte ich und gab mich überrascht. »Okay. Gern.«

Sein Verdeck war offen. Seine Reifen quietschten, als er anfuhr.

Seine Zigarette brannte im Aschenbecher. Ich griff hinüber und nahm einen Zug, ohne ihn um Erlaubnis zu fragen. Er schüttelte den Kopf und lächelte mir zu. »Böse, böse«, sagte er.

»Sie sollten sich ein Radio für dieses Auto besorgen«, war meine Antwort.

Er lächelte. »So, wirklich? Wer sagt das?«

»Ich sage das. Dolores Del Rio.«

7

Jack tauchte jetzt zwei- oder dreimal die Woche nach der Schule auf. Ich schrieb mir die Tage in mein Ringbuch, aber da war kein richtiges Schema zu erkennen. Er wartete an der Chestnut Avenue vor dem Parkplatz der Kirche. Ich hielt jeden Nachmittag, wenn ich am Pfarrgebäude vorbeiging, den Atem an.

Seine Stimmung wechselte von einem Tag zum anderen. Manchmal kaufte er Eiscreme in Waffeltüten für uns beide, neckte mich und sagte, ich sei schön, und strich mir über das Haar. Das nächste Mal war er wieder mürrisch und verdrossen und beklagte sich über Rita oder seinen Job. Was ihn beengte, war das *Format* seiner Sendung, sagte er; und daß sein Chef das einfach nicht verstehen wollte. Er vergeudete seine besten Jahre, verzettelte sich – eigentlich *wünschte* er sich geradezu, daß die den Vertrag nicht erneuerten. In New York würde er jetzt das Doppelte – nein, das Dreifache! – seines Gehalts verdienen, wenn nur sie nicht wäre und dieses gottverdammte Babymachen. Das Leben mit Rita sei, als würde man ständig auf Eiern gehen. An solchen Tagen redete er eher mit sich als mit mir, lachte zwischendurch immer wieder sarkastisch oder schnippte mit den Fingern und schlug auf das Armaturenbrett.

Wenn er so war, war mir das immer peinlich, und ich war unruhig – wußte nicht, was ich sagen sollte. Einmal sagte ich zu ihm, meiner Ansicht nach solle er die Dinge einfach nicht so tragisch nehmen. »Für wen hältst du dich eigentlich, Kleine?« fuhr er mich an, und seine Nasenlöcher blähten sich. »Du solltest besser die Klappe halten.«

Manchmal fuhr er völlig andere Wege, um nach Hause zu kommen. »Geheimnisumwege«, nannte er das. Einmal fuhren wir an dem Büro seines Senders vorbei. Dann rollten wir wieder ganz langsam durch den hinteren Parkplatz einer verlassenen Schule – eines Ziegelbaus mit Sperrholz vor den Fenstern und hohem Gras, das durch die Ritzen im Asphalt wuchs. Die meisten *seiner* Lehrer waren inzwischen wahrscheinlich schon tot, sagte er – er weinte ihnen nicht nach. Er erzählte mir, daß man ihn einmal vor vielen Jahren bei einem wichtigen Basketballspiel auf die Reservebank gesetzt hatte, weil das Söhnchen von irgendeinem Bonzen unbedingt ins Spiel gebracht werden mußte. »Die wollen uns fertigmachen, Kleine«, sagte er, nahm meine Hand und betrachtete sie. »Wir müssen gut aufpassen, wir beide, du und ich.«

Ich sagte Grandma, ich sei dem Plakattafel-Club in der Schule beigetreten – ich würde mit den anderen Mädchen dableiben, um die Klassenzimmer und die Schaukästen in den Gängen zu dekorieren. Jack ließ mich immer bei Connie's Superette aussteigen und nicht vor Grandmas Haus. Connie beobachtete mich von ihrem Platz hinter der Kasse aus, die Arme unter ihrem mächtigen Busen verschränkt, das Gesicht ausdruckslos. Manchmal war eine der Pysyk-Schwestern draußen auf dem Balkon oder stand vor dem Laden und beobachtete uns und versuchte, sich einen Reim daraus zu machen. Aber wenn ich in Jacks MG saß, dann störte mich das nicht. »Mach doch ein Foto«, rief ich eines Tages zu Stacia hinauf. »Da hast du länger was von.«

Wenn ich nach Hause kam – gewöhnlich in der Mitte von »Am Rande der Nacht« –, war ich immer hungrig. Ich stopfte mich dann mit Plätzchen, Kartoffelchips und überreifen Bananen voll – hastig, ohne zu merken, wie sie schmeckten. Grandma saß bei geschlossenen Vorhängen da, ganz im Bann der Mattscheibe und ohne meine verrückten, riskanten Eskapaden zur Kenntnis zu nehmen.

Eines Nachmittags, als Jack nicht kam, ging ich mit Norma French in die Ortschaft. Ihr Freund Kenny traf sich mit uns in Lou's Luncheonette. Er sagte »Dolly« zu mir statt Dolores und blies Norma die Hüllen von Trinkstrohhalmen ins Gesicht. Ich saß pokergesichtig da und zwang mich dazu, mir anzuhören, wie er aus dem tiefsten Grund seiner Kehle lachte.

Auf seiner öligen Stirn gab es Dutzende von Mitessern. »Willst du was sehen?« fragte er mich. Er zog sein gelbliches Unterhemd hoch, so daß man auf seinem Bauch zwei Lutschflecken sehen konnte, die von Norma stammten. Ich stand auf, um nicht den beiden gegenübersitzen und zusehen zu müssen, wie sie sich abknutschten.

Schwester Presentation verteilte Aufsatzthemen aus dem Bereich Naturwissenschaft, die in der Woche nach Halloween fertig sein sollten. Ich wählte mir aus ihrer Liste von Themen »Das Wunder der menschlichen Geburt«. Ich hatte Jacks Geheimnis über einen Monat lang für mich bewahrt und geduldig darauf gewartet, daß er und Rita es bekanntgeben würden. Jedesmal, wenn ich Rita sah, studierte ich ihr Gesicht und ihre Taille, ja sogar die Art, wie sie lachte, und suchte nach irgendwelchen erkennbaren Spuren. Aber es gab keine. Sie konnte ein Geheimnis ebensogut bewahren wie ich.

Ich hatte mich bereits zum ausschließlichen Babysitter der Speights ernannt und Namen ausgewählt: Christopher Scott, wenn es ein Junge wurde, und Lisa Dolores für ein Mädchen. Ich hatte eine Vision, die sich immer wieder einstellte, in der Rita sich mühsam auf ihrem Totenbett unter dem Betthimmel aufsetzte und mir den rosafarbenen Säugling reichte. »Es tut mir leid, daß du die Schule verlassen mußt«, flüsterte sie so leise, daß man es kaum hören konnte. »Sorge für die beiden. Sie brauchen dich mehr, als ich sagen kann.«

»Eine Tasse Kaffee?« fragte Jack.

Er hatte einen weiten Umweg gemacht, war die ganze Chestnut hinuntergefahren und bog jetzt ruckartig in den Parkplatz eines Doughnutladens.

»Okay«, sagte ich.

Ich beobachtete ihn im Schaufenster. Er trug seine beigefarbenen Jeans und einen braunkarierten Pullover. Die Bedienung strich sich das Haar zurecht und lachte über etwas, das er gesagt hatte. Sie blickte ihm nach, als er hinausging.

Der Kaffee war mir zu heiß, und ich blies darauf und betrachtete den öligen Fleck, der in der Mitte kreiste. »Weißt du, worüber ich einen Aufsatz schreiben muß?« fragte ich. Er hatte mich gedrängt, ihn zu duzen, und selbst Grandma hatte nichts daran auszusetzen gehabt.

»Was?«

»Babys. Wie sie in ihrer Mutter heranwachsen, ehe sie geboren werden.«

»So, tatsächlich?« sagte er. Er nippte vorsichtig an seinem Kaffee und sah mich nicht an. »Ist ja klasse.«

»Wann werdet ihr, du und Rita, den Leuten sagen, daß ihr ein Baby bekommt?«

»Warum?« fragte er und sah jetzt zu mir herüber. »Hast du etwas gesagt?«

»Nein. Ich dachte nur ...«

»So. Na ja. Ich habe dir ja gesagt, sie ist nach den letzten beiden Malen ein wenig mißtrauisch. Es hat ja keine Eile.«

»Grandma wird dem Kleinen sicher eine komplette Garderobe häkeln. Wann soll es denn kommen?«

»Im April. Mitte April.«

»Wirklich? Ich habe hier ein *Life*, das habe ich mir aus der Schulbibliothek mitgenommen, für meinen Aufsatz. Da sind Bilder, wie Babys aussehen, wenn sie sich entwickeln. Richtig unheimlich. Willst du sie sehen?«

»Siehst du die Kellnerin dort? Sie heißt auch Dolores.« Er ließ den Wagen an und rollte wieder rückwärts auf die Straße. »Das steht auf ihrem Namensschild. Da siehst du es über ihrer fetten Titte.«

Ich tat so, als hätte ich nichts gehört. »Also, was ist, willst du den Artikel sehen?«

»Ich mag mir solche Sachen nicht ansehen. In Ritas Arztbüchern ist all das Zeug auch.«

»Darf ich wenigstens meiner Mutter etwas von dem Baby erzählen? Sie sagt Grandma bestimmt nichts. Oder darf ich wenigstens Rita sagen, daß ich es weiß?«

Die Art, wie er schaltete, zeigte mir, daß er wütend war. »Jetzt paß auf«, fuhr er mich an. »Entweder kann ich dir vertrauen, oder ich kann es nicht.«

»Das kannst du«, sagte ich. »Ich habe doch nur gefragt.« Ich nahm einen großen Schluck von meinem Kaffee. Der heiße bittere Geschmack ließ mich würgen. Ich hustete und hustete. Kaffee spritzte aus der Tasse, lief mir über den Schoß und auf den Boden.

Jack fuhr an den Straßenrand. Er nahm seine Serviette und wischte den Boden ab. »Tut mir leid«, sagte er. »Ich bin zur Zeit ziemlich fertig.«

»Schon gut. Ich hätte dich nicht nerven sollen. Tut mir leid.«

Seine Hand berührte meinen Knöchel. Seine Finger fuhren in meine Socke und bewegten sich auf und ab. Ich preßte den Fuß gegen den Boden, um nicht zu zucken. Ich wollte nicht, daß er mich kitzelte. Ich wollte ihn nicht wütend machen. »Du und ich«, sagte er. »Wir sind zwei ganz besondere Menschen.« Dann richtete er sich auf, legte den Gang ein und fuhr mich zurück zur Pierce Street.

Am Abend fing ich mit meinem Aufsatz an, bäuchlings auf meinem Bett liegend. Ich schrieb Stichworte auf kleine Kärtchen, so wie die Schwester es angeordnet hatte. Ich zählte vom fünfzehnten April zurück und dann wieder nach vorn bis zum Datum dieses Tages. Sie mußte seit wenigstens zwei Monaten schwanger sein. *Ansätze der Gliedmaßen sind erkennbar, und das primitive Herz schlägt schnell,* stand in dem Artikel. *Der Embryo hat die Größe einer Erdnuß in der Schale.*

Jack ging oben auf und ab. Er war einfach nervös; alle werdenden Väter sind so. In »Meine drei Söhne« war Robbie Douglas die ganze Strecke zum Krankenhaus gefahren, ohne zu bemerken, daß er seine Frau vergessen hatte. Wir waren gute Freunde, Jack und ich. Ich würde ihm helfen, damit fertig zu werden.

Die Fötusbilder füllten mehrere Seiten. Einige davon erinnerten mich an die Seeaffen, die ich einmal auf der Rückseite eines Comichefts gesehen und mir hatte schicken lassen. Ich hatte wochenlang gewartet, bis sie schließlich kamen. »In ein Glas gewöhnliches Leitungswasser legen und warten, bis sie zum Leben erwachen!« hatte auf dem Blatt gestanden, das mit der Sendung kam. Aber sie blieben starr und leblos und schwammen tagelang auf dem Wasser, bis meine Mutter mich schließlich zwang, sie in die Toilette zu spülen.

Am nächsten Morgen stellte Kathy Mahoney eine kleine Schachtel mit Partyeinladungen auf ihr Pult. Den ganzen Vormittag sah ich ihr zu, wie sie zum Bleistiftspitzer ging und jedesmal, wenn Schwester Presentation nicht hersah, Umschläge auf Pulte legte. Kurz vor der Mittagspause tat sie es ein letztes Mal und warf dann die leere Schachtel in den Papierkorb der Schwester.

Norma kam am Ende des Schultags auf mich zugerannt und rief meinen Namen so laut, daß die anderen sich umdrehten und feixten.

»Bist du eigentlich taub, oder was? Kommst du mit zu Lou's?«

»Hör zu«, sagte ich so laut, daß Kathy und die anderen es hören konnten. »Laß mich in Ruhe, ja?«

Ihr Blick war eher neugierig als verletzt.

»Ich will einfach nichts mehr mit dir zu tun haben. Dieser Boyfriend, den du da hast, macht mich krank.«

Norma saugte an ihren Zähnen und erzeugte damit kleine schmatzende Geräusche. »Schau, da ist jemand eifersüchtig«, sagte sie.

»Daß ich nicht lache!« sagte ich und legte meine ganze Verachtung in den Satz. »Wenn er einen ganzen Kanister Clearasil nehmen würde, könnte ich ihn vielleicht anschauen, ohne zu kotzen.«

Ihre Unterlippe schob sich vor, dann versetzte sie mir einen Fausthieb in den Bauch.

»Da prügeln sich Mädchen!« schrie jemand. Sofort bildete sich ein Halbkreis um uns.

Ich schluckte Halberbrochenes wieder hinunter. Mit von Tränen überströmtem Gesicht schrie ich Kathy Mahoney, schrie ich sie alle an: »Von mir kriegt ihr hier nichts zu sehen!« Dann rannte ich, verfolgt von ihren neugierigen Blicken und ihrem Gelächter, am Pfarrgebäude vorbei zur Chestnut Avenue.

»Fahr schnell!« rief ich Jack zu. »Weg von dieser beschissenen Schule!«

Am Abend rief mein Vater an. Ma hielt mir mit finsterer Miene den Hörer hin. »Dann sag *du* ihm, daß du ihn nicht sehen willst«, flüsterte sie. »Ich bin es leid, mir dauernd seine Vorwürfe anzuhören.«

Ich griff nach dem Telefon. »Was ist?« fragte ich.

Ich hörte mir wieder seine Versprechungen an: Minigolf, Restaurantessen, Kino.

»Tust du mir einen Gefallen?« fragte ich. »Tu einfach so, als wäre ich gestorben.«

Ich hörte, wie er tief einatmete. Dann sagte er, er hätte jetzt genug von mir und ich solle gefälligst von meinem hohen Roß steigen und kapieren ...

Den Rest seiner Rede hörte ich nicht mehr. Ich legte auf.

Jack erschien am nächsten Tag nach der Schule. »Oh, oh, oh, wenn das nicht die Königin von Saba ist«, sagte er, als ich einstieg. »Viel länger hätte ich nicht mehr gewartet. Ich wollte gerade wegfahren.«

»Was soll ich denn machen?« fuhr ich ihn an. »Einfach aufstehen und weggehen, bevor es klingelt?«

Er fuhr los. Zwischen seinen Beinen stand eine kleine Flasche mit irgend etwas Hochprozentigem. »Also, es ist Schluß«, sagte er. »Die hauen mich in den Sack. Einen Monat noch, und ich bin da draußen.«

»Dein Job? O mein Gott ... was machst du jetzt?«

»Für den Augenblick werden wir beide eine kleine Spritztour machen«, sagte er. Er griff nach der Flasche und nahm verstohlen einen Schluck.

»Wohin denn? Ich muß heute eine Menge Hausaufgaben machen. Ich arbeite immer noch an diesem Aufsatz.« Ich mochte es nicht, wenn er trank. Und ich mochte nicht, wenn er mich an den Füßen anfaßte.

»Na schön. Dann habe ich nichts gesagt.« Er lachte bitter.

»Du wirst einen Job bei einem *besseren* Sender bekommen, Jack. W-PRO vielleicht. Jeder Sender kann von Glück reden, wenn er dich kriegt.«

Er schüttelte den Kopf und kicherte.

»Na schön, dann fahren wir eben ein wenig herum. Aber nicht zu lang.«

»Vergiß es. Du brauchst mir keinen Scheißgefallen zu tun.«

»Nein, bitte. Ich möchte es. Wirklich. Wo wollen wir denn hinfahren?«

Er drehte sich zu mir rum und grinste. »Wenn ich dir das sage«, meinte er, »ist es keine Spritztour mehr.«

Er fuhr auf die Route 6, bis die Geschäfte Wohnhäusern und schließlich die Wohnhäuser Wald wichen. Die Herbstluft roch nach Äpfeln und Holzrauch. Nichts kam mir vertraut vor. Ich ließ den Arm zum Fenster hinaushängen. Der kalte Fahrtwind zauste daran. Am Himmel zogen in Pfeilformation Kanadagänse vorbei.

»Meine Mutter ist irgendwie auf das Fliegen fixiert«, sagte ich. »Ich habe ein Bild in meinem Zimmer, das sie gemalt hat, von einem fliegenden Bein. Als wir in unserem anderen Haus gelebt haben, hatte sie einen Wellensittich, und der ...«

»Ich will jetzt nicht über deine Mutter reden«, sagte er. »Halt den Mund. Ich bin dazu nicht in Stimmung.«

»Du kriegst einen besseren Job. Alles wird wieder gut.«

Er schmunzelte und nahm wieder einen Schluck aus der Flasche. »Willst du auch?«

Ich schüttelte den Kopf. Es schockierte mich, daß er überhaupt fragte.

»So ist es brav, kleine Muschi«, murmelte er.
»Hör mal, ich denke, du solltest nicht ...«
»Du denkst nicht *was?*«
»Nichts«, sagte ich. »Vergiß es einfach.«
Wir fuhren und fuhren. Dann, mitten im Niemandsland, schaltete er plötzlich den Blinker ein. Auf einer Tafel stand mit der Hand geschrieben: »Tierheim – Ortschaft Westwick«. Dann rollten wir auf einer von Fichten gesäumten Straße weiter.
»Ich versteh' das nicht«, sagte ich.
»Ich bin eine ganze Weile nicht mehr hiergewesen. Da hinten ist ein Baggersee. Und irgendwo gibt es auch einen Wasserfall. Vielleicht hörst du ihn.«
Der Weg ging auf und ab, und Jack lenkte den Wagen um Pfützen und Schlaglöcher herum. Ich mußte an die wilden Fahrten mit meinem Vater in Mrs. Masicottes Wagen denken. »Und warum fahren wir hierher?« fragte ich.
»Ich habe heute, während ich auf Sendung war, an dieses Fleckchen gedacht. Und an dich habe ich auch gedacht. Du würdest dich wundern, wie oft ich an dich denke. Ich will dir etwas zeigen. Es wird dir das Herz brechen.«
»Was?«
»Sei nicht ungeduldig«, sagte er. Er hatte wieder dieses spöttische Lächeln in seinem Gesicht.
»Hat Rita es je gesehen?«
Er nahm wieder einen Schluck aus der Flasche, gab mir aber keine Antwort.
»Bist du betrunken, oder was?«
»Hey«, sagte er. »Habe ich dir nicht vor einer Weile gesagt, du sollst den Mund halten?«
»Okay, ist schon gut«, sagte ich. »Aber denk bloß daran, daß ich noch Hausaufgaben machen muß.«
Ich lauschte, ob ich den Wasserfall hören könnte, hörte aber nur das Bellen von Hunden ganz oben in den Bäumen. Es wurde lauter, kam langsam herunter. Vor uns war ein Betongebäude.

Jack wurde langsamer, fuhr auf eine knirschende Kieseinfahrt und schaltete den Motor ab. »Da«, sagte er.

Die Hunde waren in kleinen Drahtpferchen entlang der ganzen Gebäudewand untergebracht und empfingen uns mit ohrenbetäubendem Gebell. Ein großer, weißer Hund versuchte immer wieder, sich auf uns zu stürzen. Bei jedem seiner Sprünge verbog sich der Zaun ein Stück.

Jack stieg aus dem Wagen. Er versuchte, die Tür des Gebäudes zu öffnen, rief hallo und klopfte an die Tür. »Ich kenne den Typen, der hier auf die Hunde aufpaßt, aber anscheinend ist niemand zu Hause«, rief er über die Schulter zu mir zurück, so laut, daß er damit das Bellen übertönte. »Komm raus, und schau dir die Kleinen an.«

Ich trat vorsichtig näher. Eines der Hündchen hatte ein glasig wirkendes Auge, das andere hatte sich den Rücken blutig gekratzt. Der große, weiße Hund ließ seine rosagrauen Lefzen sehen und biß in den Draht seines Käfigs. »Warum sind die hier draußen?« fragte ich.

»Das sind die armen Kerle, die keiner haben will. Die halten sie hier ein, zwei Wochen im Käfig, und dann vergasen sie sie.«

Er streckte die Hand aus, legte sie auf meinen Rücken und zog mich zu sich heran. »Schau mal, die traurigen Augen«, sagte er. »Möchte man sich da nicht hinsetzen und weinen?«

Ich konnte keine traurigen Augen erkennen. Die Hunde waren aufgeputscht und sahen gefährlich aus, aber ich empfand kein Mitgefühl. Ihre Klauen klickten auf dem Betonboden, wenn sie auf und ab gingen und dabei ihrem Kot und den schmutzigen Wasserschüsseln auswichen.

Jack fing an, mir über den Rücken zu reiben. Die Hunde schienen sich zu beruhigen. »Die Welt ist schon ein einsamer Ort«, sagte er. »Jetzt schau dir diese Köter an.«

»Mhm. Und wo ist jetzt dieser Wasserfall?«

»Wir sind doch Freunde, stimmt's?« fragte er. »Tust du mir einen Gefallen?«

»Ich weiß nicht. Was denn?«

»Versprichst du mir, daß du es nicht in den falschen Hals bekommst?«

»Bestimmt nicht«, sagte ich.

»Dürfte ich dir einen Kuß geben – nur so unter Freunden?«

Meine Magenpartie verkrampfte sich; das Blut stieg mir in den Kopf. »Ich denke nicht.«

»Du bist mir eine Freundin.«

Und dann beugte er sich zu mir herüber und küßte mich trotzdem – weich, auf den Mund. Sein Atem war warm und süß und roch nach Alkohol. Seine Finger gruben sich in meinen Rücken. Die Hunde bellten wieder.

»Das hat sich gut angefühlt«, sagte er. »Der netteste Kuß, den ich je gekriegt habe. Du brauchst keine Angst zu haben.«

Er versuchte es noch einmal, aber ich entzog mich ihm und ging zum Wagen. »Du hast doch gesagt, daß hier ein Baggersee ist«, fragte ich. Meine Stimme bebte.

Er lachte, stieg ein und schüttelte den Kopf. Ich stieg ebenfalls ein. Das Knallen unserer beiden Türen hallte von den Bäumen wider. Seine Hand wanderte zum Zündschloß, stockte dann.

»Darf ich dich etwas fragen?« sagte er.

»Was?«

»Denkst du viel an Sex?«

»Nein«, sagte ich. »Fahren wir jetzt?«

»Weil ich nämlich denke, daß du sehr, sehr sexy bist – als ob du das nicht schon wüßtest. Manchmal, wenn sie und ich ...«

Ich wollte nach Hause ins Bad, die Tür hinter mir absperren und über all das nachdenken. »Fahren wir jetzt, bitte?« sagte ich.

Er griff an das Handschuhfach vor meinen Knien und klappte es auf. Ich stellte überrascht fest, daß seine Hand ein wenig zitterte. Er zog ein zusammengerolltes Magazin heraus.

»Sieh dir das an«, sagte er.

Ich brauchte eine Sekunde, bis ich begriff, was ich da sah: Da war eine Frau auf dem Umschlag, die ihren Mund am Penis eines Mannes hatte. Ich warf es zu ihm hinüber. »Da«, sagte ich.

»Willst du es dir nicht ansehen? Bist du nicht neugierig?«

Ich fing an zu weinen. »Nein.«

»Ganz bestimmt nicht?«

»Sei still.«

Er schmunzelte. »Die machen ihre Sache wirklich gut mit dir in dieser Schule. Du wirst eine großartige Nonne abgeben.«

Ich sagte nichts.

»Hör auf zu zittern. Ist doch bloß eine Zeitschrift.« Er war bemüht, ruhig und kühl zu klingen, aber sein Atem ging schneller, ruckartig, und seine Stimme war gepreßt. Ich merkte, daß er im Begriff war, wütend zu werden. »Manchmal vergesse ich, daß du ja noch ein kleines Kind bist«, sagte er. »Ein kleines Baby ...«

Meine Hände fuhren unter meine Schenkel und preßten sie zusammen. »Ich bin kein kleines Kind. Ich habe bloß keine Lust, mir schmutzige Bilder anzusehen«, sagte ich. »Jetzt kannst du mich erschießen.«

»Das werde ich vielleicht«, lachte er. »Es ist nur ... also, so wie ich es sehe zumindest, ist es so, daß Liebe nichts Schmutziges ist. Und Bilder davon auch nicht. Aber manche Leute haben eine schmutzige Phantasie.«

»Was soll das jetzt bedeuten?«

»Außerdem gehört es nicht einmal mir. Ich habe es mir von jemandem ausgeborgt, weil da ein Witz drinsteht. Aber wahrscheinlich habe ich einen großen Fehler gemacht ... oder ich habe mich von einem kleinen Flittchen in die Irre führen lassen, das wahrscheinlich nach Hause rennen und alles ihrer Mommy erzählen wird.«

»Hör mal, ich erzähle ihr gar nichts, ja? Und das, was du gesagt hast, bin ich auch nicht.«

»Was habe ich denn gesagt?«

»Du sagst, ich sei ein Baby, aber das bin ich nicht.«

»Okay, okay«, sagte er. Er streckte die Hand aus und fing an, mit meinem Haar zu spielen. »Weil wir gute Freunde sind, du und ich, und es mir weh tun würde, wenn ich dir nicht vertrauen könnte.«

»Also, das kannst du, okay? Fahren wir jetzt nach Hause?«

Er rollte das Magazin wieder zusammen und fuhr mit dessen Rand an meinem Bein entlang, hinunter bis zu meinem Fuß und wieder herauf, immer wieder. »Ich werde dieses Heft wahrscheinlich eine Weile haben, ehe ich es zurückgeben muß. Sag mir Bescheid, wenn du es dir einmal ansehen willst. Wir können es uns dann zusammen anschauen.«

»Nein, danke«, sagte ich.

»›Nein, danke‹«, äffte er mich nach. Dann schob er das Magazin unter seinen Sitz.

Ein paar von den Hunden hatten sich hingelegt. Einer ging in seinem Pferch auf und ab. »Dolores«, flüsterte er. »Schau.« Er hatte die Hand zwischen seinen Beinen, rieb sich und sah mich dabei an.

Ich wandte mich ab und starrte zum Fenster hinaus, spürte, wie mir die Tränen über die Wangen rannen. »Würdest du bitte damit aufhören?« sagte ich. Er kam mir plötzlich wie ein völlig anderer Mensch vor. Und dann durchfuhr es mich plötzlich siedend heiß: Ich würde vielleicht nicht mehr nach Hause kommen.

»Womit aufhören?« Ich konnte hören, daß er es immer noch tat.

»Damit!« sagte ich, und meine Hand fuhr hoch und traf ihn am Arm. Dann riß ich die Tür auf, sprang aus dem Wagen und rannte an den Hundepferchen vorbei. Die Tiere bellten und sprangen, und alles kam mir völlig unwirklich vor.

Er fing mich hinter dem Gebäude ein. Ich verlor das Gleichgewicht, und er fiel über mich. Er drehte mir den Arm auf den Rücken, zerrte daran. »Du sollst mich nicht kitzeln!« schrie ich. »Das ist jetzt nicht mehr komisch. Was machst du da?«

Er schien mich nicht zu hören. »Die kleine Unschuld ... ich bin jetzt diesen beschissenen Quatsch leid. Jetzt kriegst du das, was du wolltest.« Die Worte sprudelten aus ihm heraus. »Schau mich an, wenn ich mit dir rede!« schrie er. »Miststück!«

Sein Knie stieß gegen mein Bein, preßte es auf den Boden. Ich sah hin.

»Und jetzt sag es: sag ›Fick mich, Jack‹. Sag mir, daß ich dich ficken soll.«

Als ich versuchte, nach ihm zu schlagen, packte er mich am Handgelenk und preßte es gegen den Boden. Er riß wieder schmerzhaft an meinem Arm. Das ist nicht Jack, sagte ich mir. Jemand – Daddy, der *wahre* Jack – wird kommen und mich retten.

Mit seiner freien Hand riß er meinen Rock in die Höhe – ich hörte, wie etwas zerriß. »Wenn du diese Uniform zerreißt, wirst du sie bezahlen!« schrie ich. »Das schwöre ich dir!«

»Sei still«, flüsterte er, und dann bettelte er. »Hör zu, für dich ist es netter, wenn du dich nicht wehrst. Wir sind doch Freunde, du und ich. Mach das nicht kaputt. Ich kann nicht ... ich tu dir nicht weh, wenn du dich nicht wehrst. Das verspreche ich.«

Er fuhr fort, an mir herumzufummeln. Ich versuchte, den Kopf zu heben, versuchte zu spucken, zu schlagen, aber meine Fäuste trafen ihr Ziel nicht. Die Spucke fiel auf mein Kinn zurück. Sein Ellbogen fuhr in die Höhe, preßte sich über meinen Hals und nahm mir die Luft.

Jetzt hatte er sich die Hosen heruntergezogen. »Ich hasse dich!« schrie ich. »Du Schwein!«

Ich hörte auf, mich zu wehren. Es tat einfach zu weh. Das Bellen der Hunde war jetzt nicht mehr zu hören, nur noch sein

Fluchen und Grunzen, immer wieder, im Rhythmus mit jedem Stoß, jedem Riß. Er reißt mich in Stücke, dachte ich. Und dann werde ich sterben.

Ich drehte den Kopf zur Seite und sah, wie meine Finger sich in die Erde krallten. Meine Hand öffnete und schloß sich, öffnete und schloß sich. Ich hatte keine Kontrolle über sie. »Tu einfach so, als wäre ich gestorben«, hatte ich zu meinem Vater gesagt, und ich wußte, daß niemand kommen würde, um mir zu helfen, wußte, daß ich ganz allein war.

Jacks Wut brachte uns beide zum Zittern. Dann hörte er plötzlich auf, lastete wie ein Toter auf mir. Er wimmerte, sein Atem ging unregelmäßig. Als er schließlich aufstand, trat er heftig gegen mein Bein und ging weg.

Ich hörte, wie er leise auf die Hunde einredete und sie besänftigte.

Auf der Fahrt nach Hause schluchzte und redete er, hörte einfach nicht auf zu reden. »Wir sind schlimme Leute, du und ich. Bilde dir bloß nicht ein, daß das nur ich war. Wir haben das, was wir getan haben, zusammen getan.«

Mein Bewußtsein war eine einzige Leere, und in mir brannte alles. Er fuhr so langsam.

Er redete von einer Pistole. »Du glaubst mir nicht, daß ich es tun würde. Aber das würde ich. Was hätte sie denn, wofür sie leben kann, wenn sie erfahren würde, was wir gerade getan haben ... aber wenn du mir nicht glaubst, kannst du es ihr sagen, tu es einfach ... ich werde einen Brief hinterlassen. Überleg dir mal, was die *dir* alles für Fragen stellen würden.«

Als er in der Nähe von Connie's Superette anhielt, griff er zu mir herüber und wischte mir die Grashalme von der Uniform. Ich hatte solche Angst, daß ich mich nicht wehrte. »Ich habe jetzt das Gefühl, daß ich dir viel näher bin«, sagte er. »Du und ich, wir beide stecken da jetzt beide drin. Wenn du es jemandem sagst, dann tu' ich es. Du wirst wahrscheinlich die

Schüsse hören. Dann werden wir daliegen, sie und ich, mit aufgerissenen Köpfen. Zwei Tote, und das wird dann deine Schuld sein.«

Drei, dachte ich. Das Baby. Ich stieg aus dem Wagen. Ich sah nur auf meine Schuhe, einen vor dem anderen, wie sie mich nach Hause trugen. Der Tisch war zum Abendessen gedeckt. Mas Post lag auf dem Schränkchen. Die Kartoffeln, geschält und geschnitten, standen im Wasser auf dem Herd.

Der Fernseher plärrte im Wohnzimmer. Ich ging an Grandma vorbei die Treppe hinauf. Meine Bluse hatte einen Schmutzfleck am Ärmel. Mein Schlüpfer und meine Beine waren verschmiert, Blut und er.

Ich betrachtete mich im Badezimmerspiegel. Das, was geschehen war, würde immer an mir sein, in mir, so dauerhaft wie eine von Robertas Tätowierungen. »Dolores«, sagte ich. Ich wiederholte meinen Namen immer wieder, bis er mir verdreht und unwirklich vorkam. Ich würde nie wieder ich selbst sein.

Ich ließ mich in die Badewanne sinken. Ich hatte das Bad heißer gemacht, als ich je gedacht hätte, es ertragen zu können. In dem klaren, dampfenden Wasser sah ich zu, wie meine Haut sich rötete, und studierte die Schwellung an meinem Bein, wo er mich getreten hatte. Ein dünner Blutfaden trieb bei meinem Knie auf dem Wasser. Ich öffnete meine wunden Beine weit für das brühheiße Wasser.

Ich hatte Angst, in meinem Zimmer zu bleiben, Angst, allein zu sein. Ich konnte ihn dort oben hören.

Grandma blickte von ihrer Seifenoper auf. »Wie war es heute in der Schule?« fragte sie.

»Ganz okay.«

»Das sagst du jeden Nachmittag. Gibt es denn nie einen Tag, wo es wirklich schön war?«

»Nein.«

Ich wollte Ma – wollte ihr Gesicht sehen, ihre Stimme hören. Wollte wissen, daß sie wirklich war, wollte wissen, daß ich mit ihr im Haus und nicht dort draußen war. Aber als sie nach Hause kam, sah ich, daß das nicht reichte. Sie redete von ihrem Abteilungsleiter, ihren schmerzenden Füßen, wie sie gekegelt hatte. Das, was passiert war, schmerzte in mir, aber es war unsichtbar.

Rita hatte an einem Sonntagnachmittag im November eine Fehlgeburt, eine Woche nachdem sie an unserem Küchentisch gesessen und uns die gute Nachricht erzählt hatte. Grandma rief mich an das Eßzimmerfenster und flüsterte mir zu, was sie in Erfahrung gebracht hatte. Wir sahen zu, wie Jack sie zum Wagen führte, ihr beim Einsteigen behilflich war und sie dann wegbrachte. Als es Zeit war, zu Bett zu gehen, waren sie immer noch nicht zurück.

Ich erwachte im Dunkeln, schreckte aus unruhigem Schlaf hoch, in dem Hunde mich verfolgten, mich stellten, an meinen Füßen leckten. Ich setzte mich auf und redete mir zu, es einzugestehen: Wir hatten dieses Baby umgebracht, Jack und ich – wir hatten es mit dieser schmutzigen Sache, die wir getan hatten, zerstört. Ich war keine kleine Miss Unschuld. War ich nicht all die Nachmittage zu ihm ins Auto gestiegen? Hatte ich damals nicht an ihn gedacht, als ich mich berührt hatte? Babykiller Dolores, schuldig wie die Sünde.

Im Erdgeschoß war es schattig und still. Dampf stand über den Heizkörpern. Der Haustürknopf war kalt. Das kalte Straßenpflaster an meinen nackten Füßen ließ mich weitergehen.

In Robertas Hinterzimmer brannte Licht.

»Dolores?« fragte sie. Sie trug Lockenwickler und Pyjama. Mein Klopfen hatte sie erschreckt. »Was gibt es denn, Honey? Was ist denn los?«

Ich lehnte mich an ihre Schulter, schluchzte und erzählte.

Sie drückte mich an sich, wiegte mich leicht und machte mir eine Tasse Tee. Das tat gut. Die Wärme, die ich hinunterschluckte, war das erste, was ich seit Wochen gefühlt hatte.

In der Morgendämmerung gingen wir über die Straße zurück, um Ma zu wecken.

TEIL ZWEI
WALE

8

Mr. Pucci, mein Studienberater an der High School von Easterly, war ein schmächtiger Mann mit kleinen Händen und einem diskreten Toupet. Er war während meiner jämmerlichen dreieinhalb Jahre an der Schule mein einziger Freund gewesen. »Hi, Kumpel«, pflegte er mir zwischen den Unterrichtsstunden zuzurufen, wenn ich an seinem Büro vorbeischlurfte, die Augen auf die Linoleumfliesen geheftet und sehnsüchtig darauf wartend, daß er mich zur Kenntnis nahm. Ich kannte sein winziges, sonnenloses Kämmerchen fast ebensogut wie mein eigenes Zimmer: die ausgefranste Schnur an der Jalousie, die nie blühenden Geranien, die sich auf dem Fenstersims aneinanderdrängten, sein Poster – »High School macht mich high« –, das sich von der gelben Mauer wegkräuselte. Auf seinem ordentlichen Schreibtisch stand ein Bildwürfel mit Fotos von seinem Neffen. »Onkel Fabio«, sagten sie zu ihm. Auch das wußte ich.

Ich empfand Mr. Pucci gegenüber einen Besitzanspruch und hatte auch Beschützergefühle, ich verfluchte im stillen die Jungs, die seine lispelnde Redeweise nachahmten, wenn sie im Korridor vorbeikamen. Ich haßte seine anderen Schutzbefohlenen, die mit ihren Belanglosigkeiten seine Zeit stahlen, während ich mit meiner jeweils neuesten persönlichen Krise in seinem Büro wartete. Mr. Pucci hatte mit mir acht Suspendierungen wegen Rauchens, nicht zurückgegebener Bücher aus der Bibliothek im Wert von 230 Dollar, siebenundsechzig Abwesenheitstage allein in der obersten Klasse und vier Jahre bei unvernünftigen Lehrern durchgemacht. Er überredete meine Turnlehrerin, mich vom Gemeinschaftsduschen freizustellen. Er rief persönlich die Eltern der Footballspieler an, die sich einen Witz daraus machten, eine Kampagne für meine Wahl zur Alkoholwochenkönigin zu führen. Als meine Spanischlehrerin, Señorita O'Brien, darauf bestand, meinen Namen in ihrem Notenheft zu führen, und zwar als jemanden mit besonderen und äußerst delikaten persönlichen Problemen, schaffte es Mr. Pucci, daß ich vom Fremdsprachenunterricht befreit wurde. Wir *waren* Kumpel; ich hatte ihn beschimpft, ihm kleinere Geheimnisse anvertraut und nach jeder grausamen Bemerkung, die mir jemand an den Kopf geworfen hatte, auf seine Schreibunterlage geschluchzt. Dann, im April meines Abschlußjahrs, hatte er mich aus dem Aufgabensaal herausgerufen und eine Axt in meinem Herzen versenkt.

Mas Tabuparfum füllte sein Büro. Sie trug ihre Uniform von der Autobahnzahlstelle und saß auf einem mir unbekannten Metallklappstuhl, den man zu dem Zweck hereingeschafft hatte. Meine Schulunterlagen waren fächerförmig über Mr. Puccis Schreibtisch ausgebreitet. »Setz dich, Dolores, setz dich«, fing er an. Seine Handfläche wies auf meinen üblichen Stuhl; sein Lächeln war nicht das mir vertraute. »Ich habe deine Mutter heute zu mir gebeten, damit wir drei über deine Zukunft reden können.«

Das war ein Komplott, ein Überfall. »Können wir das nicht ein andermal machen?« fragte ich. »Ich bereite mich gerade auf eine wichtige mündliche Prüfung vor. Und außerdem bekomme ich, glaube ich, gerade Migräne.«

Ma hantierte am Verschluß ihrer Handtasche herum, schnippte sie ständig auf und zu. »Ich habe mir eigens freigenommen, Dolores. Ich glaube, wir sollten uns beide anhören, was Mr. Pucci zu sagen hat.« Plötzlich stand für mich eindeutig fest, daß es zwischen den beiden geheime Telefonate gegeben hatte. Diese Erkenntnis ließ meine Muskeln erschlaffen. Ich setzte mich.

»Nach sorgfältiger Abwägung der Fähigkeiten und der

Bedürfnisse von Dolores, Mrs. Price, würde ich gern das College empfehlen – trotz allem, was hier schwarz auf weiß vor uns liegt.« Die *eigentliche* Wahrheit, so erklärte er Ma, lag darin, daß ich gern las, und in dem Potential, das einige meiner Lehrkräfte in mir entdeckt zu haben glaubten. Lehrer! Davon gab es zwei Typen: die, die einen wie Dreck behandelten, und die, die all ihre Hoffnungen in einen steckten. Ich ließ mein Gesicht jenen teilnahmslosen Ausdruck annehmen, den ich mir von Julie in »The Mod Squad« abgeschaut hatte. Mit den Knien drückte ich das Blech seines Schreibtischs ein und ließ es wieder herausschnappen. Ich war in Mr. Puccis Sanftmut und in unsere Rituale verliebt gewesen. Ich hatte mir während unserer Gespräche wenigstens eine Million Male vorgestellt, wie ich mich zu ihm beugte, meine Hände um seine winzige Taille legte und spürte, wie meine Fingerspitzen sich hinten berührten. »Zufälligerweise glaube ich an Dolores' Zukunft, Mrs. Price«, sagte er. Sein besorgt blickendes, zerbrechliches Gesicht war von Geranienblättern gerahmt. »Und falls sie sich dazu entschließen sollte, nicht aufs College zu gehen, könnte es sein, daß Sie beide das ewig bedauern.«

Mit dem Wort hatte er den Nagel auf den Kopf getroffen: Bedauern. Bedauern war für meine Mutter seit der Nacht, in der Roberta mich über die Straße zurückgeführt hatte, ihr Hauptmotiv für alles gewesen. Ma hatte darauf bestanden, mich in die Notaufnahme zu fahren, obwohl der Notfall schon zwei Wochen zurücklag. Auf dem Weg dorthin klapperten ihre Zähne unkontrolliert, während ich in versteinertem Schweigen dasaß. Sie sah in mir nicht das, was ich war – eine Komplizin beim Mord an dem Baby –, sondern Jacks unschuldiges Opfer. Ich konnte sie mit Forderungen in die Knie zwingen. Also tat ich es.

Auf mein Drängen hin hatte Ma unser schreckliches Geheimnis Daddy verschwiegen, auf eine Anzeige gegen Jack verzichtet und ihn am Wochenende darauf mit seinen und Ritas Sachen über die Hintertreppe entkommen lassen, während wir Grandmas Cousinen in Pawtucket besuchten. »Glauben Sie mir, mir wäre nichts lieber, als diesen verkommenen Mistkerl hinter Gittern verfaulen zu sehen«, erklärte sie dem Polizeiinspektor, der uns im Erdgeschoß in unserem Wohnzimmer gegenübersaß. »Aber dieses Mädchen dort oben ist dreizehn Jahre alt. Für sie ist es wichtig, daß sie so tun kann, als wäre das Ganze nie passiert.«

Aus lauter Mitleid bezahlte Ma für den Rest des Schuljahrs Privatunterricht zu Hause, obwohl sie auf einem Stapel Bibeln einen heiligen Eid leistete, daß *unmöglich* jemand in der St.-Anthony's-Schule etwas erfahren haben konnte. Mein erster Hauslehrer, Mr. McRae, sah mich immer so komisch an. Dann kam Mrs. Dunkel, eine pensionierte Lehrerin mit gepudertem Hals und getöpferten Armbändern, die immer gegen den Küchentisch schlugen. Mrs. Dunkel döste, während ich ihre Aufgaben las. Sie war ungefährlich und süß. Dr. Hancock – der Psychiater, zu dem sie mich schickten – war das nicht. Obwohl Ma das höchst ungern tat, erklärte sie Dr. Hancock, sie würde seinen wöchentlichen Versuchen, mich zu Gesprächen über Jack Speight zu zwingen, ein Ende machen. Das geschehe auf *meinen* Wunsch, erklärte sie ihm, obwohl *ich* es eher als Forderung formuliert hatte: Wenn sie mich weiterhin zwang, zu psychiatrischen Sitzungen zu gehen, würde ich mit einem Suppenlöffel und einer Dose Schlaftabletten auf Grandmas Dachboden steigen und mich umbringen.

Dem offiziellen Befund der Behörden von Easterly nach war ich normal genug, um im darauffolgenden Jahr eine normale High School zu besuchen. Wenn Ma mich krankheitshalber entschuldigte, drückte sie immer ihr Bedauern aus. »Ich bedauere, Ihnen mitteilen zu müssen, daß Dolores eine Halsentzündung ... Magenbeschwerden ... eine schwere Kopfgrippe ... hat«, pflegte sie zu schreiben, wenn ich zu deprimiert oder zu aufgeputscht war, um zur Schule zu gehen.

Sie weigerte sich nie, mir Entschuldigungen zu schreiben, obwohl sie nicht gern log; das konnte man an ihrem Schriftbild erkennen, das dann immer fahrig wirkte. Mas Bedauern hatte sich zu diesem Zeitpunkt schon ritualisiert und äußerte sich in Form von wöchentlichen Trostpreisen aus dem Lebensmittelladen. Sie kam jede Woche mit einer ganzen Einkaufstüte voll Leckereien für mich nach Hause: Kekspackungen, große Flaschen Pepsi (ich mochte es am liebsten warm), Zigaretten, Zeitschriften und voluminöse Taschenbücher. Ich bewahrte meine Leckereien in mit Etiketten versehenen Einkaufstüten auf dem Farbfernseher auf, dem Ma mir zu meinem fünfzehnten Geburtstag für mein Zimmer gekauft hatte.

»Wenn sie sich entschließen sollte, nicht das College zu besuchen, könnte es sein, daß Sie beide das ewig bedauern«, sagte Mr. Pucci zu ihr. Mit einer Collegeausbildung bot er eine Chance an, eine Strafe, die aus lebenslänglichem Bedauern bestand, abzuwenden. Ma biß auf den Köder an. Heftig.

Ich verbrachte die nächsten Wochen jammernd, schmollend und kreischend. Wie konnte sie nur so grausam zu mir sein, nach allem, was ich durchgemacht hatte, fragte ich mich. Ich konnte schon *jetzt* die Schule nicht ertragen. Weshalb sollte ich mich also für weitere vier Jahre Folter verpflichten?

Dann trafen Collegeprospekte mit der Post ein, alle mit Adreßaufklebern in der Handschrift meiner Mutter. Sie waren mit *schreckenerregenden* Fotografien angefüllt: Schüler und Professoren, die auf dem Rasen zusammensaßen und angenehme Gespräche führten; Chemiestudenten mit Schutzbrillen, die mit Bunsenbrennern hantierten; strahlende Mädchen, die sich gemeinsam über einer Reihe von Waschbecken in einem Wohnheim die Zähne putzten. Ich zerriß sie, so schnell sie eintrafen. Tagelang weigerte ich mich, hinunterzugehen, weder zur Schule noch zum Abendessen, und schloß mich mit den Leckereien, die Ma immer noch getreulich lieferte, in meinem Zimmer ein. Wenn ich nicht damit beschäftigt war, ihr die kalte Schulter zu zeigen, flehte ich Grandma an, sich für mich zu verwenden. Colleges waren die reinsten Rauschgifthöhlen! Collegemädchen wurden schwanger! Ich begann schluchzend von Überdosis und Nervenzusammenbrüchen zu reden. Wenn ich wußte, daß Ma zuhörte, rannte ich ins Bad, steckte mir die Finger in den Hals und würgte dramatisch. »Ich kann überhaupt nichts mehr bei mir behalten«, wimmerte ich dann, wenn ich wieder herauskam und ihr besorgtes Gesicht sah. Dann pflegte ich auf mein Zimmer zu gehen und mich mit Kartoffelchips, Mohrenköpfen und Schokoladenplätzchen vollzustopfen – wobei ich das Zellophan so leise wie möglich aufriß.

Die grauen Ringe unter Mas Augen schwollen an, und ihre Finger zitterten, wenn sie unter meinen haßerfüllten Blicken Aufnahmeanträge ausfüllte. Aber ich schaffte es nicht, sie zum Nachgeben zu bewegen. Sie war fest entschlossen, nicht bis an ihr Lebensende einen Kampf gegen das Bedauern zu führen. Ich würde aufs College gehen.

Ende Mai hatten mich acht Schulen abgelehnt. Mas letzte Hoffnung war das Merton College in Wayland, Pennsylvania. Aber die Bewerbung war problematisch. Das College verlangte einen Aufsatz über den einen Menschen auf der ganzen Welt, den ich am liebsten kennenlernen würde. Ma brütete eine Woche lang und mietete dann eine Schreibmaschine. Sie meldete sich krank und fing eines Abends nach dem Essen an, sich mühsam die ganze Nacht hindurch ihren Weg durch das Tastenfeld suchend. Am folgenden Morgen stand ich am Küchentisch und nahm mein Frühstück zu mir – Schokoladendoughnuts und einen Becher Pepsi. Mas Wange war gegen die emaillierte Arbeitsplatte gepreßt, und sie schnarchte aus verzerrten zusammengepreßten Lippen. Sie war von einer Unmenge zusammengeknüllter Blätter umgeben – genug Fehlerversuche, um einen ganzen Wagen bei der Rose Bowl Parade damit zu schmücken. Ich griff nach der Schreibmaschine und drehte ihr Endprodukt von der Walze.

Wenn ich auf dieser ganzen weiten Welt die Bekanntschaft eines Menschen machen dürfte, würde das Tricia Nixon sein, die Tochter des Präsidenten. Sie ist freundlich, und ihr blondes Haar ist sehr hübsch. Außerdem ist sie gepflegt und hat gute Manieren. Ich habe bei ihr das Gefühl, daß man sie, wenn man je nach Washington kommt, einfach anrufen kann und sie fragen, ob sie mit einem einkaufen geht oder einem die Sehenswürdigkeiten zeigen will oder ob sie einfach eine Cola mit einem trinken möchte. Sie ist für jedes Mädchen in diesem großen Land wie eine Freundin – selbst für meine Wenigkeit.

Hochachtungsvoll
Dolores Price

Ma kniff die Augen zusammen und wachte auf. Sie musterte mich vorsichtig, als ich das Blatt Papier in meine Doughnutkrümel legte.

»Also?« sagte sie.

»›Hochachtungsvoll‹ schreibt man mit zwei l.«

»Aber sonst? Was meinst du?«

»Willst du die Wahrheit hören?«

Sie nickte.

Ich biß in den Doughnut und lächelte selbstsicher. »Damit würde ich nicht einmal in eine Schule für geistig Zurückgebliebene kommen.«

Mas Unterlippe fing an zu zittern, und ich dachte befriedigt, ich hätte sie zum Weinen gebracht. Dann stieß sie plötzlich die Schreibmaschine vom Tisch. Sie knallte vor mir auf den Boden. Sie deutete auf die Schreibmaschine, sah aber mich an. »Wenn dieses Ding jetzt kaputt ist, ist es mir das wert«, sagte sie. »Ich bin *nicht*... ein Stück Hundekacke!«

Merton College wollte mir mitteilen, daß man mich angenommen hatte. Ich brauchte ihnen bloß noch das Schulgeld zu schicken und zu veranlassen, daß der Arzt das beigefügte Untersuchungsblatt ausfüllte und ihnen zurückschickte. An jenem Wochenende eskalierte der Krieg.

»Es gibt zwei Dinge auf dieser Welt, die ich nicht tun werde!« kreischte ich am Ende einer Schlacht am Samstagabend, bei der drei Teller zu Bruch gegangen und es Ohrfeigen gesetzt hatte, durch den Treppenschacht zu meiner Mutter hinunter. »Erstens werde ich nicht auf ein College gehen, auf keines. Zweitens werde ich meine Füße nicht in diese Steigbügeldinger stecken und zulassen, daß irgend so ein Schweinedoktor mit seinen beschissenen Gummihandschuhen an mir herumfummelt.«

Grandma hatte sich im Wohnzimmer »Mannix« angesehen, als der Streit anfing. Ich stellte mir vor, wie sie erstarrte und die Knie zusammenpreßte, als sie das Wort »beschissen« hörte. Die letzten vier Jahre hatten Grandma verändert, ihr das Rückgrat verbogen. Mit Frechheiten konnte sie sich auseinandersetzen, aber nicht mit Vergewaltigung. Von dem Augenblick an, als ich in jener Nacht aus der Notaufnahme zurückgekehrt war, hatte Grandma mich wie eine Fremde behandelt, wie jemanden, der auf exotische Art gefährlich war. Sie redete nur einmal von »dieser Sache mit ihm« und legte mir ihren Rosenkranz auf das Nachtkästchen. »Für den Fall, daß du ihn brauchst.« Manchmal ertappte ich sie dabei, wie sie mich mit einem Ausdruck ansah, der an Angst grenzte. Auch sie übte mir gegenüber Nachsicht – nicht wie gegenüber jemandem, der Schweres durchgemacht hat, sondern jemandem, mit dem man sich besser gut stellt. Sie sagte nichts über mein Gewicht, meinen unregelmäßigen Schulbesuch und meine ebenso unregelmäßige Teilnahme an der Sonntagsmesse, und auch nichts über die Uniform, die ich mir allmählich zugelegt hatte – graues Sweatshirt, Drillichjacke, ausgestellte Jeans. Als ich im vorletzten Schuljahr anfing, ganz offen im Haus zu rauchen, stellte mir Grandma eine Duft-Sprühdose auf meine Kommode und hielt den Mund.

Sie hatte recht, mich zu fürchten. Ich machte mir selbst angst. Schließlich hatte ich indirekt Ritas Baby getötet – oder besser: Gott hatte es getötet, wegen der Risiken, die ich eingegangen war, der Gedanken, die ich mir erlaubt hatte, der Dinge, die ich tat und getan hatte. Ma war das nicht bewußt; aber Grandma wußte es ganz sicher.

Der Hinweis auf Steigbügel und Gummihandschuhe erwies sich freilich als taktischer Fehler. Ich saß auf meinem Bett und tröstete mich mit einer Schachtel Pecannußkekse und der nämlichen »Mannix«-Episode, die sich Grandma unten ansah, als Ma hereinkam – mit roten Augen und ohne zu klopfen – und sich vor meinem Fernseher aufbaute. »Verschwinde aus meinem Zimmer!« schrie ich. »Verschwinde aus meinem Leben!« Sie wandte mir den Rücken zu, schob die Tüten mit den Lebensmitteln beiseite und bückte sich hinter dem Fernseher. »Wage nicht, etwas von meinen . . .«

Die Stimmen im Fernseher verstummten mitten im Satz, und Ma drehte sich zu mir herum. Sie hielt ein Steakmesser in der Hand und den abgehackten Fernsehstecker an seinem Kabel in der anderen. »Das werde ich richten lassen . . . sobald du dich untersuchen läßt und dieses Formular unterschreibst. Ich glaube nämlich zufällig an deine Zukunft.«

Grandma war es schließlich, die Dr. Phinny ausfindig machte, einen müden, alten Allgemeinarzt, der, wie die Busenfreundinnen meiner Großmutter aus der Kirche ihr versichert hatten, garantiert nicht mehr tat, als einem ein Stethoskop an die Brust zu halten und einem mit dem Gummihammer aufs Knie zu klopfen, ehe er unterschrieb, was immer man von ihm wollte. »Nichts von all dem anderen Unfug«, flüsterte sie, ohne mich dabei anzusehen. Am Vorabend des Arzttermins schlug sie schüchtern vor, daß ich vielleicht eine Bluse und meinen hübschen dunkelblauen Rock anziehen solle, sagte aber nichts, als ich am darauffolgenden Morgen in meinem Sweatshirt und meinen ausgestellten Jeans, bewaffnet mit meinen Zigaretten und einem Becher Pepsi, die Treppe herunterkam.

Auf der Suche nach Dr. Phinnys Gebäude fuhr Ma abwechselnd mit Vollgas und Bremse durch die Innenstadt von Providence. Sie hatte das Radio aufgedreht und sang mit und bemühte sich, locker zu wirken. »It's clowns' illusions I recall, I really don't know clowns ...«

»It's *clouds* illusions«, sagte ich, ohne die Zähne auseinanderzunehmen.

»Was?«

»Das heißt, *clouds* illusions. Wenn du schon singst, dann sing es richtig.«

»Tut mir leid«, sagte sie. Sie fuhr ruckartig an den Randstein und bremste heftig. Wir kippten beide nach vorn, und etwas Pepsi spritzte auf meine Jeans.

»Noch mal, es tut mir leid«, sagte sie. »Es tut mir leid, es tut mir leid, es tut mir leid. Das hier ist das Gebäude.«

Wir saßen beide da und warteten, was ich jetzt tun würde. Ich erwog, in eine Nebenstraße zu rennen und sie nicht anzurufen, bis ich vierzig war und sie auf ihrem Totenbett lag. Aber ich hatte bereits einen wichtigen Mord in »Polizeistreife« verpaßt, ganz zu schweigen von Betty Jos Hochzeit in »Unsere kleine Familie«. Sie hatte mir seit drei Wochen kein neues Taschenbuch mehr gekauft. Es war wie Verhungern.

»Warum steigst du nicht hier aus, und ich suche uns einen Parkplatz«, sagte sie.

Dann war ich ausgestiegen und knallte die Tür mit einer Wucht zu, die sich in einundzwanzig Tagen Abstinenz in mir angesammelt hatte.

Dr. Phinnys Bürogebäude war hoch und rußverschmiert und hatte blaugrün angelaufene Messingverzierungen. Nebenan drangen das Klappern von Tellern und die Gespräche eines Coffee Shop jedesmal dann auf die Straße, wenn ein Kunde herauskam und an mir vorbeiging und mich verstohlen musterte. Eine Frau hetzte vorbei und zog einen kleinen Jungen hinter sich her, der lieber stehengeblieben wäre und mich angestarrt hätte. »Paß auf diesen roten Wagen auf!« sagte sie und riß an seinem Arm. »Da ist ein Briefkasten.«

Zwei Läden weiter war ein ehemaliger Münzwaschsalon.

Eine Anzahl nicht mehr angeschlossener Waschmaschinen drängte sich in der Mitte zusammen. Ich betrachtete mich in der Schaufensterscheibe. Mein langes glattes Haar war ganz entschieden das Beste, was ich zu bieten hatte. Ich bearbeitete es jeden Morgen mit dem Eisen, ob ich nun zur Schule ging oder nicht, weil ich der Ansicht war, daß gespaltene Haarspitzen nicht das schlimmste waren. Ich ließ den Kopf herunterhängen und warf es zurück, sah zu, wie mein Haar flog und meine Ohrringe wippten. Ich sah *irgendwie* wie Julie in »The Mod Squad« aus, mir gefiel ihre Art, sie vermittelte den Eindruck, als würden alle sie langweilen. In der Woche bevor meine Mutter den Stecker abgeschnitten hatte, war sie in der Merv Griffin Show gewesen. »Für mich ist das nicht so, als würde ich eine Rolle spielen«, hatte sie Merv gesagt. »Ich... bin einfach so.«

Ich hatte mir im Februar die Ohrläppchen durchstochen. Das war in der Woche, als man mich suspendiert hatte, weil ich im Geräteraum geraucht hatte, wo man mich zur Gymnastik hingeschickt hatte. »Ich habe Besseres zu tun, als auf Pingpongbälle einzuschlagen«, hatte ich dem stellvertretenden Direktor und Mr. Pucci gesagt. »Ich meine, was soll das?« Dann war ich nach Hause gegangen und hatte Grandmas Ersatznadel von der Nähmaschine genommen und war damit hin- und hergefahren und im Kreis herum und hatte dabei meinen Julie-Blick geübt und getan, als merkte ich nicht, daß mein Herz wie wild schlug. Später, als ich dann die Infektion am Ohr bekam, gab ich Ma die Schuld. »Was erwartest du denn, wenn du mich zwingst, in einem Haus zu leben, in dem es nicht einmal dämliches Wasserstoffsuperoxyd gibt?« hatte ich gesagt.

Auf der anderen Straßenseite gegenüber dem Waschsalon war ein Laden mit schweinischen Büchern. »Sexationell!« verkündete ein Transparent im Schaufenster. »Wir führen Love Gel.« Ich würde für *keinen* Doktor meine Unterwäsche ausziehen, selbst dann nicht, wenn er hundertdrei Jahre alt und blind war. Ich würde mir irgendwo einen Job besorgen und einen Fernseher *kaufen,* wenn ich das mußte.

Ma kam um die Ecke herum und lächelte hoffnungsvoll. »Das ist gleich vorbei, Honey«, sagte sie und drückte meine Hand.

»Oh«, sagte ich und zog ihr die Hand weg. »Du kannst jetzt wohl die Zukunft vorhersagen?«

Der wacklige Aufzug roch nach Urin. Obwohl wir die einzigen Fahrgäste waren, hielt er in jedem Stockwerk an und öffnete seine Türen für niemanden, während wir steif und starr warteten. Als wir Dr. Phinnys Stockwerk erreicht hatten, drehte ich mich zu meiner Mutter herum. »Du mußt mich wirklich hassen«, sagte ich.

Ihre Hand zitterte und zerdrückte dabei das Formular, das das College geschickt hatte. »Ich hasse dich nicht«, sagte sie.

»Aber tief in deinem Innersten doch. Sonst würdest du mir das nicht antun.«

»Ich liebe dich«, sagte sie, gerade laut genug, daß ich es hören konnte.

»Blödsinn.«

Wir waren seine ersten Patienten an dem Tag; das war eine meiner Bedingungen gewesen. Die Polsterstühle im Wartezimmer waren mit Isolierband geflickt. Er hatte keine Empfangsdame.

Durch eine blaue Riffelglasscheibe beobachtete ich ihn, wie er hinter seiner Tür auf und ab ging, wie jemand unter Wasser.

Zehn stumme Minuten nach unserem Eintreffen kam er heraus und sah genauso alt und müde aus, wie Grandma das versprochen hatte. Er starrte mich kurz an, kniff die Augen zusammen und reichte mir einen zusammengefalteten Papierkittel. »Sie kann in das Zimmer dort links gehen und sich ausziehen«, sagte er zu meiner Mutter gewandt. »Sie kann das hier anziehen und sich dann auf den Tisch legen.«

Ich erhob mich zögernd und wartete, daß Ma ebenfalls aufstehen würde. »Kommst du nicht?« zischte ich.

Sie schüttelte den Kopf und fingerte an der Zeitschrift herum, die sie in der Hand gehalten hatte, als würde sie sie lesen. »Ich warte hier draußen. Du kommst schon allein zurecht.«

Die Wände des Untersuchungszimmers hatten die Farbe von Senf. Über einem tropfenden Waschbecken hing ein Drugstorekalender: zwei Technicolorspaniels in einem Weidenkorb. Links vom Untersuchungstisch stand ein Papierkorb, der, abgesehen von einem blutdurchtränkten Wattebausch, leer war.

Ich schlüpfte aus meinen Sandalen und meinen Jeans und zog mir das Sweatshirt über den Kopf. Ich trug immer noch meinen BH und mein T-Shirt und einen Schlüpfer, den ich nicht ausziehen würde, ganz gleich, was passierte.

Der alte Perversling sollte sich meinetwegen seine anderen Patientinnen ansehen, wenn noch jemand so blöd war, hier zu erscheinen. Die konnten mich nicht zwingen, aufs College zu gehen. Die konnten mich nicht mit Gewalt dorthin schleppen. Ich wollte nur meinen Fernseher zurück.

Der Kittel raschelte und knitterte, als ich an den Papierschließen an meinem Hals herumfummelte. Ich versuchte, das Papier auf Körperform zu bringen, aber es blähte sich hartnäckig immer wieder auf wie eine gigantische Schürze. Draußen hörte ich Ma und den Doktor murmeln. Ich setzte mich auf und holte mir eine Zigarette heraus, um meine Nerven zu beruhigen. Ich rauchte hastig und sah zu, wie die Asche durch die Tunnel des steifen Kittels hinunterfiel.

Als er ins Zimmer kam, hielt er das Formular in der Hand und las immer noch, als er vor mir stand.

»Hören Sie, ich werde sonst nichts ausziehen«, sagte ich zu den Spaniels gewandt. Als ich wieder ihn ansah, starrte er mich an.

»Sie sind viel zu dick«, sagte er.

Ich sog trotzig an meiner Zigarette und zwang mich, nicht

zu weinen. Was er gesagt hatte, machte mich schwindlig. Die letzten vier Jahre hatten Ma und Grandma sich an die Regel gehalten: nie mein Gewicht erwähnen. Jetzt lagen meine Jeans und mein Sweatshirt in einem hilflosen Haufen zusammengefaltet neben mir, und zwischen meinen Fettwülsten und diesem abscheulichen alten Mann gab es nur ein dünnes Blatt Papier. Mein Herz schlug wie rasend: Das waren die Angst, das Nikotin und die Pepsi. Ich zitterte am ganzen Körper. Der Schweiß lief mir herunter.

»Irgendwelche Schwierigkeiten mit Ihrer Periode?« fragte er.

»Nein.«

»Was?«

»Keine Schwierigkeiten«, brachte ich hervor, ein wenig lauter.

Er deutete mit einer Kopfbewegung auf seine Waage. Die Hinterseite meiner Beine erzeugte kleine, schmatzende Geräusche, als sie sich von der Plastikpolsterung lösten. Er zog die Metallstange dicht an meine Kopfhaut und hantierte an dem Zylinder vor meinem Gesicht herum. »Einsvierundsechzig«, sagte er. »Zweihundert ... siebenundfünfzig.«

Die Tränen, die mir aus den Augen rannen, hinterließen Flekken auf dem Papierkittel. Zu jeder seiner Fragen nickte ich oder schüttelte ruckartig den Kopf, hustete auf Befehl für sein Stethoskop und nahm seine Merkblätter über Diät, Rauchen und Herzgeräusche entgegen. Er unterschrieb das Formular.

Als er dann an der Tür stand und die Hand schon am Knopf hatte, drehte er sich um und wartete, bis ich ihn ansah. »Lassen Sie sich von mir etwas sagen«, sagte er. »Meine Frau ist am Dienstag vor vier Wochen gestorben. Mastdarmkrebs. Wir waren einundvierzig Jahre verheiratet. Und jetzt hören Sie auf, sich selbst zu bedauern, und sehen Sie zu, daß Sie ein wenig Fett loswerden. Ein hübsches Mädchen wie Sie – ich kann mir einfach nicht vorstellen, daß Sie sich das antun wollen.«

»Essen Sie doch Scheiße«, sagte ich.

Er blieb einen Augenblick stehen, als würde er über meine Bemerkung nachdenken, dann öffnete er die Tür zum Wartezimmer und teilte meiner Mutter und jemandem, der inzwischen eingetroffen war, mit, ich könne, wenn ich so weitermachte, damit rechnen, vor Erreichen des vierzigsten Lebensjahrs zu sterben. »Sie ist zu dick, und sie raucht«, hörte ich ihn sagen, ehe der Knall, mit dem ich seine Tür hinter mir ins Schloß warf, durch den ganzen Korridor hallte. Als ich den letzten Treppenabsatz erreicht hatte, ging mein Atem keuchend. Als wir dann im Auto saßen und auf der Fernstraße dahinrollten, sagte Ma: »Mir würde Abnehmen auch nichts schaden, weißt du. Überhaupt nicht. Wir könnten zusammen eine Diät machen, was meinst du? Wird dieses Metrecal immer noch verkauft?«

»Für die nächsten zehn Jahre hat man mich heute genug gedemütigt«, sagte ich. »Wenn du noch ein Wort sagst, springe ich aus dem Wagen und lege mich auf die Straße, bis mich einer überfährt.«

Der Kundendienstmann von Eli's TV parkte vor dem Haus, als wir in unsere Straße bogen. Ich wartete in dem parkenden Wagen und sah zu, wie sein Kopf sich hinter meinem Fenster hin und her bewegte. Als er schließlich pfeifend wieder wegfuhr, hetzte ich an Grandma vorbei die Treppe hinauf und sperrte die Tür ab. Ich drückte den »On«-Knopf und hielt den Atem an. Gleich darauf strahlte »Jung vermählt« auf dem Bildschirm.

»Küßt Ihr Mann Sie mit offenen oder geschlossenen Augen?« fragte Bob Eubanks eine der frischgebackenen Ehefrauen.

Ich war noch nicht fähig, mich zu entspannen, und wühlte in meinen Tüten und Schachteln herum. Ich fing mit Marshmallows an, stopfte sie mir in den Mund. Die Stimme dieses alten Mannes wollte einfach nicht verstummen. »Sie sind viel zu dick«, sagte er immer wieder.

»Sie wird sagen, daß ich sie geschlossen lasse, aber in Wirklichkeit lasse ich sie offen«, sagte ein jungverheirateter Ehemann.

»Wirklich?« fragte seine Frau besorgt.

»Essen Sie doch Scheiße«, hatte ich zu ihm gesagt, und er hatte mit keiner Wimper gezuckt. Ich kippte einen ganzen Becher Pepsi in mich hinein, versuchte, mich zu beruhigen. Letzte Woche hatte Ma mir etwas Neues zum Ausprobieren gekauft: Schweizer Käse in einer Tube. Ich hatte das Gesicht verzogen, als sie mir die Packung gezeigt hatte, aber jetzt dekorierte ich Cracker und Kartoffelchips dick mit dem Zeug. Ich fand ein paar Käsecracker und verzierte sie mit Schweizer Käse. Dann drückte ich mir das Zeug auf die Fingerspitzen, wie Nagellack, und leckte sie der Reihe nach ab, so lange, bis nichts mehr aus der Tube kam. Jetzt war ich etwas ruhiger, und ich riß einen Beutel mit M & M auf. Ich konnte sie in der normalen Reihenfolge essen: rot, grün, gelb, braun.

Der Plan, mit dem ich der Pattsituation hinsichtlich meiner Zukunft ein Ende machen wollte, war herrlich einfach. Ich wunderte mich darüber, daß ich nicht schon früher daran gedacht hatte. Kein High-School-Diplom, kein College. Ich würde einfach bei der Abschlußprüfung durchfallen.

In der Prüfungswoche waren die Korridore in der Schule eine Wand aus Lärm. Meine Mitschüler hatten ihre Zukunft gesichert, ihre Verabredungen für den Abschlußball getroffen und bereits angefangen, sich um ihre sommerliche Sonnenbräune zu bemühen. Ich bewegte mich unsichtbar in ihrer Mitte, wie ein kurzer Schatten über ihrer Erregung.

In Weltgeschichte füllte ich die blauen Seiten mit den Fragen mit einem so feinen Karomuster, daß es wie gewebt aussah. Am Ende war mein nagelneuer Bic-Kugelschreiber leer.

»In welchem Maße ist Hamlets Dilemma ein Spiegelbild des modernen Menschen?« wollte meine Englischlehrerin wissen.

Vor mir stöhnten und seufzten die anderen und hielten jeweils kurz mit Schreiben inne, um ihre verkrampften Hände zu schütteln. Ich wußte, was sie wollte: Sie wollte, daß wir etwas von Entfremdung schrieben – darüber, wie man sich fühlte, wenn man draußen in der Kälte gelassen wurde. Sie wollte, daß ich Hamlet von meinem Sitzplatz ganz hinten im Raum bedauerte, einem Platz an einem Spezialtisch, weil ich zu fett war, um in eine gewöhnliche Schulbank zu passen. Das ganze Jahr über waren ihre Augen einfach über mich hinweggegangen, als würde ich nicht existieren. Das unsichtbare Monstrum. Nun, *mir* taten der dämliche Hamlet und seine dämliche Unschlüssigkeit nicht leid. Mir tat der *alte* König leid, das Gespenst. Der mit dem Gift im Leib, der stirbt, während alle anderen ihr Leben weiterleben. »Weiß ich nicht – habe ich nicht gelesen«, kritzelte ich quer über das vervielfältigte Prüfungsblatt.

In Physiologie sagte ich, ich müsse austreten, und kam noch rechtzeitig nach Hause, um die zweite Hälfte »Suche nach Morgen« mitzubekommen.

»Post, Dolores«, sagte Grandma, als ich später am Nachmittag herunterkam. Ihre Stimme wurde leiser. »Dein Vater«, flüsterte sie.

Auf der Karte war ein Schimpanse abgebildet, er hatte ein schwarzes Barett auf dem Kopf, wie man es bei der Abschlußfeier trägt. Als ich das Barett aufklappte, flatterte ein Hundert-Dollar-Schein auf den Boden. »Ich wollte, ich könnte bei Deinem großen Tag dabeisein. Kauf Dir Gepäck dafür. Alles Liebe, Daddy«, stand hinten auf der Karte.

Ich malte mir aus, wie ich mich bei ihm bedanken würde. »Lieber Daddy, vielen Dank, daß Du mein ganzes Leben kaputtgemacht hast. Hast Du gewußt, daß ich jetzt ein fetter Elefant bin und gar keinen großen Tag habe, weil ich mein Examen geschmissen habe? Ich schicke Dir Dein Geld zurück. Klebe es an einen Ziegelstein, und schiebe ihn Dir quer in den Arsch. Alles Liebe, Dolores.«

Ich weinte mich durch einen Beutel Käsepopcorn und eine Dose von Mas Karamelmetrecal. Während ich das tat, bemühte sich Mr. Pucci, fest entschlossen, mein Freund zu bleiben, meine Lehrerinnen und Lehrer dazu zu überreden, ein Auge zuzudrücken. Er kam am nächsten Morgen, um mir die gute Nachricht und das Barett und den Talar zu bringen, die ich bei der Abschlußfeier tragen sollte. Ich hatte mir gar nicht erst die Mühe gemacht, zu den Proben zu erscheinen.

»Dolores, bitte!« Grandma stand vor meinem Bett, die Wangen rot vor Erregung. Der Talar war über ihren Arm drapiert. »Dieser arme Mann ist eigens hierhergefahren, um das zu bringen. Er wartet unten auf dich. Was soll ich ihm sagen?«

Ich starrte in gespielter Trance auf den Fernsehschirm. »Sag diesem Homo, er soll sich um seine eigenen Angelegenheiten kümmern«, sagte ich.

Er wartete noch eine Viertelstunde darauf, daß ich es mir anders überlegen würde. Am Fenster beobachtete ich, wie sein gelber Volkswagen sich vom Randstein löste und wegfuhr. Ich zog den nassen staubigen Vorhang aus dem Mund und merkte erst jetzt, daß ich auf dem Stoff herumgekaut hatte. Ich setzte mir das Mörtelbrett auf und ging vor dem Spiegel auf und ab. Ich sah mir an, wie es gleichgültig auf meinem Schädel saß und grausam auf meine dicken Backen und das hoffnungslose Wabbeln meiner konzentrischen Kinnpartien aufmerksam machte.

Zwei Abende später standen Ma und Grandma in ihren neuen Blumendruckkleidern und ihren steifen Schönheitssalonfrisuren vor mir. »Ich gehe nicht hin«, sagte ich. »Das Ganze ist eine Farce. Das habe ich euch doch schon gesagt.«

»Also, ich kann wirklich nicht verstehen, weshalb eine junge Dame absichtlich die Feierlichkeiten zu ihrem großen Schritt ins Leben verpassen möchte«, sagte Grandma.

»Honey, bitte, komm schon«, redete Ma mir zu. »Ich dachte, wir könnten nachher ins China Paradise gehen und feiern.«

»Es gibt nichts zu feiern«, sagte ich.

»Oder auch woandershin. Meinetwegen sogar in ein Nobellokal, was soll's.«

Ich ließ mich wieder aufs Bett fallen und drückte die Augen zu. »Zum allerletzten Mal«, sagte ich, »ich werde mir ›Lachen ist gesund‹ ansehen, und anschließend nehme ich ein Bad. Ich werde diesen dämlichen Hut *nicht* aufsetzen und auch nicht mit all den Schleimern über die Bühne marschieren.«

»Also, Mr. Pucci wird von dir ganz sicher enttäuscht sein«, probierte Ma es noch einmal.

Meine Augen öffneten sich ruckartig. »Der ist der größte Schleimer!« sagte ich.

Grandma stemmte die Hände in die Hüften. »Also, was soll's, Bernice?« sagte sie. »Dann soll sie eben hierbleiben. Wir gehen jedenfalls. Ich werde sogar diesen Chinafraß probieren. Was muß *die* sich denn amüsieren?«

»Ein Klassebluff, Grandma«, sagte ich. »Wirklich brillant. Äußerst überzeugend.«

Als sie dann tatsächlich aus der Einfahrt rollten, war ich empört. »Verräter«, sagte ich laut. Als Vergeltungsmaßnahme schnappte ich mir den Hunderter von meinem Vater und rannte damit durch die Haustür.

Ich hatte Connie's Superette seit drei Jahren nicht mehr betreten. Ich füllte meinen Wagen außer Atem mit Nachtischgerichten, Kartoffelchips und allem, was mir sonst noch über den Weg lief. Als ich an der Fleischtheke vorbeifuhr, fiel mir dort ein rotes Roastbeef in die Augen. »Das nehme ich«, sagte ich.

Big Boy sog uninteressiert an seiner Zigarre. »Ein Viertelpfund? Ein halbes?«

»Nein, das ganze Ding.«

Seine Augen weiteten sich. »Lady«, sagte er, »dieses Stück Rinderbraten wiegt gute achtzehn, neunzehn Pfund. Das kostet Sie etwa vierzig Dollar.«

Für Big Boy war ich irgendeine exzentrische, anonyme, fette Frau. Meine neue Identität verlieh mir Auftrieb. »Das ist schließlich meine Sache, oder?« herrschte ich ihn an.

Er zuckte die Achseln. »Am Stück oder geschnitten?«

»Am Stück.«

An der Kasse reichte ich Connie den Hunderter und ignorierte, wie sie den Schein vorn und hinten studierte. Die Summe belief sich auf 79,79 Dollar. Connie zählte mir weiche, schlaffe Fünfer und Einer in die Hand, und ich bedauerte in diesem Augenblick, daß ich den Hunderter aufgegeben hatte.

Zu Hause angelangt, hackte ich den Braten in mehrere seltsam geformte Stücke, wobei ich dazu Grandmas brutalstes Messer benutzte. Je tiefer ich hineinschnitt, desto roher wurde das Fleisch. Ich würgte, stopfte mir aber trotzdem die kalten, gummiartigen Brocken hinein, ohne sie zu kauen. Als meine Kinnladen dann weh taten, wickelte ich das restliche Fleisch wieder ein und versteckte es ganz unten in der Mülltonne draußen. Wahrscheinlich hatte Ma an Daddy geschrieben, um ihn dazu zu veranlassen, mir diese Karte zu schicken. Gepäck fürs College war vermutlich auch ihre Idee gewesen. Sie konnte es gar nicht erwarten, mich loszuwerden – nur, daß es nicht dazu kommen würde.

Grandma hatte immer eine Flasche Mogen-David-Wein in ihrem Nachttisch. »Dieses Zeug« nannte sie ihn. Sie trank davon, wenn sie nachts nicht schlafen konnte. Der Korken erzeugte ein nasses, schmatzendes Geräusch, als ich ihn herauszog. Die säuerliche, klebrige Flüssigkeit tröpfelte mir beim Trinken übers Kinn. Als ich wieder in meinem Zimmer war, stopfte ich mir Kartoffelchips und Gebäck in den Mund und kaute, bis meine Backen mit süßem, salzigem Brei gefüllt waren.

Die Toilette schwang vor mir hin und her wie ein Pendel. Ich konnte sie einfach nicht zum Anhalten bringen, und dann würgte ich literweise blaurotes Mus aus mir heraus. Ich machte das Badewasser, so heiß es ging – brühheiß wie in der Nacht, in der er es mir angetan hatte –, und stieg vorsichtig hinein. Nicht, daß es gewirkt hätte. Nicht, daß es je das alles weggewaschen hätte.

Ich saß nackt auf meiner Bettkante, bearbeitete mein nasses Haar mit dem Eisen und lauschte gebannt auf das Zischen. Ich sah zu, wie meine Finger über meinen dicken Bauch hinweggriffen und verschwanden. Sie strichen über die Innenseite meiner Beine, das Haarbüschel, das ich nicht sehen konnte. »Nur ein wenig«, sagte ich mir. »Was habe ich denn sonst? Warum nicht?«

Meine Finger wurden zu Mr. Puccis kleinen Händen, bewegten sich leicht in kleinen, wissenden Halbkreisen. Er wußte es. Er wußte es... Jack Speights Gesicht schob sich kurz dazwischen, drohte, wie immer, alles kaputtzumachen, aber mein Streicheln verlieh mir Macht, und ich verdrängte Jack. Dann lag ich rücklings auf dem Bett, und mein Körper war leicht und von all dem Fett befreit und meine Finger flink und rhythmisch.

Mein Bauch zog sich ein, und mein Rücken spannte sich. Die Empfindungen hielten an, wollten nicht aufhören.

Das Bett bebte.

Der Türknopf bebte.

»Hi, Honey«, rief Ma hinter der Tür. »Darf ich reinkommen?«

»Nein!« sagte ich und griff hastig nach meinem Schlüpfer. »Ich schlafe.«

»Die Abschlußfeier war hübsch. Ein wenig lang. Mr. Pucci hat mir dein Diplom gegeben. Willst du es sehen?«

»Nein.«

»Grandma und ich sind schließlich doch ins China Paradise gegangen. Mr. Pucci ist mitgekommen. Ich habe dir Nummer sechzehn mitgebracht – Garnelen Lo Mein und Spareribs. Bist du hungrig?«

»Ich bin müde. Stell es in den Kühlschrank.« Ich schlüpfte in mein Sweatshirt und zog mir die Decke über den Kopf.

Später wachte ich – jäh – aus bleiernem Schlaf auf. Draußen dämmerte der Morgen, und es regnete. Ich dachte über das nach, was mein Körper für mich getan hatte, was ich ihm erlaubt hatte. Aber der Schlaf hatte die Macht gestohlen, die ich empfunden hatte, und Jacks Gesicht war durch meine Kopfschmerzen gedrungen. »Du Schwein«, sagte er. »Du Schlampe.«

Im Fernsehen gab es nur religiöse Sendungen und Testbilder. Ich erinnerte mich an das Lo Mein, schlich auf Zehenspitzen hinunter und stieg vorsichtig über die ächzende Stufe ganz unten hinweg. Wenn jetzt eine von beiden aufwacht und mich anspricht, dachte ich, bringt mich das um. Dann sterbe ich.

Ihre zerfledderten Programme lagen auf der Küchentheke. Ich entdeckte meinen Namen, und dann zerfetzte ich sie und warf sie in den Mülleimer. Als ich wieder in meinem Zimmer eingetroffen war, hatte dort eine Wiederholung in Schwarzweiß von »Meine kleine Margie« angefangen. Ich sah sie mir ohne Ton an, aß klebrige Nudeln und biß in kalte, in Fötalhaltung zusammengeringelte, schmierige Garnelen. Als ich hinaussah, hatte sich der Himmel zu einem perligen Grau aufgehellt. Eine feuchte Brise fuhr durch den Catalpabaum.

9

Anfang Juli traf ein siebenseitiger Brief von einem Mädchen aus Edison, New Jersey, ein, das irrtümlicherweise der Ansicht war, daß ich auf dem College ihre Zimmerkollegin sein würde. Der Brief war mit rosa Filzstift geschrieben, und über den i's und unter den Ausrufezeichen waren keine Punkte, sondern kleine Ringe. Sie hieß Katherine Strednicki, schrieb sie, aber alle sagten Kippy zu ihr. Sie mochte die Cowsills und Sly and the Family Stone. Ihr Boyfriend Dante hatte sich in New York im Theater *Hair* angesehen, aber von ihr verlangt, daß sie bei den Nacktszenen wegsah. Sie meinten es ernst, hatten aber nicht ihre Nadeln getauscht oder so etwas. Sie wollte wissen, in welchen Clubs ich auf der High School gewesen sei und ob ich Lust hätte, mit ihr zusammenzulegen und zueinander passende Vorhänge und Bettüberzüge in Indianerdruck zu kaufen. Ihre Mutter würde die Vorhänge nähen; ich könnte ihr das Geld ruhig erst im September geben. Kippy wollte Apothekerin werden, hielt aber nichts von Drogen. Sie zog es vor, vom Leben high zu werden, und hoffte, daß ich das genauso sah.

Meine Mutter war in ihrem Zimmer und zog sich gerade ihre khakifarbenen Uniformhosen an. »Ich habe mich jetzt doch für die dritte Schicht entschieden«, sagte sie. »Nachts brauchen einen die Leute mehr als tagsüber. All die vielen Papptassen mit Kaffee, die sie im Auto auf dem Armaturenbrett herumstehen haben. Du würdest staunen, wie viele kurz anhalten und mit einem reden wollen.«

Ich reichte ihr den Brief. »Ma«, sagte ich. »Ich bringe es einfach nicht fertig. Ich bin zu fett. Ich habe zuviel Angst.«

Sie setzte sich auf ihr Bett, und wir sahen sie beide in ihrem Frisierspiegel an. »Vor was? Vor was hast du Angst?«

»Vor Leuten wie ihr. Vor normalen Leuten.«

»*Du bist* normal!«

»Das kannst du leicht sagen«, murmelte ich.

»Blödsinn! Blödsinn!« Sie seufzte und ließ sich dann einfach nach hinten fallen, so daß ihr Kopf von der Matratze abprallte. Als sie weiterredete, verschluckte das Kissen ihre Stimme halb. Ihre Augen schimmerten. »Ich habe auch Angst«, sagte sie. »Angst, daß du, wenn du so weitermachst, am Ende so wie ich sein wirst.«

Jetzt brachte sie mich völlig durcheinander. Das war *meine* Tragödie. Warum redeten wir von ihr?

»Ich würde dort hinkommen, und die Leute würden mich anstarren«, sagte ich.

»Schau mich an!«

»Schau *mich* an!« brauste sie auf und deutete anklagend auf ihr Bild in dem großen Spiegel. Ihr Haar wirkte strähnig, die Unterlippe hing herab. »Ich bin achtunddreißig Jahre alt und wohne immer noch bei meiner Mutter. Dabei wollte ich mein ganzes Leben von dieser Frau loskommen. Und da haben wir es jetzt – halb elf Uhr abends. Ich bin müde, Dolores. Ich will bloß zu Bett gehen. Und statt dessen fahre ich jetzt zur Arbeit, angezogen wie . . . eine von diesen gottverdammten Andrews Sisters.«

Wir lächelten beide in den Spiegel. Ich hätte ihr am liebsten die Hand auf die Schultern gelegt, ihr den Nacken gerieben, ihr gesagt, daß ich sie liebte. Ich machte den Mund auf, um es zu sagen, aber es kam etwas anderes heraus. »Was ist, wenn ich dort so deprimiert bin, daß ich mir die Pulsadern aufschneide? Dann könnten die hier anrufen und sagen, daß sie mich in einer Blutlache gefunden haben.«

»Großer Gott im Himmel!« Ihre Haarbürste flog an mir vorbei und prallte gegen die Wand. Sie rannte ins Bad und knallte die Tür des Spiegelschränkchens zu – einmal, zweimal, dreimal. Ein paar Minuten lief das Wasser. Als sie zurückkam, waren ihre Augen rot. Sie bückte sich, hob die Bürste auf, zupfte Haarsträhnen von den Borsten.

»Du willst nicht aufs College gehen? Dann geh nicht. Ich halte das nicht mehr durch. Ich hatte gedacht, ich würde es schaffen, aber ich kann nicht.«

»Ich werde mir einen Job suchen«, sagte ich. »Vielleicht mache ich eine Diät. Es tut mir leid.«

»Es tut dir leid. Es tut mir leid, jedem tut es leid«, seufzte sie. »Schreib diesem Mädchen einen Brief, sonst bleibt es auf seiner Bettwäsche sitzen.«

Ich hielt sie auf, als sie zur Treppe gehen wollte. »Ma?« sagte ich.

Sie drehte sich um und schaute mich an, und da sah ich in ihren Augen die benommene Frau, die sie in jenen ersten Tagen gewesen war, als sie vor Jahren aus der psychiatrischen

Klinik zurückgekehrt war. »Verdammt noch mal, Dolores«, sagte sie, »du hast mich so verdammt müde gemacht.« Dann eilte sie die Treppe hinunter und rannte hinaus.

An jenem Abend, nachdem ich also meinen Krieg gewonnen hatte, wußte ich nicht, was ich mit mir anfangen sollte. Ich hatte keinen Hunger. Im Fernsehen waren alle meine Lieblingsprogramme abgesetzt; diese gottverdammte Mondgeschichte hatte sich auf allen Kanälen breitgemacht. Grandma saß auf ihrem großen Sessel und sorgte sich, daß es schlecht für das Wetter sein könnte, wenn jemand auf dem Mond herumlief, und dabei war das Wetter ohnehin schon schlimm genug. Ich döste und träumte von den Hunden in ihren Pferchen. Ein schwarzer Dobermann kam in langen Sätzen auf mich zu und bellte, aber dann blieb er ruckartig stehen und begann zu reden. »Wir essen Geheimnisse«, sagte er. Er begann meine Füße zu lecken ...

Grandma stupste mich mit ihrer Stricknadel an. »Geh zu Bett«, sagte sie. »Du murmelst dauernd im Schlaf, und mir fallen die Maschen herunter.«

Ich erwachte in einem völlig zerwühlten Bett und hörte eine Stimme im Wohnzimmer, die ich zuerst für die von Jack Speight hielt. »Bloß ein Traum ...«, redete ich mir ein und drückte den Kopf wieder ins Kissen.

Dann hörte ich ihn wieder. Es waren zwei.

Dann Grandmas Stimme.

Draußen in der Zufahrt waren Radiostörgeräusche zu hören. Der Catalpabaum blinkte blau. Die Uhr zeigte 3:15. Was machte der Streifenwagen da?

Ich ging auf Zehenspitzen zur Treppe. Es war etwas Schlimmes; das wußte ich. Grandma saß zusammengesunken und eingeschrumpelt auf dem Sofa und rieb sich den Arm, auf und ab, auf und ab. Die beiden Beamten saßen da und beugten sich zu ihr. Ich klammerte mich am Geländer fest und wartete.

»... Ein Sattelschlepper aus Charlotte, North Carolina. Am Steuer eingeschlafen, sagt, er sei aufgewacht, als es passiert ist.«

Wer ist aufgewacht? Daddy?

Grandma fing an zu husten, bis es sie würgte. Schließlich verstummte sie. Wir warteten.

»Warum war sie nicht in ihrem Häuschen?« fragte sie.

»Das weiß man nicht, Ma'am. Sie hatte gerade ihre Pause gehabt... hat wahrscheinlich gar nicht bemerkt, daß es passiert ist. Wahrscheinlich überhaupt nichts gespürt.«

»Das stimmt«, sagte der andere. »Das ist vermutlich richtig.«

Ich verspürte ein eigenartiges Prickeln, und die Köpfe der Beamten wurden größer. Ich hörte das Quietschen von Bremsen und Mas Stimme: »Du hast mich so verdammt müde gemacht«... Ich sah und spürte eine Art Glitzern. Das Wohnzimmer fing an zu schwanken. Mein Magen fiel mir herunter... mit geschlossenen Augen fragte ich mich, was das für schwielige Hände waren, die mich hielten.

Mein Kopf dröhnte. Ich machte die Augen einen schmalen Spaltbreit auf. Ich lag auf dem Boden im Flur. Das Treppengeländer war zerbrochen und lehnte sich schräg zur Wand hinüber, seine abgebrochenen Pfosten waren so spitz wie Haifischzähne.

Über mir rötete sich das Gesicht des Polizisten. An seiner Stirn trat eine Ader hervor. »Herrgott, Al, wir müssen im Revier anrufen«, ächzte er. »Ich kann sie nicht einmal von der Stelle bewegen.«

Ein Stöhnen war zu hören – von mir –, und ich griff nach oben und berührte die schmerzende Stelle an meiner Stirn, das Blut, das da rann.

»Warte«, sagte der Mann. »Jetzt kommt sie zu sich.«

In der Nacht, nachdem meine Mutter getötet worden war, setzte Neil Armstrong seinen Fuß auf den Mond und spazierte dort herum. Grandma, winzig und zerbrechlich, saß an dem Telefontischchen im Flur und rief auswärts lebende Vettern und Cousinen an. Sie wiederholte immer wieder, was sie einige Stunden zuvor für die Beerdigung veranlaßt hatte. Sie gab mir Tee zu trinken und ihre Nervenpillen, winzige, gelbe, bittere Knöpfe, die ich auf meiner Zunge schmelzen ließ wie bei der heiligen Kommunion.

Ich wimmerte und watete durch das Wochenende, von Bildern benommen: mein aufgedunsenes, zusammengenähtes Gesicht im Spiegel – ein Verband wie ein Schmetterling über meiner Augenbraue, wo sie mich genäht hatten; Roberta in der Tür, ihr Mund bewegte sich, aber ich hörte nicht, was sie sagte. Mas Kleider hingen noch draußen auf der Leine; die Astronauten hüpften wie beschwingte Roboter durch den Mondstaub. Jemand im Fernsehen behauptete, der Moonwalk sei ein Schwindel, von der Regierung inszeniert, um gut dazustehen. Das war ein seltsames Gefühl: daß die eigene Mutter eine zugedeckte Leiche war, die das ganze Wochenende über in den Nachrichten auf Kanal Zehn immer wieder in eine Ambulanz geladen wurde. War Mutter tot, wenn ihre Post immer noch eintraf? Wenn ihre Blusen immer noch draußen an der Wäscheleine flatterten?

Mr. Pucci kam an unsere Haustür und brachte ein purpurfarbenes afrikanisches Veilchen, so üppig und fleischig, daß man hätte denken können, es sei eßbar. Er saß neben mir auf dem Sofa und drückte beim Reden meine Hand. Seine Finger waren so kühl und glatt wie Steine am Strand.

Wenn der Tod bedeutete, daß sie nur irgendwo anders war – wenn es einen Himmel gab –, dann konnte es sein, daß sie sich in diesem Augenblick mit ihrem toten Baby, Anthony Jr., vereinigte. Endlich wurde sie für all ihr Leid belohnt ... und war mich los ... »Du hast mich so verdammt müde gemacht«, hatte sie gesagt. »Mein ganzes Leben lang wollte ich von dieser Frau loskommen.« Vielleicht hatte sie es absichtlich getan, war *auf den Truck zu*gelaufen. Um Ruhe zu bekommen. Um von Grandma und mir loszukommen. Das war es, was ich Mr. Pucci fragen wollte – ob er dachte, daß Ma es vielleicht absichtlich getan hatte, ob er an irgendeine Art von Himmel glaubte. Aber ich tat es nicht. Wir sahen fern und rauchten Zigaretten. Präsident Nixon telefonierte mit dem Weltraum.

Die Streichhölzer in Mr. Puccis Hand zitterten jedesmal, wenn er unsere Zigaretten anzündete. »Wahrscheinlich ist es für Sie noch ganz unwirklich«, sagte er. »Haben Sie das Gefühl, daß es tatsächlich passiert ist?« Ich wußte nicht, wie ich antworten sollte. Ich sah auf die Rauchschwaden, die das ganze Zimmer füllten. Plötzlich war ich wieder in unserem alten Haus an der Carter Avenue, an dem Abend, an dem Daddy die Hantel warf und Ma in der Badewanne saß und rauchte, mit ihren braunen Brustwarzen halb im Wasser, halb außerhalb.

Grandma wählte einen goldfarbenen Sarg aus. »Champagnerfarben«, sagte der Bestattungsunternehmer mit seiner hypnotischen Stimme. Er empfahl einen geschlossenen Sarg und lächelte dabei eigenartig – starr und schwachsinnig wie ein Tümmler. Wenn ich mich bloß bereit erklärt hätte, aufs College zu gehen, dachte ich, dann würde sie noch leben. Dann wäre alles normal.

»*Du bist* normal!« hatte sie gesagt. Vielleicht wußte sie es jetzt im Tod endlich: Ich tötete Babys und Mütter. Ich verdiente diesen Schmerz. All dieses Elend stand mir zu.

Grandmas Freundin Mrs. Mumphy ließ uns von ihrer Tochter zur Andacht fahren. Grandma und ich saßen hinten in dem großen, lauten Station Wagon, und ich starrte durch die Scheiben hinaus zu den Fußgängern und Autofahrern, die einen ganz normalen Montagnachmittag hatten. Dann, gerade als wir in die Einfahrt des Bestattungsunternehmens fuhren, kam mir in den Sinn, daß Daddy vielleicht dasein würde. »Du hast ihn doch nicht angerufen?« fragte ich Grandma.

Sie reichte mir wieder eine gelbe Nervenpille, die in ein gelbes Kleenex eingewickelt war. »Dolores, bitte, plag mich jetzt nicht«, war alles, was sie sagte.

Die Aussegnungshalle war mit dickem Teppichboden ausgelegt, er hatte die Farbe von Frost, wie er sich auf Windschutzscheiben bildet. Im Foyer lagen auf einem beleuchteten Ständer ein Buch, in das man sich eintragen konnte, und ein kleiner Stapel Bilder zur Erinnerung: Jesus, sein geheiligtes Herz freigelegt wie bei einer Illustration aus einem Biologiebuch. Auf der Rückseite war in altmodischen Lettern Mas Name gedruckt: Bernice Marie Price. Ich hatte sie einmal gefragt, ob wir vielleicht vor Gericht unseren Familiennamen ändern lassen könnten. Sie hatte laut darüber gelacht. »Für was hältst du uns eigentlich, für Filmstars?«

Der Raum roch nach Nelken und Kerzenwachs. Grandma kniete vor dem Sarg nieder, ihre Lippen bebten in stummem Gebet. In Seifenopern konnten Tote wieder zum Leben erweckt werden. Leute verschwanden bei Flugzeugabstürzen, waren jahrelang verschwunden und kehrten dann nach erfolgreich überstandener Amnesie wieder zurück. »Sie ist nicht in dieser Kiste«, sagte ich mir. »Also ist es nicht traurig. Und deshalb weine ich nicht.«

Auf einem Podest über dem Sarg war ein riesiger Strauß mit gelben Rosen und einer großen goldenen Karte, die irgendeine Floristin an ein Samtband geheftet hatte. »Geliebte Mutter«, stand darauf. Die sollten von mir sein. Nur, daß sie das nicht waren. Ich hatte das Wort »Geliebte« niemals benutzt. Das war Schwindel, Teil dieses Todesvokabulars. Alles hier war Schwindel, nur die Blumen nicht. Aber auf eine bestimmte Art waren auch sie Schwindel. Ich hatte Ma Leid zugefügt, ihr keine Blumen gegeben, und jetzt hatte ich Leid zurückbekommen. »Verschwinde aus meinem Leben!« hatte ich sie an dem Abend angeschrien, als sie mein Fernsehkabel abgeschnitten hatte.

Der Leichenbestatter setzte Grandma auf einen grünen

Samtsessel und mich auf eine gepolsterte Bank mit einer Stikkerei, wie Grandma sie manchmal machte.

Ich hatte die letzten Monate ihres Lebens damit verbracht, ihr das Leben zur Hölle zu machen, hatte schreckliche Worte benutzt und damit wie mit Steinen nach ihr geworfen. Die Bank war trotz des Kissens hart. Ich versuchte, einen Handel mit Gott abzuschließen: Noch einen Tag mit ihr, und du kannst mich blenden, mir ein Bein amputieren, einen Sattelschlepper über *mein* Leben rollen lassen.

Wir saßen im rechten Winkel zum Sarg. Wir saßen starr da und warteten auf die Trauergäste. Grandma sagte, ihr sei kalt, und knöpfte ihren Pullover bis zum obersten Knopf zu. Sie griff nach meiner Hand und hielt sie mit ihren kalten, rauhen Fingern umfaßt. *Sie* hätte in diesem Sarg liegen sollen und Ma hier neben mir sitzen.

Der Leichenbestatter schob die Eingangstür auf. Ich hatte nur mit Fremden gerechnet, Leuten aus dem Straßengebührhäuschen und aus der Pfarrei St. Anthony. Aber der erste Trauergast kam zu mir – Mrs. Bronstein, meine Englischlehrerin aus der dritten Klasse von der High School in Easterly. Sie trug ein rotes Minikleid, an das ich mich noch erinnerte. Als sie am Sarg niederkniete, konnte man ihr Höschen sehen. Ich erinnerte mich an seltsame Dinge aus Miss Bronsteins Unterricht: Lady Macbeths blutbefleckte Hände, den Tag, an dem eine Wespe ins Klassenzimmer flog und einen der Jungs bei seinem Vortrag störte. »Ich könnte nicht behaupten, daß man es leicht mit ihr hat, aber da drinnen versteckt sich ein hochintelligentes Mädchen«, hatte sie Mr. Pucci einmal in meiner Anwesenheit gesagt. Sie meinte, in meinem Fett. In der Woche vorher hatten Carol und Harvey Korman in der »Carol Burnett«- Show ausgepolsterte Kostüme getragen und ein fettes Paar gespielt, das dauernd an irgendwelchen Schinkenknochen nagte und an alle möglichen Gegenstände oder die Wände stieß. Nach der Werbung hatte Carol ihr Fett abgenommen, war in einem eng anliegenden langen Kleid herausgekommen, hatte an ihrem Ohrläppchen gezupft und ihrer Familie gesagt, daß alles in Ordnung sei. »Und da sitze ich jetzt bei der Beerdigung meiner Mutter«, dachte ich entsetzt, »und denke an Carol Burnett.«

Roberta kam auf mich zu und gab mir einen Kuß auf die Stirn, dicht über meinem Verband. »Ich könnte dich lieben«, dachte ich und ließ mich von ihr umarmen. Ich schluchzte und hielt sie fest, wiegte mich in ihren Armen und wollte sie nicht loslassen.

Der Raum füllte sich langsam mit alten Leuten, Grandmas Freundinnen und deren Ehemännern. Grandma und ich waren wie ein Königspaar – Königinnen für einen Tag. Fremde hielten mir ihre schlaffen Hände hin, setzten sich dann und murmelten und starrten uns an.

Eine rothaarige Frau in einer Uniform, wie Ma sie getragen hatte, war auf dem Nachhauseweg von der Arbeit. »Wir sind alle ganz erschüttert, Liebes«, sagte sie. Ich nickte dankbar. »Dich hätte es erwischen sollen«, dachte ich. »*Deine* Kinder sollten hier sitzen, nicht ich.«

Ein alter Mann gab mir einen Kuß auf die Wange und drückte mir etwas in die Hand: einen mehrfach zusammengefalteten Zwanzig-Dollar-Schein, ein winziges, hartes Rechteck.

Ich machte eine kurze Zigarettenpause im hinteren Teil des Salons und brachte die gemurmelten Gespräche mit meiner Anwesenheit ebenso zum Schweigen, wie ich Leute in der Schule zum Schweigen brachte, und verließ dann den kleinen holzvertäfelten Raum. Ich strich mit den Fingern über die leere Reihe von Kleiderbügeln, ließ sie schaukeln und tanzen. Ich schrieb meine Initialen in den Sand des Aschenbechers und vergrub den Zwanzig-Dollar-Schein. Als ich zurückkam, standen Jeanette Nord und ihre Eltern vor Mas Sarg.

Jeanette hatte sich das Haar weißblond gebleicht und besaß jetzt Hüften wie ihre Mutter. Ihr Vater trug denselben karierten Sportsakko, an den ich mich noch aus der Zeit erinnern konnte, als ich Samstag abends bei Jeanette geschlafen hatte und dann am folgenden Morgen mit ihnen in ihre Methodistenkirche gegangen war. Jack Speight hatte mich vergewaltigt, und Ma war tot, und Mr. Nord trug den Sakko immer noch. Ich hätte gerne meinen Kopf an sein Revers gelegt, aber Mrs. Nord redete die ganze Zeit über Jeanette.

Jeanette spannte ein Lächeln quer über ihr Gesicht. Sie versuchte mehrmals, mich anzusehen. »Es tut mir wirklich leid«, sagte sie. Dann entgleiste ihr der Mund, und sie fing an, halb erstickt zu lachen.

»Es tut mir *wirklich* leid«, sagte sie. »Daran ist gar nichts komisch.« Ihr Gesichtsausdruck war von Panik erfüllt, aber sie lachte weiter. »Ich weiß nicht, was ich sagen soll. Es ist nur ... ich meine, was *soll ich denn* sagen?« Dann drehte sie sich um und ging davon.

»Sie *wollte* kommen«, sagte Mrs. Nord. »Es war *ihre* Idee.«

Am zweiten Abend kniete Vater Duptulski vor Mas Sarg und betete den Rosenkranz vor. Das gab Grandma Auftrieb. »Du bist gebenedeit unter den Weibern, und gebenedeit ist die Frucht deines Leibes«, sprach sie Vater Duptulski immer wieder nach. Ihre Stimme war die lauteste im Raum.

Daddy war da!

Er stand im Foyer und wartete, bis der Rosenkranz zu Ende war. Er hatte sich einen Schnurrbart wachsen lassen und breite Koteletten – einen regelrechten Backenbart. Seine Augen blickten ins Leere. Er ballte immer wieder die Fäuste und öffnete sie dann wieder. Ich dachte an den Abend, an dem er Mas Vogel Petey in den Händen gehalten hatte – ihn hatte wegfliegen lassen, während sie geweint und ihn angebettelt hatte: »Du hast uns beide umgebracht, du Mistkerl«, dachte ich, während ich so dasaß.

Grandmas Gebet verstummte, und ich konnte erkennen, daß sie ihn auch sah. Wenn Grandmas Gott echt war, warum lag dann jetzt nicht *Daddy* in diesem Sarg?

Er ging zögernd auf mich zu, und seine Augen weiteten sich, als er merkte, wie ich aussah. »Was hast du erwartet?« dachte ich. Meine Wut war ebenso gewaltig wie ich.

Er kauerte vor mir nieder.

»Hi«, flüsterte er.

»Ich will nicht mit dir reden.«

Grandma griff nach meiner Hand. »Also, paß auf, Dolores ...«, begann sie.

»Ich will ihn nicht hierhaben, Grandma.« Nur daß das gar nicht stimmte. Ich wollte, daß er mich festhielt, mit mir schwamm – ich wollte, er wäre nicht weggegangen.

Die Trauergäste wurden zu einer Reihe von Gespenstern.

»Honey, ist schon gut«, sagte Daddy. »Ich werde dir helfen ...«

»Red nicht mit mir«, sagte ich. »Geh und fick dich selbst. Lebt die alte Masicotte noch? Geh und fick sie.«

Das war nicht ich. Das war das fette Mädchen. Alles Blut schoß aus seinem Gesicht.

Grandma zog ihre Hand zurück. »Oh, bitte ...«, sagte sie.

Dann stand Vater Duptulski neben mir und zog an meinem Ärmel. »Komm schon, Missy, wir machen draußen einen kleinen Spaziergang«, sagte er.

»Warum soll ich einen Spaziergang mit Ihnen machen? Sie wissen ja nicht einmal, wie ich heiße. Sagen Sie einfach meinem sogenannten Exvater, daß er hier verschwinden soll.«

»Jetzt schau«, sagte Daddy. Ein Lächeln ging über sein Gesicht, verschwand wieder und erschien dann aufs neue. »Sei fair, okay? Das ist für alle schrecklich und ...«

»Verschwinde!« schrie ich.

Grandmas Gesicht war jetzt auch totenbleich. Vater Duptulskis Finger bohrten sich in mein Fett. »Komm«, drängte er. »Komm schon.«

Daddy wollte nicht gehen. Er flüsterte dicht an meinem Gesicht, und sein Atem roch süßlich nach Alkohol. »Ich kann ja verstehen, was du jetzt durchmachst ... Das ist nicht die Zeit und der Ort ... Du kennst nicht die ganze ...«

»Halt den Mund! Halt den Mund! Halt den Mund!«

Erst draußen auf dem Plattenweg nahm ich die Hände von den Ohren und hörte auf zu schreien. Vater Duptulski tätschelte mir immer noch die Schultern. Ein neuer Trauergast erschien, wußte von nichts. »Was halten Sie von den Mets, Vater? Beten Sie für die Jungs?« Vater Duptulski winkte ihn weiter.

Ein Wagen schoß ruckartig aus dem Parkplatz. Daddy saß am Steuer. Er raste an uns vorbei, bremste und fuhr dann rückwärts. Die Tränen liefen ihm über die Wangen. »Ich bin kein Heiliger«, rief er Vater Duptulski zu. »Aber ich habe nie – *niemals* verdient –« Sein Blick wanderte zu mir. »Du mußt dir helfen lassen!« schrie er. »Sonst mache ich es!«

»Laß mich in Ruhe!« schrie ich zurück. Der Wagen machte einen Satz und raste davon.

Eine Stunde vor der Beerdigung am nächsten Tag beschloß ich, nicht hinzugehen. Grandma, der mein Verhalten Daddy gegenüber die Sprache verschlagen hatte, übte keinen Druck auf mich aus. »Die Leute sind alle Heuchler«, sagte ich mir. Vom Wohnzimmerfenster aus sah ich zu, wie Grandma zu der wartenden schwarzen Limousine ging und Platz nahm. Ich würde meine Mutter in einer Art und Weise ehren, die wirklich etwas zu bedeuten hatte.

Der Kühlschrank war voll mit fremden Töpfen und Gläsern von Frauen aus der Kirche. Fleischklopse, gebackene Bohnen, ein Truthahn, Cremeschnitten. Roberta hatte eine Schüssel mit Golumpkes geschickt. Ich nahm mir einen Suppenlöffel und eine Zitronenpastete, die jemand gebracht hatte, und ging in mein Zimmer.

Auf dem Treppenabsatz blieb ich vor meinem Lieblingsbild von Ma stehen. Sie war siebzehn und stand mit ihrer Freundin Geneva auf Grandmas vorderer Veranda. Beide Mädchen trugen Pagenschnitt und weiße Blusen mit Puffärmeln, sie wollten sicher zu irgendeiner High-School-Veranstaltung. Sie standen Arm in Arm da und lachten in die Kamera. Einmal hatte ich Ma gefragt, wer das Bild aufgenommen hätte, aber sie konnte sich nicht erinnern. Vielleicht hatte Mas Tod es aufgenommen, dachte ich. Vielleicht lachte es jetzt über sie, wußte bereits alles, was geschehen würde, als sie so in glückerfüllter Unwissenheit posierte. In Mas jungem Gesicht war keine Spur davon zu sehen, daß Anthony Jr. sich in ihr strangulieren würde. Daß ihr Mann sie verlassen würde. Daß ich ihre Tochter werden würde.

Solange ich mich zurückerinnern konnte, hatte Ma immer Briefe von Geneva bekommen. Geneva Sweet, 1515 Bayview Drive, La Jolla, California. Ihre Weihnachtskarten ließen erkennen, daß sie reich war. Auf dem Umschlag waren übergroße Folienbilder der Madonna und drinnen ihr Name und der ihres Mannes in Buchstaben, die man spüren konnte, nicht nur lesen, Buchstaben, die aus der Seite heraustraten. Genevas Mann, Irving, gehörte eine Firma, die mit importierten Teppichen handelte, und er behandelte seine Frau wie Prinzessin Grace, hatte Ma einmal gesagt. »Aber er ist kleiner als Geneva, ein kleiner, häßlicher Mann. Nicht gutaussehend wie Daddy.«

Am Morgen vorher hatte Grandma Geneva angerufen, um ihr von Mas Tod zu erzählen, und sie hatte mich sprechen wollen. »Bernice und ich haben einander unser ganzes Leben lang Briefe geschrieben«, sagte sie. »Es ist so, als hätte mein Leben plötzlich keinen Sinn mehr. Wenn ich je irgend etwas tun kann ... *irgend etwas!*«

Auf dem Foto war Ma die Hübschere von den beiden, die, die am meisten lachte. Neben Ma kam Geneva einem langweilig vor. Was war es, was sie in Aschenputtel verwandelt und meine Mutter getötet hatte? Das Bild stellte mir diese Frage die ganze Zeit.

Ich hatte mein Begräbniskleid am Abend zuvor gebügelt

und es auf die Vorhangstange gehängt, und hatte bis zum Morgen vorgehabt, zum Begräbnis zu gehen. Jetzt, als ich an meiner Tür stand, dachte ich, das Kleid sei ein Mensch, und erschrak.

Das Bügeleisen stand auf dem Bügelbrett. Ich steckte den Stecker in die Dose und drückte den Knopf und spürte mit den Fingern den Übergang von kühl zu warm und zu heiß. Der Schmerz kam mir tröstlich und logisch vor. Die Frau in dem Kleiderladen für fette Ladies, wo wir das Kleid in aller Eile gekauft hatten, hatte meine Kleidergröße mißbilligt, hatte finster blickend dagestanden, weil mir nichts richtig paßte. Ich setzte mich auf mein Bett, aß Zitronencreme und staunte darüber, wie erschöpft ich war ...

Ich erwachte, als draußen eine Autotür zugeknallt wurde. Ich schob den leeren Teller unter mein Bett und vergewisserte mich, daß meine Tür abgesperrt war. Leute redeten im Eingangsflur, zuerst leise, dann immer lauter. Am Morgen hatte ich Grandma geholfen, das zerbrochene Treppengeländer in den Garten hinauszutragen, und war dabei rückwärts die Treppe hinuntergegangen, fest überzeugt, daß ich fallen würde. Teller klirrten. Hohe Absätze klapperten auf der Treppe zum Badezimmer. Ich hatte vergessen, das Bügeleisen abzuschalten. Die Luft darüber tanzte.

Mrs. Mumphys Tochter kam an meine Tür und fragte, ob ich nicht herunterkommen wolle. Mir machte die Störung nichts aus. Der Schlaf hatte mich seltsam geduldig gemacht.

»Soll ich dir vielleicht einen Teller herrichten?« rief sie herein.

Ich lächelte. »Nein, vielen Dank.«

Ich befand mich in einem Wettstreit, wie er einer Muttermörderin zukam. Ich leckte mir die Handfläche und hielt sie an das heiße Bügeleisen.

»Es war eine wunderschöne Feier«, rief Mrs. Mumphys Tochter herein.

Die Haut zischte bei der Berührung; die glühende Hitze ließ meine Hand zittern. Ich ließ sie dort. Mein Ring wurde zu einem Kreis glühenden Schmerzes.

»Einfach schön.«

Als die Halb-sieben-Uhr-Nachrichten begannen, hatten die letzten Gäste das Geschirr gespült und waren gegangen. Grandma zog ihren Hausmantel an und schlief auf dem Wohnzimmersessel ein. Die Astronauten trieben im Ozean, außer Gefahr, sie winkten auf dem Weg in die Quarantäne in die Kameras. Ich beobachtete Grandmas herunterhängende Kinnlade, ihren immer wieder nach vorn sackenden Kopf. Im Schlaf gab sie Töne von sich: teilweise Worte, teilweise ein Gurgeln. »Nimm es zurück«, flüsterte ich Grandmas traurig blickendem Jesus mit dem geheiligten Herzen zu. »Mach, daß *sie* es ist, nicht Ma.«

Ich ging nach oben in Mas Zimmer – das erste Mal, seit sie gestorben war. Die Kleider, die sie in der Woche zuvor getragen hatte, lagen gewaschen und zusammengefaltet in einem Stapel auf ihrem perlmuttfarbenen Korb. Draußen trommelte der Regen auf die Mülltonnen. Grandma hatte das Bett abgezogen.

Ich setzte mich an Mas Schreibtisch und war nicht sicher, was ich eigentlich schreiben wollte. Einen Selbstmordbrief? An wen sollte ich ihn schreiben, wenn nicht an Ma? Meine Hände schmerzten von dem Bügeleisen, Blasen hatten sich gebildet, und es tat weh, den Stift zu halten.

Liebe Kippy,
ich kann es gar nicht erwarten, Deine Bekanntschaft zu machen. Entweder meine Eltern oder mein Boyfriend werden mich zur Schule bringen. Das mit der Bettwäsche klingt prima. Was bin ich Dir schuldig? Anscheinend haben wir eine ganze Menge Gemeinsamkeiten!!

Das war es, was meine Mutter sich für mich gewünscht hatte: ein Tricia-Nixon-Leben. Ich würde eines für sie aufbauen. Ein Geschenk. Vielleicht würde ich abnehmen, oder vielleicht war Kippy auch fett. Ich sah uns beide zum Unterricht gehen, zwei vergnügte, fette Mädchen, die über irgend etwas lachten – und den Tod meiner Mutter erfolgreich verdrängten.

Ich wußte, wenn ich bis zum nächsten Tag wartete, würde ich es mir anders überlegen und den Brief nicht aufgeben. Ich holte Mas Trenchcoat aus dem Schrank und legte ihn mir über die Schultern. Ich roch ihren Geruch und zitterte vor Liebe.

Als ich zu dem Briefkasten an der Terrace Avenue kam, hatte ich Atemschwierigkeiten. Ich war seit Monaten nicht mehr so weit gegangen. Leute fuhren an mir vorbei und starrten mich an. Ein Wagen voll lachender Jungs verlangsamte seine Fahrt. »He, Kleine, ich bin ein Spermwal. Willst du es mit mir treiben?« rief einer von ihnen.

Ich war immun, mein Kopf war mit einer Klarheit erfüllt, die so scharf wie Schmerz und so heiß wie das Bügeleisen war.

»Ich liebe dich, Ma. Das ist für dich. Für dich, Ma. Ich liebe dich.« Ich sang es immer wieder vor mich hin, wie ein Gegrüßet-seist-du-Maria. Ich ließ den Brief hineinfallen und hörte das leise Geräusch, als er unten auftraf.

In jener Nacht schlief ich auf Mas abgezogener Matratze, ihren Trenchcoat über mich gebreitet wie eine Decke, und wachte lächelnd von einem Traum, an den ich mich nicht mehr erinnern konnte, auf.

10

Als es August wurde, hatte Grandma ihre Kinnlade wieder fest im Griff, sich ein neues Ziel gesetzt und fing an, in den Gelben Seiten zu blättern.

Ein Tischler kam ins Haus, um ein neues Treppengeländer

zu bauen, und ersetzte bei der Gelegenheit auch eine angefaulte Verandastufe. Zwei Frauen mittleren Alters erschienen plötzlich, um die Teppiche zu shampoonieren – einander verblüffend ähnelnde Schwestern in rosa Rayonuniformen, die ständig kicherten und mit ihrem lautem Geschwätz das Summen ihrer Apparate übertönten.

Es war, als könnte Grandma den Schmerz damit aus der Welt schaffen, daß sie ihn wegscheuerte. Als ob sie die Sorge wegwaschen und -bohnern oder in den Schlauch eines Staubsaugers saugen könnte. In dieser Reinigungsorgie erlaubte sich Grandma den Luxus, mich völlig zu vergessen. Ich verblüffte sie ständig, indem ich in dem zuletzt desinfizierten Zimmer auftauchte, wo sie sich postiert hatte. Sie saß am Küchentisch und polierte ihr Silber, als ich es ihr sagte.

»Ich habe beschlossen, doch aufs College zu gehen. So wie sie es gewollt hat.«

Grandma blickte mit anklagender Miene auf und versuchte, einen Witz in meinem Gesicht zu lesen. Dann verließ sie das Zimmer.

Den ganzen Tag über knallte sie mit Türen und Schubladen. Schließlich beim Abendessen redete sie. »Wenn du doch weggehst, was sollte dann das ganze Theater? Warum hast du sie dann so geplagt?«

Ihr Gesicht wirkte eher verwirrt als verärgert. Meine Ankündigung hatte sie richtig durcheinandergebracht. Zum ersten Mal seit Mas Tod tat Grandma mir wegen des schweren Verlustes, den sie erlitten hatte, ebenso leid, wie ich mir wegen des meinen. Aber als ich zu sprechen versuchte, stockte mir etwas im Hals. »Das war etwas, das nur sie und mich betraf«, war alles, was ich darauf sagte. »Das war etwas Persönliches.«

Ihr Gesicht verfinsterte sich, und sie stand auf und ging aus dem Zimmer. »Ach was, Blödsinn«, sagte sie.

Ich saß wie gelähmt da und starrte auf die Tür, durch die sie gerade hinausgegangen war. Ich hörte wieder das schreckliche Krachen dieser gemieteten Schreibmaschine, als sie auf den Boden traf, sah Mas gerötetes, wütendes Gesicht, nachdem sie das Fernsehkabel durchgeschnitten hatte.

Ich legte mein Gesicht auf die kühle Tischplatte. Ich hatte diesen Schmerz verdient, sogar noch mehr verdient als das, was ich fühlte. Ich war es, die den Tod verdiente, nicht Ma.

Am nächsten Morgen reichte Grandma mir das Sparbuch, auf das Ma mein Collegegeld einbezahlt hatte. Zwei Fünfzig-Dollar-Scheine hingen heraus: Bargeld, das sie nicht mehr hatte einzahlen können, weil sie keine Zeit mehr dazu gehabt hatte. Die erste Einzahlung betrug zwölf Dollar. Das war im September 1962 gewesen, einen Monat nachdem Daddy uns verlassen hatte. Die letzten Einzahlungen waren höher – fünfundsiebzig Dollar, hundert Dollar – alle vierzehn Tage – jedesmal, wenn Zahltag gewesen war – und das während der ganzen Zeit, in der ich ihr die Hölle bereitet hatte.

Ich schrieb Kippy einen langen Brief und erfand darin ein Leben für mich: Teilzeit bei McDonald's, Schatzmeister in der Abschlußklasse. Meine Mutter führte den Geschenkladen im Krankenhaus; mein Vater war Kinderarzt und hatte seine Praxis zu Hause wie Marcus Welby. Nach dem dritten Briefwechsel hatte ich einen Freund, Derek. Ich machte ihn aus praktischen Gründen zum Engländer; man konnte ihn schnell nach England zurückschicken, wenn diese »klasse« Doppelrendezvous und die »groovy« Collegeweekends näherrückten, auf die Kippy jetzt schon mehrfach angespielt hatte.

Ich verfaßte die Briefe auf der Treppe, mit einem Schreibbrett über meinem dicken Bauch. Der frische Holzgeruch des Treppengeländers war irgendwie angenehm. »Rohes Holz«, hatte der Tischler es genannt. Aber Grandma plante, das Geländer in Mahagonifarbe einzulassen; sie wollte, daß alles zusammenpaßte. Sie sagte, es sei auch höchste Zeit, neu zu tapezieren, und nahm die Fotos im Treppenhaus ab, auch die von meiner Mutter, *besonders* die. Sie schlug die Bilder in Zeitungspapier ein und stapelte sie in einem Pappkarton und hinterließ an der Wand im Treppenhaus Rechtecke mit leuchtend rosafarbenen Flamingos zwischen den ausgeblichenen. Grandma konnte sich nicht daran erinnern, wie alt die Tapete war, aber Grandpa hatte sie angeklebt. Also war das vor 1948 gewesen Warum ich das wissen wolle?

»Eigentlich nur so«, meinte ich und zuckte die Achseln. Ich rechnete mir im Kopf aus, daß meine Mutter etwa um die Zeit, als sie mit ihrer Freundin Geneva Arm in Arm in ihrem weißen Kleid auf der vorderen Veranda in die Kamera gelächelt hatte, die letzte High-School-Klasse absolviert hatte.

Am Nachmittag holte ich das Foto aus dem Schrank im Obergeschoß, trug es in mein Zimmer und hielt es neben Mas Gemälde mit dem fliegenden Bein. Was mir angst machte, war der Abgrund zwischen den beiden – die gewaltige Entfernung zwischen Mas unschuldigem Lächeln in Schwarzweiß und dem körperlosen geflügelten Bein, das sie während ihrer verrückten Zeit gemalt hatte. So etwas konnte einem passieren: Man konnte so weit von da entfernt enden, wo man geglaubt hatte hinzugehen. Das war es, was mir solche Angst vor dem College machte ... aber meine Furcht war ohne Belang. Ich fuhr mit den Lippen über das kühle, glatte Glas, das das Gesicht meiner Mutter bedeckte, strich mit den Fingerspitzen über die Unebenheiten der hart gewordenen Farbe. Ich sagte Ma, daß ich sie liebhabe, und daß sie mir fehle, und daß ich aufs College gehe, um sie glücklich zu machen.

Kippys Briefe waren Geständnisse auf Snoopybriefpapier. Sie haßte manchmal ihre Eltern, insbesondere ihre Mutter. Sie war noch Jungfrau, im technischen Sinne jedenfalls, obwohl Dante, ihr Boyfriend, sie ständig unter Druck setzte. Derek setzte mich in derselben Sache ebenfalls unter Druck, schrieb ich zurück, aber schwanger werden und in England wohnen und Old-Lady-Hüte wie Queen Elizabeth tragen müssen – ha, ha – war das allerletzte, was ich wollte. In meinen Briefen war ich all das, was Ma gefallen hätte, die Art von Mensch, die sie bewunderte. Vielleicht würde ich es irgendwie zuwege bringen, in das Leben dieses künstlich geschaffenen Mädchens hineinzuschlüpfen. Oder vielleicht würde Kippy mich für meine Briefe lieben und mir das übrige nachsehen.

Jeden Morgen, wenn ich aufwachte, wußte ich, ohne nachzudenken, wie viele Tage es noch bis zur Orientierungswoche für Studienanfänger waren; wenn ich nur am Küchenkalender vorbeiging, wurde mir schon schlecht. Jedesmal wenn ich meine Briefe zur Post gebracht hatte, kam ich nach Hause und übergab mich in die Toilette, würgte leise vor mich hin und ließ dabei das Wasser laufen, damit Grandma nichts hörte.

Einen Monat vor Mas Tod hatte Grandma fünfundzwanzig Dollar für eine viertägige Busreise ins Amischenland angezahlt, die sie mit ihren Freundinnen, den St. Anthony Travelettes machen wollte. Jetzt rief Mrs. Mumphy jeden Tag an, um sie dazu zu überreden, trotz allem mitzukommen.

»Also, mir ist *egal,* ob Vater Duptulski das jetzt für eine gute Idee hält oder nicht«, sträubte sich Grandma. »Das ist die Woche, in der der Tapezierer kommt. Und was ist, wenn das Essen dort zu stark gewürzt ist? Und außerdem ...«, jetzt wurde ihre Stimme ernst und kehlig, »... da ist schließlich das Mädchen.«

Immer, wenn sie mit ihren Freundinnen redete, war ich »das Mädchen«, und immer in einem Tonfall, als wäre ich ein Monstrum, das man unter Verschluß halten mußte, etwa so wie Mr. Rochesters verrückte, auf dem Dachboden lebende Frau in *Jane Eyre.* In einer von Mrs. Bronsteins Aufsatzprüfungen hatte ich einmal geschrieben, daß mir diese verrückte Frau viel lieber war als die langweilige Jane. Mrs. Bronstein hatte mir meine Arbeit zurückgegeben, und diese Bemerkung war eingekringelt gewesen mit ein paar Fragezeichen daneben.

»Grandma, fahr doch!« drängte ich sie. Der Gedanke, drei Tage allein in dem Haus in der Pierce Street zu sein, war faszinierend für mich. Frei von Grandmas Versuch, meine Mutter wegzureinigen, würde ich statt dessen die verbliebenen Hinweise auf ihr Leben heraufbeschwören, würde in den Kartons auf dem Dachboden, in Wandschränken und Schubladen herumstöbern, bis ich sie wieder so weit wie möglich zusammengefügt hatte – bis ich die Schritte rekonstruiert hatte, die sie von Grandmas vorderer Terrasse in das Zahlhäuschen an der Fernstraße geführt hatten, wo ihr Leben ein Ende gefunden hatte. »Nimm dir genug Pepto-Bismol mit! Und mach dir keine Sorgen um mich!« redete ich ihr zu.

Grandma kaute auf ihrer Unterlippe herum und blickte finster. »Du läßt bestimmt den Tapezierer nicht rein. Du wirst so tun, als ob niemand zu Hause ist, und dann komme ich zurück, und nichts ist geschehen. Wo ich mich jetzt doch so darauf eingestellt habe.« Sie deutete mit einer Kopfbewegung auf die in Zellophan eingehüllten Rollen, die am Telefontischchen lehnten. Sie hatte sich für ein rosa Muschelmuster vor einem eiskaffeefarbenen Hintergrund entschieden. »Und außerdem wäre es einfach nicht richtig. Die Leute würden mich kritisieren, wenn ich schon so früh in der Welt herumreise, oder übermäßig nett zu mir sein. Und dann würde es zu ruhig werden, und ich würde nicht schlafen können, und dann müßte ich dasitzen und nachdenken.«

»Grandma, wenn du nicht fährst, dann ist das so, als würdest du fünfundzwanzig Dollar in den Müll kippen.«

Das veranlaßte sie zu einem Stirnrunzeln. »Judy Mumphy sagt, es sei unsinnig von mir, nicht zu fahren. Was ist, wenn dieser Tapezierer nicht verläßlich ist? Am Telefon klang er so verschlafen.«

»Wahrscheinlich ist er überarbeitet, erschöpft, weil er so gut ist. Ich komme damit schon klar.« Um meine Tüchtigkeit unter Beweis zu stellen, schnappte ich mir den Elektrolux und fing an, auf der Treppe Staub zu saugen. Als ich voll der Vorfreude wegen ihrer Abwesenheit oben angelangt war, schwitzte und keuchte ich. Grandma beobachtete mich von unten mißtrauisch, die Hände in die Hüften gestützt, und überlegte, wo wohl da der Haken liegen mochte.

Später, als Grandma im Wohnzimmer Staub wischte, hielt sie immer wieder geistesabwesend an irgendwelchen Gegenständen inne. »Was ist denn?« fragte ich sie. »Was ist denn los? Ist dir schwindlig?«

»Schwindlig? Selbstverständlich nicht.« Sie setzte sich auf ihren großen Sessel, und ihre knochigen Hände krallten sich in die gepolsterten Armlehnen. »Ich habe nur nachgedacht«, sagte sie schließlich, »über Bernice. Wie sie immer Spaß an Reisen hatte. Sie und Eddie, beide, aber ganz besonders Bernice. Als sie noch ein kleines Mädchen war, hatten wir immer Sonntag mittags unsere große Mahlzeit. Ihr Vater hat uns dann alle ins Auto gesetzt und ist mit uns weggefahren. Bernice hat immer die Augen zugemacht und das Gesicht zum Fenster hinausgehalten, weil sie den Fahrtwind so gern mochte. Bis wir dann am Ziel waren, war ihr Haar völlig verfilzt.«

Ich hielt den Atem an; wenn sie mich zur Kenntnis nahm, würde sie vielleicht aufhören zu reden. Und wenn sie über Ma redete, dann war das wie Balsam auf einer Wunde. Grandmas Lächeln schien weit entfernt.

»Als Eddie ein Baby war, ist sie mir immer wie ein Schatten gefolgt – hat mich regelrecht *angefleht,* sie irgend etwas tun zu lassen. Später ist sie dann ziemlich launisch geworden. Wenn man von ihr etwas verlangt hat, was sie tun sollte, hat sie ein Gesicht geschnitten, als ob man sie beleidigt hätte ...« Sie drehte sich herum und sah mich verblüfft an. »Eigentlich seltsam, nicht wahr?« sagte sie. »Daß ich länger als beide gelebt habe – als dieses Baby und dieses hilfsbereite kleine Kind.«

Einen kurzen Augenblick lang sah ich Grandma so, wie sie sich selbst sah, als eine anständige Frau, die Gott aus unerfindlichen Gründen zu bestrafen beschlossen hatte. Diese Verwirrung machte sie für mich beinahe liebenswert. Fast hätte ich sie angefaßt.

»Ehrlich, Grandma«, sagte ich. »Du hast dir auch ein wenig Spaß verdient.«

»Diese Amischen lassen nicht einmal zu, daß man ein Foto von ihnen macht«, sagte sie. »Man muß sich irgendwo verstecken und sie überlisten. Komische Vögel sind das.« Ihre Augen verengten sich und blickten jetzt wieder normal. »Eines will ich dir sagen«, erklärte sie dann. »Ich werde unter keinen Umständen eine von diesen Toiletten im Bus benutzen. Sie werden anhalten müssen und auf mich warten, ob es ihnen paßt oder nicht.«

Am Donnerstag um acht Uhr morgens stand Grandma mit einem uralten braunen Koffer bewaffnet an der Haustür und wartete. Sie hatte einen Scheck für den Tapezierer geschrieben und ihn im Brotkasten unter dem Zwieback versteckt. »Wenn er einen verschlagenen Eindruck macht, läßt du ihn einfach nicht rein«, sagte sie. »Zum Teufel damit.« Sie nickte über ihre eigene Verwünschung und war sichtlich mit sich zufrieden, daß sie das gesagt hatte. Dann fuhr Mrs. Mumphys Tochter mit ihrem Station Wagon mit ihr davon. Und ich war plötzlich allein.

Ich hatte vorgehabt, sofort mit meinen Nachforschungen zu beginnen, auf dem Dachboden anzufangen und mich langsam durch Mas Sachen herunterzuarbeiten. Aber statt dessen zog ich die Vorhänge vor, ließ mich auf die Couch fallen und schaltete »Matineetheater« ein. Es war ein Schwarzweißfilm: *Das Wunder des Marcelino.* Die Lippen der Leute bewegten sich unabhängig von ihren Synchronstimmen, waren früher fertig. Ein geheimnisvoller Waisenknabe wurde in der Wüste gefunden und in ein Kloster gebracht, um dort zu leben. Nach einer Folge von Ereignissen, bei denen es sich entweder um Wunder oder um Zufälle handelte, wurde der Junge von einem Skorpion gebissen und dann von Gott erwählt, der vom Himmel herunter zu ihm sprach und ihn zu sich rief. Marcelino fuhr durch die Klosterdecke auf einem Lichtstrahl in den Himmel. »Blödsinn«, befand ich und wechselte den Sender, als die Synchronstimme Gottes den verblüfften Mönchen den Tod des Jungen erklärte.

Wegen Grandmas Abwesenheit war Lunch etwas, das man jederzeit einnehmen konnte, wenn einem danach war. Ich stellte den Küchenherd auf 220 Grad und las die Gebrauchsanweisung auf einem der Fertiggerichte, die ich mir ausgewählt hatte. Man durfte nicht vergessen, die Folie fünfzehn Minuten vor Ende der Garzeit abzuziehen, wenn man wollte, daß das Hühnchen knusprig wurde. Die Dinge waren meist nicht so einfach und bequem, wie einem die Werbung weismachen wollte.

Mike Douglas hatte das Kingston Trio eingeladen, Schnee von gestern. Ich hatte schließlich den ganzen Tag Zeit, um Mas Sachen zu holen. Es gab überhaupt keine Eile.

Die Post kam: Rundschreiben, ein Brief von Kippy, ein großer brauner Umschlag, auf dem als Adresse »Miss? Price« stand. Kippy schrieb, daß Dante mit ihr schlafen wollte, um damit ihre Zukunft zu besiegeln, um ganz sicherzugehen, daß sie zusammenbleiben würden. Ich dachte an Jacks glibberigen Schleim, der an jenem Tag an meinem Bein geklebt hatte. »Soll ich oder soll ich nicht?« wollte Kippy von mir wissen.

Ich aß mich durch eine Schachtel Ritz Cracker, ohne Erleichterung zu finden, und malte mir aus, wie Kippy und ihr Boyfriend aneinander herumfummelten, wie seine Hände sich an ihren Jeans zu schaffen machten. »Mit dem Feuer spielen«, hatte die Briefkastentante es genannt.

Met her on a mountain
There I took her life
Met her on a mountain
Stabbed her with my knife.

Als die Jungs vom Kingston Trio mit ihren Chorknabenstimmen sangen, kam mir plötzlich in den Sinn, daß der Tapezierer sich als ein zweiter Jack Speight erweisen würde. Oder als irgendein Mann, der genauso schlimm war.

Gefährliche Messer, Grillspieße und Fleischthermometer mit scharfen Spitzen gab es genug für jedes Zimmer im Haus. Ich brauchte eine halbe Stunde dazu, sie zu verteilen. Er sollte am nächsten Morgen um acht Uhr kommen. Wenn er mich anfaßte, würde ich zuerst zustechen und erst dann Fragen stellen. Ich fragte mich, wo Grandma inzwischen war. Vermutlich bereits im Nachbarstaat.

Den großen Umschlag öffnete ich als letztes: »Miss? Price« stand darauf, in schwerfälliger, überdimensionierter Handschrift.

Der Umschlag enthielt das Vorderteil einer Cornflakes-Schachtel, an der hinten mit Tesafilm ein Bankscheck über fünfhundert Dollar und ein Familienfoto von Leuten, die ich noch nie gesehen hatte, klebten. »Auszuzahlen an Miss?Price« stand auf dem Scheck.

Als ich den Umschlag schüttelte, fiel ein Blatt heraus, ein Brief. Die Handschrift war dieselbe wie die der Adresse:

... habe ein Stück vom Grundstück seines Daddys am Hickory Lake verkauft ... eine Kleinigkeit für dein Leid ... und wenn ich auf jedes Sandkorn im Meer TUT MIR LEID schreiben könnte, würde das nicht einmal ein Zehntel seiner Reue zeigen ... hat keine Nacht mehr schlafen können, seit es passiert ist ... sende dieses Bild, damit du siehst, daß er ein CHRISTLICHER FAMILIENVATER ist, nicht ein verrückter Alkoholiker. Mit freundlichen Grus, Mrs. Arthur Music.

Es war eines dieser Porträts, wie man sie in Discountgeschäften bekommt, mit einem unechten Kamin im Hintergrund und die Leute alle so angeordnet, daß jeder die Hand am Ärmel eines anderen hat. Sie hatte mit Kugelschreiber ihren Namen auf die Schultern der Leute geschrieben. »Earlene (ich)« stand auf ihrem ärmellosen, türkisfarbenen Top. Die Jungs hatten breite, kurzgeschorene Köpfe und sahen aus wie die Art von Kindern, die ständig verprügelt werden.

Ihn sah ich mir als letztes an. Er trug eine dickrandige schwarze Brille, ein weißes Hemd, öliges Elvishaar. Er war so mager, daß seine Hosen unter der Gürtelschnalle zusammengebauscht waren. Ich wollte immer noch glauben, daß irgendein fahrerloser Lastzug sie umgebracht hatte, nicht ein Mensch mit einem Gesicht und einer Familie.

Als ich es schließlich fertigbrachte, aufzustehen und in die Küche zu gehen, war die Folie an meinem Fertiggericht schwarz. Im Raum herrschte eine Bullenhitze, und das Essen war ruiniert. Ich steckte den Scheck in die Hosentasche und ging an den Ofen.

Die Familie wurde erst braun, kräuselte sich dann an den Rändern und fing Feuer – wie die schreiende Papierpuppe in Mrs. Masicottes Küche. Mrs. Masicotte hatte uns auch ausbezahlt: mit Geschenken, einem Pool.

Die gelbe Flamme leckte an Arthur Musics bemühtem Lächeln und ließ es dann einschrumpeln. Aber als ich zusah, wie er verschwand, wußte ich, daß es nichts nützte – daß die Last seines Gesichts jetzt die meine war, so wie die Last von Mas Tod. Ich würde diese Last tragen müssen, bis in alle Ewigkeit.

Das Gesicht des Mörders meiner Mutter. Jacks Gesicht. Mein Partner im Verbrechen.

All die Riegel und vorgezogenen Vorhänge und Küchenmesser in der Welt konnten einen nicht vor der Wahrheit beschützen. Und ich saß da, schloß die Augen und spürte wieder Jack, wie er in mich hineinrammte – fühlte jenen blinden, nie endenden Schmerz von jenem Nachmittag, an dem wir Ritas Baby umgebracht hatten.

Wenn man es verdiente, konnte einen sogar die Post vergewaltigen.

11

»Na, wer wohl?« fragte der Tapetenmann und hielt mir einen Korb mit farbbespritzten Werkzeugen hin. Er hatte lockiges, bis zu den Schultern reichendes Haar und trug einen Latzoverall ohne Hemd darunter. Eines seiner Augenlider hing herunter. Beim Lächeln konnte man seine Zahnlücken sehen: er sah aus wie Howdy Doody unter Drogeneinfluß.

Er kam ständig zur Tür herein und ging wieder hinaus und die Treppe auf und ab und pfiff dabei »Lady Madonna«. Grandma saß wahrscheinlich irgendwo in einer Raststätte, knabberte an einem Maisbrötchen und empfing schlechte Schwingungen.

»Jey«, rief er die Treppe hinauf. »Gibt es bei euch ein Radio oder so etwas? Ich arbeite besser bei Musik.«

»Im Wohnzimmer«, sagte ich und beschrieb ihm, wo Grandmas alte Musiktruhe zu finden sei.

»*Wow* – ein golden Oldie«, hörte ich ihn sagen. »Ist ja irre.«

»Sie müssen etwas warten. Es muß erst warm werden.«

Störgeräusche knisterten, dann ertönte bei höchster Lautstärke ein Sender nach dem anderen. Er entschied sich schließlich für ein geplärrtes Lied, das ich nicht kannte, ich hätte gar nicht gedacht, daß Grandmas Radio so etwas überhaupt spielen konnte.

»Hey«, rief er und übertönte damit die Musik. »Ich stelle jetzt ein Gerüst auf, also paß auf, daß ich dich nicht dort oben einsperre.«

»Ich habe hier ein Fleischermesser, falls Sie es probieren«, hätte ich beinahe zurückgerufen.

Die Aufschläge seines Overalls waren abgewetzt. Der Hosenboden war mit Pilzen bestickt. Ich sah von der Tür aus zu, wie er die alte Flamingotapete mit einem Schwamm tränkte – er machte dazu weite Wischbewegungen – und sie dann mit einem Dosenöffner anritzte. Der Flur roch nach Essig. Und für solchen Vandalismus sollte ich ihn noch bezahlen?

»Weißt du, wie Flamingos rosa werden?« fragte er, als ich mich auf Zehenspitzen an ihm vorbeischob. Er zog einen langen Fetzen Papier ab wie sonnenverbrannte Haut. »Garnelen. Sie fressen Garnelen. Das macht sie rosa.«

Er sah mich mit einem breiten Lächeln an. Sein herunterhängendes Augenlid brachte sein ganzes Gesicht aus dem Gleichgewicht. Wenn das mit den Garnelen ein Witz war, dann kapierte ich ihn nicht.

Ich ging in die Küche und rauchte Kette, füllte den Ausguß mit Stummeln, was Grandma zur Weißglut bringen konnte – wartete, daß das Nikotin mein Blut in Fahrt brachte. Ich lebte jetzt seit fünf Jahren in diesem Haus und hatte noch nie so gepfiffen.

»Pucci, F.«, stand im Telefonbuch. »102B Marion Court.« Er hatte gesagt, er wäre jederzeit für mich zu sprechen. Das Haus ganz allein diesem Hippie zu überlassen würde bei Grandma blankes Entsetzen hervorrufen, dachte ich mit einem leichten Gefühl der Befriedigung.

Er sang bei jedem einzelnen Lied mit, das im Radio kam. Ich mußte die Werbung abwarten, um etwas sagen zu können. »Entschuldigen Sie. Wissen Sie zufällig, wo Marion Court ist?«

»Marion Court? Marion Court? O yeah ... das sind diese Ziegelhäuser an der Penny Avenue. Nach dem Burger King und Schiavone Chevrolet.«

»Wie weit ist es bis dahin?«

»Fünf oder sechs Meilen??«

»Oh«, sagte ich. »Ich bin dort verabredet.«

Ich würde unter keinen Umständen einen Bus nehmen – den schmalen Mittelgang nach hinten gehen und den Leuten eine Gratisvorstellung bieten. In den Gelben Seiten fand ich die Taxinummer und starrte darauf, bis mir die Schrift vor den Augen verschwamm. Ich malte mir aus, wie ich hinten einstieg und, nachdem wir angefahren waren, bemerkte, daß der Fahrer Arthur Music war, der aus North Carolina zurückgekehrt war, um mich um Verzeihung zu bitten. Oder mich zu töten. Ich sah mich, wie ich bei sechzig Meilen in der Stunde die Tür aufriß und mich über den unter mir dahinrasenden Asphalt hinausbeugte, während er mit dem Rückspiegel redete.

»'tschuldigung«, sagte er.

Mir stockte der Atem. Meine Hände flogen in die Höhe.

»Hoppla, tut mir leid. Hey, hören Sie, ich muß mir an der Fountain Street noch etwas Kleister besorgen. Soll ich Sie zum Marion Court mitnehmen? Wann sind Sie denn dort verabredet?«

»Also, das ist flexibel«, sagte ich. »Ich kann da jederzeit hinkommen.«

Jemand hatte mit Sprühfarbe »*Que pasa¿*« auf die Beifahrertür seines Trucks geschrieben. Der Punkt unter dem Fragezeichen war das Friedenssymbol. Ich stieg ein und ließ mich zwischen dem ganzen Schrott auf dem Sitz nieder. Pappbecher mit eingetrockneten Kaffeeresten rollten zwischen meinen Füßen herum. Ich fragte mich, ob er je an Mas Zahlhäuschen vorbeigefahren war – ob je Münzen zwischen ihnen hin- und hergegangen waren.

Mein Gewicht ließ seinen ganzen Truck durchhängen; die Fahrt durch Easterly kam mir irgendwie schief vor. Zum Glück ließ er das Radio so laut laufen, daß ein Gespräch überhaupt nicht in Frage kam. Der Truck klapperte und ächzte und stank nach Benzin.

»Hier ist Burger King«, sagte ich. »Ich kann von hier aus zu Fuß gehen.«

»Das geht schon in Ordnung. Ich bring' dich bis dort hin.«

»Nein, danke. Ich möchte gerne ein wenig frische Luft schnappen.«

»Wie du willst«, meinte er mit einem Achselzucken. »Dort über der Straße ist Penny Avenue Nummer eins. Wenn du da geradeaus weitergehst, ist Marion Court die erste oder zweite links.«

Es war die *vierte* links – eine gute Meile die Straße hinunter – dieses Arschloch! Grandma und ich konnten von Glück reden, wenn dieser Hippie die Tapete nicht verkehrt herum aufklebte. Meine Füße brannten, und ich hatte Atemschwierigkeiten. Mr. Pucci würde vermutlich an die Tür kommen, und ich würde einen Herzanfall erleiden. Er hatte mit dieser ganzen Collegegeschichte angefangen. Wenn ich starb, war das *seine* Schuld!

Er hatte einen Blumenkasten im Fenster. Ringelblumen. »Ich bin die einzige in der ganzen Schule, die sie gesehen hat«, dachte ich. Seine Türglocke sah wie eine Miniaturbrust aus. Ich drückte auf die Brustwarze und wartete.

Ein Mann, ebenso schmächtig wie Mr. Pucci, kam an die Tür. Er trug abgeschnittene Jeans und ein blau-weiß gestreiftes T-Shirt und hielt einen Teigschaber in der Hand. Sein Blick ließ erkennen, daß er meine Dimensionen registrierte. »Ja?« sagte sein kleiner Mund.

»Ist Mr. Pucci zu Hause?«

Jetzt registrierte er meinen Schweiß. Er hatte einen Haarschnitt wie Julius Cäsar. »Äh, nein, er ist nicht zu Hause.«

»Wann kommt er zurück?«

Er betupfte sich seine Frisur und fuchtelte dann mit dem Teigschaber über seinem Kopf herum. »Äh, Himmel, das weiß ich nicht genau. Er ist einkaufen gegangen.«

»Für mich war es ziemlich mühsam, hierher zu kommen. Macht es Ihnen etwas aus, wenn ich draußen auf der Treppe auf ihn warte? Und kann ich vielleicht ein Glas Wasser haben?«

»Aber sicher ... kommen Sie doch rein.«

Die Kochnische hatte Pendeltüren wie in einem Westernsaloon. Ich trat in ein abgesenktes Wohnzimmer, das mit Pflanzen aller Art vollgestellt war. An der Wand hing ein eingerahmtes Plakat von Rudolf Nurejew, mitten in der Bewegung erstarrt, gebogen wie eine runde Klammer. Ich ließ mich auf dem weißen Sofa nieder. Und da entdeckte ich die Jukebox.

Sie stand dunkelrot und rosa leuchtend auf der anderen Seite des Zimmers. Darüber hing ein glitzerndes Poster mit einer Nahaufnahme von Dorothys hellblauen Söckchen und ihren rubinroten Pantoffeln. »Mr. Puccis Jukebox gefällt mir«, sagte ich.

Er hob gerade Plätzchen von einem Backblech ab. »Spielen Sie ruhig etwas«, sagte er. »Möchten Sie ein Glas Wein? Oder ein Fresca oder so etwas? Sie sind doch Ingrid, oder?«

»Nein!« sagte ich, abweisender, als ich das eigentlich wollte.

»Oh. Ich dachte, Sie wären eine Freundin von ihm aus der Schule.«

»Das *bin ich* auch.« Jetzt dämmerte mir, mit wem er mich verwechselt hatte: Miss Culp, einer Geschichtslehrerin um die Dreißig an der Easterly High, die genauso fett wie ich war. Die Dicke Bertha nannten die Kids sie. Sie aß manchmal mit Mr. Pucci in der Lehrerkantine zu Mittag. Ihre Schüler brachten sie immer zum Weinen.

»Mr. Pucci war mein Studienberater. Ich heiße Dolores.«

Er blickte auf, jetzt wußte er Bescheid. »Oh, richtig ... richtig«, sagte er. Dann kam er mit einem Glas Eistee und vier Plätzchen auf einem Teller ins Wohnzimmer herunter. Er stellte beides neben mir auf den Couchtisch. »Buddy hat von Ihnen erzählt«, sagte er. »Ich heiße Gary. Das mit Ihrer Mutter tut mir wirklich leid.«

»Ist schon in Ordnung«, sagte ich mit einem Achselzucken. »Buddy – ist das Mr. Pucci?« *Mich* hatte er nie aufgefordert, ihn so zu nennen. Ich hatte das Gefühl, daß unsere Intimität allmählich verflog.

Gary ging wieder in die Küche hinauf, wobei er eine Spur von Kölnisch-Wasser-Duft hinterließ. Von hinten konnte man eine kahle Stelle an seinem Schädel sehen.

»Sind Sie mit ihm verwandt?« fragte ich.

Er lachte nervös. »Oh, ich bin sein Mitbewohner«, sagte er.

»Oh. Ich mag Ihre Jukebox. Habe ich das schon gesagt?«

»Sie können ruhig etwas spielen. Sie brauchen kein Geld dazu; das Ding hat sich verklemmt. Ich werde jetzt die Kekse fertigmachen, solange sie noch warm sind, sonst kleben sie. Wir gehen heute nachmittag zu einem Picknick.«

»Sie und Buddy?«

Ich drückte D-1, und der Plattenarm wanderte an der Reihe von Wahlmöglichkeiten entlang. Eine Frau mit teigigem Gesicht und Dreifachkinn sah mich unter dem Glas an. Sie lächelte nicht. Sie blinzelte, wenn ich blinzelte.

Don't know why, but I'm feeling so sad
I long to try something I've never had ...

Ich preßte die Knie gegen die Stoffbespannung des Lautsprechers und hörte und spürte die blecherne, mädchenhafte Stimme singen. Diese Stimme kam wie aus weiter Ferne und war schön, so traurig wie Ma. Ich blickte zu Mr. Puccis Freund auf und schaute ihn fragend an. »Billie Holiday«, sagte er. »Sie kriegt den Schmerz gut hin, nicht wahr? Ist sie nicht großartig?«

Und da wurde es mir plötzlich bewußt: Die beiden waren Homos. All diese abfälligen Bemerkungen über Mr. Pucci von den Kids in der Schule ... ich malte mir aus, wie die beiden sich küßten, und dann zwang ich mich, damit aufzuhören. »Du bist ein perverses Schwein«, sagte ich zu der fetten Frau in der Glasscheibe.

Mr. Pucci kam herein. Er trug zwei Einkaufstüten. Er erstarrte, als er mich sah. Eine der Tüten rutschte ihm aus, aber er fing sie wieder auf.

»Dolores«, sagte er. »Hi. Wie geht es Ihnen?«

»Gut«, sagte ich.

»Gut«, wiederholte er. Er sah zu Gary hinüber. »Gut. Prima.«

Er fuhr mich in Garys Wagen nach Hause und überspielte damit die Tatsache, daß ich nicht in seinen Volkswagen gepaßt hätte. Im Gegensatz zu dem Hippievan war Garys Wagen aufgeräumt, sauber und steril. Am Knopf des Zigarettenanzünders hing eine Abfalltüte aus Plastik, flach und leer.

»Mich freut das wirklich, daß Sie sich für das College entschieden haben«, sagte Mr. Pucci. Seine Stimme hatte sich jetzt entspannt und klang wieder ganz normal; was ihn nervös gemacht hatte, war, daß ich in seiner Wohnung war. »Ihre Mutter ... sie würde glücklich darüber sein.«

»Seit wann wohnt Gary schon in Ihrem Apartment?«

Sein Fuß tippte völlig grundlos an die Bremse. »Oh, ich weiß nicht. Schon eine ganze Zeit.«

»Ist er Lehrer?«

»Er arbeitet in einem Reisebüro.«

»Oh.«

Ich malte mir aus, wie ich mit diesen zwei dünnen, ungefährlichen Männern zusammenlebte, statt aufs College zu gehen. Ihnen die Hausarbeit machte, ihre Jukebox spielte. »Macht es Ihnen etwas aus, wenn ich Ihnen etwas sage? Ich meine, ganz geradeheraus?« sagte ich.

»Kommt darauf an«, sagte er. Ich konnte sein Lachen nicht einordnen. »Was denn?«

»Ich wollte sagen, wenn Sie und Gary Homos sind, soll mir das recht sein. Es stört mich überhaupt nicht.«

Seine Hände krampften sich ums Steuerrad; sein Ohr wurde rosa. »Du lieber Himmel, mir so etwas zu sagen! Manchmal gehen Sie wirklich zu weit.«

»Tut mir leid. *Boyfriends,* nicht Homos. Ich wollte nicht...«

»Gary ist mein *Mitbewohner.*«

»Na schön, was auch immer. Geht mich ja nichts an.«

»Ich meine, was für eine Unterstellung!«

»Tut mir leid. Sind Sie jetzt böse?«

»Nein, ich bin nicht *böse* auf Sie, aber ... du lieber Gott, Dolores!«

Ich wartete zwei Verkehrsampeln lang schweigend. »Tut mir leid, daß ich in Ihr Haus gekommen bin, okay? Es ist nur ... ich denke nicht, daß ich aufs College gehen kann. Ich weiß, es hätte sie glücklich gemacht, aber ich habe einfach zuviel Angst.«

»Glauben Sie mir«, sagte er. »Ehe ein Monat um ist, werden Sie mir einen Brief schreiben und mir sagen, wie glücklich Sie sind – wie froh Sie sind, daß Sie sich so entschieden haben. Daß Sie nette Freunde gefunden haben. Da wette ich mit Ihnen um jeden Betrag.«

»Ich werde keine Freundschaften schließen«, sagte ich. »Wenn man fett ist, kann einen keiner leiden.«

»Nein, das stimmt nicht. Das ist bloß ein Vorwand. Reine Heuchelei.«

»Also, wenn Sie mich fragen, dann sind *Sie* der Heuchler, *Kumpel!*«

»Schluß jetzt«, herrschte er mich an. »Hören Sie auf!«

Ich saß auf der vorderen Treppe, wo er mich abgesetzt hatte, und überlegte mir den Entschuldigungsbrief, den ich schreiben würde. Ich würde ihnen beiden Briefe schreiben, ihm und Gary – in separaten Umschlägen mit separaten Briefmarken. Vielleicht waren sie *tatsächlich* bloß Zimmerkollegen. Was kümmerte mich das? Ich würde ihn daran erinnern, daß man seinem Kumpel verzieh – daß der Tod meiner Mutter mich immer noch etwas wirr machte. Ich hatte vorgehabt, ihm von diesem Scheck zu erzählen, den ich von Arthur Music bekommen hatte, und diesem Foto von seiner Familie, das aussah wie aus dem *Wachtturm* – aber er hatte mich ja geradezu aus seiner Wohnung gedrängt. Er hatte mich die ganze Zeit mit diesem Wort angeschwindelt, das er gebraucht hatte: Mitbewohner. Das war mir eine Freundschaft! Seine weiße Wohnung – dieser traurige Gesang –, das alles schien mir bereits in weiter Ferne, unerreichbar, wieder etwas, das ich verloren hatte.

Im Haus war die Wand im Treppenhaus weiß und leer

geworden. Mit einem Netz von Sprüngen, die wie Adern aussahen. Fetzen von alter Tapete lagen überall auf der Treppe und im Flur; es raschelte unter meinen Füßen wie abgestorbenes Laub.

Das Radio war ausgeschaltet. »Hey?« rief ich. »Mister?«

Ich griff in die Schublade des Telefontischchens, holte den Korkenzieher heraus, den ich dort versteckt hatte, und ging langsam auf die Küche zu. Wenn er mich von irgendwo ansprang, würde ich ihn blenden.

Er saß mit überkreuzten Beinen wie Buddha hinter dem Haus in der Sonne. Seine Augen waren geschlossen; seine Lippen bewegten sich ganz leicht. Wenn er sich hier auf unsere Kosten einen Rauschgifttrip leistete, würde ich Grandmas Scheck in Stücke reißen und die Bullen rufen.

Ohne ihn aus den Augen zu lassen, ging ich auf Zehenspitzen in die Küche und machte mir ein Salamisandwich und gab dem dreiviertel Zoll dicken Stapel Wurstscheiben die Schuld für alles, was ich durchgemacht hatte: für Mr. Puccis Heuchelei, den Brief von Arthur Music und diesen Freak hinten im Garten. Ich war mit meinem zweiten Sandwich und einer Serviette voll Käsecrackers beschäftigt, als er mit glasigen Augen und ohne zu klopfen hereinkam.

»Oh, hi«, sagte er. Sein Blick war auf mein Sandwich gerichtet, nicht auf mich. »Hast du vielleicht noch ein wenig Erdnußbutter und zwei Scheiben Brot? Ich habe dort draußen jetzt eine Viertelstunde lang mit knurrendem Magen versucht zu meditieren.«

»Wieso haben Sie aufgehört zu arbeiten?« herrschte ich ihn an. »Wir bezahlen Sie doch nicht fürs *Meditieren.*«

»Ihr bezahlt mich für meine Arbeit, nicht nach Stunden«, sagte er lächelnd. »Der Verputz muß erst trocknen, ehe ich Kleister auftragen kann.«

Ich gab ihm das Glas mit der Erdnußbutter.

Er aß sein Sandwich im Wohnzimmer und ließ dabei sämtliche Sender auf Grandmas Fernseher durchlaufen. Dann kam er in die Küche zurück und fragte, ob er sich noch eins machen dürfe. Während er sich das Brot machte, sang er. »Übrigens, ich heiße Larry Rosenfarb, falls dich das interessiert.« Ein Viertel des neuen Sandwich verschwand beim ersten Bissen. Er kaute, lächelte, schluckte. Seine Hand verschwand in dem Beutel mit den Käsecrackers. »Sag mir, wie du heißt, dann hör ich auf, dich ›Hey‹ oder ›Entschuldigung‹ zu nennen.«

Ich wartete lange genug, daß es peinlich für ihn war. »Dolores«, sagte ich dann schließlich.

Er hörte auf zu kauen. »So wie das Mundwasser?«

»Do-*lor*-es.«

»Oh, okay. Ich dachte, du hättest Lavoris gesagt.« Er lachte und hieb sich mit der flachen Hand gegen den Kopf, als ob er ein kaputter Fernseher wäre.

Er war ausgeflippt, aber auf eine Art, die einem auf die Nerven ging, nicht eine, bei der man Angst haben mußte. Soviel konnte ich erkennen; mir war jetzt ziemlich klar, daß ich mir die Mühe mit den Messern hätte sparen können.

Die Mittagsnachrichten befaßten sich mit dem Festival in Woodstock. Rockmusik hatte es fertiggebracht, die Autobahn dichtzumachen. Eine Hubschrauberansicht zeigte die Köpfe von Leuten, die sich durcheinanderbewegten und kleine Klümpchen bildeten wie Moleküle in einem Lehrfilm über Biologie.

»Der letzte Wahnsinn!« schrie Larry. Er ließ sich mit solcher Wucht in Grandmas Wohnzimmersessel fallen, daß der Staub von den Kissen aufflog. Dann lehnte er sich vor und starrte in die Röhre. »Ich und meine Alte wollten schon hinfahren, bloß daß die Kleine vor zwei Tagen eine Infektion am Ohr bekommen hat, und deshalb haben wir unsere Mitfahrgelegenheit verpaßt. Die Bremsen an meinem Truck sind beschissen, sonst würde ich es noch probieren. Ich habe mir vorgestellt, wie ich halb Amerika am Heck anremple, und dann laufen alle unter dreißig mit solchen Nackenstützen herum.«

Der Sprecher im Fernsehen sagte, Woodstock sei zum Katastrophengebiet erklärt worden – so etwas habe es noch nie gegeben.

»Und du und ich, wir sitzen hier in einem Wohnzimmer in Rhode Island«, sagte Larry. »Einmalig. Du kriegst die Tür nicht zu.«

»Du und ich«, hatte er gesagt – als ob wir beide zusammengehörten. Als ich ihm heute morgen aufgemacht hatte, hatte mein Fett ihn nicht einmal erschreckt.

»Wie heißt denn deine Kleine?«

»Tia. Tia, die Schreckliche.«

»Wie alt ist sie?«

»Ein Jahr und vier Monate. Sie hat gerade gehen gelernt. Neulich hat sie meine Kassetten erwischt und fast neun Yards *Disraeli Gears* herausgerissen. Ihr Glück, daß sie so süß ist, der kleine Scheißer. Sieht genauso wie Ruthie aus – meine Frau.«

Ich stellte mir seine Frau wie Yoko Ono vor: Schlapphut, Haar über den Augen, im Bett liegend für den Frieden. »Ich wollte sie Free! nennen. So, weißt du: F-R-E-E-Ausrufezeichen, so daß das Ausrufezeichen mit zum Namen gehört, klar? Aber Ruthie hat das nicht gefallen. Sie sagte, da müßte sie immer an ›Free Sample‹ denken, Gratismuster, aber so war das nicht gemeint. Ich habe gemeint, weißt du – unbehindert, bloß, nachdem sie das gesagt hat, mußte ich auch immer an Gratismuster denken.«

Er ging in den Flur hinaus, um nachzusehen, ob der Verputz inzwischen trocken war. »Nee«, sagte er. Dann saß er wieder vor dem Fernseher und schaltete zwischen den Kanälen hin und her. »Macht es dir was aus, wenn wir uns ›Jeopardy‹ ansehen?« fragte er. Die Sendung war bereits eingeschaltet, ehe ich etwas sagen konnte.

Er saß auf dem Teppich und rief den Teilnehmern richtige Antworten zu. Seine wilde Mähne verdeckte mir einen Teil des Bildschirms. »Sie sind ganz schön schlau«, sagte ich während der Werbung.

»Und du hast gedacht, ich kann nur Tapeten ankleistern.« Er lachte. »Du hast mich bloß gerade in einer meiner Brachliegeperioden erwischt. Das ist alles. In einem meiner Kompostjahre. Jetzt kommt dann bald ein kreativer Sprung.« Er wandte sich wieder dem Fernseher zu. »Was ist ein Erpel, Arschloch?« rief er einem ins Schwimmen geratenen Teilnehmer zu.

»Was ist ein Erpel?« wiederholte Art Fleming.

»Darf ich mal euer Telefon benutzen?«

Ich beobachtete ihn durch die Tür. Er ging auf und ab und zog dabei die Telefonschnur mehr in die Länge, als ich es für möglich gehalten hätte. »Hi«, sagte er. »Wie geht es den Flöhen.«

Grandma flüsterte dem Telefon Geheimnisse zu; Larry brüllte. »Okay, okay. Beruhige dich. Ruf den Tierarzt an. Wir lassen den Köter noch einmal dippen, und dann sprühen wir das ganze Haus aus und zelten in Burlingame ... Bis morgen mittag sollte ich fertig sein, und dann, scheiß drauf, fahren wir mitsamt den beschissenen Bremsen nach Woodstock und sehen, was dort läuft.«

Als er zurückkam, sagte er: »Stell dir vor, wir haben für diese Freunde von uns, die weggefahren sind, auf diesen häßlichen Köter Chuck aufgepaßt. Und vor zwei Tagen wimmelt unsere ganze Wohnung plötzlich von Flöhen? Ich meine Millionen, Mann – wo man hintritt. Ruthie ist durchgedreht – sie hat Angst, wenn wir sprühen, kriegen unsere Enkelkinder zwei Köpfe, oder so was. Und du solltest sehen, wie häßlich dieser Köter ist, Mann. Chuck. Oh, Chucker, der Fucker.«

»Sie könnten ja hierbleiben«, sagte ich. »Sie alle drei. Hier übernachten.«

Ich wollte ihr kleines Mädchen sehen.

»Yeah?« machte er. »Nee.«

»Mir macht es nichts aus. Mir würde das gefallen.«

»Ganz sicher?«

»Ich mache Abendessen.«

Er zuckte die Achseln, lächelte. »Wir machen alle Abendessen«, sagte er. »Eine richtige Party.«

Als er um vier wegfuhr, um sie zu holen, fragte ich mich, ob er wohl wiederkommen würde. Eine Stunde verstrich. Eineinhalb. Wahrscheinlich war ihm doch noch bewußt geworden, wie fett ich war, dachte ich. Ich öffnete eine Tüte Chips.

Und dann waren sie in der Einfahrt, schnatternd und Türen knallend. Larrys Locken waren naß und strähnig. Er hatte ausgestellte Jeans und ein Paisleyhemd angezogen, so wie Linc es in »Mod Squad« trug. Eine Dashikimütze. »Du bleibst hier, du Flohzirkus«, rief Larry in den Truck.

Seine Frau war klein und breit mit riesigen Ohrringen und braunem, zu einem dicken Zopf geflochtenem Haar. Larry trug zwei Suppentöpfe. Seine Frau war mit Tüten und Päckchen und dem Baby auf ihrer Hüfte und einem Klappstuhl beladen, den sie sich über das Handgelenk gehängt hatte und dessen Beine ihr von hinten in die Kniekehle schlugen. »Du brauchst dir bloß einmal ein Kind zuzulegen, dann ist Schluß mit Reisen«, sagte sie zu mir, als sie eintrat. Ihre Stimme war tief und glatt – eine Art von Stimme, gegen die man keine Einwände vorbrachte.

Sie ließ ihre Habseligkeiten mitten in Grandmas Wohnzimmer fallen und fing dann an, alles Zerbrechliche weiter nach oben zu verlagern. »Das ist wirklich nett von dir«, sagte sie. »Ich habe den ganzen Tag lang Flöhe geknackt und geheult.«

Ich bin normal, dachte ich. Eine ganz normale Person, die neue Leute kennenlernt.

»Übrigens, ich heiße Ruth«, sagte sie und schüttelte mir die Hand.

Tia hatte rotlackierte Zehennägel und durchstochene Ohrläppchen. Als Windel trug sie ein Kalenderhandtuch.

In der Küche wurden Schränke geöffnet, und Töpfe klapperten. »Oh, Scheiße«, sagte Larry.

»Was ist denn?« rief Ruth.

»Ich habe den Koriander vergessen.«

»In der Windeltasche«, sagte Ruth. Sie hatte eine breite, glänzende Stirn und eine gewaltige Hinterpartie, die unter ihrem Großmutterkleid hervorragte.

Tia schlug Ruth ans Bein und fing an zu heulen.

»Wie habt ihr beiden euch denn kennengelernt?« fragte ich. Ich hatte beschlossen, daß ich sie duzen würde.

»Larry und ich? Wir waren zusammen bei VISTA – als Partner eingeteilt.« Ein knackendes Geräusch war zu hören, und dann waren da plötzlich Ruths ganze Schulter und ihre fette Brust. Ich sah weg und dann wieder hin. »Blackroot, West Virginia. ›Frage nicht, was dein Land für dich tun kann‹, et cetera, et cetera.«

Ruths Brust, mit einem Geflecht blauer Venen, triefte vor Milch; ich konnte sehen, wie schwer sie sein mußte, das sah man an der Art, wie sie sie Tia hinhielt, die den Mund aufmachte und sich in ihre purpurfarbene Brustwarze verbiß. Ruth preßte die Lippen vor Schmerz zusammen, und dann lockerte sich ihre Haltung wieder, und sie lächelte und küßte Tia auf den Kopf.

Die VISTA-Werbung läuft immer mitten in der Nacht: blonde, saubergeschrubbte Typen in Khakishorts, die mit freundlichen Navajos zusammenhocken. Wie Ruth oder Larry sah keiner von denen aus.

»Hat es euch dort gefallen?« fragte ich.

»In Blackroot? *Begeistert* waren wir eine Weile. Wir haben an einem Programm für Vorschulkinder gearbeitet. Du weißt schon, um ihnen einen besseren Start zu verschaffen, weil sie ja sowieso benachteiligt sind. Die Leute dort hielten das für ziemlich albern, aber sie waren recht höflich. Wir waren etwas Neues für sie. Die Frauen mochten Larry. Und die Männer mochten meine Titten. Die haben alles für mich getan, bloß Respekt hatten sie keinen.« Sie fuhr Tia mit den Fingern durch die Locken und suchte Flöhe.

Ihre Augen begegneten den meinen. »Du hast wunderschönes Haar«, sagte sie.

Ich versuchte, nicht zu lächeln. »Nein, habe ich nicht. Wie lang wart ihr in West Virginia?«

»Elf Monate. Dann war Schluß.«

»Gibt es hier einen Kartoffelschäler?« schrie Larry aus der Küche.

»In dem Metallschränkchen, mittlere Schublade«, rief ich zurück. »Was heißt das, dann war Schluß?«

»Zuerst bin ich schwanger geworden, mit Tia, und dann haben sich ein paar von den Jungs dort vollaufen lassen und Larry verprügelt.«

»Wieso?«

»Also, zuerst hat er den Fehler gemacht, jemandem zu sagen, er hätte etwas gegen Jagen. Deshalb hielt man ihn für seltsam.«

Ich malte mir Mr. Pucci und Gary aus, wie sie nebeneinander auf ihrem weißen Sofa saßen.

»Und dann haben die gesehen, welchen Spaß es ihm gemacht hat, mit den Vierjährigen in unserem Programm zu spielen – volles Rohr. Auf dem Boden hat er mit ihnen rumgetollt – und einen *Riesenspaß* daran gehabt. Also ist jemand auf die Idee gekommen, daß er sie wahrscheinlich belästigen würde – ›rumfummeln‹ haben die das genannt. Er hat bei der Prügelei beinahe sein Auge verloren. Wir haben dann in einem Krankenhaus in Baltimore geheiratet. Die Musik haben wir uns selbst auf dem Kamm geblasen. Als Hochzeitsessen gab es Popcorn. Larry trug gelbe Pyjamas und eine Augenklappe. Ein Pfleger hat ›Chapel of Love‹ gesungen. Meine Eltern waren entsetzt.«

»Weil du schwanger warst?«

»Oh, daß ich schwanger war, wußten die noch gar nicht. Nein, wegen der Feier. Nicht gerade eine, zu der man die Leute von Lenox mit ihrem ›Oh Promise Me‹-Gesang einlädt, weißt du. Tia, Augenblick mal«, sagte Ruth und wechselte die Brust. »Für wen hältst du mich denn – Elsie, die Kuh?«

Das war alles einfach herrlich! Ich wollte ihm beim Kochen zusehen. Ich wollte, daß sie weiterredete.

»Außerdem hatte ich im Jahr zuvor mein Jurastudium abgebrochen. Mutter und Daddy hatten von Anfang an nichts davon gehalten, daß ich zu VISTA ging. Du hättest die beiden am Tag der Hochzeit sehen sollen: Ich-habe-es-ja-gleich-gesagt-Blicke flogen herum wie Speere. Meine arme Mutter.«

»Ich gehe in drei Wochen aufs College«, sagte ich. »Vielleicht.«

»Warum vielleicht?«

Ich zuckte die Achseln. »Ich weiß nicht. Wahrscheinlich wird es mir zuwider sein.«

»Oh, geh trotzdem hin. Ich lerne gewöhnlich in einer Situation, die mir zuwider ist, mehr, als wenn sie mir gefällt, weißt du?«

Larry kam mit einer Flasche Wein und drei von Grandmas Porzellantassen herein. Der Wein schmeckte sauer und aufregend.

»Ich sage es dir«, sagte Larry, »ich habe einen Tag hier verbracht und so viele Flamingos gesehen, daß sie mir für die nächsten zehn Jahre reichen. Wie habt ihr das nur so lange mit dieser Tapete ausgehalten?«

»Ist nicht meine Schuld. Das Haus gehört meiner Großmutter.« Ich nippte wieder an dem Wein. »Sie ist ein richtiges Miststück.«

Als ich das sagte, wurde ich rot, aber anscheinend bemerkte es niemand. Larry schnitt Tia Grimassen und brachte sie zum Kichern. »Ich denke, ich mache einen kleinen Spaziergang zu meinem Handschuhkasten«, sagte er.

Ruth verdrehte die Augen. »Meinst du nicht, du solltest vorher fragen?« Er drehte sich zu mir herum. »Wie steht's, Dolores? Einen kleinen reinziehen? Doppeltes Vergnügen, doppelter Spaß?«

»Was?«

»Einen reinziehen eben. High werden.«

Ich konnte mich nicht an Grandmas Gesicht erinnern. »Nur zu«, sagte ich. »Mir soll es recht sein.«

Larry rollte die Joints in kleine quadratische Stücke von Papiertaschentüchern und zündete sich einen an, es sah komisch aus, wie er daran zog. Es knisterte und glühte, und ein paar Funken fielen auf den Teppich. Wir sahen alle vier zu, wie der Funken unter Ruths großem Zeh verlosch.

Er nahm den Joint aus dem Mund und starrte ihn so an, daß er zu schielen begann. »Das Zeug ist kosmisch«, sagte er. »Dolores?«

Ich schüttelte den Kopf. »Später vielleicht«, sagte ich. »Wie ist es mit Ruth?«

»Oh, ich darf nicht«, sagte sie. »Weil ich stille. Also, wieso ist deine Großmutter ein Miststück?«

Ich nahm wieder einen Schluck Wein. »Sie ist einfach eines. Sie hat ein beschissenes Leben hinter sich.«

Tias Kopf sackte nach hinten, und ihr ganzer Körper wurde schlaff. Ich saß da und sehnte mich nach Ma und fragte mich, ob sie mich je gestillt hatte.

»Dann lebt wohl bloß ihr beide hier?« fragte Ruth.

»Ja«, sagte ich knapp. Ich griff nach dem Joint, ich staunte über mich selbst. »Vielleicht sollte ich es *doch* versuchen.«

»Meine Großmutter ist cool«, sagte Ruth. Sie lächelte auf Tia hinab, zog mit dem Finger ihre Augenbraue nach. »Dreiundachtzig und führt immer noch ihre Farm selbst. Füllt das Zeug in Dosen ab, alles eben.«

Ich imitierte Larrys Lippen an dem Joint. Atmete den süßen Rauch aber zu schnell wieder aus. »Drinnen lassen, drinnen lassen!« redete Larry mir zu. »Wir haben hier eine Anfängerin, Ruthie.« Als es mir gelang, lächelte er und deutete mit dem Daumen auf Ruth. »Ihre Großmutter ist echt Zen. Ihre Mutter ist das Miststück.«

Ruths Blick verfinsterte sich. »Ist sie nicht.«

»All die höflichen kleinen Briefchen an den Festtagen. Und

all die Plüschtiere von Neiman Marcus für Tia. Aber es ist schon in Ordnung. Ich verzeih' dir.«

Er beugte sich vor und küßte sie. Sie küßten sich so lange, daß ich aufhörte wegzusehen. Ich nahm noch einen Zug, hielt ihn, ließ den Rauch heraus.

»Ich kann manchmal auch ein Miststück sein«, sagte ich leise. Aber sie hörten es nicht. Sie küßten sich immer noch.

»Bist du high?« fragte Larry und rührte in seiner Suppe.

»Nein«, sagte ich. Dann verbog sich der Herd. Ruths glänzende Stirn kam mir plötzlich komisch vor. »Ein wenig vielleicht. Ich bin nicht ganz sicher.«

Ruth runzelte die Stirn. »Larry, das ist doch nicht dieser Zombiestoff, den du von Steve hast, oder? Ich vertraue diesem Typen nicht.«

»Ruthie, hör auf«, lächelte Larry. »Es ist Woodstock-Wochenende.« Er griff unter seine Dashiki und kratzte sich. Ein Ascheflöckchen schwebte von seinem Bart in die Suppe.

Ruth schüttelte den Kopf und seufzte.

Das Abendessen war ein Festmahl: Honigmelone, von Ruth selbstgebackenes Melassebrot, Begräbnisfleischbällchen aus dem Kühlschrank und Larrys kreolischer Aubergineneintopf. Ich aß ganz langsam und ließ all die neuen Geschmacksreize in meinem Mund explodieren. Irgendwann mitten in der Mahlzeit stand Larry plötzlich auf und imitierte einen Flamingo. Es war so komisch, daß ich keine Luft mehr bekam. Das alles passiert wirklich, dachte ich. Ich stippte eine Scheibe von Ruths süßem Brot in meinen Eintopf.

»Jetzt seh' sich einer dieses selbstgefällige Grinsen an«, sagte Larry. Ich sah mich danach um und merkte erst dann, daß sie mich beide anstarrten und zufrieden lächelten. »Wer, *ich?*« fragte ich entzückt.

Dann lief das Radio, und wir spülten gemeinsam ab, und Ruths dicker Hintern hüpfte im Takt der Musik, während sie die Teller spülte.

I'm a man, yes I am
And I can't help but love you so.

Larry schnappte sich zwei von Grandmas Tablettenröhrchen und schüttelte sie wie Kastagnetten. Er schwenkte dabei seine Hüften im Rhythmus so, daß ich gar nicht wegsehen konnte. »Weißt du was?« fragte ich.

»Nein, was ist?«

»Du bist sexy.« Dann wurde ich rot und hielt mir ein Spültuch vors Gesicht.

Ruth schloß beim Tanzen die Augen und wiegte sich auf eine ganz eigene Art, die sehr sexy war. Dann tanzte *ich!* Sie bestanden darauf. Zuerst war ich scheu und riskierte bloß ein paar tastende Schritte, bewegte leicht die Arme. Larry nahm mich am Handgelenk, führte mich, und dann war die Musik in mir, zwang meinen Körper zu tanzen. Ich fühlte mich frei – ein gewichtsloser Astronaut, Carol Burnett, ohne ihren Fettanzug. Mein langes, herrliches Haar flog hin und her.

Larry fuhr irgendwohin, um Eiscreme zu holen. Der Hund war ins Haus gekommen und leckte verschütteten Wein vom Küchenboden. Ich dachte an die Hunde in dem Pferch an dem Tag, als Jack mich vergewaltigt hatte. Fühlte, wie er in mich hineinrammte. Dieser Truck, der Ma gerammt hatte.

»Meine Mutter ist letzten Monat ums Leben gekommen«, sagte ich.

Ruth blickte auf und wartete, ein wenig konfus.

»Es war ein Unfall. Es war ein Truck.«

Sie brachte mich zur Couch, und wir setzten uns beide hin. Zuerst redete ich. Dann sie. Aber worauf es ankam, war ihre Berührung, nicht das, was sie sagte: ihr Bein an dem meinen, ihre Hand an meinem Hinterkopf, die mich zu sich hinzog. Ihre andere Hand lag auf meiner Schulter und drückte sie, wenn ich etwas besonders Schlimmes sagte.

Als Larry zurückkam, kniete er vor mir nieder und rieb mir die Wange, während Ruth ihm von Ma erzählte. »Ist ja schon gut, ist ja schon gut«, sagte er immer wieder, und auch seine Berührung tat mir gut – warme Knöchel mit grober Haut, die meine Tränen wegwischten und sanft über mein Gesicht glitten.

Irgendwann mitten in der Nacht wachte ich auf dem Wohnzimmerboden auf, steif und wirr im Kopf. »Die haben mich verlassen«, dachte ich.

Auf der anderen Seite des Zimmers am Fenster war ein Seufzen zu hören.

Etwas Milchiges bewegte sich auf und ab, faltete sich zusammen und entfaltete sich wieder, wie eine Blume in einem Zeitlupenfilm. In meinem langsam erwachenden Bewußtsein starrte ich ihre Ehe, ihr Einssein an. Ich sah eine Sekunde lang meine Eltern – die Dinge, die Ma und Daddy getan haben mußten, die Art von Einssein, die *sie* gehabt haben mußten.

Und die sie dann verloren hatten. Und das zu verlieren, hatte Ma verrückt gemacht.

»Ich will, ich will...«, sagte Ruth immer wieder. Dann stockte Larrys Atem, und sie wimmerten und klammerten sich aneinander. Und ihre Körper wiegten sich wie einer. Ich lag da, zitterte und starrte zu ihnen hinüber und fragte mich, wie das Gift, das Jack Speight in mich hatte fließen lassen, das sein konnte, was Larry in Ruth fließen ließ – das, was Ruth wollte.

Als ich wieder aufwachte, war heller Morgen. Larry hatte die beiden ersten Streifen Muscheltapete geklebt. Er trug abgeschnittene Jeans und seine Dashiki; schwarze Socken an seinen käsigen Beinen. Er murmelte irgendwelche Maße vor sich hin und bewegte sich fachmännisch auf seinem Gerüst.

»Hi«, sagte er.

Ich sah weg. »Wo ist Ruth?«

»Sie ist in den Laden gegangen und holt Orangensaft. Wir haben heute morgen euren ganzen Vorrat weggeputzt. Also, das war Tia. Sie war neugierig geworden und wollte sehen, wie der Karton von unten aussieht.«

»Das ist mir egal. Du arbeitest wirklich schnell. Himmel.«

»Yeah, na schön, ich bin ziemlich heiß darauf, daß ich bis heute nachmittag fertig werde. Wir wollen versuchen, ob wir da noch hinkommen. Zu dem Festival.«

Ich wußte, daß es aussichtslos war: keine Hoffnung, daß sie mich mitnahmen.

Die Gittertür hinten fiel zu. »Guten Morgen«, sagte Ruth. »Wie geht es dir?«

»Gut«, sagte ich.

»Weißt du, daß bei euch hinten im Garten Minze wächst?«

»Ehrlich?«

Sie hielt mir ein dickblättriges Sträußchen hin. »Das hast du *hier* gepflückt?« fragte ich.

»Mhm. Ich denke, wenn es dir recht ist, mache ich Shampoo für Tia daraus. Willst du auch welches?«

Sie füllte ihren Suppentopf zur Hälfte und brachte das Wasser zum Kochen. Blatt für Blatt ließ sie die Minze hineinfallen. Die Luft in der Küche wurde feucht, und es roch scharf. Dann schabte sie mit Grandmas Fleischmesser Seife in die Flüssigkeit.

»Das fühlt sich herrlich an«, sagte ich, als Ruth mir den süßen Schaum in die Kopfhaut massierte. Tia ging mit ihren winzigen nackten Füßchen über meine Zehen. »Wo hast du gelernt, wie man Shampoo macht?«

»In den Appalachen. Von der alten Frau, in deren Haus ich gewohnt habe. Ida Brock. Du hättest sie sehen sollen: zwei braune Zähne, dicker Bauch und jeden Tag dasselbe karierte Kleid. Aber sie hatte große schwarze Augen, an denen man die Wahrheit abpolieren konnte, und langes, welliges, weißes Haar. Tagsüber trug sie es zu einem Pferdeschwanz gebunden, aber am Morgen war es offen und flog – wie deines. Es war herrliches Haar.«

»Wieso hast du dein Jurastudium abgebrochen? Bist du durchgefallen?«

»O du meine Güte, nein. In akademischer Hinsicht bin ich gut vorangekommen – ich habe mir den Kopf wundstudiert und wußte genau, wie man das Spiel spielen muß. Die haben mich alle gern gemocht. Ganz besonders mein Studienberater, und dann habe ich auch noch den Fehler gemacht, mit ihm zu schlafen. ›Wir haben Großes mit dir vor, Ruth‹, flüsterte er immer. Ich hatte nie den Nerv, ihn mal zu fragen, wer diese ›wir‹ eigentlich waren. Ich habe bloß die ganze Zeit bei den Klausuren Einsen gekriegt, weil ich wußte, daß ihn das freute. Ihn und meine Eltern auch. Die brave, kleine, gehorsame Ruthie.«

Der Schaum war kühl und würzig. Ihre Finger, die meine Kopfhaut massierten, fühlten sich herrlich an.

»Eines Nachmittags lagen wir bei ihm zu Hause im Bett – seine Frau war weg –, und er ging an den Schrank und holte einen Koffer heraus, und in dem Koffer war bloß ein Magazin mit pornographischen Witzen – Nahaufnahmen von Geschlechtsorganen, männlich und weiblich, die alle wie Gesichter hergerichtet waren. Afros aus Schamhaar, Penisnasen, Vaginamünder: Seiten voll mit dem Zeug. ›Sieh dir das an‹, sagte er immer wieder. Ich meine, der Typ hatte Arbeiten im *Yale Law Review* veröffentlicht, man stelle sich das vor. Und plötzlich war ich die ganze Sache leid. Und wütend war ich auch. Er saß nackt im Bett, und ich habe seinen schlaffen kleinen Pimmel gepackt. ›Und dann schau dir *diese* winzig kleine Gartenschnecke an‹, sagte ich. ›Das ist der größte Witz von allen.‹ Am nächsten Morgen machte ich Schluß... Ich meine, es war mehr als nur das, weshalb ich weggegangen bin. Aber das ist einfach an mir haftengeblieben: wie er dasaß und ihm einer abging, wenn er sich Bilder von Geschlechtsorganen ansah, die wie ein Kartoffelkopf hergerichtet waren.«

»Alle Männer sind Schweine«, sagte ich.

Ihre Hände hörten auf, mich zu shampoonieren. »Nein, das sind sie nicht. Larry nicht.«

Ich dachte an ihr Einssein in der letzten Nacht.

»Also, jedenfalls werde ich wahrscheinlich nicht einmal aufs College gehen«, sagte ich. »Das hat meine Mutter gewollt, nicht ich.«

»Oh, geh hin!« sagte sie. »Betrachte es als ein Abenteuer.«

Sie spülte mein Haar mit warmem Wasser, frottierte es trocken und wickelte es dann in einen Turban. »Und was ist, wenn ich Abenteuer nicht mag?« fragte ich.

Ruth zog sich einen Küchenstuhl her und setzte sich mir gegenüber darauf. »Dann solltest du Geschmack daran entwickeln. Riskiere es einfach. So wächst man.«

»Schau mich doch an«, sagte ich.

»Tu ich doch. Was?«

»Wie ich aussehe.«

»Was ist damit?«

»Also wachsen ist es nicht gerade, was ich nötig habe.«

Sie lachte nicht und sah auch nicht weg. »Wenn ich nicht zu VISTA gegangen wäre«, sagte sie, »hätte ich Larry nie kennengelernt. Dann gäbe es keine Tia.«

Tia hatte den Küchenschrank geöffnet und krabbelte jetzt zwischen Grandmas Töpfen und Pfannen herum. Larrys Gesang tönte aus dem Treppenhaus zu uns herein. Ruths Blick ließ mich frösteln.

Dann klapperten Töpfe auf dem Boden, und sie sprang auf und rannte los, um größeren Schaden zu verhindern.

Bevor sie losfuhren, gab ich Larry seinen Scheck. »Da, bitte«, sagte ich. »Viel Spaß in Woodstock. Fahrt vorsichtig.«

»Viel Spaß in der Schule«, sagte Ruth.

Der Hund bellte. Alle umarmten einander und bedankten sich gegenseitig. Ruth hielt Tias Hand aus dem Fenster des Trucks und ließ sie mir Kußhände zuwerfen. Larry hupte die ganze Pierce Street hinunter.

Ich hätte sie erfinden können, dachte ich. Nur daß sie Beweise für ihre Existenz hinterlassen hatten: die neue Tapete, einen Flohbiß an meinem Bein, eingetrockneten Orangensaft, der an den Sohlen meiner Turnschuhe klebte, als ich durch die Küche ging.

Grandma kam am späten Nachmittag nach Hause, Stunden nachdem ich von der Bank zurückgekehrt war, wo ich Arthur Musics Scheck gegen ein dickes Bündel Zwanzig-Dollar-Scheine eingetauscht hatte. »Die neue Tapete ist hübsch«, rief sie mir zu. Das Fliegengitter in der hinteren Tür sah aus wie ein Schleier über ihrem Gesicht. »Was machst du dort hinten an der Aschentonne?«

»Nichts«, sagte ich. Im Gras waren Bienen, und die Nachmittagssonne wärmte mir Gesicht und Arme. Ich hatte gerade die Minze entdeckt.

12

Auf dem Innenumschlag des Prospekts vom Merton College war ein Foto von Hooten Hall zu sehen mit einem Parkplatz voll gähnend geöffneter Kofferräume und lächelnder Studienanfänger, einem die Rasenflächen bedeckenden Brei von geparkten Autos und Koffer schleppenden Vätern. Vor mir lag derselbe Parkplatz mit denselben Birken, nur verlassen und still. Ich stellte meine Koffer und Mas eingewickeltes Gemälde auf der Treppe ab und versuchte noch einmal, den Türknopf zu drehen. Ein Wagen fuhr vorbei. Ein so ungewöhnlicher Vorgang, daß ich das Gefühl hatte, sein Motor brülle. Ich ging von Fenster zu Fenster und lauschte dem Klappern meiner Dr.-Scholl-Sandalen.

Aber eigentlich war das ganz gut so. Vom Busterminal im Gebäude der Port Authority in New York, wo ein buckliger, alter Mann den ganzen Mittelgang nach hinten gehumpelt war, um sich schließlich mit einem Seufzer neben mir niederzulassen, bis hierher war es ständig bergab gegangen. Von New York bis Philadelphia saß ich da und hüllte mich immer wieder mit ruckartigen Bewegungen in Mas Trenchcoat, während er sich ständig schneuzte und aus einer fettigen Papiertüte Essen in sich hineinstopfte. Ich verbrachte drei Stunden mit demselben Kapitel von *Tal der Puppen,* voll Sorge, sein Knoblauchatem würde sich in Mas Mantel festsetzen – daß Kippy seinen Geruch wahrnehmen und denken würde, ich sei das.

Für das, was ich hier erlebte, gab es nur zwei Möglichkeiten: Entweder war das Merton College im Verlauf des Sommers pleite gegangen und zu geizig gewesen, sich eine Briefmarke zu leisten und mir das mitzuteilen, oder die anderen Mädchen hatten gesehen, wie ich mich die endlose Treppe heraufquälte, und die Tür abgesperrt. Ich stellte mir vor, wie sie sich auf allen vieren unter dem Fenstersims zusammendrängten und sich halb zu Tode kicherten. Aber wie auch immer, überlegte ich, ich hatte dem College eine faire Chance gegeben und war jetzt frei und konnte mich wieder zur Busstation schleppen und noch einmal ein Bündel dieser purpurfarbenen Tickets kaufen, die mich am Ende wieder nach Easterly bringen würden. Meine Verpflichtung gegenüber Ma war dann jedenfalls erfüllt.

Und was, wenn ich Abenteuer nicht mag?

Dann solltest du Geschmack daran entwickeln.

Ruth hatte leicht reden. Sie brauchte nicht dazustehen und sich ihr Spiegelbild in versperrten Glastüren anzusehen. Sie brauchte sich nicht mit schmerzenden Händen und Blutergüssen von diesen schweren Koffern, die ständig gegen *ihre* Beine stießen, abzuquälen. Sie brauchte nicht einmal an ihr beschissenes Telefon zu gehen, ganz gleich, wie viele Millionen Male ich es in der letzten Woche dort hatte klingeln lassen. Ich schaffte es nicht, auch nur eine Viertelstunde oder zwanzig Minuten aufzulegen. Das Klingelgeräusch versetzte mich in eine Art Trance – wurde gleichsam zu einem Gefährten –, so daß ich einmal völlig durcheinandergeriet und dachte, ich würde meine Mutter anrufen. Ich hatte Angst, jemand würde abheben und es wäre Ma.

Ich holte einen Quarter aus der Trenchcoattasche und tippte damit gegen das Glas. »Hey?« sagte ich kaum lauter, als man normal redet. »Entschuldigung?«

Zu meinem Entsetzen erschien jemand.

Eine fette Frau wälzte sich hinter der Doppeltür heran. Sie blieb stehen, sah mit zusammengekniffenen Augen heraus und ging dann mit klappernden Schlüsseln auf mich zu. Mein Atem stockte. Schlösser öffneten sich klickend. Die Tür gähnte. Ich wußte, es würde ein schlimmes Ende nehmen.

»Was ist?« fragte sie.

»Ich bin neu«, antwortete ich. »Studentin im ersten Semester.«

»Yeah?«

Ihre Augen waren blaßblau, ihr Haar sah so aus, als hätte man ihr eine Schüssel aufgesetzt und es dann einfach abgeschnitten.

»Dolores Price? Das ist mein Wohnheim. Sind Sie die Hausmutter oder so was?«

Sie lachte, es klang wie ein Schnauben. »Ich bin die ›oder so was‹. Bißchen früh dran, was?«

»In diesem Brief da steht, daß wir irgendwann zwischen zehn und vier eintreffen sollten. Jetzt ist es zehn nach vier ...«

»Zwischen zehn und vier am *nächsten* Donnerstag.«

»Ich bin *sicher,* daß ich mir das richtige Datum gemerkt habe.« Ich hatte schließlich nicht umsonst wegen des 7. September das Kotzen bekommen. Nichts war für mich in meinem ganzen Leben so sicher wie dieses Datum.

»Sie können reinkommen und Ihre Sachen für einen Augenblick abstellen, aber wohnen können Sie erst nächste Woche hier. Ich habe meine Anweisungen. Da ist noch nicht einmal Bettwäsche oder so. Die Gebäudeverwaltung hat mir nicht mal meine neuen Matratzen geschickt.«

»Hören Sie, heute *ist* der richtige Tag. Das kann ich beweisen.«

»Dann tun Sie das«, sagte sie. »Aber beeilen Sie sich. Ich habe zu arbeiten.«

Sobald man Easterly einmal verlassen hatte, sah man, daß die Welt voll von diesen Leuten war: Fahrkartenverkäufer, Angestellte in Imbißstuben. Sie hielten sich für etwas Besseres, weil sie ihre Vorschriften hatten und sich damit auskannten.

Sie führte mich in einen schäbigen Aufenthaltsraum, der nach altem Tabakrauch und noch etwas anderem roch – etwas Süßlichem, bei dem einem übel werden konnte, wie verfaulendem Obst oder verschütteter Limonade. Sie knipste eine Stehlampe an, worauf vier rubinfarbene Trichter uns in wäßrigrotes Licht tauchten.

Auf der langen Busreise in den Süden hatte ich mich dadurch vor den vielen neugierigen Blicken geschützt, daß ich meine Schultern hochgezogen und mir immer wieder klargemacht hatte, daß für sich allein zu sein besonders würdevoll war. Und jetzt stand ich hier mit Schweiß bedeckt, mein Herz schlug wie wild, und stellte den ganzen Inhalt meiner aufgeklappten Koffer zur Schau, sah mich gezwungen, den Beweis dafür anzutreten, daß ich recht hatte und sie unrecht. Sie sah mir über die Schulter. Ich bildete mir ein, sie würde höhnisch feixen, aber als sie redete, merkte ich, daß sie etwas ganz anderes beschäftigte.

»Sehen Sie sich das an«, sagte sie und deutete auf einen runden braunen Flecken auf einem Beistelltisch. »Einen heißen Popcornröster auf gefirnißte Fichte zu stellen! Da sieht man wieder, wie schlau ihr Collegemädchen seid.«

»Ich bin *sicher*, daß ich den Brief hier habe«, beharrte ich. Eine Handvoll BHs baumelte an meiner Faust.

Die Unterlagen vom Merton College befanden sich in einer Seitentasche, um eine Dose mit Karamelkugeln gerollt und mit einem Gummiband zusammengehalten. Obwohl das Datum auf dem Brief sich auf und ab bewegte und verschwamm, als mir schließlich die Tränen in die Augen traten, sah ich, daß sie recht hatte. Eineinhalb Monate lang hatte ich irrtümlich meine beschissenen Magenschmerzen auf das falsche Datum konzentriert – auf das Datum, von dem ab man Verzugskosten bezahlen mußte, wenn das Schulgeld bis dahin nicht eingetroffen war. Ich hatte hier nichts verloren, gehörte noch gesund und wohlbehalten nach Easterly.

»Ist ja großartig!« sagte ich. Ich starrte zur Decke empor und spürte, wie mir die Tränen hinter den Ohren heruntertropften. »Was bin ich doch für ein blödes Arschloch. Was soll ich denn jetzt machen?«

»Nach Hause gehen«, sagte sie. »In einer Woche wiederkommen.«

»Wo, meinen Sie denn, wohne ich – irgendwo um die Ecke?«

Die Stehlampe flackerte.

»Dafür haben Sie zuviel bezahlt.«

Sie hielt ein Glas Tang in der Hand. »Im Big Bunny war letzte Woche die Großpackung für neunundsiebzig im Angebot.«

Meine Augen suchten die ihren. Der selbstgefällige Ausdruck war weg.

»Normalerweise würde ich sagen, rufen Sie den Mann vom Campussicherheitsdienst an und fragen, was er dazu meint, aber er hat diese Woche Urlaub. Ist mit seiner Frau zum Fischen in die Smokies gefahren. Hier könnte nachts einer einbrechen und sämtliche Möbel wegschleppen. Aber das bleibt bitte unter uns.«

»Oh, ist ja großartig«, sagte ich. »Ich habe gerade zehn Stunden im Bus gesessen. Und jetzt soll ich kehrtmachen und wieder zurückfahren. *Wenn* ich Glück habe. *Wenn* die heute abend überhaupt einen Bus haben, der nach Rhode Island fährt.«

»Aus Rhode Island kommen Sie also? Ein Fettkloß wie Sie in diesem winzigen Staat?«

»Fuck you!« sagte ich. Sie hätte auch nicht viel besser in diesen Bussitz gepaßt als ich.

Der Tang flog wieder in meinen Koffer.

»Wie gesagt, ich habe zu arbeiten. Ich mach' um halb sechs hier dicht.« Sie stampfte mit auf den Boden gerichtetem Blick den Flur hinunter.

Eine halbe Stunde lang saß ich in dem Aufenthaltsraum und überlegte, ohne zu einem Ergebnis zu kommen, wie ich mich am besten hier in Wayland, Pennsylvania, umbringen konnte. Man konnte ja schließlich nicht einfach bei irgendeinem Fremden an der Tür klingeln und ihn fragen, ob er einem seine Wagenschlüssel und seine Garage zur Verfügung stellte. Ich überlegte, ob ich mir vielleicht mein Herzflimmern zunutze machen sollte – also hinausgehen und so lange um das Wohnheim herumrennen, bis mein Herz platzte. Aber die lange Busfahrt hatte mich erschöpft. Ich schaffte es nicht einmal, mich von dem Sofa zu erheben.

Als sie zurückkam, trug sie eine weiße Windjacke, auf deren Brusttasche »Dahlia« eingestickt war. Sie hatte eine Taschenlampe in der Hand.

»Ich hab' mir's überlegt«, sagte sie. »Für heute, aber wirklich nur für diese Nacht, weil es schon spät wird und dieser Knilch irgendwo in den Smokies ist, denke ich, könnte ich Sie auch hierbleiben lassen. Aber daß Sie mir kein Licht einschalten. Nehmen Sie das da.« Sie reichte mir die Taschenlampe. Ich blickte auf. »Dolores, stimmt das? Sie sind auf zwei – vierzehn. Matratzen sind da, aber keine Laken. Wenn die städtischen Bullen Licht sehen, kommen sie herein und sehen nach. Ich will keinen Ärger haben.«

Ich war nicht gerade begeistert, aber es war immerhin nicht so kompliziert wie Selbstmord. Ich würde bloß im Dunkeln zu sitzen brauchen und zu atmen.

»Gibt's vielleicht einen Fernseher oder so was?«

»Fernsehen kommt nicht in Frage! Sonst sind die in Null Komma nichts hier.«

»Okay«, sagte ich. »Dann werde ich das tun. Vielen Dank.«

Ich malte mir Mas Beet mit rosa Dahlien aus, die kurze Zeit im hinteren Garten am Bobolink Drive gewachsen waren. An dem Wochenende, bevor die Männer unseren Pool installiert hatten, hatte Ma sie auf die schattige Seite des Hauses verpflanzt. Sie hatten die Köpfe hängen lassen und waren verwelkt – hatten den Umzug nicht überlebt.

»Ich würde Sie ja bei mir zu Hause übernachten lassen«, sagte sie, »aber dieser Blödmann von meinem Bruder ist dieses Wochenende zu Hause. Da.« Sie schrieb ihre Telefonnummer auf meinen Mertonbrief. »Das Münztelefon ist gleich um die Ecke, gegenüber dem Klo. Wenn Sie irgendwelche Probleme haben, können Sie mich anrufen. Ich geh' heute abend nicht aus.«

»Dahlia?« sagte ich.

Sie schien kurz verwirrt, aber dann deutete sie mit dem Finger auf den eingestickten Namen. »Die Jacke hat jemand anderem gehört«, sagte sie. »Jemandem, der mal hier gewohnt hat. Sie hat die Hälfte ihrer Sachen hiergelassen, als sie die Prüfung bestanden hatte. Ich bin Dottie. Also, wenn Sie mich anrufen wollen, ich bin da. Rufen Sie einfach an, okay?«

»Okay.«

»Okay dann. Bis morgen. Ich brauch' am Samstag nicht reinzukommen, aber ich komme trotzdem.«

Sie sperrte die Tür von innen ab, ging hinaus, probierte sie aus. Dann stampfte sie die Treppe hinunter, ohne sich umzusehen. Ich stand da und sah zu, wie ihr fetter Hintern wabbelte.

Bei meinem dritten Rundgang durch das Gebäude kam so etwas wie Logik in das Labyrinth von Gängen. Die Zimmer waren anonym, wenn man von ein paar Akten von Vandalismus absah, die ihnen eine persönliche Note verliehen: ein paar Deckenkacheln, die in Zimmer 107 fehlten, ein Friedenszeichen auf der Tür von 202. Mein Zimmer war am Ende im ersten Stock.

Auf den ersten Blick sahen Kippys und mein Bett identisch aus. Großzügigerweise wählte ich die Seite mit dem Kratzer im Nachttischfurnier und der fleckigen Matratze.

»Kippy! Endlich!« sagte ich zu dem Spiegel. »Kippy, ich bin's!«

Mein Kinn ruhte in einem Bart aus Fett. Meine Augen waren klein, schweinchenhaft. »Es tut mir leid, daß ich so aussehe, Kippy. Ich habe einiges mitgemacht und ...«

Ich tauschte die Nachtkästchen um, holte meine Koffer und knallte sie auf der anderen Seite des Zimmers auf den Boden. Dann ließ ich mich auf die Matratze ohne Flecken fallen. Hatte *sie* denn noch nie jemanden angelogen? Was machte *sie* denn so unfehlbar?

Vor meinem Zimmer stand ein zerkratzter Aktenschrank mit alten Semesterarbeiten. »Wiedergeburtssymbolik in Shakespeares großen Tragödien ... Beschreiben Sie die Auswirkungen der New-Deal-Gesetzgebung von deren Anfang bis zur Gegenwart ... wenn Tom, der einen blauäugigen, blonden Großelter und drei braunäugige, braunhaarige Großeltern hatte, Barbara geheiratet hat, eine braunäugige Blondine, deren Großmütter ...«

Ich knallte die Schublade zu; das metallische Geräusch hallte durch den langen Korridor, und ich fragte mich, ob ich damit vielleicht die Ortspolizei alarmiert hatte.

Wieder in meinem Zimmer, schälte ich die braune Papierhülle von dem Fliegenden-Bein-Gemälde meiner Mutter. »Bist du jetzt glücklich?« schrie ich. »Ich bin hier, oder?«

Als es dann dunkel geworden war, nahm ich die Taschenlampe und erforschte das Kellergeschoß. Dort gab es einen Wäscheraum mit Waschmaschinen, Trocknern, einem Bügelbrett und einem Cola-Automaten. Nebenan stand ein Fernseher auf einem Küchentisch. Im Halbkreis um den Fernseher waren Klappstühle angeordnet. Es sah aus wie eine Art Altar. Um das Fußteil des Fernsehers hatte man eine schwere Kette gelegt und sie an einer dicken Haspe befestigt, die in die Wand eingelassen war. Ich zerrte ein paarmal kräftig an der Haspe, hielt mich dann mit beiden Händen daran fest und legte mein ganzes Gewicht hinein. Kippy konnte mich verstoßen, eine Flutkatastrophe konnte ausbrechen, sie konnten die Bombe abwerfen – dieses Ding würde halten.

Dann aß ich im Aufenthaltsraum beim Schein der Taschenlampe zu Abend. Zwei Sprites aus dem Automaten und ein riesiges Glas Macadamia-Nüsse. Zum Nachtisch aß ich die Karamelkugeln und eine Rolle Oreos. Ich aß sie so, wie ich das in Easterly tat: klappte erst den Deckel ab und grub dann mit den Schneidezähnen zwei Furchen in die Füllung. Dann füllte ich meinen Mund mit Limonade und ließ das Plätzchen in sich zusammenbrechen. Das war ein Ritual, das mich zugleich sanft stimmte und enttäuschte.

Freitag abend. Ich malte mir Grandma aus, wie sie allein im Wohnzimmer saß und sich »Ironside« ansah, hinter ihr die neue Muscheltapete, vor ihr der Fernsehschirm, der ihr Gesicht in silbernes Licht hüllte. Selbst beim Fernsehen war Grandma immer voller gebannter Aufmerksamkeit, blickte finster und war auf das Schlimmste vorbereitet. Aus der Perspektive von Pennsylvania wirkte Grandma zerbrechlich auf mich. Sterblich. Ich fragte mich, ob sie mich wohl vermißte – ob sie in Easterly wach blieb und sich Sorgen machte. Ich sah ihr besorgtes Gesicht wie das von Tante Em in der Kristallkugel der Hexe. Arme Grandma. Ihre Tochter lag in einer Kiste in der Erde, nicht im Himmel, ganz gleich, wie viele Rosenkränze sie murmelte. Ich erwog, an dem Münztelefon ihre Nummer zu wählen und ihr zu sagen, daß bei mir alles in Ordnung war. Nur, daß das gar nicht stimmte ... Tante Em hätte Gott gepriesen und die Gesprächsgebühren bezahlt. Bei Grandma war ich da nicht so sicher.

Ich machte mir den Finger naß, steckte ihn in das leere Glas, in dem die Nüsse gewesen waren, und stippte nach dem Salz, das auf dem Boden lag. Bis jetzt war das College eigentlich gar nicht *so* schlimm, wenn ich es mir richtig überlegte. Vielleicht würde es zu einem phantastischen Zufall kommen, und jedes Mädchen in Hooten Hall würde für sich den Beschluß fassen, seinen Platz aufzugeben und mir dieses ganze Wohnheim für mich allein zu lassen. Ich überlegte, wo der alte übelriechende bucklige Mann aus dem Bus jetzt wohl sein mochte und wie sein Leben früher gewesen war, ehe wir zusammen hinten in diesem rülpsenden alten Greyhoundbus gereist waren. Die ausländische Zeitung, die er die ganze Zeit gelesen hatte, hatte jüdisch ausgesehen. Vielleicht war er der Vater von Anne Frank – der einzige Überlebende in der Familie –, und ich hatte wegen seines Knoblauchmundgeruchs eine wichtige Chance verpaßt. Im Leben gab es keinerlei Logik, soviel hatte ich erkannt. Anne Frank hatte einen liebenden Vater besessen, der immer darauf bedacht gewesen war, sie zu schützen, und war dennoch gestorben. Und ich hatte Daddy, der für mich tot war.

Irgendwann, als es draußen völlig dunkel geworden war, folgte ich dem Strahl meiner Taschenlampe wieder ins Obergeschoß zu meinem Zimmer. Ich bildete mir ein, Geräusche zu hören. Ratten? Jack Speight? Das Türschloß schnappte mit einem schweren, beruhigenden Laut ein. Meine Matratze fühlte sich an wie ein weiches Brötchen. Die hell getünchten Wände leuchteten im Mondlicht. »Ich werde nie schlafen«, dachte ich. Und dann befand ich mich, völlig übergangslos, im Traum am Strand und redete mit einer Flunder.

Sie hatte sich absichtlich an Land spülen lassen und kam mich jetzt suchen, flappte an den anderen Sonnensüchtigen vorbei, bis sie meine Decke erreicht hatte. Der Fisch war mit Sand bedeckt, als hätte man ihn paniert, aber seine Augen blickten klar und intelligent. »Komm mit«, sagte er. Das Wasser, in das ich sprang, wurde zu dem Poolwasser am Bobolink

Drive. Ich folgte dem Fisch in kalte Tiefen, von denen ich gar nicht gewußt hatte, daß sie in unserem Pool existierten. Daß ich ertrinken könnte, schien mir belanglos. Ich hörte es klingeln und wußte, daß das Ma war, die mich irgendwie unter Wasser anrief.

Ich setzte mich auf. Und plötzlich befand ich mich wieder in dem leeren Wohnheim in Pennsylvania. Draußen im Flur klingelte das Telefon.

Ich fummelte an dem Türschloß herum. Der Strahl meiner Taschenlampe tanzte vor mir her. Zu langsam, viel zu langsam! Vielleicht hatten sich Larry und Ruth irgendwie meine Nummer beschafft. Vielleicht würden sie auflegen, wenn ich nicht –

»Hi, ich bin's«, sagte die Frau. Jemand, an die ich mich nicht richtig erinnern konnte.

»Ruth?«

»Wer ist Ruth? Wer hat Sie denn reingelassen?«

»Niemand. Ich war eingeschlafen.«

»Ich bin's, Dottie. Ich wollte bloß hören, ob bei Ihnen alles in Ordnung ist. Und Ihnen sagen, daß ich morgen früh um acht komme. Mögen Sie Sahnekuchen?«

»Sahnekuchen? Wie spät ist es denn?«

»Jetzt? Viertel nach zehn. In der Bäckerei an der Hazel Street gibt es Ware von gestern mit einem Drittel Nachlaß. Ich bringe Ihnen morgen früh was zum Frühstück. Um acht. Und daß Sie mir nicht auf Ihrer Matratze rauchen. Ich will keine Klagen hören. Alles klar?«

»Alles klar.«

»Sie können von Glück reden, daß ich heute abend nichts vorhatte. Sonst hätte ich Sie nicht so einfach anrufen können. Ich tu' Ihnen einen großen Gefallen. Eigentlich hätte ich Sie nach Hause schicken sollen.«

Ich hängte den Hörer auf und schlang mir die Arme um den Leib, damit das Zittern aufhören sollte.

Als ich dann wieder in meinem Zimmer war, fand ich *Tal der*

Puppen und las. Ich hatte noch eineinhalb Zoll Seiten zu lesen. Ich wußte nicht, was ich tun würde, sobald ich fertig war.

Irgendwann mitten in der Nacht ging ich ins Kellergeschoß hinunter und setzte mich hin. Von dem kühlen Linoleumboden wurde mein Hintern ganz taub, aber dafür wirkte das Brummen des Cola-Automaten beruhigend. Ich las und las im Schein der Automatenbeleuchtung, hielt mit einer Hand mein Buch und klammerte mich mit der anderen an die eiserne Haspe in der Wand. Als ich schließlich von meiner Lektüre aufblickte, war es Morgen – das erste sparsame rosa Licht.

»Sehen Sie, alle sind sich zu schade für Gebäck vom Vortag, als ob ein Drittel Nachlaß ein Almosen wäre, oder so was. Die Welt wimmelt von Snobs. Ein Buch sollte ich darüber schreiben.«

Das Zimmer roch ein wenig nach ihrem Schweiß. Alles an ihr stieß mich ab. Ich lächelte süßlich und aß mein zweites Stück Kuchen.

»Wenn es den Leuten Spaß macht, Snobs zu sein, dann lassen Sie sie doch. Ist mir doch egal.«

Wir waren vermutlich höchstens zwanzig Pfund auseinander, aber in den Shorts, die sie trug, hätte ich mich nicht einmal begraben lassen wollen. »Das ist wirklich nett von Ihnen«, sagte ich.

»Was?«

»Daß Sie mir an Ihrem freien Tag Frühstück bringen. Ich meine, wirklich.«

Das tat sie mit einer Handbewegung ab. »Da, nehmen Sie noch etwas – dazu ist's ja da.«

Ich griff nach dem Stück Kuchen, das sie mir abgeschnitten hatte, und hielt die andere Hand darunter, um die Brösel aufzufangen.

»Sehen Sie sich das an! Sehen Sie?«

»Was denn?«

»Fette Schlampe, ewig fette Schlampe. Man hört das die

ganze Zeit. Sie sind so wie ich: fett und *sauber*. Das habe ich gleich gemerkt. Warum glauben Sie denn, daß ich Sie hierbleiben lasse? ... Ich sehe das immer wieder. Die schmutzigsten, schlampigsten Mädels sind die *mageren*. Jahr für Jahr dasselbe. Man braucht sie bloß anzusehen, dann weiß man gleich, wer die Schweine sind. Nehmen Sie Jackie Kennedy. Oder Jackie-wie-auch-immer-sie-jetzt-heißt. Ich wette, wenn sie allein ist, ist sie sehr schlampig. Da gehe ich jede Wette ein.«

Sie wirkte befriedigt darüber, daß sie mir das gesagt hatte. Wir nahmen beide einen Schluck von den Cokes, die ich unten für uns gekauft hatte. Dottie lehnte sich auf Kippys Matratze zurück und deutete mit ihrer Colaflasche auf mich.

»Jetzt will ich Ihnen was sagen, ja? Wenn Sie gestern mit diesen Koffern hier angetanzt und irgend so eine magere Vogelscheuche mit neunzig Pfund gewesen wären, hätt' ich Sie dorthin zurückgeschickt, wo Sie hergekommen sind. Aber Sie waren fett, also wußte ich gleich, daß ich Ihnen vertrauen kann.«

Das war neu. Vier Jahre lang hatte man mich jetzt wegen meines Gewichts gehaßt oder bestenfalls ignoriert. Bei Dottie war das ein Vorteil.

Sie hakte den Fuß um das Stuhlbein, zog ihn scharrend zu sich heran und legte dann die Beine hoch. Sie waren mit unzähligen blauen Venen übersät und sahen aus wie riesige blaue Käse.

»Was soll das denn sein?« fragte sie. Sie schnitt ein Gesicht. Meine Augen folgten den ihren zu Mas Gemälde mit dem fliegenden Bein, das an der Wand lehnte. »Es ist bloß ein Bild«, sagte ich und wurde rot.

»Ein Bein mit Flügeln? Was soll denn das *bedeuten?*«

Ich wollte nicht, daß dieses schwachsinnige Weib es auch nur ansah. »Genau weiß ich das nicht«, meinte ich und zuckte die Achseln. »Erzählen Sie mir was über Hooten.«

Vielleicht würde ich Mas Bild zu Grandma zurückschikken, dachte ich. Wenn ich es mir so richtig überlegte, wollte ich auch nicht, daß Kippy es anstarrte.

»... und dann ist da diese Rochelle, die in diesem Jahr Präsidentin im Wohnheim ist. Sie macht allen anderen etwas vor, aber ich wette, Sie werden sie sofort durchschauen. Miss Kleine Muschi. Sie liegt den ganzen Tag auf dem Rasen in der Sonne, damit jeder, der zum Unterricht geht, sie auch ja nicht übersieht. Einmal habe ich sie dabei erwischt, wie sie in den Trinkbrunnen gespuckt hat. ›Entschuldigung‹, sag' ich zu ihr. ›Aber vielleicht wollen die anderen Mädchen aus dem Brunnen trinken.‹«

»›Ich habe keine Ahnung, wovon Sie da reden‹, sagt sie. Und dabei treibt ihr Scheißrotz im Wasser. Überspanntes Miststück ... letztes Jahr, da hat sie mit noch einem Mädchen einen Antrag gestellt, daß ich gefeuert werden soll, weil ich sie angeblich in der Dusche beobachte. Daß ich nicht lache! Als ob ich Zeit hätte, die anzustarren, wo ich doch die ganze Zeit den Dreck hinter ihnen wegputze. Zuerst pflanzt sie sich im Badeanzug dort draußen hin, und dann wirft sie *mir* vor, daß ich sie anstarre.« Tränen standen ihr in den Augen. Ihre Hände waren zu Fäusten geballt. »›Sie tun Ihre Arbeit‹, hat mein Chef gesagt. ›Sie tun Ihre Arbeit gut. Passen Sie nur auf, daß Ihnen niemand etwas anhängen kann.‹«

Die Frau machte mir angst. Aber immerhin hatte sie mich zu ihrer Verbündeten erklärt. Eine »saubere Dicke«. Und in den Dutzenden von Schlüsseln an ihrem Ring lag eine Art Autorität. Und sie hatte mich bleiben lassen, hatte mir zu essen gebracht, so wie Ma das immer getan hatte. Sie war hier. Sie war jemand.

»Wollen Sie eine Zigarette?« fragte ich sie.

Als ich ihr Feuer gab, entdeckte ich ein paar graue Fäden in ihrem schwarzen Haar. »Wie alt sind Sie?«

»Ich? Neunundzwanzig. Hey, wissen Sie was? Ich habe drei Aquarien zu Hause. Eines in der Küche, eines im Wohnzimmer und eines in meinem Schlafzimmer. Ich habe Piranhas. Wenn man ihnen Garnelen aus der Dose gibt, greifen sie sie an. Und im Schlafzimmer habe ich Engelbarsche. Die mag ich besonders gern. Hey, vielleicht kommen Sie mal und sehen sie sich an. Meine Fische. Sie könnten zum Abendessen rüberkommen.«

Sie griff nach dem letzten Stück Sahnekuchen. »Kommen Sie, das teilen wir uns«, sagte sie und brach mir ein Stück ab. »Mund auf.«

Neunundzwanzig: Sie war zu alt, um meine Freundin zu sein, und zu jung, um meine Mutter zu sein. »Und jetzt erzählen Sie mir was von sich«, sagte sie.

»Von mir?« Ich lachte. Und dann erzählte ich ihr den Inhalt von *Tal der Puppen,* redete endlos über die drei Hauptpersonen und wie sie Fehler gemacht und sich damit ihr Leben zerstört hatten.

Sie lächelte mich an, ohne zuzuhören.

»Was ist? Was ist denn los?«

Sie beugte sich zu mir herüber. Dann wischte sie mir mit dem Finger ein Stück Kuchenfüllung vom Kinn, hielt sich den Finger an den Mund und leckte ihn ab.

Dann wanderte ihr Blick über meine Schulter. »Ein Bein mit Flügeln«, sagte sie und schüttelte den Kopf über Mas Gemälde. »Verrückt!«

13

Die Strednickis versuchten dreimal, das Schloß zu öffnen, bis sie die Tür schließlich aufbekamen. Ich lauschte dem Geräusch von Metall auf Metall, erleichtert, daß die Jalousien geschlossen waren, und dankbar für jede zusätzliche Sekunde, in der Kippy mich nicht sehen würde. Sie trat als erste ein. Ich sah zu, wie ihre Hand an der Wand entlangfuhr, bis sie den Lichtschalter entdeckte. »Irgend etwas hier drinnen stinkt«, sagte sie. Dann sah sie mich.

Ihre Eltern starrten von der plötzlichen Helligkeit benommen ins Zimmer. Niemand sagte etwas.

Ich war schon früher auf sie vorbereitet gewesen – hatte mich den ganzen Vormittag lang darauf eingestellt, während die Stimmen auf der anderen Seite meiner versperrten Tür lauter und wieder leiser wurden. Ich hatte das Frühstück und das Mittagessen ausgelassen, in der Hoffnung, ich würde dann etwas vernünftiger aussehen, aber gegen drei Uhr hatte es mir gereicht, und ich hatte den Geburtstagskuchen vom Vortag herausgeholt, den Dottie für unsere Party gekauft hatte. »Happy Birthday to ...« Niemand hatte ihn gewollt, nur Dottie und ich.

»Hi«, sagte ich. »Was schulde ich dir für die Vorhänge?«

Kippy trug eine Matrosenmütze mit heruntergeklapptem Schild und einer Menge Autogramme darauf. »Augenblick«, begann sie. »Die haben mir unten gesagt, zwei-vierzehn gehört mir und meiner Zimmerkollegin.«

»Die bin ich.«

Ein Teil von mir genoß die Panik, die ihre Gesichtsmuskeln erfaßte. Eltern, ein Boyfriend, ein kleines Leben voller Schwung: Sie war überreif für jemanden wie mich.

»Und die Steuer für die Vorhänge und die Bettwäsche nicht vergessen«, sagte ich den dreien. »Ich möchte nicht, daß Sie draufzahlen.«

Das Ganze war Dotties Schuld. Wir hatten die ganze Woche lang an den Vormittagen gearbeitet – Duschkabinen geschrubbt, die Böden gebohnert, Wäschepakete in die leeren Zimmer verteilt. Am Mittwoch hatte Dottie ihren Plattenspieler mitgebracht, und wir hatten zum Klang ihrer Soulplatten geputzt. Die Duos hatten wir am liebsten: Sam und Dave, Marvin und Tammi, Ike und Tina. Unser Lieblingsstück war »Mockingbird«. Aus den jeweiligen Reinigungsbereichen riefen wir die Texte in die leeren Flure – riefen sie uns gegenseitig zu –, und unsere Stimmen hallten von den Wänden wider.

Mock-
Yeah!
-ing-
Yeah!
-bird!
Yeah!
Yeah!
Yeah!

Nachmittags duschten wir dann immer, jede in einem anderen Stockwerk, erschöpft und von der Arbeit verschwitzt, und trafen uns dann im Aufenthaltsraum, wo wir vor dem Fernseher aßen und Karten spielten, Dotties Lieblingsspiel, chinesisches Rommé. Ich lernte es schnell, und nach den ersten paar Spielen waren wir gleich gut.

Dottie brachte mir die ganze Woche Leckereien: Backwaren vom Vortag und Kentucky Fried Chicken, Eisbecher mit heißer Schokolade, die bereits fast geschmolzen waren, bis sie nach ihrer Fahrt quer durch die Stadt bei mir eintrafen. Wenn ich ihr Geld hinhielt, winkte sie immer ab. »Du schuldest mir gar nichts«, erklärte sie beharrlich. »Das war meine Idee.« Das vertrauliche Du hatte sich bei uns bereits am zweiten Tag eingestellt. Abends fuhr sie immer weg, wenn es anfing zu dämmern. Sie müsse zu ihren Fischen, sagte sie. Ich lag dann nachts in dem fremden, dunkler werdenden Wohnheim, sang manchmal beide Teile dieser Soulduos vor mich hin und rief mir ab und an wieder ins Gedächtnis, wer ich wirklich war: die fette Dolores, Muttermörderin, das Mädchen, das auf nichts Anspruch hatte, bloß auf Scheiße.

Auch unsere Party am letzten Tag vor dem Eintreffen der anderen Mädchen war Dotties Idee. Sie wollte feiern, daß sie einen Tag früher fertig geworden war, was sie mir verdanke, sagte sie. Sie wollte unsere Freundschaft feiern. Neben dem Kuchen brachte sie eine Flasche Wodka und vier Pfund Pistaziennüsse in einem Geschenkkarton. Wir fingen mittags an, knackten die Nüsse mit den Zähnen und tranken Tang-mit-Wodka, kicherten und amüsierten uns.

Wir sangen und tanzten zu Dotties Schallplatten und waren am frühen Nachmittag so betrunken, daß wir uns selbst für die Sänger hielten – die stets in Bewegung befindlichen Temptations, die Shirelles mit ihrem Liebeskummer. Dottie ging als Little Anthony auf die Knie, stolzierte dann wieder als James Brown herum. Als sie eine Supremes-Platte auflegte, bestand sie darauf, daß wir Flo und Mary seien, die beiden Netten. Für die dürre Diana Ross steckte Dottie einen Mop in ihren Putzeimer, und dann schnippten wir mit den Fingern und tanzten um den Mop herum und sangen.

»Für mich ist ganz klar, daß diese Angeberin Diana privat ein richtiges Miststück ist«, erklärte Dottie zwischen den Strophen. »Und schlampig obendrein.«

Ohne zu überlegen, riß ich den Tonabnehmer in die Höhe, schob die Schultern hoch und wurde Ed Sullivan. »Diana Ross ist aus der Show gefeuert worden«, rief ich. »An ihre Stelle tritt Amerikas neueste Entdeckung, Dolores Price!«

Ich versetzte dem Putzeimer einen Tritt, der ihn durch den ganzen Raum fliegen ließ, wobei der Mop klappernd auf den Boden fiel. Dann setzte ich den Tonabnehmer auf Aretha Franklins »Respect« und begann meine große Nummer. Ich warf meinen ganzen Körper hinein – und dazu meine Wut, meine Empörung und die ganze Kraft meiner zweihundertfünfzig Pfund.

Dottie setzte sich aufs Bett, zuerst wie benommen von dem, was ich fühlte, und dann schrie sie die Refrains mit voller Lautstärke mit.

R-E-S-P-E-C-T
Find out what it means to me!

Wir spielten das Lied immer wieder, hoben die Fäuste und schrien nach Respekt, bis wir heiser waren und das Gefühl hatten, daß wir beide irgendwie gerächt waren.

Die Augen von Kippys Mutter wanderten von meiner aufgeknöpften Hose zu dem Messer, das ich diagonal in die noch übriggebliebene Hälfte des Geburtstagskuchens gesteckt hatte. Der Vater trug Hochwasserhosen mit weiten Aufschlägen und orangefarbene Socken. Kippy hatte glänzende Hamsterbacken. Welches Recht hatten *die,* über *mich* zu richten?

Ihr Vater stellte zwei Koffer ab und ging quer durch die entstandene Peinlichkeit auf mich zu und streckte mir die Hand hin. »Ich bin Joe Strednicki ... heh heh ... Ich bin Elektriker.« Seine Hand fühlte sich solide und wie Sandpapier an. Ich hielt sie länger fest, als ich das vielleicht hätte tun sollen.

»Ich habe diese Zimmerseite genommen, wenn es dir recht ist«, sagte ich. »Aber wenn du willst, können wir auch tauschen. Mir ist es egal. Wirklich.« Aus irgendeinem Grund sagte ich das alles zu Kippys Mutter.

»Augenblick mal«, sagte Kippy. Sie schüttelte den Kopf. »Hier muß irgendwie ein Fehler vorliegen. Da stimmt etwas nicht, weil ...«

»Du hast schon Post«, fiel ich ihr ins Wort. »Einen Brief von Dante, deinem Boyfriend. Ich hole ihn dir.«

Kippy nahm den Brief geistesabwesend entgegen, ohne die roten Fingerabdrücke auf dem Umschlag zu bemerken. »Mach ihn auf! Los doch!« hatte Dottie mich während unserer Party gedrängt und mit dem Brief vor meiner Nase herumgefuchtelt. Der rote Farbstoff von den Pistaziennüssen würde ohnehin nicht weggehen. In meinem Papierkorb lagen fünf Zoll hoch Nußschalen, die ich eigentlich hatte wegwerfen wollen. Ich hatte den ganzen Tag über mit meinem ersten Kater gekämpft, der mir Blähungen eingetragen hatte, wie ich sie bisher noch nie erlebt hatte.

Kippy saß wie erstarrt ganz vorn auf der Matratze, die ich für sie ausgewählt hatte. Das Lächeln ihrer Mutter blinkte an und ab, als ob es einen Kurzschluß gehabt hätte – möglicherweise würde Mr. Strednicki das reparieren müssen.

Ich klappte den Deckel der Kuchenschachtel zu, wobei das

Messer noch tiefer eindrang, und erhob mich vom Bett. »Dann werde ich dich jetzt auspacken lassen. Ich komme später wieder. Nett, euch kennenzulernen, Leute.«

»Haben Sie Geburtstag?« fragte Mrs. Strednicki nicht sehr interessiert. Bei genauerem Hinsehen hatte sie dasselbe Hamstergesicht wie ihre Tochter.

»Eigentlich nicht«, sagte ich. »Na ja, irgendwie schon.«

Mr. und Mrs. Strednicki lächelten und nickten dann billigend, als ob das, was ich gerade gesagt hatte, völlig logisch wäre.

Aus der letzten Kabine in der Toilette, die an mein und Kippys Zimmer angrenzte, belauschte ich ihren Familienstreit. Er kam sowohl als Geräusch als auch als Schwingung durch die Mauer. »... hart verdientes Geld«, hörte ich ihren Vater sagen. Und von Kippy: *»Nicht mit diesem Nilpferd!«*

Ich war froh, daß ich den Kuchen mitgenommen hatte. Ich löste eine blaue Zuckergußrose aus dem Belag und schob sie in den Mund, legte sie auf meine Zunge und zerdrückte sie dann am Gaumen. Sie war so süß, daß es brannte.

Um fünf Uhr nachmittags führte Rochelle, die Wohnheimvorsitzende, die Dottie nicht leiden konnte, uns acht neue Mädchen in den Aufenthaltsraum im Untergeschoß, wo sie Styroporbecher verteilte und jedem von uns drei Fingerbreit Boone's-Farm-Apfelwein einschenkte. Wir sahen zu und warteten, während sie sich einen Zigarillo anzündete, an ihrem Wein nippte und gelangweilt in ihren Papieren blätterte. Nach Dotties Erzählung hatte ich sie mir viel hübscher vorgestellt. Sie war schlank und rothaarig und hatte die Augenlider immer auf halbmast. Es sah aus, als ob Robert Mitchum sich mit einem irischen Setter eingelassen hätte.

Rochelle sagte, ihre Aufgabe bestehe darin, uns mit nützlichen Dingen vertraut zu machen, die nicht im Merton-College-Prospekt standen. Zum Beispiel, welche Professoren Arschlöcher wären und um welche Wohnheime für Jungs man besser einen großen Bogen schlug. Oder wie man den

Feuerinspektor austrickste, wenn er unsere Zimmer auf Kochplatten kontrollierte.

Keine der anderen Neuen hatte sich neben mich gesetzt. Ich ließ den Wein in meinem Becher kreisen und machte mir klar, daß ich für diese Mädchen ebenso unbedeutend und unsichtbar sein würde wie für die Mädchen auf meiner High School. »Also, wie wäre es, wenn jetzt jede von euch ihren Namen sagen und ein bißchen etwas über sich erzählen würde?« hörte ich Rochelle sagen.

Sie begannen auf der gegenüberliegenden Seite des Zimmers. Bambi, Kippy, Tammy: Jedes der Mädchen, die sich vorn hingesetzt hatten, hatte eine niedliche und sonnige Persönlichkeit, die zu ihrem Walt-Disney-Namen paßte. Jede schien davon entzückt, hier in diesem beschissenen Merton gelandet zu sein.

Die Mädchen in meiner Nähe waren etwas einfacher und ungepflegter. Eine, die Veronica hieß, hatte ein auffälliges Muskelzucken im Gesicht. Sie sagte, sie habe sich für einen Honors Degree eingetragen und würde ihre Studien sehr ernst nehmen. Naomi, zerbrechlich und nervös wie ein Wellensittich, sagte, sie sei den Sommer über in Woodstock gewesen und die Erfahrung hätte sie tief beeinflußt. Dann schweifte sie ab, zuerst auf das Thema Vietnam, dann auf die Bürgerrechte und schließlich auf den Quecksilbergehalt von Schwertfischen. Kippy und Bambi wechselten Blicke, die erkennen ließen, daß sie sich unbehaglich fühlten. Rochelle verdrehte die Augen und fiel Naomi dann ins Wort: »Und last but not least?«

Ich hatte schon die ganze Zeit auf dem Rand meines Bechers herumgekaut und Angst davor gehabt, an die Reihe zu kommen. Das Quietschen meiner Zähne in dem Styropor war das lauteste Geräusch im Raum. Alle warteten. »Oh, ich?« sagte ich schließlich. »Dolores.«

»Und?«

Was sollte ich denen erzählen? Daß ich so blöd gewesen

war, eine Woche früher als alle anderen einzutreffen? Daß man mich mit dreizehn vergewaltigt hatte?

»Ich bin saufroh hierzusein«, murmelte ich, ohne aufzublikken.

Während Rochelle die Heimregeln von ihrer Liste vorlas, kam mir in den Sinn, daß man viel mehr über Leute herausfinden konnte, wenn man sie dabei beobachtete, wie sie mit Styroporbechern umgingen, als danach, was sie sagten. Kippy hatte aufgehört, sich Notizen zu machen, und stach jetzt mit der Bleistiftspitze Löcher in ihren Becher. Naomi zerlegte den ihren in kleine Bröckchen. Ich hatte den meinen zu einer langen Spirale zerkaut.

»Und noch ein guter Rat«, sagte Rochelle. »Laßt euch bloß nicht mit den Kerls von den Ernährungswissenschaften ein. Allein schon, um in den Kurs reinzukommen, muß man eine ziemlich trübe Tasse und spitz sein. Das ist Vorbedingung.« Kippy und Tammy rissen die Augen weit auf und starrten einander kichernd an. »Ihr ganzes Heim steht auf Bewährung. Ihr werdet sie heute beim Abendessen sehen. Sie richten ein Grillfest für unser Heim aus. Sagt ja nicht, daß ich euch nicht gewarnt hätte. Und dann ist da natürlich Zehn-Tonnen-Dottie.«

Mein Atem stockte. Bei der Erwähnung ihres Gewichts sahen einige der Mädchen instinktiv zu mir herüber und dann gleich wieder weg.

»Dottie«, fuhr Rochelle fort, »unsere berühmte Lezzieputzfrau.«

Kippy sah sie verloren an. »Berühmte was?« fragte sie.

»Lezzie«, wiederholte Rochelle. »Wie lesbisch. Wie Mädchen liebt Mädchen.«

»Puh«, machte Kippy. »Jetzt kommen mir gleich meine Kekse hoch.«

Unsere Party von gestern nacht dröhnte plötzlich in meinen Ohren. Mitten im größten Durcheinander, auf dem Höhepunkt meiner Gesangsdarbietung und nachdem wir bereits eine halbe Flasche Wodka weggeputzt hatten – gleich nach meinem Vortrag von »Respect« –, war Dottie aufgestanden und hatte mich auf den Mund geküßt. Ein einzelner Kuß, gefolgt von lautem Gelächter. Mir war das seltsam und albern vorgekommen, aber dann hatte ich mir nichts mehr dabei gedacht. Jetzt machte es mir angst – nicht so sehr der Kuß selbst, sondern was jemand wie Rochelle oder Kippy daraus machen könnten. Das Gas der vielen Pistaziennüsse rumorte in mir und mischte sich mit Angst vor allen in jenem Raum Anwesenden. Ich wäre in diesem Augenblick lieber irgendwo anders auf der Welt gewesen, nur nicht auf diesem widerlichen, abgewetzten Sofa.

»Mir ist schlecht«, sagte ich. »Darf ich gehen?«

»Augenblick noch«, sagte Rochelle. »Gibt es noch irgendwelche Fragen?«

»Ich habe eine«, sagte Kippy.

»Hm?«

»Na ja, schon gut. Ich frag' dich dann später, wenn wir hier Schluß gemacht haben.«

»Wir machen jetzt Schluß«, sagte Rochelle.

Kippys Mutter hatte die Vorhänge mit den indianischen Mustern noch aufgehängt, ehe sie weggegangen war. Die Brise von draußen blähte sie auf, so daß das Tuch mir wie Brandung entgegenwehte. Mir war die ganze Woche kein einziges Mal in den Sinn gekommen, die Fenster zu öffnen.

Kippys High-School-Jahrbuch lag auf dem Bett. Auf ihrem Bild hatte sie längeres Haar und ein warmes Lächeln.

Freiwilliges Rotes Kreuz I, II: Tambourmajorin II, III, IV; Klassensekretärin III... Lieblingsbeschäftigung: Redet im Aufgabensaal. Schwäche: Kaugummi Marke Juicy Fruit. Zitat: »Today is the first day of the rest of your life.«

Sie hatte ein gerahmtes Bild eines dunkelhaarigen Jungen

ausgepackt und es auf ihre Kommode gestellt. Ich fand dasselbe Bild im Jahrbuch; wie nicht anders zu erwarten, war es Dante. *»Saint Dante.« Lieblingsbeschäftigungen: Milch und Kekse, für Sünder beten. Zitat: »Ich habe geweint, weil ich keine Schuhe hatte. Dann bin ich einem Mann begegnet, der keine Füße hatte.«*

Ich stand von meinem Bett auf und ging zu Kippys Kommode hinüber, um mir Dante aus der Nähe ansehen zu können. Seine buschigen Augenbrauen waren ein wenig nach oben gedreht. Das ließ ihn traurig und mitfühlend aussehen. In seinen Augen spielte sich ein Kampf ab.

Als Kippy in unser Zimmer zurückkam, knallte sie ihre Koffer zu und stieß sie unter ihr Bett. Ich konnte erkennen, daß Rochelle ihr Veto gegen ihre Flucht eingelegt hatte.

»Deine Eltern sind nett«, sagte ich. »Du siehst wie deine Mutter aus.« Sie knallte ihren Kosmetikkram und ein paar Parfumflaschen auf das Regal über ihrem Bett. Ihre Finger zupften nervös an einem Knoten im Lautsprecherdraht ihrer Stereoanlage. Sie hüpfte zwischen den einzelnen Verrichtungen hin und her, ohne etwas auszurichten.

In meinen Briefen hatte sie mich gemocht, hätte ich sie gern erinnert – hatte mir freiwillig intime Dinge anvertraut. Und jetzt bewirkte mein Fett, daß sie mich haßte.

Ich trat an ihre Kommode und griff nach dem Bild ihres Freundes. »Dante ist nett«, sagte ich. »Falls dir die Frage nichts ausmacht, was ist zwischen euch beiden geschehen?«

Jetzt sah sie mich endlich an.

»Du hast geschrieben, er setzt dich unter Druck, erinnerst du dich? Ich habe mich bloß gefragt ... na ja ... nicht, daß es mich etwas anginge.«

Sie kam herüber, nahm das Bild und knallte es mit dem Gesicht nach unten auf die Kommode. »Ich habe dir *gar nichts* geschrieben!« sagte sie. »Verstanden!«

Draußen auf dem Flur begrüßten sich zwei Mädchen lautstark nach der Rückkehr aus den Ferien.

»Ich habe dir *überhaupt nichts* geschrieben, ist das klar? Ich habe jemand anderem geschrieben. Jemandem, von dem du behauptet hast, daß du das bist, klar?«

Ich zündete mir eine Salem an und sah, wie das Streichholz in meiner Hand zitterte. Gas von den vielen Pistazien gluckerte in mir hoch. »Also, kann ich vielleicht etwas dafür, daß ich ein Drüsenproblem habe?« sagte ich. »Ich bin so auf die Welt gekommen. Dann erschieß mich eben.«

Sie war die erste, die den Blick senkte.

Bei dem abendlichen Picknick nahm ich nur winzige Happen von den verschiedenen Salaten und ordnete sie wie kleine Inseln auf der weißen Fläche des schweren Porzellantellers an. Damit wollte ich Kippy meinen guten Willen zeigen: Ich würde für sie abnehmen und normal werden. Aber Kippy merkte es gar nicht. Sie und Bambi waren ganz damit beschäftigt, sich möglichst weit entfernt von mir zu halten. Ich hatte sie vom Wohnheim bis zum Buffet beschattet.

Der eigentliche Grillplatz war eine auseinandergeschnittene Öltonne, die mit Draht abgedeckt war. Mit Soße getränkte Stücke von Hühnchen brutzelten zwischen uns Hooten-Mädchen und den Jungs von den Ernährungswissenschaften. Der Typ am Grill sah aus wie aus einer Seifenoper und hatte perfekte weiße Zähne und eine weiße Kochmütze. Er trug ein rotes Tuch um den Hals und lächelte hinter einem Schleier blauen Grillrauchs.

»Das hier will dich haben«, sagte er zu Kippy und spießte ein fetttriefendes Stück Hühnerbrust auf. Er schob es von der Gabel auf ihren Teller. Falls sein Namensschild stimmte, hieß er Eric. »Woher kommt ihr Mädels denn?« fragte er. Eine voluminöse Hühnerkeule schwebte über Bambis Teller.

»Edison, New Jersey.«

»Stoughton, Massachusetts.«

Eric leckte sich den fettigen Finger ab. »Oh, wirklich? Also, wo ist das denn?«

»In der Nähe von Boston«, sagte Bambi.

»Boston? Ich habe gehört, daß es dort oben bloß lauter alte Knacker gibt, die einem alles verbieten.«

Kippy lachte so laut, daß man hätte meinen können, jemand würde sie kitzeln.

»Nicht nur«, sagte Bambi.

»Das ist eine ganz Schlaue«, erklärte er Kippy. Alle drei lachten. Dann wandte er sich mir zu. »Welches?« fragte er und deutete mit einer Kinnbewegung geschäftsmäßig auf die Hühnerteile. Ich konnte mich nicht entscheiden. Die zwei anderen hatten bereits die Flucht angetreten. Ich deutete auf die häßlichste, am meisten eingeschrumpelte Hühnerkeule.

Als ich mich nach ihnen umdrehte, sah ich Kippy und Bambi auf der anderen Seite des Rasens auf einer Steinbank sitzen. Beide beugten sich über die Teller, die sie im Schoß hielten, und lachten über etwas. Über mich. Ich wußte nicht, wo ich sonst hätte hingehen sollen.

Also wartete ich, bis sie beiseite rutschten, aber das taten sie nicht. Sonst war nirgends Platz außer auf dem Boden. Ich ging in die Knie und ließ mich dann einfach fallen. Ich hatte nicht vorgehabt, dabei zu grunzen. Die Hühnerkeule rollte von meinem Teller ins Gras. Ich spürte, wie die beiden aufhörten zu essen und mich beobachteten. Ich konnte hören, wie sie meinem schweren Atem lauschten.

Ihr Gespräch wechselte von dem Thema Jungs zum Thema Haare. Ich wollte ihnen von Ruths Pfefferminzshampoo erzählen, wollte ihnen sagen, daß Ruth mein Haar für schön hielt. Warum hatte mein Fett Larry und Ruth nichts ausgemacht?

Nach dem Nachtisch fingen die Jungs an, ihre voluminösen Kochmützen abzunehmen und ihre weißen Jacken aufzuknöpfen. Zwei von ihnen bespuckten sich gegenseitig mit Wassermelonenkernen und sahen sich um, ob die Mädchen auch zusahen. Ein Frisbee segelte über den Rasen.

Einige der Hooten-Mädchen ließen sich dazu überreden, den Jungs auf die Schultern zu klettern, und daraufhin begann eine Art Ringerwettbewerb. Die Mädchen lachten unsicher, packten sich gegenseitig an den Handgelenken und schubsten sich halbherzig. Unter ihnen krachten die Jungs etwas ernsthafter gegeneinander.

»Komm schon, New Jersey«, sagte jemand. Das war der vom Grill, dieser Eric. Er kniete neben mir nieder, so nahe, daß ich gekochtes Fleisch riechen konnte. Kippy kicherte, zierte sich zuerst und kletterte dann auf seine Schultern. Sie erhoben sich, schwankten etwas und galoppierten dann auf die anderen zu.

»Ich konnte mich nicht zwischen dir und der Fetten entscheiden«, hörte ich ihn sagen. Kippy lachte schrill.

Zusammen bildeten sie eine Art Zentaur – halb Dreckskerl, halb Miststück. Dottie hätte laut darüber gelacht. Sie würde erst wieder in zwei Tagen zur Arbeit kommen. Ich konnte sie dazu bringen, Kippy zu hassen; ich wußte ganz genau, was ich ihr erzählen mußte. Rochelle hatte das, was sie von Dottie behauptet hatte, nur deshalb gesagt, weil sie fett war. Sie brauchten irgendeinen Grund, sie zu hassen. Dieser blöde Kuß hatte überhaupt nichts bedeutet. Gar nichts.

Kippy schlang einen Arm um Erics Hals und fing an, gegen das Mädchen ihr gegenüber so zu kämpfen, als ob es ernst wäre, zerrte an ihren Haaren und schlug auf sie ein. Unter ihr gab Eric aufmunternde Laute von sich. Er hakte sein Bein um das des anderen Jungen und brachte die beiden zu Fall.

Eric und Kippy torkelten im Kreis herum und suchten sich den nächsten Gegner. Dabei sahen sie den kräftig gebauten Jungen nicht, der von der Seite auf sie zukam. Er hatte am Buffet Götterspeise verteilt – in Scheiben geschnitten und ausgesprochen köstlich, wie ich mich erinnerte. Jetzt zog er den Kopf ein wie ein Bulle und stürmte los.

Als sie kollidierten, kam Eric ein wenig ins Schwanken, schaffte es aber, auf den Beinen zu bleiben. Kippy flog in weitem Bogen herunter und landete mit einem lauten Krachen auf der Schulter. »Herrgott!« schrie sie. »Tut das weh! Beschissen weh!«

Ein paar Leute versperrten mir die Sicht. Ich versuchte aufzustehen und zu ihr zu gehen, aber sosehr ich mich auch bemühte, es war, als wäre ich am Boden festgewachsen. Kippys Stimme übertönte jetzt alles andere. »Oh, mein Gott! Oh, mein Gott!« Sie schrie ihren Schmerz hinaus, bis es zu einer Art Gesang wurde.

Jetzt griff Rochelle ein. Mit ihren Kenntnissen aus einem Erste-Hilfe-Kurs prahlend, drückte sie ein wenig an Kippy herum und entschied dann, daß sie in die Notaufnahme des Wayland-Krankenhauses mußte. Als sie sie schließlich in den Station Wagon von irgend jemandem verstaut hatten, dämmerte es bereits. Ich überlegte, ob ich ihre Eltern anrufen sollte. Oder Dante auf seiner lutheranischen Schule. Aber dann blieb ich sitzen und rauchte.

Nachdem alle anderen hineingegangen waren, kam ein Mann in einem Truck der Gebäudeverwaltung und spritzte Wasser auf die Glutreste im Grill. Er klappte die Buffettische zusammen (ein heftiger Tritt gegen jedes Tischbein), lud sie auf den Truck und fuhr sie weg. Plötzlich waren überall Moskitos.

Ich schaffte es schließlich, mich auf Hände und Knie hochzurappeln, und arbeitete mich zu der Steinbank hinüber. Beim dritten Versuch stand ich dann keuchend und mit Herzklopfen auf den Beinen. Ich bewegte mich unsicher auf meinen Füßen, die sich anfühlten, als hätte ich lauter Nadeln unter den Sohlen.

Als ich wieder in meinem Zimmer war, sperrte ich die Tür ab. Mein halblautes Gemurmel wurde zu einem stummen Gespräch mit Dantes Bild. »Paß auf sie auf«, sagte ich. »Ich würde ihr nicht weiter trauen, als ich sie werfen kann.« Und als ich das sagte, mußte ich daran denken, wie es ausgesehen hatte, als sie durch die Luft geflogen war. Mir war schwindlig.

Ich wünschte mir, Dante würde antworten.

Sie hatte seinen Brief gelesen, ohne daß ihr Gesichtsausdruck sich dabei verändert hatte, und ihn dann in eine Schachtel in Paisleymuster in ihrer Kommode gelegt. Zweite Schublade. Ich ging auf die Kommode zu. Zögerte. Zog ihn aus dem Umschlag.

... das geht auf die Zeit zurück, als meine Mutter meinem Vater auf die Schliche kam und mir das Versprechen abnahm, daß ich nie ein FRAUENHELD wie er sein würde. Aber jetzt wünsche ich mir, daß wir miteinander geschlafen hätten, so wie du das gewollt hast, Kathy. Vielleicht denkt Gott nicht einmal, daß es unrecht ist. Wer weiß? Ich weiß jetzt überhaupt nichts mehr. Tut mir leid, daß ich dich in jener Nacht auf dem Berg zum Weinen gebracht habe, als ich nicht wollte. Ich habe mich so nach dir gesehnt, aber ich war völlig verwirrt. Ich liebe dich so sehr, daß ich es kaum ertragen kann.

Der Brief zitterte in meiner Hand. Ich liebte ihn sofort – dafür, daß er so verwirrt war, und auch für das Versprechen, das er seiner Mutter abgegeben hatte. *Dante* war also derjenige, der nicht gewollt hatte, und *Kippy* hatte mit dem Feuer spielen wollen.

Ich spielte selbst mit dem Feuer. Was, wenn ich sie nicht kommen hörte? Wie konnte ich ihr sein gerahmtes Bild bei mir im Bett erklären und den Brief, den ich auf dem Schoß hielt? Ich redete mir zu, aufzustehen und alles wieder zurückzulegen.

Aber ich hätte keine Sorge zu haben brauchen. Als sie zurückkamen, irgendwann nach zehn, hätte man sie bis zum Parkplatz hören können – ein großes Theater und Kippy in der Mitte. Ich lag im dunklen Bett, die Augen fest geschlossen und eine Decke über dem Kopf.

Die Tür flog mit einem Knall auf, und das Licht wurde angeknipst. Es waren wenigstens drei oder vier, Jungs und Mädels, und alle flüsterten. Rochelle führte immer noch das große Wort. »Vielen Dank, Jungs«, sagte Kippy immer wieder mit süßer Stimme. Jemand flüsterte irgend etwas Witziges, was ich nicht hören konnte. Die anderen lachten. Dann gingen sie weg.

Es war einfach nicht fair. Fett zu sein war auch ein Handicap. Aber die Leute rannten einfach vor einem weg oder machten ihre dämlichen Witze über einen. Oder beides. Dabei hätte ich *tatsächlich* ein Drüsenproblem haben können, was wußten die denn schon! Sie war aus freien Stücken auf seine Schultern gestiegen. Wenn man mit dem Feuer spielte, konnte man sich verbrennen.

Die Stille, die im Zimmer herrschte, war so absolut, als existierten wir beide nicht. Jemand könnte hereingerannt kommen, das Licht anknipsen und unser Zimmer leer vorfinden.

Die Uhr in der Stadt schlug eins. Kippy fing an zu wimmern. Ich zählte meine Herzschläge, bis ich bei zweihundert angelangt war, ehe ich etwas sagte.

»Hast du Schmerzen?« fragte ich schließlich.

Sie ließ mich warten. Dann knipste sie ihre Nachttischlampe an und sah mit zusammengekniffenen Augen auf ihre Uhr. »Mein erster Tag im College«, sagte sie. »Scheiße!«

»Tut es weh?« fragte ich wieder. »Wenn ich irgend etwas tun kann ...«

Sie machte erneut Licht. »Ich habe mir das Schlüsselbein gebrochen«, sagte sie. »Die haben mir im Krankenhaus etwas gegen die Schmerzen gegeben. Ich soll zwei Stunden warten, ehe ich die nächste Tablette nehme. Kann ich eine von deinen Zigaretten haben?«

Ich quälte mich aus dem Bett, steckte sie ihr in den Mund und zündete sie an.

»Menthol«, sagte sie. »Pfui.«

»Im Keller ist ein Automat. Ich kann dir morgen normale holen. Oder wenn du willst, gehe ich jetzt hinunter und hole dir welche.« Ich saß auf der Bettkante und wartete darauf, daß sie sich entschied.

»Ein gebrochenes Schlüsselbein«, wiederholte sie. »Ich

muß diesen beschissenen Verband mindestens drei Wochen tragen.«

Sie war gewarnt worden, Rochelle hatte ausdrücklich vor diesen Idioten aus dem Kochkurs gewarnt. Was erwartete sie eigentlich? »Warum nimmst du nicht einfach jetzt die nächste Tablette? Wo sind sie? Ich hol' dir ein Glas Wasser.«

»Vielleicht sollte ich das«, sagte sie. »Sie sind in einer kleinen Tüte in meiner Handtasche. Danke.«

Ich erkannte die Tabletten. Es waren dieselben, die Grandma mir an dem Wochenende gegeben hatte, an dem Ma gestorben war. Sie steckte zwei in den Mund und lehrte das Glas Wasser.

»Das wird schon wieder«, sagte ich. »Ganz bestimmt.«

Sie schluckte. »Ja, natürlich. Weil ich ja alles glaube, was *du* mir sagst!« Sie gab mir das Glas zurück. »In diesen Briefen bist du mir so nett vorgekommen. Und lustig auch. Ich dachte, du wärst richtig cool. Und dann komme ich her, und du bist...«

»Ich bin noch derselbe Mensch«, sagte ich. »Ich habe die Briefe geschrieben.«

»Einen Quatsch bist du. Bloß weil du ein Drüsenproblem hast oder was immer, gibt dir das noch lange nicht das Recht, dich als jemand auszugeben, der du gar nicht bist. Ist es denn zuviel verlangt, wenn man von jemandem, der einem als Zimmerkollegin zugeteilt wird, die Wahrheit erwartet? Autsch! Scheiße! Meine Schulter!«

Ich schaltete das Licht aus. »Ich dachte, du würdest mich lieber mögen, wenn du nicht weißt, wie ich aussehe«, sagte ich. Sie gab keine Antwort. »Und so war es auch, stimmt's?«

Ich spürte, daß sie zu mir herübersah, mich in der Dunkelheit anstarrte.

»Kippy?«

»Was?«

»Ich habe kein Drüsenproblem. Ich bin bloß fett. Und ich ...« Ich war im Begriff, ihr zu gestehen, daß ich Dantes Brief geöffnet hatte, hielt mich dann aber zurück.

»Und was?«

»Und meine Mutter ist in diesem Sommer gestorben.«

Die nächsten Sekunden war es ganz still im Zimmer. »Wie?« fragte sie dann.

»Es war ein Unfall.«

»Also, das tut mir leid«, sagte sie. »*Wenn* es stimmt.«

Ich lag im Dunkeln und weinte leise. Als ich schließlich beinahe eingeschlafen war, sagte sie wieder etwas. »Dolores, weißt du was? Der Schmerz ist weg.« Ihre Stimme klang so, als käme sie durch eine dichte Nebelwand. »Oh, übrigens – weißt du noch, was du mich heute nachmittag gefragt hast?«

»Was meinst du?« fragte ich.

»Wegen Dante. Daß er mich unter Druck setzt. Wir *haben* miteinander geschlafen. Kurz bevor er zu seiner Schule abgereist ist. Auf einem kleinen Hügel.«

Ich sagte gar nichts.

»Es war wunderschön«, sagte sie. »Sagenhaft.«

14

Kippys gebrochenes Schlüsselbein lieferte mir den Hebel, den ich brauchte. Ich erhielt Erlaubnis, ihr getreuer, ergebener Dienstbote zu werden, beim Mittagessen ihr Tablett zu tragen, ihre Schulbücher zu kaufen, ihre Wäsche zu waschen und immer, wenn Kippy das Heizkissen ausborgen mußte, an Rochelles Tür zu klopfen. Sie hatte vergessen, ihre Seifenschale einzupacken; ich gab ihr meine. »Schleimgrün, Dee?« sagte sie. (In der zweiten Woche hatte sie angefangen, mich Dee statt Dolores zu nennen.) Ich kaufte ihr eine in Muschelrosa wie die, die sie in New Jersey gelassen hatte. Ihre Medizin machte sie durstig. Ich nahm ihr Geld nicht an, das sie mir jedesmal hinhielt, wenn ich mit ihrem Orange Crush von dem Getränkeautomaten im Keller zurückkam. »Ach, jetzt komm schon – ich lade dich ein!« pflegte ich zu insistieren, schob ihre Quarter beiseite und gab mir die größte Mühe, das Keuchen und Stöhnen von den zwei Treppen hinunterzuschlucken. Mein Instinkt riet mir, all diese Besorgungen schnell zu erledigen. Wenn ich ihr genügend Zeit ließ, könnte sie ausziehen.

In jener ersten Woche besuchte ich mehr Vorlesungen für Kippy als für mich selbst, sammelte Semesterpläne und erste Eindrücke. Ich erstattete ihr in der witzelnden Art Bericht, die ihr an meinen Briefen im Sommer so gefallen hatte. Als Vorbild hatte ich mir Julias alte Kinderschwester aus *Romeo und Julia* genommen: eine gutherzige Kleinigkeitenkrämerin, eine Frau, die sagte, was zu sagen war, aber wußte, wo sie hingehörte.

Mrs. Bronstein hatte uns in unserem ersten Jahr auf der Easterly High School *Romeo und Julia* lesen und dann zum Vergleich dazu *West Side Story,* ihren Lieblingsfilm, ansehen lassen. Sharks und Jets, Montagues und Capulets. Die Klasse hatte über die gesungenen Partien gelacht – Leute, die in den größten Krisen Zeit zum Singen hatten. Am Ende des Films knipste Mrs. Bronstein die Beleuchtung im Klassenzimmer wieder an. »Also, was habt ihr euch gedacht?« fragte sie hoffnungsvoll.

Manchmal war ich von Mrs. Bronstein wegen der Mühe, die sie sich gab, richtig begeistert gewesen und hätte ihr genau die Antwort liefern können, die sie entzückt hätte. Niemand von uns sagte etwas. Mrs. Bronstein sah uns an und wartete. Schließlich hob Stormy LaTerra die Hand und sagte, sie finde, daß George Chakiris einen knackigen Po hätte. Mrs. Bronstein verließ das Klassenzimmer in Tränen aufgelöst, und der Junge, der uns den Film vorgeführt hatte, ließ ihn für uns rückwärts ablaufen: Maria, wie sie sich mit einem Satz von Tonys hingestrecktem Körper entfernte. Tony, wieder zum Leben erwachend. Die Sharks, die ihre Messer wieder aus ihm herausrissen. Vielleicht konnte man tatsächlich wieder ins Leben zurückkehren, nachdem man tot gewesen war. Oder sich jemand Neuen aussuchen, der man werden konnte – einfach sein altes Ich abstreifen und eines ruhigen Todes sterben lassen. Es war eigentlich komisch, wie sich das, was ich auf der High School gelernt hatte, jetzt im nachhinein als nützlicher erwies als damals, als ich das alles durchgemacht hatte.

Die Rolle von Kippys Romeo besetzte ich mit Eric vom Kochkurs. Kippy gefiel es, wenn ich ihn so bezeichnete. Er tauchte an unserer Tür auf – zuerst sporadisch und dann ziemlich regelmäßig, nuckelte immer an seinem Miller High Life, ging auf und ab und blieb jedesmal stehen, wenn er an unserem Spiegel vorbeikam, um sein Spiegelbild zu bewundern. Um Kippys Ehre wiederherzustellen, hatte Eric sich an dem Angreifer gerächt, der ihren Flug durch die Lüfte und ihr gebrochenes Schlüsselbein zu verantworten hatte, indem er ihm die Luft aus sämtlichen Reifen herausgelassen und ihn als Mitglied in drei verschiedenen Schallplattenclubs eingetragen hatte.

Eric nickte mir zu, sprach aber nie mit mir. Sein Auftauchen war für mich immer das Stichwort, drei Minuten zu warten und dann zu gehen. Das Warten war Kippys Idee. »Es ist ja nicht so, als ob wir – du weißt schon – Tiere oder so«, erklärte sie mir. Ich schnappte mir dann meine Salems und irgendeine Zeitschrift und suchte immer denselben Ort auf – die Toilettenkabine, die an unser Zimmer angrenzte. Gewöhnlich blieb er drei oder vier Biere lang, Kippys Stöhnen und Kichern drang manchmal durch die Zwischenwand. Hier und da konnte man auch ein schmerzerfülltes Aufkreischen hören. »Meine Schulter! Du drückst auf meine Schulter!«

Bis zum ersten Oktober hatte Kippy sieben Briefe von Dante aus dem lutheranischen College bekommen. Seit Eric hatte sie Dantes Foto in ihre Schublade mit den Pullovern gelegt und ihm erst einmal zurückgeschrieben. »Würdest du das für mich aufgeben?« hatte sie mich gebeten, eine Briefmarke auf den Umschlag geklebt und geseufzt. Ich hatte den Brief tatsächlich aufgegeben: in den Abflußschacht vor Hooten Hall. Nicht, daß ich sie *haßte;* sie verdiente nur jemanden so Einfühlsamen wie Dante nicht.

Und das war auch der Grund, warum ich anfing, seine Briefe zu stehlen, statt abzuwarten und sie erst zu lesen, nachdem sie sie geöffnet hatte.

Wenn ich auf dem Weg zu den Mahlzeiten oder zum Getränkeautomaten, um dort ihr Orange Crush zu holen, an den Postkästchen vorbeikam, zupfte ich immer die inzwischen vertrauten beigen Umschläge mit dem Segelschiff aus Kippys Fach und schob sie in meine Jackentasche. Ich las sie dann mehrmals, während ich auf dem harten Toilettensitz saß und wartete, bis Eric und Kippy mit Ficken fertig waren. Der arme Dante. Er fühlte sich auf dem lutheranischen College nicht wohl. Selbst sein hauchdünnes Briefpapier war zerbrechlich. *»Manchmal denke ich, ich werde verrückt... Sexuelle Gedanken mitten im Dienstagabendgebet...«* Ich begann mir Sorgen zu machen, weil seine Schrift fahriger wurde – und manchmal kippten die Buchstaben in derselben Zeile einmal nach rechts und einmal nach links. *»... dieses Angebot zur Ausbildung als Management Trainee in meinem alten Job... eine wichtige Frage, die ich dir an Thanksgiving stellen muß... würde NIEMALS meiner Frau das antun, was mein Vater meiner Mutter angetan hat.«* Seine Schrift wogte wie das Schilf in Fisherman's Cove, dem Strandstreifen unter Mrs. Masicottes Villa. Ich hatte seit Jahren nicht mehr an diese Stelle gedacht. Plötzlich wurde mir ganz deutlich bewußt, wo ich war. Und nicht war. Wayland, Pennsylvania: weiter vom Meer entfernt als je zuvor in meinem Leben.

Wenn ich ganz sicher war, daß Eric gegangen war, kehrte ich in unser Zimmer zurück, begluckte Kippy wie ein altes Kindermädchen und warf die leeren Millerdosen weg. Es war nicht etwa so, daß ich die Briefe tatsächlich *stahl,* sagte ich mir. Ich hielt sie nur zurück und tat damit jemandem einen Gefallen, dessen Leiden ich zu verstehen glaubte – beging also nur in einem sehr engen Sinne ein Vergehen gegen die Bundesgesetze. »Alles ist relativ«, pflegte Mr. Pucci mich zu erinnern. »Du mußt das *große Ganze* sehen.«

Dotties Mop lehnte wie ein Karabiner an ihrer Schulter, und ihre Faust war ganz weiß, so fest hielt sie den Stiel. Ich war auf halbem Wege die Treppe hinauf mit einem Limonenbaiser und einem Glas Milch für Kippy. Ich hatte es fertiggebracht, Dottie drei Wochen lang nur beiläufig zuzunicken und, wenn sie mir von der anderen Seite des Flurs etwas zurief, so zu tun, als hörte ich sie nicht.

»Teller aus dem Speisesaal dürfen nicht mit auf die Zimmer genommen werden«, sagte sie. »Das ist Vorschrift.«

»Es ist für meine Zimmerkollegin. Ihr Schlüsselbein tut weh. Keine Sorge – ich bringe sie bestimmt zurück, wenn ich zum Abendessen gehe. Ich vergesse es nicht.«

»Ich muß alle melden, die ich mit Geschirr aus dem Speisesaal sehe.« Sie kam die Treppe herunter auf mich zu.

Ich zuckte zusammen, als sie die Hand ausstreckte und mir einen Faden von meinem Sweatshirt zupfte. »Was ist denn?« fragte sie.

»Gar nichts ist«, sagte ich. »Überhaupt nichts.«

An dem Tag hatten mich drei Mädchen aus dem Heim gegrüßt. Daß ich Kippys Bedienstete war, hatte mir eine Art Autorität in den Korridoren verschafft. Ich machte Fortschritte. Mit Dottie zu sprechen war Selbstmord.

»Bist du auf mich sauer, oder ist irgend etwas?« Auf ihren Wangen blühten rosa Flecken. Ihre Augen waren zusammengekniffen, während sie auf Antwort wartete.

»Ich? Nein, warum sollte ich sauer sein?«

»Ich weiß nicht. Das will ich ja gerade rausbekommen.«

Dieser Kuß: unheimlich und unwirklich, schließlich waren wir betrunken gewesen.

»Ich bringe das jetzt besser zu Kippy hinauf«, sagte ich. »Sie hat noch nicht gefrühstückt, und wenn sie ihre Medikamente auf leeren Magen nimmt ...«

»Dolores?«

»Puh, ich bin gar nicht zum Nachdenken gekommen. Diese Lehrer geben einem Lesestoff auf, als wäre ihr Fach das einzige.«

In Wahrheit lagen sämtliche Bücher, die ich gekauft hatte, wie ein kleines, unberührtes Denkmal auf meinem Schreibtisch. Die gelben Filzstifte, die ich am ersten Tag gekauft hatte, waren immer noch ganz scharf und spitz.

»Wie gefällt dir denn deine Zimmerkollegin, diese Krippy, oder wie sie heißt?«

»Kippy? Die ist supernett. Wir kommen prima aus.« Ich sah auf das Baiser auf dem Teller. »Weißt du, sie hat sich gleich am ersten Abend das Schlüsselbein gebrochen, und seitdem helfe ich ihr ein wenig.«

»Ich kann sie nicht ausstehen«, sagte Dottie.

Meine Augen huschten immer wieder zur Feuertür. Jeden Augenblick würde jemand herauskommen und uns erwischen. »Du kennst sie ja nicht einmal«, sagte ich.

»Ich weiß, daß sie sich hinter deinem Rücken über dich lustig macht.«

Der Kuchenteller wurde plötzlich in meiner Hand schwer wie Blei. »Nein, das tut sie nicht«, sagte ich. »Warum? Was hat sie gesagt?«

»Ich habe um halb drei Pause. Wir könnten uns unten im Geräteraum treffen.«

»Oh, schade, das geht nicht, weil ...«

Die Feuertür flog mit einem Knall auf. Veronica ging an uns vorbei die Treppe hinunter.

»Du bedienst sie von Kopf bis Fuß, und sie sagt gemeine Dinge über dich. Widerwärtig ist das.«

»Vielleicht hat sie von jemand anderem gesprochen«, sagte ich. »Oder vielleicht ...«

Dottie schüttelte den Kopf. »Oh, das war schon über dich. Diese dumme Kuh.«

Jedenfalls war ich keine Zehn-Tonnen-Lesbe, falls Kippy

das gesagt hatte. Ich war überhaupt nichts. Fette Mädchen *brauchten* gar nichts zu sein!

Dann gab ich Kippy im Zimmer ihr Baiser und ihre Milch. Sie hielt mir einen Quarter hin und lächelte. »Dee, mir ist jetzt gar nicht nach Milch. Würdest du mir einen großen Gefallen tun und mir ein Orange Crush holen?«

»Keine Zeit«, sagte ich. »Hol dir selbst eines.«

Es war nicht so, daß ich *absichtlich* nicht mehr zu der Geschichtsvorlesung um acht Uhr ging. Persönlich hatte ich gar nichts gegen Dr. Lu; es war ja nicht ihre Schuld, daß sie hinkte. Aber ehe ich duschen konnte, mußte ich abwarten, bis das ganze Heim schlief – bis ich nur noch das leise Summen der Neonröhren im Korridor hören konnte. Zwei Uhr morgens. Drei. Halb vier. Niemand würde mir vorwerfen können, daß ich sie anstarrte. Oder mich nackt sehen. Ich würde mich niemandem zur Schau stellen!

Mitten in der Nacht gehörte das ganze Heim wieder mir, wie damals in der ersten Woche. Ich konnte dann meinen Bademantel ausziehen und in diese Kumuluswolken aus Dampf treten, in Wasser, das so heiß und kräftig war, daß ich mir ausmalte, es würde mich läutern, mein Fett verflüssigen und es durch den Abfluß im Boden davonwirbeln lassen. Um vier Uhr morgens schien mir das Leben am erträglichsten – und die Entspannung war eine so wohlverdiente Belohnung, daß ich mit der Zeit einfach nicht mehr das Herz hatte, den Wecker für die erste Vorlesung am Morgen zu stellen. Ich wachte dann immer benommen auf, lange nachdem die Küche bereits aufgehört hatte, Frühstück zu servieren, und dankte dem Himmel dafür, daß es Kekse in Packungen gab. Die meisten anderen Mädchen saßen schon mitten in ihren Vorlesungen.

Im Fernseher in dem Aufenthaltsraum im Kellergeschoß wurde eine Frau aus Rhode Island, die Hattie hieß, »Jeopardy«-Champion. (Aus irgendeinem Grund hielt ich mich gern, während ich in die Röhre sah, an der eisernen Haspe in der Wand fest.) Ich nahm mir fest vor, wieder zu der Biologievorlesung um halb eins zu gehen, sobald Hattie verlor, nur daß sie einfach nicht unterzukriegen war. Außerdem hatte ich ohnehin vor, Biologie abzuwählen. Und wo sonst außer auf dem dämlichen Merton College würden die einen Dozenten für Kunstgeschichte engagieren, der wie Jethro aus den »Beverly Hillbillies« lachte? Er schaffte es tatsächlich, jedes dritte Dia verkehrt herum oder kopfstehend einzulegen und dann so blöde zu lachen. Da zuzuhören konnte einem den letzten Nerv rauben. Wie konnte man denn von so jemandem etwas lernen? Ich empfand es also nicht ganz als meine Schuld, daß ich seine Vorlesung schwänzte.

Kippy hatte sich angewöhnt, meine gelben Marker auszuborgen, ohne auch nur vorher zu *fragen*. Warum strich sie eigentlich nicht gleich jede Seite gelb an. *Quiek, quiek,* den ganzen Nachmittag, während ich innen an meiner Backe kaute und versuchte, ein wenig zu schlafen. Gebrochenes Schlüsselbein, daß ich nicht lachte. Sie war eine solche Heuchlerin. »Lieber Dante«, hätte ich am liebsten geschrieben. »Du kennst mich nicht, aber ich schreibe es dir aus Freundschaft ...«

Mitte Oktober hatte mir die Studentenberaterin zwei Memos geschickt mit der Bitte, sie wegen dieser »Teilnahmesache« anzurufen. Ich knüllte die Zettel zusammen und warf sie in Kippys Snoopy-Papierkorb. Mußte Studienberaterin Soundso auf *ihre* Dusche bis drei Uhr morgens warten? Und sich dann auch noch auf Zehenspitzen an einer Putzfrau vorbeischleichen?

Eines Nachmittags hatte ich gerade eine Tüte getrockneter Aprikosen geöffnet, als jemand an unsere Tür klopfte.

»Kippy ist in der Vorlesung«, schrie ich.

»Zu der will ich nicht. Ich will dich sprechen, Dolores.«

Dottie war es nicht, soviel war klar. Ich schob meinen Imbiß unter mein Kopfkissen und setzte mich auf.

Marcia, eine runde, mütterlich wirkende Studentin aus der Abschlußklasse, stand da und lächelte mich an. Sie war eines Abends beim Essen aufgestanden, um uns davon in Kenntnis zu setzen, daß sie Avonberaterin sei und uns mit dem größten Vergnügen alles besorgen könnte, was wir brauchten.

»Hi«, sagte sie. »Hast du einen Augenblick Zeit für mich?« Sie hatte eine breite, glänzende Stirn. Sie zwängte sich zur Tür herein, ehe ich etwas sagen konnte.

»Dolores«, begann sie, »als Schriftführerin für Hooten und Leiterin des Sonnenscheinausschusses . . .«

»Und dann bist du auch noch Avonberaterin«, sagte ich.

Ihr Lachen klang unecht. »Stimmt, aber deshalb bin ich heute nicht hier. Wie läuft es denn so?«

»Prima«, sagte ich. »Super.«

»Super«, wiederholte sie. »Also, eine meiner Aufgaben als Protokollführerin besteht darin, die Teilnahme an den Hausversammlungen zu registrieren. Bis jetzt haben wir vier gehabt, und nach meinen Aufzeichnungen warst du kein einziges Mal da.« Ihr Lächeln grenzte an ein argwöhnisches Schielen.

»Ich könnte etwas Parfum gebrauchen«, sagte ich. »Schreib irgendwelches für zehn Dollar auf. Ich bin da nicht so wählerisch. Meine eigene Avonberaterin. *Wow.*«

»Gibt es dafür einen besonderen Grund?« fragte sie.

»Ich verstehe mich nicht sonderlich gut darauf, Sachen auszuwählen. Was trägst *du* denn gerade? Bestell mir davon eine Flasche.«

»Irgendein besonderer Grund, daß du nicht zu den Versammlungen gekommen bist, meine ich?«

»Nun, ja . . . ich kriege immer Migräne.« Ich drückte mit beiden Zeigefingern auf die Stelle zwischen meinen Augenbrauen und schnitt ein Gesicht wie die Frau in der Anacinwerbung.

»Dann kommst du mit . . .«, sie hielt inne und sah auf ihre Aufzeichnungen. »Kommst du mit Katherine gut aus? Ich meine, gibt es Probleme mit deiner Zimmerkollegin?«

Ich schüttelte den Kopf.

»Heimweh?«

Auf diese Stirn hätte man einen Film in einem Autokino projizieren können, dachte ich. »Kippy und ich kommen prima klar«, sagte ich. »Warum? Hat *sie* etwas zu dir gesagt?«

»Oh, du liebe Güte, nein. Wir hatten uns nur gefragt, die anderen Beauftragten und ich, ob es ein Problem gibt, von dem wir wissen sollten. Ich hatte im ersten Semester solches Heimweh, daß ich mich jedesmal vor der Vorlesung übergeben mußte.«

Ich hatte Grandma bis jetzt erst einmal von dem Münztelefon aus angerufen. Sie war gerade zum Bingo unterwegs gewesen. Ruth und Larry gingen nie ans Telefon.

»Nein, alles ist wirklich prima«, sagte ich. Ich lächelte so breit, daß ich meine eigenen Wangen sehen konnte. *»Echt super.«*

»Großartig!« sagte sie. »Dann sehen wir dich also heute abend nach dem Essen bei der Versammlung. Es ist wichtig, daß du kommst. Wir sprechen über die große Halloweenparty. Kann ich dich schon mal mit Bleistift für einen Ausschuß eintragen?«

»Nun«, sagte ich, »solange meine Migräne mitspielt.« Ich ballte die Faust und tippte mir damit an den Kopf. Migräne war immer ein gutes Mittel gewesen, um Mr. Pucci loszuwerden, aber Marcia tat so, als hätte sie noch nie etwas davon gehört.

»Phantastisch!« sagte sie. »Dann sehen wir uns also nachher. Und deine Parfumbestellung gebe ich sofort weiter. Brauchst du auch Duftkissen?«

»Ich glaube, damit bin ich noch versorgt«, sagte ich. »Danke.«

»Aber mit dem größten Vergnügen.«

Aufdringliches Miststück.

An jenem Abend ließ ich das Abendessen ausfallen und aß

meine restlichen Aprikosen und ein Päckchen Marshmallows. Aber gerade als ich in der Stille des verlassenen Stockwerks anfing einzudösen, dröhnte Marcias Stimme aus der Lautsprecheranlage im Flur. »Dolores Price! Dolores Price! Wir warten auf dich. Wir brauchen dich unten, damit wir eine hundertprozentige, perfekte Teilnahme haben.«

Ich sperrte meine Tür auf und sagte mit zitternder Stimme zu dem Lautsprecher: »Ich habe *schreckliche* Kopfschmerzen. Ich glaube nicht, daß ich es schaffe.«

»Ich kann dich nicht hören, aber ich schalte jetzt ab«, sagte sie. Plötzlich war die ganze Vergnügtheit aus ihrer Stimme verschwunden. »Komm jetzt *schnell* herunter!«

Die Versammlung hatte bereits begonnen, als ich mich an ihrer Peripherie auf der Klavierbank niederließ. Marcia, die vorn die Tagesordnung verlas, blickte kurz auf und blinzelte mir zu. In Wahrheit saß ich ebensoweit von den anderen entfernt wie diese von mir. Mir am nächsten saß die kleine Naomi, das Mädchen, das in Woodstock gewesen war und an jenem ersten Tag eine Rede gehalten hatte. Ich beobachtete sie, wie sie sich ständig mit den Fingerknöcheln auf die Knie klopfte. Ihre Haut war blaß und schuppig, und ihre abgekauten Fingernägel waren mit getrocknetem Blut verkrustet.

So wie Marcia es versprochen hatte, war der Hauptpunkt auf Rochelles Tagesordnung die bevorstehende Halloweenparty. Sie sagte, sie sei gegen Maskierung. Schließlich hätten sie sich mit dem Luau im letzten Semester auf dem ganzen Campus lächerlich gemacht. Sie zumindest war es leid, wenn die Jungs von Delta Chi jedesmal, wenn sie auf dem Weg zur Vorlesung an Hooten vorbeikamen, Witze über aufgespießte Schweine machten.

Nach einiger Diskussion meldete Marcia sich zu Wort. Sie sagte, da es sich schließlich um eine Halloweenparty handele, sei sie persönlich der Ansicht, daß man schon maskiert gehen solle, aber sie würde sich jeder Entscheidung anschließen, die wir Mädchen auf demokratischem Wege trafen.

Im Geiste der Kooperation entschieden wir uns unter strahlenden Blicken Marcias für Maskierung (Rochelle verdrehte die Augen, enthielt sich aber der Stimme), Faßbier, Wodkapunsch und 2,50 Dollar Eintritt für Mädchen aus anderen Wohnheimen.

Rochelle bat um weitere Wortmeldungen.

»Hier!« rief Naomi so laut, daß ich zusammenfuhr. Sie ging mit schnellen Schritten nach vorn. »Für diejenigen von euch, die mich nicht kennen, mein Name ist Naomi, okay? Und ich meine, daß es sehr wichtig ist, daß unser Heim zu Kambodscha Stellung bezieht.«

Während sie redete, hüpfte sie beständig hin und her. In ihrer Latzhose konnten allerhöchstens achtzig Pfund stecken. »Ich habe diese Petition aufgesetzt« – damit fuchtelte sie mit einem Klappbrett herum –, »und wenn wir sie alle unterschreiben, dann ist das ein Anfang. Wir müssen uns unbedingt organisieren. Wenn Hunderttausende von Collegestudenten im ganzen Land sich vereinigen, wie kann dann selbst ein Motherfucker wie Nixon uns nicht hören?«

»Entschuldigung«, sagte Marcia und strahlte Naomi mit ihrem Avonberaterinnen-Lächeln an. »Du hast natürlich das Recht auf deine eigene Meinung, aber ich persönlich halte es nicht für notwendig, den Präsidenten der Vereinigten Staaten als ... als ...«

»Nixon *selbst* ist eine Obszönität«, fuhr Naomi sie an. »Aber das ist jetzt gar nicht der Punkt. Der Punkt ist My Lai.«

Ich hatte durchaus Sympathien für ihre Argumentation. Als ich im *Life* diese Bilder von My Lai gesehen hatte, hatte sich mir der Magen umgedreht. Und der Tricia-Nixon-Aufsatz meiner Mutter war im übrigen schuld daran, daß ich ausgerechnet in diese bescheuerte Schule gekommen war.

Naomis Petition wanderte, während sie sprach, von einem Mädchen zum nächsten, ohne daß jemand unterschrieb. Kippys Hände berührten das Papier nicht einmal. Und vorn hopste Naomi von einem Weltproblem zum nächsten. Im Aufenthaltsraum brachen Privatgespräche aus. Man nahm sie nicht ernst.

»Also«, fiel Rochelle ihr schließlich ins Wort, »wir müssen uns wohl bei dir entschuldigen, wenn dir Merton nicht radikal genug ist, aber einige von uns müssen sich um ihre Studien kümmern.«

»Okay, okay«, nickte Naomi. »Ich will nur noch eines sagen, okay? Ich war diesen Sommer in Woodstock. Das war Rea-*li*-tät, Leute! Wir sind es unserer Generation schuldig, uns *politisch* zu betätigen!«

Rochelle schlug mit ihrem Hammer auf den Tisch und erklärte die Versammlung für beendet. Irgend jemand gab Naomi ihr Klemmbrett zurück. Niemand war auf den Gedanken gekommen, es auch mir zu reichen.

»Augenblick! Augenblick!« protestierte Naomi und versuchte, die nach draußen drängenden Mädchen aufzuhalten. »Warum stehen da nicht mehr Namen? Unschuldige Frauen und Kinder, Leute! Wacht doch *auf!*«

Sie und ich waren die letzten zwei im Raum, links und rechts von der Tür.

»Laß mich dieses Ding sehen«, sagte ich.

Wenn man Naomis Unterschrift mitzählte, war meine die vierte.

»Verstehst du das?« fragte sie. »Ich kapier' das einfach nicht.«

Ihre Augen waren feucht und gehetzt. Aber ich brachte bloß ein Achselzucken zustande.

Am Abend spielten Kippy und ein paar andere in unserem Zimmer Rommé. Ich lag auf der Seite im Bett und starrte auf die Wand.

Bambi kam herein, ohne anzuklopfen. Alles Blut war aus ihrem Gesicht gewichen. Sie preßte eine Schallplattenhülle an sich. »Etwas Schreckliches ist passiert, Leute«, sagte sie. »Etwas wirklich Schreckliches. Paul McCartney ist tot.«

»Nein«, sagte Kippy.

»Es kam gerade im Radio. Er ist schon seit Monaten tot.« Sie hielt uns die Hülle von *Abbey Road* hin. »Da seht doch! Seine Augen sind geschlossen, und er ist barfuß. Das ist alles symbolisch. George ist der Totengräber. John Lennon ist Gott.«

Andere Hooten Girls kamen herein und fragten, ob wir es gehört hätten. Das Zimmer von Kippy und mir war anscheinend zu einer Art Zentrale geworden. War es ein Attentat gewesen? Nein, eine Krankheit, sagte jemand. Eine Tropenkrankheit, die er schon über ein Jahr gehabt hatte. Die anderen Beatles trauerten und konnten nicht erreicht werden.

Marcia sagte, er hätte sich das vermutlich in Indien zugezogen, wo sie bei diesem schmierigen alten Maharishi studiert hatten. Sie sagte, sie hätte irgendwo gelesen, daß die Leute in Indien sich einfach hinsetzten und auf die Straße machten.

Überall waren Mädchen auf den Betten, im Flur. Eine, die einen anderen Sender eingestellt hatte, sagte, wenn man das *White Album* rückwärts spielte, könne man hören, wie eine Stimme sagte: »Turn me on, dead man.« Kippy legte die Platte auf ihren Plattenspieler und drehte sie mit dem Finger. Alle drängten sich näher, um das unheimlich klingende Geschnatter zu hören.

Sie behandelten den Tod, als ob er eine Art Spiel wäre. Ich wünschte, *ihre* Mütter wären alle tot.

»Das ist doch alles großer Blödsinn!« sagte ich.

Sie drehten sich zu mir herum und starrten mich an. »Das ist doch bloß ein dämlicher Witz, den sich der Sender mit euch macht. Kapiert ihr das denn nicht? Der richtige Tod macht keinen Spaß, er bereitet Schmerzen. Sie hatte heute abend schon recht – mit dem, was sie über Vietnam gesagt hat. Naomi. Über arme Frauen und Kinder.«

Die Platte auf dem Teller drehte sich stumm. Niemand sagte etwas.

Dann ging die Tür wieder auf und ließ einen Streifen Licht aus dem Flur herein.

»Telefon«, sagte Veronica.

Kippy seufzte. »Ist es Eric? Sag ihm, ich bin jetzt viel zu aufgeregt und kann nicht mit ihm reden.«

»Es ist für sie.« Veronica deutete auf mich.

Im Flur war es so hell, daß ich die Augen zusammenkneifen mußte. Wenn es diese dämliche Studienberaterin war, würde ich einfach auflegen.

»Ich hab' mir gedacht«, sagte Dottie, »vielleicht möchtest du nächsten Samstag zum Abendessen rüberkommen und meine Fische sehen.«

»Nächsten Samstag? Da kann ich nicht.«

»Es gibt Schweinefleisch. Und einen Bohnenauflauf. Man macht ihn mit Champignoncremesuppe und einer Dose Zwiebelringen. Die Zwiebelringe legt man obendrauf. Wie eine Kruste. Ich weiß noch nicht, was es zum Nachtisch gibt.«

»Ich kann nicht«, wiederholte ich. »Ich muß das ganze Wochenende lernen.«

»Ich dachte, da wäre diese Halloweenparty. Du wirst da nicht lernen können, wenn um dich herum gefeiert wird. Hier wird es ruhiger sein.«

»Also, vielen Dank, aber ...«

»*Bitte.* Mein Bruder wird nicht hiersein. Er muß an dem Nachmittag zur Nationalgarde. Wenn du Schweinefleisch nicht magst, können wir auch etwas anderes essen.«

Rochelle ging vorbei. Wenn eine von denen erfuhr, daß Dottie mich angerufen hatte ...

»Ein anderes Mal vielleicht«, flüsterte ich. »Ich muß jetzt gehen. Bis später.«

»Wann?«

»Wann was?«

»Du hast gesagt, ein anderes Mal. Also wann?«

»Das weiß ich noch nicht genau. Das ist schwer zu sagen.«

»Er wird das ganze Wochenende weg sein. Ich hab' schon einiges von dem Zeug gekauft. Schweinefleisch kann man nicht einfrieren, weißt du. Da kommen irgendwelche Bakterien rein.«

»Ich kann nicht. Ehrlich. Ich muß jetzt gehen.«

»Weißt du, was sie über dich gesagt hat?«

Ich packte den Hörer so fest, daß es weh tat.

»Also, ich wollte dir das am Samstag sagen. Ich will das nicht am Telefon tun. Aber du kannst mir glauben, das ist keine Freundin.«

Plötzlich weinte ich. Weinte, weil ich so oft die Vorlesungen schwänzte. Weinte über den Vortrag, den ich denen gerade gehalten hatte. Es war ja schließlich nicht so, daß der Tod meiner Mutter ihre Schuld war ... *mich* hatten sie kein einziges Mal aufgefordert, mit ihnen Karten zu spielen. Daß ich auf dem College war, war ein einziger großer Witz.

»Wenn ich dir das sage, wirst du nicht einmal mehr mit ihr im gleichen Zimmer schlafen wollen. Es war wirklich ekelhaft.«

»Ich kann nicht.«

»Damals, diese erste Woche, die du hier warst, hat es solchen Spaß gemacht. Ich könnte dich mit dem Wagen meines Bruders abholen. Er läßt ihn immer hier, wenn er Nationalgarde hat. Wenn es dir lieber ist, könnten wir auch irgendwo hingehen und auswärts essen. In irgendeinem Restaurant. Sag nicht ja oder nein. Sag vielleicht.«

Ich wartete.

»Dolores«, sagte sie. »Ich liebe dich.«

Das machte mir angst. Wie damals, als Jack Speight mich gekitzelt hatte, damals auf seinem Balkon.

»Ich liebe dich sehr.«

»Ich muß jetzt gehen. Bis morgen dann.« Nur, daß ich sie am nächsten Tag nicht sehen würde. Ich würde in meinem Zimmer bleiben und die Türen absperren. Wenn sie versuchte hereinzukommen, würde ich sie melden.

»Warum behandelst du mich so? Diese Woche damals, das war die schönste Woche meines ganzen Lebens. Mit dir zu tanzen war wunderbar, das fehlt mir jetzt richtig.«

»Hast du die Nachrichten gehört?« fragte ich. »Paul McCartney ist tot.«

»Also ganz ehrlich, Dolores, ich muß die ganze Zeit an dich denken.« Ich konnte komische Geräusche hören: Sie weinte. »Ich meine, ich liebe dich als eine Freundin, sonst gar nichts. Versteh das ja nicht falsch. Wir beide sind uns so ähnlich, du und ich. Wer interessiert sich schon für uns zwei Dicke?«

Ich legte auf.

In der Toilette war niemand. Ich sperrte mich in die Kabine und zitterte so, daß der Sitz unter mir klapperte.

Als ich in mein Zimmer zurückkam, waren die anderen schon weggegangen. Kippy stand im Dunkeln und spielte mit der flackernden Kerzenflamme.

Ich hatte eigentlich erwartet, daß sie böse sein würde. Aber als ich mich auf meine Matratze fallen ließ, kam sie herüber und setzte sich neben mich. Das war das erste Mal, daß sie das tat.

»Du hast vorher an deine Mutter gedacht, nicht wahr?« sagte sie. »Warst du deswegen so wütend?«

Ich hatte Mas Gemälde mit dem fliegenden Bein in meinem Schrank verwahrt. Meine Mutter war ein Thema, über das ich eigentlich nicht mit Kippy reden wollte.

»Du hast gesagt, sie sei bei einem Unfall gestorben. Erzähl mir mehr davon.«

»Ein Autounfall ... Also, es war ein Truck. Ich will wirklich nicht ...«

»Das muß schlimm sein«, seufzte sie. Sie legte den Arm um mich. »Ich fühle mich dir heute richtig nah, Dee.«

Dottie hatte gelogen – ich war überzeugt, daß Kippy überhaupt nichts Schreckliches gesagt hatte.

»Ich bin gar nicht so übel«, sagte ich. Ich dachte an all die Briefe, die ich gestohlen hatte – daß ich die Umschläge vielleicht wieder zukleben und sie ihr zurückgeben könnte. Ich könnte ja alles auf das Postamt schieben.

»Das weiß ich doch«, sagte sie. »Darf ich dich um etwas bitten?«

»Ja«, sagte ich. »Was denn?«

»Könntest du morgen etwas bunte Wäsche für uns waschen?«

Am nächsten Tag kam wieder ein Brief von Dante, dicker als üblich und in einem großen Umschlag mit der Aufschrift: »Zerbrechlich. Nicht knicken.« Ich steckte ihn zu Kippys und meinen schmutzigen Kleidern in meinen Wäschekorb und ging in den Keller. (Mittags war es ungefährlich, in den Keller zu gehen; Dottie machte um die Zeit immer im zweiten Stock sauber.)

Art Fleming beugte sich zur Kamera und kündigte die Kategorie von »Final Jeopard« an: menschlicher Körperbau. »Die kleine Rinne zwischen der Nase und der Oberlippe«, sagte er.

Der Champion runzelte die Stirn. Man konnte klar erkennen, daß sie alles aufs Spiel gesetzt hatte und die Antwort nicht kannte – daß die sie gleich mit einer Runde Applaus und einer kompletten Ausgabe von Grolier's Lexicon nach Hause schicken würden. Ich ging zum Fernseher und schaltete einen anderen Sender ein.

In den Nachrichten feixte Paul McCartney und hielt das Titelblatt einer Zeitung in der Hand. Dann kniff er sich in die Wange und sagte, daß es immer noch weh täte und er deshalb vermute, daß er noch lebe. Ich schaltete den Fernseher aus.

Kippy hatte versprochen, mir diesmal das Wäschegeld zu geben. Aber sie hatte ihre sämtlichen Quarters für Limonade ausgegeben. Wir hatten zusammen zwei Maschinen voll. Ich legte unsere farbigen Sachen in die erste Maschine, schüttete Waschpulver hinein und setzte die Maschine in Bewegung.

Dantes Umschlag lag unter den weißen Sachen im Korb. Ich nahm ihn und zog die Klappe, so vorsichtig es ging, auf.

Die Polaroidbilder waren in einzelnen kleineren Tüten, die

mit Büroklammern hinten an seinem Brief befestigt waren – fünf Schnappschüsse von ihm, stehend und sitzend, völlig nackt.

Seine Nacktheit lähmte mich. Auf einem Bild hatte er die Hände auf den Hüften. Auf einem anderen waren sie hinter seinem Hals verschränkt, so daß seine am Ellbogen abgeknickten Arme wie Flügel aussahen. Sein Schamhaar und das Haar unter seinen Armen wirkten vor dem Weiß seines Körpers – einem leuchtenden Weiß, als wäre er irgendwie von innen heraus beleuchtet – blauschwarz.

In dem Brief erklärte er, er habe, während sein Zimmerkollege Vorlesung hatte, seine Zimmertür abgesperrt und die Kamera auf einen Bücherstapel auf einem Stuhl gelegt. »*Daß ich an jenem Abend nicht mit dir geschlafen habe, war der größte Fehler, den ich in meinem ganzen Leben gemacht habe. Ich kann an nichts anderes mehr denken. Ich hoffe nur, daß diese Bilder unsere wechselseitige Bindung vertiefen. Ich liebe dich GANZ AUFRICHTIG.*«

Ich erinnerte mich an das entstellte Bild, das ich in meinem Religionsbuch der siebten Klasse in St. Anthony's gefunden hatte – und daran, wie mich dieses schmutzige Bild zugleich schockiert und informiert hatte. Aber an Dantes Polaroidaufnahmen war nichts Pornographisches. Sein Gesicht, das auf einigen der Bilder an der Stirn abgeschnitten war, wirkte genauso gequält wie sein Abschlußfoto – beinahe ein heiliger Blick. Die Art und Weise, wie er posierte, machte einem klar, daß er seinen Körper *anbot,* bittend – nicht drängend und verletzend wie das Schwein Jack Speight. »Alle Männer sind Schweine«, hatte ich an jenem Morgen zu Ruth gesagt. »Nein, das sind sie nicht«, hatte sie darauf geantwortet. Auf einem der Bilder saß Dante auf seiner Bettkante und hielt sich dort unten, bot es an, irgendwie wirkte es höflich.

Dieses gequälte Gesicht: Ich mußte an ein anderes Bild denken – das im Wohnzimmer bei Grandma hing: Jesus, der einen mit traurigen Augen ansah, Jesus, sein heiliges Herz freigelegt. *Flehentlich bittend:* eine Formulierung aus einem

Gebet, das ich einmal auswendig gelernt hatte. Dantes Gesicht bat mich flehentlich.

»Weißt du, du brauchst dein hartverdientes Geld nicht dem Big Business hinzugeben.«

Ich fuhr herum und stopfte mir die Polaroidfotos in die Jackentasche. Die kleine Naomi hockte eingezwängt zwischen der Wand und dem summenden Trockner. Sie stand auf und holte ein Streichholzbriefchen aus ihrer Latzhose. »Da«, sagte sie. »Ich zeig' es dir.« Sie riß einen Streifen von der Pappe ab, zwängte ihn in den Münzschlitz der Waschmaschine und drückte leicht. Ein weiches Klicken war zu hören, dann ein Summen. Wasser strömte in die Trommel.

»Danke«, sagte ich. Von dort, wo sie gesessen hatte, konnte sie die Bilder nicht gesehen haben.

»Also, wir brauchen uns wirklich nicht von General Electric und der Elektrizitätsgesellschaft ausbeuten zu lassen.«

Dann setzte sie sich wieder und las weiter.

Ich wollte nachdenken. Wollte mir die Bilder noch einmal ansehen. Aber ich wollte auch weiterreden.

»Entschuldige«, sagte ich. »Du warst doch diesen Sommer in Woodstock, stimmt das?«

Sie legte ihr Buch weg. »Yeah. Das war einmalig. Irre. Wahnsinn.«

»Hast du zufällig diese zwei Leute gesehen, als du dort warst? Mit einem kleinen Mädchen, vielleicht zwei Jahre alt. Sie hat lockiges Haar wie Shirley Temple, und er ist groß und mager.«

Naomi lachte. »Woodstock war etwas ganz Besonderes. Man hat die Leute dort gar nicht als Individuum wahrgenommen. Wir waren alle ein . . . ein Massenwesen.«

»Oh«, sagte ich. »Natürlich.«

Sie mußte meine Enttäuschung bemerkt haben. »Aber ich stand immerhin nur zwei Leute hinter Joni Mitchell in der Toilettenschlange«, sagte sie.

»Joni Mitchell hat die öffentlichen Toiletten benutzt?«

»Also, ja, natürlich. Weißt du, der Punkt war, daß wir alle eins waren, weißt du? Du und ich und Joni und dein großer, magerer Freund. Lauter gleiche, die sich denselben kleinen Planeten teilen. Ein richtiger Durchbruch war das – sehr politisch.«

»Yeah«, sagte ich. »Ich wette, das war es.«

Sie sah mich komisch an und lächelte dann. »Hey, wirst du noch eine Weile hier unten bleiben? Ich will was aus meinem Zimmer holen. Geh nicht weg.«

Sie ging hinaus.

Ich holte wieder Dantes Bilder heraus. Ich war ihm jetzt näher als Kippy, obwohl keiner von beiden das wußte. Die Fotos waren ein Band zwischen uns, führten uns irgendwie zu etwas völlig Neuem zusammen. Ich stand an der Schwelle eines Geheimnisses, das ich seit Jack in mir verborgen hatte: wie Frauen vielleicht die Liebe von Männern erwidern konnten, wie Frauen den Körper eines Mannes lieben konnten. Ruth hatte in jener Nacht, als ich sie und Larry beobachtet hatte, vor Entzücken gestöhnt. Ich dachte an Ma, nackt vor ihrem Spiegel stehend, nachdem Daddy sie verlassen hatte – sie hatte dagestanden, ihre Brüste gehalten und sich nach Daddy gesehnt! Ich dachte daran, wie albern sie sich immer benommen hatte, wenn sie verabredet gewesen war...

Naomi kam mit einem lavendelfarbenen Joint zurück. »Hast du Lust, dir einen reinzuziehen?« fragte sie.

Alles ging so schnell. Ich war dabei, mit jemandem Freundschaft zu schließen! Dante steckte nackt in meiner Tasche.

Naomi bewegte den Joint verspielt vor meiner Nase hin und her wie einen Scheibenwischer. »Ich glaube, meine Biologielehrerin hat heute ohnehin gesagt, daß die Vorlesung ausfällt«, sagte ich.

»Dann komm schon. Es ist ein viel zu schöner Tag, um hier drin zu sitzen und der Wäsche zuzusehen.«

Ich war noch nie hinter dem Wohnheim gewesen. Wir gingen an den Abfalltonnen vorbei und an dem Küchenpersonal, das auf dem Parkplatz eine Zigarette rauchte, und gingen einen langen, flach ansteigenden Hügel hinauf. Das kupferfarbene Gras, das vom Frost schon abgestorben war, knisterte unter unseren Füßen. Das Ahornlaub hatte im Licht der Mittagssonne die Farbe von Kastanie und Eidotter.

Der Joint war straffer als damals der von Larry. Ich machte Naomi nach, zog ein paarmal kurz und ruckartig, und dann überkam mich das Gefühl, die nächste Brise würde mich über das abgestorbene Gras schweben lassen.

Naomi lehnte sich ins Stroh zurück. Der Wind zerrte an ihren Hosenbeinen. »Paul McCartney ist von den Toten auferstanden«, sagte ich. »Es war gerade in den Nachrichten. Das war alles nur ein dummer Scherz.«

»Weißt du, was das Ärgerliche an den Beatles ist? Der Kapitalismus hat sie ins Herz gebissen. Sie *sind* tot, alle vier. Die sind die Dummen.«

»Na ja, nun ...«

»Aber es ist schon ein Wahnsinnskonzept«, sagte Naomi. Sie sah zu mir herüber und lächelte.

»Der Tod?«

»Die Auferstehung.« Wir schwiegen beide einen Augenblick. Dann fing sie an, über den Sozialismus zu reden.

Ich hörte nicht zu. Wenn Auferstehung möglich war, dann war Gott das auch. Gott könnte vielleicht jemand völlig Unvorhersehbares sein. Dante vielleicht. Oder John Lennon. Vielleicht sogar jemand mit einem Durchschnittsgesicht, das man gleich wieder vergaß: eine Kundin in Lockenwicklern im Supermarkt, dieser alte Mann mit dem Knoblauchatem in dem Bus. Gott könnte sogar der Filmvorführer in der Easterly High School sein – jemand, der einen Knopf drücken konnte, und dann lief das eigene Leben rückwärts ab ...

Ich malte mir aus, wie Dottie mich entküßte. Wie ich in diesem Greyhoundbus rückwärts fuhr ... wie Ma vor ihrem Zahlhäuschen in die Sicherheit zurücksprang. Wie Arthur Musics Truck rückwärts davonraste.

Ich griff in meine Tasche und betastete die geheimen Polaroids, die Antwort auf jenes Rätsel, das mir solche Angst machte: Wie Frauen Männer lieben konnten, wie Männer vielleicht nett sein konnten, statt brutal. Auferstehung: das Wort klang einfach gut.

Naomi tippte mich am Arm an. »Hey!« sagte sie. »Sieh dir das an!«

Sie legte sich wieder auf den Boden, schlang die Arme um sich und begann dann den Hügel hinunterzurollen – langsam zuerst, dann schneller werdend und schließlich ganz *schnell*. Unten richtete sie sich halb benommen auf, lachte und rief mir zu, ich solle nachkommen.

»Das kann ich nicht.«

»Blödsinn. Natürlich kannst du es.«

»Nein, wirklich.«

»Komm schon!«

Und dann tat ich es. Rollte unter ihrem Beifall hinunter, lachte und kreischte und rollte mich so schnell, daß alles verschwamm. Ich schloß die Augen und war von dem Schwung, den ich hatte, zugleich verblüfft und erschreckt.

Wir saßen unten am Hügel, über und über mit Stroh bedeckt und kicherten in der strahlenden Mittagssonne. »Bist du jetzt kaputt?« fragte Naomi.

»Wahrscheinlich«, sagte ich. »Wer weiß?«

15

Astronauten gingen vorbei, zwei gummigesichtige Nixons. Howdy Doody tanzte mit Marilyn Monroe.

»Niemand schafft es so wie die Four Tops, alle wie die Farbigen rumhopsen zu lassen«, seufzte Marcia. Sie hatte Veronica und mich dazu erpreßt, den Erfrischungsausschuß für den Halloweentanz zu übernehmen; Marcia selbst war Vorsitzende. Wir standen im grellen Neonlicht und mischten abwechselnd Krüge mit Screwdriver-Punsch und ganze Schüsseln mit Zwiebeldip. Marcia hatte Veronica zur Herstellung von gefüllten Eiern eingeteilt. Sie stand an der Spüle und zupfte Eierschalen mit einer Sorgfalt, als ginge es um eine Semesterarbeit. Naomi war auch da; sie saß auf der Theke und sah uns beim Arbeiten zu.

»Farbige im schneeweißen Merton College, Marcia?« fragte sie mit weit aufgerissenen Augen.

Marcia brachte sie mit einem Schlag mit dem Spültuch zum Schweigen. »Jetzt fang bloß nicht bei mir mit diesem Vorurteilsblödsinn an, Naomi Slosberg. Wer hat denn drei Dionne-Warwick-Platten – du oder ich?«

Naomi verbrachte das Wochenende mit »den richtigen Leuten« an der U Penn, aber war jetzt zu uns heruntergekommen, um sich über unsere Party lustig zu machen, bis sie abgeholt wurde. Auf Kippys Bitte hin würde ich das Wochenende in Naomis leerem Zimmer verbringen. Eric hatte eine Tüte Marihuana mitgebracht und sich von irgend jemandem in seinem Wohnheim ein paar Speziallampen ausgeborgt. Er und Kippy planten, sich nach der Party zu bekiffen und dann im Stroboskoplicht miteinander zu schlafen.

»Ich meine schwarz, farbig. Ich begreife einfach nicht, was die Leute sich da so aufregen«, fuhr Marcia fort. Sie hatte mich eine alte Miesmacherin genannt, als ich ohne Maske in der Küche aufgetaucht war. Sie trug ein Lumpen-Anna-Kostüm, das sie sich selbst genäht hatte. Sie hatte die ganze Woche an der Nähmaschine gesessen und alles getan, um anbetungswürdig auszusehen. Eric war als grüner Riese verkleidet, und Kippy war ein New York Met. Kippy hatte mir das von den Stroboskoplichtern am Nachmittag anvertraut, als sie Blätter aus grünem Filz ausgeschnitten und sie an Erics Unterhosen geklipst hatte. Nach dem Abendessen, als Kippy Eric am ganzen Körper grün bemalt hatte, hatte ich unser Zimmer verlassen müssen.

»Weißt du, Naomi, dieses Theater mit freier Liebe und

Peacenik ist wahrscheinlich bloß so ein Stadium, das du gerade durchmachst.«

Naomi schnippte ihren Zigarettenstummel in den Küchenausguß. »In meinem ersten High-School-Jahr war ich Tambourmajor.« Sie lachte. »Ich hab' mir damals Locken ins Haar gedreht und trug immer diese karierten Kilts mit einer riesigen Sicherheitsnadel. Ich hatte einen ganzen Schrank voll von dem Zeug.«

»Und wenn du schlau gewesen wärst, hättest du dir diese Röcke reinigen lassen und sie aufgehoben. Die Mode kommt immer wieder, weißt du.«

»Die Sicherheitsnadeln habe ich aufgehoben«, sagte Naomi. »Die kann man beim Segeln gebrauchen.«

»Ist ja großartig«, sagte Marcia verständnislos. »Wie wäre es, wenn du jetzt von der Theke rutschen und Dip in die Schalen tun würdest?«

»Marcia«, seufzte Naomi. »Im ganzen Land gibt es Leute, die *America the Beautiful* daran hindern wollen, die Dritte Welt in die Luft zu jagen. Und was machen die Arschlöcher in dieser Schule? Sie essen Zwiebeldip und tanzen irgendwelchen Scheiß. Und anschließend bumsen sie.«

»Jetzt reicht es wirklich«, sagte Marcia. »Das schmerzt in meinen jungfräulichen Ohren.«

»Weißt du denn überhaupt, wo Kambodscha *ist,* Marcia? Wie viele Billie-Holiday-Platten hast du?«

»Gar keine«, erklärte Marcia. »Ich habe noch nicht einmal von dem Herrn gehört, Naomi. Das ist wahrscheinlich schlimm, oder?«

»Billie Holiday?« fragte ich. Ich sah das Gesicht von Mr. Puccis Boyfriend, hörte diese traurige sanfte Stimme, die aus ihrer Jukebox gekommen war.

»Jedenfalls habe ich diesen dämlichen Tanz aufgegeben«, sagte Marcia. Sie goß etwas Wodka über einen mit gefrorenen Kirschen garnierten Eisring. »Audrey und Rochelle haben versucht, es mir beizubringen. Aber sie haben gesagt, es sei hoffnungslos. Meine Tanzmuskeln müssen geistig zurückgeblieben sein.«

Ich hatte angenommen, daß sie das zu uns allen sagte. Aber als ich aufblickte, sah ich, daß sie ganz speziell zu mir sprach und ihr großes hartes Lächeln aufgesetzt hatte. Ihre Zähne leuchteten feucht und gelb in ihrem weißgepuderten Lumpen-Anna-Gesicht. Es war wirklich deprimierend, wie weit entfernt sie davon war, anbetungswürdig auszusehen.

»Ich tue nur den halben Wodka in den Punsch«, flüsterte sie mir vertraulich zu, als ob wir zwei Mütter wären, die unsere Kinder irgendwie beschummelten. »Ich habe nicht die geringste Lust, morgen den ganzen Vormittag eingetrocknete Kotze mit dem Buttermesser vom Teppich zu kratzen.«

Sie nahm die Punschbowle und ging vorsichtig auf die Tür zu. »So, Naomi und Dolores, ihr geht jetzt vor mir. Ich möchte nicht, daß jemand mich anrempelt und ich das hier verschütte. Wenn wir die Tanzfläche nämlich naß putzen müssen, tanzen alle den Shing-a-ling, ob sie wollen oder nicht!«

Draußen wiegten sie sich zu den Klängen von »Cherish«.

»Du liebe Güte«, sagte Naomi. »Muß ich da hinaus? Wenn ich dieses Lied höre, kommt mir alles hoch.« Aber sie tat, worum Marcia sie gebeten hatte.

Kippy und Eric tanzten eng umschlungen. Kippy hatte sich ihre Baseballmütze verkehrt herum aufgesetzt, ihre Wange ruhte an Erics grüner Brust.

Marcia forderte irgendeinen Typen zum Tanzen auf, aber der lehnte ab. Als wir wieder in der Küche waren, schüttelte Naomi den Kopf. »Alles tanzt und trinkt, und Nixon ist Präsident. Wenn das keine Heuchelei ist. Was gibt es denn zu feiern?«

Marcia stützte beide Hände auf ihre breiten Hüften. Unter ihrem fröhlichen Kostüm schien sie ein wenig eingeschrumpelt zu sein. »Was ist dann mit Woodstock? In deinem grandiosen Woodstock ist doch auch ständig getanzt worden, oder nicht?«

Naomi blinzelte ein paarmal. »Das war etwas völlig anderes. Das war politisch. Aber diese Party hier ist nur beschissen peinlich.«

»Also, du solltest wirklich ein bißchen mehr darauf achten, wie du redest«, sagte Marcia. »Ich meine das ganz ernst.«

»O ja. Deine jungfräulichen Ohren«, lachte Naomi. »Das ist wahrscheinlich dein Problem, Marcia. Die Jungfräulichkeit.«

Ein Zittern zog über Marcias Gesicht. »Weißt du, Naomi, ich gebe mir wirklich große Mühe, an jedem Mädchen in diesem Heim irgend etwas zu mögen. Aber du kannst mir gestohlen bleiben!«

»Ding dong«, sagte Naomi. »Ich bin Ihre Avonberaterin.«

»Wenn du mit dieser Bemerkung andeuten willst, daß an den Avonprodukten etwas auszusetzen ist ...«

Drei heruntergekommen wirkende, in Knüpfbatik gekleidete Fremde erschienen in der Küchentür, und Marcias Lächeln flammte sofort wieder auf. »Kann ich euch irgendwie behilflich sein?« fragte sie.

»Zach!« schrie Naomi. »Babe!« Sie rannte auf den größten der drei zu und küßte ihn mit offenem Mund. Dann griff sie nach ihrer Reisetasche und führte die drei durch die Menge. »Adios, ihr Schleimer«, rief sie uns zu.

Marcia rieb sich die Hüften und schob sich ihre Matrosenmütze zurecht. »Ich kann es einfach nicht ausstehen, wenn ein Hootenmädchen sich überall ausschließt«, murmelte sie.

Plötzlich wurde mir bewußt, daß ich vergessen hatte, mir von Naomi ihren Zimmerschlüssel geben zu lassen. »He, warte einen Augenblick«, schrie ich. »Warte!« Ich rannte hinter ihnen her.

Die Musik dröhnte. Naomi und ihre Freunde bahnten sich ihren Weg durch die Menge. Jemand packte mich am Handgelenk. Eric.

»Hör auf!« sagte ich. »Ich muß sie erwischen.« Über Erics

Schulter hinweg sah ich, wie der Kopf von Naomis Freund durch die Tür nach draußen verschwand.

»Ich bin scharf auf dich, Baby. Laß uns tanzen.« Er schrie es ganz laut, damit jeder es hören konnte. Alle lachten.

»Halt den Mund«, sagte ich. »Du bist betrunken.«

Die anderen umringten uns. Eric packte fester zu und begann, um mich herumzutanzen. Ich sah mich nach Kippy um, damit sie mir helfen solle. Aber sie flüsterte Bambi etwas ins Ohr. Die beiden lachten und nickten.

What you want, baby, I got it
What you need, you know I got it
All I'm askin' is for a little respect –

An meinem Arm war ein grüner Fleck, wo er mich gepackt hatte. »Hör auf!« schrie ich. »Verdammte Scheiße, laß los!«

Die anderen munterten ihn auf, und er lachte seinen Bieratem in mein Gesicht und rieb sich an mir. »Ich mag es, wenn sie sich ziert«, schrie er.

»Sie ziert sich, weil sie es mag«, schrie jemand zurück. Er drängte sich an mich, tanzte auf Tuchfühlung. Die Leute lachten und schrien. Jetzt, wo er dafür gesorgt hatte, daß ich sichtbar wurde, war ich ihre Zielscheibe.

»Laß jucken!«

R-E-S-P-E-C-T!
Find out what it means to me!

Sie rückten mir immer näher, wurden lauter. Als ich mit Dottie allein gewesen war, war das *mein* Lied gewesen. Er hatte kein Recht. Ich hatte nie ...

Eric ließ meine Handgelenke los, packte mich aber an den Hüften, ehe ich mich ihm entwinden konnte. Er umklammerte mein Bein mit den seinen, wiegte sich auf und ab. Die anderen bellten wie Hunde.

»Trockenfick!«
»Jetzt wird gebumst!«
»Gib's ihr doch!«

Suck it to me suck it to me suck it to me suck it to me

»Du Schwein!« schrie ich, und dann rammte ich ihm das Knie in den Schritt.

Ob es nun die Überraschung oder der Schmerz oder beides war, jedenfalls hörte er auf zu tanzen. Alle hörten sie auf. Die Musik hörte auf. Ich tat es noch einmal.

Eric gab einen Grunzlaut von sich und fiel vornüber auf den Boden. Er krümmte sich zusammen; er wand sich, ächzte und stöhnte.

Ich schob sie mit den Ellbogen auseinander, schrie wie eine Irre.

Ich rannte weg.

»Warte, bis du meine Fische siehst«, sagte Dottie. »Ich habe letzte Nacht erst ein paar neue Neons gekriegt. Verstehst du etwas von Tropenfischen?«

»Eigentlich nicht«, sagte ich.

Der Station Wagon ihres Bruders geriet in ein Schlagloch und fing zu zittern und zu beben an, ein Zittern, das vom Vorderteil des Wagens durch meine Beine bis in meinen Hals hinaufstieg. Ich hatte sie von dem Münztelefon in dem die ganze Nacht über geöffneten Studienraum angerufen. Sie sagte, sie hätte schon vor dem Abheben gewußt, daß ich es war.

Am Radioknopf baumelte ein Luftauffrischer aus Pappe; eine Frau oben ohne, die beide Hände über ihre Brüste hielt. Nachdem ich Eric mein Knie verpaßt hatte, hatte ich mich am Rand des Parkplatzes hinter dem Müllcontainer versteckt. Ich mußte über eine Stunde dort in der Kälte gesessen haben – zitternd, mich beruhigend und wieder zitternd. Neben mir war ein Ölfleck, feucht und hell und im Schein der Neonbeleuchtung glitzernd. Und ein Dime. Ich drehte die Münze zwischen Daumen und Zeigefinger, überlegte. Mir war nichts anderes eingefallen, als sie anzurufen.

»Moe, Larry und Curly – das sind meine drei Piranhas. Einen meiner Engelbarsche habe ich nach dir benannt. Den silbernen da. Dolores. Eine richtige Schönheit ist das... Herrgott, habe ich mich gefreut, als du angerufen hast. Als das Telefon geklingelt hat, habe ich gleich gewußt, daß du das bist. Das ist wirklich Spitze! Dieses Arschloch von meinem Bruder ist bis zum Sonntag bei der Nationalgarde. Das Restaurant, wo wir zu Abend essen, hat die besten Muscheln.«

Als die Musik auf der Party wieder angefangen hatte, war Marcia herausgekommen und an den Rand der Rasenfläche gegangen. Sie hatte dreimal meinen Namen gerufen, es hatte immer wie eine Frage geklungen.

»Magst du Streifen oder ganze Bäuche?« fragte Dottie. »Die haben beides.«

»Was?«

»Muscheln.«

Ich drehte mich zu ihr herum. Der Rauch unserer Zigaretten kräuselte sich um ihren Kopf. »Ist mir eigentlich egal«, sagte ich.

Das Restaurantfenster war verschmiert und beschlagen. Sie saß an der Theke und wandte mir den Rücken zu, ihr Hintern hing auf beiden Seiten über den Hocker. Zwei Männer in einer Nische am Fenster tranken Kaffee und betrachteten sie grinsend. In der Restaurantbeleuchtung sah die grüne Farbe, die Eric an meinen Handgelenken hinterlassen hatte, grau aus. »Dieser fetten Schlampe werde ich es noch zeigen«, hatte er gesagt, als sie ihn hinausgeführt hatten, zwei seiner Freunde links und rechts von ihm, seine Arme um ihre Schultern. Sie waren nur ein halbes Dutzend Autos von mir entfernt stehengeblieben. »Die kann noch was erleben«, versprach Eric. Dann hustete er, spuckte aus und ließ sich von den beiden wieder hineinführen.

Ich hatte gewartet und gewartet und dabei immer wieder auf die heruntergezogene Jalousie in Kippys und meinem Zimmer geblickt. Dann hatte ich es riskiert, durch den Hintereingang in unser Heim zu gehen, war an halbleeren Bierbechern und weggeworfenen Kostümteilen vorbei die Treppe hinaufgegangen. Mein Herz schlug so laut wie der Baß von der Musik unten. In weiter Ferne konnte ich Leute lachen und schreien hören.

Unser Stockwerk war leer. Ich ging den langen Korridor hinunter und rechnete jeden Augenblick damit, daß er mich aus irgendeiner Tür heraus anspringen würde. Aber ich mußte das Risiko eingehen. Mußte meine Sachen holen und dort verschwinden, mußte irgendwo anders unterkommen.

Unsere Tür stand weit offen.

Auf dem Boden, mitten im Zimmer, war ein Haufen meiner Sachen, die er aus meinem Schrank herausgerissen und zerstört hatte. Zerrissene Kleider, eingetretene Koffer, Seiten, die aus meinen Büchern herausgerissen waren. Das Gemälde meiner Mutter mit dem fliegenden Bein lag schief auf dem Haufen – der Holzrahmen war zerbrochen, die Leinwand in der Mitte zerrissen. Wenn ich jetzt anfing zu weinen, warnte ich mich selbst, würde ich nicht mehr aufhören können.

Meinen Schrank hatte er nicht angerührt. Ich holte meinen Rucksack aus der untersten Schublade, in der ich Dantes gestohlene Briefe und Bilder aufbewahrte. Ich warf Unterwäsche, Zahnbürste und das Geld hinein, das Arthur Music mir dafür geschickt hatte, daß er meine Mutter umgebracht hatte – fünfundzwanzig unberührte Zwanzig-Dollar-Scheine, immer noch in dem Umschlag von der Bank.

Ich blickte wieder auf das ruinierte Gemälde. »Ma!« rief ich laut – eine einzelne Silbe, in die ich meinen ganzen Schmerz hineinlegte und die mir angst machte. Wenn ich mich verriet, könnte er zurückkommen. Mich vielleicht so hassen, daß er das tat, was Jack getan hatte.

Ich schnappte mir Kippys Schere. Mit zitternden Händen

schnitt ich ein unregelmäßiges Rechteck aus Mas Gemälde heraus: die grüne Flügelspitze vor dem kühlen, blauen Himmel. Ich stopfte es in den Rucksack und rannte dann, als ob der Teufel hinter mir her wäre, den Flur hinunter über die Treppe nach draußen, nur weg von dort. Draußen rannte ich, ging, rannte wieder zu dem Briefkasten an der Ecke, wo Dottie gesagt hatte, daß ich hingehen solle. Sie wartete dort mit laufendem Motor, und ihr Blinker ließ den Briefkasten immer wieder hell aufleuchten. Die Tür flog auf. »Komm«, sagte sie. »Steig ein.«

Der Wagen füllte sich mit dem beruhigenden Geruch von Bratfett; die Papiertüten mit den Muscheln wärmten meinen Schoß. »Tut mir leid, daß es so lange gedauert hat«, sagte Dottie. »Eine von deren Friteusen ist im Eimer. Ich habe Bäuche gekriegt.« Die Windschutzscheibe beschlug. Sie schnippte einen Schalter an, und die Defrosterdüsen erwachten brüllend zum Leben und ließen Dotties kurzgeschnittenes Haar fliegen.

Sie fuhr die Hauptstraße von Wayland hinunter, bremste ab und parkte hinter der Bushaltestelle, wo ich an jenem ersten Tag angekommen war. »Weshalb hältst du hier?« fragte ich.

»Ich wohne hier. Auf der anderen Straßenseite.« Sie deutete mit einer Kopfbewegung auf eine Chemische Reinigung. »Oben«, sagte sie.

Drei dunkelhäutige Leute – eine Frau und zwei Männer – saßen an der Haltestelle. Als sie hörten, wie unsere Wagentüren zugeschlagen wurden, sahen sie zu uns herüber. Dottie winkte. Sie winkten zurück.

»Das sind die DeAndrades«, sagte sie. »Portugiesen. Die kommen von irgendeiner Insel dort drüben. Ihr Laden ist makellos sauber.«

»Der Typ in dem orangefarbenen Hemd ist der Taxifahrer, der mich an meinem ersten Tag hier nach Merton gefahren hat«, sagte ich. Meine Stimme klang ausdruckslos und halb betäubt. Ich hatte Dottie nichts von dem gesagt, was Eric getan hatte.

»Ja, das ist Domingos. Der Bruder der Frau. Er hat im Winter bei einem Baby Geburtshilfe geleistet, in seinem Taxi. Sein Bild war in der Zeitung.«

Wir überquerten die Straße und gingen durch eine Seitentür ins Haus. Oben an der Treppe sperrte sie eine weitere Tür auf, und ich folgte ihr nach drinnen. Ich hörte das Gluckern, ehe ich irgend etwas erkennen konnte. Dann stand Dottie mitten in der Küche, die Hand immer noch an der Kette des Lichtschalters.

»Das ist wirklich schön«, sagte sie. »Magst du ein Bier?«

Ich schüttelte den Kopf.

»Das sind meine Piranhas.« Das Aquarium stand auf einem Unterschrank neben einem kleinen Fernseher. »Jetzt paß auf«, sagte sie.

Sie öffnete eine Dose und bröselte winzige Garnelen in das Aquarium. Die Piranhas schwammen an die Oberfläche und nahmen ihre Nahrung in schnellen, zornigen Rucken zu sich. »Steck mal den Finger rein«, lachte Dottie. »Nein, tu es nicht. Komm, wir wollen essen, solange unsere Muscheln noch warm sind. Zu trinken habe ich Rolling Rock, Cremesoda, Milch und Blaubeerbrandy.«

»Cremesoda.«

»Oh, nimm doch ein Bier. Ich nehme auch eines.«

»Na schön.«

»Sie und ich, wir beide sind uns ganz ähnlich, was, Moe?« Einen Augenblick lang sah ich mich nach Dotties Bruder um, begriff dann aber, daß sie mit dem Aquarium redete.

Wir aßen die Muscheln und die Pommes frites mit den Fingern aus den Pappkartons. Dabei schoben wir uns immer wieder stumm das Essen gegenseitig über den Tisch zu. Dottie zog ein paar ineinander verschlungene Muscheln heraus, legte den Kopf in den Nacken und ließ sich den ganzen Klumpen in den Mund fallen. Meine Finger waren mit Fett und Ketchup verschmiert. Ich aß immer schneller. Jede von uns trank zwei Dosen Bier.

Sie rülpste laut und lachte. »Zum Nachtisch habe ich Schokoladeneis«, sagte sie. »Willst du es jetzt oder später?«

»Zeig mir deine anderen Fische«, sagte ich.

Im Wohnzimmer waren ein größerer Fernseher und schwere grüne Möbel. »Das sind meine Neons«, sagte Dottie. »Sind sie nicht süß?«

Sie schwammen blitzschnell im Tank herum, nervöse Punkte und Striche in greller Farbe. Über ihnen hing ein Bild mit Segelbooten, das durch Verbinden von Zahlen auf einer gedruckten Vorlage entstanden war. In dem Plastikrahmen steckte ein Foto – ein Schnappschuß von einem Baby mit einer Weste, einer Schleife und einem mongoloiden Lächeln. Dottie merkte, daß ich das Bild ansah.

»Also, welcher von diesen Neonfischen gefällt dir am besten?« fragte sie. »Such dir einen aus.«

Ich sah in den Kasten und versuchte zu antworten. »Ich weiß nicht. Der hier vielleicht.« Als ich wieder aufblickte, war das Foto verschwunden.

»Ich kann es einfach noch nicht glauben, daß du wirklich hier bei mir zu Hause bist«, sagte Dottie.

Sie häufte Eiscreme in hölzerne Salatschüsseln und goß Blaubeerbrandy darüber. Sie ließ den Karton auf dem Tisch stehen, und wir gruben uns den Nachschlag mit dem Löffel heraus.

»Dottie?« sagte ich. »Was hat Kippy gesagt? Das Schlimme, was du gehört hast über mich? Du hast gesagt, du würdest es mir erzählen.«

Sie gab nicht gleich Antwort. Dann sagte sie mir, ich solle es einfach vergessen.

»War es nichts? Hast du es erfunden?«

»Sie hat gesagt, wenn sie je so würde wie du, würde sie sich eine Pistole nehmen und sich erschießen.«

Die Tränen quollen mir aus den Augen. »Zu wem hat sie das gesagt?«

»Denk nicht an sie. Denk an uns.«

Sie stand auf und schaltete den Fernseher ein, ging dann zu ihren Piranhas hinüber und gab ihnen noch einmal Garnelen. »Willst du noch ein Bier?« fragte sie, die Hand am Kühlschrankgriff. »Ich habe genug.«

Kippy hatte einfach dagestanden und gelacht und zugesehen, wie Eric an mir herumgefummelt hatte. War sie bei ihm im Zimmer gewesen, als er seine Wut an meinen Sachen ausgelassen hatte?

»Ich nehme noch eines. Da.«

Ich nahm das Bier.

Die Nachrichten liefen. Nixon, der Krieg, der Mond.

»Wer war der kleine Junge auf dem Bild?« fragte ich.

»Auf welchem Bild?« sagte sie. »Den kennst du nicht.«

»Ist er mit dir verwandt, oder so was?«

»Das könnte man sagen.«

»Dein Neffe?«

»Mein Junge.«

»Du hast ... o mein Gott. Wo ist er?«

»Nirgends. Er ist tot.«

Sie stand auf und schaltete auf einen anderen Sender. Sie sah mich nicht an. »Willst du noch etwas? Willst du Radio hören oder so was? Am Samstag ist nie etwas Vernünftiges im Fernsehen.«

»Warst du verheiratet?« fragte ich.

Sie drehte sich um und sah mich an. »Mach es nicht kaputt, okay? Es könnte so schön sein.«

»Was?«

»Daß du hier bist. Daß du mich angerufen hast.«

»Aber woran ist er gestorben?« wollte ich wissen.

Sie ignorierte mich, starrte auf den Fernseher. Ein Reporter stand an einem Strand bei Cape Cod, hinter ihm lagen zwei tote Wale. Wale töteten sich ohne erkennbaren Grund oder aus Gründen, die die Wissenschaftler nicht verstehen konnten. Die Experten standen vor einem Rätsel.

»Es war besser, daß er gestorben ist«, sagte sie. »Ich war fünfzehn, als ich ihn bekam. Er hatte alle möglichen Probleme, die ich nicht einmal aussprechen konnte. Der Staat hat ihn mir weggenommen.«

»Wie hieß er?« fragte ich.

»Michael. Aber ich habe ihn Buster genannt.« Sie schaltete den Fernseher ab. Draußen knallte eine Autotür zu. Überall in der Wohnung blubberten die Fischtanks.

»Ich wußte sofort, daß etwas mit ihm nicht stimmte. Während der ganzen Schwangerschaft. Viel wußte ich nicht, aber das wußte ich.«

Ich zündete ihr eine meiner Zigaretten an und reichte sie ihr. Ihr ganzes Gesicht sackte zusammen. »Aber er hat länger gelebt, als die erwartet haben – hat sie angeschmiert. Die haben gesagt, er würde sterben, sobald er etwa sechs Monate alt war, aber er ist über ein Jahr geworden. Vierzehn Monate. Manchmal bin ich in den Bus gestiegen und zu ihm hinausgefahren. Ich durfte ihn dann immer halten.«

Ich ging an die Spüle und fing an, die Eisschüsseln auszuwaschen. Ich dachte an Anthony Jr. – wie sein Tod Ma verändert hatte, wie er uns drei verändert hatte. Jenes Gemälde war das letzte von Ma gewesen, was ich hatte.

Dottie trat hinter mich und legte ihre Hände auf meine Hüften. Sie legte das Kinn zwischen meinen Hals und meine Schulter. »Hi«, sagte sie. Ich spürte das Wort an meinem Hals.

Ich tauchte die Schüsseln in das Spülbecken.

»Hat dir das Abendessen geschmeckt?«

»Ja. Danke. Laß mich für meine Hälfte bezahlen.«

»Du warst mein Gast«, sagte sie. Sie griff um mich herum und ließ ihre Fingerspitzen über meinen Bauch wandern. Meine Hände zitterten, erzeugten im Spülwasser kleine Wellen.

»Ich liebe dich, Dolores«, flüsterte sie.

Ich lachte. »Nein, das tust du nicht.«

»Doch.«

Ich schluckte und versuchte, mich auf die Reihe bunter Behälter auf dem Fenstersims zu konzentrieren: Pine-Sol, Clorox, All, Joy.

Sie rieb ihren Bauch an meinem Rücken und meinen Pobacken, weich und fragend, ganz anders als Erics Tanz, ganz anders als Jack. Ihre Finger wanderten zu meinen Schenkeln hinunter.

»Schau, ich möchte nicht, daß du ...«

»Doch, das möchtest du schon.«

»Nein, ich möchte nicht.«

»Warum nicht?« fragte sie. Ihre Finger blieben in Bewegung. »Zwei Dickerchen wie wir. Was macht es schon? ... Du und ich, wir sind uns so ähnlich. Du wirst dich ganz herrlich fühlen – ich weiß, wo ich dich anfassen muß.«

»Nein, wirklich. Weißt du ...«

Sie drehte mich herum und schob ihre Lippen langsam an die meinen. Ihr Haar roch nach Pommes frites und Zigarettenrauch. Es war ein so weicher Kuß, daß ich mich nicht dagegen wehrte.

»Das macht nichts«, sagte sie. »Zwei dicke, fette Mamas. Das kümmert keinen.«

Sie hatte recht. Wir kümmerten keinen. Die Leuten haßten uns sowieso.

Ich erwiderte ihren Kuß. Küßte ihre Einsamkeit und meine eigene Angst. Küßte jenen Teil von ihr, der als jener kleine unvollkommene Junge herausgekommen war.

Ihre Zunge war in meinem Mund. Ihre Finger zerrten am Bund meiner Jeans. Jetzt hatte sie den Knopf offen. »Komm schon«, sagte sie. »Hier ist niemand. Es interessiert keinen. Das wird wunderschön.«

Ihr Schlafzimmer war sauber und bescheiden. Das Aquarium stand auf einem Tisch neben ihrem Bett; Engelbarsche, die in einem Würfel Wasser herumglitten. Ich starrte sie über Dotties Schulter an, während sie uns auszog, zuerst mich, dann sich. Sie preßte die Hände gegen meine Schultern, und ich setzte mich aufs Bett. Sie setzte sich neben mich. Das Bett ächzte unter unserem doppelten Gewicht.

»Du mich zuerst«, sagte sie.

Sie griff nach meiner Hand und lenkte meine Knöchel zu ihren Schenkeln, vor und zurück. Löste meine Faust. Ihr Schamhaar war wie eine seidige Bürste.

Sie spreizte die Beine. Ihre Finger bewegten die meinen auf und ab, auf und ab. Dann fiel ihre Hand weg, und ich machte weiter. Sie legte sich aufs Bett zurück und schloß die Augen. Es hatte nichts zu bedeuten. Es war nur Bewegung, feucht und warm, immer wieder.

Sie atmete schwer durch die Nase, die Lippen zusammengepreßt. »Nicht!«, als ich aufhörte. Dann machte ich weiter. Und sie keuchte und bäumte sich auf, klammerte meine Hand zwischen ihren Beinen fest. Ihr Körper ließ uns beide zittern, ließ das Bett zittern. Entspannte sich. Ließ es wieder zittern.

Ich zog meine Hand weg. Sie fühlte sich taub an und übergroß, eine Pfote.

Sie beugte sich über mich und küßte meinen Arm, strich mit den Fingern durch mein Haar. Dann stand sie auf und kniete auf dem Boden vor mir nieder wie jemand, der gleich beten wird.

Ihre Fingerspitzen tänzelten an meinen Beinen entlang. Ihre Zunge stieß gegen mein Knie. »Das wird dir gefallen«, sagte sie. »Ganz sanft ...«

Es war unrecht und schmutzig – das, was ihre Hände, ihr Mund dort unten mit mir machten. Aber auch sanft, wie sie es versprochen hatte – ein wenig albern. Niemandem machte es etwas aus.

Ich ließ den Kopf über den Bettrand fallen, ließ mich ganz in das Gefühl hineintauchen. Ihre Fische schwammen verkehrt herum. Einer war gelb, der andere silbern. Dolores. Sie beruhigten mich, glitten in einer Art feuchtem Tanz aneinander vorbei ... wir bedeuteten niemandem etwas. *Warum* war es unrecht? Warum *sollte ich nicht* fühlen, was ich fühlte? Das Bett und Dottie sanken weg. Ihre Berührung wurde die Larrys. Dantes. Ich schwebte in völligem Frieden mit mir selbst, war gewichtslos. Ich war Ruth, blühte auf mit dem Entzükken, das Larry empfand. Das Gefühl stieg in mir auf, stieg immer höher, eine Folge süßer Explosionen, die nicht aufhören wollten, von denen ich nicht wollte, daß sie aufhörten ...

Dottie krachte auf die Matratze herunter und wischte sich das Gesicht an den Bettlaken ab. Dann drehte sie sich auf den Rücken, so daß wir nebeneinander, mit dem Bauch nach oben, auf dem Bett lagen.

Wir lagen reglos und still auf dem Rücken und blickten zur Decke. »Dottie?« sagte ich.

Ihre Finger tänzelten über meinen Arm. »Hm?«

»Der Vater von deinem Baby. War das jemand, den du geliebt hast?«

Sie lachte. »Er war einer der Typen unten am Platz, wo ich immer herumlungerte. Die haben mich manchmal beim Fußball mitspielen lassen, wenn ich mich von ihnen bumsen ließ. Oder ihnen einen geblasen habe. Ich und zwei oder drei von ihnen sind immer in den Wald gegangen. Sie waren älter als ich. Hatten immer Schiß, allein zu gehen. Und dann standen sie rum und haben einander zugesehen und Witze über mich gerissen, mittendrin.«

Ich wollte, daß sie aufhörte.

»Was hat es mich schon gekümmert? Ich habe über *sie* gelacht, verstehst du? Manchmal hab' ich mir von ihnen eine Cola oder irgendwas kaufen lassen, ehe ich es getan habe.« Sie kuschelte ihren Kopf an meine Schulter. Dann griff sie nach oben und schaltete ihre Lampe aus. Ihr Körper war zuerst unruhig. Dann wurde er still. Ihr Atem wurde regelmäßig. Es war, als würden wir uns bei jedem ihrer Atemzüge heben und senken.

»Wir sind Wale«, sagte ich laut.

Ich wartete, daß sie etwas darauf sagte, aber es kam keine Antwort.

In der Dunkelheit, als sie schlief, lief mein klarer Verstand auf Hochtouren. »Der werde ich es besorgen«, hörte ich Eric aufs neue sagen. Ich stellte ihn mir vor, oben in unserem Zimmer, wie er Mas Gemälde aus meinem Schrank riß, es zerfetzte, mit den Füßen darauf herumtrampelte. Immer wieder tat er es. Er hörte einfach nicht auf.

Ich konnte nicht schlafen. Ich konnte nicht einfach daliegen und mir ihr Schnarchen anhören. Ich streckte meine Hand aus, die, die es an ihr getan hatte. Sie fühlte sich immer noch taub an. Sie roch nach ihrem Sex. Sie hatte mich reingelegt. Jetzt war ich, was sie war.

In Dotties Küche in der Besteckschublade fand ich ein gezacktes Messer. Schmerz würde besser sein, als gar nichts zu spüren, dachte ich. Schmerz würde eine Erleichterung sein. Ich hatte Mas Gemälde verloren. Ich hatte keinen Ort mehr, wo ich hingehen konnte. Wenn Kippy je so wurde wie ich, würde sie eine Pistole nehmen und ...

Ich hielt die gezackte Klinge an mein Handgelenk und zog sie darüber. Einmal, zweimal – aber ganz leicht. Beim drittenmal gab es einen Kratzer. Ich sah ihn mehr, als daß ich ihn fühlte. Die dünne, rote Linie aus Blut überraschte mich.

Dann sah ich etwas anderes, etwas, das hinter ihrem Poster hervorhing. Der Schnappschuß, den sie versteckt hatte. Ihr kleiner Junge, Buster. Sein Lächeln war süß und geheimnisvoll. Und dann ertrug ich es nicht mehr.

Ich tötete ihre Fische. Zwei Gluckser Clorox pro Tank. Der Tod kam schnell. Sie nahmen das vergiftete Wasser durch ihre Kiemen auf und legten sich dann auf die Seite.

Unten auf der anderen Straßenseite trommelte ich mit den Fingern auf die Theke und trank Kaffee, während die portugiesische Familie über meinen Vorschlag konferierte. Vierhundert Dollar von Arthur Musics Geld lagen auf der Theke ausgebreitet wie ein Kartenspiel.

Jetzt kamen die drei wieder auf mich zu – Geschworene mit ihrem Spruch. »Sie könnten bis morgen warten und den Bus nehmen, Lady. Und in New York umsteigen«, sagte der Taxifahrer. »Das wäre viel billiger.«

»Ich möchte *jetzt gleich* weg«, sagte ich. »Das ist es.«

»Das dauert dreizehn, vierzehn Stunden. Wir kommen da frühestens morgen nachmittag an.«

Ich nickte.

»Und da habe ich noch nicht mit eingerechnet, daß wir unterwegs anhalten oder ich vielleicht einmal ein wenig schlafen muß.«

Ich nickte wieder.

Die anderen beiden schüttelten besorgt den Kopf, aber der Fahrer zuckte die Achseln und lächelte. »Okay«, sagte er. »Gehen wir.«

Er sah mich an, nicht das Geld.

16

Ich saß im Dunkeln auf dem Rücksitz des Taxis und betrachtete die Doppelkette aus Straßenlampen, auf die wir ständig zufuhren. Die Reifen summten gleichmäßig unter uns. Der Fahrer redete nicht.

Aus dem Radio drang eine beständige Folge von Radiosendern an mein Ohr. Gospel, Rock, eine Frau, die zur Selbsthypnose riet. Irgendwo in der Nähe von Harrisburg versprach uns ein Prediger die Erlösung und tat dies mit einer Stimme, die so scharf und verläßlich klang, daß das ganze Taxi davon ins Klappern geriet. Dann verhallte die Stimme und ging in Störgeräusche über und kehrte schließlich als lateinamerikanische Musik zurück. Als der Fahrer in der Nähe von Philadelphia einmal eine Pause einlegen wollte, verlangte ich von ihm, daß er den Motor laufen ließ, während ich mit abgesperrten Türen und laufendem Radio im Wagen wartete. Ich wollte nicht daran denken, wo ich gewesen war oder wo die Reise hingehen würde. Ich wollte bloß so wie jetzt im Dunkeln bleiben, dösen und lauschen.

Als der Morgen dämmerte, hatten wir Pennsylvania hinter uns gelassen. Das Morgenlicht war schwach und grau. Dottie würde bald aufwachen und entdecken, was ich getan hatte ... Eric hatte hoffentlich solche Schmerzen, daß er nicht gehen konnte – ich hoffte, ich hatte ihn unfruchtbar gemacht.

»Und weshalb fahren Sie eigentlich die ganze Strecke bis hinauf nach Cape Cod, Lady?« Seine Stimme kam aus dem Nichts und ließ mich zusammenfahren.

Ich *wußte* nicht warum, jedenfalls nicht genau, aber ich ertappte mich dabei, wie ich auf den Kratzer an meinem Handgelenk sah. »Das ist etwas Persönliches«, sagte ich. »Ich treffe mich dort mit Freunden.«

»Wo am Cape soll's denn hingehen?«

»Wie meinen Sie das?«

Er schaltete das Radio ab. »Wie weit hinauf?«

»Oh ... ans Meer.«

Sein Lachen war beleidigend. »Lady, dort oben ist alles am Meer. Cape Cod, das sind, Sie wissen schon, *Ortschaften.* Sind Sie noch nie dort oben gewesen?«

»Natürlich war ich schon dort. Ts-Ts.«

»Also, wo sind dann Ihre Freunde?«

»Ich – wir haben uns noch nicht entschieden, wo wir bleiben wollen.«

»Also, woher wissen Sie dann, wo Sie sich treffen werden?«

»Schauen Sie, ich habe einfach vergessen, wie das Kaff heißt. Wird mir schon wieder einfallen. Machen Sie sich darum keine Gedanken.«

Er lächelte mich in seinem Rückspiegel an. »Okay, Lady. Ist schon gut«, sagte er. »Lassen Sie sich ruhig Zeit. Sie haben noch neun Stunden Zeit, um es sich zu überlegen.«

Der Nebel färbte den Asphalt silbern – Meilen um Meilen spiegelnder Fläche. Ich *wollte* nicht denken.

»Meine Bekannte hat mir erzählt, daß Sie in diesem Taxi einmal ein Baby zur Welt gebracht haben«, sagte ich.

»Ja, stimmt«, lachte er. »Erinnern Sie mich bloß nicht daran.«

Seine Sonnenblenden waren mit Heiligenbildern geschmückt. An seinem Armaturenbrett war eine heilige Maria aus Plastik mit einem Magnet befestigt, und am Rückspiegel hing ein Rosenkranz. Das Kruzifix schaukelte hin und her, hin und her, war ständig in Bewegung. Das Hinsehen machte mich schläfrig.

»Dann nehme ich an, daß Sie an Gott glauben, stimmt's?« sagte ich.

Er bremste und warf mir einen argwöhnischen Blick zu. »Natürlich glaube ich an Gott«, sagte er. »Du liebe Güte, für was halten Sie mich denn? *Sie* etwa nicht?«

»Ja, natürlich. An Gott, die gute Fee und den Weihnachtsmann.«

Er sah mit gerunzelter Stirn in den Spiegel und wackelte streng mit dem Finger. »Sie sollten nicht so reden, Lady. Gott sorgt für Sie und mich.«

In der Stille zündeten wir uns beide Zigaretten an. Er rauchte Trues. Dottie hatte mir gesagt, wie er hieß, aber ich konnte mich nicht erinnern. Das war zu einem Schema für mich geworden: Dotties Fische, Rita Speights Baby. Ich brachte alles um, was die Leute liebten. Es war durchaus möglich, daß ich Ma auch in den Tod getrieben hatte – vielleicht war sie tot besser dran als mit so einem Monstrum von Tochter.

»Ihr guter Freund, der liebe Gott, hat wirklich prächtig für meine Mutter gesorgt«, sagte ich. »Sie ist letzten Sommer bei einem Unfall ums Leben gekommen.«

Er blickte mich in seinem Rückspiegel an; ich sah weg, zum Fenster hinaus. »Also«, sagte er, »Gott hat seine Gründe, und die verstehen Sie und ich nicht. Aber es tut mir trotzdem leid für Sie. Daß Sie leiden müssen.«

»Wissen Sie, all dieser religiöse Kram, den Sie da hängen haben, hat meine Großmutter auch überall in ihrer Wohnung. Das ganze Haus sieht aus wie eine Kapelle. Sie betet jeden Abend ihren Rosenkranz – kann überhaupt nicht aufhören mit Beten. Sie hatte zwei Kinder: einen Jungen und ein Mädchen. Der Junge ist ertrunken, und das Mädchen hat ein Truck überfahren. Gott hat sie dazu gebracht, zu beiden Begräbnissen zu gehen. Was sagen Sie dazu?«

In der Stille dachte ich an Grandmas abgegriffenes Gebetbuch, weich und schlaff vom ständigen Gebrauch, mit einem Gummiband zusammengehalten. Ihr ewiges Blättern hatte das Papier der Seiten in eine Art feines Tuch verwandelt.

»In einer Hinsicht ist es traurig«, sagte er. »Aber in einer anderen dann auch wieder nicht. Ihre beiden Kinder sind jetzt wahrscheinlich im Himmel und warten auf sie.«

Ich kurbelte das Fenster herunter und schnippte meinen Zigarettenstummel hinaus, hielt mein Gesicht in den kalten Fahrtwind. »Yeah, sicher«, sagte ich. »Und dort polieren sie ihre kleinen Heiligenscheine. Üben auf der Harfe.«

Ich schloß die Augen und sah Mas Gemälde mit dem fliegenden Bein vor mir, es war wieder intakt – sah es als etwas Beschwingtes und zugleich Mächtiges. Vielleicht war dieses Bild Mas Himmel. Ich griff in den Rucksack und betastete den Fetzen Leinwand, den ich gerettet hatte.

Er sagte etwas, was ich nicht verstand. »Was?«

»Ich habe gefragt, ob es Ihnen etwas ausmacht, wenn Sie das Fenster wieder zumachen. Ich erfriere hier vorn.« Das Taxi schwankte kurz über die Mittellinie. »Was ich sagen will«, fuhr er dann fort, »Sie und ich, wir beide sind noch nie dort gewesen, stimmt's? Also kann keiner von uns wirklich sagen, wie es im Himmel ist. Oder wie es nicht ist. Weil wir nicht tot sind, verstehen Sie?«

Vielleicht war das der Grund, weshalb ich dort hinfuhr: um

mich zu töten. Um die Welt von dem fetten Mädchenmonster zu befreien.

»Ich will Ihnen was sagen. Ich werde jetzt ein kleines Gebet für Ihre Mutter sprechen.«

»Da verschwenden Sie Ihre Puste«, murmelte ich.

»Das ist keine Verschwendung. Ich denke, ich sollte vielleicht für Sie auch eines sprechen.«

Ich verlagerte mein Gewicht etwas. Meine Beine und meine Blase schmerzten. Ich saß jetzt seit fünf Stunden eingezwängt in diesem Taxi. »Wenn Ihnen so nach Beten ist, dann beten Sie doch darum, daß bald eine Tankstelle auftaucht, ja? Ich muß mal austreten.«

Weitere Meilen schmutziger Straße zogen vorbei. »Ich bin schon mal dort oben gewesen«, sagte er.

»Wo? Im Himmel?«

»In Cape Cod. Das war mal im Sommer, als ich noch ein Junge war. Ein Vetter von mir lebt dort oben, mein Vetter Augusto. Seine Mutter und meine Mutter sind zusammen von den Kapverdischen Inseln herübergekommen. Zwei junge Mädchen – ohne die leiseste Ahnung von irgend etwas. Können Sie sich das vorstellen? Nicht einmal die Sprache konnten sie sprechen.«

Ich hätte eine Sendung im Radio vorgezogen. Seine alberne Familie und sein Stammbaum konnten mir gestohlen bleiben ... wenn ich mich umbrachte, wen würden die dann anrufen. Grandma? Meinen Vater? Tot oder lebendig, ich wollte unter keinen Umständen Daddy irgendwo in meiner Nähe haben.

»Augusto betreibt von Provincetown aus ein Fischerboot. Ich sag' Ihnen, Lady, das ist *Arbeit,* das Fischerhandwerk! Ich war damals so vierzehn oder fünfzehn, als ich dort war. Netze einziehen, Hummertöpfe einziehen.«

Alle in Merton würden über mich reden. Mein Blut würde an Erics Händen kleben und an denen von Kippy auch.

Er setzte den Blinker.

»Was machen Sie?«

»Ich dachte, Sie wollten auf die Toilette.«

»Will ich auch. Wo sind wir?«

»Perth Amboy.«

»Wo ist das?«

»New Jersey. Wir kommen voran, Lady.«

Die Damentoilette war kaugummirosa und mit gebrauchten Papierhandtüchern übersät. Ich warf meinem Abbild in dem verschmierten Spiegel einen finsteren Blick zu. »Fettes Monstergesicht«, sagte ich. »Fischmörderin.«

Als ich dann in der Kabine saß, sah ich mir wieder den Kratzer an meinem Handgelenk an – studierte ihn –, und dann betastete ich mich *dort unten,* wo ich mich von ihr hatte anfassen lassen, wo sie ihren Mund gehabt hatte. Ich hätte dieses gezackte Messer stehlen sollen, es mitbringen müssen. Ich schloß die Augen und malte mir aus, wie ich blutete – wie ich auf diesem klebrigen rosa Boden zusammenbrach und, umgeben von dem Gestank von Scheiße und Desinfektionsmittel, meinen gerechten Tod fand ... Sie hatte diese Fische geliebt. Hatte gesagt, sie würde mich lieben. »Du mich zuerst«, hatte sie gesagt, und dann war sie so heftig gekommen, daß das Bett davon gezittert hatte. War das Liebe? Was war das?

Im Coffee Shop gab es Regale voll dicker, glänzender Doughnuts. Ich war nur in den Laden gegangen, um eine Landkarte zu kaufen, stellte mich dann aber doch beim Gebäck an. Nach allem, was ich durchgemacht hatte – hatte ich da nicht Anspruch auf zwei blöde Doughnuts?

»Die nächste, bitte!« sagte das Mädchen hinter der Theke. Ihre Augen weiteten sich, als sie mein Fett sah.

»Großer Kaffee, Sahne, kein Zucker. Und ein Dutzend Doughnuts.«

»Was für welche?« Sie schnappte sich eine Papierserviette und wartete.

»Mal sehen. Zehn mit Zitrone und ... äh ... zwei mit Zimt.«

Sie ließ die Doughnuts in eine Tüte fallen und tippte den Betrag ein. »Ein Dollar fünfundneunzig«, sagte sie.

»Augenblick. Machen Sie *zwei* große Kaffee.« Ich griff mir eine Zeitung und eine Karte der nordöstlichen Staaten vom Regal. »Und das hier noch.«

Sie verdrehte die Augen. Ich brachte ihre ganze Kassenmathematik durcheinander.

Als ich zum Taxi zurückkam, döste er, den Kopf nach hinten, den Mund geöffnet. Ich hatte jedes Recht, ihn zu wecken. Schließlich bezahlte ich Pedro nicht vierhundert Dollar, damit er Siesta machte.

Ich stand da, hielt seinen Kaffee in der Hand und starrte seinen schlafenden Kopf an, als wäre er eine Skulptur in einem Museum. Bisher war mir nicht klar gewesen, daß er gut aussah – ich hatte auf so etwas überhaupt nicht geachtet. Ich stellte mir vor, wie ich die Spitzen seiner fedrigen Augenlider berührte, seine stoppeligen, unrasierten Wangen. Ich langte durchs Fenster und stellte seinen Kaffee auf das Armaturenbrett. Der Dampf ließ die Windschutzscheibe rings um seine heilige Jungfrau aus Plastik beschlagen.

Als ich wieder in den Coffee Shop trat, ignorierte ich, daß die Leute mich erneut anstarrten, und ging an das freie Ende der Theke. Ich hatte die Zeitung gekauft in der Hoffnung, dort etwas über diese Wale zu finden, von denen im Fernsehen die Rede gewesen war. Der Artikel stand auf einer der inneren Seiten der Zeitung. Buckelwale waren es. Und sie waren in der Nähe eines Ortes gestrandet, der sich Wellfleet nannte.

Als ich die Straßenkarte auseinanderfaltete, bedeckte sie drei Plätze an der Theke, den meinen eingeschlossen. Was kümmerte mich das? Ich war zahlender Kunde.

Cape Cod begann in der Nähe von Plymouth, Massachusetts, und ragte wie der knochige Finger einer alten Frau in den Atlantik hinaus. Plymouth hatten wir mit Mrs. Nelkin studiert, meiner alten Lehrerin aus Connecticut, vor der ich immer Angst gehabt hatte – wir hatten uns aus Zeitungspapier Pilgerhüte gebastelt und waren damit in der Schule herummarschiert. Die Indianer hatten den Pilgern beigebracht, wie man Mais pflanzt. Damit sie überleben konnten. Für jede Handvoll Aussaat hatten sie einen ganzen toten Fisch gepflanzt... Dottie würde inzwischen sicherlich etwas mit diesen toten Fischen gemacht haben. Die Toilette hinuntergespült? Im Garten begraben? Ihr großer Fehler war, daß sie mich liebte, mich, das Monstrum. Ich hätte die Fische verschonen sollen. Das Clorox selbst trinken.

Buzzards Bay, Barnstable... An jenem Nachmittag hatte ich ewig in Mrs. Nelkins Klasse auf Daddy gewartet, aber schließlich war dann Grandma mich abholen gekommen. Anthony Jr.: von der eigenen Nabelschnur erwürgt... ich versuchte mir auszumalen, was Grandma sagen würde, wenn ich mich umbrachte – was sie empfinden würde. Eine Todsünde: so würde sie es nennen. Sie würde den Rest ihres Lebens für mich beten und sich ausmalen, wie ich in der Hölle briet, wie ein Brathühnchen bei First National. Nur daß ich *nicht* in der Hölle sein würde. Ich würde in der Erde liegen und verfaulen wie Ma, weil Gott etwas war, was die Menschen erfunden hatten – eine Lüge, die die Menschen sich gegenseitig erzählten. Ich sah in die Tüte. Zwei von den Zitronendoughnuts waren schon weg. Das süße Zeug brannte in meinem Mund.

Ich fuhr mit dem Finger zur Spitze – Provincetown, wo dieser Verwandte von ihm lebte –, und dann ließ ich den Finger ein Stück zurückwandern und fand es: Wellfleet. Ich faltete die Landkarte zusammen. Augusto: den Namen seines Cousins kannte ich, aber seinen nicht.

In dem Zeitungsartikel schrieb ein Wissenschaftler, daß es alle möglichen Umstände geben konnte, die die Wale zum Selbstmord veranlaßten: Sonarstörungen, Parasiten in ihrem Gehörgang, irgendein Urinstinkt, Land zu suchen. Oder ein Grund, den keiner kannte – ein Rätsel der Wissenschaft. In dem Artikel waren zwei Bilder, eines von diesem Fachmann und eines von drei toten Walen, die nebeneinander am Ufer lagen. In der Zeitung stand, daß sich bis jetzt elf selbst umgebracht hatten.

Die etwas schroff wirkende Frau, die mich bedient hatte, kam mit einem English Muffin und einer Pepsi hinter der Theke hervor. Sie setzte sich zwei Hocker von mir entfernt, seufzte in sich hinein und zündete sich eine Zigarette an. An der Kasse war jetzt jemand anders. Draußen war mein Taxifahrer aufgewacht und redete mit einem Tankwart, der ihm den Tank füllte. Mir paßte nicht, daß er immer »Lady« zu mir sagte, als ob ich jemand in Grandmas Alter wäre. Aber mich jetzt vorzustellen kam mir auch blöd vor. Wir waren die ganze Nacht durch zusammen gereist. In gewisser Weise tat es gut, all die Heiligen im Wagen zu haben – ganz gleich, was ich jetzt glaubte oder nicht.

Ich bemerkte, daß die Kellnerin ihn taxierend durchs Fenster ansah. Sie war mager und wirkte gehetzt und hatte schlaffes, mit Haarnadeln festgestecktes Haar – in jeder Weise unwichtig. Aber die Lüge schwamm in meinem Kopf. Es wurde wichtig für mich, daß sie sie glaubte.

»Ich sehe, meine Schlafmütze von einem Mann ist endlich aufgewacht«, sagte ich und deutete mit dem Kinn auf das Taxi. »Das dort draußen ist er, der Typ in der roten Jacke. Wir fahren nach Cape Cod, unsere Flitterwochen. Wenn ich jetzt nicht mit seinen Zimtdoughnuts dort draußen aufkreuze, kriegt er Zustände.«

Sie schaute auf mein voluminöses Bein herunter. Dann sah sie wieder hinaus.

»Sie können sich wohl nicht vorstellen, daß jemand wie ich einen wie ihn abkriegt, was? Aber so ist es eben. Er ist süß, nicht wahr? Wir lieben uns sehr.«

Sie saß mit glasiger Miene da. Ich hatte ihr ganzes Weltbild durcheinandergebracht.

»Er mag mich genauso, wie ich bin«, sagte ich. »Er sagt, auf die Weise hat er mehr von mir zu lieben. Und wie er mich liebt. *Wow!*«

Ich tauchte den Finger in etwas Zitronenfüllung, die auf die Theke geklatscht war, steckte den Finger in den Mund und saugte daran. Sie stand auf und ließ ihre Zigarette im Aschenbecher brennen. Ihre Pepsi und ihr Muffin waren noch unberührt. »Einen schönen Tag noch«, sagte ich. »War nett, mit Ihnen zu reden.«

Draußen war die Luft kühl und sauber. Er lächelte, als er mich kommen sah. »Waren Sie die gute Fee?« fragte er. »Danke für den Kaffee.«

»Hier ist noch Frühstück.« Ich hielt ihm die offene Tüte mit den Doughnuts hin.

»Nee, ist schon gut.«

»Nehmen Sie nur. Ich bin ja schließlich nicht aussätzig oder so was. Oh, ich heiße übrigens Dolores.«

»Also, Sie sind wirklich eine nette Lady, Dolores.« Er sah in die Tüte und nahm sich einen mit Zimtgeschmack.

»Und wie heißen *Sie?*«

»Ich? Domingos.« Er lachte.

»Was ist das – Spanisch oder so was?«

»Portugiesisch. Kapverdische Inseln. Vergessen?«

»Oh, ja natürlich.« Keine Ahnung, wo die waren. In der Schule hatte ich Geographie immer für etwas Unwichtiges gehalten.

Als wir dann wieder auf der Straße dahinrollten, blickte ich auf die Hinterseite seines Halses. Er hatte genau dieselbe Farbe wie der Kaffee, an dem ich immer wieder nippte. Ich nahm mir den nächsten Doughnut. Wenn ich jetzt die Hand ausstreckte und ihn am Hals berührte, würde er wahrscheinlich einen Unfall haben, von der Brücke stürzen, über die wir gerade fuhren.

»Darf ich Sie etwas fragen?« sagte ich.

»Na klar.«

»Wie alt sind Sie?«

»Ich? Vierundzwanzig.«

»Oh. Dann habe ich richtig geschätzt.« Auf halbem Weg über die Brücke wurde der Verkehr langsamer und kam dann zum Stillstand. »Was ist das übrigens für eine Brücke?«

»Ich gebe Ihnen einen Tip«, sagte er. »Hölzerne Zähne.«

»Hölzerne Zähne?«

»Vater unseres Landes ... Dollarschein.«

»Für wie alt würden Sie *mich* denn halten?« fragte ich ihn.

»Sie? Oh, Mann. Keine Ahnung.« Er sah in seinen Rückspiegel. »Sechsundzwanzig? Siebenundzwanzig? Das ist schwer zu sagen.«

»Warum? Weil ich so fett bin?«

Er lachte nicht. Er sagte kein Wort.

»Ich *bin* siebenundzwanzig«, log ich. »Sie haben recht.«

»Geben Sie auf?« sagte er. »*George Washington.* Die George-Washington-Brücke. Sind Sie schon mal darübergefahren?«

»Nicht, daß ich wüßte«, murmelte ich.

»Also, jetzt können Sie sagen, daß Sie sie kennen.«

»Sind Sie verheiratet, oder so was?«

Er lachte. »Ich? Nee. Ich bin nicht verheiratet.«

»Waren Sie es je?«

»Einmal hätte ich *fast* geheiratet.«

»Und was ist dann passiert?«

»Oh. Das ist eine lange Geschichte.«

»Was soll das heißen – hat sie Ihnen den Laufpaß gegeben?«

»Nein. Das soll heißen, daß ich nicht darüber reden will.«

»Okay, schon gut. Entschuldigen Sie, daß ich geboren bin.« Ich aß den Doughnut auf und probierte anschließend einen mit Zimtfüllung.

Ich malte mir aus, wie wir durch das Geländer krachten und ins Wasser fielen. Ich fröstelte dabei.

»Übrigens, mir ist jetzt eingefallen, wie die Ortschaft heißt, wo ich hinmöchte. Wellfleet«, sagte ich. »Dort treffe ich mich mit meinen Freunden.«

»Ich weiß, wo das ist«, sagte er. »Das ist ziemlich weit im Norden. Hey, die Ortschaft war gestern abend in den Nachrichten! Ich habe sie bei Huntley-Brinckley gesehen. Diese verrückten Wale kommen ständig an Land und bringen sich um. Niemand weiß, warum. Nur ich weiß es.«

Ich hielt den Atem an und wartete.

»Yeah. Ich habe mir das ganze Walproblem zurechtgereimt. Das war dieser Typ, der dort oben auf dem Mond herumgestiegen ist, wissen Sie? Dieser Neil Soundso. Der Astronaut.«

Das Wochenende, an dem Ma gestorben war. Mr. Pucci und ich auf der Couch, wie betäubt vor dem Fernseher sitzend.

»›Ein kleiner Schritt für die Menschheit‹. Er hat alles aus dem Lot gebracht, dieser Typ – selbst die armen Wale.« Dann lachte er. »Das heißt, wenn Sie mich fragen.«

Meilen zogen an uns vorbei. Zeit.

»New England and East.« »Welcome to Connecticut.«

Jedesmal, wenn er an einem Zahlhäuschen anhielt und einen Quarter in den Korb warf, wurde mir übel. Mich hätte es treffen sollen, nicht Ma. Nächsten Monat hätte sie ihren neununddreißigsten Geburtstag gehabt.

»Old Lyme.« »Mystic.« »Nächste Ausfahrt Fisherman's Cove.«

Ich fragte mich, ob die alte Masicotte noch lebte – ob sie immer noch Rheingold-Bier trank und sich Boyfriends kaufte. Ich versuchte, mich daran zu erinnern, wie ihr Hund hieß – dieser fette, blinzelnde Cockerspaniel, der Kekse mochte.

»Ich habe einmal hier in der Nähe gewohnt«, sagte ich. »Als ich noch klein war. Falls Sie sich das vorstellen können: ich und *klein*.«

»Hey«, sagte er. »Ich hatte gerade überlegt, einmal haltzumachen, auf ein Sandwich vielleicht – mir die Beine ein wenig zu vertreten. Es ist beinahe Mittag. Wollen Sie irgendwo hier in der Nähe anhalten?«

»Das hier ist der *letzte* Ort auf der Welt, wo ich anhalten möchte«, sagte ich. Der zweitletzte eigentlich. Noch eine Stunde, und wir würden an Easterly vorbeifahren.

»Okay«, sagte er. »Sie sind der Boß.«

Aber was sich einstellte, waren *gute* Erinnerungen, in voller Größe: ein Preis, den ich in der vierten Klasse gewonnen hatte, weil ich mehr Bücher gelesen hatte als irgend jemand anders in der Klasse – ein gläserner Briefbeschwerer. Und in ihm eine Szene: ein winziges Schweizer Mädchen – Heidi? – vor einer Berghütte, winkend. Wenn man den Briefbeschwerer schüttelte, schneite es. Mrs. Rickenbaker hatte ihn wochenlang auf ihrem Pult zur Schau gestellt. Alle in der Klasse hatten den Briefbeschwerer haben wollen – selbst die Jungs. Als ich dann meinen Preis abholen kam, hatte ich im großen Auditorium zu Mr. LaRose hinaufsteigen müssen, unserem Schuldirektor, der körperbehindert war. Ich zitterte und blickte auf die Kinder und die Lehrer hinunter, und alle applaudierten...

Ich wachte von seiner erregten Stimme auf.

»Und sie sagt: ›Schnell! Schnell! Bringen Sie mich hin! Ich kann nicht mehr warten.‹«

Ich schlug die Augen auf. »Was? ... Wer?«

»Diese Lady, die das Baby bekam. Ich habe nur gerade an sie gedacht. Auf halbem Weg zum Krankenhaus fängt sie zu schreien an. ›Halt! Halt!‹ Ich dachte, *ich* solle anhalten, verstehen Sie. Aber später, als dann alles vorbei war, sagt sie mir, daß sie das Baby gemeint hat – wo sie doch selbst geschoben hat. Und ehe ich weiß, wie mir geschieht, steht das Taxi auf dem Bürgersteig, und ich bete ein Gegrüßet-seist-du-Maria nach dem anderen, und überall ist Wasser und Blut, und ich ziehe das Baby – nun, Sie wissen schon, aus ihr raus. Dieses wunderschöne kleine Mädchen. Und alle drei weinen wir. Weil's nämlich, Sie wissen schon, mir angst gemacht hat, das zu tun.«

Ich saß benommen da. Hörte zu.

»Aber – wissen Sie – ein *Wunder* war es auch. Ich und diese Lady, die ich noch nie zuvor gesehen hatte, und dieses nagelneue kleine Baby. Dieses Wunder.«

Ich beugte mich zu ihm vor. »Darf ich Sie etwas fragen?«

»Aber nichts über Babys«, lachte er. »Weil das nämlich meine einzige Erfahrung war, die ich mit Babys gemacht habe.«

»In dem Sommer, in dem Sie in Cape Cod waren? Bei Ihren Verwandten? Haben Sie da je einen Wal zu sehen gekriegt?«

»Einen Wal? Nee. Aber einen Delphin habe ich einmal gesehen. Sind die nicht irgendwie mit den Walen verwandt, oder so? Dieser kleine Delphin ist dicht neben unserem Boot hergeschwommen, hat uns über Meilen Gesellschaft geleistet. Der hatte ein Gesicht, als ob er einen dauernd angrinsen würde. Ich habe ihm die ganze Zeit Makrelen hingeworfen, bis Augusto dann böse geworden ist. Er hat gesagt, das sei schlecht fürs Geschäft ... aber, jedenfalls, das ist meine Geschichte, wie ich geholfen habe, das Baby zur Welt zu bringen. Was halten Sie davon, heh? Sie haben mich doch vorhin danach gefragt.«

Ich rutschte ein wenig zur Seite und schloß wieder die Augen, war zu müde, um gegen meine Benommenheit anzukämpfen. »Sie haben mich aufgeweckt«, sagte ich.

Ich lag da, halb wach und halb schlafend, und lauschte dem Geräusch.

»Juuhuu«, rief Domingos. »Hey, Schneewittchen?«

Hinter seiner Stimme war das Dröhnen von Wasser zu hören. Es roch nach Ozean.

Ich tastete um mich, setzte mich auf, schlug die Augen auf und kniff sie gleich wieder zusammen, weil die Sonne so hell schien. »Wie spät ist es?«

»Es ist halb vier.«

Seine Antwort machte mir angst. »Ich dachte, Sie wollten anhalten und ein Sandwich essen.«

»Habe ich auch. Vor zwei Stunden.«

Wir standen auf irgendeinem Parkplatz inmitten von Autos und Pickups und hohen Dünen. »Wo sind wir?«

Er lachte. »Route Six.«

»Wo soll denn das sein, Route Six?«

»Ganz ruhig bleiben. Sie haben ein richtig langes Nickerchen gemacht, über drei Stunden haben Sie geschlafen«, sagte er. »Route Six ist die Straße zum Kap, die führt ganz hinauf. Hey, hören Sie! Sie wissen doch, diese toten Wale, von denen ich Ihnen erzählt habe? Ich habe in Orleans angehalten, um zu tanken, und da hat mir einer gesagt, daß heute morgen schon wieder einer gestrandet ist. Hier, an diesem Strand. Kommen Sie. Sehen wir nach. Ich helfe Ihnen die Düne hinauf.«

Ich schüttelte den Kopf. »Ich bezahle Ihnen gutes Geld dafür, daß Sie mich nach – wie heißt es doch gleich – Wellfleet bringen. Überraschungen mag ich nicht.«

»Das sage ich doch die ganze Zeit – wir *sind* in Wellfleet! Kommen Sie, und sehen Sie sich den Wal an.«

»Ich will ihn nicht sehen«, sagte ich. »Oder ist einer gestorben, und jetzt sind Sie der Boß?«

»Nun, dann werde ich ihn mir eben allein ansehen. Nur ganz kurz. Ich fahre doch nicht die ganze Strecke bis hier herauf und sehe mir dann nicht mit eigenen Augen an, was ich im Fernsehen gesehen habe.«

Ich verschränkte die Arme vor der Brust. Ich war von uns beiden die erste, die den Blick schließlich senkte. »Na schön«, murmelte ich. »Tun Sie, was Sie wollen. Das tun Sie ja sowieso.«

Er schloß die Tür. »Nur ganz kurz nachsehen. Sonst nichts«, sagte er.

Ich sah ihm nach, wie er die Düne hinaufkletterte. Jeder seiner Schritte hinterließ eine trichterartige Vertiefung.

Ein alter Mann auf einem Fahrrad fuhr die schmale Straße herunter, stellte sein Fahrrad hastig ab und rannte dann den

Weg hinauf, als ob er sich zu einer Verabredung verspätet hätte.

Ein Hubschrauber tuckerte am Himmel: CBS News. Er kippte zum Meer hin ab, und seine untere Hälfte verschwand hinter der steilen Düne. Auf dem Parkplatz stand ein weiterer Fernsehübertragungswagen. Ich zündete mir eine Zigarette an und hielt den Rauch dann lange Zeit in meiner Lunge. Ich dachte an Mas Unfall und wie ich ihn an jenem Wochenende im Fernsehen gesehen hatte: ihre in eine Plane gehüllte Leiche, die auf einer Bahre in eine Ambulanz getragen wurde, und das jede volle Stunde, immer wieder.

Zwei Frauen in mittlerem Alter erschienen auf dem Hügel und gingen auf mich zu. Sie blieben an einem Wagen in der Nähe stehen und schütteten den Sand aus ihren Schuhen. »Ich weiß nicht, ich krieg' das einfach nicht klar«, sagte eine von ihnen. Dann lachte sie.

Nachdem der Hubschrauber weggeflogen war, zog auf dem Parkplatz gespenstische Stille ein. Der Wind wehte Sandkörner gegen das Taxi, ein ständiges Knistern. Hinter der Düne war der dröhnende Rhythmus des Ozeans zu hören.

Als ich die Wagentür öffnete, verstärkte sich der Geruch von Fisch und Salz. Ich streckte die Füße hinaus und versuchte, mich zu orientieren, stemmte mich vom Rücksitz. Meine Beine fühlten sich steif an. Mein rechter Fuß war eingeschlafen.

Die Düne hinaufzuklettern erinnerte mich an meine Träume: vor Jack Speight wegrennen, aber in einem gefährlich trägen Tempo. Als ich oben angelangt war, war ich außer Atem.

Seine Masse haute mich fast um – ein schwarzer Felsvorsprung aus Leben. Ich streckte beide Hände aus und fiel einfach in den kalten Sand. Mein Herz schlug von der anstrengenden Kletterpartie und dem Anblick, der sich mir da bot.

Der Wal lag auf dem Bauch, hatte kapituliert, wandte den Kopf der See zu. Der größte Teil seines Körpers steckte in seichtem, rotumwölktem Wasser fest. Aber die mächtige schwarze Schwanzflosse reichte auf den Strand. Das hereinfließende Wasser schwappte immer wieder darüber. Die größeren Wellen brachen sich an seinem Gesicht.

Möwen schlenderten auf dem Rücken des Wals dahin oder wiegten sich in dem Wasser, das ihn umgab. Zwanzig oder dreißig Leute – die meisten an Land, ein paar in Neoprenanzügen im Wasser – sahen zu und redeten und gingen im Kreis herum. Zwei Männer stießen ihm eine überdimensionierte Spritze in die Seite. Von irgendwelchen TV-Anlagen führte eine Leitung zu einem vor sich hin summenden Apparat, der auf dem Vordersitz eines Jeeps stand. Alles mögliche Zeug lag verstreut auf dem Boden herum.

Domingos sah mich, winkte und eilte die Düne herauf auf mich zu. Der Wind zerzauste ihm das Haar und zerrte an seiner Jacke. Er machte einen erschütterten Eindruck.

»Warum *tun* die nichts?« sagte ich. »Die könnten doch versuchen, ihn wieder hineinzuschieben oder irgend so etwas?«

»Zu groß.«

»Sie könnten es wenigstens versuchen. Statt daß alle hier herumstehen und glotzen. Herrgott im Himmel.«

Er schüttelte den Kopf. »Er ist tot, Dolores. Er ist vor etwa einer Stunde gestorben. Einige von diesen Leuten sind schon den ganzen Tag hier.«

Aber der Wal *war nicht* tot.

Von draußen im Wasser waren Laute zu hören: Klicken und Seufzen und Würgen – Laute der Verzweiflung. Die Möwen flogen auf. Am Ufer sprangen die Zuschauer herum und schrien. Daß der Wal noch lebte, hatte uns alle überrascht.

»Dio mio«, flüsterte Domingos. Er griff nach meiner Hand. »Kommen Sie runter«, sagte er. »Kommen Sie. Sehen Sie sich das an.«

Ich entzog ihm meine Hand. »Ich mag das nicht«, sagte ich. »Ich will weiter.«

Draußen im Wasser erklang ein lautes Grunzen, und dann brachte er plötzlich die Kraft auf, sich auf die Seite zu verlagern. »Oh«, sagten wir alle zusammen, als würde jetzt gleich ein Wunder geschehen. Der kolossale Schwanz des Wals scharrte über den feuchten Sand, nahm ihn mit, hinterließ eine breite Spur. Seine steife Rückenflosse zeigte gerade in den Himmel. Ein Wunder: Als ob diese Flosse ein Flügel wäre, der ihn ins freie Meer hinaustragen konnte. Als ob die andere Flosse nicht zerdrückt und eingeknickt unter seinem gewaltigen Gewicht läge.

Er fiel wieder auf den Bauch zurück, klatschte ins Wasser, weißer Gischt sprühte auf. Der riesige muskulöse Schwanz krachte auf den Strand herunter, hob sich, krachte erneut herunter – ein Donnern, das in seinem Leid bis in meine Kehle hineinvibrierte.

Ich preßte mir die Hände über die Ohren, versuchte, dieses Dröhnen weder zu hören noch zu spüren. »Ich kann nicht ... ich will hier raus!« schrie ich. Domingos war jetzt unten am Ufer auf halbem Wege zwischen dem Wal und mir. Die anderen starrten zu uns herauf. Er kam zurückgerannt, nahm mich am Arm und führte mich weg, die Düne hinunter auf das Taxi zu. Er schob mich hinein, setzte sich neben mich, flüsterte mir beruhigend zu, wischte mit den Handflächen meine Tränen weg.

Der Parkplatz des Motels, auf den wir rollten, war mit zermahlenen Muscheln bestreut und von einem abgestorbenen, mit weißgestrichenen Steinen eingefaßten Rasen umgrenzt. Mir gab man das Zimmer neben dem Getränkeautomaten.

Domingos brachte meinen Rucksack und die Tüte mit den Doughnuts herein und fragte mich, ob er mein Telefon benutzen und seinen Vetter anrufen dürfte. Er hatte sich immer wieder dafür entschuldigt, daß er angehalten hatte, um den Wal zu sehen. Und mein Verhalten hatte ihm jetzt angst vor mir gemacht.

Ich saß auf dem Bett und rauchte, während er endlos in

spanisch oder portugiesisch, was auch immer es war – in einem so vergnügten Tonfall, wie ich ihn während der ganzen Fahrt nicht von ihm gehört hatte, schnatterte. Flitterwochen, ha! Was für ein armseliger, beschissener Witz ich doch war.

»Okay, das ist alles geklärt«, sagte er zu mir. »Augustos Frau brät bereits Linguica.«

»Was ist das?« fragte ich.

»Das ist Wurst«, erklärte er. »Die habe ich seit ...«

»Ihr Cousin klingt nett. Ich würde ihn wirklich furchtbar gern kennenlernen.«

Sein Gesichtsausdruck wurde ängstlich. »Oh. Nun ja ...«

»Nicht jetzt. Ich meine, irgendwann einmal. Haben Sie geglaubt, ich hätte gemeint, jetzt gleich? Herrgott, ich wollte doch bloß höflich sein.«

»Oh«, sagte er. »Natürlich. Und dann sind ja da außerdem die Freunde, mit denen Sie sich treffen wollen, stimmt's?«

»Yeah, stimmt«, sagte ich. »Falls die mich je finden.«

Er lachte verlegen und ging rückwärts auf die Tür zu. »Also«, sagte er. »Bis dann, denke ich. War nett, Sie kennenzulernen. Und, Sie wissen schon, mit Ihnen zu reden. Das mit dem Wal tut mir wirklich leid.«

»Ja.« Ich sah die Wand an, nicht ihn.

»Vielen Dank für die Doughnuts, die Sie gekauft haben. Und den Kaffee.«

»Kein Problem.«

»Und vergessen Sie es nicht. Ich werde ein kleines Gebet für Sie sprechen. ›Heilige Anna‹, werde ich sagen. ›Du mußt dieser Lady jetzt helfen, weil sie eine sehr nette Lady ist.‹«

»Ja«, sagte ich. »Danke.«

»Und einen schönen Urlaub wünsche ich Ihnen. Falls es das ist – Urlaub.«

»Passen Sie auf, daß die Tür Sie nicht am Hintern trifft, wenn Sie hinausgehen.«

Die Wände waren mit verstaubten Hummern aus Metall und

verblaßten Schiffsbildern verziert. Die Bettdecke wies Brandlöcher von Zigaretten auf. In der Nachttischschublade fand ich einen Kugelschreiber und drei Postkarten. »Ferienträume beginnen im Coastal Dreams Motel.« Ich ging zum Automaten hinaus und kaufte mir eine Cola. Die Sonne ging gerade unter; der Himmel war orange und rosa gefärbt.

Der Fernseher brachte nur zwei langweilige Sender herein. Ich sah mir den Schluß von irgendeinem alten Film an. Golf. Ich wechselte ständig den Sender, hin und her, die ganze Skala hinauf und hinunter, aber ich bekam nur diese zwei Kanäle oder Schnee. Ich hatte mein halbes Leben mit Fernsehen verbracht.

Ich dachte wieder an den Briefbeschwerer. Ich hatte ihn nicht einmal eine Woche gehabt, als ich ihn zu heftig schüttelte, so daß er mir aus der Hand fiel und zersprang. Dann hatte er ein Leck und war unbrauchbar. Zu der Zeit war das meine größte Tragödie – daß ich diesen Briefbeschwerer zerbrochen hatte.

Die Würmer kriechen rein, die Würmer kriechen raus, sie spielen Karten in deiner Schnauz – Das war ein Lied, das Jeanette und ich gern gesungen hatten ... *Und dann quillt der Eiter heraus.* Mrs. Nord war jedesmal richtig böse geworden, wenn wir es sangen, und hatte uns gezwungen, damit aufzuhören.

Ich zündete mir eine Zigarette an und hielt die Spitze an die staubige Bettdecke, erzeugte ein frisches Brandloch ... Ich könnte das Trinkglas zerschlagen und meinen Kratzer nachziehen, nur tiefer schneiden. Oder ich könnte die Vorhangschnur nehmen – mich selbst strangulieren wie Anthony Jr. Plötzlich sah ich die weggeworfenen Babymöbel meines Bruders, sah sie auf der Müllkippe an jenem Tag mit Daddy. Spürte tief im Magen unsere Flucht von dort, Daddy, wie er in seinem Zorn und getrieben vom Gefühl des Verlustes den Pickup über die Schlaglöcher jagte. Ich hatte mich umgesehen und den immer kleiner werdenden Haufen Möbel betrachtet, die Anthony nie benutzen würde. Und dann sah ich wieder den Haufen mit meinen Sachen, die Eric aus dem Schrank gerissen hatte. Ich hatte das Gemälde verloren. Hatte alles verloren.

Ich drückte mit dem Daumen die Glut an der Bettdecke aus. Ich hatte Angst, in diesem häßlichen Motel zu sterben.

Als ich in die Doughnuttüte griff, fand ich dreihundert von den vierhundert Dollar, die ich ihm dafür bezahlt hatte, damit er mich hierherbrachte. Ich fing an zu weinen: Mein ganzes Leben lang verließen mich die besten Leute, fuhren einfach weg. Ich wollte nicht sterben. Aber leben wollte ich auch nicht.

Nachdem es dunkel geworden war, fuhr ein Wagen auf den Parkplatz.

Aber nicht Domingos, wie ich gehofft hatte. Ein Mann und eine Frau um die Dreißig.

Im Lichtschein des Getränkeautomaten erkannte ich ihn. Es war der Wissenschaftler, den sie für diesen Zeitungsartikel interviewt hatten. Der Mann mit all den Theorien über Wale.

»Willst du etwas?« rief er der Frau zu.

»Ich weiß nicht. Fresca vielleicht. Wir haben doch noch Wodka, oder?«

»Ich denke schon.«

Die Dosen fielen herunter. Er ging auf sie zu und reichte ihr das Fresca. »O Mann«, sagte er, »bin ich fertig.«

Sie streckte sich ein wenig, legte ihm die Hand um den Hals, eine Geste, die so intim war, daß ich hätte heulen können. »Außerdem hast du keine Minute geschlafen«, sagte sie.

Sie gingen zu einem Zimmer, das drei Türen von meinem entfernt war, und traten hinein.

Postkarten, Selbstmordbriefe.

Ich legte mich aufs Bett und versuchte, mich zu entscheiden, wem ich sie schicken sollte. Grandma? Domingos? ... Die, die ich wirklich schreiben wollte, war die für Ma. »Du hast das, was passiert ist, nicht verdient. Ich schon.« Ich dachte an das Foto von Ma und ihrer Freundin Geneva Sweet – das in Grandmas Treppenhaus. Die beiden, glücklich, jung und hübsch, Arm in Arm, für immer.

Ich stemmte mich in die Höhe und schrieb zwei der Karten auf meinem Bein.

Liebe Grandma,
ich konnte es einfach nicht mehr ertragen. Wenn Du Dich an mich erinnerst, dann versuche, an den Menschen in mir zu denken und nicht an eine dicke, fette Todsünde.
Liebe Geneva,
Sie haben mich nie kennengelernt, aber ich habe beinahe das Gefühl, als ...

Beide klangen sie dämlich, also zerriß ich sie. Legte mich wieder zurück. Schloß die Augen ...

Im Traum waren Jack Speight und Eric und Daddy in einem schwankenden Boot mit mir aufs Meer hinausgefahren. Es schneite – dichter Schnee –, ein Blizzard. Ich hatte noch nie vom Wasser aus gesehen, wie es schneite, und wollte einfach dasitzen und zusehen, aber sie beugten sich immer wieder vor und stießen mit den Enden ihrer Ruder an meine Füße.

»Hört auf damit!« schrie ich sie an. »Laßt das!«

Ich sprang in das dunkle, unruhige Wasser. Dann schwamm ich neben einem Delphinbaby. Schnell und glatt glitten wir dahin. Es hatte aufgehört zu schneien. Als ich mich umsah, war das Boot weit entfernt.

Das Gesicht des Delphins kam mir irgendwie bekannt vor. Dann war er plötzlich gar kein Delphin mehr, sondern ein kleiner Junge mit einem Delphinlächeln. Dotties kleiner toter Junge. Er schwamm weg.

Ich wachte durstig auf. Das Büro war geschlossen, und ich

hatte mein ganzes Kleingeld verbraucht. Das Leitungswasser schmeckte warm und giftig. Ich mochte dieses schlüpfrige Trinkglas gar nicht anfassen.

Liebe Grandma,
sag meinem sogenannten Vater, daß ich ihn nicht bei meinem Begräbnis haben will. Ich will ihn nirgends in meiner Nähe . . .

Ich wollte nicht schreiben. Ich wollte mit jemandem reden, irgend jemandem, den ich nicht enttäuscht hatte – jemandem, der mir zuhören würde. Ich konnte über den Flur zu dieser Tür gehen und klopfen, den Wissenschaftler wecken. »Entschuldigen Sie, daß ich Sie belästige. Sie kennen mich nicht, aber . . .«

Oder ich konnte es jetzt einfach tun. Diesen Alpträumen ein Ende machen.

Ich hob den Hörer ab.

Die Auskunft in Cape Cod redete mit der Auskunft in Kalifornien, und die sagte mir, es gebe drei Sweets: Brian Sweet, M. J. Sweet und Irving Sweet.

»Irving«, sagte ich. »Geben Sie mir den.«

Es klingelte und klingelte. Ihre Stimme klang weit entfernt. »Augenblick mal«, sagte sie. »Noch mal, bitte.«

»Die Tochter von Bernice«, sagte ich. »Bernice, Ihre Freundin, die gestorben ist. Ihre Tochter.«

Ich erinnerte sie an ihren Anruf nach dem Unfall, als sie Grandma bat, mich ans Telefon zu holen, damit sie mir sagen konnte, wie gern sie meine Bekanntschaft machen würde und daß ihr Leben ein Loch bekommen hätte, als sie die schlimme Nachricht erhalten hatte. Sie hatte Blumen an das Begräbnisinstitut geschickt – weiße Nelken –, die größten und schönsten, die es gab.

»Ich habe mir jeden einzelnen von Bernices Briefen aufgehoben«, sagte sie mir jetzt. »Wir haben uns all die Jahre hindurch immer wieder geschrieben. An dem Abend, an dem ich davon gehört habe, habe ich sie herausgeholt und jeden einzelnen davon gelesen – ich weiß eines, sie hat *Sie* sehr geliebt.«

Sie wartete, bis ich zu weinen aufgehört hatte, und dann sagte sie mir, ich solle ganz ruhig sein. Sie fragte mich, wie es mir ergangen sei und was ich machte. Ich sei doch jetzt auf dem College, nicht wahr?

Ich sagte ihr, daß es nicht geklappt hatte.

Ob ich aus Rhode Island anriefe? Aus dem Haus meiner Großmutter?

Ich sagte, daß ich aus Cape Cod anrufe.

»Cape Cod?« sagte sie. »Dort droben ist es doch um die Jahreszeit kalt, nicht wahr? Was in aller Welt machen Sie mitten im November dort oben?«

»Oh, nicht viel«, sagte ich. Ich betrachtete mich im Spiegel, während ich redete und mit Haarsträhnen spielte und zusah, wie mein Gewicht die Matratze zusammendrückte. Das viele Weinen hatte meine Augen zuschwellen lassen. »Ich versuche nachzudenken«, sagte ich zu ihr.

»Worüber nachzudenken?«

»Oh, über viele Dinge ... Über den Tod zum Beispiel. Ich habe heute diesen Wal sterben sehen. Ich wohne an dem Ort, wo immer wieder Wale sterben.«

Am anderen Ende trat eine Pause ein.

»Erzählen Sie mir noch mehr von meiner Mutter«, sagte ich.

Sie redete von Mas und Daddys Hochzeit und wie verrückt meine Eltern aufeinander gewesen wären und wie Ma darum gebetet hatte, schwanger zu werden. Sie redete endlos.

»Aber ihre Briefe in den letzten zwei Jahren – also ehrlich, die haben mir fast das Herz gebrochen. Zuerst die Scheidung und dann ihr Zusammenbruch. Ich hatte das Gefühl, als würde jedesmal, wenn sie wieder auf die Beine kam ... sie kam mir einfach so verletzbar vor.«

Wenn ich es tat, dachte ich, würde ich frei sein – von mir und von all diesen Jack-Speight-Alpträumen.

»Ich habe sie die ganze Zeit immer wieder eingeladen hierherzukommen. Ein wenig Urlaub zu machen. Und um ein bißchen zu lachen, wissen Sie? – Ein wenig Erholung.«

»Die Würmer kriechen rein, die Würmer kriechen raus, sie spielen Karten...« Das sang ich mehr für mich als für sie. Das Gespräch mit ihr fing an, mich zu langweilen.

»Dolores, Honey? ... Ist bei Ihnen alles in Ordnung? Sie sind doch wohlauf?«

»Ich muß jetzt gehen«, sagte ich. »Zu einem Pinoclespiel.« Ich lachte laut über meinen eigenen Witz.

»Honey, weiß Ihre Großmutter, wo Sie sind?«

Ich legte auf. Reiche Zicke.

Ich ging und ging die unbeleuchtete Fernstraße hinunter und dann die schmale, gewundene Straße, wich den Scheinwerfern aus, wartete in den Büschen, wenn ich Autos hörte. Die Straße zog sich endlos hin, aber das machte mir nichts aus. Ich fühlte mich mit Energie geladen, zu allem bereit. Fettes Mädchen auf magerer Straße, dachte ich. Ich fand das lustig. Ich wußte, daß das der richtige Weg war. Ich ging dem Geräusch des Ozeans nach.

Auf dem Parkplatz standen zwei Autos. Ich stieg die steile Düne hinauf und blieb oben stehen. Der Ozean sah im Mondlicht silbern aus.

In der feuchten Luft lag Gestank: Verwesung hatte bereits eingesetzt.

Zwei Männer standen unten, hielten sich an den Händen und sahen sie an. Ihr Hund bellte die ganze Zeit. Unten am Strand saßen drei Leute zusammengekauert vor einem Feuer, und jeder sah zu ihr hinüber. Und ich saß oben auf der Dünenkuppe, ganz allein und wartete.

Zwei Teenagerpärchen kamen, knallten Autotüren zu, lachten und tranken aus ihren Bierdosen, als sie die Düne hinunterrannten zu ihr. Ihr Lärm verjagte die anderen Zuschauer. Die Jungs kletterten auf den Kadaver und gingen an ihm entlang bis hinaus zum Gesicht und wieder zurück. Sie beugten sich vor und schnitten ihren Freundinnen Andenken ab.

Leute kamen und gingen wie bei Mas Begräbnis. Aber ich blieb länger als sie alle – eine Wache für ihre Leiche. Ich blieb die ganze Nacht bei ihr.

Als der Morgen dämmerte, stand ich auf und blickte am Strand entlang, so weit ich sehen konnte. Nach einer Seite, der anderen, zum Parkplatz hinter mir.

Wir beide waren ganz allein.

Ich ging die Düne hinunter auf sie zu.

Die Flut war heute weiter hereingekommen als am vergangenen Nachmittag; obwohl sie sich nicht bewegt hatte, war sie jetzt tiefer im Wasser. Am Rand des Ozeans zog ich mein Sweatshirt aus, zog die Jeans herunter.

Das Wasser war nicht kälter als der Wind, aber meine Brustwarzen wurden hart, als meine Füße die Kälte spürten. Mein Fett wurde gänsehautblau. Ich watete bis zu den Knien hinaus, meine Beine schmerzten und wurden dann taub. Ich ging weiter, bis mir das Wasser bis zur Hüfte reichte. Mein herunterhängendes Haar war feucht. Ich schwamm.

Vom Strand aus hatte sie schwarz ausgesehen, aber jetzt, wo ich neben ihr schwamm, sah ich, daß ihre Haut fleckig war, dunklere und hellere Grautöne. Ich streckte die Hand aus, um sie zu berühren. Sie fühlte sich an meiner Handfläche, meinen zitternden, blauen Fingern fest und muskulös an. An meinen Lippen. Der Kuß fühlte sich rauh und weich zugleich an. Salzig.

Ich schwamm unter Wasser ganz nach vorn, tauchte wieder auf, trat Wasser. Ich war gewichtslos.

Ihr mächtiger Schädel und ihre Schnauze waren mit Vorsprüngen bedeckt – häßliche, formlose Höcker mit einer Art Stoppeln wie Stacheldraht, die sich scharf anfühlten. Ihr narbiger Mund gähnte offen, als ob sie bei dem Versuch, sich ins sichere, tiefe Wasser hinauszutrinken, gestorben wäre. Ihre Kinnlade, halb über der Wasserfläche, halb darunter, war mit dicken Borsten besetzt wie ein Besen. Ihre Augen waren unter Wasser.

Ich hielt den Atem an und tauchte mit offenen Augen.

Das Auge starrte mich an, ohne zu sehen. Die Iris war milchig und vom Seewasser verschwommen. Ein Kataraktauge, ein Auge voll Tod. Ich streckte die Hand aus und berührte die Haut dicht unter dem Auge, und dann die harte Kugel selbst.

So konnte ich sterben. Hier.

Ich kämpfte mit mir, stieß den Kopf nach unten, auf den Meeresgrund zu, schlug um mich, um unter Wasser zu bleiben. Ich trank in großen Schlucken Meerwasser, entdeckte das Todesauge mitten in meinem Kampf.

Dann kämpfte ich zornig dagegen an. Schoß nach oben, platzte durch die Wasseroberfläche, hustete und spuckte, keuchte und würgte nach Atem, ließ die gute Luft meine Lungen verbrennen.

Ich schwamm auf ihre andere Seite, um die zerfetzte, zerbrochene Flosse herum. Meine Füße berührten den Boden. Ich stolperte und watete zum Ufer zurück, spürte aufs neue, wie kalt das Wasser doch war. Meine Kleider lagen auf einem feuchten Haufen am Rand des Wassers. Ich zwängte mich mühsam hinein.

Ich war an eine Art Endpunkt gekommen. Aber ich hatte ihn nicht erreicht.

Ich weiß nicht, wie lange ich fröstelnd dasaß.

Es kam von ganz weit unten am Strand näher, am äußersten Rand meines Sichtkreises. Zuerst war es einfach etwas, was man sehen konnte, und dann etwas, was man auch hörte. Ein Jeep.

Die feuchten Kleider und der Wind machten mein Zittern unkontrollierbar.

Ein Mann in einer khakifarbenen Uniform schaltete den Motor ab und kam lächelnd auf mich zu. Er kauerte sich neben mir nieder.

»Hallo«, sagte er.

»Hallo.«

»Sind Sie zufällig Dolores Price?«

Ich nickte.

»Ein paar Leute haben nach Ihnen Ausschau gehalten. Sie haben sich Sorgen gemacht.«

Er hatte plumpe, kleine, gelbe Zähne, wie eine Reihe Maiskörner.

Ich sagte ihm, daß es mir leid tue.

»Ich habe eine Decke für Sie, falls Ihnen kalt ist. Sie sehen so aus, als würden Sie frieren. Frieren Sie?«

Ich nickte wieder.

»Dann will ich die Decke holen.«

Im Jeep sprach er in sein Radio. »Okay, sie ist hier. Ich habe sie.«

TEIL DREI
DAS FLIEGENDE BEIN

17

Das Gracewood Institute, die private psychiatrische Klinik, wo ich die nächsten sieben Jahre meines Lebens verbrachte, blickt nach vorn auf die Bellevue Avenue in Newport, Rhode Island, und wendet dem Atlantischen Ozean den Rücken zu. Von der stark befahrenen Straße aus kann man nur die eindrucksvolle Granitvilla sehen, aber die Zufahrt gabelt sich um das Hauptgebäude und führt dann auf beiden Seiten zu den zwei unauffälligen Ziegelbauten mit den Krankenstationen. Hinten grenzt ein zwölf Fuß hoher Drahtzaun das Gracewood von den wilden Blaubeerbüschen, dem Klippenweg von Newport, den Klippen selbst und dem Meer ab.

Die ersten vier Jahre nach meiner Begegnung mit dem Wellfleet-Wal war ich stationäre Patientin im Gracewood. Die nächsten drei wurde ich ambulant behandelt. Ich führte in jener Zeit keine Tagebücher, um die Tausende von Stunden aufzuzeichnen, die ich an Beruhigungsmittel und das Fernsehen vergeudete, und demzufolge sind meine Erinnerungen zwar lebhaft, aber auch von vielen Lücken durchsetzt. Ich erinnere mich an Fragmente der schlimmsten Nächte: mein Kreischen – das mir vorkam, als sei es völlig von mir losgelöst –, wenn man mich für Zwangsinjektionen festhielt, jene schnellen, schmerzhaften Stiche, wenn die Nadel meine Haut durchbrach, mir Gewalt antat, wie Jack. Ich erinnere mich, wie ich sie manchmal mit Fortschritten belohnte und dann wieder alles kaputtmachte. (Eines Samstagmorgens schloß ich eine gute Woche damit ab, daß ich mir mit einer brennenden Zigarette innen die Schenkel verbrannte. Sie brachten mich in einen Raum, in dem ich mich entspannen sollte, doch es endete damit, daß ich dort ein Monopolyspiel absolvierte und mich anschließend so heftig in die Hand biß, daß ich genäht werden mußte.) So wie der Wal sind auch meine Erinnerungen an das Gracewood für mich zu einer Leiche geworden, die ich mit mir herumtragen muß. Manchmal sitzt diese Leiche auf langen, ruhigen Ausfahrten neben mir auf dem Beifahrersitz; manchmal liegt sie in Nächten, in denen ich keinen Schlaf finde, oder auch in solchen, in denen ich schlafe, neben mir im Bett. Die Leiche ist manchmal freundlich, manchmal gefährlich. Sie kann sprechen.

»Sie sind eine schöne Person, Dolores«, sagte Dr. Shaw am ersten Tag zu mir, als ich ihm, eingeschlossen in mein Fett und meinen Selbsthaß, gegenübersaß.

»Yeah, genau, ich bin Miss Universe«, fuhr ich ihn an. »Den Titel habe ich bei einem Schönheitswettbewerb im Badeanzug gewonnen.«

Dabei war *er*, mit seiner Löwenmähne und dem weißen Rollkragenpullover über seiner gebräunten Haut, der Schöne. Man konnte deutlich erkennen, daß er sich die meiste Zeit im Freien aufhielt und Klippenspaziergänge machte, wenn er nicht drinnen mit uns Spinnern festsaß. Sein Bürofenster stand immer einen Spalt offen, damit er das Dröhnen des Ozeans hören konnte. Manchmal wanderte mein Blick von seinen grünen Augen zu seinen dicken, ringlosen Fingern und dem Stroh, das immer noch zwischen den Schnürsenkeln seiner Earthschuhe steckte. In jenen frühen Sitzungen beugte sich Dr. Shaw immer zu mir, Lehnstuhl zu Lehnstuhl, und lächelte. »Wenn Sie nur bereit sind, Ihre eigene Schönheit zu visualisieren«, versprach er mir an jenem ersten Tag, »dann wird sie auch Wirklichkeit, das können Sie.«

Dr. Shaw war mein dritter Psychotherapeut in Gracewood. Mein erster, Dr. Netler, trug den Scheitel dicht über dem Ohr und pflasterte sich die langen, übriggebliebenen Strähnen über seine Glatze. Er hatte einen kleinen Bauch und stotterte so, daß ich die Hälfte der Zeit darauf wartete, bis er die Silben zur Welt brachte, die er schließlich in Fragen formte, die sich damit befaßten, wie mein Vater uns verlassen hatte und meine Mutter gestorben wäre. Fragen, die zu beantworten ich ablehnte. In den Monaten, in denen wir zusammen keinen Schritt vorankamen, bezog ich meine Kraft aus sturem Stillschweigen; Dr. Netlers Kraft nahm die Gestalt von Anweisungen für die verzweifelten Schwestern und Pfleger an, mir meine Zigaretten wegzunehmen und jedesmal, wenn ich ungebärdig wurde, mir eine Dosis »Sicherheitsjacke« zu verordnen. Das ist eine weitere Erinnerung an Gracewood: der säuerliche Geruch jener Zwangsjacke und die Sinnlosigkeit, dagegen anzukämpfen.

Dann dachten sie, ich würde vielleicht mit Dr. Pragnesh, einer indischen Ärztin, besser zusammenarbeiten. Ihr Atem roch ständig nach Knoblauch, und wenn sie von Jack sprach, dann nannte sie ihn immer »Mr. Speight«, als ob er jemand wäre, dem wir Respekt erweisen mußten.

»Was, denken Sie, hat Sie ursprünglich zu Mr. Speight hingezogen?« fragte sie in ihrem etwas eigentümlichen Akzent.

»Ich habe keine Ahnung. Warum ist Ihr Haar immer so fettig?«

»Warum sind Sie immer so aggressiv? Ist das – zu Ihrem Schutz?«

»Wozu dient dieser Punkt auf Ihrer Stirn? Für Zielübungen?«

Geneva Sweet bezahlte meine sämtlichen Rechnungen; sie war von der Westküste herübergeflogen und hatte die Klinik persönlich für mich ausgesucht. Grandma hatte zuerst Einwände gegen diese finanzielle Regelung gehabt – diese Gute-Fee-Tour, um mich wieder zurechnungsfähig zu machen –, aber Geneva hatte sich in Grandmas Wohnzimmer gesetzt und sie darauf hingewiesen, daß sie und Irv finanziell »beweglich« seien, daß Gott ihr nie eine eigene Tochter geschenkt habe, für die sie sorgen könne, daß mich wieder gesund zu machen etwas sei, was sie für Bernice tun wolle, möge Gott ihre Seele in Frieden ruhen lassen.

Geneva war es auch zu verdanken, daß dieser Mann von der Küstenstreife von Cape Cod an den Strand von Wellfleet gekommen war, um mich zu retten. Nachdem ich sie vom Motel aus angerufen und »die Würmer kriechen rein, die Würmer kriechen raus« gesungen hatte, hatte sie sich Sorgen gemacht und war nervös auf und ab gegangen und hatte dann Grandma angerufen, die ihrerseits nach dem Hörer gegriffen und zuerst Hooten Hall und dann die Polizei von Rhode Island angerufen hatte.

»Als Sie am Telefon gesagt haben, Sie seien in einer Ortschaft, wo Wale sterben, war das ein Hinweis, ein Hilferuf aus der Ferne«, sagte Geneva zu mir, als wir uns das erstemal gegenübersaßen. »Wenigstens hat *meine* Therapeutin *mir* das gesagt.« Sie sah ganz nach reicher Lady aus: blond gefärbtes Haar, das sie in einem Knoten im Nacken trug, rosa Lippenstift und darauf abgestimmte Nägel, mit Feuchtigkeitscreme behandelte Haut. Ich ließ sie in dem Glauben, daß sie mich gerettet hatte – behielt das Geheimnis für mich, daß ich schon vor dem Eintreffen des Mannes den Tod ausprobiert hatte, daß ich getaucht war und den Wal Auge in Auge kennengelernt hatte.

Für reiche Besucher legte Gracewood den roten Teppich aus. Als Geneva Weihnachten einflog, fuhr man mich zur Villa hinauf, damit ich sie dort sehen konnte. Wir saßen auf einem hellbraunen Ledersofa in der festlich geschmückten Vorhalle, Geneva hatte ein Glas Eierpunsch im Schoß und wies mich auf den schönen Schnee hin, den bezaubernden antiken Christbaumschmuck und alles, wofür ich dankbar sein sollte.

Grandma besuchte mich jeden Dienstagnachmittag von zwei bis halb drei auf der Station. Gracewood war eine Elf-

Dollar-Taxifahrt von Easterly entfernt. Sie kam mit dem Taxi, weil sie Mrs. Mumphys Tochter unter der Woche nicht belästigen wollte. Der eigentliche Grund war, daß sie meine Verrücktheit geheimgehalten hatte. Arme Grandma: zuerst eine Tochter im staatlichen Krankenhaus und dann ich in Gracewood. Sie behielt bei den Besuchen den Mantel an und hielt den Umhängeriemen ihrer Handtasche fest, und ihr Blick huschte nervös von Mrs. Ropieks Sabber zu der seltsamen Kleidung der Old Lady DePolito: Flanellpyjama, pelzgesäumter Morgenrock, knöchelhohe Turnschuhe. Aber Gracewood ersparte selbst Grandma das Schlimmste: der Pfleger am Wochenende, der einem den Ellbogen in die Seite stieß, wenn man ihm nicht schnell genug gehorchte; Manny der Masturbierer; Lillian, die in der Nase bohrte und es an die Wand schmierte und aus reinem Trotz in die Hosen schiß.

»Aber im Grunde genommen fühlst du dich hier wohl?« fragte Geneva mich, als sie mich im darauffolgenden Sommer wieder besuchte. Sie formulierte das zugleich als Frage und auch als die Antwort, die sie von mir hören wollte. Diesmal saßen wir in dem großzügigen Park vor dem Gracewood auf schmiedeeisernen Gartenstühlen, während um uns Gärtner die farblich abgestimmten Beete mit Petunien stutzten und hinter uns der Atlantik dröhnte. Ich trug meine Hand immer noch im Verband, weil ich mich in der Woche zuvor ja gebissen hatte. »Im Grunde fühlst du dich wohl. Hast du das Gefühl, daß du Fortschritte machst?« Meine Antwort darauf war, wie jedesmal, ein Zug an meiner Zigarette. Geneva nahm mich immer am Ende ihres Besuchs in die Arme, eine sterile Umarmung, die einen erkennen ließ, daß sie niemandes Mutter war.

Dr. Shaw und ich begannen unsere gemeinsame Arbeit im Winter 1971. Ich will es zugeben: Wenn ich mich an Dr. Shaw erinnere, dann ist das eine Art spitzbübische Erinnerung, die mir vielleicht eine Posse spielt, vielleicht aber auch nicht. In meiner Erinnerung ist er zugleich mein Narr und mein Zauberer: der leichtgläubige Idiot, dem ich Informationen vorenthielt, und der mächtige Zauberer, der mir Geheimnisse entlockte, die ich sogar vor mir selbst gehütet hatte. Und häufig ist Dr. Shaws Stimme die Stimme der Leiche.

»Wie geht es denn Dolores Price an diesem herrlichen Morgen?« fragte er mich zu Beginn unserer ersten Sitzung.

»Es geht ihr gut. Wie geht es Dr. Quack-Quack?« antwortete ich und blies einen Halsvoll Rauch in Richtung auf sein »Bitte nicht rauchen«-Schild.

»Dr. Quack-Quack? Warum bin ich Dr. Quack-Quack?«

»Das sind sie hier alle. Alle seid ihr Quacksalber.«

»Einige meiner Kollegen würden Ihnen in *dem Punkt* widersprechen«, sagte er und lächelte.

»Wie meinen Sie das?«

»Nun, sagen wir mal ... daß ich eine Art Außenseiter bin, ein Einzelgänger.« Und dann lächelte er, nickte und schloß die Augen. Malte sich vermutlich das schöne Wesen aus, das er in mir zu sehen behauptete. In unseren ersten Sitzungen gruselte es mir ganz bei diesem Lächeln mit geschlossenen Augen. Aber er war richtig versessen auf Visualisierung – war so überzeugt, ein besseres Ich zu sehen, und vermittelte mir das auch –, daß er mich richtig neugierig auf die Dolores machte, die hinter seinen Augenlidern existierte.

Visualisierung war das Zaubermittel, mit dem ich abnahm – nicht alles, aber immerhin so, daß Leute, die mir begegneten, mich einfach als übergewichtiges Mädchen ignorierten, anstatt mich als Abnormität anzustarren. »Sie haben schon wieder sieben Pfund abgenommen, wie ich sehe«, sagte Dr. Shaw beispielsweise und blickte lächelnd auf meinen Wochenbericht. »Sie wissen doch, weshalb Sie schlanker werden, nicht wahr?«

»Nein, warum?« Es war besser, *ihn* sagen zu lassen, was man dachte, statt Zeit damit zu vergeuden, sich von ihm korrigieren zu lassen.

»Weil Sie anfangen, die schöne Person, die Sie in Wirklichkeit sind, zu konzeptualisieren – Sie sind dabei, die junge Frau zu werden, die Sie zu sein verdienen.«

»Oh«, sagte ich. »Yeah.«

Nach sechs Monaten mit Dr. Shaw konnte ich beide Hände zwischen meinen Bauch und den Hüftbund meiner Jeans schieben und sie in dem Raum bewegen, den ich frei gemacht hatte; ich werde nicht behaupten, daß das kein schönes Gefühl war. Aber ich visualisierte nicht etwa eine Schönheitsköniginnenversion von mir. Ich sah Schimmel.

Ich machte das so: Die Bedienung in der Cafeteria schnitt mir beispielsweise ein Stück Hackbraten, einen Brocken Makkaroni- und Käse-Auflauf und ein Stück Sahnekuchen ab; so viel Essen, daß ich mein Tablett schleppen, nicht bloß tragen mußte. Alle in Gracewood waren blaß und schwammig – erschöpft von der vielen Stärke und den Beruhigungsmitteln. Ich klatschte dann mein Essen auf einen der langen Tische und schloß die Augen wie Dr. Shaw. Wenn ich sie wieder aufschlug, malte ich mir aus, wie das Zeug vor mir verkam. Ich brachte es fertig, alles, was ich vor mir hatte, verschimmeln zu lassen: sogar Fruchtsalat aus der Dose oder Suppe. Das war eine Fähigkeit, die ich eingeübt hatte. Ich ließ den Schimmel auf allem wachsen, was auf meinem Teller lag, und dann wuchern, zu einem blauen Teppich, der wie Pelz aussah, der alles bedeckte, was ich kauen und schlucken sollte. »Sie würgt schon wieder«, pflegte sich Mrs. DePolito zu beklagen. »Wie sollen wir denn zu Abend essen, wenn sie die ganze Zeit würgt?« Als ob es angenehm wäre, *ihr* zuzusehen, wie sie ohne den oberen Teil ihres Gebisses Rührei aß. Als ob *das* appetitlich wäre. Dr. Shaw sagte ich nie etwas von dem Schimmel. Ich ließ ihn in dem Glauben, daß er mir dabei half, eine schöne Dolores zu visualisieren. Nachdem ich ihn besser kennengelernt hatte, wollte ich ihm seine Illusionen nicht nehmen. Er bewegte sich auf einem ziemlich schmalen Grat.

Als ich anfing abzunehmen, fing ich auch an, meine – na ja –

Feindseligkeit, mit der ich immer wie mit einem Spieß um mich gestoßen hatte, fallenzulassen, wenn Dr. Shaw seine Bürotür hinter mir schloß. Unser erstes größeres Projekt war die Nacht, die ich in Dotties Wohnung verbracht hatte. Ich schilderte ihm alle Einzelheiten und fragte ihn dann geradeheraus: »Das heißt, daß ich lesbisch bin, stimmt's?«

Dr. Shaw ließ sein Gesicht zu einem Fragezeichen werden. »Sagen Sie mir noch einmal, was Sie während der Begegnung fühlten.«

»Meinen Sie, wie ich die Fische angesehen habe oder das mit Larry und Ruth?«

»Ich meine, was Ihnen durch den Kopf ging, als sie Sie zum Höhepunkt brachte. Sie haben sich allmählich dabei wohl gefühlt und dachten an ...«

»Larry und Ruth. Ich dachte an die Nacht, in der ich aufwachte und die beiden es auf dem Boden in Grandmas Haus getrieben haben. Vielleicht habe ich sogar ein wenig gestöhnt, so wie Ruth damals. Ich habe mir irgendwie ... ausgemalt, und Larry würde ... Was sagen Sie? Ich bin *nicht* lesbisch?«

Er hielt mir einen Vortrag darüber, daß Homosexualität eine Orientierung, nicht etwa eine bewußt gewählte Lebensweise sei und daß ich »vielleicht überlegen« solle, ob es eine angemessene Reaktion sei, auf Dottie oder Mr. Pucci böse zu sein, weil sie das waren, was sie waren. Dr. Shaw sagte immer »vielleicht«; das war eines seiner Lieblingsworte. »Nein, Dolores, so wie ich das sehe, zeigen Sie ganz ausgeprägt, daß Sie sich zu Männern hingezogen fühlen. Vielleicht hat diese Freßorgie, die Sie und Dottie veranstaltet haben, kurzzeitig Ihre Wut unterdrückt, Sie benommen gemacht. Und in diesem passiven Zustand haben Sie ...?«

Auch das war typisch für ihn: Er sagte etwas und machte dann eine Art Frage daraus mit kleinen Pünktchen, wo ich die Antwort einsetzen sollte.

»Sie einfach gewähren lassen, zugelassen, daß sie es tat?«

»Richtig. Sie haben sich einfach ein kleines Spiel erlaubt.«

»Yeah, aber ich ...«

»Was?«

»Ich hatte ... ich fühlte ... Sie wissen schon.«

»Sagen Sie es. Sprechen Sie es aus. Sie haben erlebt ...«

»Ich will es nicht sagen.«

»Warum nicht, Dolores?«

»Weil mir nicht *danach ist,* es zu sagen, okay? Sie sagen doch immer, ich soll bei dem, was ich fühle, ehrlich sein?«

»Also, ich bin ja nur neugierig. Sie gebrauchen die ganze Zeit das Wort ›fuck‹, und das ist ein zorniges Wort, wenn man einmal richtig darüber nachdenkt, nicht wahr? Sie gebrauchen das Wort gewöhnlich im Zorn, in der Wut. Wahrscheinlich frage ich mich, warum Sie so großzügig mit ›fuck‹ umgehen und es anscheinend aber nicht über sich bringen, das Wort ›Orgasmus‹ auszusprechen.«

»Aber das kann ich doch. ›Orgasmus.‹ Sind Sie jetzt zufrieden?«

»Ja, das bin ich. Danke.«

»Gern geschehen. Ts-Ts.«

»Jedenfalls, um auf Ihre Frage zurückzukommen, ich würde sagen, nein. Ihr Orgasmus in jener Nacht macht Sie nicht zur Lesbe. Stimuliert zu werden ist ein angenehmes Gefühl, selbst für im klinischen Sinne depressive Menschen. Ein Finger, eine Zunge. Reibung ist nicht spezifisch männlich oder weiblich. Es ist – nun ja, einfach Reibung.«

Er lächelte und schob eine Strähne seines goldenen Haars hinter sein Ohr. »Aber Ihr sexueller Höhepunkt hat Sie natürlich mit Energie geladen, Sie aus Ihrer Passivität gerissen, und dann fühlten Sie sich ...?«

»Beschissen?« sagte ich. In der Stille hörte ich das Wort in mir nachklingen, so wie Dr. Shaw die Erkenntnis in meinem Gesicht betrachtete.

»Beschissen«, wiederholte er. »Von wem?«

»Von ihr, denke ich. Aber hauptsächlich von ihm.«

»Wen meinen Sie?«

»Eric. Wen denn sonst? Welches Recht hatte dieser Scheißkerl denn, sich über mich lustig zu machen? Ich habe ihm dauernd gesagt, er soll aufhören, aber er ...«

»Was? Was denken Sie jetzt?«

»Habe ich deshalb die Fische umgebracht? Um mich an Eric zu rächen?«

»War es das?«

»Ja.«

»Ja, natürlich war das der Grund.«

Ich stand auf und ging ans Fenster, blickte auf die Wellen mit ihren weißen Schaumkronen und den eisigen Schneeregen hinaus, der schräg auf Gebäude B herunterpeitschte. Ließ meinen Tränen freien Lauf.

Ich drehte mich um und sah ihn wieder an. »Könnten Sie bitte aufhören, immer ›natürlich‹ zu sagen. Für mich ist das alles neu. Und bei diesem ewigen ›natürlich‹ komme ich mir irgendwie blöd vor.«

»Sicher«, sagte er. »Natürlich. Wer hat Sie sonst noch beschissen, Dolores? Im Laufe der Jahre, meine ich. Machen Sie uns eine Liste.«

Ich spürte das Dröhnen in meinem Kopf. »Sie wissen doch, wer.«

»Sagen Sie es mir.«

»Jack Speight!«

Er nickte ernst. »Sonst noch jemand?«

»Wen immer Sie wollen. Die Kinder in der Schule, mein Vater, mein ...«

»Was wollten Sie gerade sagen?«

»Niemand.«

»Ganz sicher nicht?«

»Ganz bestimmt nicht.«

Ich gebe es ja zu: Daß ich mit Dr. Shaw kooperierte und mich nicht gegen ihn sträubte, lag auch daran, daß ich in ihn verknallt war. Wenn ich nachts, nachdem die Lichter ausgeschaltet worden waren, in meinem Bett auf der Station lag, malte ich mir aus, wie ich seine Earthschuhe aufband, seine Knöpfe und Reißverschlüsse öffnete. Im Bett liegend versuchte ich DePolitos gurgelndes Schnarchen im Nebenzimmer nicht zu hören und beschwor vor meinem inneren Auge seine nackte Brust herauf und ließ meine Finger darüberwandern. Unsere Zimmer waren überheizt – nicht feuchte Hitze, die ist sexy, sondern Backofenhitze –, die Art von Hitze, bei der einem die Stirnhöhlen einfach zusammenbrechen und man Kopfschmerzen bekommt. Die Hitze stieg von den Gitterstäben zwischen meinem Bett und der Wand auf, während ich ganz still dalag und meine Finger sich in Dr. Shaw verwandelten. »Reibung ist Reibung«, pflegte ich mir einzureden. »Was soll's also?«

Manchmal kam ich dahinter, was Dr. Shaw im Schilde führte, und dann legte ich mich quer. Das gab mir ein gutes Gefühl: Wann hatten schon Männer, die über mich Macht hatten, je *mein* Leben besser gemacht?

»Können Sie irgend etwas während dieser ganzen Cape-Cod-Geschichte nennen, das Sie beruhigt hat?« fragte er mich am Ende einer recht unproduktiven Sitzung. Wir hatten unsere ganze Stunde mit meinem Selbstmordtrip verbracht.

»Diese Zitronendoughnuts, die ich in der Tankstelle gekauft habe«, sagte ich. »Die waren wirklich ausgezeichnet.«

Er seufzte und blickte zur Decke. »Und ich dachte, das wäre etwas, das wir bereits hinter uns haben. Wo kam denn Ihr Impuls her, so viel zu essen? Was war das für ein Schema?«

Ich seufzte ungeduldig, und dann sagte ich ihm das, was er hören wollte, wie ein unartiges Kind. »Ich habe gegessen, weil ich wütend war.«

»Und hatten Sie denn wirklich ein gutes Gefühl, als Sie diese Doughnuts aßen?«

Ich verdrehte die Augen. »Nein.«

»Würden Sie mir dann bitte eine ernsthafte Antwort auf meine Frage geben?«

Ich weiß, worauf er hinauswollte: Er wollte, daß ich meinen verwesenden Wal hochstemmte, um nachzusehen, ob Ma darunterlag. Er war immer auf der Suche nach Ma. »Wie war die Frage noch einmal?« sagte ich. »Ich habe ganz vergessen, was Sie mich gefragt haben.«

»Ich habe Sie gebeten, daß Sie den Augenblick dort am Cape Cod identifizieren, in dem Sie sich gelockert haben, gut gefühlt haben. Befreit.«

»Befreit?« Das Wort interessierte mich, ohne daß ich das wollte.

Er nickte. »Befreit.«

»Im Wasser, denke ich ... draußen im Meer.«

»Ah«, sagte er. »Weiter.«

»Weiter was? Mir hat das Gefühl dort draußen einfach gefallen.«

»Was hat Ihnen daran gefallen?« Er beugte sich näher zu mir. Ich konnte sein Haarwasser riechen.

»Das Schwimmen«, sagte ich. »Das Gefühl der Gewichtslosigkeit. Und unterzutauchen. Wir sind bereits über die Zeit, wissen Sie. Nur, falls Sie das interessiert.«

Er griff mit der rechten Hand zu seinem Schreibtisch hinüber und drehte die Uhr zur Wand, und aus irgendeinem Grund versetzte mich das in Panik. »Warum hat es Ihnen unter Wasser gefallen, Dolores? Was war daran gut?«

Wenn ihn das, was man sagte, in Erregung versetzte, flog sein Haar ein wenig. »Woher soll ich das wissen? Es war so, wie Sie gerade gesagt haben ... es hat mich befreit, oder so.«

Dr. Shaw nahm meine beiden Hände in die seinen. »Nehmen wir einmal an«, sagte er, »daß wir im Augenblick einen entscheidenden Punkt erreicht haben, in dieser Sekunde meine ich. Ich möchte, daß Sie das jetzt visualisieren. Sagen wir beispielsweise, daß es mit dem Meer zu tun hat. Mit Schwimmen. Mit unserer gemeinsamen Arbeit. Malen Sie sich das für uns aus, Dolores. Sind wir dabei, durch die Wasseroberfläche zu stoßen, ans Tageslicht? Oder sind wir dabei, hinunterzutauchen, die Tiefen zu erforschen? Was sehen Sie jetzt und hier?«

Er wartete. Sein Blick ließ mich nicht los.

Ich dachte mir, daß es besser sei, ihm die Antwort zu liefern, die er *nicht* erwartete, aber ich hatte mich verrechnet – hatte gedacht, er wolle Sonnenlicht und Durchbrüche.

»Wir gehen unter«, sagte ich.

»Sind Sie da sicher?«

»Ja. Wir tauchen.«

Er schloß die Augen und lächelte. »Fühlen Sie, was ich fühle?« Seine Freude ließ mich zusammenzucken. »Wie soll ich das wissen? Was fühlen Sie denn?«

»Daß wir am Anfang unserer eigentlichen gemeinsamen Arbeit sind.«

»Am *Anfang?* Was war dann all das andere Zeug – Freiübungen?«

Aber wenn Dr. Shaw so aufgedreht war, war ihm mit Sarkasmus nicht beizukommen. »Wissen Sie, Dolores, weshalb Sie den Drang empfanden, unter Wasser zu schwimmen – warum Ihnen das gerade als erstes in den Sinn kam, als ich Sie fragte, ob Sie sich wohl gefühlt hätten?«

»Das kam nicht als erstes. Zuerst habe ich an die Doughnuts gedacht.« Sein Blick mißbilligte meine Antwort. »Also, im strengen Sinn, meine ich. Das Wasser, Ihr Untertauchen: Haben Sie da nicht vielleicht ...?«

Ich zuckte die Achseln.

»Den Mutterleib neu geschaffen?«

»Den Mutterleib?«

Er lächelte und nickte. »Vielleicht haben Sie versucht, sich wieder in die Sicherheit Ihrer Mutter zurückzubegeben – in den warmen, feuchten Schutz desjenigen Menschen, der Sie bis dahin noch nie enttäuscht hatte.«

»Mich wie enttäuscht?«

»Indem sie Sie damals verließ, als sie krank war? Indem sie starb?«

»Der Mutterleib?«

»Das war instinktiv.«

»So, war es das?«

»Eigentlich urtümlich. Atavistisch.«

Er wirkte jetzt so zufrieden.

»Hören Sie, jetzt lassen Sie meine Mutter da raus, ja? Außerdem war es nicht *warm.* Beschissen kalt war es, zum Erfrieren. Als ich aus dem Wasser kam, bin ich blau angelaufen. Ich habe *geschrien,* daß es so kalt sei!«

»Genau!« sagte er und schlug mit der flachen Hand auf die Armlehne seines Sessels. »Warum schreit ein Baby bei der Geburt?« Er war jetzt aufgesprungen, ging erregt auf und ab.

»Ich weiß nicht. Weil der Arzt ihm einen Klaps verpaßt?«

»Das Baby schreit, weil es plötzlich Kälte verspürt. Von sechsunddreißig Grad auf Zimmertemperatur, gute fünfzehn Grad kälter. Das ist ein Schock. Der Schock des Werdens! Die Kälte der Lebenskraft. In Symbolsprache könnten wir sagen, daß Sie sich dort draußen im Wasser selbst Geburtshilfe geleistet haben, oder nicht?«

Ich zuckte die Achseln, gab mich desinteressiert. »Sie sind der Boß«, sagte ich.

»Ich bin *nicht* der Boß. *Sie* sind der Boß. Das Unglaubliche, was wir jetzt gerade gelernt haben, ist, daß Ihre Genesung gar nicht hier in Gracewood angefangen hat. Sie haben damit an jenem Morgen draußen im Meer angefangen – lange bevor ich auf der Bildfläche erschien. Ich bin sozusagen nur ein Beifahrer.«

»Ein Mitschwimmer, meinen Sie.«

Dr. Shaw lachte nur selten, das war dann immer ein erschreckendes Schnauben, das sein hübsches Gesicht verzerrte und ihn wie Francis, das Sprechende Maultier, aussehen ließ. »Mitschwimmer«, wiederholte er und lachte noch einmal schallend. »Ja, das stimmt. Schwimmen! Lassen Sie uns jetzt Schluß machen, Dolores. Ich muß ein paar Telefonate führen – da gibt es einen Kollegen an der Westküste, den ich jetzt unbedingt sprechen will. Ich denke, wir haben heute einiges erreicht. Ich denke, wir sind dem Ziel ein Stück näher gekommen. Finden Sie nicht auch?«

»Vielleicht«, sagte ich. Aber er kapierte nicht, daß das ein Witz sein sollte.

Am nächsten Tag erklärte er mir, daß er meinen Hinweis aufgreifen und mich neu »eltern« wolle – ganz von vorn anfangen, wegen all des Schadens, den meine wirklichen Eltern, ohne es zu wollen, an mir angerichtet hatten. »Zusammen«, sagte er und schloß dabei die Augen, um es zu visualisieren, »wir werden zusammen Ihre Kindheit zurückspulen und neu aufnehmen.« Das tat er die ganze Zeit: Er stellte mein Leben so hin wie ein elektronisches Gerät.

»Schauen Sie, ich habe es Ihnen doch schon einmal gesagt. Was auch immer das mit meiner Mutter zu tun hat, ich möchte wirklich, daß wir sie da rauslassen«, sagte ich. »Meine Mutter war eine *Heilige!*«

Er legte den Kopf etwas zur Seite. »Eine Heilige?«

Zu den Dingen, die ich ihm vorenthalten hatte, gehörte auch Mas Gemälde mit dem fliegenden Bein. Wenn ich an den Himmel glaubte – eine Welt, die ruhig und richtig war –, dann kam dieses zerstörte Bild dem am nächsten. Ich wollte nicht, daß er sich mit meiner Mutter befaßte, ihr zu nahe trat.

»Sie ist tot, okay?« sagte ich. »Lassen Sie die Finger von ihr.«

»Meiner Ansicht nach ist es ein Fehler, damit Verstecken zu spielen, Dolores. Das ist kontraproduktiv.«

»Letztes Mal haben Sie gesagt, *ich* sei der Boß. Was soll dann das Geschwätz?«

Er seufzte und nickte dann. »Also schön«, sagte er, »also

schön. Ich will mir alle Mühe geben, Ihre Regeln zu respektieren, bis Sie selbst so weit sind, daß Sie sich über sie hinwegsetzen können. Und jetzt möchte ich, daß Sie in Ihr Zimmer zurückkehren und sich entspannen. Morgen werden wir beide eine ganz besondere Reise zusammen machen.«

»Yeah, also wenn es wieder Mystic Seaport ist, dann vergessen Sie es. Als wir das letzte Mal dort waren, war das stinklangweilig.«

»Nein, nicht der Hafen, nein. Aber es wird *wirklich* eine ganz besondere Erfahrung für Sie sein. Soviel kann ich Ihnen versprechen. Morgen werde *ich* Ihre Ersatzmutter. Sie und ich kehren in den Mutterleib zurück.«

»*Sie* vielleicht«, sagte ich. »Sie können mir ja eine Postkarte schicken.«

Er beugte sich dicht zu mir heran, so nahe, daß unsere Knie sich berührten. »Ich weiß, das klingt ein wenig unkonventionell, Dolores, aber ich habe gestern nachmittag lang mit einem Kollegen in Kalifornien telefoniert, der mit dieser Vorgehensweise sehr gute Ergebnisse erzielt hat. Und heute habe ich den halben Vormittag mit den Freudianern in dieser stockkonservativen Anstalt um die Genehmigung gekämpft ... aber das ist jetzt nicht der Punkt. Der Punkt ist, daß ich glaube, Ihnen mit dem, was ich vorhabe, wirklich helfen zu können. Aber wenn Sie Zweifel haben – wenn Sie mir nicht genügend vertrauen und nicht mit mir fahren wollen –, dann sollten Sie das jetzt gleich sagen. Sagen Sie es mir sofort, dann suchen wir einen anderen Weg.«

Er wartete, und seine Augen flehten mich auf eine unheimlich vertraute Art an. Sein Gesicht war wie von Fieber gerötet. »Okay, okay«, sagte ich. »Schon gut. Machen Sie sich nicht gleich ins Hemd.«

Die Erregung, die in dieser Sitzung von ihm ausging – der Geruch seines Mundwassers, der Kuß seiner Knie, als wir Sessel an Sessel saßen –, ließ seine Art von Fieber auf mich überspringen, aber dann nachts in der Dunkelheit meines Zimmers sah ich Dr. Shaw nicht gerade als meine Mutter. Plötzlich wurde mir bewußt, weshalb sein Ausdruck – dieser Blick in seinen Augen – mir vertraut erschienen war. Es war derselbe verletzbare, flehende Blick, den Dante auf den Polaroidfotos gehabt hatte. (Auch eines von meinen Geheimnissen.) Dr. Shaw hatte einen ganzen Nachmittag und einen halben Vormittag mit *meinem* Fall zugebracht, mit *mir*. Ich lag wach da und verpflanzte seinen Kopf auf Dantes Körper ... Ich muß wohl gestöhnt haben, als ich kam, weil Evelyn, die Nachtpflegerin, da war und mir mit ihrer Taschenlampe ins Gesicht leuchtete, ehe ich ganz fertig war.

»Was ist denn los?« fragte sie.

»Oh, nichts. Ich hatte bloß einen Traum. Über meine Mutter.«

Ich lächelte sie an. Und unter der Decke bäumte ich mich immer noch auf.

Dr. Shaw konnte sich wirklich für etwas begeistern, das mußte man ihm lassen. Am nächsten Abend hätte er sich in dem Schwimmbecken in Gebäude B fast für mich umgebracht.

Er holte mich auf der Station ab, kurz bevor die Lichter ausgeschaltet wurden, als ob es eine Verabredung gewesen wäre (die alte DePolito wäre beinahe durchgedreht), und fuhr mit mir zum anderen Ende der Anlage. Ich mußte mit Dr. Shaws Schlüsseln alle Türen der Turnhalle aufsperren und öffnen, während er ein riesiges Tonbandgerät und einen Haufen Verlängerungskabel heranschleppte.

Als wir dann am Rand des Schwimmbeckens saßen, sagte er mir, was er vorhatte. Ich würde praktisch als Fötus wieder von vorn anfangen, sagte er, und würde aufs neue heranwachsen, aber diesmal würde ich mein Leben richtig hinkriegen. Es könnte sechs Monate dauern; es könnte auch sechs Jahre dauern. Der ganze Prozeß ließe sich nicht vorhersagen; der Rhythmus würde mehr oder weniger von mir abhängen.

Während er mir das erklärte, tauchte ich den Finger ins Wasser und schrieb meinen Anfangsbuchstaben auf den Bekkenrand. Immer wieder. Als er dann fertig war, war aus all den Ds, die ich gemacht hatte, eine Pfütze geworden.

»Fragen?« sagte Dr. Shaw.

Ich starrte auf die schimmernde Wasserfläche vor uns und hatte Angst, was da herauskommen könnte. »Nee.«

»Also gut, dann wollen wir mal.«

Zuerst hypnotisierte er mich. »Sie befinden sich in einem Fahrstuhl und sind auf der Fahrt in das Stockwerk Ihres Unterbewußtseins«, sagte er. »Ich werde die einzelnen Stockwerke ansagen, und wenn ich im Kellergeschoß bin, werden Sie aus Ihren Kleidern schlüpfen und ins Wasser steigen.«

Wir waren im vierten Stock, als ich ihn aufforderte anzuhalten. »Geht das nicht auch ohne ausziehen?« fragte ich.

In Gracewood war Nacktheit nichts Besonderes. Man sah immer mal den häßlichen Körper von jemandem oder umgekehrt. Trotzdem hatte ich keine Lust, all mein Wabbelfett und meine geplatzten Äderchen vor Dr. Shaw zur Schau zu stellen – es war ja schließlich doch etwas anderes, als sich von DePolito oder Mrs. Ropiek anstarren zu lassen.

Dr. Shaw sah mich mit einem seiner enttäuschten Blicke an. »Verstehen Sie das denn nicht, nach allem, was wir besprochen haben? Was sind Sie, Dolores?«

»Ich bin ein Fötus.«

»Und was ist das?« Sein Arm streckte sich aus, wies auf das Schwimmbecken. »Der Mutterleib.«

»Und wer bin ich?«

Ich war zu verlegen, um ihm in die Augen zu sehen. »Meine Mutter«, sagte ich.

»Richtig. Mutter, Mutterleib, Fötus. Vertrauen Sie mir?«

Ich sah auf die unbewegte Wasserfläche. »Vertrauen Sie mir?« wiederholte er.

Ich nickte.

»Und empfindet ein Fötus Abneigung gegenüber dem eigenen Körper? Hat ein Fötus irgendwelche wie auch immer gearteten Erwartungen?«

Ich schüttelte wieder den Kopf.

»Trägt ein Fötus Kleider?«

Ich schüttelte ihn wieder.

»Unser Fahrstuhl hat das Kellergeschoß erreicht, eine Umgebung des Vertrauens. Ziehen Sie bitte Ihre Kleider aus.«

Ich stieg splitternackt am seichten Ende in das Becken und watete hinein.

Die Badewassertemperatur paßte zu Dr. Shaws Tonfall. Als das Wasser mir über den Kopf stieg, schloß ich die Augen und begann, mich treiben zu lassen.

Eine Weile funktionierte es irgendwie. Das war ein ganz anderes Gefühl als in dem jämmerlichen Becken mit den gesprungenen Fliesen, wo die uns jeden Mittwoch und Samstag morgens Gymnastik machen ließen. Mit den Ohren unter Wasser und Dr. Shaws Stimme als undeutlichem Gemurmel in der Ferne, legte ich tatsächlich meine Erwartungen ab. Ließ mich zurückfallen, fühlte mich wie ein Fötus.

Was das Ganze kaputtmachte, war seine Begeisterung. »Ah, ich bewege mich«, rief er zu mir herunter. »Mein Baby muß seine kleinen Armstummel erproben.« Mir wäre lieber gewesen, wenn er den Mund gehalten hätte. Ich war um die Zeit schon unter zweihundert Pfund, aber nicht sehr viel. Meine Arme waren immer noch zwei Schinken, nicht »kleine Stummel«.

»Ich möchte wissen, was mein Baby in diesem Augenblick denkt«, rief er und rieb sich mit den Händen den Bauch. Ich dachte gerade, ob es mein nächtliches Reibungsritual kaputtmachen würde, daß er meine Mutter war.

»An der Bindung zwischen einer Mutter und ihrem Baby ist etwas ganz Besonderes«, rief Dr. Shaw. All der Quatsch über Mütter ließ mich plötzlich an Grandma denken. Ich malte mir aus, wie sie plötzlich hereinplatzte. »Es ist nicht das, was du denkst, Grandma«, würde ich ihr erklären. »Ich bin ein Fötus. Er ist Ma.« Ich wußte ganz genau, wie sie reagieren würde: ihre Kinnlade würde sich aushaken; sie würde ihre Handtasche an sich drücken. Von Grandma ertappt zu werden ließ mich im Wasser herumplanschen.

»Mein Baby ist heute abend sehr aktiv«, rief Dr. Shaw zu mir herunter. »Es schlägt in mir um sich.«

Er würde auch um sich schlagen, wenn sie *seine* Großmutter wäre. Jetzt war ich wieder ganz und gar ich: die fette Dolores, die im gechlorten Wasser dahintrieb.

»Vielleicht sollte ich etwas Musik spielen, um mein Baby zu beruhigen.« Dazu diente also das Tonbandgerät. Ich hob den Kopf aus dem Wasser und sah zu, wie er mit den Verlängerungskabeln herumhantierte, eines in das andere steckte, bis die Kabel quer durch den Saal zu einer Steckdose reichten.

»Vielleicht etwas Dvořák. Oder Mozart.«

Ma nannte das »Klimpermusik«. Ihr Geschmack waren eher die Ink Spots und Teresa Brewer.

»Musik besänftigt die wilde Brust«, verkündete Dr. Shaw und kauerte sich dann nieder, um die letzte Verbindung herzustellen.

Ich versuchte, wilde Brüste zu visualisieren, als ich das Zischen hörte und zugleich auch sah. Ein Zucken ging durch seinen ganzen Körper. Dann ringelte er sich ein und bewegte sich nicht mehr.

Ich stieg aus dem Wasser und rannte triefend an dem Knistern und Prasseln der Verlängerungsschnur vorbei, die in der Pfütze gelandet war, die ich am Poolrand gemacht hatte. Wenn er tot war, hatte ich ihn getötet.

Ich legte mir mein Sweatshirt und meine Jeans um das Handgelenk und riß so heftig an der Schnur, daß der Stecker aus der Dose flog. Dann beugte ich mich immer noch triefend über ihn, beide Hände gegen meine Wangen gepreßt. »Dr. Shaw? Dr. Shaw!« Sein Name wurde zu einem Schrei.

Auf allen vieren klatschte ich ihm ins Gesicht. Zögernd

zuerst – eher ein Anpacken als ein Schlagen. Dann fester. Und dann so fest, daß es weh tat, daß es ihn wieder ins Leben zurückrief.

Er blinzelte.

»Alles in Ordnung?« fragte ich.

Er starrte mich an, als versuchte er, sich ins Gedächtnis zu rufen, wer ich war. Dann griff er nach meiner Hand. Ich zog ihn in die Höhe und führte ihn zu der Tribüne.

Das Wasser im Schwimmbecken zitterte vor uns. Wir saßen da und hielten uns an den Händen, ich immer noch naß und nackt. Das Bibbern wanderte wie Elektrizität zwischen uns.

18

Von meinen Eltern war Dr. Shaw der erste, der mich nicht verlassen hatte.

Oder richtiger gesagt, der erste, der mich verlassen hatte und dann von den Toten zurückgekehrt war. Seine Beinahe-Elektrokution öffnete die Schleusen und machte ihn wahrhaft zu meiner Mutter. Von dem Sofa in seinem Büro aus führte ich ihn durch die strapazierte Ehe meiner Eltern. Vom Beckenrand führte er mich – im Badeanzug nach jener ersten Sitzung – durch meine pränatale und meine Babyphase. »Mein kleiner Guppy«, nannte er mich liebevoll, wenn ich unter seinen stolzen Blicken dahinschwamm. Wir sahen uns jeden Tag.

Die frühe und mittlere Kindheit waren meine leichtesten Phasen. Nach einer Weile forderte ich Dr. Shaw auf, zu mir ins Wasser zu kommen. Die ersten paar Mal lehnte er ab, aber dann gab er eines Tages nach. Dr. Shaw in seiner sackartigen karierten Badehose zu sehen war bei weitem nicht so faszinierend, wie ich das früher erwartet hätte. Ich sah ihn jetzt tatsächlich als eine Art Mutter. Wir plauderten und traten Wasser oder schwebten nebeneinander stumm unter Wasser dahin, schwammen die ganze Länge des Beckens wie Meeresgeschöpfe, Mutter und Tochter: ein Seehund und ihr Junges, ein Wal und ihr Kalb. Ich war glücklich.

»Morgen ist dein zehnter Geburtstag, Dolores«, verkündete Dr. Shaw eines Abends, als wir nebeneinander im Bruststil durch das Becken schwammen. Das Du zwischen uns war eine logische Konsequenz der Rollen, die wir angenommen hatten. »Mein kleines Mädchen wächst heran. Was meinst du, gehen wir morgen in den Laden, damit du dir ein Geburtstagsgeschenk aussuchen kannst? Um deinen Fortschritt zu feiern?«

»Entschuldige«, sagte ich, »aber soll das jetzt ein *imaginärer* Besuch sein – eine von diesen symbolischen Geschichten?«

Er lachte sein Maultierlachen. »Nein, ein echter Besuch. Ein echtes Geschenk!«

»Ist mir recht, Mommy«, sagte ich.

Als ich am nächsten Tag in der Spielzeugabteilung von einem Gang zum anderen stolzierte und Barbiepuppen und Brettspiele und die Ameisenfarm ablehnte, die Dr. Shaw mir aufdrängen wollte, beobachtete uns die Angestellte dort, eine Frau in mittleren Jahren, mit finsterer Miene und einem angesteckten Lachknopf argwöhnisch von ihrem Platz hinter der Registrierkasse aus. Dann sah ich, was ich haben wollte.

»Ein Etch-a-Sketch-Malspiel?« lachte Dr. Shaw. »Okay. Warum nicht?« Er griff in die Brieftasche und reichte mir einen Zehn-Dollar-Schein.

»Wer bekommt das Wechselgeld?« fragte die Angestellte. »Sie oder ... Ihr Typ?«

»Oh, das ist nicht mein Boyfriend«, sagte ich. »Er ist meine Mutter.«

Ihre Hand krallte sich über dem Geld zur Faust. »Dolores ...«, setzte Dr. Shaw an.

»Oh, ist schon in Ordnung. Wissen Sie, ich bin ein wenig durchgeknallt. Eigentlich ist er mein Hirnklempner, aber ...« Ich konnte deutlich erkennen, daß von uns dreien ich die einzige war, die jetzt nicht an der Welt zweifelte. »Ach, vergessen Sie es einfach«, sagte ich. »Das ist eine lange Geschichte. Und Sie sehen nicht so aus, als ob Sie sie kapieren würden.«

Auf der Rückfahrt nach Gracewood fing ich an, an den Knöpfen des Etch-a-Sketch herumzudrehen, noch bevor ich das Ding ganz aus dem Karton hatte. »Weißt du, Dolores«, fing Dr. Shaw an, »in der größeren Arena, in der Welt außerhalb des Krankenhauses ...«

»Ich weiß, ich weiß«, fiel ich ihm ins Wort. Die Treppe, die ich mit den Knöpfen am Rahmen des kleinen Apparats auf die Bildfläche zauberte, interessierte mich weit mehr.

Zuerst sah Dr. Shaw mein Spiel mit dem Etch-a-Sketch als etwas zutiefst und wunderbar Symbolisches: meinen Versuch, mich linear in ein neues, besseres Leben hineinzubewegen. Ich brachte das Spielzeug meist zu unseren Sitzungen mit und hörte nur halb auf ihn, während ich gleichzeitig an den Knöpfen drehte; die Kurven auf der Bildfläche wurden immer besser. Am Ende der zweiten Woche kostete es mich keine Mühe mehr, kursiv zu schreiben, und ich hatte mit Seelandschaften angefangen: tropische Fische, Unterwasserpflanzen und Meerjungfrauen, alles in perfekter Harmonie.

Aber Dr. Shaw begann, ungeduldig zu werden. »Du solltest dieses Ding jetzt weglegen, damit wir reden können«, forderte er mich mehr als einmal auf. Einmal riß er es mir sogar weg und schob es unter seinen Sessel, damit ich reden sollte. Dann bemerkte er einmal, daß die Bildfläche des Etch-a-Sketch ihn verdächtig an einen Fernseher erinnerte, und er fragte sich laut und so, daß ich es hören konnte, ob das nicht eine Art Krücke sei.

»Wie du meinst«, erwiderte ich und drehte, ohne aufzublikken, an den Knöpfen. Seine Mißbilligung machte mir Spaß. Ich arbeitete mich mit meinen Figuren auf dem Etch-a-Sketch langsam ins Jugendalter hinein.

Im Sommer 1973 zog ich in das Project-Outreach-Haus um,

Gracewoods Zwischenstation für die Halbverrückten. Wir lebten zu sechst dort, die Pfleger und die Berater nicht eingerechnet. Anita, Fred Burden und Mrs. Shea hatten draußen in der »größeren Arena« Jobs; wir anderen drei mußten uns um das Kochen, den Lebensmitteleinkauf und den Hausputz kümmern. Ich pflegte vormittags blitzschnell das Geschirr zu waschen und mit dem Staubsauger durch die Räume zu hasten und dann den ganzen Nachmittag mit meinem Etch-a-Sketch vor dem Fernseher zu verbringen. Dr. Shaw und ich hatten jetzt nur noch drei Sitzungen pro Woche: Dienstag vormittag Gruppe, Mittwoch vormittag Eins-zu-Eins und Donnerstag vormittag Schwimmen. Chronologisch war ich einundzwanzig Jahre alt; im Pool war ich zwölf, ein Jahr vor meiner Vergewaltigung.

Das war der Sommer, in dem Watergate all die Seifenopern am Nachmittag verdrängte und schließlich selbst eine *wurde*. Zuerst war ich böse, daß ich nicht meine tägliche Ration von »Love is a Many-Splendored Thing« und »Search for Tomorrow« bekam, aber allmählich geriet ich in den Bann all dieser Senatsanhörungen: das Spiel der Braven gegen die Schurken. Das Spiel von Wahrheit gegen Lüge. Meine Lieblinge waren der großväterliche Sam Ervin und Mo Dean, Johns Frau, deren platinblond gefärbter Haarknoten mich an Geneva Sweet erinnerte.

Meine Sitzungen mit Dr. Shaw machten in jenem Sommer keine besonderen Fortschritte: Er wollte dauernd über Sex reden, und ich dauernd über Watergate. Ich begann jede Stunde mit weitschweifigen Ansprachen über Nixon und Haldeman und Lügner im allgemeinen, und er lenkte mich zu den Themen Menstruation und Masturbation und meinen sexuellen Gefühlen in jenem Sommer vor neun Jahren zurück, als Jack und Rita in der Wohnung im ersten Stock von Grandmas Haus eingezogen waren.

Eines Morgens, gleich nachdem ich Dr. Shaws Büro betreten hatte, fing ich an, über Rose Mary Woods, Nixons Sekretärin, herzuziehen. »Wirklich eine Unverschämtheit«, ereiferte ich mich, »zu erwarten, daß das ganze Land diesen Bockmist glaubt, daß sie *zufällig* diese Bänder gelöscht hätte. Wie kommt sie denn dazu, *seine* Geheimnisse zu hüten?«

Dr. Shaw legte die Fingerspitzen aneinander und lächelte mich an.

»Was?« sagte ich. »Was ist denn so komisch?«

»Oh, gar nichts. Ich finde nur deine Empörung interessant. Spaßig, nicht wahr?«

»Was soll das jetzt wieder heißen?« Kaum daß ich die Frage gestellt hatte, tat es mir leid.

»Nun, du reagierst auf Nixons Sekretärin äußerst aggressiv. Du empfindest sie als unehrlich. Und doch schweifst du jedesmal, wenn wir auf deine Mutter kommen, in eine andere Richtung ab. Löschst dein Band, sage ich mal.«

»Tue ich nicht.«

»Tust du doch. Du hast das sogar als Vorbedingung für deine Therapie gestellt – wir dürfen deine Mutter nicht kritisieren. Wenn das Thema Bernice Price aufkommt, wirst du zu einer richtigen Rose Mary Woods.«

»Fuck you«, sagte ich.

»Oh, oh. Da ist wieder dieses zornige Wort. Warum bist du zornig, Dolores?«

»Ich bin *nicht* zornig. Es ist ein Unterschied, ob man das ganze Land anlügt oder ein wenig Respekt für die Toten zeigt.«

»So?« sagte er. »Das mußt du mir näher erklären.«

»Vergiß es einfach.«

»Nein, sag es mir.«

Ich stand auf. »Jetzt komm mir nicht mit diesem Ich-weiß-alles-Blick. Ich brauche mir das nicht anzuhören ...«

»Natürlich nicht. Du kannst jederzeit ...«

Zu den widerlichsten Dingen an Dr. Shaw gehörte sein pneumatischer Türschließer an der Bürotür. Es war einfach nicht möglich, die Tür zuzuknallen; man bekam allenfalls ein gedämpftes Zischen zu hören.

Ich zog in Erwägung, ihn am nächsten Abend am Schwimmbecken zu versetzen, entschied mich dann aber dagegen. Dr. Shaw verfügte über genügend Mittel und Wege, sich an einem zu rächen. »Was ist mit Dolores?« würde er beispielsweise während der Gruppensitzung am Dienstag im Outreach-Haus fragen. »Gibt es irgend etwas über sie zu sagen?« Das übernahm dann regelmäßig Mrs. DePolito mit ihren Glupschaugen, die dann eine Anklage nach der anderen herauskreischte.

Als ich hinkam, war er bereits im Wasser und kraulte.

»Hallo«, sagte er und schwamm auf mich zu, als ich bedächtig ins Becken stieg.

»Hi«, antwortete ich so leise, daß man es kaum hören konnte.

»Ich möchte mich bei dir entschuldigen, daß ich dich gestern wütend gemacht habe.«

Ich stieß mich vom Beckenrand ab und drehte mich um, ließ mich auf dem Rücken treiben. In der Stille versuchte ich mich daran zu erinnern, ob *er* sich jemals bei *mir* entschuldigt hatte. Seit über drei Jahren war es immer umgekehrt gewesen.

Er trieb neben mir. »Ah«, sagte er. »Hübsch, nicht wahr?«

»Mhm.«

»Du nimmst meine Entschuldigung an?«

»Ja, ich denke schon.«

»Gut. Weil ich dich nämlich, selbst wenn wir streiten, sehr gern mag. Weißt du das, Dolores? Meinungsverschiedenheiten ändern nichts an der Liebe einer Mutter für ihre Tochter. Gar nichts ändert etwas daran. Gar nichts.«

»Ich weiß«, sagte ich.

»Ich liebe dich, Dolores.«

»Ich dich auch, Mommy.«

Eine Weile schwammen wir stumm, ohne zu reden. Dann kam er völlig unerwartet aus einem Unterwasser-Purzelbaum herauf und sagte: »Jetzt, wo du angefangen hast, zu menstruieren, ist das schön, weil ich dich nun auch als Freundin lieben kann – als Gleichgestellte. Nicht mehr nur als kleines Mädchen, als jemanden, den ich immer schützen muß. Wir können jetzt offener und ehrlicher miteinander reden. Über Frauendinge reden.«

Ich sah ihn an, sagte aber nichts. Dann entfernte ich mich mit ein paar Schwimmzügen von ihm.

Ich erinnerte mich an das, was Jeanette Nord mir vor langer Zeit über den Tag gesagt hatte, an dem sie ihre Periode bekommen hatte: daß ihre Mutter mit ihr Mittagessen gegangen sei, um zu feiern. Ich erinnerte mich auch an den Abend, an dem ich die meine bekommen hatte – das war der, an dem Ma Daddy eine Hure genannt und sie verprügelt und dann die hintere Tür aufgerissen und Petey hatte davonfliegen lassen. Manchmal hatte ich das Gefühl gehabt, als würde sie diesen blöden Vogel mehr lieben als mich, oder sogar, daß sie mich nicht einmal *zur Kenntnis nehmen* konnte, nur Petey. Als ich in jener Nacht von meiner unsinnigen Radfahrt zurückkam, hatte ich Ma nur an mich drücken wollen, ihr helfen, aber ich hatte es noch schlimmer gemacht. Jetzt schwamm ich mit geschlossenen Augen unter der Wasserfläche und sah wieder ihr Gesicht, als sie den Blutfleck an meinen rosa Shorts bemerkt hatte – meine Periode sogar noch vor mir bemerkt hatte. Mein Bluten hatte sie zornig gemacht, sie zum Weinen gebracht.

Als ich auftauchte, war Dr. Shaw neben mir.

»Weißt du, worüber ich gern reden möchte?« fragte er.

»Was?«

»Ich möchte über Jack reden.«

»Yeah. Also, *ich* will das *nicht*.« Ich schwamm, so schnell ich konnte, bis die halbe Beckenlänge zwischen uns lag.

»Ach, komm schon«, sagte er und rückte mir von hinten näher. »Jetzt sei nicht albern. Gib es doch zu. Jack sieht klasse aus. Sein Körper ...«

»Hör auf!« sagte ich.

»Schau, Dolores, mag ja sein, daß ich deine Mutter bin, aber das heißt doch nicht, daß ich nicht Männer ansehen und bestimmte Empfindungen haben kann, ja?«

»Hör jetzt auf. Warum tust du das?«

»Weil Sexualität auch mit zu meinem Wesen gehört.«

Ich drehte mich um und sah sie an. »Du bist eine Schlampe«, sagte ich. »Das bist du.«

»Das bin ich nicht.«

»Doch, bist du schon.«

»Nein, das bin ich nicht. Warum sagst du das?«

»Weil du eine bist! Du hast *ihn* eine Hure genannt und dann ...«

»Wen? Wen habe ich ...«

»Niemanden. Vergiß es einfach«, sagte ich und tauchte. Aber das Problem beim Tauchen war, daß man auch wieder heraufkommen mußte.

»Warum bin ich eine Schlampe, Dolores? Vielleicht weil ich mit anderen Männern ausgegangen bin, nachdem ich aus dem Krankenhaus zurückgekommen war? Ich glaube nicht, daß ich deswegen ...«

»Wer interessiert sich denn für deine dämlichen Verabredungen! Ich habe dir gesagt, du sollst es einfach vergessen.«

»Ich will es aber nicht vergessen. Du kannst nicht jemanden eine Schlampe nennen und dann sagen ›Vergiß es einfach‹. War es wegen Jack? Weil ich ihn gerne angesehen habe? Manchmal Phantasievorstellungen hatte?«

Ich zwang mich, ihr keine Antwort zu geben.

»Dolores, ich konnte wirklich nicht wissen, daß er ...«

Sie griff nach meinem Arm, aber ich riß ihn ihr weg. »Blödsinn! Du bist eine scheißverlogene Hure, und ich bin es leid.«

»Warum bin ich verlogen? Ich kann wirklich nicht ...«

»Weil ich es rausgekriegt habe. Deshalb! Weil ich nicht so blöd bin, wie du glaubst.«

»Was rausgekriegt?«

»Ich weiß, was ihr beiden dort oben gemacht habt, während sie auf der Arbeit war.«

»Während wer auf der Arbeit war?«

»Rita!«

»Was haben wir gemacht?«

»Jetzt spiel nicht die Unschuldige. Ich habe euch doch *hören* können.«

»Was haben wir gemacht?«

»Getanzt. Gelacht. *Gevögelt!* Du kannst es dir sparen, es abzuleugnen. Ich habe doch die Bettfedern gehört. Du hast dich von ihm bumsen lassen, jedesmal wenn er ... Und dann ...«

»Und dann was, Dolores?«

»Und dann hat er – meine *Füße!* Er hat die ganze Zeit meine *Füße* angefaßt ... und dann ist er mit mir in den Wald gefahren, und er hat ... diese Hunde ... wie sollte ich denn – ich wußte ja nicht einmal ... und es hat *weh getan,* und er hat einfach nicht aufgehört, mir weh zu tun. Ich hatte solche Angst, und er hat nur ... und *du!«*

Mit der ganzen Wut, die plötzlich aus mir herausbrach, schlug ich auf sie ein, prügelte sie mit der Wahrheit.

»All das Zeug, das du mir zum Essen gekauft hast – und dann habe ich dort oben in meinem Zimmer gesessen und es gegessen und habe die Wahrheit hinuntergeschluckt und dein dreckiges Geheimnis gegessen. ›Du bist zu gottverdammt fett‹, hat dieser alte Scheißer von einem Arzt gesagt, und du hast dort draußen gesessen. Werde fett! Werde fett! Werde fett von deinen Lügen, aber ich bin es leid! Ich bin es leid, Mommy! *Bin es leid!«* Meine Stimme war ein Stöhnen irgendwo außerhalb von mir. »... versuch doch, mich loszuwerden. Zwing mich zu dieser Untersuchung, und dann schick mich so, wie ich bin, zum College, werd mich los, damit du ... und dann *stirbst* du einfach, du stirbst einfach, und wie soll ich – also, jedenfalls, ich *hasse* dich! Was ist schon, wenn du gestorben bist? Was denn? Ich will dein beschissenes Geheimnis nicht mehr bewahren! Ich bin es leid ... er hat mir weh getan, Mommy! Er hat einfach nicht aufgehört, mir weh zu tun, Mommy, und ich esse nichts mehr von deiner ...«

Und dann sah ich Dr. Shaw. Sah ihn naß und erschüttert in dem Schwimmbecken von Gracewood. Blut tropfte ihm von der Nase. Ein kleines Rinnsal von Blut trieb im Wasser. Er schlang die Arme um mich.

Ich weinte an seinem Hals, und er drückte mich an sich und nahm mein Zittern in sich auf. Ich weiß nicht, wie lange wir uns dort im Wasser gewiegt haben, aber allmählich verdrängte eine tiefe Erschöpfung mein Schluchzen und mein Zittern. Ich war müder, als ich es jemals zuvor gewesen war.

»Wie geht es dir?« flüsterte er schließlich. »Alles in Ordnung?«

»Als ich hierherkam, war ich so fett ... und jetzt ...«

»Und jetzt was, Dolores?«

»Jetzt bin ich leer.«

Er drückte mich an sich, hielt meinen Kopf in den Armen. »Jetzt bist du herrlich«, sagte er.

19

Im Nachklang meiner Selbstenthüllung über Ma und Jack – etwa im Lauf des Jahres, das sich meiner Entdeckung anschloß – vollzogen Dr. Shaw und ich eine Kehrtwendung und begannen, uns Aufschluß darüber zu verschaffen, wer meine Mutter wirklich gewesen war: eine zerbrechliche Frau, in vieler Hinsicht ein Opfer – ihrer Mutter, ihres Ehemannes. Ihrer selbst. Sie hatte einen Fehler gemacht, indem sie mich nach der Vergewaltigung gehätschelt und mir immer nur geholfen hatte, indem sie ihrer eigenen und auch meiner Schuld Nahrung zugeführt hatte, durch übermäßigen Genuß und durch die Duldung übermäßigen Genusses. Aber mit der

Zeit wurde mir bewußt, daß sie aus Angst und beschränktem Verständnis gehandelt hatte. Meine Mutter war weder eine Heilige noch eine Hure gewesen, sondern einfach eine fehlbare, sexuelle Frau.

»Deine Fortschritte sind wirklich bemerkenswert«, sagte mir Dr. Shaw eines schönen Morgens am Ende unserer Sitzung. »Was empfindest du dabei?«

Meine Antwort – ein Lächeln – hatte nichts mit Glück zu tun.

Als nächstes nahmen wir uns Daddy vor. Bei den Sitzungen, die sich mit meinem Vater befaßten, fiel mir auf, daß sie fast alle nach demselben Schema verliefen: Ich redete zunächst ganz ruhig über Daddy – vielleicht schluchzte ich auch oder flüsterte –, und dann kam ich plötzlich vom Kurs ab, und Erinnerungen an Jack drängten in mein Bewußtsein.

»Zwischen den beiden besteht eine Verbindung«, sagte ich eines Tages plötzlich. »So ist es doch?«

Dr. Shaw lehnte sich in seinem Sessel vor.

»So ist es doch?«

»Das habe nicht ich zu entscheiden«, sagte er. »Das mußt du entscheiden.«

Die nächsten paar Monate saß er da und hörte zu, wie ich ein ganzes Netz jener Verbindungen wob, eine Art visualisierter Strickleiter über den Abgrund der beiden Menschen in meinem Leben, die ich immer noch am meisten fürchtete und haßte: Jack Speight und Tony Price. Ich sagte Dr. Shaw das von der Leiter, und er führte mich immer wieder an den Rand des Abgrunds und drängte mich, vorsichtig hinauszutreten. »Wieviel wiegst du jetzt?« fragte er dann immer. »Hundertsechzig? Hundertfünfundsechzig? Die Leiter trägt dich. Geh nur.«

Zu guter Letzt erreichte ich die andere Seite des Abgrunds und begriff die Unterschiede zwischen den beiden Männern. Ich hatte inzwischen aufgehört, Daddy zu hassen: Er war ein ziemlich miserabler Vater und ein nicht weniger miserabler Ehemann gewesen – ein Mann, der, getrieben von seiner Lust und dem Begehren, falsche Entscheidungen getroffen hatte und dann zu schwach gewesen war, entweder mit ihren Folgen zu leben oder sie rückgängig zu machen. Aber er hatte niemanden vergewaltigt.

Im Frühling des Jahres 1975 schlug Dr. Shaw vor, daß ich eine Arbeit annehmen solle. »Es ist eine Versandfirma, die Filme entwickelt«, erklärte er mir. »Du würdest die Schnappschüsse von Leuten aus dem ganzen Land entwickeln.«

Zuerst sträubte ich mich, weil ich vor dem Angst hatte, was kommen würde: das Ende der Kindheit, das Ende seiner Mutterrolle. »Ich würde weiter über diese Brücke gehen müssen«, erinnerte ich ihn. »An der Stelle vorbeifahren, wo meine Mutter gestorben ist. Das würde mir zweimal täglich förmlich ins Gesicht springen.«

»Dagegen könnten wir mit Hypnose etwas tun. Ich habe das Gefühl, daß für dich die Zeit gekommen ist, draußen Fuß zu fassen. Du kannst nicht ewig auf dieser Insel bleiben.«

»Du treibst mich zu schnell«, sagte ich. »Im Pool bin ich erst fünfzehn Jahre alt. Wie viele Jugendliche in meinem Alter müssen einen Ganztagsjob annehmen?«

Ein Lieferwagen brachte uns vom Projekt-Outreach-Haus zu dem Fotolabor in der übernächsten Ortschaft, nur eine Straße vom Meer entfernt. Zu meiner Überraschung brauchte ich auf der Newport Bridge nur die Augen zu schließen und etwas Atemgymnastik zu treiben, und auch das nur ein oder zwei Wochen lang.

Die Bilder von Leuten zum Leben zu erwecken erwies sich als äußerst heilsam. Diese Versandkunden waren alle so vertrauensvoll und verletzbar. Sie gaben einem ihre Namen und ihre Adressen und die Augenblicke, die ihnen so wichtig waren, daß sie sie aufbewahren wollten – Babys auf dem Nachttopf; Großeltern beim Anschneiden von Geburtstagstorten; halbbekleidete Liebespaare, schlafend im Bett. In der dritten Schicht konnte man während der Pause hinausgehen und dem Rauschen der Wellen lauschen – die Augen schließen und all das Glück jener Leute vor seinem inneren Auge sehen.

Keine drei Monate nachdem ich die Stelle angenommen hatte, gab ich das Rauchen auf, eröffnete ein Scheckkonto und beantragte unbeschränkte Einkaufserlaubnis, was mir auch gewährt wurde. Bilder zu entwickeln half auch, meine Verrücktheit zurückzudrängen – ließ sie einschrumpfen wie einen Tumor. Ich begann zu begreifen, daß das eine Frage der Betrachtungsweise war. Die ganze Welt war verrückt; und ich hatte mir damit geschmeichelt, in dem Punkt etwas Besonderes zu sein, sozusagen ins Halbfinale vorgedrungen zu sein.

Da gab es zum Beispiel einen Mann in South Hero, Vermont, der Spaß daran hatte, seine Cockerspaniels in Uniform oder in Unterwäsche zu fotografieren. Und eine Frau aus Detroit, die Nahaufnahmen von Käfern machte, die über die Gesichter von Menschen krabbelten. Lächelnde Amputierte, die ihre hölzernen Körperteile auf dem Schoß hielten. Senioren, die auf dem Kopf standen: Mit anzusehen, wovon die Menschen sich Bilder wünschten, verblüffte mich. Wir hatten Anweisung, pornographische Bilder nicht zurückzuschicken und statt dessen eine höfliche kleine Entschuldigung zu schikken: »Wir bedauern, Ihnen mitteilen zu müssen, daß das Bundesgesetz den Versand pornographischer Fotografien mit der Post verbietet.« Aber ich schmuggelte sie gewöhnlich durch. Ich empfand so etwas wie eine Verpflichtung gegenüber diesen Leuten, die mir ihre Ärsche und ihre Erektionen und ihre gespreizten Beine anvertrauten. Wer war ich denn schon, um die Entscheidungen anderer Leute zu kritisieren? Wer war ich, um hier ein Urteil zu fällen?

Da war zum Beispiel dieses Ehepaar, Mr. und Mrs. J. J. Ficket aus Tepid, Missouri, deren Filme mit unbeirrbarer Regelmäßigkeit am Ende eines jeden Monats quer durch den

Kontinent zu uns kamen. Fünfunddreißig-Millimeter-Abzüge, eine Rolle mit sechsunddreißig Aufnahmen, ASA 100. Den Fickets schien es Spaß zu machen, sich gegenseitig in Särgen zu fotografieren: achtzehn Aufnahmen von Mr. Ficket und achtzehn von Mrs. Ficket. Sarg und Kostüm der Fickets wechselten von Monat zu Monat. Einen Monat lagen sie beispielsweise in einem polierten Ebenholzsarg und trugen Gesellschaftskleidung. Im nächsten Monat lagen sie ausgestreckt in einem schlichten Kiefernsarg und waren für den Strand gekleidet. Eines war eigenartig: Mr. Ficket hatte die Augen immer offen, und Mrs. Ficket hielt die ihren geschlossen. In einem Monat waren sie beide nackt, hielten sich aber diskret mit den Händen bedeckt (man durfte die Bilder also mit der Post versenden). Mr. Ficket hielt es für richtig, eine Erklärung beizufügen: »Bestätigung: Diese Bilder sind Teil eines Experiments und dienen nicht zu Vergnügungszwecken. Bitte ohne Stellungnahme weiterleiten. Hochachtungsvoll, J. J. F.« Zu der Zeit wußten alle im Labor, daß die Fickets meine besondere Zuständigkeit waren. Allmählich hatte ich das Gefühl, daß zwischen ihnen und mir so etwas wie eine geschäftliche Beziehung, um nicht zu sagen Freundschaft, entstanden war. Ehrlich gesagt, ärgerte mich der förmliche Stil dieser Notiz sogar ein wenig.

Im Dezember versetzte mich eine unerwartete Weihnachtskarte von Daddy in leichte Panik, und ich redete mit Dr. Shaw darüber, ob ich ihm auch eine schicken solle. »Nun, was empfindest *du* denn zur Zeit bezüglich deines Vaters?« fragte Dr. Shaw. »Laß uns damit anfangen.«

»Welche Wahl habe ich denn?«

»Ich sehe das nicht als eine Frage der Wahl. Deine Gefühle sind Fakten. Du hast inzwischen begriffen, daß du deine Mutter geliebt hast – sie auch jetzt noch liebst –, und das trotz ihrer Mängel. Bezüglich deiner Großmutter bist du zu einem ähnlichen Schluß gelangt: Sie ist nicht vollkommen, aber sie bemüht sich nach besten Kräften um dich. Wie steht es mit deinem Vater? Liebst du ihn?«

»Ich denke ... ich denke, daß er mir leid tut.«

»Er tut dir leid«, sagte er. »In dem Wort liegt Kontrolle. Macht. Was willst du mit dieser Macht tun, die du jetzt hast?«

»Wie meinst du das?«

»Nun, du könntest beispielsweise Verbindung mit ihm aufnehmen und versuchen, deine Beziehung mit ihm wiederherzustellen. Oder besser gesagt, eine andere *Art* von Beziehung herstellen. Ist es das, was du gerne tun würdest?«

»Nein. Ich glaube nicht. Ich würde ihm nicht vertrauen können.«

»Was würdest du dann gern tun? Mach dir ein Bild davon.«

Ich schloß die Augen und sah ein überfülltes Kaufhaus, das weihnachtlich dekoriert war. Mein Vater und ich und Dr. Shaw waren Kunden dort, einander fremd, gingen aneinander vorbei, ohne uns gegenseitig zu erkennen. »Ich will ihm keine Karte schicken. Ich will ihn einfach loslassen. Kann ich das tun?«

»Was denkst du? Kannst du das?«

»Yeah«, sagte ich und konnte ihn nicht ansehen. »Sicher. Warum nicht?«

Den ganzen Nachmittag und den ganzen Abend fragte ich mich immer wieder, weshalb Dr. Shaw einer der Kunden in dem Kaufhaus gewesen war.

Daß ich mich vier Monate später von Dr. Shaw trennte – auf meine Veranlassung, nicht weil er das wollte –, belastete ihn wahrscheinlich mehr als mich. Er war derjenige, der Tränen in den Augen hatte. »Du bist hart zu deinen Schuhen«, pflegte meine Mutter immer zu mir zu sagen, als ich noch ein kleines Mädchen war. Ich war auch hart zu Müttern.

»Wie geht es denn in dem Rehabilitationshaus?« fragte er mich zu Beginn der Sitzung, die unsere letzte sein sollte.

»Ich bin mir ziemlich klar darüber, daß ich dort ausziehen

werde. Diese Leute sind verrückter als ich. DePolito macht mich wahnsinnig.«

»Alles zu seiner Zeit«, sagte er. »Die Leute unterstützen sich.«

»Ich unterstütze mich selbst. Im Fotolabor haben die mich zur stellvertretenden Leiterin der zweiten Schicht gemacht. Ich bekomme fünfunddreißig Cent mehr die Stunde.«

»Das ist aber schön. Gratuliere. Aber ich habe das ›unterstützen‹ anders gemeint. Ich meinte emotional. Sie helfen dir, mit deiner Umwelt zurechtzukommen.«

»Das kann ich auch so«, widersprach ich.

»Du hast deinen letzten Termin versäumt. Du warst bei dem Termin davor wütend auf mich, weil ich dir vorgeworfen habe, daß du dich verschließt. Und daraufhin hast du mich versetzt.«

»Ich hatte zu tun«, sagte ich.

»Du wolltest dich auflehnen. Typisch Teenager.«

»Ich bin kein Teenager. Ich bin vierundzwanzig.«

»Ich meine nicht chronologisch. Das weißt du auch.«

»Hör zu. Ich bin das alles jetzt leid«, sagte ich. »Über vier Jahre mit dieser Mutter-und-Tochter-Tour. Mit der Zeit kommt mir das richtig pervers vor, peinlich. Und manchmal denke ich, es hat mir gar nicht so sehr geholfen.«

»Wieviel wiegst du, Dolores?«

»Hundertachtunddreißig.«

»Und das macht dich nicht glücklich?«

»*Ich* habe abgenommen, nicht du.«

»Ich behaupte auch gar nichts anderes. Du ganz allein kannst auf deine Leistungen stolz sein, und die sind beträchtlich. Genau das versuche ich dir zu erklären.«

Ich zündete mir eine Doral an. Ich hatte mir das Rauchen nach meiner ersten Sitzung mit Nadine, meinem Medium, wieder angewöhnt. Sie war der eigentliche Grund, daß ich von Dr. Shaw genug hatte. Ich war meine dämliche Vergangenheit leid; ich wollte jetzt endlich in die Zukunft blicken.

»Ich sehe, du hast dir das Rauchen wieder angewöhnt.«

»Bloß, wenn ich nervös bin. Die Dinger schmecken wie Stroh.«

Er legte die Fingerspitzen aneinander.

»Ich überlege jedenfalls, ob ich nicht aufhören sollte.«

»*Gesünder* wäre es. Das Nikotin ist suchtbildend. Und es hilft dir überhaupt nicht, wenn du reizbar bist. Im Gegenteil.«

»*Damit* aufhören, meine ich. Mit *dir* aufhören.«

Ich genoß seine verblüffte Reaktion. »Ich ... ich hatte immer gedacht, das sei eine Entscheidung, die wir gemeinsam treffen würden.«

»Ich bin Freigängerin«, sagte ich. »Ich brauche keine Genehmigung von dir.«

»Das weiß ich. Weiß es Mrs. Sweet? Hast du ihr schon geschrieben?«

»Das werde ich. Das habe ich vor.«

»Ich glaube, das bist du ihr schuldig. Als einen Akt der Höflichkeit. Und ich glaube, *ich* bin *dir* schuldig, daß ich dir meine professionelle Ansicht sage, und die ist, daß es noch einige äußerst wichtige ...«

»Weißt du was?« fiel ich ihm ins Wort. »Ich habe ein Medium.«

Sein Kopf kippte leicht zur Seite, fragend, wie ein Vogel. »Ein Medium?«

Sein verblüffter Blick machte mir Spaß.

»Männlich oder weiblich?« fragte er.

»Sie heißt Nadine. Warum?«

»Warum bist du zu einem Medium gegangen?«

»Einige von den Leuten im Fotolabor waren bei ihr. Warum geht man *überhaupt* zu einem Medium? Ich wollte etwas über meine Zukunft erfahren.«

»Deine Zukunft schaffst du dir selbst, Dolores«, sagte er. Dasselbe alte Blabla. Ich stand auf und ging ans Fenster.

»Setz dich bitte«, sagte Dr. Shaw. »Ich möchte, daß du mir in die Augen siehst.«

»Ich habe keinen Grund, mich zu setzen.«

»Nun, dann *tu mir den Gefallen.*« Das war die Stimme einer beleidigten Mutter. Ich ließ mich in den Sessel fallen, ließ die Beine über die Armlehne baumeln.

»Du schaffst dir deine eigene Zukunft, Dolores. Ich hatte gedacht, das hättest du begriffen. Du *baust* dein Glück aus Einsicht und guten Gewohnheiten.«

»So wie Zähneputzen?« sagte ich.

Er antwortete darauf mit einem seiner geduldigen Seufzer. »Ich verspüre das Bedürfnis, die Luft etwas zu reinigen«, sagte er. »Wir wollen zusammen ein paar reinigende Atemzüge machen.«

Das hatten wir bei meiner »Geburt« vor fünf Jahren miteinander angefangen. »Nein, danke«, sagte ich. »Ich bin sauber genug.«

»Ich höre schon wieder Sarkasmus, Aggression. Diesen Verteidigungspanzer hast du schon lange nicht mehr getragen.«

»Hör zu, ich *weiß,* daß ich meine eigene Zukunft baue, ja? Ich war gerade bei Nadine, um rauszukriegen, was mich erwartet.«

Er stand auf, zupfte ein Kleenex aus der Schachtel und fing an, die Blätter seines Gummibaums abzustauben. »Was ist denn mit Augenkontakt?« sagte ich.

Er setzte sich wieder hin und sah mich an, ohne etwas zu sagen.

»Wenn man mit ihr einen Termin macht, braucht man seinen Namen nicht zu sagen, überhaupt nichts. Sie hatte keine Ahnung, wer ich bin.«

»Und was hat sie dir gesagt?«

»Daß es in meiner Kindheit Gewalt gab. Daß es sehr schmerzlich für mich war.«

»Das ist eine hochgradig interpretierbare Feststellung«, sagte er. »Zeig mir eine Kindheit, in der es nicht irgendeine Form von Gewalt gegeben hat. Zeig mir eine Kindheit ohne Schmerz.«

»Sie hat mir gesagt, daß ich ungeheure körperliche Veränderungen durchgemacht hätte. Jetzt frage ich dich, woher kann sie das gewußt haben? Ich habe ja nicht etwa mein Sweatshirt hochgezogen und ihr meine Dehnungsstreifen gezeigt.«

»Und was hat sie dir über deine Zukunft gesagt?«

»Daß das Glück mich *suchen* würde, falls ich bereit sei, es zu empfangen.«

»Man *orchestriert* sein Glück, Dolores – man arbeitet daran. Man fängt es nicht auf, wenn es einem entgegengeflogen kommt wie ein Ball. Wenn du dein eigener Herr sein willst, wenn du dich selbst erhalten willst, wie du sagst – und ich spreche jetzt nicht von einer Lohnerhöhung um fünfunddreißig Cent die Stunde –, wirst du aufhören müssen, Scharlatane zu konsultieren.«

»Weißt du, was *du* im Haus für einen Spitznamen hast? Charlatan Heston – der Doktor, der gern den lieben Gott spielt.«

Er schloß die Augen, aber ich konnte erkennen, daß er nicht visualisierte. »Du enttäuschst mich«, sagte er. »Das fühlt sich an wie Verrat.«

»Wenn das ein Schuldtrip sein soll, dann funktioniert es nicht. Du bist nicht meine Mutter.«

»Nein?«

»Nadine hat gesagt, ich sei eine geborene Künstlerin. Sie hat meine Hände gehalten und das Talent in meinen Fingerspitzen gespürt, eine Schwingung. Du hast mich kein einziges Mal nach meinen Arbeiten gefragt.«

»Du hast mir dieses Bedürfnis nie mitgeteilt. Ich habe immer angenommen, deine ... deine Zeichnungen ... wären etwas, was nur für dich bestimmt ist. Ich würde *sehr gerne* deine Apparate sehen.«

»Du hast gesagt, ich solle sie nicht mehr zu den Sitzungen mitbringen. Du hast mir gesagt, ich müsse mich äußerlich betätigen.«

»Ich habe erst heute erfahren, daß sie für dich künstlerisch so wichtig sind. Wann kann ich sie sehen?«

»Deine Stimme klingt unecht«, sagte ich. »Du beleidigst mich.«

»Also, laß uns da Klarheit schaffen: Wäre es dir lieber, wenn ich die Zeichnungen sehe oder wenn ich sie nicht sehe?«

»Mir ist es völlig egal, genau das will ich dir ja klarmachen. Ich bin all das hier leid. Ich bin deine Stimme leid, nimm es mir nicht übel. Ich bin es leid, die alte DePolito und ihre kahle Stelle zu sehen. Ich möchte in einem Haus wohnen, wo ich die Tür zusperren kann, wo ich so alt sein kann, wie ich wirklich bin, und nicht so tun muß, als ob irgendein Mann meine Mutter wäre.«

Jetzt sah ich die Tränen in seinen Augen. »Also«, sagte er, »Gefühle sind Fakten. Wie viele ... Werke hast du angesammelt?«

»Ich sammele sie nicht an. Ich schaffe sie.«

Die Antwort auf seine Frage lautete sechsunddreißig; so viele fertige Etch-a-Sketch-Werke hatte ich gemacht. Ich bewahrte sie auf dem Dachboden des Rehahauses auf einem Sperrholztisch auf zwei Sägeböcken auf. Die, an denen ich noch arbeitete, lagen unter meinem Bett. Wer gerade Haushaltsdienst hatte, wußte, daß in meinem Zimmer nicht staubgesaugt werden durfte. Das war eine der Hausregeln.

Nach den ersten paar Monaten, die ich mit dem Etch-a-Sketch gearbeitet hatte – zu der Zeit wollte niemand im Haus das Ding mehr anfassen und damit herumspielen, weil ich es so viel besser als alle anderen konnte –, fing ich an, in den Park zu gehen und dort zu arbeiten. Manchmal standen die Leute hinter meiner Bank und sahen mir stumm zu – zuerst Fremde, dann eine Art Stammgäste, Leute, die aufblickten, wenn sie mich kommen sahen. Sie brachten mir Kaffee aus dem Laden über der Straße. Alle waren ganz still und fast andächtig, wenn ich arbeitete. Eine Frau sagte immer wieder, sie würde an die »Mike Douglas«-Show über mich schreiben und sie könne sich gut vorstellen, wie ich bei »Mike Douglas« Etch-a-Sketch-Zeichungen machte.

Manchmal nahm ich Wünsche an: Elvis, Jesus, Archie Bunker – die Leute mußten mir nur ein Bild bringen. Einmal legte Al, einer meiner Stammgäste, eine Plattenhülle, Santanas *Abraxas*, neben mir auf die Bank. »Okay, Michelangelo, zeichne mir das«, sagte er. Zuerst zierte ich mich, aber sie bettelten alle. Und dann, nach einer Weile, als ich mittendrin war, sah es dem Original so ähnlich, daß mir der Atem stockte. Als ich fertig war, hielt mir Al eine Zwanzig-Dollar-Note hin, und ich reichte ihm seine Reproduktion. Die anderen klatschten und riefen Beifall. Ich kaufte mir mit den zwanzig Dollar zwei weitere Etch-a-Sketches.

In der Bibliothek fand ich ein Buch, das sich *Die großen Künstler* nannte, und begann, Kunstwerke nachzuzeichnen: Degas' Ballerinen, Modiglianis langhalsige Frauen. Den meisten Leuten im Rehahaus gefielen meine van Gogh am besten; seit es das Lied »Starry, Starry Night« gab, hielten wir alle van Gogh für einen von uns. Fred Burden kaufte sogar die Platte. Wir spielten sie immer wieder. Der arme, nette Fred. Er ging häufig mit mir in den Park, wenn ich dort arbeitete. Er war in mich verknallt, das wußte ich. Aber ich brachte es einfach nicht fertig, ihm entgegenzukommen, schaffte es nicht, sein sanftmütiges Wesen losgelöst von dieser schrecklichen Akne zu sehen – den tiefen Löchern und Gräben, die sein ganzes bläuliches Gesicht überzogen.

Einmal, als Fred in dem Künstlerbuch blätterte (ich brachte es immer wieder in die Bibliothek zurück, wenn die vierzehn Tage Ausleihzeit um waren, und lieh es mir dann gleich wieder), sah er ein Bild von van Gogh, wie er gerade *Sternennacht* malte. Ihm war gar nicht klar gewesen, daß das ein Lied *und* ein Gemälde war, sagte er. Ich reproduzierte es auf meinem Etch-a-Sketch und schenkte es ihm zu Weihnachten.

Er weinte, als er es sah, und stellte es, von einer Lampe angestrahlt, auf einem Fernsehschrank im Aufenthaltsraum zur Schau. »Damit sich das ganze Haus daran erfreuen kann«, erklärte er. Und dann war Mrs. DePolito eines Abends in Fahrt, hob *Sternennacht* auf und schüttelte es so lange, bis es jede Spur einer Ähnlichkeit verloren hatte. Das brachte Fred wieder zum Weinen, nur daß er diesmal ein Steakmesser in der Hand hielt. »Laßt mich los!« schrie er, als einige von uns ihn festhielten. »Laßt mich ran an dieses Miststück, damit ich ihr die Scheißohren abschneiden und ihr dann das Messer in den Bauch rammen kann!«

Dieser Abend hat mich erschüttert, uns alle erschüttert. Wir alle hatten Fred als eine ganz harmlose Seele gekannt. Sie brachten ihn weg, hielten ihn wochenlang fest und nahmen auch das normale Besteck weg. Von da an mußte ich den Rest der Zeit, den ich im Outreach-Haus wohnte, mit Plastikbesteck essen – dem Zeug, das man nur einmal benutzt und bei dem manchmal schon beim fünften Bissen die Zinken der Gabel abbrechen. Das alles hatte mit meinen künstlerischen Arbeiten angefangen. Na ja, den meinen und denen von van Gogh. Aber Dr. Shaw tat das einfach als Freds Weihnachtsdepression ab.

»Nadine hat beim zweiten Mal, als ich bei ihr war, das Talent in meinen Fingerspitzen gespürt«, sagte ich an jenem letzten Tag zu Dr. Shaw. »*Sie* hatte dafür ein Gefühl.«

»Beim *zweiten* Mal? Wie oft warst du bei ihr?«

»Dreimal.«

»Und wieviel nimmt sie für einen Besuch?«

»Wieviel nimmst du von Geneva Sweet für mich?«

»Die Rechnung an Mrs. Sweet wird vom Institut aus gestellt, nicht von mir persönlich. Das weißt du auch. Hast du das Gefühl, daß diese Nadine dir tatsächlich hilft?«

»Das ist kein *Gefühl*. Ich *weiß* es.«

»Mehr, als ich dir geholfen habe?« Sein Gesicht war gerötet. Ich hatte noch nie in seiner Gegenwart ein solches Gefühl von Macht verspürt.

»*Ebensoviel* wie du.«

»In drei Sitzungen?«

»Mhm.«

Er lehnte sich in seinem Sessel zurück und schloß die Augen. »›Deine Kinder sind nicht deine Kinder‹«, sagte er. »›Sie sind die Söhne und die Töchter der Sehnsucht des Lebens nach sich selbst‹.«

»Was soll das jetzt wieder heißen?« Ich zündete mir wieder eine Doral an.

»Das ist aus *Der Prophet.* Kahlil Gibran.«

»Yeah. Also, wenn das bewirken soll, daß ich mich besser fühle ...«

»Das soll bewirken, daß *ich* mich besser fühle«, sagte er.

Er schlug die Augen auf. »Dolores«, sagte er, »als dein Therapeut ist es meine Pflicht, dir zu sagen, daß ich das Gefühl habe, du machst einen Fehler. Darf ich dir sagen, weshalb ich das glaube?«

»Nur zu«, sagte ich. »Mach dich ruhig selbst fertig.«

»Weil du dafür noch nicht bereit bist. Du hast erstaunlich viel erreicht, eine weite Strecke zurückgelegt. Aber es gibt da noch ein paar kritische Themen, die wir aufarbeiten müssen.«

»Was zum Beispiel?«

»Zum Beispiel dein Vater. Zum Beispiel deine Beziehungen zu anderen Menschen.«

Die Zigarette zitterte in meiner Hand. »Meine Beziehungen zu anderen Menschen sind *in Ordnung.*«

»Ja, du hast da sehr gute Fortschritte gemacht. Du bist im Haus beliebt und bei deinen Kolleginnen auch. Aber du bist eine gesunde junge Frau, Dolores, und ich kann mir vorstellen, daß du irgendwann in naher Zukunft sexuell aktiv werden möchtest. Und im Augenblick bist du immer noch verletzbar, weil ...«

Ich wollte *jetzt schon* sexuell aktiv werden. *War das* bis zu einem bestimmten Punkt sogar – was wußte der schon! Ich hatte mit Dion und mit Little Chuck im Chemiezimmer im Fotolabor Zungenküsse getauscht – hatte mit ihnen geflirtet, sie in das Zimmer gelockt und ihnen dann einen Klaps auf die Finger gegeben, als sie mehr wollten als ich. Was war daran so verletzend?

»Und was soll das heißen? Soll ich dich um Erlaubnis fragen, oder so etwas, wenn irgendein Typ und ich beschließen, daß wir ...?«

»Ich sage nur, daß wir noch Arbeit vor uns haben.«

»Wir schreiben das Jahr 1976, den zweihundertsten Jahrestag der Gründung der USA! Ich will auch unabhängig sein, Dr. Shaw.«

»Und ich versuche, dich diese Unabhängigkeit zu lehren.«

»Ich *weiß* schon, wie man unabhängig ist. Hör zu, all das Gerede ändert gar nichts. Ich habe mich bereits entschlossen.«

Er stand auf und fing wieder an, seinen Gummibaum abzustauben.

»Du hast ihn gerade erst vor zwei Sekunden abgestaubt«, erinnerte ich ihn.

Er fuhr herum und sah mich an. »Also, das ist ja wohl *meine* Sache, oder?«

»Okay. Entschuldige, daß ich geboren bin«, sagte ich. »Also, wann sollten wir aufhören?«

Er setzte sich wieder auf seinen Sessel und schloß erneut die Augen. »Nun, Dolores, ich glaube, das haben wir bereits getan.«

»Einfach so?« Ich hatte mir immer etwas viel Komplizierteres ausgemalt, eine Art Zeremoniell: eine Bühne oder so etwas, Leute, die über meine Leistungen klatschten.

»Allem Anschein nach bist du bereits flügge und aus dem Nest. Also flieg!«

Ich wünschte, er hätte gesagt »schwimm«; er hatte mich in einen Pool gesetzt, nicht in einen Baum. Und dann wünschte ich mir, er würde mich ansehen. »Okay, dann adios.«

»Adios.«

Augenkontakt war für ihn ein so großes Thema; ich hatte geglaubt, daß er beim Abschied Wert darauf legen würde. Ich stand an der Tür. »Dr. Shaw?«

»Hm?« Er sagte das, als ob er überrascht wäre. Ich war immer noch da – so, als ob ich ein Kalenderblatt wäre, das er bereits abgerissen und weggeworfen hätte.

»Ich habe nicht gemeint, daß du mir nicht geholfen hast. Du *hast* mir geholfen. Manchmal denke ich von dir wirklich so, als wärst du meine Mutter. Im guten Sinn, meine ich.«

»Viel Glück«, sagte er.

Ich öffnete die Tür. Räusperte mich. Wartete, daß er die Augen öffnete. Aber Dr. Shaw war bereits zu einer Leiche geworden. Ich ließ mich selbst hinaus.

»Nun, was für ein Mensch sind Sie?« fragte mich Nadine. »Wie würden Sie sich selbst beschreiben?«

Ich war unmittelbar von Dr. Shaws Büro zu ihr gegangen – war zu ihr gegangen, ohne daß ich einen Termin hatte, um herauszubekommen, ob Glück ein Ball war, den man auffing, oder etwas Komplizierteres, etwas, das man erfinden mußte.

»Was für ein Mensch ich bin?« wiederholte ich. »Ich bin ... ein visueller Mensch.«

Sie deutete mit einer Kopfbewegung auf das Etch-a-Sketch, das ich im Schoß hielt. »Dann schaffe dir ein Bild.«

»Wovon?«

»Von allem, das dich glücklich machen könnte.«

Wir saßen in ihrer Küche, nicht in dem Büro vorn, weil ich sie überfallen und einfach an ihr hinteres Fenster geklopft hatte. Ich hatte damit gerechnet, in ihrem Haus eine phosphoreszierende Atmosphäre vorzufinden, Lavalicht vielleicht. Aber sie hatte eine Resopalküche und Vorhänge mit kleinen Bommeln daran. Ein kleines Mädchen mit einem Ausschlag an den Wangen und buschigen Augenbrauen, wie Nadine sie hatte, saß in einem Laufstall nahe beim Herd und kaute auf einer leeren Zwiebackschachtel herum.

Nadine und ich starrten auf die leere, graue Fläche des Etch-a-Sketch und warteten darauf, daß ich anfing. Ich begann zu drehen.

Zuerst war es ein Wal, mein Wellfleet-Wal – nur daß er wieder im Meer war, mit dem offenem Maul an die linke obere Ecke der Fläche stieß. Aber dann wurde mir bewußt, daß ich dabei war, einen Fehler zu machen. Und ich verwandelte das Bild in einen Mann, einen großen Mann. Ich war irgendwie auf Walproportionen festgelegt.

Nadine sah mich verblüfft an. »Ist das ein Bär?« fragte sie.

Daraufhin zeichnete ich ihm einen Lockenkopf und fügte Augen, einen Bart und eine Brille hinzu – eine mit einem Drahtgestell.

»Das ist mein Ehemann«, sagte ich.

Sie schloß die Augen und lächelte.

»Machen Sie die Augen auf, Nadine! Ist er das? Wird er mich glücklich machen?«

Sie überlegte kurz und sah mich dann an. »Ich habe Ihnen gesagt, Sie sollen etwas zeichnen, das Sie glücklich machen *könnte«,* sagte sie. »Das Schicksal gibt keine Garantien wie Sears Roebuck. Das macht fünfunddreißig für heute.«

Ich ging hinaus und trug das Etch-a-Sketch vorsichtig vor mir her, wie eine Weihegabe. Ich wollte nicht, daß das Bild sich löschte, ehe ich es meinem Gedächtnis eingeprägt hatte. Es gelang mir, es mehr oder weniger intakt nach Hause zu bringen.

DePolito war draußen auf der Veranda. »Was hast du denn da, Dolores?« fragte sie. »Ein neues Bild? Laß mal sehen.«

Ich warf einen letzten Blick darauf und schüttelte es dann heftig.

20

Möglicherweise war es Schicksal, daß Eddie Ann Lilipops Instamatic-Aufnahmen von Montpelier, Vermont, nach Süden segelten und – plopp! – auf meinem Tisch im Fotolabor landeten. Aber von dem Punkt an übernahm ich die Führung.

Eddie Anns Auftrag traf im Frühjahr 1976 ein: vier Rollen Bilder eines Klassenausflugs nach New York City: zusammengedrängte Mädchen, kichernd auf Hotelbetten und Museumsstufen, Jungs, die mit hochgestrecktem Mittelfinger aus Busfenstern drohten. Wer Eddie Ann selbst war, war unmöglich festzustellen, aber ihren Lehrer erkannte ich gleich auf dem ersten Papierbild, das aus dem Schacht rutschte.

Daß ich ihn erkannte, war nur recht und billig; Dantes Briefe und seine Nackt-Polaroids, jetzt sieben Jahre alt, waren sicher in dem Rehahaus versteckt – mit dem ausgefransten Überrest von Mas Fliegendem-Bein-Gemälde –, in meinem großen Wörterbuch zwischen Flagellant (Geißler, Angehöriger religiöser Bruderschaften des Mittelalters, die sich zur Sündenvergebung selbst geißelten) und Flageolet (kleinster Typ der Schnabelflöte, flötenähnlicher Ton bei Streichinstrumenten und Harfen, Flötenregister der Orgel). Diese Fotos und das kleine Stück Leinwand hatten mit mir in der Außentasche meines Rucksacks die Taxifahrt von Pennsylvania nach Cape Cod gemacht, aber als ich dann mein Motelzimmer verlassen hatte, um mich mit meinem Wal zu treffen, hatte ich sie zurückgelassen. Ausgerechnet Grandma hatte sie mir zurückgegeben – in einer nicht geöffneten UPS-Schachtel, die das Motel der Polizei von Easterly geschickt hatte, die sie wiederum mit dem Streifenwagen zur Pierce Street gebracht hatte. Ich sah mir die Fotos und das Gemäldefragment immer noch gelegentlich an, gewöhnlich, wenn ich ein Wort nachschlagen oder ein Fenster offenhalten mußte oder das Bedürfnis nach Intimität hatte. Dantes flehentlicher Blick ging mir immer noch nahe. Diese Bilder waren eines der wenigen Geheimnisse, die ich vor Dr. Shaw bewahrt hatte.

Eddie Ann war offenbar schwer in Dante verknallt; ihre Kamera hatte ihn während der ganzen Fahrt verfolgt. Es gab Fotos von ihm von vorn, von hinten, von beiden Seiten – Bilder, wie er aß, wie er schlief und eines in einer Hotelhalle, wo er ein Unterhemd und eine Pyjamahose trug und ziemlich erledigt aussah. Er hatte ein wenig zugenommen und auch seinen Backenbart abrasiert. Sein glattes, braunes Haar war hinten ziemlich lang. Selbst wenn ich die Augen ganz fest zusammenkniff, konnte ich keinen Ehering erkennen.

Ich begann, in Eddie Ann eine Art mir verschworene jüngere Schwester zu sehen – und in Dante meine Zukunft. All die Reden von Dr. Shaw über Selbstaktualisierung und Schicksal-in-die-eigene-Hand-nehmen begannen plötzlich eine völlig neue Bedeutung zu bekommen. Dante sah völlig anders aus als der große lockenköpfige Mann, den ich in Nadines Küche auf meinem Etch-a-Sketch skizziert hatte, aber die Diskrepanz ließ sich natürlich durch eine Vielzahl von Dingen erklären, überlegte ich. Vielleicht hatte Dr. Shaw recht, und Nadine war tatsächlich ein Scharlatan. Oder vielleicht war die Vorhersage der Zukunft einfach keine so exakte Wissenschaft, wie ich das angenommen hatte. Ich machte mir einen Satz Extrakopien von Eddie Anns Bildern und schickte ihr die Fotos zurück, nur das mit den Pyjamahosen nicht, weil ich es, ganz im Stil der großen Schwester, für unpassend hielt. Ich machte im Mai, Juni und Juli Überstunden und sparte für mein neues Leben.

Keine der Auskunftsstellen, die ich anrief, war bereit, mir seine Adresse zu geben, aber in der öffentlichen Bücherei von Providence gab es eine riesige Wand von Telefonbüchern aus dem ganzen Land. Und in diesen Tausenden und Abertausenden Pfund Dünndruckpapier fand ich ihn. »Davis, Dante. 177 Bailey St. 229–1951.« In der ehrfürchtigen Stille der Bücherei war mein Atem das lauteste Geräusch.

Im zweiten Stock gab es einen Kopierer. Ich hatte nur vor, die Seite mit Dantes Telefonnummer als Souvenir zu fotokopieren, aber dann hörte ich in der Stille, wie Dr. Shaw mich aufforderte, selbst für mein Glück zu sorgen. Ich sah mich um und riß das Original heraus. Ich warf trotzdem einen Nickel in den Kopierer, preßte dann mein Gesicht gegen das Glas und tastete nach dem Knopf. Der heiße Blitz erzeugte in mir das Gefühl, an mir etwas getan zu haben, das ich nicht wieder würde ungeschehen machen können – daß ich mich auf eine Art und Weise versengt hatte, die zugleich riskant und richtig war.

Auf der Busfahrt zurück zu dem Rehahaus holte ich meine Sammlung heraus: die alten, gestohlenen Briefe und Polaroids, Eddie Anns Aufnahmen von ihm, die Seite aus dem Telefonbuch, mein fotokopiertes Gesicht. Jack Speight und mein Vater waren keine verletzbaren Männer gewesen, und Dr. Shaw hatte auf seine eigene Art Macht ausgeübt. Aber Dante saß immer noch da, nackt und konfus – jemand, den man lieben mußte.

Auf meinem Xeroxselbstporträt waren das Haar um mein Gesicht und die Fältchen in meinen Lippen klar und scharf, wie mit dem Rasiermesser geschnitten, Linien, die schärfer waren als jeder Etch-a-Sketch, den ich je gemacht hatte. Aber der Rest meines Gesichts war undeutlicher, nebelhafter, wie etwas Religiöses, eine lächelnde Frau mit geschlossenen Augen wie das Grabtuch von Turin, irgendeine geheimnisvolle Heilige, zu der Grandma vielleicht beten würde. »Wenn du willst, daß deine Gebete erhört werden, dann steh auf und tu etwas dafür.« Das stand auf einem Plakat in der Küche in dem Rehahaus. Vielleicht würde ich es von der Wand lösen und mitnehmen, wenn ich wegging.

Was hatte Dante von seiner Ausbildung auf der lutheranischen Schule losgerissen und ihn dazu veranlaßt, nach Norden zu gehen, nach Vermont? Seine Stimme, ein tieferer Bariton, als ich erwartet hatte, sagte es mir nicht. »Hallo? ... Wer *spricht* da?« fragte er immer wieder. »Sei geduldig«, pflegte ich darauf zu antworten, aber ich sprach es nie aus.

Ich erfand alle möglichen Lügen über die Bergluft und Zurück-zur-Natur, um meinen Kolleginnen und Kollegen im Labor zu erklären, weshalb ich mich ausgerechnet für Montpelier entschieden hatte. An meinem letzten Abend, den ich in dem Rehahaus verbrachte, machte Mrs. DePolito Manicotti und Fleischbällchen und drückte mich so fest an sich, daß ich mich fast fragte, ob ich mir all ihre Gemeinheiten vielleicht nur eingebildet hatte. Es gab Kreppapiergirlanden, und es wurde getanzt, und am Ende hielt Fred Burden eine Ansprache über mich und gab mir mein Abschiedsgeschenk, einen tragbaren Zwölf-Zoll-Schwarzweißfernseher, für den alle zusammengelegt hatten. Ich drückte Fred an mich und flüsterte ihm zu, daß meine Etch-a-Sketches oben auf dem Dachboden ihm gehörten.

Mitte August fuhren mich Fred und seine Schwester Jolene zur Busstation von Providence. Der Bus hatte Verspätung, die Schwüle war drückend, und Fred sah so bleich wie ein Pilz aus. »Macht es angst?« fragte er mich.

»Macht was angst?«

»Das zu tun. Wegzuziehen, um ganz allein zu sein.«

Zum ersten Mal kam mir in den Sinn, daß Dante möglicherweise verheiratet war, mit oder ohne Ehering. Oder verlobt. Bis Fred seine Frage gestellt hatte, hatte ich mir Dante immer in einer Art lutheranischem Schlaf ausgemalt, von seinem unbewußten Instinkt, auf mich zu warten, eingelullt, unbewegt. »Überhaupt nicht«, schniefte ich.

Als der Busfahrer verkündete, daß wir abfahrbereit wären, quetschte ich Freds Hand und küßte ihn auf diese Schlaglochstrecke von einer Wange. Es war bei weitem nicht so schlimm, wie ich mir das vorgestellt hatte: meine Lippen an all den Schrunden und Kratern. Als der Bus anrollte und sich in den Verkehrsstrom einreihte, winkte ich Fred zu, dem die Tränen über die Wangen liefen, und fragte mich, ob ich nicht vielleicht einen schlimmen Fehler gemacht hatte, was alle außer mir erkannten.

Ich hatte meine Kellerwohnung auf dem Briefweg gemietet: 177 Bailey Street, Apartment 1-B. Die Hausbesitzerin, Mrs. Wing, hatte die viktorianischen Eigenschaften des Hauses ausführlich beschrieben, dabei aber nicht erwähnt, daß es sich auf dem höchsten Punkt eines Hügels befand, der so steil war, daß man praktisch Bergsteigerstiefel brauchte. Mein Koffer und meine Umhängetasche wurden mit jedem Schritt schwerer. Meine andere Hand schmerzte vom Griff meines tragbaren Fernsehers. Ich mußte an jenen ersten Tag im Merton College denken, wie ich die Treppe zur Hooten Hall hinaufgestiegen war. Wie ich aus dem Taxi gestiegen und die Düne in Cape Cod hinaufgeklettert war. Ich stellte den Koffer ab und setzte mich darauf. Blickte auf die Stadt hinunter. Der Abend dämmerte bereits; überall flammte die Beleuchtung auf. »Du bist jetzt ein völlig anderer Mensch, mit neuen Eltern und allem«, rief ich mir ins Gedächtnis. »Dante erwartet dich. Nicht dieser tote Wal.«

Der Schlüssel und ein Zettel waren mit Tesafilm an der Tür befestigt. »Willkommen, Miss Price. Bitte, besuchen Sie uns morgen um vier auf einen Cocktail. M. Wing und C. Massey.« Wirklich clever, dachte ich: Da hatte ich ein funktionierendes Leben aufgegeben, um mit alten Ladies Sherry zu trinken.

Apartment 1-B waren zwei feuchte, möblierte Zimmer – Küche und Schlafzimmer/Wohnzimmer –, beide von nackten Glühbirnen beleuchtet, die aus Porzellanhälsen an der Decke ragten. Die Toilettenschüssel im Bad war gesprungen, und die Dusche befand sich in einer Art Blechschrank. Der Boden der Duschnische wirkte so schmuddelig, daß man allein schon vom Hinsehen krank werden konnte.

Die Einbauschränke waren geräumig; das Telefon bereits angeschlossen. Ein ovales Fenster über der Küchenspüle blickte wie ein zwei Fuß großes Auge auf den Mieterparkplatz.

Ich packte aus und aß zu Abend: eine Zigarette und ein von der Reise ein wenig zerdrücktes Milky Way, das ich aus einem Automaten in White River Junction gezogen hatte. Ich stellte den Fernseher auf die Kommode gegenüber dem Bett und steckte einen Drahtbügel als Antenne in die Buchse. »Charlie's Angels« lief: Farah Fawcett schnüffelte, nur mit einem Bettjäckchen bekleidet, im Hotelzimmer irgendeines Gauners herum. »Halb elf«, sagte ich. Ich befand mich jetzt schon beinahe drei Stunden hier in Vermont ohne jeglichen greifbaren Beweis dafür, daß ich am selben Ort wie Dante lebte. Im Fernsehen war die Nahaufnahme eines sich drehenden Türknopfs zu sehen. Farah rannte mit wippenden Brüsten auf einen Einbauschrank zu.

In der Küche befestigte ich mit Nadeln ein Handtuch über dem Augapfelfenster und kochte mir dann Wasser für eine Tasse Pulverkaffee. Ein Vormieter hatte »Keep on Truckin'«-Sticker auf die Schränke geklebt und eine halbleere Dose Maxwell House, drei Pabst Blue Ribbon und eine noch verschlossene Dose mit spanischen Oliven im Kühlschrank gelassen. Der Herd war fettig und verschmiert.

Im Schrank gab es einen Keramikbecher mit einem Hulamädchen im Mt.-Rushmore-Stil. Man hatte die Brustpartie ausgehöhlt und an einem Draht davor ein Paar freischwingende Keramikbrüste befestigt. *»Shake 'Em, Don't Break 'Em«*, verkündete die Tasse. »Honolulu Lulu's Novelty Shoppe.«

Ich kehrte ins Schlafzimmer zurück und ließ mich auf das kratzige Tagesbett fallen. Zu Hause im Fotolabor würde jetzt gerade die dritte Schicht anfangen – sie würden ihre Adreßaufkleber machen und den Füllstand der Chemikalien überprüfen. Ich griff nach dem Telefon, um sie anzurufen, einfach, um ihnen zu sagen, daß ich gut angekommen sei, hängte dann aber wieder ein. Man rief Leute nicht an, wenn man ein neues Leben angefangen hatte, und es funktionierte.

Du bist ein blödes Arschloch, daß du um elf Uhr abends Kaffee trinkst, dachte ich mir. Jetzt wirst du die ganze Nacht wach sein. Ich dachte, ich würde meinen Türknopf klicken hören – stellte mir vor, daß Dante meine Tür öffnete, ohne auch nur anzuklopfen, lächelnd, aus reiner Intuition in mein Apartment kam. Gefiel mir das, oder gefiel es mir nicht? Bei dem Versuch, darüber eine Entscheidung zu treffen, sank ich in den Schlaf.

Am nächsten Morgen war ich früh auf und sah die Füße der Mieter an meinem runden Fenster vorbeiziehen: Schwesternschuhe und orthopädische Latschen. Lehrer reisen im Sommer, erinnerte ich mich. Vermutlich war er zu Besuch bei seiner Familie oder irgendwo auf Exerzitien und betete dort für eine Freundin, die ihn lieben würde, ohne Bedingungen zu stellen.

Ich trat in den frischen, sonnigen Tag hinaus und ging den Hügel hinunter nach Montpelier. In den Blumenkästen vor den Geschäften standen rote Geranien in Blüte; Ladenangestellte pfiffen munter und fegten die Bürgersteige. »Er wird schon auftauchen«, sagte ich mir.

Das Grand Union war fast leer. Eine ganze Reihe Kassiererinnen in roten Arbeitskitteln und mit Farah-Fawcett-Frisuren standen an den Kassen und plauderten. Ich kaufte eine Tüte fettarme Lebensmittel, ein Fernsehprogramm und eine Dose Ajax für den fettigen Herd. Im Drugstore leistete ich mir ein »Mount Peculiar«-T-Shirt und Gummischlappen für die Dusche. Meine Einkäufe entspannten mich, bauten in mir das Gefühl auf hierherzugehören.

Ehe ich mich wieder den Berg hinaufquälte, entdeckte ich in einem Obergeschoß an der State Street einen Schönheitssalon: Chez Jolie House of Elle. Im Fenster hingen zwei Transparente. Auf dem einen stand »KOMMEN SIE EINFACH REIN!« und auf dem anderen »HEY! DER FARAH LOOK!«

Als ich dann auf dem Friseurstuhl saß, betrachtete ich mich im Spiegel – die nichtssagende Dolores mit den Hängebacken und dem langen Haar, das die Farbe von Erde hatte. Ich entschied mich für Aschblond. Meine Friseuse roch nach Kokosnuß. Sie versuchte, das Schnippen ihrer Schere und das Brummen ihres Föns mit einem stetigen Monolog zu übertönen. Die Leute würden Ford wählen, nicht Carter, sagte sie, weil Ford in seinem Job wenigstens etwas Erfahrung hatte. Sie hatte am Polterabend sechs Nachttöpfe geschenkt bekommen und nach der Geburt ihrer Tochter das Joggen aufgeben müssen, weil sie dauernd in die Hosen pinkelte. »Wenn Jimmy Carter wirklich so scharf darauf ist, Präsident zu werden«, sagte sie, »dann sollte er sich seine weißen Lippen richten lassen. Oder sie wenigstens pigmentieren lassen.«

Als ich drei Stunden später wieder ging, sah ich zwar nicht wie Farah Fawcett aus, aber auch nicht mehr wie ich; ich nehme an, es war etwa ein Unentschieden zwischen den beiden. Ich trat impulsiv in einen Kleiderladen und kaufte mir für 25 Dollar ein lachsfarbenes Bettjäckchen, ohne die Verkäuferin dabei ein einziges Mal anzusehen. Dann ging ich in den Drugstore zurück und kaufte mir dort rosa Lippenstift und einen Fön. Als ich dann oben auf dem Hügel angelangt war, keuchte ich so, daß mir davon schwindlig wurde.

Da ich vermutete, daß M. Wing und C. Massey beides Witwen seien, zog ich meine weiße Oxfordbluse und einen Baumwollrock an. Aber als ich dann am Nachmittag an ihre Erdgeschoßtür klopfte, öffnete mir zu meiner Überraschung ein knochiger alter Mann. Er trug einen blauen Kimonopyjama und die abgewetzten Slipper, die ich schon durch mein Küchenfenster entdeckt hatte. »Ah, Sie müssen die neue Mieterin sein«, sagte er. »Kommen Sie rein, kommen Sie rein.« Seine Augen prallten von meiner Farahfrisur ab und landeten auf der Vorderseite meiner Bluse. »Ich bin Chadley Massey«, erklärte er meiner Brust.

Drinnen saß die pummelige, kleine Mrs. Wing, umgeben von bestickten Kissen und chinesischen Antiquitäten. Ihr

Kimono war schwarz mit einem Muster in Eidotterfarbe, und sie trug eine schwarze Perücke im Pagenschnitt. »Wie schön, Sie persönlich kennenzulernen«, sagte sie und lächelte. Sie hatte weiß gepuderte Haut und gelbe Zähne.

Mrs. Wing wies mir auf einem schmalen Sofa ihr gegenüber einen Platz zu, die Armlehne waren geschnitzte, hölzerne Drachen. Chadley Massey mit dem Wanderblick quetschte sich neben mich.

Ich dachte mir, daß das Zittern meiner Lippen vielleicht aufhören würde, wenn ich redete. »Hübsche Einrichtung«, sagte ich. »Ich bekomme schon bloß vom Dasitzen Appetit auf Frühlingsrollen.«

Mrs. Wing schien den bescheidenen Witz nicht zu verstehen. Sie fragte mich, ob ich schon einmal hier gelebt hatte oder ob Montpelier neu für mich sei.

»Neu«, sagte ich. Mrs. Wing nickte. Ich brauchte gar nicht hinzusehen, um zu erkennen, daß Wanderblick mich immer noch taxierte.

»Sind Sie beide dann Bruder und Schwester oder so etwas?«

Beide lachten. »Mr. Massey und ich sind eng befreundet«, sagte Mrs. Wing.

»Wir leben zusammen«, fügte er hinzu.

»Oh«, sagte ich, »different strokes for different folks.«

»Different strokes for different folks«, wiederholte Mrs. Wing und klatschte in die Hände. »Entzückend, das müssen wir in unser Buch schreiben, Honigtöpfchen.«

Honigtöpfchen tippte mich am Handgelenk an. »Marguerite und ich haben ein Notizbuch, in das wir interessante Redewendungen schreiben, die wir hören«, erklärte er.

»Das habe aber nicht ich erfunden. Das ist aus einem Lied. Sly and the Family Stone.«

Mrs. Wing erhob sich von ihrem Sofa. »Wenn ich es mir nicht gleich aufschreibe, vergesse ich es.« Chadley schob seine Hand zwischen unsere Beine.

»Sie müssen China sehr gerne mögen«, rief ich Mrs. Wing nach.

»O ja. Die Begeisterung für Orientalia hat Chadley und mich auch zusammengeführt. Wie war das jetzt ... ›A different stroke for a different sort of folk‹?«

»Marguerite und ich sind in jeder Weise kompatibel«, sagte Chadley. Seine Fingerknöchel streiften an meinem Schenkel entlang. »Beispielsweise erfreuen wir uns jede Nacht am Geschlechtsverkehr.«

Mein Lächeln zuckte. »Man stelle sich vor«, sagte ich. Mrs. Wing setzte sich wieder, und Chadleys Hand wanderte auf seinen Schoß zurück.

»Für wie alt würden Sie uns halten?« fragte er. »Raten Sie mal.«

Sie hatten beide Haut wie zerknitterte Papiertüten, aber ich dachte mir, daß es in meinem Interesse liegen würde, tief zu zielen. »Äh ... dreiundsechzig? Vierundsechzig?«

»Ha! Weit gefehlt! Ich bin siebenundsiebzig, und sie ist einundachtzig.«

»Wirklich?« sagte ich. »Das sieht man Ihnen nicht an. Was ist Ihr Geheimnis?«

»Ich glaube, das habe ich schon erwähnt«, sagte er und zwinkerte mir zu. Dann ertönte in einem anderen Zimmer ein Kurzzeitwecker, und er schlurfte hinaus, um unsere Drinks und einen Imbiß zu holen.

»Und was führt Sie nach Vermont, meine Liebe?« wollte Mrs. Wing wissen. »Aus Ihren Briefen konnte man solche Dringlichkeit spüren.«

Ich tischte ihr meine Story von der frischen Luft und der Natur auf.

»Oh, nun, dann müssen Sie eine von unseren anderen Mieterinnen kennenlernen.«

»Tatsächlich? Wen denn?«

»Mrs. LaGattuta, eine reizende Frau. Sie ist Krankenschwester. Und sehr aktiv in der Audubongesellschaft.«

»Oh«, sagte ich. »Vögel.«

»Und dann natürlich Mr. Davis, gleich gegenüber von Ihnen. Ein reizender junger Mann, er ist Lehrer hier in der Stadt, und einen grünen Daumen hat er auch. Er hat einen reizenden Garten hinter dem Haus angelegt und ...«

»Ein Lehrer, sagten Sie? Was ist mit seiner Frau oder seiner Freundin? Was macht sie beruflich?«

»Nun, *il n'est pas attaché*«, sagte sie und lächelte.

»Was?«

»Er ist ledig, nicht gebunden.«

»Aber anbrennen läßt er nichts«, rief Chadley von der Küche herüber. »Ich hoffe, Sie mögen gefüllte Pilze, junge Frau.«

»Das ist Chadleys Spezialität«, sagte Mrs. Wing. »Er sautiert Krebsfleisch aus der Dose und zerdrückt dann mit dem Nudelholz Ritz Crackers ...«

»Hi-Ho Crackers, Marguerite. Hi-ho, hi-ho, wir ziehen hinaus ...«

Halt doch endlich den Mund, du Zwerg, hätte ich am liebsten geschrien. »Dann arbeitet dieser Lehrer also gerne im Garten?«

»O ja. Er versorgt uns den ganzen Sommer mit Gemüse und Kräutern. Hat ja auch Zeit dafür, wissen Sie. Weil er den Sommer über frei hat.«

»Und auch genug Zeit, hie und da über Nacht ein Häschen einzuladen«, sagte Chadley. Die Eiswürfel klirrten in unseren Gin Tonics, als er auf uns zuhumpelte. Ich hatte vorgehabt, ganz leger auf einem der Sessel Platz zu nehmen, während er in der Küche war, aber was ich über Dante gehört hatte, hatte mich abgelenkt. Er setzte sich wieder neben mich.

»Nun ja«, lächelte Mrs. Wing. »Chadley und ich haben das Gefühl, daß ihr jungen Leute mit der sexuellen Revolution schon das Richtige tut. Also, ich war dreiundvierzig Jahre mit Mr. Wing verheiratet, möge seine Seele in Frieden ruhen. Und er hat kein einziges Mal einen Orgasmus zustande gebracht.

Und ich hatte klitorale Stimulation nicht einmal *in Erwägung gezogen,* bis ich Anfang Siebzig war, oder, Chadley, Liebster?«

»Aber wir haben das Versäumte aufgeholt, was, Honigtöpfchen?« sagte Chadley.

»Ja, Honigtöpfchen«, strahlte Mrs. Wing. »Dieser Mann ist ein Geschenk Gottes.«

Mir kam in den Sinn, daß Chadley und meine Großmutter genau gleichaltrig waren. Wenn Grandma je etwas über klitorale Stimulation gehört hatte, dann hatte sie das ziemlich sicher als Todsünde klassifiziert und abgetan. Und ehe sie jemanden mit »Honigtöpfchen« ansprach, würde sie sterben.

Man mußte die gefüllten Pilze mit einem kleinen spachtelartigen Werkzeug mit Porzellangriff auf seinen kleinen orientalischen Teller tun. Irgendwelche Häschen hatte ich nicht eingeplant. Chadley sah zu, wie ein Pilz auf dem Weg zu meinem Teller ins Zittern kam.

»Was machen Sie beruflich, Dolores, meine Liebe?« fragte Mrs. Wing.

Die Suche nach einem Arbeitsplatz war ein Thema, das ich während der ganzen Zeit meiner Planungen bewußt ignoriert hatte. »Zerbrich dir darüber den Kopf, sobald du dich eingelebt hast«, redete ich mir immer wieder ein. Eingelebt hatte ich mich zwar noch nicht, aber ich hatte eine Wohnung. »Nun, ich habe in einem ... einem Fotostudio gearbeitet«, sagte ich. »Aber eigentlich bin ich Künstlerin.«

Mrs. Wings Hände fuhren entzückt hoch. »Das ist ja wunderbar! In welchem Medium arbeiten Sie?«

»Etch-a-Sketch.«

Mrs. Wing legte den Kopf fragend zur Seite. Chadleys Pilz hing vor seinem Mund in der Luft.

»Aber hauptsächlich Wasserfarben«, fügte ich hinzu. »Ich male sie. Wasserfarben.«

»Ah, reizend«, grinste Mrs. Wing. »Dürfen wir Ihre Arbeiten einmal sehen?«

»Nun, das ist ziemlich intim. Ich habe nicht vor, davon zu

leben oder so. Ich hatte daran gedacht, mich im Grand Union zu bewerben, bis ich etwas Richtiges finde.« Das hatte ich bis zu diesem Augenblick *nicht* vorgehabt, aber man konnte es sich vorstellen: ich in einer roten Schürze, wie ich Lebensmittel einpackte.

Ich leerte mein Glas, lehnte einen zweiten Drink ab und erhob mich zum Gehen.

Mrs. Wing war ebenfalls aufgestanden. »Wenn Sie sich noch einmal einen Augenblick setzen wollen, meine Liebe, dann hole ich den Mietvertrag, damit Sie ihn unterschreiben können, ehe ich es vergesse. Setz du dich auch, Honigtöpfchen. Die Formulare sind doch im Schrank, nicht wahr?«

»Ja, meine Liebe.«

Als sie aus dem Zimmer ging, griff ich nach einem weiteren Pilz und dachte mir, daß ich mit vollem Mund nicht mit Chadley würde reden müssen.

Seine leberfleckige Hand landete wieder auf meinem Bein, und er fing an, es zu streicheln. »Wissen Sie«, sagte er. »Ich glaube, wir drei werden schnell Freunde werden. Ich habe ein Gefühl für solche Dinge.« Die Hand wanderte nach oben, näherte sich meinem Schritt.

Ich saß erstarrt da. Der Pilz war mir im Hals steckengeblieben.

»Und wir könnten uns auch privat anfreunden, Sie und ich«, flüsterte er. »Ich bin sehr partnerorientiert, wissen Sie. Ich könnte Ihnen manches beibringen.« Er beugte sich zu mir herüber und begann, an meinem Haar zu schnüffeln.

»Visualisiere deine Lösungen!« hörte ich Dr. Shaw sagen. »Mal dir eine Antwort auf das Problem, und dann mach das Bild wirklich!«

Ich starrte die kleine Horsd'œuvre-Spachtel an. Ich hob sie auf und hielt die Kante an seinen Handrücken, drückte ein wenig zu. Es war *meine* Entscheidung, wer mich anfaßte. Ich brauchte mir diesen Scheiß weder von Jack Speight *noch* von seinem Urgroßvater gefallen zu lassen.

Seine Hand hielt den Bruchteil einer Sekunde lang inne, dann fing sie an, meinen Schenkel zu kneten.

Ich drückte stärker mit der Spachtel zu, so, daß er zusammenzuckte.

»Aufhören, alter Motherfucker.« Das sagte ich ganz leise und sah ihm dabei in die Augen.

Diesmal hörte er wirklich auf. »Wir wollen hier keinen Ärger aufkommen lassen, ja?« sagte er. »Wegen Marguerite.«

Ich nahm den Druck zurück. Man konnte an seiner Haut eine rote Druckstelle sehen.

»Verklemmte Ziege«, murmelte er.

»Alter Kacker«, murmelte ich zurück

»So, da wären wir«, sagte Mrs. Wing und kam wieder ins Zimmer. »Wenn Sie bitte hier unterschreiben würden.«

Ich zitterte zweimal mitten in meiner Unterschrift. Mein Name auf dem Formular war zittrig, aber juristisch korrekt.

Als ich wieder unten im Souterrain war, ließ ich mich aufs Bett fallen und heulte, bis meine Rippen weh taten. Ich *konnte* ein normales Sexualleben führen – sobald ich das Gefühl hatte, daß ich bereit dafür war. »Sex ist etwas, was zwei Partner, die sich darüber einig sind, gemeinsam tun«, hörte ich Dr. Shaw sagen. »Was Speight dir da draußen im Wald angetan hat, das war Gewalt – nicht Sex. Das war *entwürdigend* für dich.« Dieser alte Ziegenbock dort oben hatte mich noch nicht einmal fünf Minuten lang gekannt, ehe er angefangen hatte, mich zu betatschen. Eine Unverschämtheit, entwürdigend ... der alte Motherfucker: Das konnte er sich in ihr dämliches Buch mit Redensarten schreiben. Honigtöpfchen! Daß ich nicht lache!

Ein normales Sexualleben: Dafür war ich bereit. Deshalb hatte ich die lange Reise gemacht – mein Schicksal hatte mir schließlich Eddie Anns Bilder auf den Tisch gezaubert. Ich schlug mein Wörterbuch auf und studierte Dantes Polaroids.

Dann ging ich zu meiner Schublade und holte das Bettjäckchen heraus. Die Seide glitt kühl über meine Haut. Trug eine verklemmte Ziege so etwas? Ich ging etwas unsicher zum Spiegel.

Mein Gesicht war vom vielen Weinen aufgedunsen. Der Stoff schmiegte sich an den Wulst in meiner Mitte. Da stand ich: die fette, häßliche Dolores mit einer neuen Halloweenperücke. Wen bildete ich mir eigentlich ein damit täuschen zu können?

Fred Burden war nicht zu Hause, als ich anrief. Mrs. DePolito auch nicht. »Die sind zusammen kegeln gegangen«, sagte eine Stimme, die ich nicht kannte. »Kann ich etwas ausrichten?« Ich konnte nicht erkennen, ob sie eine neue Pflegerin oder eine neue Verrückte war – vielleicht hatte sie mein altes Bett übernommen und beäugte jetzt Fred und sah all die guten Eigenschaften unter seiner pockennarbigen Haut.

Ich machte den Kühlschrank auf und starrte die Sachen an, die ich am Morgen in der Stadt gekauft hatte: Hüttenkäse, Thunfischsalat, Diät-Pepsi, Joghurt. Alles voller Hoffnung gekauft. Ich wurde rot, wenn ich an meine eigenen idiotischen Hoffnungen dachte. Ich war verrückt gewesen, diesen Mietvertrag zu unterzeichnen und alles aufzugeben, was ich hatte.

Ich griff an meinen Einkäufen vorbei und holte die drei Dosen Bier heraus, die vom letzten Mieter noch da waren, öffnete eine und goß das Bier in die Hulatasse. Ich trank mich durch den Schaum hindurch, trank, öffnete die zweite Dose.

Die Augen des Hula-Mädchens waren geschlossen, und sie lächelte verschmitzt. Ich ließ ihre Brüste baumeln. Irgendein Mann sollte glauben, daß er sie sexuell befriedigte, wenn er mit ihnen spielte; und irgendein Mann hatte ohne Zweifel die Tasse gemacht. »Laß dich von ihnen nicht so erniedrigen«, redete ich ihr zu. Ich leerte die Tasse und kippte sie um, bohrte dann mit einer Gabel herum, bis der Draht herausrutschte.

Ich zog ihre Keramikbrüste herunter. Im Fotolabor war *ich* diejenige gewesen, die sich wehrte, wenn sie die Dreckarbeit immer nur den Frauen gaben. »Recht hast du, Dolores!« pflegten Grace und Lydia zu sagen, wenn ich ins Büro stürmte ... Jetzt hatte das Hulamädchen so etwas wie eine konkave Brust. Mastektomie. Ihr Lächeln mit den geschlossenen Augen wurde zu etwas anderem: das Lächeln von jemandem, der tapfer war und Bescheid wußte, jemand, den der Schmerz hatte reifen lassen.

Im Gegensatz zu mir. Ich saß jetzt in einem Kellerapartment, trug eine idiotische Frisur und fing an, von Papst Blue Ribbons beschwipst zu werden. Ich stand auf und ging auf und ab. Spürte das Bier in meinem Magen herumschwappen. Ich rülpste so laut, daß es mir angst machte.

Ich zog das Bettjäckchen wieder aus und schlüpfte in meine neuen Schlappen und mein Paisley Muumuu – das ich seit meiner fetten Zeit trug. *Ganz* stimmte es nicht, daß ich aus dem Schmerz nichts gelernt hatte. Ihn dort oben hatte ich in seine Schranken gewiesen – hatte nicht einfach zugelassen, daß er mir meine Würde nahm, so wie Jack es getan hatte. Und ich hatte auch meine Wut nicht an unschuldigen Fischen ausgelassen. Ich hatte ihm ein wenig weh getan, und zwar direkt. Hatte eine Lösung für mein Problem visualisiert und diese Lösung dann verwirklicht. »Riskier es! Hab Mut!« hatte Ma immer gesagt, nachdem sie aus dem Krankenhaus gekommen war. Hierherzuziehen war vielleicht dumm gewesen, aber mutig war es auch. Ich stand in meiner eigenen Wohnung, die ich mir ganz allein gemietet hatte. Was dort im Kühlschrank lag, waren alles *gesunde* Sachen. Ich hatte hundertsechsundzwanzig Pfund abgenommen.

Ich fand die Flasche mit Ajax in der Küche und kniete nieder. In der Gebrauchsanweisung stand, daß man eine Stunde warten sollte, daß man dem »Aktivschaum« die Arbeit überlassen sollte. Aber ich wollte arbeiten. Ich wünschte, ich hätte auch Papierküchentücher gekauft. Ich nahm statt dessen ein

Brillo und das Bettjäckchen und scharrte und wischte an dem Fett von tausend fettigen Mahlzeiten, bis es weg war. Ich hielt nur einmal kurz inne, um mir das Haar in einen schweißnassen Pferdeschwanz zu binden. Vielleicht würde ich es wieder so färben, wie es vorher gewesen war. Vielleicht auch nicht. Ein Teil von mir hoffte, daß Fred Burden nicht zurückrufen würde. Ich trat drei Schritte von dem Herd zurück, um den neuen Glanz zu bewundern, blickte aber statt dessen auf das, was ich in der Hand hielt. Ich hatte aus der teuren Unterwäsche einen braunen Lumpen gemacht.

Draußen war es kühler, und die Brise trocknete mir den Schweiß vom Gesicht. Ich ging um das Haus herum. Hinten fand ich seinen Garten.

Er hatte ihn terrassenförmig angelegt, an eine Böschung geschmiegt, die das Grundstück vom Wald abgrenzte. Das unterste Beet war eine schnurgerade Reihe von Ringelblumen, dann folgten Strauchgurken und Kürbis, wie gewachst aussehender Kohl, glänzende Auberginen. Die Tomaten standen voll Früchten jeglichen Reifezustands.

Wenn Fred zurückrief, dachte ich, würde ich vielleicht das Klingeln nicht hören.

Ein verrosteter Volkswagen polterte die Einfahrt herauf, sein Radio plärrte. Die Bremsen quietschten wäßrig.

Er stieg aus, ohne den Motor abzuschalten, und ging um den Wagen herum, um nachzusehen. Unterhemd und abgeschnittene Jeans, keine Schuhe. Er hatte sich seit Eddie Anns Bildern einen Bart wachsen lassen. Ich versuchte, auf Zehenspitzen an ihm vorbeizuschleichen, versuchte, mein wie wild schlagendes Herz zu beruhigen.

»Hey«, sagte er. »Wen haben wir denn da. Hi.«

»Hi.«

Er zeigte mit dem Finger auf mich. »Neue Mieterin. Kellerwohnung. Stimmt's?«

Ich nickte. »Ich ... ich habe den Herd saubergemacht.«

»Ich bin Dante. Ich wohne direkt gegenüber von Ihnen.«

Er wirkte weniger echt als seine Bilder. »Ich bin Dolores«, sagte ich.

»Dolores«, wiederholte er. »Okay. Prima. Willkommen.«

»Ich muß mich jetzt waschen gehen«, sagte ich. »Ich habe den Herd saubergemacht.«

»Richtig. Das haben Sie mir gerade gesagt.«

»Oh, habe ich das? Tut mir leid. Ich ... äh ... Ihr Garten gefällt mir. Ich nehme wenigstens an, daß es Ihrer ist, stimmt's?« Ich bewegte mich mit wackligen Beinen auf das Haus zu. Ausgerechnet meinen Muumuu mußte ich tragen. Herrgott!

»Hey, tun Sie mir einen Gefallen? Könnten Sie aufs Gas treten, damit ich dort hinten etwas nachsehen kann?« Er schlug mit der flachen Hand auf das Dach des Autos. »Scheißkarre.«

Die Tür auf der Fahrerseite war eingebeult. Auf dem Beifahrersitz lag ein Hibachi und auf dem Boden Post und Zeitungen. Das Radio spielte einen Oldie, eine der alten 45er, die Jeanette Nord und ich immer zusammen gehört hatten.

»Jetzt«, sagte er.

»Jetzt? Gas geben?«

»Yeah.«

»Okay.« Ich drückte mit dem Fuß auf das Pedal. Der ganze Wagen vibrierte.

Our day will come
If we just wait awhile ...

»Noch einmal«, sagte er.

Ich brachte den Motor zum Brüllen. Mein ganzer Körper kam ins Zittern, und als es dann aufhörte, spürte ich, wie das Lied in mir nachhallte – sein Versprechen von immerwährender Liebe und Träume, aus denen Zauber wurde.

»Okay, scheiß drauf«, sagte er. »Vielen Dank.« Er griff an meinem Bein vorbei und schaltete die Zündung ab. Hinter dem Haus wurde es ruhig.

»Mrs. Wing sagt, daß Sie Lehrer sind.«

»Mhm. Und Sie? Berufsmäßige Herdputzerin?«

»Ich ... ich bin Künstlerin. Aber keine sehr gute. Wie steht's mit Ihnen?«

»Ich bin auch nicht sehr gut.«

Ich lachte. »Was lehren Sie denn?«

»High-School-Englisch. Sie wissen schon, *Der Scharlachrote Buchstabe,* unregelmäßige Verben, wo man den Apostroph setzt ... hey, hören Sie, ich habe eine Idee. Wollen Sie uns Abendessen kochen, nachdem Sie sich frisch gemacht haben?«

»Oh, also, äh, eigentlich habe ich noch etwas zu tun ...«

»Okay, habe schon kapiert! Gehen Sie duschen, lassen Sie sich Zeit. Ich besorge uns eine Flasche Wein. Was paßt denn zu Käsepopcorn, weiß oder rot?«

Aus meinem Mund wollte nichts Charmantes herauskommen – nur mein dämliches, nervöses Lachen. »Entscheiden Sie«, sagte ich.

In der Duschkabine stieß ich mit den Ellbogen immer wieder an die Blechwand, und das erzeugte ein Poltern und Dröhnen wie Donner. Er war echt! Es gab ihn! Wir waren verabredet! Und all das passierte wirklich!

Ich begann, etwas vor mich hin zu summen, zuerst leise, und dann fing ich zu singen an.

Our day will come
If we just wait awhile ...

Das war etwas, was ich noch nie zuvor getan hatte: unter der Dusche singen. Ich sang und sang und übertönte das Klingeln des Telefons, Fred Burdens Rückruf. Wenn ich mich meldete, würde ich mein Leben in dem Rehahaus zurückgewinnen oder – noch schlimmer – zu der Station in Gracewood degradiert werden – wieder fett und verrückt sein. Ich blieb unter dem strömenden Wasser, bis Fred es schließlich aufgab.

Wir saßen an seinem Küchentisch mit der Glasplatte und

tranken Wein aus Kaffeetassen. Durch das Glas konnte ich erkennen, daß meine Schenkel dicker waren als seine.

»Sie und ihr Mann waren richtige New-Deal-Demokraten«, sagte Dante. »Henry Wing. Er war ein ziemlich großes Tier in der Roosevelt-Regierung.«

Ihre orgasmuslosen Jahre, dachte ich. Wenn ich es mir überlegte, hatte sie mit *ihrem* normalen Sexleben auch recht spät angefangen.

»Sie scheint wirklich etwas für Antiquitäten übrig zu haben«, sagte ich.

Er nippte an seinem Wein und lächelte. »Yeah«, sagte er dann. »Und ihre Lieblingsantiquität ist Chadley.«

»Das alte Ferkel«, murmelte ich.

»Das ist er wohl«, lachte er. »Aber harmlos.«

Jetzt schon, dachte ich.

»Übrigens, Ihr Hemd gefällt mir«, sagte er.

Ich hatte Jeans und mein neues »Mount Peculiar«-T-Shirt angezogen. Daß er mich ansah, machte mich verlegen, und ich zog meine Knie herauf und das Hemd darüber. Ich hatte aus reiner Gewohnheit »Large« gekauft.

»Hören Sie sich das an«, sagte er. »Im letzten Frühling bin ich mit einem Mädchen ausgegangen, das immer hier herüberkam. Eines Nachmittags, kurz nachdem sie weggegangen war, tauchte Chadley an der Tür auf – und sagte, er würde gerne wissen, ob wir vielleicht das Vergnügen eines dritten Partners bei der Liebe haben wollten.«

»Nicht zu glauben«, sagte ich.

»Ist aber wahr. ›Das Vergnügen eines dritten Partners‹: wie etwas aus einem Buch mit Benimmregeln.«

»Hat Mrs. Wing das gewußt?«

»O nein. Ganz gewiß nicht. Das sei streng vertraulich, hat er mir versichert. Der geile alte Bock.«

Bei ihm klang das komisch, und Chadley wurde dabei zu einer Witzfigur. Dante war ganz und gar nicht so, wie ich ihn mir vorgestellt hatte. Überhaupt nicht wie seine alten Briefe.

Wenn da die Augen nicht gewesen wären, hätte ich mich fast gefragt, ob ich mit meinem neuen Leben nicht vielleicht auf den falschen Dante gezielt hatte.

»Sie sind also Künstlerin, hm? Welche Art von Kunst denn?«

Eine Sekunde lang hätte ich ihm beinahe die Wahrheit gesagt. Aber ich hatte Angst, ich würde mit dem Etch-a-Sketch anfangen und am Ende bei Dr. Shaw landen und meinen neuen Eltern und daß ich Kippys Briefe gestohlen hatte. Statt dessen strickte ich eine komplizierte Lüge über Wasserfarben und Desillusionierung und einen Typen namens Russ, mit dem ich eine lange Beziehung gehabt und von dem ich mich gerade getrennt hatte. »Und meine künstlerische Arbeit hing mit all dem zusammen«, sagte ich. »Deshalb möchte ich jetzt lieber nicht darüber reden.«

»Ein sauberer Schnitt«, sagte er. »Das muß man respektieren.« Er nahm einen Schluck Wein und sah mich über den Rand seiner Tasse hinweg an. Dann beugte er sich vor, und sein Lächeln wurde zu einem langen, weichen Kuß.

Das Abendessen bestand aus Brot aus der Bäckerei und Gemüse aus seinem Garten, roh oder kaum gekocht. Wir fingen mit einer perfekten roten Tomate an, noch ganz kalt aus dem Kühlschrank. Er schnitt sie in zwei Hälften, salzte beide Stücke und hielt mir eines hin. Meine Schenkel waren vom Wein und dem Kuß ganz wabbelig. Die Tomate schmeckte sexuell.

Nachdem wir das Geschirr gespült hatten, legte er mir beide Hände auf die Schultern. »Also«, sagte er, »willst du mit mir ins Bett gehen, oder lassen wir es bei Wein und Gemüse?«

Ich sagte gar nichts.

»Übrigens, was hältst *du* vom New Deal?«

Ich zuckte die Achseln.

»Übrigens, dein Telefon läutet.«

»Das höre ich«, sagte ich.

»Wir könnten es ›Verkehr‹ nennen, das wäre hübsch und würdevoll.«

Ich mußte unwillkürlich grinsen. Seine Hand griff nach der meinen; dann glitten seine Finger in die Zwischenräume zwischen den meinen.

Zwischen Partnern, die sich einig sind . . ., hörte ich Dr. Shaw sagen.

»Oder wir könnten sehr hip sein, ganz im Stil der Siebziger und es ›Sex haben‹ nennen. Du weißt schon, eine Menge Experimente und Stellungswechsel. Kapitel sechs im Handbuch.«

»Jetzt werde ich verlegen.« Ich lachte.

»Hey, ich hab's! Laß uns einfach Liebe machen. Bei ausgeschaltetem Licht mit einer Kerze auf der Kommode. Wenn du mir eine Minute Zeit läßt, finde ich wahrscheinlich meine alte Roy-Orbison-Platte. Hast du es je bei ›Blue Bayou‹ gemacht?«

Ich schüttelte den Kopf und trank einen Schluck Wein. Das Telefon hörte auf zu klingeln.

»Okay«, sagte ich.

»Okay was?«

»Wahlmöglichkeit drei. Dafür entscheide ich mich.«

»Aha«, sagte er. »Sehr hübsch. Die Lady entscheidet sich für Romantik.«

Im Schlafzimmer küßte er mich die ganze Zeit, während er aus seinen Kleidern schlüpfte. Ich war ihm zu nahe, und im Zimmer war es zu schattig, als daß ich seinen Körper hätte studieren können, so wie ich es gern getan hätte. Aber als er mich auszog, langsam, sanft – war ich dankbar für das Halbdunkel. Meine Nacktheit war etwas, was er *fühlte,* nicht *sah.* Wenn das Licht angewesen wäre, hätte er vielleicht Hinweise entdeckt: Spuren von dem fetten Wal Dolores, dem Mädchen, dessen Körper ich abgelegt und doch nicht abgelegt hatte. Wenn er mich sehen konnte, würde er vielleicht aufhören.

Er schob mich auf sein Bett und setzte sich neben mich. »Darf ich dich zuerst etwas fragen?« flüsterte er.

Ich wartete.

»Das Telefon, das da geklingelt hat? War das deine Desillusionierung – der Typ, von dem du dich getrennt hast?«

»Ja«, log ich.

Er ließ meine Hand los und strich mit seiner glatten Hand über meine Wange. »Eine Frage noch? Nimmst du die Pille?«

»Ja«, log ich erneut. Hoffentlich hatte er nicht gesehen, wie ich zusammenzuckte.

»Okay, dann«, sagte er. »Alle Systeme auf Fahrt.«

Mein Bewußtsein schwebte, schwebte um das herum, was er tat. Ich sah zu, wie das flackernde Licht der Kerze sich an der Wand abzeichnete, hörte seine Stimme die Worte seiner alten Briefe an Kippy sprechen. Ich legte die Hände um seinen Nacken, zog ihn zu mir heran, küßte und küßte ihn.

Er glitt neben mir herunter, und ich fühlte seine Lippen an meiner Hüfte, fühlte seine Finger innen an meinem Bein. Seine Berührung war entspannend und erregend zugleich. Ich schloß die Augen und dachte: Ich habe es bewirkt, daß das geschieht. Ich verdiene das Gefühl, das er mir verschafft... seine Hand griff nach unten und berührte meinen Fuß.

Ich fuhr in die Höhe. *»Laß das!«* sagte ich. »Nicht.«

Er setzte sich auf. »Was?« sagte er. »Was ist denn los?«

Das Kerzenlicht erfaßte sein Gesicht, flackerte in seinen besorgt blickenden Augen. Er war wieder er, nicht Jack. »Meine Füße«, sagte ich. »Es ist nur – ich ... ich mag es nicht, wenn jemand meine Füße anfaßt.« Mein Atem wurde unruhig. Ich geriet in Panik. Und dann weinte ich.

Er legte den Arm um mich und wartete. Mein Schluchzen wurde leise, und dann füllte sich der Raum mit der Musik, die er aufgelegt hatte: Jim Morrisons todgeweihte Stimme.

»Tut mir leid«, sagte ich. »Das war blöd von mir, ich weiß schon.«

Er griff nach meiner Hand. »Hey, ganz ruhig. Ich habe sowieso etwas vergessen.«

»Was?«

»Den Nachtisch. Ich bin gleich wieder da.«

Er schlüpfte in seine Jeans. Die Tür nach draußen knallte. Ich griff nach der Tasse, nahm einen Schluck Wein. Ich wollte nicht allein sein. Ich wollte diese Gefühle zurückhaben, so wie er sie gerade in mir geweckt hatte.

Er kam mit zwei kleinen gelben Ringelblumen aus seinem Garten zurück. Er zog seine Jeans wieder aus und stieg ins Bett. Hielt mir beide Blumen hin und drehte sie zwischen den Fingern, daß die einzelnen Blätter ineinander verschwammen.

»Hübsch«, sagte ich. »Wo ist der Nachtisch?«

Er strich mit den Blumen über mein Gesicht bis hinunter zu meinen Brüsten. »Das ist der Nachtisch«, sagte er. »Ringelblumen. Sie sind eßbar.«

»Tatsächlich? Ringelblumen?«

Er zupfte Blütenblätter von einer der Blumen, nahm sie in den Mund und kaute. Dann pflückte er ein paar für mich und hielt sie an meine Lippen. Ich machte zögernd den Mund auf. Der süße Geschmack überraschte mich.

»Glaubst du noch an Gott?« fragte ich.

Das Wort »noch« hing in der Luft: Ich hatte es vermasselt – hatte verraten, daß ich Kippy kannte, sein Dilemma von der lutheranischen Schule, alles.

Aber dann grinste er, merkte nichts. »Ist ›Glaubst du an Gott?‹ nicht ein wenig viel für unser erstes Mal? Ich meine, eigentlich soll man nicht weitergehen als ›Glaubst du an Astrologie?‹ oder ›Glaubst du, daß Jim Morrison noch lebt?‹.«

»Oh«, sagte ich. »Tut mir leid.«

»Die Antwort ist übrigens nein – weil du schon gefragt hast. Früher mal. Als ich noch auf der High School war, wollte ich Priester werden, dachte ich. Kannst du dir das vorstellen?«

»Und warum hast du deine Meinung geändert?«

»Oh, das ist eine lange Geschichte. Im Grunde genommen habe ich erkannt, daß das etwas war, was ich für meine Mutter tue, nicht für mich. Und dann, mal sehen ... dann habe ich meine Unschuld verloren, mich eine Weile mit der Antikriegsbewegung eingelassen und dann mit dem Pädagogikstudium angefangen. Ich dachte, es würde sinnvoller sein, die Leute für das Hier und Jetzt zu retten als für das Jenseits, weißt du?«

Ich griff nach ihm, voller Fragen. Er war und war doch nicht der Junge aus den Briefen. »Und du?« fragte er. »Woran glaubst *du?*«

Ein Schauder durchlief mich. »Ich?« sagte ich. »Ich weiß nicht.«

»Jetzt ein Geheimnis zu bewahren ist nicht fair. Ist dir vielleicht kalt? Willst du eine Decke?«

»Wale«, sagte ich. »Daran glaube ich.«

»Wale? Du meinst, Wale im Meer?«

Ich nickte.

Er nickte zurück. »Yeah«, sagte er. »Die sind cool, was? Irgendwie geheimnisvoll. Wenn ich mir es so recht überlege, könnte ich auch an Wale glauben.«

Das Haar an seinem Arm fühlte sich für meine Fingerspitzen wie Seide an.

»Könntest du ...«, fing ich an. »Meinst du ... meinst du, du würdest noch einmal versuchen ... Liebe zu machen?«

Sein Mund küßte meinen Mund. Seine Zunge die meine. Ich fühlte, wie er an meinem Bein hart wurde. »Anscheinend schon«, flüsterte er.

Er schob mich wieder aufs Bett und begann, meine Schultern zu küssen, meine Brüste – es waren eigentlich keine Küsse, sondern seine Lippen streiften nur über meine Haut, wie der Kuß der Ringelblumen an meinen Brustwarzen.

Er drang sanft, tastend, wartend in mich ein. »Ja?« fragte er. Ich nickte, und er begann sich langsam in den Hüften zu wiegen – hin und her, Achten. Dabei sah er mich an. »Okay?« sagte er. »Gut so?« Ich küßte ihn, griff an der Rundung seiner Pobacken vorbei, tastete nach der Hinterseite seiner Beine, preßte meine Hände dagegen. Er schloß die Augen und zog sich tiefer in mich hinein.

»Oh, yeah, schön«, flüsterte er. »Sehr schön.« Nichts an ihm wirkte verzweifelt oder zornig. Tränen fielen aus meinen Augenwinkeln, aber auch ich lächelte. Das habe ich verdient, erinnerte ich mich. Ich hatte lange und schwer gearbeitet, um das zu fühlen, wozu er mir jetzt verhalf.

Er war nicht der Junge aus seinen Briefen. Er war es doch. War es nicht. War es doch. Meine Entscheidung wechselte jedesmal, wenn er sich zurückzog, bei jedem neuen Stoß ... Ich schloß die Augen und sah die weißen Körper von Ruth und Larry in der Finsternis auf dem Boden in Grandmas Haus – sah, wie sie sich vereinigten. Sah Ruth, das Hemd hochgezogen, die vollen Brüste voller Milch für Tia. Stemmte mich hoch, krümmte den Rücken, preßte mich Dante entgegen. Sein Seufzen war weich und kam aus weiter Ferne. Er konnte an Wale glauben.

Seine Bewegungen wurden schneller, und ich paßte mich seinem Rhythmus an, immer wieder. »Ohhh«, machte er und hörte plötzlich auf. Dann spannte er sich und seufzte, und ich fühlte, wie sich etwas von ihm in mich ergoß. Milch, dachte ich. Die Milch der Männer – die Milch, die Larry in Ruth hatte fließen lassen, um Tia zu machen, die Milch, von der sich Ruths Brüste mit Milch gefüllt hatten.

Mein Verstand drehte sich im Kreise, meine Muskeln spannten sich um ihn. Wir bäumten uns auf und stöhnten und kamen gleichzeitig.

21

Dantes Staubsauger hatte ein schier endloses Anschlußkabel. Wenn ich es in die Steckdose vor meiner Wohnungstür steckte, konnte ich drei Viertel unserer beiden Wohnungen damit saubermachen.

Münzen wollten nicht in seinen Hosentaschen steckenbleiben. Ich erntete die Quarters zwischen seinen Couchpolstern und verwendete sie an Waschautomaten, wobei ich seine und meine Wäsche miteinander verheiratete. Nicht, daß er gerne ungepflegt aussah, sagte er; Bügeln war ihm nur verhaßt. Ich stellte das Bügelbrett in meiner Wohnung vor dem Fernseher auf. (Dante war aus Prinzip dagegen, einen Fernseher zu besitzen.) Manchmal schlich er sich, wenn ich bügelte, von hinten an mich heran und drückte mich an sich. Ich spürte immer seine Zunge an meinem Hals und hörte zugleich das Zischen des heißen Bügeleisens. Es war, als wäre es eine einzige Empfindung. Eines Abends, als ich dastand und die Taschenpatten seines blauen Hemds entknitterte, zwischen uns eine kleine Dampfwolke, sagte er mir, mein Bügeln sei eine Metapher – ich würde das Chaos aus seinem Leben herausbügeln. »Ich habe noch nie zuvor eine Frau geliebt, die etwas für Haushaltsführung übrig hatte.« An dem Abend bekam ich von ihm den Spitznamen »Hausie«.

Sie gaben mir die erste Schicht im Grand Union, Montag bis Donnerstag. Die Arbeit an der Lebensmittelkasse erwies sich als weit weniger interessant als das Entwickeln von Fotografien. »Man bekommt Geld dafür«, meinte ich mit einem Achselzucken, als Mrs. Wing mich nach meiner Arbeit befragte. Unter meinen Kolleginnen, alles Frauen, die sich nicht wie ich ihr Glück selbst geschaffen hatten, gab es dauernd Streitereien. Man erwartete von einem immer, daß man sich auf irgend jemandes Seite schlug. »Ich sag's dir ehrlich, Dante – man kommt überhaupt nicht mehr hinterher, wer gerade mit wem nicht redet.«

Wir nahmen unsere Mahlzeiten in meiner Küche zu uns und schliefen in Dantes Bett. Jeden Morgen wählte ich mir ein Rezept aus seinem vegetarischen Kochbuch und quälte mich dann am Nachmittag mit den notwendigen Zutaten den Hügel hinauf. Dante war seit 1974 Vegetarier. Damals hatte er ein etwas knorpeliges Steak gegessen und plötzlich erkannt, was Rindfleisch war – totes Fleisch –, und seine Halsmuskeln hatten sich zusammengezogen. Diesen Mundvoll Fleisch in seine Serviette zu spucken bezeichnete Dante als eine »Epiphanie«. Als ich das Wort nachschlagen wollte, rutschten seine Nacktfotos – die von seinem früheren religiösen Ich – aus dem Lexikon. Aus Gründen der Sicherheit legte ich die Fotos und die Überreste von Mas Gemälde in einen Schuhkarton, klebte ein Etikett mit der Aufschrift »Versicherungspapiere« darauf und stellte die Schachtel auf das oberste Regalbrett.

Er hatte mich praktisch verwandelt, dachte ich. Als der Frost seinen letzten Tomatenpflanzen draußen im Garten den Garaus machte, war ich imstande, es ein ganzes Wochenende ohne Zigaretten auszuhalten, süßsauren Kürbis auf der Hibachi zu grillen, Auto zu fahren und meine Orgasmen so zu regulieren, daß sie in etwa dann eintrafen, wenn ich sie haben wollte. »Ein spirituelles Ereignis, in dem sich das Wesen eines bestimmten Gegenstandes manifestiert, wie in einem plötzlichen Blitz des Erkennens«, hatte das Lexikon unter »Epiphanie« vermerkt. Jede Nacht, die wir zusammen verbrachten, schien mir wie eine Art spirituelles Ereignis. In gewisser Weise war das komisch. Dante hatte aufgehört zu glauben, aber mich wieder zum Glauben zurückgeführt. Er war ein Geschenk, ein Kopfnicken Gottes sozusagen, dessen Hand ich darin zu erkennen glaubte. Und wenn Gott oben im Himmel war, dann war das Ma vielleicht auch, trug ihre aufgeblähten Flügel und rote Schuhe mit hohen Absätzen und lächelte auf das herab, was Dante und ich erschufen.

Dante hatte seine Telefonnummer in der Schule auf die Tafel geschrieben, für den Fall, daß irgendeiner seiner Schüler sie brauchte. Mädchen riefen an, hauptsächlich wenn es irgendwelche Krisen mit ihren Freundinnen oder Freunden gab. Wenn sie mich statt seiner erwischten, waren sie meist schnippisch. Die Abschlußklasse hatte zwei Jahre nacheinander das Jahrbuch ihm gewidmet, etwas, das, wie Dante sagte, andere Lehrer eifersüchtig machte. Wenn man ihm die Wahl ließ, sagte er, dann zog er seine Schüler dem Haufen alter Knacker im Lehrerzimmer vor, die nur über Lebensversicherungen und nicht über das Leben reden konnten.

Allein Dante dabei zuzusehen, wie er in Unterwäsche an der Schreibmaschine tippte, oder seine ruhige, vernünftige Stimme zu hören, wenn er mit einer dieser aufgekratzten Schülerinnen redete, war für mich eine Offenbarung. Er korrigierte die Arbeiten seiner Schüler am Küchentisch und schrieb seitenlange Anmerkungen mit grüner Tinte (Korrekturen in Rot seien beleidigend). Die Arbeit als Lehrer verzehrte ihn. Jeden Abend stellte er seinen Wecker für den nächsten Morgen, fiel nackt ins Bett und verlangte von mir, ich solle ihm den Nacken massieren.

»Ah … du hast deine Berufung verfehlt«, sagte er eines Nachts.

»Was?«

»Dein Medium. Wasserfarben. Du solltest in Ton arbeiten, bei diesen Händen. Warum hörst du auf?«

Ich hatte völlig vergessen, daß ich eine enttäuschte Malerin war. Ich knetete die Muskelknoten über seinem Rückgrat und machte mir im Geiste eine Liste all der Lügen, die ich ihm gegenüber gebraucht hatte: die Pille, der Exboyfriend, Wasserfarben. Auslassungen wie Kippy und mein Zusammenbruch waren nicht exakt dasselbe wie Lügen, redete ich mir ein. Schließlich hatte jeder Mensch auf der Welt seine Geheimnisse.

Die Rückenmassagen erweckten Dante regelmäßig wieder zum Leben. Und bei allem, was wir taten, bei jeder Stelle, die er berührte, fragte er immer zuerst. »Okay? … Das? … Wie ist es hier?« Wenn wir Liebe machten, nannte Dante das ein Spiel in zwei Akten. Ich zuerst, und dann er als zweiter – so mochten wir es am liebsten, damit ich mich entspannen konnte, glücklich und zufrieden und seine Augenlider und seinen Mund küssen, während er aus- und einfuhr und seine Hüften langsam kreisten. Manchmal lachten wir, wenn er kam; manchmal zuckte er zusammen und krallte sich in die Laken.

»Warte, bleib doch!« sagte ich manchmal und legte ihm die Hand aufs Kreuz. Ich fürchtete die Wahrheit ebenso wie die Lügen. Selbst das Wort dafür fürchtete ich: Entzug.

Sex und Liebe führten bei mir zu Schlaflosigkeit. Nachdem er eingeschlafen war, stand ich meistens auf und ging im Dunkeln herum und überzeugte mich, während ich mir den Weg um die Möbelsilhouetten herum ertastete, daß ich ihn *nicht* verlieren würde – daß ich mein altes Leben endgültig hinter mir hatte, dieses Leben, in dem ich immer wieder alles verloren hatte. Eines Nachts, während des Auf- und Abgehens und Nägelkauens stolperte ich über ein Stuhlbein – und stieß mir schmerzhaft den Zeh an. Ich ging ins Bett zurück und ignorierte meinen Schmerz, tastete im Dunkeln nach einem Beweis dafür, daß er Wirklichkeit war: die Haare auf seiner Brust, sein Atem an meinen Fingerspitzen, die feuchte Stelle, die wir hinterlassen hatten.

»Ist er gebrochen?« fragte ich den Arzt, der sich zwei Tage später meinen Zeh ansah.

»Ja, das ist er.«

»Und was mache ich jetzt?«

»Nichts.«

Und das gleiche tat ich in bezug auf Empfängnisverhütung: nichts. Wenn man wartete und die Beratungsstelle nach der allgemeinen Bürozeit anrief, brauchte man mit niemandem zu reden – man bekam dann auf Tonband Ratschläge von einer Frauenstimme, die so klang, als würde sie alles wissen. »Und selbstverständlich«, sagte die Stimme, »treffen Sie auch eine Entscheidung, wenn Sie keinerlei Verhütungsmaßnahmen ergreifen.«

Meine Schicht im Supermarkt war um drei Uhr nachmittags zu Ende, und Dante war gewöhnlich um vier fertig. Als es Oktober geworden war, hatten wir uns angewöhnt, uns in der Bibliothek in der Innenstadt zu treffen und gemeinsam den Hügel hinaufzugehen.

Eines Nachmittags, während ich auf ihn wartete, entdeckte ich ein besonders voluminöses Taschenbuch, *Unser Körper – unser Leben.* Was mich besonders zu dem Buch hinzog, war das Titelbild in Schwarzweiß. Zwei vergnügte Demonstranten, die ein Transparent mit der Aufschrift »Frauen, vereinigt Euch« hochhielten. Die eine Frau war in meinem Alter, die andere etwa siebzig. An jenem Tag hatte es in der Lebensmittelabteilung einen Riesenstreit unter den Kassiererinnen gegeben. Tandy, die im Frühling heiraten wollte, hatte mitten in der Schlacht zwei der anderen erklärt, daß sie sie nicht mehr als Brautjungfern haben wolle. »Miststück!« brüllten sie sich gegenseitig hinter ihrem Kasten an. »Miststück!« Während des ganzen ersten Kapitels von *Unser Körper – unser Leben* klappte ich das Buch immer wieder zu und sah mir jene vereinigten Frauen an.

Ich lehnte mich im Sessel zurück und vermißte Grandma. Wir schrieben uns oder telefonierten miteinander in jeder zweiten Woche, aber unsere Briefe und Telefonate waren höflich und beengt. Für Grandma war meine schlimme Vergangenheit »Schnee von gestern« oder »diese Geschichte vor langer Zeit«. Wenn man uns reden hörte, wäre man nie auf den Gedanken gekommen, daß es Tod oder Sex oder Geistesgestörtheit gab. Die Frauen in dem Buch umarmten einander, spielten Klarinette oder liebten sich mit ihren Boyfriends, deren Haar anfing, schütter zu werden. Ich war fünfundzwanzig Jahre alt, saß in der Bibliothek von Montpelier und wartete auf den Mann, den ich liebte und der mich liebte – aber zugleich war ich auch mein übergewichtiges Ich und schmollte in meinem Zimmer Grandma an. Mein sechsjähriges Ich in Jeans, das mit meinem Vater durch den feuchten Schleier einer Autowaschanlage fuhr. Eine Achtkläßlerin in Jack Speights MG mit vom Wind gepeitschtem Haar unterwegs zu jenem Hundepferch, um dort zerstört zu werden ...

Nur, *daß er mich gar nicht zerstört hatte.* Dante war gekommen und hatte mich *ent*vergewaltigt. Aber ich wußte nicht, wie ich Grandma das sagen sollte. Wer war Grandma denn schon, abgesehen von Arthritis und den Perlen ihres Rosenkranzes? Wer war sie im Bett mit ihrem Mann gewesen? »Frauen, vereinigt Euch!« Der Gedanke erschütterte mich.

»Buh«, flüsterte Dante.

Er griff nach meiner Hand und führte mich zur Tür. »Augenblick«, sagte ich. »Ich nehme mir das Buch da mit.«

Während wir darauf warteten, daß es eingetragen wurde, gab er mir einen Kuß auf die Wange. »Oh, und nur um das klarzustellen«, sagte er, »es heißt ›Ich möchte *dieses* Buch mitnehmen‹. Man sagt nicht *das Buch da.*«

An meinem freien Tag las ich *Unser Körper – unser Leben* von vorn bis hinten. Ich hatte keine andere Frau, mit der ich über Dante reden konnte. Niemand, der mir sagte, ob es klug oder gefährlich war, Geheimnisse vor ihm zu haben. Ich sehnte mich nach einer Freundin.

»Hallo?« Das war Tandys Verlobter, Rusty; die beiden lebten zusammen, so wie Dante und ich. Einmal hatte Rusty an meiner Kasse eine Tüte M&Ms aufgerissen und angefangen, damit nach Tandy zu werfen, während sie Kunden bediente. Sie hielt das für komisch. Eine andere Kassiererin hatte mir gesagt, daß Tandy abtreiben hatte lassen.

»Ist Tandy da?« fragte ich. »Hier spricht Dolores. Von der Arbeit.«

»Augenblick.«

Seine Hand drückte sich auf den Hörer und erzeugte dabei ein Geräusch wie einen Furz.

»Sie ist jetzt gerade nicht da«, sagte er.

»Liebe Grandma«, fing ich an. Der Brief floß mir richtig aus der Feder.

»Ich weiß nicht, wie ich anfangen soll, aber es gibt Neuigkeiten, also werde ich es einfach hinschreiben. Ich habe mich verliebt! Er heißt Dante und ist Lehrer an der High School hier in Montpelier. Wir haben noch keine Pläne, aber ich hoffe, daß es eines Tages dazu kommen wird. Du hast eine Menge mitgemacht, als ich so traurig und krank war, und ich möchte, daß Du auch an meinem Glück teilhast. Wir haben vor, Dich Weihnachten zu besuchen, wenn Dir das recht ist. Ich hoffe, Du wirst ihn mögen. Er ist nett zu mir – und wir haben großen Spaß miteinander!

Grandma, wie war das mit Dir und Grandpa, wie habt Ihr Euch verliebt? Warst Du sicher, daß er der Richtige war, als Du ihn geheiratet hast, oder hast Du Zweifel gehabt? Wenn wir Dich besuchen, möchte ich mich einmal zu Dir setzen und Dich nach Deinem Leben befragen.

Ich hoffe, diese Fragen sind Dir nicht unangenehm. Ich hätte nicht geschrieben, wenn mir diese Dinge nicht so wichtig wären. Wenn Du irgendeine meiner Fragen beantworten willst, dann schreib mir bitte. Oder ruf mich an, auf meine Kosten. In Dante verliebt zu sein, ist unheimlich und wunderschön. Ich hab' Dich sehr gern.«

In den nächsten Wochen griff Dante immer wieder nach *Unser Körper – unser Leben,* aber es interessierte ihn nie sehr lange.

Tandy und die anderen Kassiererinnen versöhnten sich wieder; die Brautjungfern wurden wieder neu ernannt. Von ihren Kassen aus diskutierten sie die Hochzeitsvorbereitungen, riefen sie sich an mir vorbei zu, während ich die ohnehin schon ordentlichen Reihen mit Drops und Zeitungen gerade ausrichtete und auf Kundschaft wartete.

In der Post tauchten Mahnungen von der Bücherei wegen überschrittener Ausleihzeiten auf und Rechnungen und Rundschreiben, aber kein Wort von Grandma. Eines Nachmittags auf der Arbeit stellte ich plötzlich fest, daß ich Grandmas Gesicht vergessen hatte; als ich versuchte, es mir vorzustellen, sah ich immer nur Mrs. Wing vor mir. Ich nahm mir fest vor, das Buch zurückzugeben, sobald ich von Grandma gehört hatte. Vielleicht war mein Brief in der Post verlorengegangen, dachte ich mir. Vielleicht hatte jemand wie ich ihn gestohlen, ehe er zu ihr gelangte.

»Fahren wir jetzt Weihnachten zu deiner Großmutter oder nicht?« fragte Dante mich eines Morgens beim Frühstück.

»Sie hat noch nicht geschrieben.«

»Stell das klar, ja? Wenn wir nicht hinfahren, wäre es nett, wenn wir die Feiertage in Sugarbush verbringen würden. Dann könnte ich dir Skifahren beibringen.«

Ich brauchte bis zum späten Nachmittag, bis ich mich endlich überwinden konnte, sie anzurufen. Als ich es klingeln hörte, sah ich draußen die Pierce Street, den Eingangsflur, Grandma, wie sie zum Telefon ging. Ich schloß die Augen und zwang mich, nicht aufzulegen.

»Grandma, ich bin's.«

»O ja«, sagte sie.

Im Hintergrund waren Stimmen zu hören. »Hast du Besuch, oder so? Ich kann später anrufen.«

»Das ist der Fernseher«, sagte sie.

»Oh. Wie geht es dir?«

»So gut es jemandem mit schwerer Arthritis eben gehen kann, denke ich.«

»Ich habe mich gefragt ... ob du meinen Brief bekommen hast, den ich dir geschickt habe?«

Die Stimmen aus dem Fernseher, und dann: »Ja, doch.«

»Du hast ihn bekommen?«

»Ja.«

»Also, was denkst du?«

»Worüber?«

»Na ja, ob es in Ordnung geht, wenn Dante und ich zu Weihnachten kommen?«

»Natürlich geht das in Ordnung.«

»Okay. Prima. Ich habe irgendwie darauf gewartet, daß du dich bei mir meldest.«

»Du bist doch meine Enkeltochter, oder nicht? Warum sollte es nicht in Ordnung gehen? Ich will mir bloß nicht die Mühe mit einem Baum machen. Ich habe keinen Baum mehr aufgestellt, seit deine Mutter nicht mehr ist.«

»Das verstehe ich, Grandma. Es ist nicht wichtig.«

»Diese Nadeln bleiben überall im Teppich hängen. Die wird man das ganze Jahr nicht los, und wenn man noch so aufpaßt. Man meint, man hat sie alle weggekehrt, und dann sind plötzlich im Juli immer noch welche da. Die hängen sich fest wie Kletten.«

Ich wartete.

»Lebt ihr beiden zusammen?« sagte sie.

»Grandma!«

»Also, ich mag zwar altmodisch sein, aber dämlich bin ich noch lange nicht. Ist das nicht dein junger Mann, der sich schon zweimal am Telefon gemeldet hat, als ich anrief? Der gesagt hat, er sei ein Freund von dir oder irgend so etwas.«

»Wir leben im selben Haus, Grandma, aber jeder von uns hat seine Wohnung.«

Am anderen Ende der Leitung trat eine Pause ein. Dann sagte sie: »Nun, du bist jetzt eine erwachsene Frau. Ich denke, wenn die das in ›Unruhige Jugend‹ tun können . . .«

»Grandma, erinnerst du dich an die Fragen, die ich in diesem Brief gestellt habe? Meinst du, daß wir darüber reden können, wenn ich dich besuche?«

»Ein Festtagsessen vorbereiten ist gar nicht so einfach. Pasteten, Kartoffeln. Mit dem Truthahn muß man gleich am Morgen anfangen, und die Füllung macht man natürlich am Abend vorher.«

»Nun, mach dir mal darüber keine Sorgen, Grandma. Ich kann ja mithelfen. Außerdem ist Dante Vegetarier.«

»Was soll jetzt das wieder heißen?«

»Er ißt kein Fleisch. Du brauchst dir nicht einmal die Mühe zu machen, einen Truthahn zu braten.«

»Ich dachte, du hättest gesagt, er sei Schullehrer.«

»Ist er ja.«

»Also, täusche ich mich jetzt, oder sind diese vegetarischen Leute alles Hippies und so? Weißt du, junge Lady, wenn du jetzt nach all den anderen Geschichten, die du hinter dir hast, irgendwelchen Blödsinn mit Rauschgift machst, solltest du dir das wirklich gründlich überlegen. Du weißt doch, was der Tochter des armen Art Linkletter passiert ist, oder? Die hat dieses LSD-Zeug geraucht und einen schlechten Trip gehabt – sie ist aus dem Fenster gesprungen und hat sich umgebracht.«

»Grandma, meine Wohnung ist im Keller ... Was ich in diesem Brief zum Ausdruck bringen wollte, ist, daß ich manchmal das Gefühl habe, daß ich dich überhaupt nicht richtig kenne. Das ist ebenso meine Schuld wie die deine. Wir entziehen uns einander.«

»Du kennst mich nicht? Natürlich kennst du mich. Was soll denn das heißen?«

»Das soll heißen, daß ich Dinge nicht weiß, wie – nun ja – zum Beispiel, wie du und Grandpa euch verliebt habt. Oder wie euer gemeinsames Leben war.«

Sie seufzte, sichtlich angewidert. »Ich weiß schon, daß dieser Psychologiekram oder Psychiatriekram oder wie zum Kuckuck man es auch nennt – ich weiß, daß dir das gutgetan hat. Es hat das wieder geradegebogen, was der aus der Wohnung über uns dir angetan hat, und der Tod deiner Mutter ... aber dein Großvater und ich, wir haben einfach unser ganzes Leben lang hart gearbeitet, das ist alles. Die Leute damals hatten einfach nicht die Zeit dazu, sich ewig über alles mögliche Sorgen zu machen, alles zu zerlegen, und so. Das ist Schnee von gestern. Die Hälfte davon habe ich schon vergessen.«

»Wie war es denn, als du dich in ihn verliebt hast?«

»Also wirklich, Dolores – hör auf, mich so unter Druck zu setzen. Ich rede über solche Dinge nicht gern. Warum in ein Hornissennest stechen?«

»Grandma, mit mir kannst du darüber reden. Ich bin dein Fleisch und Blut.«

Sie räusperte sich. »Also, wenn du und dieser Bursche das wollt, kann ich euch eine Hochzeit ausrichten. Nichts Übertriebenes, aber ein wenig Geld habe ich beiseite gelegt.«

»Er heißt Dante, Grandma.«

»Du mußt natürlich entscheiden, ob du deinen Vater einladen willst oder nicht. Das ist deine Angelegenheit.«

»Grandma, über Heiraten haben wir überhaupt noch nicht gesprochen.«

»Nun, daß *er* das nicht getan hat, überrascht mich überhaupt nicht. Weißt du, da gibt es ein altes Sprichwort: Weshalb sollte ein Mann eine Kuh kaufen, wenn er die Milch umsonst kriegen kann?«

»Grandma, freust du dich, daß ich verliebt bin?«

»Nun, natürlich freue ich mich. Wie man nur so etwas fragen kann.«

»Grandma . . . ?« sagte ich.

»Entschuldige«, sagte sie, »ich muß mal kurz den Hörer weglegen und etwas nachsehen.«

Als sie zurückkam, klang ihre Stimme verändert – härter. »Eines will ich dir noch sagen, Dolores Elizabeth, und dann ist das Thema, soweit es mich betrifft, erledigt. Ich habe einen Mann und zwei Kinder begraben – einen neunzehnjährigen Sohn und eine Tochter, die erst achtunddreißig war . . .« Sie hielt kurz inne, räusperte sich zweimal, und dann wurde mir plötzlich bewußt, daß sie weinte. »Wenn du jemanden lieben willst, dann tu es gleich. Ich *weiß*, was Liebe für ein Gefühl ist; du und dieser junge Mann, ihr habt die Liebe nicht erfunden, aber der Herrgott im Himmel verspricht einem überhaupt nichts, bloß weil man jemanden liebt.«

Ich konnte hören, daß sie Schwierigkeiten mit dem Atmen hatte. »Wir sehen uns dann zu Weihnachten, Grandma. Ich mag dich sehr gern, wenn das okay ist?«

»Wie man so etwas fragen kann«, fauchte sie. »Ts-Ts.«

Ich legte auf und machte mich daran, Abendessen zu kochen: Linsenauflauf. Die arme Grandma hatte unrecht: Dante und ich *hatten* die Liebe erfunden – eine Art von Liebe, von der sie keine Ahnung hatte. Wenn man das Risiko der Liebe einging, dann brachte sie einen überallhin, wohin auch immer man wollte. Wenn man sie unterdrückte, dann war man am Ende unglücklich wie Grandma. *»Zwozwoundsechzig Pierce Street, das Haus der Repression«,* hatte Ma einmal gesagt. Und Dr. Shaw: *»Repression macht es nicht leichter, Dolores. Damit vergeudet man nur Energie.«*

Ich beschloß, Dante an diesem Abend alles zu sagen: über meine Eltern, Jack Speight, Kippys Briefe, Dr. Shaw. Ich konnte richtig hören, wie er reagieren würde, wenn ich die ganze Last meiner Geheimnisse los wurde: mit derselben besänftigenden Stimme, die er seinen Problemschülern gegenüber am Telefon hatte, und die liebte er nicht einmal, so wie er mich liebte. Der Gedanke, ihm die Wahrheit zu sagen, erfüllte mich mit einer ungeheuren erschöpfenden Ruhe, und ich ließ das Abendessen Abendessen sein und legte mich aufs Sofa. »Jetzt bist du herrlich!« hörte ich Dr. Shaw sagen, an jenem Abend am Pool, als ich die Wahrheit aus mir herausgelassen hatte.

Als Dante nach Hause kam, warf er seine Aktentasche mit solcher Wucht gegen die Wand, daß sie davon abprallte. »Sag mir eines«, sagte er. »Bin ich heftig?«

»Äh ... was meinst du damit?« fragte ich. Es war, als wäre plötzlich ein Fremder hereingeplatzt.

»Genau das, was ich gesagt habe. Bin ich heftig? Du hast das Wort doch schon einmal *gehört,* oder nicht? Das steht doch sicherlich in deinem Riesenlexikon, oder?«

An seiner Stirn konnte man eine Ader sehen. Er stand da, angespannt, nach vorn gebeugt und wartete auf meine Antwort. Ich verabschiedete mich von meinem geplanten Geständnis. »Heftig? Nein, du bist nicht heftig. Warum?«

»Weil mein stellvertretender Direktor das glaubt. Das Arschloch. Ich habe heute meine Beurteilung bekommen – drei ›verbesserungsbedürftig‹. Er sagt, ich bin zu heftig.«

Er riß die Kühlschranktür auf und schnappte sich ein Bier. Dann ging er in seine eigene Wohnung hinüber und knallte die Tür zu. Eine Viertelstunde später kam er zurück und holte sich den Rest der Sechserpackung. Er tat so, als wäre ich unsichtbar.

»Soll ich dir den Rücken massieren?« fragte ich.

»Nein.«

»Willst du darüber reden?«

»Das ist – die ganze Erziehungsphilosophie in dieser Schule ist beschissen.« Er sah mich anklagend an.

»Jedenfalls klingt es so«, sagte ich.

»Ich meine, Ev Downs sitzt jetzt seit fünfundzwanzig Jahren auf seinem fetten Arsch und hat keinen Finger gerührt. Ich bin der einzige in dieser gottverdammten Schule, zu dem die Kids eine Beziehung aufnehmen können, und ich soll einfach dasitzen und mir anhören, wenn er das so hinstellt, als ob ich ein *beschissenes* Persönlichkeitsproblem hätte?« Das Wort »beschissen« klang so, als wäre es in dem ganzen Satz das wichtigste.

»Nun«, sagte ich. »Versuche, es zu vergessen. Ich habe Linsenauflauf zum Abendessen gemacht, und vielleicht können wir nachher ...«

»Ist das alles? ›Versuche, es zu vergessen, ich habe Linsenauflauf gemacht‹? Du liebe Güte, ich bin wirklich von deiner Loyalität überwältigt, Dolores. *Vielen* Dank für deine Unterstützung.«

»Tut mir leid«, sagte ich. »Es ist nur so, daß du, na ja, daß du mir irgendwie angst machst und ich nicht recht weiß, was ich sagen soll.« Ich fing an zu weinen. Er musterte mich neugierig, wie ein Wissenschaftler.

Die nächsten zwei Nächte schlief ich allein in meiner Wohnung und versuchte, meinen nervösen Magen mit Tabletten zu beruhigen. Dann kamen am Donnerstag ein Dutzend gelbe Rosen an meinen Arbeitsplatz mit einer Karte, auf der lediglich »LIEBE/WIR« stand. Ich stellte die Blumen in eine Kaffeebüchse auf meiner Registrierkasse. Den ganzen Tag über sagten mir Kundinnen, wie schön die Blumen seien. Wenn ich die anderen Kassiererinnen dabei erwischte, wie sie sie ansahen, schauten sie immer ruckartig weg.

In jener Nacht wollte Dante Sex auf dem Boden, nicht im Bett. Er war aufgeputscht, fast brutal; es tat weh. Aber ich hielt den Mund, war dankbar für seine Liebe, ganz gleich, wie er sie mir zeigte.

»Hey, Hausie«, fragte er mich später. »Auf einer Skala von eins bis fünf, welche Note würdest du mir da als Liebhaber geben?« Er hatte mich zum Spiegel hinübergezogen und wollte, daß wir uns beide ansahen. Während er auf meine Antwort wartete, fummelte er an mir herum.

»Fünfeinhalb«, sagte ich. »Sechs, Dante.«

Er sah sich an, dann schloß er die Augen und lächelte.

Nachts lag ich dann im Bett wach und zitterte, weil ich ihm beinahe die Wahrheit gesagt hatte. Wenn ich das tat, würde ich ihn verlieren. Diese zwei Nächte ohne ihn hatten mir wieder einen klaren Kopf gemacht. »Hausie« war diejenige, die er liebte – nicht die fette, verrückte Dolores. Lügnerin, Briefdiebin. Gestrandeter Wal.

Eine Weile war er wieder ganz wie im Sommer, sanft und verspielt.

»Was muß ich denn tun? Ich habe nicht die leiseste Ahnung, was man als Aufsicht tun muß«, sagte ich ihm an dem Abend, an dem er mir mitteilte, er habe sich und mich freiwillig gemeldet. Die Aussicht auf einen ganzen Saal voll High-School-Schülern schien mir nicht gerade erstrebenswert.

»Ach, du weißt schon. Streifendienst in den Waschräumen wie eine Gefängnisaufseherin. Röhrchentest am Haupteingang, solches Zeug.«

»Jetzt hör auf, Dante. Ich meine das ernst.«

»Du solltest es aber nicht zu ernst nehmen«, sagte er und gab mir einen Kuß. »Du bist in hohem Maße qualifiziert.«

Mein Muumuu kam aus meiner ganzen Garderobe einem eleganten Kleid noch am nächsten. Ich borgte mir also Dantes Volkswagen und fuhr nach Burlington einkaufen. Eigentlich war es komisch, dachte ich: Jetzt kam ich doch noch zu einer High-School-Abschlußfeier.

Ich fand das Kleid, das ich wollte, in einem Geschäft, das zwei ältere Schwestern führten. Sie trugen beide ihre Brillen an Goldkettchen. Das Kleid war extravagant – gewagt und zu teuer –, und ich mußte den ganzen Nachmittag in anderen Läden herumsuchen, bis ich schließlich in das Geschäft zurückkehrte und vor dem Kleid kapitulierte.

Der gazeartige Stoff war rauchblau mit eingewebten Silberfäden; die Perlenstickerei am Mieder ließ mich fast zigeunerhaft aussehen. Die Schwestern ließen es mich anprobieren. Größe 10 paßte besser als Größe 12.

»Fanny, sieh dir das an ihr an!« sagte die eine zu der anderen, als ich aus der Garderobe kam.

Fanny griff nach ihrer Brille. »Umwerfend!« sagte sie. »Das sage ich bei Kundinnen immer, aber diesmal meine ich es ernst.«

»Und wie schön es an Ihnen fällt«, sagte ihre Schwester. »Drehen Sie sich mal.«

Ich lachte und wandte mich von dem bis zum Boden reichenden Spiegel ab.

»Wirklich«, sagte sie. »Drehen Sie sich!«

Ich drehte mich, zuerst langsam, dann schneller. Das Kleid entfaltete sich wie eine Blume, und der Stoff flog förmlich – ich blühte richtig auf. *»Du bist eine schöne junge Frau«*, sagte Dr. Shaws Stimme. Endlich hatte er recht.

Die beiden Schwestern klatschten mir Beifall, dann lachten wir alle drei. Ich wünschte, Ma wäre jetzt dagewesen.

Als ich wieder in der Garderobe stand, hob ich das Kleid vorsichtig hoch, hängte es auf den Bügel und hielt inne. Da schwebte irgend etwas am äußersten Rande meines Bewußtseins, etwas, das mich immer wieder kurzzeitig benommen machte. Ich hatte das Gefühl, alles würde sich um mich drehen. Ich griff unter das Nylon meines BHs und betastete meine Brüste. Sie waren empfindlich auf eine Art und Weise, die zugleich sexy und schmerzhaft war. Und dann traf mich die Erkenntnis mit solcher Wucht, daß ich zu Boden sank, mit den Schulterblättern an der Wand der Kabine entlangschlitterte.

»Wir hatten uns schon gefragt, ob Sie dort drinnen vielleicht ohnmächtig geworden sind«, scherzte Fanny.

»Wissen Sie was?« sagte ich. »Es könnte sein, daß ich schwanger bin.«

Wieder klatschten beide Frauen Beifall. Fanny holte ihre Brieftasche und zeigte mir die Bilder ihrer Enkelkinder. An die Fahrt zurück nach Montpelier kann ich mich nicht mehr erinnern.

Die Übelkeit fing eine Woche später an. »Wir können Ihnen Bendectin gegen die Übelkeit geben«, sagte der Arzt in der Klinik, aber ich knabberte lieber an meinen ewigen Salzcrakkern und nahm gelegentlich einen Bissen von einer Banane und hoffte, daß mein Magen das nicht merken würde. Dante sagte ich, daß im Geschäft eine Darmgrippe grassieren würde. Bei der Arbeit versuchte ich, die Lebensmittel nicht anzusehen, die auf dem Laufband an mir vorbeiglitten; in der Pause öffnete ich das Fenster, um den Zigarettenrauch der Leute hinauszulassen, und saß dann mit hochgezogenen Füßen in der frischen Luft. Ich hatte eine Flasche Kalte Ente in meinem Wäschekorb versteckt, um mich damit zu stärken, wenn ich Dante schließlich meine Eröffnung machen würde. Jetzt war schon sechste Woche, und ich hatte bereits einige Termine verstreichen lassen, die ich mir fest vorgenommen hatte.

Am Abend des Abschlußballs zog Dante seinen üblichen Schulanzug an: Jeans, blaues Hemd, braune Cordjacke, nicht dazu passende Krawatte. Ich schickte ihn in seine Wohnung, bevor ich mein neues Kleid aus der Plastiktüte nahm. Ich enthielt mich ihm vor wie eine Braut. Ich hatte mich den ganzen Tag nicht übergeben müssen. Die Kalte Ente stand im Kühlschrank für nach dem Tanz.

»Oh, *wow*«, sagte er, als er mich sah. Ich hatte mir in einem Anfall von Verschwendung zum Kleid passende, mit Schmuckstein besetzte Haarspangen gekauft und mir bei Chez Jolie ein Make-up geleistet.

»Bin ich in dem Kleid wirklich schön?« fragte ich ihn. Die Zukunft von drei Menschen hing von seiner Antwort ab.

»Auf einer Skala von eins bis fünf«, sagte er, »gebe ich dir eine Sechs. Mit oder ohne Kleid.«

Die Tanzveranstaltung hatte ein Thema: »Zeit in einer Flasche«. Die Mädchen stürzten sich schon auf Dante, ehe wir ganz durch die Turnhalle waren. Er teilte mich einem Mathematiklehrer namens Boomer und dessen Frau Paula zu und ließ sich dann von seinen Schülerinnen auf die Tanzfläche zerren.

Die Dekoration bestand aus Fischnetzen, die an den Basketballkörben hingen und mit Ballons und Papiermachémuscheln gefüllt waren. Mitten in der Turnhalle, hinter einem drei Fuß hohen Staketenzaun, stand eine riesige Zellophanflasche, in der innen eine Wanduhr hing und eine Seejungfrau auf einem Pfauensessel saß. Ich erkannte sofort, daß es sich bei der Seejungfrau um eine der lebensgroßen Gummipuppen zum Einüben der Mund-zu-Mund-Beatmung handelte. Die für die Dekoration Verantwortlichen hatten ihr ihren Trainingsanzug ausgezogen und sie mit einem BH im Paisleymuster und einem Fischschweif aus Papiermaché herausgeputzt. Jemand hatte ihr eine Hibiskusblüte in ihr steifes Nylonhaar gesteckt.

Boomers Konversation bestand nur aus einsilbigen Wörtern, aber das glich Paula aus, indem sie die laute Musik mit leerem Geplapper übertönte. »Sie sind ganz bestimmt nicht Dantes letzte Freundin«, schrie sie.

»Was meinen Sie damit?«

»Also, ich weiß nicht recht. Sie wirken eher wie wir – eine Fakultätsehefrau.« Und das bedeutete vermutlich altmodisch und abgestanden. Aber um das Kleid zurückzugeben, war es schon zu spät.

Ich verbrachte die erste Stunde auf einem Klappstuhl hinter dem Punschtisch und ließ die taxierenden Blicke der Schülerinnen und Schüler mit einem Lächeln über mich ergehen, das ich mir wie ein Gummiband über das Gesicht gezogen hatte. Paula erklärte mir ihr Leben: in welcher Beziehung sie sich von ihren drei Schwestern unterschied, weshalb sie sich mit achtunddreißig noch hatte Zahnspangen machen lassen, die blutrünstigen Einzelheiten des Kaiserschnitts, dem ihre und Boomers dreijährige Tochter Ashley Elizabeth zu verdanken war. Niemand schien zu bemerken, wie schön ich aussah.

Ich war überrascht, wie gutentwickelt die High-School-Mädchen waren. Zu meiner Zeit auf Easterly High war ich immer allen aus dem Wege gegangen und hatte vielleicht deshalb diese an reifes Obst erinnernden Körper gar nicht zur Kenntnis genommen. Aber selbst mit zweihundertvierzig Pfund war meine High-School-Zeit so etwas wie eine körperlose Erfahrung gewesen. Jene vier Jahre meines Lebens hatte ich wie im Schwebezustand verbracht – hatte auf den Linoleumboden geblickt und keinen der neugierigen Blicke erwidert.

Noch zwei Monate, und meine Schwangerschaft würde mich wie eine von Dantes Auberginen formen. *Unser Körper – unser Leben* sagte, daß es Männer gab, die vom Körper einer Schwangeren angetörnt wurden. Aber das bezweifelte ich. Wahrscheinlich wußte ich mehr darüber, wie Männer auf angeschwollene Frauen reagierten als die Verfasserin des Buches.

Die Sprache der Schüler schockierte mich. Ein Mädchen, deren Kostüm hauptsächlich aus Bananenblättern bestand und die einen Sonnenschirm trug, bezeichnete ihren Boyfriend als beschissenen Motherfucker, während ich ihr und ihm ihre Becher mit Neptunnektar reichte. Der Schaum und der Geruch des Zeugs und ihre Art zu reden drehten mir den Magen um.

Seit ich mit Dante zusammenlebte, hatte ich aufgehört, meine Sprache mit so vielen Unflätigkeiten anzureichern. Eigentlich nicht bewußt; es hatte sich einfach so entwickelt. »*Sprachliche Obszönitäten sind Teil des Verteidigungspanzers, den man um sich aufbaut*«, pflegte Dr. Shaw immer zu erklären. Dante fluchte nur, wenn er zornig war, und schleuderte dann die Worte wie scharf gespitzte Speere.

Hin und wieder winkte er mir von der Tanzfläche aus zu. Die Mädchen standen Schlange, um mit ihm zu tanzen. Ich sah ihm zu, wie er jede seiner Tänzerinnen zum Lachen brachte. Er kam mir vor wie ein prominenter Schauspieler bei einem Gastauftritt – jemand, den man sehen und bewundern, aber mit dem man nicht reden konnte. Er hielt sich ständig in der Mitte des Saals auf.

Als die Musik Pause machte, legte ich mein Kinn auf seine Schulter und ließ mich gegen ihn fallen. »Amüsierst du dich?« fragte er.

»Du bist wirklich beliebt«, sagte ich.

Er gab mir einen Kuß aufs Ohr, von hundert Augenpaaren beobachtet, wie mir schien. »Dante, nicht«, flüsterte ich. »Ich komme mir vor wie unter dem Mikroskop oder so.«

»Nun«, lachte er, »das bist du auch.« Dann setzte die Musik wieder ein, und irgendein Mädchen tippte ihm auf die Schulter.

Als ich meinen Platz beim Punsch wieder eingenommen hatte, fragte ich Paula nach Dantes letzter Freundin.

Sie griff unter ihr Kleid und nestelte am Träger ihres BHs herum. »Also, sie hieß Rafaela – der Name spricht schon für sich. Sie war sehr von sich eingenommen. Beim Abschlußball im letzten Frühjahr trug sie ein weißes Jerseykleid. Man konnte ihre Brustwarzen ganz deutlich sehen. Ich hasse das. Man ist zu gut erzogen, um hinzusehen, also ist es allen unangenehm, nur ihr nicht. *So ein* Typ war sie – wissen Sie.«

Paula wechselte das Thema und kam auf Zucchinibrot zu sprechen, aber zu dem Zeitpunkt war ich bereits in Panik. Als ich mich umdrehte, um nach Dante Ausschau zu halten, stieß ich an jemanden, der drei volle Tassen trug. Der Punsch spritzte über die Vorderseite meines neuen Kleids.

»Oh, verflixt«, sagte Paula. »Kaltes Wasser! Das ist das beste. Das stand letzte Woche in Tips von Heloise. Gehen Sie sofort in die Toilette, ehe sich das Zeug festsetzt, und nehmen Sie kaltes Wasser, so kalt wie möglich.«

Die lange Reihe von Waschbecken erinnerte mich an Hooten Hall; die neugierigen Blicke ebenfalls. Zwei Mädchen standen in einer Wolke von Zigarettenrauch da. Sie hatten beide dieselbe Frisur: hinten lang, in der Mitte gescheitelt und mit der Brennschere zu winzigen Löckchen gedrehte Ponys. Ich machte den Flecken naß und kratzte dann mit den Fingernägeln und einem Knäuel nasser Papiertücher daran herum. Eine der Raucherinnen erkannte ich.

»Mr. Davis ist richtig scharf«, fing eine von ihnen an. Ich sah in den Spiegel und merkte, daß sie mich anstarrten.

»Ja, wirklich«, sagte die andere. »Ich würde ihn nicht aus dem Bett werfen.«

»Eddie Ann!« kreischte die andere in gespieltem Entsetzen. »Halt dein Schandmaul, Mädchen.«

»Der könnte jedes Mädchen auf der Schule hier kriegen«, fuhr sie fort. »Der braucht nicht zum Hundepferch zu gehen.«

Ihr Spiegelbild hielt meinen Blick fest, als würden wir uns duellieren – als ob diejenige, die den Blick abwandte, Dante gewinnen würde. Ich war nicht zornig; ich hatte Muttergefühle. Noch sieben Monate, und ich würde die Mutter von jemandem sein. Außerdem hatte ihre Fotobestellung mich hierhergebracht. Frauen, vereinigt euch, dachte ich.

Ich ging zu ihr hinüber. »Ich möchte dir gern etwas sagen«, sagte ich. »Betrachte es als Geschenk.«

Ihr Mund war höhnisch verzogen, aber ihre Augen blickten verängstigt. Sie blinzelte.

»High School ist wie eine Krankheit. Glaube mir, irgendwann bricht das Fieber, und dann bist du darüber hinweg.«

Beim Hinausgehen hörte ich ihr empörtes Lachen, lauter als nötig. »Das ist mir ein Geschenk!« schrie Eddie Ann. »Was hat *die* denn für ein Problem?«

Später im Bett kam Dante, und ich konnte nicht. Als er einschlief, stieg ich aus dem Bett und ging über den Flur in mein Apartment. Mein Kleid hing an der Tür. Man mußte den Flekken suchen, um ihn zu finden. Ich würde in dem Kleid heiraten können.

Ich ging wieder hinüber und stieg in Dantes Bett, unser Bett. Morgen konnte diese Rafaela meinetwegen in sein Leben zurückkehren. Ich wollte ihn und das Baby – wollte sie auf Dauer.

»Dante«, sagte ich. »Wach auf.«

Er blickte mit zusammengekniffenen Augen in das Licht der Nachttischlampe. »Was?« sagte er. »Was ist denn los?« Seine Augenlider waren schmale Schlitze.

»Ich glaube, ich bin schwanger«, sagte ich.

»Komm schon.« Er lächelte.

»Doch, im Ernst.«

»Wieso?« sagte er.

Ich sagte ihm, daß ich regelmäßig die Pille genommen hatte. »Es ist einfach passiert.« Ich zuckte die Achseln.

»Dann müssen wir etwas unternehmen. Ich will keine Kinder.«

Ich ließ mir mit der Antwort etwas Zeit. »Warum nicht?«

»Weil ich eben keine will.«

»Das ist kein Grund.«

»Weil sie in die Windeln scheißen und beim Abendessen die Milch verschütten. Ich will diese *beschissene* Verantwortung nicht haben.«

Ich lag starr auf dem Rücken, und die Tränen rannen mir über die Wangen. In mir lief alles auf Hochtouren. Ich stieg aus dem Bett, um mich zu übergeben.

Als ich aus dem Bad kam, saß er im Bett, die Arme vor der Brust verschränkt, und starrte zur Decke.

»Aber du *liebst* Kinder, Dante«, sagte ich. »Du bezeichnest deine Schülerinnen als deine Kinder. Du verhältst dich sehr väterlich.« Zumindest hatte ich das geglaubt, bis ich ihn mit allen hatte tanzen sehen.

»Noch zehn Jahre, und die jagen den ganzen Planeten in die Luft. Kinder zu kriegen ist unverantwortlich ... wir müßten einen Kinderwagen kaufen, und dann würden die ganze Zeit Lebensversicherungsvertreter anrufen.«

»Nein, das würden sie nicht.«

»Doch, das würden sie. Wir müßten die Kommode jedesmal, wenn wir bumsen wollen, vor die Schlafzimmertür schieben. Und das Wort ›bumsen‹ dürften wir nicht einmal mehr aussprechen. ›Dolores, willst du kuschelkuschel machen?‹«

»Dazu würden wir es einfach nicht kommen lassen.«

»Aber sicher würden wir das. Ein Freund von mir – Nick – hat einen Collegeabschluß in Philosophie, und jetzt kennt er all diese saublöden Sesamstraße-Puppen mit Namen – Bert und Bernie, oder wie sie auch sonst heißen mögen. Er tut gerade so, als wären sie mit der Familie befreundet, Herrgott noch mal.«

»Wir können im Augenblick gar nichts entscheiden«, sagte ich. »Laß uns ein wenig schlafen.«

»Yippee, kiddies, Zeit für Captain Kangaroo!«

»Okay, okay. Ich bin müde. Ich habe schon verstanden.«

»Du hast verstanden, oder du stimmst mir zu?«

»Ich bin müde.«

»Verdammt noch mal, Dolores. Jetzt hast du mich richtig in Fahrt gebracht.«

»Tut mir leid.«

»Ich muß mich beruhigen. Laß uns noch einmal ficken.«

»Hör auf, es so zu nennen!« Ich hatte nicht vorgehabt, ihn anzuschreien.

»Siehst du?« sagte er. »Es fängt schon an!«

Nach zehn Minuten des Schweigens griff ich zu ihm hinüber.

Diesmal kam ich – heftig und schnell und so, daß es weh tat.

In der Stille danach stieg er aus dem Bett und zog sich an.

»Dante, wo gehst du hin? Es ist mitten in der Nacht.«

An der Tür schubste er mich weg. Ich hörte, wie der Volkswagen den Berg hinunterfuhr und quer durch die Ortschaft, hörte das Motorengeräusch noch eine ganze Weile.

Er ließ seine Wohnungstür eine Woche lang geschlossen. Wenn er nachmittags von der Schule nach Hause kam, ließ er die Musik so laut aus den Lautsprechern dröhnen, daß die Wände davon vibrierten.

Ich wußte nicht, ob mein ständiges Brechen daher kam, daß ich schwanger war oder weil er mich verlassen hatte. »Ihr Test ist positiv«, hatte die Frau in der Klinik gesagt, als ich angerufen hatte, um mir die Ergebnisse sagen zu lassen. »Falls das für Sie eine gute Nachricht ist, sollten wir einen Termin für irgendwann in der nächsten Woche machen. Wenn nicht, dann gibt es da auch Möglichkeiten, über die wir sprechen können, je früher, desto besser.«

Ich meldete mich die ganze Woche krank und verbrachte die Tage damit, zu weinen, mich zu übergeben und mir zu wünschen, ich hätte nie an Grandma über Liebe geschrieben. Ich malte mir aus, wieder in Easterly zu wohnen – im Haus der Repression –, mit einer kleinen Tochter, die nie ihren Vater gesehen hatte. Malte mir aus, jeden Tag aufstehen und Grandma gegenübertreten zu müssen, die wußte, daß der Herrgott im Himmel einem nichts versprach, bloß weil man jemanden liebte.

Unser Körper – unser Leben sagte, die empfohlene Abtreibungsprozedur für jemanden in meinem Stadium sei Aspiration – damit wurde der Fötus vermittels eines Vakuums von der Gebärmutterwand abgesogen. Vakuum, dachte ich, wie ein Staubsauger. Ich würde für Dante staubsaugen.

Später, als das Telefon klingelte, stand ich am Spiegel und staunte darüber, wie fettig Haar werden konnte, wenn man es fünf Tage lang nicht wusch. Es war alles dasselbe, dachte ich. Es fing in dem Augenblick an auseinanderzufallen, wo man nicht hinsah.

»Ich bin's«, sagte er. »Kann ich rüberkommen? Ich habe etwas für dich.«

Ich flog im Zimmer herum, zupfte Bananenschalen von den Sessellehnen, fegte Salzkrümel auf den Boden. Ich schmierte etwas Rouge auf meine grünlichen Wangen. Mit dem Haar war nichts zu machen.

Er sah gut aus, ausgeruht.

»Schau mich nicht an«, sagte ich.

Er gab mir ein Blatt Papier. »Hier«, sagte er. »Für dich.«

Ich starrte seine Schrift an, aber irgendwie verschwammen die Buchstaben vor meinen Augen. »Es ist ein Gedicht«, sagte er. »Was meinst du?«

»Ich wußte gar nicht, daß du Gedichte schreibst.«

»Ich auch nicht, bis gestern abend. Ich hatte da diese grandiose Epiphanie, wie sehr du mich doch brauchst. Und da kam es einfach heraus. Es ist ein Liebesgedicht.«

Sein Titel war »Liebe/Wir« wie die Karte mit meinen Rosen. Für mich hatte es keinen Sinn. Mein Name war in dem Gedicht, aber das Baby konnte ich nicht finden. Ich fing an zu weinen.

»Du bist bewegt«, sagte er und lächelte. »Ich fand auch, daß es ziemlich gut ist. Ich denke, man kann es sogar veröffentlichen.«

»Dante«, sagte ich. »Wir müssen über die Zukunft reden.« Aber er wollte bloß über seine Zukunft als Dichter reden.

»Und was ist mit dem Baby?« fragte ich.

Er legte die Arme um mich und zog mich zu sich heran. Er schüttelte den Kopf, nein.

22

»Schwangerschaftsabbruch« nannte die Dame in der Klinik es. Während unseres zehnminütigen Gesprächs informierte sie mich über die Einzelheiten: vier Stunden von Anfang bis Schluß, eine Beraterin, die sich während des ganzen Vorgangs um mich kümmern würde, 175 Dollar. Ich beantwortete ihre Fragen und hörte, wie meine Stimme immer höher und dünner wurde, bis sie wie das schrille Summen eines Moskitos klang. Die Frau schien das nicht zu bemerken. »Wir sehen uns also dann am Samstag nachmittag um eins«, sagte sie.

Da ich fest davon überzeugt war, daß das Baby ein Mädchen war, konnte ich nicht umhin, ihr einen Namen zu geben, und damit machte ich sie zur Realität. Mein Alternativplan war, Dante zu sagen, ich hätte eine Fehlgeburt gehabt, und dann irgendwohin zu fahren, Vita Marie zur Welt zu bringen und sie zur Adoption freizugeben. Ich konnte diese Geschichte narrensicher machen; Dante belügen. Darauf verstand ich mich ja schließlich hervorragend.

Aber die Welt war voller schrecklicher Eltern. Ich sah sie die ganze Zeit im Grand Union, wenn sie ihre Kinder schlugen oder sie als Idioten bezeichneten, während man selbst stumm danebensaß und ihre schlechte Ernährung in die Registrierkasse tippte. Außerdem hatte ich zuviel Angst, eine neun- oder zehnmonatige Abwesenheit zu riskieren. Rafaela könnte sich durch die von mir gemachte Öffnung wieder einschleichen. Oder sonst jemand.

Vielleicht würde Dante Vita Marie mögen, wenn er sie erst einmal sah, dachte ich. Vielleicht hatte er nur theoretisch etwas gegen Babys. Vielleicht *wünschte* er sich im Unterbewußtsein sogar, Vater zu sein. Was war denn, wenn die Welt sich *nicht* in zehn Jahren in die Luft jagte? Aber was war, wenn er sie nicht liebte? Wenn ihre Geburt dazu führte, daß ich ihn verlor? »Kinderfrei« war seine Bezeichnung für Ehen ohne Babys.

»Am Samstag sind Sie in Ihrer neunten Woche«, sagte die Frau in der Klinik. »Nach der zehnten machen wir nicht gern Aspirationen – das wird dann kompliziert. Bei dem Verfahren, das wir anwenden, wird das Fötalgewebe durch Unterdrucksog von der Gebärmutterwand gelöst. Es verläßt Ihren Körper durch einen flexiblen Schlauch.«

»Du bist nicht flexibel«, beharrte Dante, als ich ihm sagte, daß ich wirklich nicht abtreiben wollte. »Wir schreiben neunzehnhundertsiebzig, das ist nicht mehr das Mittelalter. Die Frauen haben lange Zeit darum gekämpft, dir diese Wahlmöglichkeit zu geben. Lies nur dieses großartige Buch, das du da hast.«

Das tat ich. Aber ich überblätterte das Kapitel, das sich mit Abtreibung befaßte, und las lieber die über das Austragen eines Kindes und über die Elternpflichten. Ich holte mir auch andere Bücher über Schwangerschaft, versteckte sie aber neben der immer noch ungeöffneten Flasche mit Kalter Ente im Wäschekorb. Wenn ich diesen Klinikbesuch nicht so lange aufgeschoben hätte – wenn ich sofort gehandelt hätte –, dann wäre sie nur ein anonymer kleiner Gewebeball, »nicht größer als eine Perle« gewesen. An dem Tag, an dem ich mein blausilbernes Kleid gekauft und mich für diese zwei Verkäuferinnen im Kreis gedreht hatte, wäre sie perlgroß gewesen. Wenn ich nach Burlington fahren und sie fragen würde, was ich tun sollte, dachte ich, würden sie mir sagen, daß ich sie behalten solle. Vita Marie war jetzt neun Wochen alt, ein ein Zoll großes Baby, das in Flüssigkeit schwamm, mit Fingern und kleinen Augenhöckern, aber keinem feststellbaren Herzschlag.

Ich schrieb an meine Großmutter und ließ sie wissen, daß wir Weihnachten doch nicht würden kommen können. »Aber du fehlst mir, Grandma. Ich möchte dich wirklich gern sehen.« Die Zeile füllte sich mit Wahrheit, als ich sie schrieb, und ich mußte aufhören zu schreiben und weinen.

»Ich habe jetzt einen Termin verabredet«, sagte ich Dante an jenem Abend. »Ich lasse es am Tag nach Weihnachten machen.«

Er hatte uns ein Abendessen im Wok zubereitet: Bok Choy, Tofu und Erbsenschoten. Anstatt zu essen, teilte ich die Zutaten mit meiner Gabel wieder in die einzelnen Kategorien auf – die Art von Verhalten, die Dr. Shaw als »passiv aggressiv« bezeichnete. Dante hatte das verdient und auch noch mehr, dachte ich. »Babykiller!« dachte ich stumm und sah ihm beim Essen zu.

»Nick hat mich heute angerufen. Er wollte wegfahren, wollte am Wochenende zum Skilaufen. Aber das geht schon in Ordnung. Es war noch nicht endgültig. Ich rufe ihn an und sage ihm, daß ich nicht kann.«

»Fahr doch«, sagte ich.

»Ich sollte dort bei dir sein. Ich sollte dir dabei helfen.«

»Ich will dich nicht dabeihaben. Ich wäre an dem Wochenende lieber allein.«

Er streckte die Hand über den Tisch und griff nach der meinen. »Du machst das Richtige«, sagte er.

»So? Das mußt du *ihr* sagen.«

»Wem?«

Ich ließ ihn warten. »Niemandem«, sagte ich schließlich.

In der Nacht träumte ich, daß Dante mir auf dem Rücksitz eines Wagens dabei half, sie zur Welt zu bringen. Er schnitt die Nabelschnur mit einer rostigen Schere durch, während Fremde zusahen, sich die Nasen an den Autofenstern plattdrückten. Vita Marie war ein kleines, blondes Mädchen, das schon reden konnte. Ich liebte sie auf den ersten Blick, aber selbst in meinem Traum brachte meine Liebe mich nicht weiter. Sie schrumpfte vor meinen Augen zusammen und überkrustete sich, bis sie zu einer Ahornsirup-Praline geworden war. »Iß sie«, drängte mich Dante. Das tat ich.

Aber als ich aufwachte und das Licht anknipste, sah er im

Schlaf gut und sanft aus. Er hatte in unserer allerersten Nacht gefragt, ob ich die Pille nähme – hatte seine Haltung von Anfang an klargemacht, auch wenn ich mich jetzt noch so bemühte, einen Schurken aus ihm zu machen. *Meine Lügen* hatten mich in diesen Schlamassel hineingebracht, nicht Dante. Aber ohne Lügen würde ich nicht einmal hier sein. Wenn ich nicht gerade eine desillusionierte Wasserfarbenkünstlerin mit einer Farah-Fawcett-Frisur war, dann war ich ich selbst, Dolores, die, die alle verließen.

Ich stieg aus dem Bett und ging auf und ab. Dann ging ich in meine Wohnung hinüber und machte zwei Listen.

Was ich an Dante liebe?	*Was ich an Vita Marie lieben würde?*
1. seine Hände	??????
2. seine Stimme	
3. Sex	
4. seine Hingabe an seine Arbeit	
5. er erwidert meine Liebe	
6. er hat einen neuen Menschen aus mir gemacht	

Es in schwarzer Kugelschreiberschrift auf weißem Papier zu sehen machte es mir klar. Ich konnte ihn nicht verlassen, auch für sie nicht. Solange er mich liebte, war ich mein *neues* Selbst: Cinderella, Farah – ich lebte mit dem Mann zusammen, mit dem eine ganze Turnhalle voll Mädchen tanzen wollte. Ich hatte einen Job, kriegte jeden Monat Rechnungen, hatte ein normales Sexualleben. Die Knie wurden mir schwach vor Liebe. Ich war schwach.

Unser Körper – unser Leben behauptete, daß es einigen Frauen guttat, eine Freundin mitzubringen.

»Hello, Tandy?« sagte ich. »Ich bin's, Dolores.«

»Oh, hi.« Ich hörte, wie sie den Rauch ihrer Zigarette ausatmete.

»Hast du gerade Zeit?«

»Wenn du die Schicht mit mir tauschen willst, das geht nicht.«

»Nein, das ist es nicht. Ich wollte dich fragen, ob ich mit dir reden kann.«

»Worüber denn?«

»Oh, nichts Besonderes. Wir könnten vielleicht miteinander einkaufen gehen oder so etwas.«

»Wo?«

»Ist mir egal. Burlington? Es ist nur, also ... im Laden ist immer solcher Betrieb, weißt du? Ich dachte, es wäre nett, wenn wir uns einmal zusammensetzen und reden würden. Ich wette, wir beide haben eine ganze Menge Gemeinsamkeiten.«

»Ich esse gerade zu Mittag«, sagte sie.

»Oh, dann will ich nicht stören. Bis morgen dann.«

»Mhm.«

Am Morgen nach Weihnachten belud Dante den Volkswagen und schnallte seine Skier aufs Dach. Der vorangegangene Tag war endlos und ruhig gewesen. Ich hatte von ihm ein paar Cloisonnéringe, einen drei Zoll langen Porzellanwal und ein neues Liebesgedicht bekommen, das er verfaßt hatte.

Ich hatte vorgehabt, ihm tausend wunderbare Sachen zu schenken, aber in all dem Durcheinander und meiner Verstimmung hatte ich nur eines zustande gebracht: einen daunengefütterten Skianorak, rot wie Blut. Als er ihn aus der Schachtel nahm und auseinanderfaltete, sah es so aus, als würde er sich mit Luft füllen. »Tut mir leid«, sagte ich.

»Was tut dir leid? Der ist wunderschön. Machst du dich über mich lustig? Hör zu, ich kann immer noch absagen und hierbleiben.«

Ich schüttelte den Kopf. »Ruf mich auch nicht an. Ich möchte nicht darüber nachdenken müssen, wann das Telefon klingeln wird.«

»Also gut«, sagte er. »Ich komme am Montag zurück – am frühen Abend wahrscheinlich. Je nach Wetter und Verkehr.«

»Wenn du es dir anders überlegst oder irgendwelche Zweifel bekommst, *solltest* du mich anrufen«, sagte ich. »Ruf mich unbedingt an, wenn du meinst, du würdest das Baby vielleicht doch haben wollen.«

»Schau mal«, sagte er. »Du denkst im Augenblick nicht sehr klar. Du mußt Vertrauen zu mir haben. Wir tun das Richtige. Niemand ist schuld daran, daß es passiert ist, aber es wäre einfach unmoralisch, einem zufällig unterlaufenen Fehler Leben zu geben, bloß weil ...«

»Schon gut, schon gut«, sagte ich. »Du brauchst das nicht alles noch einmal zu sagen.«

Er zog mich an sich. »Hey, weißt du, was ich mir gedacht habe? Daß wir irgendwo an der Küste heiraten sollten. In Maine vielleicht. Was hältst du von diesem Sommer? Juni vielleicht – oder Anfang Juli.« Ich sah zu, wie sein Kinn sich beim Reden auf und ab bewegte.

»Ich weiß nicht«, sagte ich. »Im Augenblick kann ich überhaupt nichts denken.«

Chadley war nach Florida geflogen, um Weihnachten mit der Familie seiner Tochter zu verbringen. Ich lag den ganzen Tag im Bett und lauschte auf Mrs. Wings Schritte über meinem Kopf. Ich wußte, wenn ich lang genug darüber nachdachte, würde ich es nicht tun.

Sie war fast kahl, und das machte mir angst; ich hatte sie noch nie ohne ihre schwarze Perücke gesehen. »Ich wollte gerade eine Tasse Earl-Grey-Tee trinken, meine Liebe. Kommen Sie doch rein, und trinken Sie eine Tasse mit.«

Wir tranken den Tee auf ihrer Sonnenterrasse. In der späten Nachmittagssonne konnte man unter ihrem dünnen, weißen Haar ihre Kopfhaut schimmern sehen, rosa wie die Innenseite einer Muschel. »Mrs. Wing?« sagte ich.

Sie wartete, bis meine Tränen versiegt waren, und legte ihre beiden Hände über die meinen.

Mrs. Wing drückte auch im Wartezimmer meine Hand. Wir waren die einzigen dort.

»Ich dachte auch einmal, *ich* wäre schwanger«, sagte sie. Ich starrte auf die verchromte Armlehne meines Sessels hinunter und beobachtete mein verzerrtes Abbild, während sie weiterredete. »Aber dann hat es sich als falscher Alarm erwiesen. Mr. Wing trug immer ein Präservativ. Darauf hat er immer geachtet. Aber damals hat man es natürlich nicht gewagt, den Leuten zu sagen, daß man keine Kinder will. Alle nahmen nur an, daß man keine bekommen konnte.«

Die mir zugeteilte Beraterin trug ihr Haar in einem Pferdeschwanz, der immer munter wippte. »Es wäre besser, wenn Sie hier draußen warten würden«, sagte sie zu Mrs. Wing. »Aber Sie können sich darauf verlassen, daß ich mich um sie kümmern werde.«

Die Ärztin war die Frau, deren Tonbandstimme ich gehört hatte, die, die gesagt hatte, keine Empfängnisverhütung zu betreiben sei die Entscheidung, ein Baby zu bekommen. Ich sah auf ihre großen, rissigen Hände, als sie redete, sah ihr nicht ins Gesicht. Sie sagte, es sei am besten, wenn ich mir die ganze Prozedur von ihr erklären ließe. Das würde mir die Angst vor dem Unbekannten nehmen. »Irgendwelche Fragen, ehe wir anfangen?«

»Nein«, sagte ich. »Ich hasse mich dafür, daß ich das tue.«

»Möchten Sie es sich noch einmal überlegen?«

»Nein. Ich wollte nur, daß Sie wissen, daß ich sie sehr liebe. Obwohl ich ihr das antue.«

Sie sah mich nur wortlos an.

»Fangen Sie nur an«, sagte ich. »Ich bin bereit. *Wirklich.*«

»Ich werde jetzt das Speculum einführen. Möchten Sie zuerst sehen, wie es aussieht?«

Ich schüttelte den Kopf.

»Fragen?«

»Wird es weh tun?«

»Sie sollten keinen Schmerz spüren, nur einen leichten Druck«, sagte die Beraterin. Ihre Augen blickten mitfühlend, aber als sie dann ihre Hände über meine Fäuste legte, fühlten sie sich ebenso kalt wie die chirurgischen Instrumente an.

»Ich werde jetzt Ihre Cervix mit Novocain anästhesieren«, sagte die Ärztin. Ich malte mir aus, wie ich schrie und jammerte und die Prozedur anhielt. Aber ich lag nur da, als hätte ich meine Gefühle verlegt, und ließ es geschehen. Ich sah Dante, hoch oben auf seinem Berg, sah seinen grellroten Parka vor dem weißen Schnee und dem blauen Himmel.

Einmal im Bett, nachdem wir uns geliebt hatten, sagte er mir, was das Skilaufen ihm gab. »Reines, destilliertes Schweigen«, sagte er. »Bloß das Zischen der Skier.« Und dann hatte er meinen Arm berührt und das Geräusch nachgeahmt. *»Huschhh. Huschhh.«*

Ich stand auf dem Hügel und sah ihm zu, wie er durch den Schnee stob, und erfreute mich an dem Huschen.

»Carol hat jetzt die Aspiration eingeleitet. Das sollte etwa fünf Minuten dauern.« Es summte lauter, als ich das wollte. Es übertönte Dantes Skier. Mein Körper selbst spürte nichts – nicht einmal den Druck, den sie mir versprochen hatte.

Wale waren gute Mütter, hatte ich gelesen. Ihre Babys kamen mit dem Schwanz voran heraus, und die Mütter schubsten sie an die Wasseroberfläche, damit sie Luft schnappten. Stillgeburten trugen sie auf dem Rücken herum, bis sie sich wieder im Ozean auflösten. Ich konnte nicht sagen, ob ich träumte oder ruhte. Ich sah das große, tote Auge meines Wals ganz nahe, an dem Tag, an dem ich zu ihm geschwommen war. Was machte die Klinik mit dem Gewebe, das durch den Schlauch abgeschieden wurde? Wo endete Vita Marie?

»Wie geht es Ihnen?« fragte die Beraterin. »Fühlen Sie sich kräftig genug, sich aufzusetzen und wieder in die Welt einzutreten?«

Die Ärztin schrieb mir zwei Rezepte, eines für Antibabypillen, das andere für Tetracyclin, um eine Infektion zu verhindern. Ich saß draußen in Mrs. Wings lavendelfarbenem Cadillac, während sie die Medikamente besorgte, und drückte die grauen Lederpolster, um die Krämpfe nicht so zu spüren. »Härter wird das Leben nicht«, sagte ich. »Und du überlebst das.« Ein Mann ging vorbei und schob ein Baby in einem Kinderwagen vor sich her. Ich ließ mich in die Polster sinken, verbarg mein Gesicht vor ihm und kämpfte mit dem nächsten Krampf.

Als Mrs. Wing wieder einstieg, reichte sie mir die Tüte. Sie enthielt die Pillen und auch ein Geschenk: einen Beutel mit Lakritzstangen. Ich steckte mir eine davon in den Mund und kaute und mußte darüber staunen, wie gut etwas schmecken konnte, wo doch rings um mich herum das Leben so schrecklich war. Ich kaute und kaute und schluckte meinen eigenen süßen Lakritzspeichel hinunter und war einfach nicht fähig, diesen unverdienten Geschmack zu ignorieren.

Er kam planmäßig am Montag abend um sieben und sah so gesund und vom Wind und der Sonne verbrannt aus, daß ein Augenkontakt unmöglich war. Er ließ sein Gepäck einfach auf den Boden fallen, setzte sich aufs Bett und drückte mich eine Minute lang an sich. Ich haßte ihn.

»Wie ist es dir ergangen?« fragte er schließlich.

»Geht schon.«

»Hast du es hinter dir?«

»Ob ich was habe? Sag es.«

»Hast du?«

»Sag es.«

»Die Abtreibung?«

»Ja.«

Er nahm mein Kinn in die Hand und drehte meinen Kopf so herum, daß ich ihn ansehen mußte. »Ich bin auch traurig, weißt du«, sagte er. Aber später vergaß er sich und pfiff beim Auspacken.

Den Neujahrstag verbrachten wir teils schlafend, teils mit Scrabble-Spielen. Dante machte uns Gemüsebrühe und Sauerteigbrot und suchte dann die schmutzige Wäsche für den Waschautomaten zusammen. »Was ist das?« sagte er. Er hielt die Kalte Ente in der Hand.

Wir tranken aus der Flasche, während wir draußen im Wagen saßen und zusahen, wie drinnen unsere Wäsche geschleudert wurde. Das Radio hatte einige Mühe, die Heizung und den Ventilator zu übertönen. Ein Diskjockey zählte die Spitzenlieder des Jahres auf.

»Hey, Hausie«, sagte Dante. »Ein glückliches 1977.«

»Yeah«, sagte ich. »Dir auch.«

Er nahm wieder einen Schluck Wein. »Weißt du, was ich gerade denke?«

»Was?«

»Daß wir nicht warten sollten. Daß wir so bald wie möglich heiraten sollten. Was meinst du?«

»Warum nennst du mich so, Dante?« sagte ich.

»Wie nenne ich dich?«

»Hausie.«

Er zuckte die Achseln. »Ich weiß nicht. Wahrscheinlich, um dich zu necken. Warum?«

»Ist es das, worum es bei uns beiden geht?«

»Was meinst du damit?«

»Daß ich die Toilette für dich schrubbe. Daß ich dafür sorge, daß du saubere Bettwäsche hast.«

Er seufzte und nahm wieder einen Schluck und noch einen. Ich ging hinein, um die Kleider zusammenzufalten.

Als ich wieder herauskam, spielte das Radio Rod Stewart, die Nummer eins des vergangenen Jahres. *Spread your wings and let me come inside* ... Dante hatte die Flasche inzwischen geleert.

»Bei uns beiden geht es um *Liebe*«, sagte Dante.

Das war die Antwort, die ich von ihm hatte hören wollen, nach der ich gefischt hatte. Während der ganzen Nachhausefahrt saß ich da und versuchte, mir zusammenzureimen, weshalb das nicht reichte.

Wir setzten den Hochzeitstermin auf George Washingtons Geburtstag an und buchten einen Friedensrichter und das Hinterzimmer im Lobster Pot Restaurant in der Innenstadt. Paula, die ich beim High-School-Tanz kennengelernt hatte, sagte, selbstverständlich würden sie und Boomer *mit dem größten Vergnügen* für uns als Trauzeugen fungieren; sie würde sogar noch Heather als Blumenmädchen mitbringen. Ich beschloß mein blausilbernes Kleid zu tragen und bestellte eine Korsage mit gelben Rosen, damit man den Punschfleck nicht sehen konnte.

Ich verbrachte den Januar mit Vorbereitungen für die Hochzeit und versuchte mich davon zu überzeugen, daß ich richtig gehandelt hatte. Manchmal, an den schlimmsten Tagen, denen, an denen ich mich krank meldete, tat ich so, als wäre Vita Marie unbesiegbar – als hätte sie uns alle ausgetrickst und würde immer noch irgendwie in mir existieren. Eine überwältigende Schwangerenmüdigkeit überkam mich und wollte mich nicht loslassen. Manchmal schlief ich in meinen fünfzehn Minuten Pause auf der Arbeit mit einer angezündeten Merit zwischen den Fingern auf dem Plastiksofa ein. (Ich hatte wieder angefangen zu rauchen, aber nur bei der Arbeit.) Zu Fuß den Hügel hinauf nach Hause zu gehen erforderte eine so große Anstrengung, daß ich anschließend auf dem Tagesbett zusammenklappte und erst aufwachte, wenn ich Dante in der Küche hörte, wie er mürrisch mit Töpfen und Pfannen klapperte und das Abendessen zubereitete, das ich zu machen versprochen hatte.

»Du rauchst wieder«, sagte er eines Abends im Bett. »Das stimmt doch, oder?«

»Ich habe heute auf der Arbeit eine Zigarette geraucht.«

»Also, dein Haar stinkt danach. Das törnt einen ab.«

Was ganz gut so war; seit der Abtreibung war ich dem Sex aus dem Wege gegangen, mit einer einzigen Ausnahme. Und da hatte sein Penis sich in mir wie ein Staubsauger angefühlt, der herumsuchte, um das Leben herauszusaugen. »Ich bin noch nicht soweit«, hatte ich ihm gesagt. Er hatte gesagt, daß er das verstehen und geduldig sein würde, daß er seine ganze Leidenschaft in seine Dichtkunst legen und auf ein Zeichen von mir warten würde. Aber ein paar Tage später schickte ihm ein literarisches Magazin »Liebe/Wir« zurück, und er fing an, mit allen möglichen Gegenständen in der Wohnung herumzupoltern und den Kopf über mich zu schütteln. »Hier liegen wir«, sagte er an jenem Abend im Bett. »Monsignore Enttäuschung und Schwester Maria Keuschheit, Amerikas abnormalste Verlobte.«

Aber auf seine Art verwöhnte Dante mich: Er kaufte mir Blumen und Kräutertees und Bücher, die zu lesen ich mich nie überwinden konnte. Ende Januar saß er acht Abende hintereinander mit mir im Dunkeln und sah sich »Roots« an.

Alles in mir sehnte sich schmerzlich danach, ihm zu sagen, wie mir zumute war, aber das hatte alles mit anderen Babys zu tun: meinem Bruder Anthony Jr. und Rita Speights Baby und meinem eigenen fötalen Ich in dem Schwimmbecken in Gracewood ... mit Dante kam man am besten klar, wenn man Geheimnisse vor ihm hatte. Da war ich mir ganz sicher. Das eine Geheimnis, in das ich ihn eingeweiht hatte – »Dante, ich bin schwanger« –, hatte dazu geführt, daß ich Vita Marie verloren hatte.

Irgendwann während dieser Zeit schrieb er ein neues Gedicht über eine Frau, die ihren Mann einschrumpfte und ihn in einen Vogelkäfig steckte. »Was soll das bedeuten?« fragte ich ihn.

»Das ist allegorisch. Wahrscheinlich versuche ich, damit auszudrücken, daß ich mir verkleinert vorkomme.«

Aber nicht so verkleinert wie Vita Marie, dachte ich. Aber ich sagte nur, daß er versprochen habe, geduldig mit mir zu sein.

»Ich *war* geduldig«, sagte er. »Aber diese Jammerparty jede Nacht macht mich langsam krank.«

Ich hielt mir beide Hände vor das Gesicht und spürte, wie mir die Tränen über die Wangen liefen. »Ich kann nichts dafür, Dante. Sie ist in mir gewachsen. Sogar einen Namen hat sie von mir bekommen.«

»Hat *es* bekommen«, sagte er. »Nicht sie. Es. Warum tust du uns das an?«

»Es tut mir leid. Ich weiß, ich war schrecklich. Ich werde mir Mühe geben, daß das alles besser wird.«

Er massierte mir den Rücken, bis ich zu zittern aufhörte. Als er dann mein Sweatshirt hochschob und anfing, meine Brustwarzen zu lecken, gelang es mir, nicht zu schreien. Später, zwischen seinem Orgasmus und dem Einschlafen, murmelte er: »Siehst du? Siehst du jetzt, wie gut du dich fühlst, wenn du wieder ein normales Leben führst?«

»Mhm«, machte ich. »Schlaf ein wenig.«

Ich hatte es fertiggebracht, ihm ihren Namen nicht zu sagen. Nach dieser Nacht hielt ich auch mein Leid vor ihm geheim und stellte mich, so gut ich das konnte, auf meine neue Rolle ein: künftige Braut.

Seine Eltern trafen zwei Tage vor der Hochzeit mit ihrem Winnebago ein. Dante und sein Vater schleppten unser Geschenk, einen La-Z-Boy-Ruhesessel, aus dem Wohnwagen in unsere Wohnung, wo er dann stand, geparkt wie ein Buick. Ich vermied es, mich auf den Sessel zu setzen, weil er mich so an den in Dr. Shaws Büro erinnerte, wo ich sitzen und die Wahrheit hatte sagen müssen.

Die Davis waren ein rotgesichtiges Fleisch-und-Kartoffel-Ehepaar, die Nylonjacken mit der Aufschrift »His« und »Hers« trugen und durch keinerlei Anzeichen erkennen ließen, daß ihre Ehe früher einmal durch Mr. Davis' »Frauengeschichten« belastet gewesen war. Dante sah wie seine Mutter aus, nicht wie sein Vater, und das erleichterte mich irgendwie. Mrs. Davis lächelte mich die ganze Zeit an und ließ dabei ihre Goldplomben blitzen und spannte ihre glänzenden Vinylbäckchen. Sie sagte Dante, ich sei »das reinste Juwel«, und erinnerte ihn daran, daß sie immer schon eine hervorragende Menschenkennerin gewesen sei. Dantes Eltern sagten »Chipper« zu ihm.

Geneva Sweet hatte uns ein Lenoxservice geschickt und geschrieben, sie bedauere, nicht kommen zu können. Also waren die einzigen Hochzeitsgäste meinerseits Grandma und zwei Mädchen aus dem Grand Union. Ich hatte Grandma telefonisch eingeladen und ihr eingeschärft, ja nichts von Gracewood oder meinen fetten Tagen zu erzählen. Obwohl sie ursprünglich gegrummelt hatte, daß ein Eheversprechen vor dem Friedensrichter vor den Augen Gottes – oder den ihren – keine Hochzeit sei, bestieg sie in Providence einen Trailwaysbus und traf am Nachmittag vor den Feierlichkeiten in der Stadt ein.

Sie wirkte blaß und gebrechlich, als sie nach der Hand des Busfahrers griff und sich von ihm die Stufen herunterführen ließ, und ich fragte mich eine Sekunde lang, ob sie das mit meiner Abtreibung irgendwie herausbekommen hatte – ob diese Enthüllung sie so hatte einschrumpeln lassen. Als sie sich dann auf dem Vordersitz von Dantes Volkswagen niederließ, sagte sie, dies sei das erste Mal, daß sie je nach Vermont gekommen sei, und auch das erste Mal, daß sie je in einer Suppendose gefahren sei.

Die Busreise hatte sie ziemlich mitgenommen. Zunächst hatte in Willimantic, Connecticut, als sie umsteigen mußte, eine Frau in dem Busbahnhof neben ihr gesessen und Grandma bezichtigt, ihr vor Jahren ihren Regenschirm gestohlen zu haben. Dann waren in Springfield, Massachusetts, ein ganzes Rudel Farbiger eingestiegen, alle mit diesen riesigen Ballonfrisuren, so daß sie rings um sich nichts mehr sehen konnte.

»Man nennt das ›Naturhaarschnitt‹, Mrs. Holland«, lächelte Dante.

»Das Haar größer als der ganze Kopf – das nennen Sie Natur? Ts-Ts.«

Der junge Farbige, der unmittelbar neben ihr saß, trug so bunte Kleidung, daß Grandma davon Kopfschmerzen bekam. »Ich hab' es ihm gleich gesagt. ›Hören Sie‹, habe ich ihm gesagt, ›wenn Sie mir diese Handtasche wegnehmen, dann wehre ich mich, und wenn noch so wenig drin ist.‹ Aber wahrscheinlich hätte ich das gar nicht getan. Der Busfahrer war auch ein Farbiger. Ich habe ihm das nur gesagt, damit er nicht auf dumme Gedanken kommt, verstehst du?«

Grandma sagte, ihr Sitznachbar habe ihr erklärt, er habe sich mit dem Namen »Love« neu getauft und eine neue Religion gegründet, die auf Nachsicht basierte – einem die andere Wange hinhalten. Aber die andere Wange hinzuhalten hatte Grandma auch nichts geholfen. Er redete die ganze Zeit, ob sie nun hinsah oder nicht. Sie hatte sich seinen Quatsch bis nach White River Junction anhören müssen.

Und wegen all dieser Qualen hielt Grandma sich berechtigt, erklärte sie Dantes Eltern, das Glas Heidelbeerlikör anzunehmen, das sie ihr anboten, obwohl sie keine Trinkerin sei und auch nie eine gewesen sei. Der Alkohol und die Aufmerksamkeit, die man ihr entgegenbrachte, verdrehten ihr regelrecht den Kopf. Ehe eine halbe Stunde um war, war sie so aufgeputscht, daß sie anfing, Geschichten aus ihrer Kindheit zu erzählen: von ihrem kleinen Bruder Bill, der von zu Hause weggelaufen und zur Marine gegangen war und ihr schließlich aus Madagaskar einen Affen geschickt hatte, der genau an ihrem Geburtstag eingetroffen war, nur tot. Wie ein Hahn plötzlich Zuneigung zu ihr empfunden und sie auf dem Weg in die vierte Klasse bis hinunter zur Prestonbrücke verfolgt hatte. (Ihr Vater hatte später dem Eigentümer des Hahns fünfundsiebzig Cent dafür bezahlt, daß er ihm den Hals umdrehen durfte. Sie hatten ihn am Sonntag zum

Abendessen verzehrt, und er war so zäh wie Schuhleder gewesen.)

»Deine kleine Oma ist wirklich reizend«, erklärte mir Mrs. Davis und drückte mich am Arm.

Ich nippte auch an dem Likör, in der Hoffnung, daß er mich ebenso in Hochstimmung versetzen würde wie die anderen. Aber mich bedrückte er eher, und ich saß da und sah Grandma zu und versuchte, von ihrem Gesicht abzulesen, ob sie mir wohl je eine Abtreibung verzeihen würde.

»Ich glaube, das alte Mädchen wird mir richtig sympathisch«, flüsterte Dante am Abend beim Abspülen. Sie und Dantes Eltern saßen vor dem Fernseher und sahen sich »Die Jeffersons« an. »Für eine Rassistin ist sie richtig charmant. Ganz zu schweigen von all den herrlichen Geschichten über tote Tiere.«

Um zehn Uhr kehrte Dante in sein Apartment zurück, und seine Eltern suchten ihr Zimmer im Brown Derby Motel auf. Ich machte gerade die Betten, als Grandma in ihrem Hausmantel und in Pantoffeln aus dem Bad kam und mir zwei Hochzeitsgeschenke übergab: eine Kamee an einem feinen Goldkettchen und zweitausendzweihundert Dollar in bar – zweiundzwanzig Hundert-Dollar-Scheine.

»Grandma«, sagte ich. »So viel Geld können wir nicht annehmen. Und du hättest *niemals* soviel Bargeld in der Tasche herumtragen dürfen.«

Aber sie wollte lieber über den Anhänger reden. Sie schlug vor, daß ich ihn während der Zeremonie tragen solle. »Dein Großvater hat ihn mir zu unserem zweiten Hochzeitstag geschenkt. Ich sehe immer noch das Papier, in dem er eingewickelt war. Ich habe ihm natürlich die Hölle heiß gemacht, daß er so viel Geld ausgegeben hat. Er hat mich immer ›Miesepetergerti‹ genannt. Ich war die Ernsthafte von uns beiden; er hatte immer den Teufel im Leib.«

Ich beugte mich zu ihr hinüber und gab ihr einen Kuß auf die weichen Falten an ihrem Hals. »Es ist wunderschön«, sagte ich. »Danke, daß du die große Reise gemacht hast.«

Sie scheuchte den Kuß weg. Das war eine Störung. »Miesepetergerti«, sagte sie leise. »Das hatte ich vergessen.«

Später im Dunkeln lagen wir nebeneinander und schliefen nicht. »Grandma«, sagte ich, »ich wünschte, Ma könnte jetzt noch am Leben sein. Hier bei uns. Hier zu meiner Hochzeit ... Ich habe dir das nie erzählt, Grandma, aber das war eines der Dinge, an denen ich im Krankenhaus arbeiten mußte – ich meine, meine Gefühle für Ma. Ihr Tod. Und ihr Zusammenbruch und ... daß sie und Jack ... ehe er mir das angetan hat.«

Sie griff zu mir herüber und legte die Hand auf mein Handgelenk. Die nächsten paar Minuten sagte keine von uns etwas.

»Ich dachte gerade«, sagte sie schließlich, »vielleicht war dieser schwarze Kerl in Wirklichkeit gar nicht so übel. Der, der neben mir im Bus gesessen hat. Er und seine Vergebungsreligion ... ich war mir nicht bewußt, daß du Bescheid gewußt hast, Dolores, ich meine, über diese Geschichte, die da zwischen den beiden im Gang war. Deiner Mutter und dem da oben – Speight ... Ich habe es natürlich gewußt. Mir gegenüber konnte sie nie besonders gut lügen. Eines Nachts habe ich sie an der hinteren Tür erwischt. Ich hatte mich im Dunkeln auf einen Küchenstuhl gesetzt, bis sie herunterkam. Sie war nach oben unterwegs, weißt du. Hat sich hinaufgeschlichen, wenn die kleine Rita auf der Arbeit war. Du hast natürlich tief geschlafen. ›Er ist verheiratet‹, habe ich ihr gesagt. ›Wenn du durch diese Tür gehst, junge Lady, werde ich dir das nie verzeihen.‹ Das habe ich zu ihr gesagt. ›Ich werde dir das nie verzeihen.‹ Ich hatte Angst um sie, weißt du. Ich dachte mir, sie wird für das, was sie da tut, ewig in der Hölle braten. Aber sie ist trotzdem gegangen. Das arme Ding – sie konnte nicht anders. Sie hatte immer eine gewisse Schwäche. Selbst als kleines Mädchen – all die vielen Asthmaanfälle ...«

»Manchmal«, sagte ich, »manchmal liebe ich Dante so sehr, daß es mir angst macht. Ich habe dann das Gefühl, daß ich keine Kontrolle mehr über mich habe. Ist das normal?«

»Natürlich ist das normal. Ich hatte schreckliche Angst, als ich Ernest geheiratet habe – ich hatte keine Ahnung, was mich erwartete, außer dem Kochen und dem Haushalt.«

»Glaubst du, es ist unrecht, daß ich Dante nie etwas von dem Krankenhaus oder von Jack und alldem erzählt habe?«

»Nein«, sagte sie. »Das ist besser so. Männer bekommen zu leicht Angst, und diese ganze Geschichte liegt sowieso weit zurück. Aber mich macht es traurig.«

»Was macht dich traurig?«

»Oh, daß Bernice deine Hochzeit nicht erleben durfte ... daß sie nie hören konnte, wie ich sage, ›ich verzeihe dir‹.«

In der Dunkelheit spürte ich, daß sie zögerte, daß sie noch etwas sagen wollte. »Was ist denn, Grandma?«

»Also, ich kriege diese dämliche Busfahrt einfach nicht aus meinem Kopf. Das ist alles. Einmal bin ich aufgestanden – ich wollte mir etwas aus dem Regal oben holen – eine Mandarine. Ich hatte mir eine Mandarine eingepackt und ein paar Feigen, weißt du, damit ich meine Tablette nicht auf leeren Magen nehmen muß. Und genau in dem Augenblick fuhren wir über ein Schlagloch, und ich habe mein Gleichgewicht verloren. Ich wollte mich stützen, und da ist meine Hand in seinem Haar gelandet. Also, ich habe mich natürlich entschuldigt – es war mir peinlich –, meine Hand ist bis zum Handgelenk eingesunken. Er hat es wirklich sehr freundlich aufgenommen. Er hat diesen komischen Kamm herausgezogen und gesagt, er sei froh, daß ich nicht gestürzt sei ... Aber das Komische – das, woran ich jetzt gerade gedacht habe – war, wie sein Haar sich angefühlt hat.«

»Wie hat es sich denn angefühlt, Grandma?«

»Na ja, ich hatte mir immer vorgestellt, daß ihr Haar irgendwie borstig wäre, du weißt schon, drahtig – wie Putzwolle. Aber so fühlt es sich überhaupt nicht an. Ich meine, steif ist es schon. Natürlich ist es steif. Aber zugleich auch weich. Das ist es, was mich überrascht hat. Daß es so weich ist.«

23

Im Frühjahr 1978 leisteten Boomer und Paula eine Anzahlung auf ein Haus, das in Granite Acres Estates gebaut wurde. »Ich darf mir die Beleuchtungskörper und die Arbeitsplatte in der Küche und alles das selbst aussuchen!« erklärte mir Paula so laut, daß andere Kunden im Grand Union aufblickten. »Ihr solltet am Wochenende mal rüberkommen! Wir zeigen euch unser Grundstück!«

Am Sonntag nachmittag fuhren Dante und ich die improvisierte Zufahrt hinauf. Die ganze Hügelfläche war mit Löchern und Erdhaufen bedeckt, so weit das Auge reichte. An den Fenstern der fertigen Häuser klebten noch die Herstelleretiketten. »Schau dir diesen billigen Mist an«, sagte Dante und lenkte den Wagen mühsam um die vielen Schlaglöcher herum. »Man kann überall die Mittelnaht sehen, wo sie die zwei Hälften zusammengesetzt haben.«

Boomer und Paula winkten uns von ihrer Hälfte ihres vorfabrizierten Hauses zu, das gerade geliefert worden war. Es stand noch mit Plastikplanen überzogen auf der Ladebrücke eines Tiefladers.

»So, und jetzt schaut. Wir werden den Keller abteilen ...«, begann Boomer.

»Genau durch die Mitte!« fiel Paula ihm ins Wort. »Eine Hälfte für meinen Wäscheraum und die andere Hälfte für mein Kunstgewerbestudio. Jetzt, wo ich Platz habe, werde ich ein paar Schüler annehmen, eine Art Minischule. Zuerst werde ich mich nur mit Scherenschnitt und Makramee befassen, aber vielleicht nehme ich später noch etwas anderes hinzu.«

Wir waren einmal bei Boomer und Paula in deren Apartment eingeladen gewesen, Freitagabend zur Pizza. Sie hatten im Erdgeschoß eine Hindernisstrecke aus Hängepflanzen in velvetafarbigen Makrameehaltern, die Paula gearbeitet hatte. Die Wände waren mit Scherenschnittgrußkarten und Studioporträts von Ashley bedeckt. Als wir am Abend wieder zu Hause waren, hatte ich Dante ihre Wohnung – ihr Leben – in einer kabarettistischen Einlage vorgeführt, war dabei sogar aus dem Bett gestiegen, um Paulas Gang nachzuahmen. »Spitzarsch« war mein Spitzname für sie gewesen. Dante hatte so lachen müssen, daß ihm die Luft weggeblieben war. Dann war er eingeschlafen, und ich hatte im Bett gesessen und war entsetzt gewesen, wie gemein ich gegenüber einer Frau sein konnte, die uns gerade zum Essen eingeladen hatte.

»Im Erdgeschoß bekommen wir Teppichboden«, fuhr Paula fort. »Das ist ein Teil der B-Gruppe. Was die Farbe angeht, neige ich zu Avocado. Boomer hat sich so ein Do-it-yourself-Magazin gekauft, und jetzt ratet mal, was wir darin gefunden haben? Einen Plan für eine Bar, die exakt ins Wohnzimmer paßt! Mit einem Ausguß, einem Messinggeländer und einem Regal für allen möglichen Kram. Sogar eine Anleitung, wie man seine Barhocker selbst polstern kann.«

»Unglaublich«, sagte Dante und lächelte mir zu.

»Stellt euch vor, Leute! Eines Tages sitzt ihr an unserer Bar, trinkt einen Whisky Sour und sagt ›Das Salzgebäck, bitte‹. Habe ich recht, Mausebär?«

»Die Bar hat Wasseranschluß«, sagte Boomer. »Sie hat ein kleines Spülbecken.«

»Das habe ich schon gesagt, Honey. Sie könnten sich ja bei mir in den Kurs einschreiben, Dolores. Meine eigene Schule – könnte mich bitte jemand zwicken –, ich kann es einfach noch nicht glauben!«

Ashley zog am Hosenbein ihrer Mutter, und Paula beugte sich zu ihr hinunter, um ihr Geheimnis zu hören. »Also, Ashley, vielleicht hörst du nächstes Mal auf Mommy, wenn sie dir sagt, daß du nicht soviel Ananassaft trinken sollst. Komm, wir machen hinter dem Auto Pipi.«

»Aber ich muß nicht Pipi machen. Ich muß ein Stinki machen.«

Dante wandte sich halb ab, so daß nur der Hügel sein Grinsen sah.

Als Paula zurückkam, dankte sie Gott dafür, daß es Kleenex feucht gab, und schenkte uns Kaffee aus einer Thermosflasche ein. Die Männer waren weggegangen, um sich einen Baumstumpf anzusehen. In der kalten Luft kamen Paulas Worte in kleinen, weißen Wölkchen heraus.

»Wenn Sie prüde wären, könnte ich Ihnen das nicht sagen, Dolores. Aber im Vertrauen«, und dabei klopfte sie mit ihrem Ehering auf die Ladebrücke, »ich war nahe daran, einen *Eheberater* aufzusuchen, wegen Boomer und mir. Ich hatte mir schon eine Telefonnummer in den Gelben Seiten angestrichen. Aber seit wir dieses Haus gekauft haben, ist mein Mausebär richtig aus dem Winterschlaf aufgewacht. Wenn Sie verstehen, was ich meine.«

Ashley setzte sich auf die Schuhe ihrer Mutter und begann, ein hübsches Liedchen zu summen, das ich nicht gleich erkannte.

»Ich meine, er nimmt diese Do-it-yourself-Zeitschriften mit ins Bett, und gleich darauf hängt er an mir wie Stretchhosen. Ich glaube, wenn man jungverheiratet ist wie Sie, weiß man nichts von Dürreperioden in einer Ehe. Aber – huh – jetzt läuft wieder alles wie am Schnürchen! Dolores, ich wäre Millionärin, wenn ich Aktien in der Firma hätte, die Creme für mein P-E-S-S-A-R herstellt.« Sie griff nach unten und tippte an Ashleys Kopf. »Kleine Köpfe haben große Ohren«, sagte sie.

Plötzlich fiel mir ein, wie die Melodie hieß, die Ashley summte: »Mairsy Doats.« Meine Mutter und ich hatten sie am Morgen immer gesungen, ehe ich in die Schule ging, während sie mir die Haare gekämmt hatte. Ich wollte Boomers und Paulas

Leben nicht und auch nicht ihr Fertighaus. Aber ihr Glück wollte ich. Ich wollte ein kleines Mädchen, das auf meinen Füßen saß und summte. Für Dante war Vita Maries Empfängnis »die Zeit, als wir uns die Finger verbrannt haben«. Sex schafften wir gerade noch einmal die Woche.

Auf dem Nachhauseweg sagte Dante, jemand müsse Paula einen Knebel in den Hals stecken, ehe der arme Boomer hirntot war – und daß ein Blick auf ihr Kellerfundament in ihm den Eindruck erweckt hatte, als würde er in einen Abgrund starren.

»Vielleicht sollten *wir* daran denken, eines Tages ein Haus zu kaufen«, sagte ich.

Er lachte. »Womit denn? Mit unserem guten Aussehen?«

»Wir haben das Geld von meiner Großmutter. Ich könnte anfangen zu sparen.«

»Ja, richtig«, sagte er. »Mit ein bißchen Glück können wir uns einen von diesen überdimensionierten Big-Mac-Behältern reservieren lassen – vielleicht sogar neben Boomer und Paula. Die Mertzes und die Ricardos, so glücklich wie Schweine, die sich in der Scheiße suhlen.«

Die Häuser, an denen wir auf der Route 38 vorbeifuhren, waren nur undeutlich zu erkennen. Dante fuhr immer zu schnell, wenn er wütend war. »Nun, jedenfalls«, sagte ich, »scheinen die beiden echt glücklich zu sein. Und darauf kommt es doch schließlich an, oder.«

»*Richtig* glücklich. *Echt* ist Teenagersprache – zum tausendsten Mal.«

»Richtig glücklich«, wiederholte ich.

»Makrameehimmel«, murmelte er. »Ein Nirwana mit Auslegeteppich.«

Aber ich wurde den Gedanken einfach nicht los, daß ein Haus uns vielleicht glücklicher machen würde – daß in Dante, wenn wir ein eigenes Dach über dem Kopf hatten, vielleicht sogar der Wunsch nach einem Kind aufkommen könnte. Die Menschen ändern sich, sagte ich mir. Als ich am nächsten Tag in den Schränken saubermachte, fand ich ein Geschenk, das Paula uns vor einem Jahr gemacht hatte, die Vergrößerung eines Schnappschusses von Dante und mir am Tag unserer Hochzeit, ausgeschnitten und auf Holz montiert. Ich hatte es beiseite gelegt und vergessen. Jetzt schlug ich über unserem Bett einen Nagel in die Wand und hängte das Bild ungefähr an der Stelle auf, wo Grandma ein Kruzifix aufgehängt hätte. Ich *glaubte* an unsere Ehe – unsere gemeinsame Zukunft als Familie. Bilder logen nicht. Wir *waren* glücklich.

Ich hatte von Anfang an die Verantwortung für das Geld übernommen, Rechnungen bezahlt, Kontoauszüge überprüft. »Ich verstehe einfach nichts von Geld – ich könnte nicht einmal sagen, wo unser Sparbuch liegt«, äußerte Dante sich gern gegenüber anderen Leuten. Jetzt fing ich an, Coupons auszuschneiden und alles, was von meinen Gehaltsschecks von Grand Union übrigblieb, Grandmas Hochzeitsgeld hinzuzufügen. Als unser Sparkonto die 4000-Dollar-Marke überschritten hatte, ging ich zur Bank und ließ mir von einer verkniffen wirkenden Frau hinter einem Schalter etwas über Schatzbriefe, Termingeld und Hypothekenzinsen erklären – mehrmals, bis ihr Schweißtröpfchen auf der Oberlippe standen und ich endlich verstanden hatte.

Ich hielt meinen Plan vor Dante geheim und nahm mir vor, ihn irgendwann einmal im richtigen Augenblick damit zu überraschen. Je mehr ich sparte, um so mutiger wurde ich, warf Hochglanzversandkataloge weg, ehe Dante die Chance hatte, einen Blick hineinzuwerfen und etwas zu bestellen. Ich nahm ein kleines Kärtchen und schrieb in Druckbuchstaben »WENN ES NICHT IM ANGEBOT IST, KÖNNEN WIR ES UNS NICHT LEISTEN« darauf und klebte es an die Kühlschranktür. Ich klebte mir die Sohlen an meinen Clogs wieder fest, statt neue zu kaufen. »Tut mir leid«, sagte ich den Zeugen Jehovas und den Besenverkäufern. »Im Augenblick nicht.«

Eines Abends, als ich gerade dabei war, unser Tischtuch zu bügeln, beging ich meine radikalste Tat. Im Fernsehen lief eine Revlonwerbung. In dem Augenblick, als die Werbung gerade dabei war, mich davon zu überzeugen, daß ich das neue Make-up ausprobieren sollte – gerade als ich anfangen wollte, mitzusummen und mir zu wünschen, ich würde wie die Frau auf dem Bildschirm aussehen –, ging ich zum Fernseher und warf die Tischdecke darüber. Das Ergebnis verblüffte mich. Wenn einen die Bilder nicht verführten, war Fernsehen bloß ein machtloses, sprechendes Gespenst.

Mr. Lamoreaux, der stellvertretende Marktleiter im Grand Union, rief mich in sein mit Sperrholzwänden abgeteiltes Büro und forderte mich auf, Platz zu nehmen.

Mr. Lamoreaux hatte die Angewohnheit, »Hello, Dolly!« durch die weit geöffnete Tür des Pausenraums zu pfeifen, anstatt einfach diejenige von uns anzuschreien, die zu lange Pause machte. Ich hatte ihn deshalb nie gemocht. Heute morgen hatte Lamoreaux einen mageren alten Ladendieb dazu gezwungen, drei Dosen Underwood-Rindfleischhaschee aus seinen Taschen auf ein Laufband zu legen, und das vor einem ganzen Laden voll Kunden. »Versuchen Sie mal, mit meiner Rente zu leben, Sie Dreckskerl«, hatte der alte Mann zu Mr. Lamoreaux gesagt, ehe er zu weinen angefangen hatte.

»Ich will ganz offen sein«, begann Mr. Lamoreaux. »Wir haben Sie beobachtet.«

Ich wich seinem Blick aus und tastete am Kapuzenkragen meines Pullovers herum. Was auch immer der Grund dafür sein würde, weshalb man mich feuerte, dachte ich mir, »wir« mußten er und die Polizei sein.

»Sie haben seit vier Monaten ununterbrochen den geringsten Kassenschwund im ganzen Laden«, fuhr er fort, »wir überwachen das.«

Komplimente zu bekommen verursachte dasselbe Gefühl, als wenn einem Vorwürfe gemacht wurden. Ich schlug die Beine übereinander und spielte an meinem Clog herum, zupfte die von mir reparierte Sohle ab.

»Auch Ihr Verhalten gegenüber Ihren Kolleginnen gefällt uns. Nicht diese unsinnigen Streitereien.«

»Ja, im Grund genommen bin ich ein Feigling.«

»Diplomatin«, korrigierte mich Mr. Lamoreaux. »Wir sind der Ansicht, daß Sie das Potential haben, eine von uns zu werden.« Sein Bassetgesicht verzog sich auf unnatürliche Weise zu einem Lächeln. »Zunächst einmal möchten wir Sie als Chefkassiererin erproben, abwechselnd für die erste und für die zweite Schicht, und wir könnten Ihnen einen Dollar fünf die Stunde mehr bezahlen, aber Sie müßten natürlich gelegentlich auch abends arbeiten.«

Während er über andere mögliche künftige Beförderungen sprach, rechnete ich im Kopf mit. Ein Dollar und fünf Cent mal vierzig Stunden bedeutete zweiundvierzig Dollar die Woche mehr für unser zukünftiges Haus minus Abzüge, und das war eine Zahl, die selbst die Aussicht aufwog, Teil einer Gruppe zu werden, die Mr. Lamoreaux einschloß. »Also, was meinen Sie?« fragte er.

»Ich meine, daß ich es annehme.«

Liebe Grandma,

es ist Dienstag nachmittag. Normalerweise wäre ich bei der Arbeit, aber ich habe gerade eine Wurzelbehandlung machen lassen, und deshalb bin ich zu Hause und nehme Aspirin. Letzten Sonntag abend bekam ich Zahnschmerzen, wie Du sie Dir nicht vorstellen kannst. Ich meine, richtig SCHMERZEN! Aber das ist nicht der Grund, weshalb ich schreibe. Ich schreibe wegen des Geschenks, das Du mir geschickt hast.

Als der UPS-Mann das Paket brachte und ich es aufgemacht habe, mußte ich weinen. Ich erinnere mich noch ganz genau an diese geflochtenen Kerzenhalter aus unserem alten Haus in Connecticut. Ich habe sogar Kerzen gefunden, die genau wie die riechen, die Ma immer in ihnen hatte. Lorbeeren. Manchmal haben Ma und Daddy sich auch gut verstanden. Als ich klein war, kam ich manchmal in ein Zimmer und hab' sie beim Schmusen erwischt. Ich habe seit

Jahren nicht mehr mit Daddy gesprochen. Dante glaubt, meine beiden Eltern wären tot. Er nahm das einfach einmal an, und ich habe ihn nie korrigiert. In gewisser Weise ist Daddy wohl auch tot, so wie das, was ich nach zwei weiteren Sitzungen mit Dr. Hoskin im Mund haben werde – eine leere Zahnhöhle. Du darfst mich nicht zu ernst nehmen, Grandma. Wahrscheinlich bin ich von diesem Kodeinzeug, das ich nehme, ein bißchen verwirrt.

Ich hoffe, Du übernimmst Dich nicht. Ich meine, allein den ganzen Dachboden saubermachen. Wenn Dante und ich Dich besuchen kommen (wahrscheinlich am Ende dieses Monats, wenn ich es schaffe), helfen wir Dir mit den schweren Kisten. Daß Du ja nicht versuchst, sie selbst herumzuschleppen.

Uns geht es hier großartig. Wir sind beide richtig glücklich und verliebt. Die Arbeit macht auch Spaß. Ich bin jetzt Chefkassiererin und mache meine Sache gut, wenn ich das selbst so sagen darf. Ich muß die Wochenpläne für alle aufstellen, und da hatte ich die Idee, den Plan zuerst in Bleistift aufzustellen und ihn auszuhängen, für den Fall, daß es irgendwelche Probleme oder Klagen geben sollte. Das hat allen gefallen. Ich habe auf dem Flohmarkt eine Thermoskanne für Kaffee gekauft (nie benutzt) und in unseren Aufenthaltsraum gestellt. Jetzt bringen alle Plätzchen und Pflanzen und Plakate und solche Dinge mit. Es ist viel netter, wenn nicht alle dauernd streiten. Früher ging ich in Jeans zur Arbeit, aber in letzter Zeit trage ich manchmal einen Rock, und neulich habe ich meinen Chef Mr. Lamoreaux gefragt, ob wir nicht einen Preis für den Angestellten des Monats einführen könnten. Er will es sich überlegen.

Ich habe im Schlafzimmer ein Regalbrett für die Kerzenhalter angebracht – selbst die Löcher gebohrt und alles. Ich fasse sie bestimmt zwanzig Mal am Tag an. Sie machen mich glücklich.

Alles Liebe, Dolores

PS: Nicht vergessen – überlaß die schweren Kisten uns, wenn wir zu Besuch kommen. Ich liebe Dich, Grandma!

Dante bekam im Sommer 1979 ernsthafte Schlafstörungen. Ich wachte in der Nacht immer wieder auf und spähte aus halbgeschlossenen Augen zu ihm hinüber, wenn ich ihn seufzen oder in Zeitschriften blättern hörte. Er blickte finster beim Lesen in dem kleinen Lichtkegel aus seiner Lampe und drehte sich immer wieder zur Seite und nahm dabei die Decke mit. Nein, er wollte *nicht* über irgend etwas reden, sagte er – was ihn plagte, ließ sich nicht in Worte fassen. Zu dieser Zeit hatte ich bereits 4800 Dollar auf unserem geheimen Sparkonto.

»*Wie*viel?« fragte Dante und starrte mich mit aufgerissenen Augen an. Ich hatte es ihm eigentlich nicht sagen wollen; aber dann dachte ich mir, es könnte ihm vielleicht guttun und wir beide würden wieder etwas Schlaf bekommen.

»Viertausendachthundert. Mim, das ist eine Bekannte, sagt, das reicht als Anzahlung für ein Haus – für ein kleineres.«

»Mim?«

»Mim Fisk. Sie ist Immobilienmaklerin. Sie kauft bei uns ein.«

Tatsächlich hatte ich Mim Fisk nie *im* Grand Union gesehen. Gewöhnlich holte sie mich in der Mittagszeit draußen am Parkplatz ab und fuhr mich zu möglichen Häusern in meiner Preisklasse, Häusern mit einem gewissen Etwas, die aber Dinge wie ein neues Dach oder eine Generalüberholung der Installation brauchten.

»Mim sagt, die Hypothekenkosten sind nicht viel höher als die Monatsmiete, und außerdem wächst dabei natürlich das Eigenkapital. Denk einmal drüber nach, ein schönes, großes Grundstück für deinen Garten, und ein Zimmer, in dem du deine Gedichte schreiben kannst – ein eigenes, kleines Arbeitszimmer für dich. Du brauchtest dann nicht immer die Schreibmaschine in die Küche zu schleppen.« Über das Kinderzimmer sagte ich nichts.

»Eigenkapital?« sagte er.

»Ja, das hat Mim mir erklärt. Das ist praktisch so, als würden wir die Miete an uns selbst bezahlen statt an Mrs. Wing.«

Er schüttelte den Kopf. »Ich habe schon überlegt, länger unbezahlt Urlaub zu nehmen, um mich ganz dem Schreiben zu widmen«, sagte er. »In dem Fall käme ein Haus nicht in Frage.«

»Dante, sei doch realistisch. Von meinem Gehalt allein könnten wir nicht leben – selbst wenn wir kein Haus kaufen würden.«

»Also, jetzt, wo du im Supermarkt schon zu den Chefs gehörst, dauert es bestimmt nicht mehr lange, bis die dir ein Direktorengehalt anbieten.« Er hob beide Arme und dehnte sich wohlig und schlug dabei unser Hochzeitsfoto von der Wand, worauf es zu uns ins Bett purzelte. Er sah es an und lächelte. »Da sind wir«, sagte er. »Wir kleben auf einem Brett und sind für das ganze Leben mit Schellack versiegelt.«

Ich stand auf, riß meinen Morgenrock vom Haken und ging hinaus. Ich ging ewig ums Haus herum, lauschte dem Zirpen der Grillen und dachte an all das, was ich zu ihm hätte sagen *sollen*. Dann ging ich wieder hinein und sagte es.

»Jetzt paß mal auf. Dieser ewige Sarkasmus geht mir langsam auf die Nerven.«

»Sarkasmus?« Er sagte das voller Sarkasmus.

»Von wegen Schellack-auf-einem-Brett. Und meine Arbeit mag ja vielleicht nicht so wichtig sein wie die deine, aber die Leute sagen, daß ich meine Sache gut mache. Gestern hat Shirley eine Schüssel mit Keksen gebracht und gesagt, meinetwegen würde ihr die Arbeit zum ersten Mal seit zwölf Jahren Spaß machen.«

»Weil ich gerade dran denke«, sagte Dante. »Dein Nobelpreis ist gestern mit der Post gekommen.«

»Letzte Woche, als ich dich gefragt habe, ob du mit zum Grillen bei Tandy und Rusty gehen wolltest, hättest du einfach nein sagen können, nicht das, was du gesagt hast – etwas so Gemeines.«

Er seufzte. »Was habe ich denn gesagt? Wenn es wirklich so bedeutsam ist, habe ich es vergessen.«

»Du hast gesagt, lieber würdest du den ganzen Nachmittag Blut husten. Hast du dir eigentlich überlegt, wie mir zumute war – Bohnensalat von dreierlei Bohnen machen und hinbringen und alle meine Freundinnen anlügen.«

»*Deine* Freundinnen?« Er tat so, als würde er unters Bett sehen.

Aber am nächsten Morgen in aller Frühe weckte er mich, streichelte mich und bat mich um Nachsicht. »Ich mache zur Zeit einiges durch«, flüsterte er.

Aber du hast doch *Ferien!*, hätte ich am liebsten geschrien. Aber ich sagte nur, er solle es vergessen. Seine Entschuldigung ging in Sex über, und ich klammerte mich an ihn und sah dabei auf den Kerzenleuchter auf der anderen Seite des Zimmers. Als er fertig war, brach ich in Tränen aus.

»Hey?« sagte er. »Was sollen die Tränen?«

»Nichts«, sagte ich. Sie galten meiner Mutter – ihrem verwüsteten Gesicht an dem Abend, an dem sie meinen Vater eine Hure genannt und er ihr ein blaues Auge geschlagen hatte. Ich hatte dagelegen und jene Nacht noch einmal durchlebt, während Dante ächzte und grunzte.

»Hey, Babe«, flüsterte er. »Du und ich.«

Er ist nicht wie Daddy, sagte ich mir. Kein Ehepaar ist immer nur glücklich. Er ist ganz und gar nicht wie er.

Die ganze nächste Woche brachte Dante mich zur Arbeit, damit er den Volkswagen haben konnte. Eines Nachmittags ging ich den Hügel hinauf, unwissend und glücklich. Als erstes fiel mir das dicke, orangefarbene Verlängerungskabel auf, nicht das laute Bohrgeräusch hinter dem Haus. Ich folgte dem Kabel von unserem Küchenfenster bis zu der Stelle, wo der Lärm wirklich weh tat. Was ich dort sah, tat ebenfalls weh. Das Verlängerungskabel endete bei Dante, der eine Plastikschutzbrille trug und mit einer Bohrmaschine bewaffnet auf unserem Küchenhocker stand. Er bohrte ein Loch in einen leuchtendgrünen Van, hinter dessen Fenster immer noch das Preisschild klebte.

»Also«, sagte er. »Was sagst du?«

»Hoffentlich hast du dir von dem Besitzer dieses Van die Erlaubnis geholt, Löcher reinzubohren.«

Er lachte. »Er gehört uns, Babe. Ich baue ein Kuppelfenster ein.«

»Was soll das heißen, er gehört uns? Wo ist unser Käfer?«

»Den bin ich losgeworden. Keine Sorge. Ich habe einen *Sonder*-Preis bekommen – spottbillig. Ich habe ihn schon vor drei Tagen gekauft, aber da mußte noch irgendwelcher Papierkram erledigt werden. Überraschung für dich!«

»Du hast das Ding gekauft, ohne mir etwas zu sagen?«

»Die bauen einem diese Fenster beim Händler ein, aber das ist der reine Raub. Damit spare ich uns gute hundertfünfzig Dollar. Gefällt er dir?«

Mir fiel einfach nichts ein, was ich hätte sagen können.

»Wir beide, du und ich, wir werden eine verspätete Flitterwochenreise quer durchs Land machen. Die ersten drei Wochen im August.«

»Dante, ich ... ich kann nicht einfach drei Wochen Urlaub machen. Ich bekomme nur *eine.*«

»Alles erledigt. Ich habe diesen Dingsda angerufen. Deinen Boß. Er war schließlich einverstanden, daß du eine Woche bezahlten und zwei Wochen unbezahlten Urlaub kriegst.«

»Du hast meinen Urlaub geplant, ohne mich auch nur zu fragen?«

»Ich lege den Boden mit Teppich aus. Boomer hat noch einen Rest übrig. Richtig bequem, wie zu Hause, hm?«

Das Wort »zu Hause« riß mich aus meiner Starre. Ich rannte ins Haus.

Er hatte entdeckt, in welcher Schublade das Sparbuch lag. Der Kontostand betrug 671 Dollar.

Er kam herein. Mit seiner Schutzbrille sah er aus wie ein

riesiges Insekt. »Ich wollte für die Reise noch etwas drauflassen. Die Rate kostet nur fünfundfünfzig pro Monat ... ich denke, wir können im Van auf dem Boden schlafen, in Schlafsäcken. Geld sparen. Vielleicht ein- oder zweimal richtig auf den Putz hauen und uns ein Motelzimmer nehmen.«

Er ging auf mich zu und legte die Hand auf meinen Po – vorsichtig, so wie man prüft, ob ein Bügeleisen heiß ist. »Nun«, sagte er. »*Sag* etwas.«

»Ich dachte, du würdest den ganzen Sommer über Gedichte schreiben. Du hast gesagt, du *müßtest* das tun.«

»Das Reisen wird gut für mein Schreiben sein. Ich hatte mir gedacht, du würdest dich ans Steuer setzen, wenn ich schreiben möchte.«

»Du hast mich nicht einmal *gefragt!*«

Seine Faust hieb auf die Matratze; winzige Staubpartikel tanzten um uns herum. »Und ich dachte, du würdest dich freuen. Meinst du, es hat keine Mühe gekostet, das alles hinzukriegen?«

»Aber davon war eine ganze Menge Geld, das meine Großmutter uns gegeben hat.«

»Oh, ich verstehe schon. Hände weg vom Hochzeitsgeld, weil sie ja *meine* Großmutter ist und nicht deine? Ich habe bisher nie geahnt, daß du so eine beschissene Materialistin bist, Miss Eigenkapital.«

»Das ist es nicht. Was mich stört, ist, daß du Entscheidungen ohne mich triffst.«

»Und was ist mit Mim Soundso, wie auch immer diese Zicke heißt? Hat sie nicht auch etwas dazu zu sagen? Hör zu, ich wollte dir mit den Flitterwochen, die wir nie hatten, eine Freude machen, dich überraschen. Nicht, daß unsere Ehe besondere Würze brauchen würde oder so. Nicht, daß unser paradiesisches Eheglück überhaupt steigerungsfähig wäre.«

Liebe Grandma,

große Neuigkeit! Dante und ich haben beschlossen, von Deinem Hochzeitsgeld einen Van zu kaufen. Wir machen im August eine Fahrt quer durchs ganze Land. (Ich kaufe Dir ein Paar Mickey-Mouse-Ohren, wenn wir nach Disneyland kommen!) Die genaue Route liegt noch nicht fest, aber wir werden entweder nach Süden fahren und Dich auf dem ersten Teil der Reise besuchen oder dann bei der Rückfahrt. Ich mußte meine Stellung als Chefkassiererin aufgeben, weil die Reise drei Wochen dauert, aber mein Job bleibt mir erhalten, wenn ich zurückkomme. Die haben dort sowieso ein ständiges Kommen und Gehen. Vielleicht dauert es also gar nicht so lang, bis ich wieder Chefkassiererin bin.

Tut mir leid, daß Mrs. Mumphy sich die Hüfte gebrochen hat. Ich habe ihr eine Karte ins Krankenhaus geschickt. Vielleicht solltest du doch diese Busreise machen. Da sind doch sicher auch andere Leute dabei, die Du kennst. Riskier es doch! Das hat Ma immer gesagt.

Als Du neulich morgens angerufen hast, habe ich wirklich NICHT geweint. Ich war erkältet. (Jetzt ist es wieder besser.) Ich bin sehr glücklich.

Alles Liebe, Dolores

Den Teppichboden kriegte Dante gut hin, aber das Loch für das Kuppelfenster hatte er zu groß ausgeschnitten. Ich mußte einen ganzen Nachmittag lang immer wieder den Gartenschlauch auf seinen Irrtum richten, während Dante im Van saß und das Leck studierte. Als es schon fast dunkel war, sprang er hinten heraus, stieß eine ganze Kette von Verwünschungen aus und trat so gegen die Beifahrertür, daß dort eine Beule zurückblieb.

»Bist du jetzt glücklich?« schrie er und drückte meine Hand auf die Beule. »Gefällt es dir, wie sich das anfühlt? Das hast du jetzt von dem ganzen Gemeckere.«

Ich entwand ihm meine Hand. Ich dachte, er würde mich schlagen.

»Das ist doch deine Taktik, oder? Ein Nadelstich nach dem anderen? Ich sollte in dieses Ding hier springen und dich in der Einfahrt verfaulen lassen – dann wäre ich dich endlich los. Scheiß drauf.«

»Sag so etwas nicht, okay? Ich *weiß*, daß die Reise für uns gut sein wird. Ich hatte nur gedacht, wenn wir ein Haus kaufen, dann ...«

»Du wirst so lange nicht zufrieden sein, bis wir in einem dieser vorfabrizierten Sargdinger dort drüben in Granite Acres wohnen. Bis wir ein winzig kleines Leben haben, das sich bis zum Begräbnis genau vorhersagen läßt.«

Die Abtreibung war die Wahl zwischen Dante und Vita gewesen. Wenn er mich verließ, würde ich keines von beiden haben. »Du hast recht«, sagte ich zu ihm. »Zuerst war ich ein wenig enttäuscht, aber das war nur kurzzeitig. Rede nicht von verlassen, okay? Ich liebe dich, Dante.«

In dieser Nacht machte er mit mir draußen im Van Analsex. Ich preßte mein Gesicht gegen den neuen Teppich, atmete den chemischen Geruch ein und rezitierte in Gedanken Dinge, die ich auf der Schule auswendig gelernt hatte. *»Sieben mal acht ist sechsundfünfzig, sieben mal neun ist dreiundsechzig ... Im Märzen der Bauer die Rößlein einspannt.«* Ich zuckte immer wieder zusammen und wartete, daß es zu Ende ging. Das war ganz anders als das, was Jack getan hatte, sagte ich mir. Das ist mein Ehemann, unser Van. Wir sind zwei Erwachsene und tun das aus freiem Willen.

»Uns neuen Erfahrungen zu öffnen wird uns am Leben halten«, murmelte er nachher, kurz bevor er einschlief. »Ich habe schon gemerkt, daß dir das gefallen hat, ich habe genau die Sekunde gespürt, wo du dich entspannt und mitgemacht hast. Du hast mir dein Entzücken *telegraphiert* – mich in Fahrt gebracht!«

Seine Flüsterstimme war feucht an meinem Ohr.

Am nächsten Tag fuhr ich den Van das erste Mal. Er fuhr sich viel weicher als unser Volkswagen, und die Sitze waren so hoch, daß ich das Gefühl hatte zu schweben. Der Mann in der Karosseriewerkstatt sagte, es würde 375 Dollar kosten, die Beule zu reparieren; ich sagte ihm, das müsse noch vor unserer Abfahrt gemacht werden. Ich ging zur Bank und hob weitere zweihundert Dollar ab. Für Dante kaufte ich zwei Paar Shorts, zwei T-Shirts, alle sieben Bände des *Mobile Travel Guide* und ein ledergebundenes Buch für seine Gedichte. Ich kaufte mir ein neues Paar Clogs und erneuerte im Drugstore mein Rezept für meine Antibabypillen.

»Noch etwas?« fragte die Frau an der Kasse.

Ich schob ihr die Tube mit Vaseline hin. Ich hatte am Morgen Rektalblutungen gehabt.

Wenn man sich unseren drei Zoll hohen Stapel von Reisefotos ansah (zehn Rollen Film, gratis in dem Fotolabor in Rhode Island entwickelt), hätte man schwören können, daß Dante und ich uns großartig amüsiert hatten – daß sein Plan, unsere Ehe wie einen Campingofen zu zünden, funktioniert hatte.

Die meisten Fotos zeigten Dante in der linken unteren Ecke mit dem Mt. Rushmore oder der Tafel des Wall Drug Store oder dem Magic Kingdom über seiner Schulter. Selbst wenn er eine seiner Launen hatte, brachte er es fertig, für Fotos ein anderer Mensch zu werden, und setzte dann sein selbstbewußtes Robert-Wagner-Lächeln auf, so daß bei der Entwicklung die Illusion herauskam, daß er zufrieden war. Von den Hunderten von Aufnahmen gab es ein der Wahrheit entsprechendes Bild: eines von mir ganz allein, müde und verängstigt blickend, im Dampf der heißen Quellen im Yellowstone Park, an einer hölzernen Tafel lehnend, auf der »Dangerous Thermal Area« steht. Sämtliche anderen Fotos, die Dante von mir machte, waren Überfälle: eines, in dem ich in der Dusche auf dem Campingplatz überrascht wurde, eines, wo ich mit heraushängender Zunge auf dem Boden im Van schlafe, verletzbar wie eine Tote. »Bam! Hab' dich erwischt!« sagte Dante jedesmal, wenn er eine Aufnahme machte. Wenn ich ein Bild von *ihm* machen sollte, borgte er sich jedesmal vorher meine Haarbürste aus.

Die Fotos sagten nicht, wie einsam ich war, wenn ich vorn saß und den Van durch einen Staat nach dem anderen lenkte, während Dante im Türkensitz dasaß und über irgendein Buch oder einen Witz, den er sich mit dem Verfasser teilte, vor sich hin kicherte, oder wenn er seine ganz privaten Gedanken niederschrieb und sein schwarzer Filzschreiber über die überdimensionierten Seiten seines schwarzen, ledergebundenen Journals quietschte. Ich dachte über Entfernungen nach, die mich so einsam machten – wie Nebraska sich einen Tag lang ewig hinzog, wie weit ich von Grandma entfernt war und von Grandmas Vorstellung davon, wie mein Leben ablief. Als ich aus der Ferne auf die purpurfarbenen Spitzen der Bighorn Mountains blickte, fing ich wieder an, über Gott nachzudenken: Ob es ihn wirklich gab, ob er zu weit entfernt war, um von Belang zu sein. Dante war auf dieser Fahrt, obwohl er neben mir saß, manchmal tagelang ebensoweit entfernt wie jene Berge.

»Du sitzt in der Falle deiner eigenen Lügen, das ist es«, sagte ich mir eines Tages im Zwielicht und sah mich dabei im Rückspiegel an. »Gracewood, Kippy, wie du mit Vita Marie schwanger geworden bist – dieses ganze Rattennest voller Geheimnisse.« Wir parkten auf dem Parkplatz eines Supermarkts irgendwo in Kalifornien, und Dante ging gerade hinein, um Lebensmittel einzukaufen. Ich sah zu, wie die automatischen Türen sich hinter ihm schlossen. »All die Distanz kommt daher, weil du nie ehrlich zu ihm gewesen bist – kein einziges Mal, nicht einmal, bevor du ihn überhaupt kennengelernt hast.«

Gewöhnlich schob er sein Journal unter den Sitz, wenn er nicht schrieb, aber diesmal hatte er vergessen, es wegzutun. Da lag es, in Reichweite. Vielleicht waren seine wahren Gedanken zwischen den ledernen Umschlagdeckeln: Warum er so zornig wurde, warum er mich geheiratet hatte, was er fühlte. Ich konnte ihn im Laden sehen, wie er seinen Einkaufswagen herumschob. Es würde leicht sein.

Die Wahl, die ich mir stellte, ließ mich zittern. Ich konnte dasselbe Mädchen sein, das in dem leeren Klassenzimmer in der St. Anthony's saß und die Schließe von Miss Lillys Tasche öffnete – das fette Wrack von einem Mädchen, das in der Toilettenkabine in Hooten Hall saß und Dantes gestohlene Briefe öffnete. Oder jemand anders. Jemand Besseres. Die Person, die Dr. Shaw und ich angefangen, aber nie zu Ende gebracht hatten.

Ich sah zu Dante hinüber, vierter oder fünfter in einer Reihe Kunden, zwei Glasdicken entfernt. Ich zog eine Nagelfeile über meine Fingernägel. Lauschte meinen Atemzügen. Ließ das Journal ungelesen.

24

Es gab Wunder, die ich unterwegs erlebte.

Im Gipfelrestaurant auf dem Pike's Peak verlangte ich für meinen Kaffee echte Milch, nicht Pulver. Die Bedienung sagte, sie könnten auf dem Berg keine echte Milch lagern. Sie würde schlecht werden – es hatte irgendwie mit der Höhe zu tun.

»Ist das nicht seltsam?« sagte eine Frau zu mir. Sie saß am Nebentisch, sie und ihr Mann. »Das mit der Milch? Ich habe vor einer Minute auch eine bestellt. Zu mir hat die nichts gesagt.«

Jeder außer mir dort auf dem Berg hätte hinübergesehen und ein ganz gewöhnliches freundliches Touristenehepaar gesehen. Aber es war kein anderer. *Ich* sah da hinüber und sah meine Sargbilderleute, Mr. und Mrs. J. J. Ficket aus Tepid, Missouri. Ich erkannte sogar Mrs. Fickets gepunktetes Top; das hatte sie auf einem der Bilder angehabt, die ich entwickelt hatte. Das war ein Augenblick voller Macht für mich. Einer der machtvollsten Augenblicke meines Lebens, wenn ich ihn genutzt hätte. »Oh, Mr. und Mrs. Ficket«, hätte ich sagen können. »Haben Sie in letzter Zeit wieder einmal Sargbilder gemacht?« Sie wären wahrscheinlich schreiend den Berg hinuntergerannt. Aber ich sagte natürlich kein Wort, nicht einmal zu Dante. Wie konnte ich?

Vita Marie hätte während unserer Reise ihren ersten Geburtstag gehabt. Eines Abends, als ich in einer Duschkabine auf einem Campingplatz stand, schloß ich die Augen und sah sie, hörte sie – so lebhaft, daß es mir wie ein Besuch aus dem Jenseits vorkam. Sie sah ganz normal aus und hatte meine Augen. Ein pummeliges, braunhaariges, kleines Ding in einem roten Cordoverall. Ich konnte die Rippen in dem Stoff spüren, sie riechen. Sie machte einen Schritt und fiel dann rückwärts auf den Boden. Saß plötzlich ganz überrascht da. Ich schloß die Augen, ließ das Wasser auf mich herunterplätschern und lehnte mich laut lachend an die Wand. Wer hatte mir dieses Geschenk gesandt? Ma? Gott? Vita Marie selbst?

Auf der Rückreise durch New Mexico und Arkansas und Tennessee nahm ich meine Umgebung nur halb wahr; mich interessierte viel mehr, was vor uns lag. Sobald wir die Rechnungen von der Reise bezahlt hatten, würde ich unseren Hausfonds von neuem beginnen, entschied ich. Dante und ich könnten unser eigenes Heim bis 1981, vielleicht auch 82 haben und vielleicht im Jahr darauf ein Baby. Jetzt, wo er die Reise hinter sich hatte. Jetzt, wo die Schule wieder anfing.

Liebe Grandma,

ich kann noch gar nicht glauben, daß ich so viel vom Land gesehen habe. Erinnerst Du Dich noch an damals, auf der High School, als ich mich nicht einmal traute, mein Zimmer zu verlassen? Über diese Reise gibt es viel mehr zu erzählen, als auf eine Postkarte paßt. Wir haben vor, Dich diesen Herbst zu besuchen. Ich werde alle unsere Bilder mitbringen. Dante und mir geht es gut, und wir sind glücklich. Alles Liebe. D.

Als wir an dem Wegweiser »New England und Osten« vorbeifuhren, seufzte Dante und sagte, er würde froh sein, wenn er zu Hause hinter sich hatte.

»Das ist aber eine seltsame Formulierung«, sagte ich. Seine Kinnmuskeln spannten sich, und seine Hände verkrampften sich ums Steuer.

Wir kamen am späten Nachmittag nach Montpelier zurück. Die Straßen in der Innenstadt waren von einem Regenschauer, den wir gerade verpaßt hatten, dampfig und schmierig. Unsere Wohnung war drei Wochen verschlossen gewesen. Trotzdem fand ich, daß sie gut roch. Ich packte Dante am Arm, als er mit unseren Koffern hereinkam. »Ich liebe dich, Honey«, sagte ich und drückte ihn an mich. »Danke für die Reise.«

»Schade, daß wir nicht immer noch unterwegs sind.«

Nachher saß ich da und blätterte in der Post und den Zeitungen von drei Wochen und allen möglichen Reklamesendungen, die alle verkündeten, daß die Schule wieder anfange. »Nun«, sagte ich. »Noch acht Tage für dich und zwei für mich. Und dann stehen wir wieder in unserer Tretmühle.«

»Mhm«, sagte er.

Dann schnappte er sich die Schlüssel seines Van und war bis Mitternacht verschwunden.

Das war für mich die erste Andeutung, daß Dante ebenfalls Geheimnisse vor mir hatte. Also ein Geheimnis – ein großes, das bereits einen ganzen Sommer alt war.

»Ich denke, ich sollte es dir besser sagen«, sagte er. Ich war gerade vom Einkaufen zurückgekommen, hatte ihm Kleidung für das neue Schuljahr gekauft. Er stand neben mir und nahm mir die Tüte mit seinen beiden neuen Hemden nicht ab.

»Mir was sagen?«

»Ich bin meinen Job los.«

»Du bist ihn los?« Ich setzte mich, bekam keine Luft. »Was willst du damit sagen?«

»Daß die mich gefeuert haben. Im Juni.«

»Im Juni? ... Warum hast du nicht ... was läuft da ab?«

Er setzte sich, verbarg das Gesicht in den Händen. »Ev Downs und seine Aufpasser. Die haben mich erwischt.«

»Dante, ich verstehe immer noch nicht ...«

»Ich habe es ja die ganze Zeit gesagt, erinnerst du dich? Daß er mich drankriegen würde, wenn er je die Chance dafür hat.« Er verschmierte sich mit dem Arm die Tränen im Gesicht. »Ich wollte bloß hier weg, wollte dich vor all dem Klatsch schützen – wo du doch schließlich in einem Glaskasten arbeitest, wie in einem Aquarium. Aber dir nichts zu sagen hat mich völlig fertiggemacht. Das hat die ganze Reise versaut.«

Ich griff nach seiner Hand und drückte sie, damit mein eigenes Zittern aufhören solle. »Okay«, sagte ich. »Okay.« Ich atmete ein paarmal tief durch. »Klatsch *worüber?*«

»Dieses Mädchen, ja, Sheila. Eine Schülerin in meinem Literaturkurs vor zwei Jahren. Letztes Jahr war ihre Abschlußklasse. Sie kam immer wieder mal vorbei, um über ihre Probleme zu reden und solches Zeug. Und da sitze ich am letzten Schultag an meinem Schreibtisch und korrigiere Arbeiten, und sie kommt herein. Es muß halb vier gewesen sein, Viertel vor vier vielleicht. Ich hatte gedacht, ich sei ganz allein im Gebäude. Sie hat gesagt, sie wollte mit mir reden. Über Probleme mit ihrem Boyfriend – sie war irgendwie durcheinander. Also fuhren wir nach Barre hinaus zum Steinbruch.«

»Bloß ihr beide?«

»Ich war das Korrigieren leid«, sagte er. »Ich mußte da mal raus. Bloß um zu reden.«

»Und was war dann?«

Er blickte zu mir auf. »Was dann war?« wiederholte er. »Also, welche Version willst du hören – meine oder die von diesem Miststück vom Elternbeirat, die eine Woche später mit dem, was sie gesehen hat, rausgerückt ist?« Er lachte bitter.

»Wie habe ich gerade gesagt, *gesehen?* Ich meine, was sie sich eingebildet hat.«

Ich wünschte mir, jetzt mit ihm im Van zu sitzen, tausend Meilen von dem entfernt, was ich da hörte. »Was hat sie ihnen gesagt, Dante?«

»Nun, sagen wir, man wirft mir vor, ich habe das geheiligte Vertrauensverhältnis gebrochen ...«

»Dante, hör auf mit dem hochgestochenen Gerede und ...«

»Geküßt soll ich sie haben. Ihre Titten begrapscht. So wie dieses Miststück es darstellt, haben wir da draußen eine richtige Orgie gefeiert.«

Er fing an zu weinen. »Ich schwöre es dir, Dolores, wir waren bloß *dort draußen.* Ich habe sie nicht einmal am Ärmel berührt.«

Ich dachte, ich könnte die Wahrheit in seiner bebenden Stimme hören. Beiden liefen uns jetzt die Tränen über das Gesicht. »Hastings und mein alter Kumpel Ev haben mich in der ersten Ferienwoche in die Schule bestellt. Evs Anwalt war da – dieses mutierte Arschloch, er hat so ausgesehen, als wäre er gerade der Kulisse von *Outer Limits* entstiegen. Sie haben mich vor die Wahl gestellt: eine Anzeige wegen Vergewaltigung – sie war noch keine achtzehn, und da ist es schon Vergewaltigung, wenn ich ihr bloß an die Titten lange – oder ich räume meinen Schreibtisch aus.«

»Aber warum hast du mir nichts gesagt, Dante? Vielleicht hätte ich ...«

»Was hättest du?« sagte er. »Einem dieser Mistkerle im Scheiß-Grand-Union zuviel auf die Rechnung geschrieben? Ihre Konservendosen in der Tüte auf die Tomaten geworfen? Hast du eine Vorstellung davon, wie eine öffentliche Anhörung ablaufen würde? Welchen Spaß es machen würde, mich auf der Titelseite der beschissenen *Times Argus* aufzuspießen? Ich habe dir nichts gesagt, weil ich dich davor beschützen wollte. Und weil ... weil ich dachte, du würdest glauben ...«

Jetzt ging sein Weinen in ein unheimlich klingendes, würgendes Schlucken über. Ich setzte mich zu ihm, drückte ihn an mich, wiegte mich mit ihm. »Wir wehren uns«, sagte ich.

»Die hatten mich bei den Eiern. Ich bin erledigt. Ich bin da raus.«

»Aber Dante, die können doch nicht einfach jemand anderem glauben, ohne dir eine Chance zu geben, daß du dich verteidigst. Was ist mit dem Mädchen? Glauben sie *ihr* nicht?«

»Wem, Sheila? Sheila kennt den Unterschied zwischen Wunschdenken und Realität nicht. Sheila ist offiziell über das, was sich abgespielt hat, ›verwirrt‹.«

»Ich *helfe* dir, wenn du dich dagegen wehrst, Dante. Wir besorgen uns einen guten Anwalt ...«

»Du willst helfen?« sagte er. »Halt dich bloß raus. Laß die Finger davon – nur so kannst du mir helfen. Bring die beschissenen Hemden zurück, und laß dir das Geld zurückgeben. Ich habe bereits mit einem Anwalt *gesprochen;* er sagt, das beste sei, wenn ich alles einfach laufen lasse.«

»Warum?«

»Einfach ... die Finger davon lasse.«

»Aber was wirst du tun?«

»Mich eine Weile ausruhen – meinen Scheiß zusammentragen und dann, ich weiß nicht – dann werde ich mich wohl nach einem anderen Job umsehen.«

»Yeah, aber genau deswegen mußt du das hier aufklären, Honey. Keine Schule wird dich anstellen, wenn die meinen ...«

»Die werden nichts erfahren. Das gehörte mit zu dem Deal, den wir geschlossen haben.«

»Was für ein Deal?«

»Wenn ich freiwillig gehe, wenn ich nicht zur Gewerkschaft gehe oder so, dann kommt es nicht in meine Akten. Dann erfährt die Öffentlichkeit nichts, und dann gibt es keinen Skandal.«

»Aber sie zwingen dich, daß du sagst, daß es stimmt!«

»Ich will das auch so haben.«

»Dante, du denkst nicht klar. Ich meine, du verlierst deinen Job, und wir ziehen los und geben das ganze Geld für . . .«

»Du lieber Gott«, sagte er. »Du bist wirklich nicht zu ertragen.«

»Also, Dante, was passiert denn, wenn du nicht sofort wieder einen Job bekommst? Allein die Raten für den Van . . .«

»Tu mir einen Gefallen, ja? Halt einfach den Mund. Leck mich.«

Liebe Grandma,

in Deinem letzten Brief hast Du geschrieben, Du hättest beinahe vergessen, wie ich aussehe, und deshalb schicke ich Dir dieses Bild von Dante und mir, es ist an unserem Hochzeitstag aufgenommen. (Eine gute Freundin hat es ausgeschnitten und aufgeblockt.) Vielleicht kannst Du es zu den anderen Familienbildern an die Wand im Treppenhaus hängen.

Ich verspreche Dir ganz fest, wir kommen Dich besuchen, ehe der Herbst vorbei ist, Grandma. Aber im Augenblick haben wir beide so viel zu tun! Ich habe auch schon eine nette Idee für unseren Besuch. Wir wäre es, wenn wir beide, Du und ich, an den Strand hinunterfahren und einen kleinen Spaziergang machen würden? Dort ist es um die Jahreszeit sehr schön, wenn die vielen Menschen weg sind. Wir hätten den ganzen Strand für uns allein. Dante und ich werden wahrscheinlich an einem Sonntag runterkommen müssen und am selben Abend wieder wegfahren, weil ich nämlich einen zweiten Job angenommen habe, als Kellnerin im Lobster Pot Freitag und Samstag abend. (Der Lobster Pot ist das Lokal, wo wir geheiratet haben.) Die haben an meinem Einsatzplan im Supermarkt ein wenig gedreht, damit das möglich war. Es ist etwas anstrengend, aber mir macht das nichts aus. Jedesmal, wenn ich zu müde werde, denke ich einfach an das Haus, auf das Dante und ich sparen. Das Schlimme daran, daß ich dauernd auf den Beinen bin, ist, daß ich Krampfadern bekomme. Hatte Ma nicht auch welche?

Oh, übrigens, habe ich eigentlich erwähnt, daß Dante sich eine Weile hat beurlauben lassen? Er möchte sich in nächster Zeit ganz auf das Schreiben von Gedichten konzentrieren. (Er ist sehr talentiert.) Ich habe neue Vorhänge für die Küche – gelbe Priscillas. Sie sehen sehr hübsch aus, nur daß ich den Saum etwa einen Zoll zu kurz genäht habe. Oh, na ja – man muß mit seinen Fehlern leben, stimmt's?

Alles Liebe, Dolores

Dante hatte vor, sich bis zum Frühling darum zu bemühen, wieder einen klaren Kopf zu bekommen, indem er Gedichte schrieb und sich durch eine ganze Liste von Klassikern hindurchlas, die er schon immer hatte lesen wollen. Er fing an, seine Gedichte unter irgendwelchen Pseudonymen an Zeitschriften zu schicken. Jedesmal, wenn die ihm eines zurückschickten, war er tagelang deprimiert. Und seine Leseliste kam ziemlich früh ins Stocken, als er in Montaignes *Aufsätzen* steckenblieb, aber nicht einfach den Rest überspringen wollte.

Wenn ich nach meiner Schicht am Freitag nachmittag im Laden nicht trödelte, hatte ich gerade noch genug Zeit zum Staubsaugen und um ein wenig zu verschnaufen, ehe ich ins Lobster Pot raste, um dort die Tische zu decken. Dante hatte vorgehabt, sich um die Hausarbeit zu kümmern, aber er litt immer wieder unter Schreibblockaden, sagte er, und konnte nicht in die richtige Stimmung gelangen, wenn er sich darum kümmern mußte, die Toilette zu putzen. Er sagte, er hätte gedacht, jemand, der selbst einmal Wasserfarbenkünstlerin gewesen sei, müsse Verständnis für den kreativen Prozeß haben – daß er sich im nächsten Leben nach einer Frau umsehen würde, die nicht anal-retentiv war. Ich hielt den Mund und machte sauber.

»Also, wie war es heute auf der Arbeit?« fragte er mich jedesmal, auf dem Bett liegend, und streckte sich nach seinem Nachmittagsschlaf. Er hungerte förmlich nach Details über meine Kolleginnen, die er die »geistigen Zwerge« nannte. Nach einer Weile behielt ich die Neuigkeiten für mich; ich hatte das Gefühl, als würde ich ihre Leben an ihn verfüttern.

»Oh, nichts Besonderes. Und wie war dein Tag?«

Er folgte mir ins Badezimmer und schälte eine Banane. »Deprimierend. Ich war gerade dabei, mit einem neuen Gedicht in Fahrt zu kommen, als irgend so ein Schwachkopf anrief und versucht hat, uns eine Tiefkühltruhe zu verkaufen. Schreiben ähnelt sehr dem Träumen, weißt du? Es gibt da unbewußte Verbindungen. Sobald sich da jemand dazwischendrängt, ist es ebenso, als würde man versuchen, wieder einzuschlafen, um einen Traum zu Ende zu träumen.« Er gähnte so weit, daß ich die zerkaute Banane sah.

An der Spüle kratzte ich an einem Flecken von Salatdressing, der sich in meiner Kellnerinnenuniform festgesetzt hatte. »Du bist also nicht dazu gekommen, in die Wäscherei zu fahren, wie?«

Er beobachtete mich voller Verachtung, während ich meine Uniform anlegte, mit einem Lappen an dem feuchten Flecken herumtupfte und mich dann mit dem Reißverschluß hinten abmühte. »Weißt du, was mich so deprimiert?« fragte er. »Deine Liebe für Oberflächlichkeiten. Dein tiefer Respekt für das Alltägliche.«

Ich sagte ihm, daß ich spät dran sei. Er folgte mir nach draußen zum Van. Als ich die Tür öffnete, riß er sie mir weg und knallte sie zu.

»Dante, ich bin *spät dran.*«

»Oh, entschuldige, du große Wichtige. Darf ich dir nur eine ganz kurze Frage stellen? Wie kommt es, daß ich jedesmal, wenn ich mit dir rede, noch deprimierter werde?«

»Es tut mir leid, Dante. Ich gebe mir Mühe. Wir reden darüber.«

»*Wow*«, spottete er. »Etwas, worauf ich mich den ganzen Abend freuen kann.«

»Schau, du hast gesagt, du wolltest dich nicht wehren, als sie dich angeklagt haben. Okay – wenn das mir passiert wäre, hätte ich mich gewehrt, aber ich habe deine Entscheidung respektiert. Und jetzt läßt du deinen ganzen Frust an mir aus. Das ist einfach nicht fair.«

Tränen traten ihm in die Augen; er ging ins Haus zurück. Ich sah auf die Uhr, stieg ein und ließ den Motor an. Dann schaltete ich ihn wieder ab und ging hinaus.

Ich setzte mich neben ihn aufs Bett. »Dante«, sagte ich. »Ich weiß, das ist schwer für dich, ganz ehrlich. Wir können später darüber reden. Aber jetzt muß ich wirklich gehen. Wenn ich nicht zum Aufdecken dort bin, wird Myrna ...«

»Dann geh.«

Ich gab ihm einen Kuß auf die Stirn und stand auf, zupfte mir meine Uniform zurecht. »Ich komme mir in dieser Uniform so häßlich vor«, sagte ich. »Wie sehe ich aus? Okay?«

Er antwortete, ohne mich anzusehen. »Du bist eine Vision in blauem Nylon«, sagte er. »Eine richtige Göttin in Keilabsätzen.«

Im November rasierte Dante sich den Bart ab und begann ein tägliches Ritual, zu dem Kreuzworträtsel und sonstige Worträtsel gehörten. Ich war ziemlich sicher, daß er sich auch die Seifenopern ansah. Manchmal, wenn ich von der Arbeit nach Hause kam, war der Fernseher noch warm, und einmal erwischte ich ihn dabei, wie er die Kennmelodie zu »Days of Our Lives« summte. Nach wie vor überzeugter Vegetarier, gewann er bei einem Wettbewerb unseres örtlichen Radiosenders einen Thanksgiving-Truthahn, weil er gewußt hatte, wer das Lied »Cool Jerk« aufgenommen hatte. Als ich den Vorschlag machte, daß wir mit dem Truthahn zu Grandma fahren sollten, erklärte er, er ziehe es vor, den Feiertag nicht »so traditionell wie die Scheiß-Waltons« zu verbringen.

Ich gewöhnte mir an, die Kleidung, die ich zur Arbeit getragen hatte, jeweils am Abend von Hand zu waschen, und Dante zügelte seinen Wäscheaufwand, indem er jeden Tag dasselbe trug: Khakihosen, graues Sweatshirt und keine Unterwäsche. Seine Hausarbeit war inzwischen auf Abstauben und Backen zusammengeschrumpft – Zopfbrote und sahnereiche Desserts, die er hauptsächlich selbst aß. Gewöhnlich war er zu erschöpft, um sich nach dem Abendessen um das Geschirr zu kümmern, so daß mir die Aufgabe zufiel, die verkrusteten Teigreste abzukratzen und ganze Türme von Schüsseln und Tellern und Töpfen auf dem Ablaufbrett aufzustapeln, während er Radio hörte oder mit seinem Rubikwürfel spielte.

Eines Nachmittags kam er gerade aus der Dusche, als ich von der Arbeit nach Hause kam. Ich sah ihm erstaunt nach, als er nackt durchs Zimmer wackelte.

»Was starrst du mich so an?« sagte er. Mein Blick löste sich sofort von dem Wulst an seiner Taille und seiner herunterhängenden Hinterpartie.

Ich wußte, was Fett und Einsamkeit bewirken konnten, wie sie einen verwandeln konnten in jemanden, den man haßte. »Nichts«, sagte ich.

»Nein, was ist? Sag es mir.«

»Na ja«, sagte ich, »anscheinend hast du ein wenig zugenommen.«

Er redete eine ganze Woche kein Wort mit mir.

Liebe Grandma,

vielen Dank für die Stützstrümpfe, die Du mir geschickt hast, und für die $ für Weihnachtseinkäufe. Ich will mir dafür einen daunengefütterten Maximantel kaufen, wie sie ihn jetzt alle tragen. Hier oben wird es im Winter KALT. Die Strümpfe sind wirklich eine Hilfe! Eine Frau im Supermarkt, die ich kenne, hatte so schlimme Krampfadern, daß sie sich operieren lassen mußte. Die ziehen sie einem einfach raus, und das tut richtig weh, hat sie gesagt. Vielleicht kriege ich eines Tages einmal einen Job, wo ich mich den ganzen Tag hinter einen Schreibtisch setzen, die Schuhe ausziehen und die Füße hochlegen kann. Das wäre schön!

Wir haben unseren Van vor zwei Wochen verkauft und einen ge-

brauchten Vega gekauft. Die Sitze sind ziemlich zerfetzt, aber der Motor ist gut. Wir haben 2100 Dollar für den Van bekommen. Der Händler hat gesagt, wir hätten mehr gekriegt, wenn Dante nicht diesen Unfall gehabt hätte – dieser Typ ist vor ihm einfach über die Straße gefahren, aber aus irgendeinem Grund hat der dämliche Bulle Dante aufgeschrieben. Ich habe den Differenzbetrag (1375 Dollar) auf die Bank gebracht. Hellgrün ist er. (Der Vega, nicht die Bank – ha-ha.)

Ich denke, unser Besuch wird sich bis nach den Feiertagen verzögern, Grandma. Im Restaurant sind nämlich eine Million Weihnachtsparties gebucht, und ich kann auf die Überstunden einfach nicht verzichten. Im Januar sollte es möglich sein. Wenn ich runterkomme, können wir dann auf dem Dachboden Mas und Deine alten Sachen ansehen? Ich lass' Dich dann meinen neuen Maximantel anprobieren! Du fehlst mir sehr, und ich habe Dich lieb, Grandma. Ich denke jeden Tag an Dich.

Alles Liebe, Dolores

Das Jahr 1980 läuteten wir auf Barhockern in Boomers und Paulas Wohnzimmer ein, gingen aber kurz nach Mitternacht weg, nachdem Dante, der zu viele Mai Tais getrunken hatte, zu Paula gesagt hatte, sie würde ihn an eine verklemmte Autohupe erinnern, worauf sie sagte, sie wäre lieber eine Autohupe als ein Kinderbelästiger. Boomer und ich holten die Mäntel.

Mrs. Wing und Chadley nahmen das Loch, das Dante in jener Nacht in unsere Schlafzimmerwand schlug, verständnisvoll hin. Auf der Rückfahrt von der Notaufnahme schluchzte Dante und sagte mir, ich sei das Beste, was ihm je widerfahren sei, und er würde mir das von nun an auch beweisen. Am Nachmittag darauf nahm ich den Christbaumschmuck von unserem kleinen unechten Bäumchen ab, während Dante am Küchentisch saß und seine Neujahrsvorsätze mit der linken Hand kritzelte, weil die rechte in Gips war. Seine Schrift war ziemlich wacklig. »1. Denk positiv. 2. Abnehmen. 3. Wenigstens ein neues Gedicht pro Woche schreiben. 4. Gymnastik treiben. 5. D. meine Liebe *beweisen.*«

»Was meinst du?« fragte er mich.

»Vielleicht hast du zu viele aufgeschrieben. Warum konzentrierst du dich nicht auf einen oder zwei?«

Sein Gesicht verhärtete sich, und er starrte mich an. »Mußt du mich *immer* fertigmachen?« sagte er.

»Dante, ich ...«

Er knüllte seine Liste zusammen und warf mir die Papierkugel ins Gesicht.

»Ich bin nicht diejenige, die dich gefeuert hat«, sagte ich. »Hör auf.« Er hob den Papierknäuel vom Boden auf und tat es ein zweites Mal.

»Wenn du das noch einmal tust, dann ...«

»Dann was?« sagte er. Er gab mir eine leichte Ohrfeige.

Er war doch mein Vater – er tat das mit mir, was Daddy mit Ma getan hatte. Ich schlug zurück, mit aller Kraft, die ich aufbringen konnte.

»Damit das klar ist«, sagte ich, »ich bin nicht dein gottverdammtes Prügelmädchen. Tu das *nie wieder!*«

***

Als es Frühling wurde, nahm Dantes Energie plötzlich völlig unerwartet zu. Er beschloß, sowohl seinen Garten hinter dem Haus wieder zu neuem Leben zu erwecken als auch die Bücher großer Autoren zu lesen, wie er es sich vorgenommen hatte. Er räumte in den Küchenschränken um, bohnerte die Böden und setzte die dann noch verbliebene Energie in Bewegung um, indem er täglich joggte. Ein literarisches Magazin, das sich *Zirconia* nannte, schrieb ihm, sie hätten vor, sein Gedicht »Wiedererwachen« zu veröffentlichen. In der Nacht griff er im Bett nach mir. »Laß uns mal sehen, ob wir uns noch daran erinnern, was wohin gehört«, sagte er.

Er war so sanft und geduldig mit mir wie in jenem ersten

Sommer, und ich verdrängte all meinen Zorn und meine Verletztheit und mein Mißtrauen, weil er mir Liebe schuldete. Das Schlimmste ist vorbei, dachte ich, wenn wir wieder beieinanderliegen und so sein können. Er streichelte mich sanft und zart mit seinen Fingern, und als er mich küßte, hatte ich wieder so ein wunderbares Gefühl wie früher. Und dann war ich soweit, ließ los.

Ich griff nach unten und führte ihn ein. Er begann langsam, locker, und ich schlang die Beine um ihn und verhakte meine Knöchel hinter seinem Rücken. Er pumpte schneller und schneller, und sein warmer Atem war in meinem Gesicht, seine Augen waren offen und sahen mich an. Ich griff nach seinem Arm. »Honey?« sagte ich. »Vielleicht sollten wir besser ... ich habe mein Rezept nicht erneuern lassen ...«

»Das ist einfach zu schön, um aufzuhören«, sagte er. »Das fühlt sich an, als würden wir einen Fluch brechen.«

»Ich weiß, Dante. Aber wenn wir nicht ...«

»Wenn wir nicht ...«, keuchte er.

»Hör auf ...«, murmelte ich. Er zog stöhnend seinen Penis heraus, und er tanzte und ruckte an meinem Bauch, und Dante lachte und sah zu, wie sein Samen herausquoll und mir an der Seite herunterrann. Er küßte meinen Hals und meine Augen. Dann wischte er mir mit seinem ausgefransten grauen Sweatshirt den Bauch ab.

»George, wenn es ein Mädchen ist, und Martha, wenn es ein Junge ist«, sagte er. »Jody, wenn es ein Hermaphrodit wird.«

»Mach keine Witze über Babys, Dante, okay?«

»Vielleicht mache ich gar keine Witze«, sagte er. »Darüber habe ich in letzter Zeit viel nachgedacht. Über Babys und über Arbeit.«

Wir sind darüber hinweg, dachte ich. Aber ich blieb vorsichtig. »Was meinst du damit?«

»Ich habe mir in der Bibliothek dieses Buch geholt: *Welche Farbe hat dein Fallschirm?* Es befaßt sich mit Karrierewechsel.

Wie würde es dir gefallen, mit einem Sozialarbeiter verheiratet zu sein?«

Ich wollte lieber, daß er über Babys redete. »Was ist ein Hermaprodit?« sagte ich.

»Her*maphro*dit, nicht Her*mapro*dit. Das ist eine der Zweideutigkeiten des Lebens.«

»Oh.«

Am Wochenende log ich und sagte im Lobster Pot, ich sei krank. Am Sonntag morgen war ich so aufgekratzt und fest überzeugt, daß unsere Probleme hinter uns lagen, daß ich beschloß, Dante bei seinem täglichen Lauf zu begleiten. Ich schaffte es unsere Zufahrt hinunter. Als die erste Steigung kam, brannten meine Lungen, und ich bekam Seitenstechen.

»Lauf weiter«, keuchte ich. »Ich schaffe das nicht.« Ich sah ihm nach, wie er immer kleiner wurde, kleiner und kleiner, bis er unten an der State Street war.

An den Montagvormittagen kümmerten Tandy und ich uns im Grand Union um die Zeitschriftenregale. In einer Woche im Herbst jenes Jahres war Elvis Presley – der jetzt schon seit drei Jahren tot war – plötzlich auf dem Umschlag von *People* und sämtlicher Sensationsblätter. Elvis, mit dem aufgedunsenen Gesicht, Elvis in Weiß mit Straß.

»Was haben die jetzt wieder über das arme alte Schweinchen ausgegraben?« sagte Tandy.

Ich überflog die ersten paar Absätze. »Die haben diesen Arzt verhaftet, der ihm das ganze Rauschgift besorgt hat. Da steht, Elvis sei tablettensüchtig gewesen.«

»So ein Tamtam«, sagte Tandy.

Den ganzen Vormittag schien das Obst in Reihe eins zu vibrieren. Das Neonlicht, das auf die leuchtend bunten Elvisumschläge fiel, bereitete mir Kopfschmerzen. Irgend etwas stimmte nicht mit mir.

In der Mittagspause nahm ich mir ein paar der Zeitschriften in den Aufenthaltsraum mit. In einem Artikel stand, daß Elvis Freßsucht hatte und seine Tabletten eine Art Selbstmord gewesen seien, aber daß niemand seine Signale verstanden und seine Hilferufe wahrgenommen habe. Zwei Wochen vor seinem Tode, darüber waren sich alle einig, war Elvis aus einer tiefen Depression aufgetaucht und hatte wie ein Verrückter Squash gespielt und seiner Verlobten alle möglichen Versprechungen gemacht. Irgendein Psychiater in einem anderen Artikel schrieb, das sei das übliche Muster – die Leute begingen dann Selbstmord, wenn es in ihrem Leben wieder aufwärtsging und man dachte, ihre Probleme seien gelöst. Selbstmord erforderte ein ungeheures Maß an Energie, schrieb dieser Doktor.

»Was ist denn?« fragte Tandy. »Du bist ganz weiß.«

»Sag Mr. Lamoreaux, daß ich nach Hause mußte.«

Ich rannte die Main Street hinunter, sah schreckliche Bilder vor meinem inneren Auge: Dante in rotem Wasser in der Badewanne liegend, Dante blau und vom Türrahmen hängend. »Oh, bitte …«, sagte ich immer wieder. »Bitte, lieber Gott.« Als ich oben auf unserem Hügel angelangt war, war mir jeder Fehler klar, den ich mit ihm gemacht hatte – jedes einzelne Signal, das ich übersehen hatte.

Mein Schlüssel wollte erst gar nicht ins Schloß finden, rutschte vom Metall ab. Schließlich schaffte ich es mit beiden Händen, ihn einzuschieben, und drehte ihn. Ich rannte durch die Wohnung.

Sie saßen auf dem Bett und sahen fern. Dante aß einen Hotdog.

»Hey!« sagte er und wäre beinahe an dem erstickt, was er im Mund hatte. »Was machst du …?«

Sie hatte langes, strohblondes Haar und Ponyfransen, die dicht über ihren großen, verängstigten Augen endeten. Sie saß mit übereinandergeschlagenen Beinen da und hatte einen Pullover, Dantes rote Daunenweste, Unterhosen und Kniestrümpfe an. Dante saß ohne Hemd da.

»Falls ... falls du dich wunderst, weshalb ich Fleisch esse«, sagte er. »Das ist ein Experiment. In *Runners World* steht, daß man zwei oder drei Tage vor einem Rennen seinen Metabolismus mit Proteinen überfüttern soll.«

Mein Blick wanderte wieder zu ihr. »Sind Sie Sheila?«

Aber sie gab keine Antwort.

»Sie hat Probleme zu Hause. Sie brauchte jemanden, mit dem sie reden konnte, Dolores.«

»Dazu zieht sie sich die Hosen aus? Wie lange treibt ihr beide das schon hier?«

Dante schloß die Augen. »Mit wem redest du eigentlich?« sagte er.

»Mit wem ich rede, fragt der Mann!« schrie ich. »Sieh zu, daß sie hier verschwindet!«

Sie hüpfte zur Tür und zog sich dabei die Jeans hoch. Als ich die Wagentür zuknallen hörte, rannte ich hinter den beiden her. Dante fuhr rückwärts aus der Einfahrt, den Kopf herumgedreht; sie starrte mich mit großen Augen an. Ich warf ganze Hände voll Kies, den ich vom Boden aufhob, nach ihnen. Die Steine prasselten auf die Windschutzscheibe und prallten ab.

»Du Hurenbock!« schrie ich immer wieder. »Du Hurenbock!«

Jedesmal, wenn die nächsten paar Tage das Telefon klingelte, nahm ich den Hörer ab und knallte ihn wieder auf die Gabel, ehe er Gelegenheit hatte, etwas zu sagen.

Aber er hörte nicht auf, es zu versuchen.

»Was willst du?« schrie ich schließlich eines Abends in den Hörer. »Sag es schnell, und dann hör auf, mich zu belästigen!«

»Wir müssen reden.«

»Blödsinn. Ich habe nicht vor, solange ich lebe, noch einmal mit dir zu reden.«

Das Versprechen hielt ich sechs Tage. Dann spürte ich ihn

im Haus seiner Eltern in New Jersey auf. Es dauerte eine ganze Weile, bis er ans Telefon kam.

»Ja?« sagte er.

»Äh, ich bin's«, sagte ich. »Könntest du zurückkommen? Ich brauche dich wirklich.«

Einige Sekunden lang gab er keine Antwort. Dann sagte er: »Schau, ich habe mir das lange überlegt. Vielleicht sollten wir für den Augenblick ...«

»Ich habe gerade einen Anruf bekommen. Meine Großmutter ist gestorben. Ich weiß nicht, was ich tun soll.«

25

Dante fuhr die ganze Nacht, um zu mir zurückzukommen. Ich ging hinaus, als ich seinen Wagen in der Einfahrt hörte, und erwartete ihn, und er drückte mich kräftig an sich, ließ kurz los und drückte mich dann wieder.

Wir waren höflich und formell zueinander, während er seinen Kaffee trank und sich Kleidung für die Beerdigung auf einen Kleiderbügel hängte.

Er trug meine Reisetasche zum Wagen. »Du bist sicher erschöpft«, sagte ich. »Ich kann fahren.«

Er legte mir die Hand auf die Schulter und öffnete mir dann die Beifahrertür. »Laß mich das nur machen, Babe. Ich tu' es gern.«

Während der ganzen Fahrt durch Vermont griff er immer wieder nach meiner Hand. Die seine fühlte sich schwer und drückend an. Mir war nicht bewußt, daß ich sie immer wieder losließ, aber offenbar tat ich das, denn er griff immer wieder danach.

Als wir vielleicht eine Stunde gefahren waren, schaltete er das Radio aus. »Sag mir, was du denkst«, sagte er.

»Oh, nicht viel.« Ich dachte, daß es vielleicht ein Segen war, daß Vita Marie nicht existierte – daß ich sie enttäuscht hätte, wenn ich es zu ihrer Geburt hätte kommen lassen. Ma und Grandma hatte ich beide enttäuscht – höchstwahrscheinlich Dante auch, wenn auch nicht auf so augenfällige Art. Die Dinge nahmen für mich immer dann klare Konturen an, sobald die Person, die ich liebte, tot war.

»Nichts?«

»Ich habe gerade darüber nachgedacht, was für eine beschissene Enkeltochter ich ihr doch war.«

»Wie meinst du das?«

»Ich habe sie nie besucht. Sie war einsam.«

Er erklärte mir, weshalb meine Schuldgefühle unlogisch waren – ein Vortrag, der einige Autobahnausfahrten lang war; er war bei weitem nicht so tröstlich, wie Casey Kasem das gewesen war. Ich bat ihn, das Radio wieder einzuschalten.

»Ich weiß, was du brauchst«, sagte er.

Er wandte den Blick von der Straße und suchte etwas in dem Durcheinander auf dem Rücksitz. Ohne daß dabei besondere Panikgefühle in mir aufgekommen wären, sah ich zu, wie unser Wagen ins Schwanken geriet, sich auf den Randstreifen zubewegte, dann auf einen Felsvorsprung und dann wieder gerade weiterrollte. Dann landete das, was er gesucht hatte, auf meinem Schoß: ein dickes braunes Buch mit einem fettfleckigen Umschlag.

»Des-cartes?«

»Dee-*kart.* Er ist Franzose. Die s sind stumm. Was er sagt, ist unmittelbar relevant für das, was du empfindest. Es entkräftet deine Schuldgefühle. Lies es.«

»Ich will es nicht lesen.«

Sein Lächeln war so, wie ich annahm, daß er es bei begriffsstutzigen Schülern einsetzte. »Weil du es vorziehst, dich selbst zu geißeln?«

»Weil ich kotzen muß, wenn ich in einem fahrenden Wagen lese.«

»Du hast ihr jede Woche geschrieben oder sie angerufen,

Dolores. Ich habe dich bestimmt hundert Mal zu ihr sagen hören, sie soll in einen Bus steigen und uns besuchen.«

»Ja, weil ich wußte, daß sie es nicht *tun* würde«, widersprach ich. »Ich weiß, daß sie Angst davor hatte, allein zu reisen. Das weiß ich seit damals, als sie zu unserer Hochzeit kam.« Ich fing an, Grandmas Ängste zu verteidigen, aber dann verlor ich den Faden und erzählte ihm am Ende von diesem Schwarzen mit seinem Dashiki und seiner Religion des Vergebens – wie Grandmas Hand sich in seinem Haar verfangen und wie sie dieses Gefühl beschäftigt hatte.

Dante griff erneut nach meiner Hand. »Weil wir gerade von Vergebung sprechen«, sagte er. »Ich sage nicht, daß ich sie verdiene. Ich sage nur, daß ich mich darum bewerbe. Ich brauche dich, Babe.«

Seine Worte hatten mich öfter verletzt als mir Linderung verschafft. Ich warnte mich selbst davor, mich jetzt von dieser Verbalvaseline nicht einfangen zu lassen. »Warum eigentlich, Dante?« sagte ich. »Solange wir zusammen sind, hast du mich ewig kritisiert und meine Aussprache und meine Grammatik korrigiert. Bin ich für dich so etwas wie ein persönlicher Abfallhaufen? Ist es das, wozu du mich brauchst?«

Er lächelte geduldig. »Letzte Woche habe ich wieder Thoreau gelesen. *Walden.* Es ist wirklich erstaunlich, wie er einem klarmacht, was wirklich erhaben ist und was ...«

»Beantworte meine Frage«, sagte ich.

»Ich brauche dich, weil du du bist«, sagte er. »Mit Sheila, das war nur Sex. Eine Eroberung – eigentlich nur eine Art Materialismus. So lange vergnüglich, bis der Muskelkrampf vorbei war, und dann – peng! – dieselbe stille Verzweiflung. Ich war ein Narr, daß ich das aufs Spiel gesetzt habe, was wir uns gemeinsam aufgebaut haben. Mea culpa.«

»Oh, mea culpa! Mia Farrow!« Ich ballte meine Hand zur Faust und riß sie ihm weg. »Klingt wirklich klasse, Dante. Und was ist mit diesem armen Mädchen? Für dich war es ein Muskelkrampf. Was war es für sie?«

»Babe, die Kids heute sind Nihilisten – das ist dir offenbar nicht klar. Sie sind nicht wie wir. Sie sind politisch hirntot. Für die gibt es nur Parties. Alles andere ist unwichtig. Und ich war so blöd, mich darauf einzulassen. Kurzzeitige geistige Verwirrung, Dolores – *kurzzeitig*. Für Sheila war das ein Nachmittagsfick, einfach ein Zeitvertreib, anstatt sich ›Emergency Room‹ anzusehen. Ich bezweifle, daß es ihr mehr bedeutet hat.«

»Das würde dann *deine* Schuld zu etwas Unlogischem machen, so wie die meine bezüglich meiner Großmutter, stimmt's? Herrgott, Dante, das ist alles so bequem.« Ich kurbelte das Fenster herunter und warf sein Buch hinaus.

Er bremste instinktiv, trat dann aber wieder aufs Gas. »Okay«, sagte er. »Das war jetzt eine Überreaktion, aber ich gestatte dir diese Extravaganz.«

»Oh, vielen Dank«, sagte ich. »Babe.«

»Denk nur an eines«, sagte er. »*Du* hast *mich* zu Hilfe gerufen, und ich bin gekommen. Ich sitze neben dir in diesem Wagen. Ich bin hier.«

In dem Begräbnisinstitut sah ich mich demselben lächelnden glotzäugigen Leichenbestatter gegenüber, der sich bei der Totenfeier meiner Mutter vor elf Jahren an den Wänden entlanggedrückt hatte. Sein Anblick riß sofort den Schorf von Mas Tod ab. Dante und Glotzauge übernahmen das Reden; ich nickte und unterschrieb Formulare.

Die Aufbahrung war am Abend von sieben bis neun. Der Begräbnisgottesdienst am nächsten Morgen um elf. »Möchten Sie, daß ich die Trauergäste am Grab für nach der Beerdigung in Ihr Haus einlade?«

Ich sah Dante an. »Was meinst du?«

Er rieb meinen Arm. »Das liegt bei dir, Babe«, sagte er.

»Dann nein.«

»Der Gottesdienst wird kurz vor Mittag zu Ende sein«, sagte Glotzauge.

»Okay. Wie Sie meinen.«

»Schön. So, wollen Sie jetzt, wo Sie hier sind, die Leiche sehen? Wir haben sie gestern nachmittag bekommen. Sie ist präpariert.«

»Tun Sie mir einen Gefallen, ja?« sagte ich. »Hören Sie auf, über meine Großmutter zu reden, als ob sie eine Portion Kentucky Fried Chicken wäre.«

Glotzauge sagte Dante, daß eine Entschuldigung überhaupt nicht erforderlich sei, daß der Tod die Hinterbliebenen mit Zorn erfülle, weil er ihnen ein Gefühl der Machtlosigkeit vermittle.

In dem Raum, in den er sie getan hatte, war alles grau: der Teppich, die Tapete, der Sarg, den er mich telefonisch von Vermont aus hatte auswählen lassen. Es sah aus, als würde Grandma an einem kalten Ort des Zwielichts liegen. Der ganze Raum schien mit Rauhreif bedeckt.

Der Rosenkranz, den sie ihr um ihre knorrigen Hände geschlungen hatten, war ihr bernsteinfarbener Alltagsrosenkranz, nicht der gute weinrote, den sie Ostern und Weihnachten immer aus seinem Samtetui holte – der, den Grandma selbst für diesen Anlaß ausgewählt hatte. Mrs. Mumphy und ihre Tochter waren in Grandmas Haus gewesen und hatten ihre Kleidung ausgewählt. Ich zwang mich, in ihr Wachsfigurengesicht zu sehen. Der Tod oder der Leichenbestatter hatten ihre Gesichtsmuskeln entspannt. Sie war Grandma und war es doch nicht.

Während der Fahrt von dem Begräbnisinstitut zu dem Haus in der Pierce Street bedeutete ich ihm, ohne zu sprechen, wann er links und wann er rechts abbiegen mußte. »Das hier«, sagte ich schließlich. »Das graue Haus.« Er lenkte den Wagen in die Zufahrt, und ich spürte, wie mein Magen revoltierte.

Plötzlich war mir klar, weshalb ich mich immer um einen Besuch gedrückt hatte: Easterly machte mich wieder zu der, die ich einmal gewesen war. Es löschte all meine Arbeit in

Gracewood und das Leben, das ich mir in Vermont aufgebaut hatte, aus. Dante, der meine Reisetasche hineintrug, war Daddy, der meine Koffer über die Treppe zur vorderen Veranda hinauftrug und mich verließ. Ich ging hinter ihm her und hatte das eigenartige Gefühl, daß Dante und ich nur Puppen waren, Barbie und Ken, und daß die wahre Dolores – das fette Mädchen, das man vergewaltigt hatte – hier gar nicht weggegangen war, uns hinter dem Vorhang stehend beobachtete.

»Telefon!« sagte Dante, als ich den Schlüssel ins Schloß schob. »Schnell!«

Er rannte auf das Klingeln zu. Ich trat zögernd hinein.

Zuerst dachte ich, Einbrecher wären im Haus gewesen.

Meine Schritte klapperten in den fast leeren Räumen im Erdgeschoß, während Dantes Stimme im Hintergrund hallte. Die Eßzimmermöbel waren nicht da, und der Porzellanschrank aus Mahagoniholz auch nicht, der den halben Flur gefüllt hatte, und Grandmas Fernsehtruhe. Die Nachmittagssonne warf ihr Licht auf das Wohnzimmer und die zwei verbliebenen Möbelstücke: ihr dunkelbrauner Polstersessel und etwas Neues – ein Wasserbett. Verwirrt setzte ich mich auf das Bett und wartete, bis das Schwanken nachließ.

In ihrem allerletzten Brief hatte Grandma etwas davon geschrieben, daß sie mit der Kirche eine Verkaufsaktion durchgeführt hatte. Aber diese Leere hatte ich nicht erwartet. Draußen vorbeifahrende Autos ließen die Wände vibrieren. Dantes Schritte dröhnten ins Zimmer.

»Das war die Anwältin«, sagte er. »Sie möchte mit uns sprechen, während wir hier sind. Ich habe gesagt, morgen um neun.«

»Wenn die Leute nach der Beerdigung hierherkommen, müssen wir Essen herrichten. Ruf sie wieder an und sag ab.«

»Sie sagt, es dauert allerhöchstens eine halbe Stunde. Das kriegen wir schon hin. Ist da nicht ein Lebensmittelladen gleich gegenüber? Und eine Bäckerei muß es hier doch auch geben, oder? Ich kann mir ja nicht vorstellen, daß Tausende erscheinen.«

Er setzte sich neben mich aufs Bett. Wir sanken mit dem Wasser und hoben uns dann wieder, sanken und hoben uns.

»Warum hat sie dieses Bett gekauft?« sagte ich. »Das verstehe ich nicht.«

»Vielleicht für ihren Rücken, oder so. Übrigens, mir gefällt es hier. Spartanisch. Das Haus bietet durchaus Möglichkeiten.«

»Früher war es richtig vollgestopft«, sagte ich. »Sie muß gewußt haben, daß sie sterben würde.«

Er ließ sich nach hinten fallen. »Wieviel Zeit haben wir? Dreieinhalb, vier Stunden bis zur Aufbahrung? Ich denke, ich werde ein wenig schlafen. Ich bin ziemlich fertig.« Er hob die Hand und fing an, meinen Rücken zu massieren. »Wie fühlst du dich?«

Ich schaute ihn an, sah sein Lächeln. »Danke, daß du mir geholfen hast«, sagte ich. »Daß du mich hierhergebracht hast, und alles.«

»Du brauchst mir nicht zu danken, Babe. Ich bin dein Mann.«

»Ich schlafe heute nacht nicht mit dir«, sagte ich.

Das Massieren hörte auf. »Okay, in Ordnung. Ich kann mich gedulden. Wir haben genügend Zeit. Ich denke nur, wenn wir jemals ...«

»Ich bin dann oben«, sagte ich. »Schlaf du nur.«

Mas Schlafzimmer hatte leere, kalte Wände, leere Schubladen, leere Schränke. Zorn stieg in mir auf. Wäre es wirklich ein Schaden gewesen, ihre Sachen hier oben zu lassen, bis ich soweit war, um sie zu übernehmen? Die Leere war ein Verrat, ein Schlag ins Gesicht. »Verdammt, Grandma«, sagte ich.

Mein altes Zimmer hatte sie so gelassen, wie es war. Fernsehkombination, grünkarierte Bettdecke, Sessel am Fenster. Sechs Jahre lang hatte ich hier oben gesessen, voller Zorn auf das Leben geblickt und versucht, den Schmerz in mich hineinzufressen. Ich sah es jetzt ganz deutlich: Weshalb Ma so darum gekämpft hatte, daß ich aufs College ging – warum sie sich während der Kämpfe darüber, daß ich auf eine Schule gehen sollte, von all dem Schlimmen, was ich gesagt hatte, hatte blutig schlagen lassen. Ma hatte die Gefahr von Grandmas Haus verstanden – hatte begriffen, wie schwere Möbel und vor der Welt zugezogene Vorhänge einen Menschen völlig absorbieren und ihn schrullig und gemein machen konnten, in einem Gefangenen. Ma hatte gewollt, daß das College mich freimachte. Und wenn ich auch in Pennsylvania ein Chaos hinterlassen hatte, dorthin zu gehen war ein Anfang gewesen, hatte mich hier weggeholt. Ich sah meine Mutter mit dem Steakmesser in der Hand dastehen, wie sie meinen Fernsehanschluß abgeschnitten hatte. Ma, eine Kriegerin der Liebe.

Ich trat an die Kommode, hielt den Atem an und zog die unterste Schublade heraus, hob die zusammengefalteten Betttücher aus der Schublade. »Ich liebe Bernice Holland. Ergebenst, Alan Ladd«, stand da immer noch. Glücklich, erleichtert, setzte ich mich aufs Bett und weinte.

In Wahrheit *hatte* Grandma mir genug Zeit gelassen, um hierherzukommen und mir das zu holen, was ich wollte. Ich malte mir aus, wie sie sich mit den schweren Kartons die Treppe hinunterquälte, ihr krankes Herz belastete, weil sie ihre Sachen in Ordnung bringen wollte. Sie hatte ein *Recht* auf leere Räume gehabt. Sie hatte mich so geliebt, wie es ihr möglich gewesen war.

Ich zog den Riegel zurück und öffnete die Tür zum Treppenhaus, ging die sechs Stufen zu dem Apartment im zweiten Stock hinauf. Seit dem Nachmittag, an dem Jack und Rita sich davongestohlen hatten, hatte Grandma die Tür verschlossen und das Apartment unvermietet gelassen. Wie ein Polizist in der Nachtschicht drehte ich prüfend am Türknopf und ging dann wieder hinunter.

Ich beschloß, Dante für den Fall, daß er tief schlafen sollte, eine Nachricht zu hinterlassen und allein zu dem Begräbnisinstitut zu fahren. Die Leute dort würden dieselben weißhaarigen St.-Anthony's-Frauen sein, die wußten, wie ich mein Leben verpfuscht hatte, die bei Mas Begräbnis dagesessen und zugesehen hatten, wie ich Daddy für immer aus meinem Leben verdrängt hatte. Der Salon, in dem jetzt der offene Sarg meiner Großmutter stand, war der letzte Ort, wo ich ihn gesehen hatte. Dante dachte, mein Vater sei tot.

Er war nicht eingeschlafen. Ich fand ihn am untersten Treppenabsatz, wo er die Fotografie von Ma und Geneva studierte, Teenagern in weißen Kleidern. »Sie sind schön«, sagte er. »Wer ist das?«

»Eine von ihnen ist meine Mutter.«

Er deutete auf Geneva, und ich schüttelte den Kopf. »Ja, natürlich«, nickte er. »Jetzt sehe ich die Ähnlichkeit. Du hast ihre Schönheit geerbt.«

»Yeah, klar«, sagte ich.

»Doch, wirklich. Du siehst das nur nicht.« Er lehnte sich mit dem Kopf an die Wand, so daß es aussah, als würde er auf seinen beiden Schultern Familienbilder balancieren. »Ich weiß nicht, ob du schon darüber nachgedacht hast, Dolores, aber ich stelle mir vor, daß dieses Haus jetzt dir gehört. Hast du schon überlegt, was du damit tun wirst?«

»Zusehen, daß ich es los werde«, sagte ich. »Ich will es nicht.«

»Ich dachte, es wäre dein Traum, ein Haus zu besitzen.«

»Nicht dieses Haus.«

Er legte einen Arm um mich und küßte mich auf die Stirn. In den letzten sechs Stunden hatte er mich öfter berührt als in den sechs Monaten zuvor.

»Ich liebe dich, Dolores«, flüsterte er und küßte meinen Hals, küßte mein Ohr.

»Und dann wäre da mein Job«, sagte ich. »Würdest du bitte damit aufhören?«

Er ließ mich los und ging zwei Stufen hinauf, sah sich wieder Bilder an. »Ich habe mir das so überlegt«, sagte er. »Wir könnten ja vielleicht hier einen neuen Anfang machen – das könnte genau die Chance sein, die wir brauchen. Ich könnte wieder eine Stelle als Lehrer bekommen. In meinen Unterlagen ist ja nichts vermerkt.«

»Und was ist mit mir?«

Er beugte sich herunter und zog mit dem Daumen meine Augenbrauen nach. »Jeder Lebensmittelladen auf der Welt braucht Leute, Babe.«

Ich saß auf einer Treppe und blickte auf Grandmas Haustür hinunter. Das Licht der Nachmittagssonne fiel durch das ovale Glas ins Haus und erzeugte einen rechteckigen Lichtfleck auf dem Läufer im Flur. »Hast du mich wegen der Abtreibung geheiratet?« fragte ich. »War das nur Edelmut?«

»Ich habe dich geheiratet, weil ich dich geliebt habe. Weil ich dich *liebe.* Gegenwart.«

»Wie kannst du mich lieben, wenn du in mir bloß eine dumme Supermarktkassiererin siehst?«

»Du bist nicht dumm. Du bist... befreit. Willst du ein Geheimnis hören?«

Ich wollte nicht. Das könnte dazu führen, daß meine eigenen Geheimnisse herauskamen – das könnte das fette Mädchen dazu bringen, ihre Schlafzimmertür aufzureißen und alles aus sich heraussprudeln zu lassen.

»In Wahrheit«, fuhr er fort, »beneide ich dich manchmal. Ich wünschte, ich könnte ein wenig von meiner Kompliziertheit ablegen. Das ist wie eine schwere Last, die ich herumtrage, eine Bürde. Deine Schlichtheit ist... nun, thoreauhaft. Und deshalb bist du so gut für mich.«

»Was soll das bedeuten?«

»Du sorgst dafür, daß ich den Kontakt zur Wirklichkeit nicht verliere. Du sorgst dafür, daß ich ehrlich bleibe.«

»Du bist *nicht* ehrlich«, sagte ich. »Du hast zu mir gesagt, du hättest das nicht getan, was die dir vorgeworfen haben, und ich habe dir geglaubt. Und dann hast du sie nach Hause gebracht und es mit ihr auf unserem Bett getan. Daß gegen dich nichts vorliegt, ist *eine Lüge!*«

Er beugte sich vor, legte den Kopf auf die Knie und rieb sich den Nacken. Dann richtete er sich wieder auf und nahm unser Hochzeitsbild von der Wand. Während er sprach, sah er es an. »Glaub mir, Dolores, du wirfst mir damit nichts vor, was ich mir nicht auch selbst schon vorgeworfen habe. Du bist nur weniger hart zu mir, als ich das zu mir selbst bin.«

»Ja, das stimmt«, sagte ich.

Er kam zu mir herauf und setzte sich neben mich auf die Treppenstufe. Er schloß die Augen und küßte das Bild. »Liebe/Wir«, sagte er.

Er saß da und sah mir zu, wie ich weinte.

Ich wollte nichts von dem, was im Kühlschrank war, anrühren; die frischen Lebensmittel waren Grandma zu nahe, sie konnte sie erst wenige Tage zuvor gekauft haben. Während Dante draußen joggte – »seine negative Energie ausschwitzen«, wie er es nannte –, wärmte ich mir in den alten vertrauten Pfannen und Töpfen Konservengerichte auf. Alle Briefe, die ich ihr aus Vermont geschrieben hatte, lagen, mit einem Gummiband zusammengehalten, in der Telefonbuchschublade. Ich blickte immer wieder von meiner Schrift auf – den Aschenbrödelberichten, die ich ihr über meine Ehe geschickt hatte – und hatte Angst, sie würde an der Tür stehen und mich verstohlen beobachten, wie sie das nach der Vergewaltigung immer getan hatte. *Wenn* es irgendeine Art allwissenden Lebens nach dem Tode gab, dann wußte Grandma jetzt, daß jene Briefe Lügen waren, daß Dante und ich alles andere als das Leben geführt hatten, das ich für sie erfunden hatte. Für mich. In mancher Hinsicht verdiente ich Dantes Unehrlichkeit. Dolores Price: die dickste, fetteste Lügnerin auf Erden.

»Ich fühle mich um hundert Prozent wohler«, sagte Dante, als er in einem Schwall kühler Luft ins Haus platzte. Sein Gesicht war gerötet und gesund und mit einer dünnen

Schweißschicht bedeckt. Er sah beinahe vertrauenswürdig aus.

Wir standen jedesmal auf, wenn Frauen sich von dem gepolsterten Betschemel vor dem Sarg erhoben und zu uns herüberhumpelten, um uns die Hand zu schütteln.

»Ehrlich, noch vor zwei Wochen beim Bingo hat sie so gut ausgesehen. Als ich heute morgen die Zeitung aufmachte und es las ...«

»Ihr Mann ist wirklich reizend, oder? Die Familie meines Mannes kommt aus Vermont. Aus Rutland.«

Sie saßen auf ihren Stühlen, unterhielten sich und lächelten Dante und mir gelegentlich zu. Sie sprachen laut für die Schwerhörigen. Niemand sagte etwas Böses. Niemand verriet mich.

Gegen Ende blickte ich von einem Flüstergespräch mit Dante auf und sah einen kleinen Mann in einem Trenchcoat am Sarg stehen. Sein karierter Hut lag neben ihm auf dem Betstuhl, während er betete. Dann bekreuzigte er sich und kam auf uns zu.

Dante und ich standen auf. »Ich bin Dante Davis, und das ist meine Frau Dolores«, sagte Dante und streckte ihm die Hand hin. »Es ist sehr freundlich von Ihnen, daß Sie gekommen sind. Dolores ist Mrs. Hollands Enkeltochter.«

»Dolores?« sagte der Mann. »Wie geht es Ihnen?«

Er war ein wenig eingeschrumpelt und hatte sein Toupet aufgegeben. Was ich erkannte, waren seine sorgenvollen braunen Augen. »O mein Gott«, sagte ich. »Mr. Pucci!«

Ich drückte ihn fester an mich, als ich das vielleicht hätte tun sollen; seine Knochen fühlten sich leicht und zerbrechlich an, wie die eines Vogels.

Er musterte mich auf Armeslänge. »Sie sehen wunderbar aus«, sagte er.

Ich tat es mit einer Handbewegung ab. »Wie geht's der Schule?«

»Oh, die steht immer noch«, sagte er und lächelte. »Das mit Ihrer Großmutter tut mir leid. Ich werde ihre Weihnachtskarte dieses Jahr vermissen.«

»Welche Weihnachtskarte?«

»Oh, sie hat mir jedes Jahr eine geschickt, seit Sie Ihre Abschlußprüfung gemacht haben. Hat mich über alles, was Sie betrifft, auf dem laufenden gehalten.« Er lächelte Dante zu. »Vermont ist ein wunderschöner Staat. Ein Freund von mir und ich fahren jedes Jahr im Herbst dorthin.«

»Gary?« fragte ich. »Leben Sie und Gary immer noch zusammen?«

Mr. Pucci wurde rot und nickte.

Das Gesicht Garys erschien vor meinem inneren Auge – und ihr Apartment –, Mr. Puccis schuldbewußter Blick an jenem Nachmittag, als ich dort unangemeldet aufgetaucht war.

»Ja. Nun ...« Mr. Pucci schüttelte Dante die Hand und wiederholte, wie leid ihm Grandmas Tod täte.

Ich sah ihm nach, wie er durch die Eingangshalle hinausging. »Ein ehemaliger Lehrer?« fragte Dante.

»Entschuldige, ich bin gleich wieder da«, sagte ich.

Glotzauge hielt ihm die Tür auf. »Mr. Pucci, warten Sie!« sagte ich. »Ich bringe Sie zu Ihrem Wagen.«

Wir redeten fünf Minuten lang über Belangloses. Allein schon das Geräusch seines Motors machte mir angst.

»Tut mir leid, wenn ich Sie da drinnen mit Gary in Verlegenheit gebracht habe.«

»Nein, nein – seien Sie nicht albern.«

»Er war damals so nett zu mir, als ich in Ihre Wohnung kam. Herrgott, wie anmaßend von mir, dort einfach so hineinzuplatzen. Er hat mir Billie-Holiday-Platten vorgespielt, ehe Sie kamen. Haben Sie Ihre Jukebox noch?«

Er nickte.

»Mr. Pucci? Was ich sagen wollte – ich sitze jetzt die ganze Zeit dort drinnen und sehe Grandma auf der einen Seite und ihre Freunde und Freundinnen aus der Kirche auf der anderen und will mich bei jemandem entschuldigen. Nur, daß ich das nicht konnte. Dante weiß nicht einmal – also, ich will sagen, daß es für mich eine ganze Menge bedeutet, daß Sie heute abend gekommen sind. Und daß Sie mein Freund waren – mein *Kumpel* –, als ich so durcheinander war. Es tut mir wirklich schrecklich leid ...«

»Lassen Sie mich etwas fragen, Kumpel«, sagte er. »Wo waren Sie an dem Nachmittag, als Präsident Kennedy erschossen wurde?«

»Äh ... in St. Anthony's. Miss Lilly hat eine Klassenarbeit unterbrochen, um es uns zu sagen.«

»Und ich saß mit meinem Cousin Dominick am Küchentisch meiner Mutter, als es passiert ist. Wir aßen gerade Mittag – *Pasta e Fagioli.*«

Ich stand da und sah ihn an und wartete darauf, daß das, was er gerade gesagt hatte, einen Sinn ergeben würde.

»Und wo waren Sie, als Sie Neil Armstrong auf dem Mond landen sahen?«

»Das wissen Sie ganz genau. Mit Ihnen zusammen, wir saßen auf der Couch bei Grandma. Das war in der Nacht, nachdem Ma gestorben war. Sie hatten mir ein afrikanisches Veilchen mitgebracht.«

»Das stimmt«, sagte er. »Das stimmt ganz genau. Und deshalb denke ich jedesmal, wenn jemand den Mord an Kennedy erwähnt, an meinen Cousin Dominick. Und jedesmal, wenn jemand von dieser Mondlandung redet, denke ich an Sie. Sie und ich sind fürs Leben miteinander verbunden, Kleines. Das ist Schicksal; keiner von uns beiden kann etwas dagegen tun. Und Ihre Entschuldigung nehme ich an.«

Dann fuhr er weg.

In dieser Nacht schlief Dante auf dem Wasserbett. Oben in Grandmas Zimmer schloß ich die Tür und schlüpfte in mein Nachthemd. Päpste und Heilige bedeckten die Wände. Die

Figuren von Jesus und Johannes dem Täufer schienen mich anzustarren. In der obersten Schublade ihrer Kommode waren ein kleines Fläschchen mit heiligem Wasser, Taschentücher, Nitroglyzerin für ihr Herz. Hinten in der Schublade fand ich einen Umschlag mit Kinderbildern von mir. Keine Fotos aus meiner fetten Zeit – auch Grandma hatte keine Beweise dafür aufbewahren wollen. Ihr guter roter Rosenkranz lag in seinem Samtetui.

Und dann überkam mich plötzlich und ohne jede Vorwarnung die Erinnerung an einen Augenblick, den ich mit Grandma geteilt hatte – so machtvoll und unerwartet, daß es mir wie ein brennender Schmerz durch den Kopf schoß. Es war gleich, nachdem sie von der Vergewaltigung erfahren hatte. Ma war auf der Arbeit, und ich war von der Schule nach Hause gekommen. Die Vorhänge waren vorgezogen, weil draußen die Sonne schien. Grandma schaltete die Tischlampe ein und sagte, sie wolle mir etwas an ihrem Rosenkranz zeigen, dem besonderen Rosenkranz. »Er enthält ein kleines Geheimnis«, sagte sie. »Das hilft mir immer in schlechten Zeiten.« Sie schob die Hinterseite des Metallkruzifixes nach oben und führte meine Hand hin. Als sie das Kreuz zur Seite legte, fiel ein winziges rostfarbenes Körnchen auf meine offene Hand.

»Was ist das?« fragte ich.

»Ein Steinchen von der Straße, die Jesus gehen mußte, als sie ihn gekreuzigt haben. Du hältst es zwischen den Fingern und spielst damit – drehst es einfach hin und her –, so. Dann fühlst du dich besser. Ich lasse dir den Rosenkranz ein paar Tage da. Für den Fall, daß du einen Rosenkranz beten oder das Steinchen berühren willst. Wegen dieser Geschichte – dem, was er dir angetan hatte.«

Ich hatte den Rosenkranz nie angefaßt. Dann, ein paar Tage später, war er wieder weg. Meine Erinnerung beharrte immer hartnäckig darauf, daß Grandma in bezug auf mich und Jack unnachsichtig und starr gewesen sei. Aber da war plötzlich ohne jede Vorwarnung dieser Augenblick ...

Ich lauschte, ob ich Dante hören könnte, und stand dann trotzdem auf und sperrte die Tür ab. Ich setzte mich wieder aufs Bett und öffnete das Kruzifix mit dem Fingernagel. Da war es – das Steinchen, das harte rote Steinchen.

»Die Erbschaftsformalitäten beim Nachlaßgericht sollten etwa neun Monate in Anspruch nehmen«, sagte die Anwältin. »Der Fall liegt ziemlich eindeutig. Ihre Frau ist Alleinerbin.« Ich erinnerte mich aus meiner High-School-Zeit an sie, Penny Soundso, sie war sehr beliebt gewesen. Jetzt hatte sie einen Doppelnamen, und ihr Gesicht sah aus wie ein aufgedunsener Baseballhandschuh. Auf ihrem Schreibtisch stand ein eingerahmtes Bild von einem Baby. Sie erinnerte sich nicht daran, daß ich das fette Mädchen am hintersten Tisch in ihrem Englischkurs gewesen war. »Das Anwesen an der Pierce Street und ein kleineres Bankkonto. Das ist im Grunde genommen alles.«

»Wie klein ist kleiner?« lachte Dante.

In der vorangegangenen Nacht hatte ich geträumt, ich würde in Meerwasser schwimmen, das so warm wie Badewasser war. Grandma, Ma, Vita Marie und ich. Das Wasser war jadegrün. Atmen war freigestellt.

»Honey?« sagte Dante.

»Entschuldigung. Was?«

»Ms. Marx-Chapman hat gerade gefragt, ob wir das Anwesen verkaufen oder selbst bewohnen wollen.«

»Du meinst das Haus? Dorthin ziehen?«

»Mhm.«

»Nein. Verkaufen.«

Dante legte die Hand auf mein Knie. »Nun«, lächelte er. »Im Augenblick ist das noch in der Schwebe. Wir haben uns noch nicht endgültig entschieden.«

»Nicht völlig endgültig«, erklärte ich. »Aber *ziemlich* endgültig.«

»Ich möchte Sie etwas fragen, Ms. Marx-Chapman«, sagte er.

»Bitte«, sagte sie. »Penny.«

»Penny. Wäre es möglich, daß wir zeitweilig dort in dem Haus wohnen – während das Nachlaßverfahren läuft?«

»Sicher. Das kann man einrichten.« Sie nippten beide an ihrem Kaffee.

»Gut«, sagte Dante und lächelte mir zu. »Großartig.«

Connie's Superette hatte sich jetzt ein paar Zapfsäulen für Benzin zugelegt und nannte sich Kwik-Stop Food Xpress. Drinnen hing die Decke noch genauso durch, und es roch feucht und nach Knoblauch. Connies Stelle an der Registrierkasse hatte ein Mädchen im Teenageralter in engen Jeans und einem Glitzerpullover übernommen. Da wo die Pysyks und ich damals miteinander ins Handgemenge geraten waren, als ich Stacia eine »dreckige D. P.« genannt hatte, gab es jetzt ein »Coffee and Microwave Centre«. Big Boys Pfeifen erkannte ich, ehe ich den Rest von ihm erkannte. Sein Haar war gelblichgrau geworden, und er hatte sich einen Grover-Cleveland-Körper zugelegt. Dante bestellte je ein Pfund Provolonekäse, gekochten Schinken und Roastbeef. (Ich sah weg, als Big Boy das Roastbeef aufschnitt.) »Vergiß die Bäckerei nicht«, sagte ich. »Alte Damen sind Kuchentanten.«

Auf dem Weg zurück kamen wir an Robertas verbotenem Tätowiersalon vorbei. Das Schaufenster vorn war schwarz übermalt worden, aber das Pfauenplakat – ein wenig ausgeblichen und verkratzt – hing immer noch über der Tür.

»Hier hat einmal eine Frau gelebt, die Roberta Jaskiewicz hieß«, sagte ich. »Sie hat Tätowierungen gemacht und handgemalte Girliekrawatten verkauft. Einmal hat mich meine Großmutter da drüben gesehen und ...«

»Sei still! Sei still! Sei still!« sagte Dante. Er drückte die Augen zu und blieb wie erstarrt stehen. Ich wartete.

»Was ist?« sagte ich, als er die Augen wieder öffnete.

»Jetzt hatte sich gerade ein Gedicht in meinem Kopf zu formen begonnen. Die Idee war noch embryonal, und jetzt ist sie weg. Vielen Dank.«

Um Grandmas willen versuchte ich, mich auf den Begräbnisgottesdienst zu konzentrieren, aber meine Gedanken wanderten immer wieder davon, lösten sich von Vater Duptulskis Ritual – schwebten ziellos umher. Berührungen und Geräusche stellten sich ein: Wie stoppelig sich Mas Hals angefühlt hatte, nachdem sie mit ihrem kurzgestutzten Haarschnitt aus dem Krankenhaus nach Hause gekommen war, das Ächzen von Grandmas Schritten auf der Treppe, wenn sie nachts in ihr Schlafzimmer hinaufging. Das Gurgeln und Summen dieser Absaugmaschine in der Abtreibungsklinik.

»Und jetzt bitten wir Gott, die Seele von Thelma, einer getreulich Hingeschiedenen, gnädig im Königreich des Himmels aufzunehmen.«

Die Hände der alten Damen schoben sich von hinten auf mich zu. »Friede sei mit dir«, sagten wir alle und schüttelten uns darauf die Hand, als ob wir damit einen Handel abgeschlossen hätten. »Friede sei mit dir.«

Auf dem Friedhof wehte mir eine warme Altweibersommerbrise ins Gesicht. Die Sargträger – Dante, Mrs. Mumphys Sohn, ihre Schwiegersöhne und zwei alte Männer aus der Bruderschaft der Kolumbusritter – trugen Grandmas Sarg von dem leise summenden Leichenwagen zu dem Gerüst über ihrem Grab. Zwölf alte Leute waren mit zum Friedhof gekommen. Ich zählte sie, so wie Grandma es getan hätte.

Als Vater Duptulski fertig war, trat Glotzauge vor und räusperte sich. »Mr. und Mrs. Davis möchten alle hier Anwesenden in Mrs. Hollands Haus auf 262 Pierce Street zu einem Mittagsbuffet einladen.« Einen Augenblick lang war mir gar nicht bewußt, daß er von Dante und mir redete.

Als alle zu ihren Autos zurückgingen, stand ich allein da und brach eine Nelke von dem Bouquet auf ihrem Sarg, küßte sie und legte sie zurück. Die Limousine rollte langsam und behäbig über das Friedhofsgras. Ich legte den Kopf an Dantes Schulter.

Mrs. Mumphy und drei andere alte Damen kamen mit ins Haus. Ich setzte sie nebeneinander auf das Wasserbett. »Thelma hat uns nie gesagt, daß sie eine Hippie ist«, lachte eine von ihnen. »Möge Gott ihre Seele in Frieden ruhen lassen.«

Sie murmelten draußen, während Dante und ich Aufschnitt auf einem Teller anordneten. »Koch den Kaffee, und leg die Blaubeerschnitten auf dieses Ding hier«, flüsterte ich. »Wir hätten das Zeug vorher vorbereiten sollen. Ich hasse das.«

Ich hatte vor, ihn in der Küche zu beschäftigen, für den Fall, daß eine von ihnen anfing, in irgendwelchen mich betreffenden Erinnerungen zu wühlen und meine Geheimnisse preiszugeben.

»Ich kann dir gar nicht sagen, was für ein profundes Gefühl das war – meine Hände in diesen grauseidenen Leichenträgerhandschuhen«, sagte er. Seine Augen waren wieder geschlossen; er hatte aufgehört, das Essen vorzubereiten. »Ich muß jetzt sofort darüber schreiben, sonst verliere ich es.«

»Den Teufel wirst du«, zischte ich. »Du bleibst hier und hilfst mir.« Aber er eilte bereits in den Eingangsflur. »Wenn Sie mich bitte entschuldigen wollen«, hörte ich ihn sagen.

In dem großen, kahlen Raum gab es außer dem Boden keine Möglichkeit, die Platten und Teller abzustellen. Den Ladies schien das nichts auszumachen. Sie stürzten sich darauf wie die Haie. Ich hatte recht gehabt, daß ihnen der Nachtisch das wichtigste war. Man saß nicht jahrelang an einer Supermarktkasse, ohne etwas über das Wesen der Menschen zu erfahren.

Ich dachte, sie würden weggehen, sobald sie mit Essen fertig waren, aber sie saßen einfach da und redeten über Leute, die ich nicht einmal kannte. Eine pummelige, kleine Frau, Edna, griff an mir vorbei und nahm sich die letzte Blaubeerstreusel-Schnitte, die, mit der ich mich eigentlich nach ihrem

Weggehen selbst hatte belohnen wollen. Sie biß kräftig hinein und fragte mich, ob Dante und ich schon Kinder hätten.

»Nun, nein«, sagte ich.

»Frauenprobleme?«

Ein Nicken schien mir der bequemste Ausweg.

»Also, das kommt vermutlich von all dem Gewicht, das Sie sich damals aufgeladen haben. Meine Schwägerin war eine korpulente Frau. Großknochig. Sie und mein armer Bruder haben sich ewig bemüht. Aber das Gewicht bringt das weibliche System ziemlich durcheinander.« Sie zog Bilder ihrer Enkelkinder aus ihrer Handtasche und sagte mir, wie sie hießen und wie alt sie waren. »Die beiden hier sind in ihrer Schule im Programm für Hochbegabte«, sagte sie. »Der ältere macht schon die Rechenaufgaben der sechsten Klasse, dabei ist er erst in der dritten.«

»Sie sind nett«, sagte ich, »wie kleine Hamster.«

»Wie bitte?« sagte sie. Das Gespräch der anderen alten Ladies stockte, weil sie alle hören wollten, was jetzt kam.

»Ich habe gesagt, daß sie nett sind. Übrigens, an Ihrem Zahn klebt eine Blaubeere.«

Auf ihre Bitte hin zog ich sie der Reihe nach vom Bett in die Höhe und holte ihre Mäntel.

Dann stand ich an der Spüle, wusch das Geschirr und weinte, als mir bewußt wurde, wie gemein ich zu diesen alten Ladies gewesen war. Ich hätte Kartoffelsalat machen sollen. Wenn nur Dante unten geblieben wäre und sich mit ihnen unterhalten hätte. Er hatte sich seit über einer Stunde in Grandmas Schlafzimmer eingeschlossen. Ich ging die Treppe hinauf und klopfte.

»Jetzt nicht«, rief er.

Unten waren Schritte auf der vorderen Veranda zu hören, dann klingelte es. Ihr Gesicht sah so braun und eingeschrumpelt wie eine Walnußschale aus, und die schwarze Perücke paßte nicht ganz auf ihren Schädel. »Erinnerst du dich an mich?« fragte sie.

»Roberta! Du großer Gott!«

»Ich dachte, ich warte ein wenig und komme rüber, um dir mein Beileid auszusprechen, sobald die alten Schachteln weg sind«, sagte sie. »Du liebe Güte, du siehst ja großartig aus!«

Ich öffnete die Tür weit. Das stampfende Geräusch hatte ihre Gehhilfe aus Aluminium verursacht, die sie jetzt die eine Stufe zum Eingangsflur hochzog. Sie trug einen lavendelfarbenen Jogginganzug und rote Segeltuchturnschuhe.

Jetzt klapperte sie ins Wohnzimmer, zielte mit ihrer Hinterpartie auf Grandmas Sessel und ließ sich dann seufzend hineinfallen. »Also, wie ist's dir so ergangen?« sagte sie. »Wo ist der Aschenbecher?«

Die Gehhilfe stand wie ein Käfig vor ihr. Mit zitternden Fingern zündete sie sich eine Zigarette an. Ich bot an, ihr ein Sandwich zu machen. »Also, meinetwegen«, sagte sie. »Aber nur Käse. Ich bin Vegetarierin.«

»Die tote Ratte in der Dose Rinderhaschee, stimmt's?«

»Genau«, sagte sie. »Also, jedenfalls, das mit Thelma tut mir leid. Wir beide haben einander nie sonderlich gut leiden können, aber ehrlich gesagt, ich glaube, ein wenig bewundert haben wir einander doch.« Dann erzählte sie mir einen schmutzigen Witz über einen Mann mit einem drei Fuß langen Penis. Aus ihrer ordinären offenmundigen Lache konnte man jede einzelne Zigarette heraushören, die sie je geraucht hatte.

Die Provolonesandwiches, die ich uns machte, schmeckten ungewöhnlich gut. »Ich bin jetzt auch eine«, sagte ich.

»Eine was?«

»Eine Vegetarierin.«

»Gut für dich. Das Fleisch verstopft einem die Blutbahnen zum Gehirn. Wenn du keines ißt, kannst du besser denken – das habe ich irgendwo gelesen. Und jetzt will ich dir einen guten Rat geben, Dolores: Sieh zu, daß du nie die Parkinson-Krankheit kriegst. Ich habe das Zittern jetzt seit über vier Jahren – es ist, als würde man den ganzen Tag über tanzen, aber ohne Partner.« Sie lachte über ihren eigenen Witz, also lachte ich auch. »Und die ewige Migräne – wenn ich etwas Falsches esse, Mann o Mann! Weißt du, was ich dem Doc gesagt habe? Ich habe ihm gesagt: ›Hören Sie, Sie Geldsack. Wenn ich den alten Parkinson los bin, dann spielen wir beide Turteltäubchen.‹ Hast du einen Schluck Bier zu diesen Sandwiches?«

Ich schüttelte den Kopf. »Ich kann hinüber in den Laden gehen und welches holen.«

»Ist schon okay. Der Doc ist sowieso nicht wild darauf, daß ich Bier trinke, bei den Tabletten, die ich nehme. Also jedenfalls, was deine Großmutter betrifft – erinnerst du dich an den Blizzard letztes Jahr, den großen?«

Ich nickte. »Uns hat er nicht so schlimm erwischt wie euch.«

»Ja. Nun – sie hat mich an dem Abend angerufen und mich gefragt, ob ich irgend etwas brauche. All die Jahre hat sie mich nicht gegrüßt, und dann ruft sie mich mitten im Schneesturm an. Sagt, sie sitzt da und sieht zu, wie sich der ganze Hof mit Schnee füllt, und fragt sich, ob ich vielleicht etwas brauche.« Roberta lachte. »Zwei böse alte Schachteln, das waren wir beide. Und so haben wir beide es geschafft. Hast du ein Streichholz für mich? Mein Feuerzeug geht zur Neige. Ich krieg' nur noch einen Funken. Ja, sie und ich, wir beide haben es nicht leicht im Leben gehabt – Thelma und ich –, aber wir haben beide den Mund gehalten und getan, was zu tun war. Hey, wie hast du es eigentlich geschafft, so viel abzunehmen? Eine Weile warst du ja ein richtiges Faß.«

Ich hörte Dante oben im Schlafzimmer. Jetzt war er an der Treppe und rief herunter, ich solle bitte leise sein; er sei an einem entscheidenden Punkt.

»Wer ist das?« fragte Roberta.

»Das ist mein Mann, Dante.«

»Nehmen Sie es nicht so schwer, Süßer«, rief sie zu ihm hinauf. »Kommen Sie runter, und setzen Sie sich zu uns. Das

Leben ist zu kurz.« Sie stopfte sich den letzten Rest ihres ersten Sandwich in den Mund. Ihre Backen blähten sich auf, während sie kaute und weiterredete. »Neulich hat die Altenhilfe ein paar von uns in den Supermarket gefahren. Es ist wirklich komisch – hör dir das an. Ich war die erste, die mit Einkaufen fertig war – ich hab' ja bloß einen neuen Küchenhandschuh und eine Flasche Polident gebraucht. Ich fahr' da meistens bloß mit, weil ich da unter Leute komme, weißt du, einfach, um rauszukommen. Der Doc sagt immer: ›Roberta, sehen Sie zu, daß Sie beweglich bleiben.‹ Er meint, ich soll nicht immer rumsitzen. Wenn man rumhockt und sich selbst bemitleidet, ist man tot. Ewig auf seinem Hintern zu hocken kann eine schlimmere Krankheit sein als das, was Sie haben. Wo war ich?«

»Altenhilfe?« sagte ich.

»O ja, genau. Stimmt. Also leg' ich mein Zeug hin, und das Mädchen an der Kasse steckt mir die anderen Sachen dazu in meine Tüte. Kleine Gratisproben: Kaugummi und einen Kamm und einen Markerstift. Also sag' ich: ›Schauen Sie, Kleines, ich habe falsche Zähne, und ich trage eine Perücke.‹ Also langt sie wieder in meine Tüte und holt den Kamm und den Kaugummi raus. Aber den Stift hat sie drin gelassen. Da bin ich zum Van gegangen, obwohl ich wußte, daß er abgesperrt war. Ich dachte, ich warte einfach und rauche inzwischen eine. Im Van darf man nicht rauchen, weißt du. Und wie ich so dastehe und warte, fährt dieser Wagen auf den Behindertenparkplatz dicht neben uns – nagelneu, weiß und sauber mit einem Aufkleber auf der Stoßstange, auf dem steht ›Life is a Shit Sandwich‹ – ist das nicht albern? Und der Typ steigt aus – gutaussehender Bursche um die Zwanzig. Ich sag' zu ihm: ›Hey, junger Mann. Darf ich Sie was fragen?‹ Er wirft einen Blick auf meine Gehhilfe und gerät in Panik. ›Ich bin in zwei Sekunden zurück‹, sagt er. Sieh mal, er denkt, ich will ihn ausschimpfen, weil er auf einem Behindertenparkplatz parkt. Mir ist das doch scheißegal. Ich würde lieber das Extrastück zu Fuß gehen, bevor man mich ›behindert‹ nennt. Wo war ich?«

Sie verblüffte mich. »Life is a Shit Sandwich.«

»Oh, yeah. Stimmt. Also rennt dieser Typ in den Laden, und jetzt will ich dir sagen, was ich gemacht habe. Ich habe mir diesen Gratisstift aus der Tüte geholt und bin zu seinem Wagen hinübergegangen. Dann habe ich mich vor die Stoßstange gesetzt – und hingeschrieben –, hinter ›Life is a Shit Sandwich‹ habe ich geschrieben ›aber bloß, wenn du Scheiße im Kopf hast‹. Aber dann bin ich natürlich nicht wieder hochgekommen – mußte ein paar Kids an der Telefonzelle zurufen, sie sollten rüberkommen und mich aufheben. Die waren ganz aufgeregt – die dachten, jemand hätte mich überfahren!«

Sie hielt kurz inne, um an ihrer Zigarette zu ziehen. »Life is a Shit Sandwich, so ein Blödsinn. Das Leben ist eine Polka, vergiß das nicht!« sagte sie.

Ich fühlte mich wohler, als ich mich seit Wochen gefühlt hatte. »Äh, du hast mich vorher gefragt, wie ich so viel abgenommen habe ...?« Ich konnte mich selbst nicht stoppen und erzählte ihr vom College und von Gracewood und meiner Technik, mir Schimmel vorzustellen. »Du bist die erste, der ich das je erzählt habe«, sagte ich. »Ihn eingeschlossen.« Damit deutete ich zur Decke.

Sie starrte mich an, ohne zu lachen. »Also«, sagte sie, »wenn ich du wäre, würde ich das der ganzen Welt erzählen. Ein Diätbuch schreiben – ein paar Millionen Dollar damit verdienen.«

Als Dante schließlich herunterkam, war die Luft von dem vielen Zigarettenrauch zum Schneiden, und Roberta und ich hatten beide je zwei von den Bieren getrunken, die ich aus dem Superette geholt hatte. Ich war barfuß und schwappte auf dem Wasserbett herum und rauchte bereits die dritte geschnorrte Zigarette.

Roberta und Dante musterten einander abwechselnd. Ich sah zu, wie seine Augen erschreckt von der Gehhilfe zu den roten Turnschuhen und dem Aschenbecher wanderten, den sie gefüllt hatte. »Ich habe Ihrer Frau gerade erzählt, wie ich meine Sendung im Radio gekriegt habe. Ich mache nämlich die Polkastunde am Sonntagmorgen. Also jedenfalls, Dolores, der Chef des Senders kommt ans Telefon, und ich sag' zu ihm: ›Hören Sie, Honey, Sie spielen da all diese munteren Polkas, und dazwischen klingt dieser Typ von Ansager, als ob Sie ihn auf dem Friedhof ausgegraben hätten, oder so was.‹ Und dieser Radiochef zieht eine richtige Lachnummer am Telefon ab und meint: ›Also schön, warum gehen Sie nicht auf die Radioschule und schicken uns dann ein Tonband – zeigen uns, wie man es macht.‹ Und genau das habe ich getan. Ihn beim Wort genommen, bloß, daß ich kein Band eingeschickt habe. Ich bin *live* zu ihm gegangen und habe ihn gezwungen, mir zuzuhören. Er ist auch gekommen. Ich habe ihn einmal tätowiert, eine Tigerlilie auf seinen haarigen Hintern – wir haben uns gleich aneinander erinnert. Und deshalb bin ich jetzt die Polkaprinzessin, jeden Sonntagmorgen von zehn bis elf. Das war auch meine Idee, der Name: Polkaprinzessin, so wie, wie heißt sie doch, Lady Diana in England. Ich sag' dir's, Honey, man braucht mir bloß ein Mikrophon zu geben, dann kommt jede Party in Fahrt!«

Als ich sie über die Straße geführt hatte und wieder zurückkam, sprühte Dante gerade *Glade.* »Ich geb's auf«, sagte er. »Was war *das?*«

»Roberta Jaskiewicz. Die Lady, die früher einmal den Tätowierladen geführt hat.«

Er zeigte mir ihr mit Lippenstift verschmiertes Glas und sagte, er hoffe nur, daß, was auch immer sie hatte, nicht ansteckend war.

»Yeah, das Leben ist ein einziges großes Sandwich mit Scheiße, nicht wahr, Dante?«

Er seufzte. »Wenn du böse bist, weil ich dir nicht geholfen habe, diese alten Frauen zu bewirten, dann tut es mir leid, aber es ging einfach nicht anders. Ich weiß, es fällt dir schwer, das zu verstehen, aber der poetische Impuls ist sehr zerbrechlich.«

Er ging in die Küche und kam mit den Aufschnittresten und einem von Robertas und meinen Bieren zurück.

»Weißt du«, sagte er, »es hat mit dem Gefühl meiner Hand in dem grauen Leichenträgerhandschuh angefangen. Das war die Inspiration, der Anfang des Ganzen. Es ist schwer zu erklären. Intellektuell habe ich versucht, eine Elegie daraus zu machen – zumindest hätte ich erwartet, daß es eine wird. Nur, daß es sich nicht elegisch *angefühlt* hat. Es hat sich eher ... nun, sexuell ... angefühlt. Ist das nicht eigenartig?«

Er legte den Kopf in den Nacken und ließ ganze Scheiben gekochten Schinkens in seinen Mund fallen und kaute, während er weiterredete.

»Und dann, als ich dort oben inmitten all des katholischen Firlefanzes deiner Großmutter saß, ist etwas höchst Intimes passiert – die Macht war nicht zu verkennen ... sind noch Pumpernickelsemmeln da? ... Verstehst du, ich war die erste Stunde blockiert gewesen, weil ich nicht begriffen hatte, worauf es hinauslief. Was mich interessierte, war das *Gefühl* der Handschuhe, nicht ihre symbolische Qualität. Der *sinnliche* Aspekt. Also sagte ich schließlich: ›Okay. Scheiß drauf, Davis. Scheiß auf all die Gipsheiligen, die dich da anstarren.‹ Ich ließ dem Gedicht seinen freien Lauf ins Erotische – gestattete es ihm – und ich war befreit.«

»Befreit?«

»Ja! Inmitten all dieser Heiligen und Märtyrer mit all diesen eingetrockneten Vaginen unten. Die Dynamik war unglaublich. Sie hat mich einfach überwältigt, bis zu dem Punkt, wo ich mitten im Schreiben aufstand, die Hosen herunterzog und bis zum Orgasmus masturbierte. Ich hatte keine Wahl; es war ein Akt des Überlebens. Warte einen Augenblick. Das Gedicht ist noch im Rohzustand, aber ich will, daß du es hörst.«

Er rannte die Treppe hinauf und wieder herunter. »Okay, hör zu.«

Der einsame Leichenträger schießt seinen Samen,
schießt seinen flüssigen Sex in die Nachtluft.
Eine Flugbahn
Während Ikonen, Heilige
mit glasigem, katholischem Blick Zeugnis ablegen ...

»Und das hast du gemacht, während ich mit Grandmas Freundinnen hier unten war?«

Er lächelte stolz. »Es ist noch im Entwurfsstadium, ich weiß, ich muß noch daran arbeiten. Aber die Bestandteile sind alle da. Für mich *lebt* dieses Haus! Ich spüre eine unglaubliche psychische Energie hier. Es ist radioaktiv – im poetischen Sinn.«

»Ich muß übermorgen zurück sein«, sagte ich. »Ich arbeite bis November tagsüber im Laden.«

In dieser Nacht sperrte ich die Tür zu Grandmas Zimmer ab, legte mich auf ihr Bett und rollte den rostigen Kiesel zwischen Daumen und Zeigefinger. Ich hatte seinen Flecken auf dem Teppich am Fußende von Grandmas Bett gefunden, hatte mir einen Putzlappen geholt und den Flecken herausgerieben, hatte heftiger und länger geschrubbt, als nötig gewesen war.

»Wo sind wir?« fragte ich, als ich aufwachte. Dante hatte darauf bestanden, daß er fahren würde. Wir parkten bei einem Burger King am Rande der Fernstraße.

»Holyoke, Massachusetts. Könntest du bestellen? Ich muß mal pinkeln.«

»Was hättest du gern?«

»Ich weiß nicht – einen Whopper mit Käse, Pommes frites und einen Vanilleshake.«

Ich ging zögernd auf die mit rostfreiem Stahl verkleidete Theke zu. In Lokalen wie diesen hat man wenig Geduld mit Unschlüssigen.

»Willkommen bei Burger King. Bei uns ist alles frisch. Kann ich Ihnen behilflich sein?«

Ein sommersprossiger, strohblonder Teenager. Wie Sheila, an die ich vor dem Einschlafen gedacht hatte. Ich wiederholte Dantes Bestellung, und sie tippte sie in ihre Kasse. »Ist das alles?«

»Äh ... und eine Tasse Tee, denke ich.«

»Zucker und Sahne, Ma'am?«

»Nun, meinetwegen. Okay. Ja, bitte.«

»Fünffünfundachtzig, Ma'am.«

Es war später Nachmittag, wenig Betrieb. Rings um uns waren leere Nischen. Als Dante auf mich zukam, sah ich den Pfad, den unser Leben beschrieb: eine endlose Etch-a-Sketch-Linie, die sich auf grauem Hintergrund in sich schloß.

Er holte seinen Hamburger aus der Schachtel, biß ein großes, halbmondförmiges Stück heraus und kaute. Ich sah weg. »Ich habe nachgedacht«, sagte er. »Der Mietvertrag für unser Apartment läuft in nicht einmal drei Monaten aus. Was hältst du davon, ins Haus deiner Großmutter zu ziehen?«

»Ich habe auch nachgedacht«, sagte ich. »In gewisser Weise hast du sie vergewaltigt.«

»*Was?*«

»Deine High-School-Freundin. Sheila. Du hast sie vergewaltigt.«

Er sah sich um, ob jemand zuhörte. Dann legte er seinen Whopper hin. »Wie kommst du darauf?«

»Du hast sie ausgenutzt.«

»Oh, richtig«, lachte er. »Wo *sie* die ganze Sache inszeniert hat? Mich drei- oder viermal täglich angerufen hatte? Ohne zu klopfen, einfach hereinmarschiert ist?«

»Du bist dreißig, und sie ist – was – siebzehn? Du hast sie vergewaltigt, indem du fast doppelt so alt bist wie sie.«

Er nahm einen Schluck von seinem Milchshake und starrte mich an. »Ich hoffe, es ist dir klar, daß du das völlig falsch siehst«, sagte er. »Ich habe schon einmal versucht, dir das zu erklären. Die Kids heutzutage sind nicht unschuldig. Wenn überhaupt, dann hat die kleine Schnalle *uns* vergewaltigt.

Meine Karriere. Dich und mich. Nicht, daß das hier der passende Ort wäre, um das zu erörtern.«

Ich ließ meinen Teebeutel baumeln. »Weißt du, was komisch ist?« sagte ich. »Daß ich Vegetarierin geblieben bin und du nicht.«

»Was, zum Teufel, hat das jetzt wieder damit zu tun?«

»Zuerst habe ich einfach, um dir einen Gefallen zu tun, kein Fleisch gegessen. Ich dachte, du würdest das wollen, also habe ich es getan. Jetzt wird mir schon übel, wenn ich auch nur daran *denke,* welches zu essen. Mir wird schon ein wenig übel, wenn ich dir zusehe, wie du diesen Hamburger ißt. Das ist ganz ähnlich wie das Gefühl, das ich in der psychiatrischen Klinik hatte, als ich mir immer ausmalte, daß an meinem Essen überall Schimmel wächst. Ich habe einmal über zweihundertfünfzig Pfund gewogen.«

Er stieß einen nervös klingenden Lacher aus. »Soll das jetzt bloß eine saudämliche Tour sein, mich unter Druck zu setzen, oder soll ich dir das glauben?«

»Die Abtreibung hat mich zu einer echten Vegetarierin gemacht«, sagte ich.

»Oh, du lieber Himmel.«

»Mit jedem Bissen, den du nimmst, ist es, als würdest du *sie* aufessen. Und in gewisser Weise haben wir das getan, Dante. Zuerst haben wir sie gemacht, und dann haben wir sie aufgegessen.«

»Also, jetzt reicht's«, sagte er. »Hör auf.«

»Und noch etwas, was ich dir nie gesagt habe: als ich dreizehn war, bin ich vergewaltigt worden«, sagte ich. »Vom Mieter meiner Großmutter. Er wohnte im Stockwerk über uns.«

Eine Angestellte schob einen Besen an uns vorbei. Das Schweigen dauerte so lange, daß ich mich schon fragte, ob ich es laut gesagt hatte oder es mir nur einbildete.

»Ich habe auch nie in Wasserfarben gemalt. Ich habe Etch-a-Sketch-Bilder gemacht – Kopien von Meisterwerken. Ich war sogar ziemlich gut. Aber ich wußte, du würdest das für spießig halten, also habe ich nichts davon gesagt. Oh, und mein Vater ist nicht tot. Er lebt in New Jersey, glaube ich. Genauso wie deine Eltern. Du hast nur angenommen, daß er tot ist, also habe ich dich in dem Glauben gelassen. Du und er, ihr beide seid euch in mancher Hinsicht sehr ähnlich. Das ist mir erst richtig an diesem Neujahrstag klargeworden, an dem du mich geohrfeigt hast, und dann – Peng! – war es wie ›Dolores, wie konntest du das nicht erkennen‹, weißt du? Aber jedenfalls, ich habe Etch-a-Sketches gemacht, als ich in diesem Rehabilitationszentrum gelebt habe, nach Gracewood. Das war die Psychiatrieklinik. Ich war jahrelang dort.«

Er schluckte; er konnte mich nicht ansehen.

»Als ich dort hinkam, wog ich zweihundertdreiundsechzig Pfund – ein richtiger Koloß. Und nur, um dir zu sagen, wie unglücklich ich damals war: Kurz vor meinem Zusammenbruch fuhr ich mit dem Taxi von Pennsylvania nach Cape Cod. Um ehrlich zu sein, ich hatte damals vor, Selbstmord zu begehen. Siehst du, ich war völlig durcheinander – ich hatte gerade mit dieser Frau Sex gehabt, die – aber das ist wieder eine ganz andere Geschichte. Jedenfalls, auf der Fahrt dorthin hielten wir an einem Doughnut-Laden. Ich saß hinten im Taxi und habe hintereinander acht oder neun Doughnuts mit Zitronenfüllung gegessen. Dabei habe ich die ganze Zeit geweint, aber sie trotzdem gegessen. So schlimm war das.«

Er sah mich an, ein schneller, ängstlicher Blick. »Hör auf!« sagte er. Aber ich konnte nicht aufhören. Ich fühlte mich herrlich – so frei wie Mas fliegendes Bein.

»Weißt du, Dante, die Leute passen nicht so ohne weiteres in die Kategorien, in die man sie hineinsteckt – Helden und Schurken, befreit und – wie sagt man – gefesselt? Weißt du, Dante, in mancher Hinsicht bist *du* derjenige, der unkompliziert ist.«

»Hör mal, wenn das alles ein Witz sein soll, dann ...«

»Meine Zimmerkollegin am College war Kippy Strednicki.«

»*Was?*«

»Kippy. Deine alte Freundin von der High School. Ich habe ihr immer die Briefe gestohlen, die du ihr geschickt hast, und dann habe ich mich im Klo eingeschlossen und sie gelesen.«

Er saß da, blinzelte, starrte mich an, wirkte wie vom Blitz gerührt.

»Du wolltest damals Priester werden. Erinnerst du dich? Ich war so überrascht, als wir uns damals an dem ersten Abend in der Einfahrt bei Mrs. Wing kennengelernt haben. Nun, nicht überrascht, daß wir uns dort *begegnet* sind; das hatte ich so geplant. Ich meine, ich war überrascht, als du gesagt hast, du würdest nicht mehr an Gott glauben. In diesen Briefen bist du mir so religiös vorgekommen – wie du dich gequält hast, ob du und Kippy es tun solltet, ehe ihr heiratet. Entschuldige, es tut mir leid. Ich wollte nicht lächeln. Aber du verstehst doch, was ich meine? Das mit Sheila? Die Leute wissen überhaupt nichts, wenn sie siebzehn oder achtzehn Jahre alt sind. Damals dachtest du, Gott sei im Himmel und würde einen Blitzstrahl zu euch herunterschicken, wenn du und Kippy es treibt. Irgendwie ist es komisch, nicht wahr? Zum Lachen komisch, meine ich. Wie du damals so verklemmt und moralisch warst – der Junge, der seiner Mutter versprochen hat, daß er nie ein Frauenheld werden würde. Erinnerst du dich daran? Man sollte einfach keine Versprechen machen, die man nicht halten will. Lieben, achten und in Ehren halten. Ha!«

Er blinzelte immer noch, wenn er nicht gerade an die Decke starrte. »Jetzt sind wir fast vier Jahre verheiratet, und die ganze Zeit ...? Du hast Kippy *gekannt?*«

»Erinnerst du dich, wie du ihr die Polaroidbilder geschickt hast, die du von dir gemacht hast, nackt? Auf deinem Bett, in deinem Wohnheim dort draußen in Minnesota?«

Seine Faust krampfte sich um die Tüte mit Pommes frites,

und er drückte zu. Sein Gesicht nahm eine purpurne Farbe an. »Was ... was hat sie getan? Sie herumgereicht, damit alle etwas zu lachen haben?«

»Nein, so war es nicht. Sie hat sie nie bekommen. Ich fand, daß sie dich nicht verdiente, also habe ich ihr die Bilder vorenthalten. Ich dachte, ich würde dich schützen.«

Ich sah mich um. Das Restaurant begann sich zu füllen.

»Ich habe deine Briefe immer gestohlen, ehe sie von ihrer Zwölfuhrvorlesung zurückkam. Schau, die haben die Post mittags rausgelegt, und ich habe sie als erste erwischt, weil ich nie zu den Vorlesungen gegangen bin. Ich habe es dort nur ein Semester lang ausgehalten. Also, eigentlich sogar noch kürzer. Das Komische war, jedesmal, wenn ich mir diese Bilder angesehen habe – die ganze Zeit im Krankenhaus und so, da konnte ich immer nur diesen armen, empfindlichen, verletzbaren Jungen sehen. Und den, dachte ich, würde ich heiraten, dort im Lobster Pot – jemand Verletzbaren, so wie ich. Und ich habe die ganze Zeit darauf gewartet, daß dieser Junge einmal auftaucht. Ich hatte einfach diesen riesengroßen blinden Fleck. Was dich angeht, war ich wie Helen Keller.«

Er stopfte den Rest seines Essens in die Tüte und knüllte sie oben zusammen, als wolle er jemandem den Hals umdrehen. »Jetzt halt endlich den Mund«, sagte er. »Ich will kein Wort mehr hören.«

»Das Ganze ist mir erst gestern abend klargeworden. Dieses dämliche – wie nennst du es? – dieses epische Ding, das du da schreibst –, damit habe ich es endlich kapiert, das hat mir dabei geholfen. Es hat mich befreit, wie du es ausdrücken würdest.«

»Dich befreit, was zu tun? Hier in einem Burger King durchzudrehen?«

»Das zu sehen, was ich schon lange hätte sehen sollen. Ich habe die ganze Zeit darauf gewartet, daß du wieder der Mensch wurdest, der du in deinen Briefen und auf diesen Bildern warst. Wahrscheinlich hast du recht gehabt, ich *war* ziemlich dumm. Wenigstens in der Beziehung. Ich meine, dich von all diesen High-School-Mädchen anhimmeln zu lassen und das Ganze Unterricht zu nennen. Nach Rhode Island ziehen, damit du den Ganzen Tag im Haus bleiben und vor den Heiligenbildern meiner Großmutter wichsen kannst. Schon damals. Als du für diese Polaroidbilder posiert hast. Es ging *alles* immer nur um dein Masturbieren, oder, Dante?«

»Ich kann nicht glauben ... diese Bilder ... du hast *mich verletzt!*«

»Oh, das weiß ich. Versteh mich ja nicht falsch. Ich bin keineswegs stolz darauf, daß ich deine Briefe gestohlen habe. Das hat mich all die Jahre gequält. Siehst du, und genau das ist es, was du an Sheila nicht verstehst: Wie du sie mit deinem ›Muskelkrampf‹ *geschändet* hast. Ich meine, worauf es hinauslief, war doch, daß du einfach in sie hineingewichst hast, und in mich auch. Und deshalb wolltest du nicht einmal *in Erwägung ziehen,* ein Baby zu haben, stimmt's? Du bist wie dieser Typ in der Fabel – der, der sich in sein eigenes Spiegelbild verliebt hat? Wie heißt er, Dante? Du weißt doch immer all das Zeug. Aber wie auch immer, so fühlt man sich, wenn man geschändet wird. So, wie du dich jetzt fühlst. Es ist schlimm, schrecklich, nicht wahr? Ich meine, man fühlt sich dabei so *machtlos.*«

Einen Augenblick dachte ich, er würde mich schlagen. Aber ich konnte jetzt nicht aufhören. Ich hatte mich auf eine Art und Weise in Fahrt gebracht, die mir zwar angst machte, von der ich aber auch wußte, daß es richtig war.

»Diese Bilder von dir liegen in unserer Wohnung in einer Schuhschachtel, auf der ›Wichtige Papiere‹ oder so etwas steht. Im Schlafzimmerschrank ganz oben. Wenn du sie willst, kannst du sie jetzt wiederhaben. Ich brauche sie nicht mehr. Oh, aber etwas anderes aus der Schachtel *will* ich haben. Ein Gemälde. Also, genauer gesagt, ein Stück von einem Gemälde. Ein kleines, ausgefranstes rechteckiges Stück Leinwand. Meine Mutter hat es ...«

Seine Faust krachte auf den Tisch, so daß unser Essen hochflog. »Was soll diese ganze Spinnerei eigentlich?« schrie er. Das Paar am Nachbartisch starrte mit offenen Mündern zu uns herüber.

»Das *ist* keine Spinnerei«, sagte ich. »Ich hab' mich die ganzen Jahre auf solchen Blödsinn eingelassen, aber damit ist jetzt Schluß. Ich habe immer gedacht, ich könnte dich nur halten, indem ich diese Dinge geheimhalte. Dich festhalten. All die Jahre *wollte* ich dir immer die Wahrheit sagen. Aber ich habe sie einfach nicht herausgebracht. Es war genauso, wie Dr. Shaw es gesagt hat. Er hat mich gewarnt. Das war mein Psychiater in Gracewood. Als ich dort Schluß gemacht habe, hat er gesagt, es gäbe da noch Dinge, die ich ...«

»Du dreckige Schlampe!« schrie er.

»Hey«, rief jemand von einem der Nachbartische. »Reißen Sie sich gefälligst zusammen, ja?«

»Maul halten, sonst reiß' ich dir den Arsch auf!« schrie Dante zurück.

Der Geschäftsführer kam angerannt. Ein etwas dicklicher Mann mit breiten Koteletten und einer Papiermütze. In meiner Nervosität fand ich ihn richtig komisch. »Tag, Leute«, sagte er.

Ich lächelte. »Hallo.«

»Kann ich Ihnen irgendwie behilflich sein? Brauchen Sie etwas?«

Dante drehte sich zu ihm herum. »Yeah, Sie können hier verschwinden, Sie Wichser.« Er stand auf und schubste den Geschäftsführer gegen die Wand.

Draußen auf dem Parkplatz riß er die Wagentür auf und knallte sie wieder zu, tat das fünf- oder sechsmal und stieg dann ein und brauste davon. Wir sahen ihm alle durch das Fenster nach.

Ich war dem Geschäftsführer beim Aufstehen behilflich und schob ihm den Papierhut zurecht. »Für mich könnten Sie tatsächlich etwas tun.«

»Und was wäre das, Ma'am?«

»Jemanden finden, der mich nach Rhode Island mitnimmt.«

26

Unsere Anwälte erledigten die Teilung unserer Habe mit einem einzigen Ferngespräch. »Ja«, sagte ich immer wieder. »Meinetwegen.« Dante bekam den Vega, den Lehnsessel, unsere Klimaanlage und den Fernseher; ich kriegte einen Versandkarton, auf dem in Dantes Handschrift meine Adresse stand: »Dolores Davis, amtlich für geisteskrank erklärt.« In dem Karton lagen meine zusammengeknüllten Kleider, Mas und Daddys Kerzenhalter, meine ›Angestellte des Monats‹-Tafel von Grand Union und die Schachtel mit der Aufschrift ›Versicherungspapiere‹. Seine Polaroidfotos hatte er herausgenommen, dafür aber den Fetzen von Mas Gemälde mitgeschickt: grüne Flügelspitze vor blauem Himmel. Das bekam ich zurück. Das war zu Hause.

Meine sämtlichen Schuhe hatte er in einen Plastikmüllbeutel gestopft und dazu versehentlich auch ein Paar von seinen: braune, staubige Schnürschuhe. Ich kippte sie mit großer Befriedigung in die Mülltonne. Als ich dann am nächsten Morgen am anderen Ende der Pierce Street das Poltern der Müllabfuhr hörte, geriet ich in Panik und stieg aus dem Bett – barg Dantes Schuhe barfuß aus der Tonne.

Roberta sagte, ich habe richtig gehandelt, indem ich mich von Dante scheiden ließ – das Leben sei viel zu kurz, aber es sei dumm gewesen, nicht auf dem Vega zu bestehen.

»Dieses Auto war ja der reinste Schrotthaufen«, sagte ich. »Es hatte Rostlöcher, so groß, daß man die Hand durchstekken konnte, und der Motor klang, als hätte er Asthma.«

»Das ist aber nicht der Punkt«, sagte sie und stieß ihre Gehhilfe, wie um ihre Meinung zu betonen, gegen den Küchenboden. »Der Punkt ist, daß es ein *fahrbarer Untersatz* ist. Bewegt hat sich die Karre doch, oder?«

Die Vorstellung, daß die Parkinson-Krankheit sie bewegungsunfähig machen könnte, war ihr zutiefst zuwider, und sie kämpfte deshalb mit aller Kraft dagegen an. Wahrscheinlich hatte sie in den zwei Jahren, seit die Krankheit wirklich schlimm geworden war, den Besitzer des einzigen Taxiunternehmens von Easterly zum Millionär gemacht, witzelte sie. Sie sagte mir, ich müsse auch unbedingt mehr raus. »Du mußt deine Kraft nach außen richten«, hatte Dr. Shaw mir immer wieder gesagt. Manchmal war die Ähnlichkeit zwischen Robertas und Dr. Shaws Ratschlägen geradezu verblüffend.

An jenem ersten Freitagabend, als ich nach Easterly zurückkam, nahmen Roberta und ich uns ein Taxi zum China Paradise, um dort meine Unabhängigkeit mit einem Abendessen zu feiern – sie und ich auf dem Rücksitz und ihre Gehhilfe vorn neben dem Fahrer. »Da haben Sie es, Teddy, Sie gottverdammter Räuber«, lachte sie, als sie ihm ihr Geld gab. »Hören Sie sich am Sonntag meine Sendung an, dann werde ich Ihnen eine Polka widmen. Und jetzt holen Sie meinen Freund vorn vom Sitz runter, ja?«

Nach dem Essen ging wir über die Straße ins Wayfarer Movie Café, wo ein Mel-Brooks-Filmfestival veranstaltet wurde. Roberta hatte noch nie von Mel Brooks gehört, aber ihre laute Lache war ansteckend; sie versetzte den ganzen Saal in Stimmung. Da sitze ich jetzt, dachte ich, von Fremden umgeben, im Dunkeln und lache jedesmal laut, wenn ein Cowboy am Lagerfeuer einen Furz läßt. Mein ganzes Leben ist im Eimer, und ich kann trotzdem lachen. Robertas Brille und ihre Gehhilfe glitzerten im Widerschein der Leinwand. Ich griff zu ihr hinüber und legte ihr die Hand auf den Arm.

In den ersten Tagen nach meiner Rückkehr nach Easterly war ich tagelang damit beschäftigt, Laub zusammenzurechen und in Säcken zu verstauen, Sturmfenster zu waschen, Teppiche zu shampoonieren und an den Nachmittagen fünf Meilen weit zu gehen. Ich ließ mir die Überreste von Mas Gemälde in einem ziemlich hochgestochenen Kunstladen für fünfundvierzig Dollar rahmen und hängte es an der Wand im Treppenhaus auf, an der Stelle, wo mein und Dantes Hochzeitsfoto gehangen hatte. Das war eine hübsche Stelle: am Spätnachmittag, wenn die Sonne durch das Haustürfenster hereinleuchtete, war es wie von einem Scheinwerfer beleuchtet.

Im November bekam ich einen Teilzeitjob in Buchbinders Geschenkeladen. Mr. und Mrs. Buchbinder waren Überlebende des Holocaust, ein finsterblickendes, grauhaariges Ehepaar mit einem so schwer verständlichen Akzent, daß ich sie fast jedesmal, wenn sie etwas zu mir sagten, bitten mußte, es zu wiederholen. Den ganzen Tag lang nörgelten sie aneinander herum und zeigten mir irgendwelche Pingeligkeiten, die ich beim Abstauben übersehen hatte. Das war meine Aufgabe: abstauben und auf Ladendiebe und »Dummköpfe« aufpassen, die vielleicht etwas zerbrechen könnten. Sie hatten mich für die Urlaubssaison engagiert, am Tage nachdem Ronald Reagan zum Präsidenten gewählt worden war.

»Haben Sie den Erdnußmann oder den Schaspi gewählt?« fragte mich Mr. Buchbinder während des Bewerbungsgesprächs.

»Entschuldigung? Wen?«

»Den Schaspi. Den Schaspi: diesen Knilch aus Hollywood.«

»Oh. Also, ehrlich gesagt, bin ich gar nicht zum Wählen gegangen.«

»Schlau«, sagte er. »Ich stelle Sie ein.«

»Joe Wisniewski im Pulaski Hall möchte, daß ich euch alle daran erinnere, daß am Dienstag abend um sieben dort Versammlung ist. Der Vorstand soll neu gewählt werden. Also geht hin, Leute, wenn ihr wißt, was euch guttut. Und jetzt hören Sie Walt Skiba und die Vice Versa Band mit der ›Perk-Up-Polka‹.«

Unter der Woche trug Roberta ihren Jogginganzug, aber wenn wir Freitagabend ins China Paradise und anschließend ins Kino gingen, putzte sie sich immer heraus. »Landfein machen«, nannte sie das. Sie trug dann einen glänzenden Hosenanzug aus Rayon und dickes Make-up: orangefarbenen Lippenstift und irisierenden Lidschatten. Das Zucken in ihrer Hand führte manchmal dazu, daß sie sich die Augenbrauen mit Lavendel bestäubte oder mit dem Lippenstift ausrutschte und so ein Clownsgesicht bekam. Und ich war die ganze Zeit versucht, über mein vegetarisches Lo Mein hinwegzugreifen und ihr diese schreckliche Perücke zurechtzuschieben.

Roberta kam es nie in den Sinn, in der Öffentlichkeit leise zu reden oder sich zu vergewissern, daß ihre Bluse richtig zugeknöpft war. »Das ist wahrscheinlich, weil sie meine Stimme erkennen«, sagte sie jedesmal, wenn ich sie darauf hinwies, daß die Leute zu uns herüberstarrten. »Das müssen Polkafans sein.«

Meine Versuche, sie zu bemuttern, wies Roberta großteils zurück. Nein, sie würde *nicht* das Rauchen aufgeben, ganz gleich, was der Arzt oder ich dazu sagten. Nein, es war ihr *nicht* recht, daß ich für sie die Mahlzeiten zubereitete. Ihre Migräne und Schwindelanfälle hatten überhaupt nichts damit zu tun, daß sie gelegentlich einfach vergaß, etwas zu essen. Ihre Wäsche ließ sie mich nur deshalb waschen, weil es ihr schwerfiel, Münzen in den Waschautomaten zu stecken. Dafür gab sie den Schlitzen die Schuld, nicht dem Zittern ihrer Hände. Ich sagte ihr, ich würde gerne rüberkommen und ihr beim Baden und beim Make-up helfen. Sie sagte, dafür wäre sie sehr dankbar, wenn sie körperbehindert wäre, aber das sei sie ja nicht.

Es gelang mir, sie zu überreden, sich Vorhänge zu kaufen und mich die schwarze Farbe von ihrem Fenster abkratzen zu lassen. Manchmal winkte sie mir quer über die Straße zu, wenn wir miteinander telefonierten. Wir hatten Signale verabredet: einmal klingeln, wenn sie Hilfe brauchte. Zweimal, wenn sie Gesellschaft wollte. Sie brachte die beiden Signale immer durcheinander, was häufig dazu führte, daß ich atemlos angerannt kam und sie überraschte. »Du mußt lockerer werden«, sagte sie, eingehüllt in eine Wolke von Zigarettenrauch. »Das Leben ist viel zu kurz.«

Die Buchbinders nörgelten ewig an mir herum und sagten, ich solle die Kunden häufiger anlächeln und auf die mit großen Manteltaschen aufpassen; mir die Registrierkasse zu erklären dagegen, schien ihnen zu widerstreben. Was sie schließlich von mir überzeugte, war offenbar die Energie, mit der ich an alles heranging. Wenn ich nicht vorn im Laden war und staubsaugte oder die Ware abstaubte, war ich hinten und stellte Geschenkkörbe zusammen oder kontrollierte das Lager. Am Ende der Januarinventur lächelte Mr. Buchbinder schließlich. Er sagte mir, ich könne auf alles im Laden fünfzehn Prozent Rabatt kriegen. Ich sei das erste Mädchen, sagte er, das drei Monate bei ihnen tätig gewesen sei, ohne irgend etwas zu zerbrechen.

»Das war Walt Wojciechowski und seine Accordiotones mit ›Who Stole the Kishka?‹ Und jetzt hat Eddie Woodka unten am Zeitungsstand gesagt, ich solle ihn über den Sender begrüßen. Also, hi, Eddie. Wie läuft es denn heute bei dir?«

Als ich am Sonntag morgen dabei war, Robertas Wäsche zusammenzulegen und mir ihr Programm anzuhören, ging eine Schallplatte zu Ende, und es blieb still. Ich wartete wie erstarrt, ihre vom Bügeln noch warmen Bettlaken in der Hand. Dann kamen ein paar Durchsagen und dann dieselbe Polka, die sie gerade gespielt hatte, noch einmal. Wieder dieselben Bandansagen.

Dann war sie wieder da. »Habe ich euch gefehlt, Leute?« fragte sie ihre Zuhörer. »Ich mußte mal raus und die Golumpkes umrühren.« Aber der fröhliche Ton war unecht; ich konnte die Angst dahinter hören.

Es dauerte drei Tage, bis sie mir schließlich gestand, was vorgefallen war: ihr war schwindlig geworden, und sie war in Ohnmacht gefallen, während ihr Toningenieur unten im Eingangsflur mit seiner Freundin redete. Sie war auf dem Boden liegend halb von ihrem Stuhl begraben wieder zu sich gekommen.

Ein dickes Medizinbuch in der Bibliothek empfahl frisches Obst und Gemüse und zusätzliches Vitamin B. Sie aß das alles wie ein mürrisches Kind. Ich gewöhnte mir an, im Taxi mit ihr zum Sender zu fahren – auf die Knöpfe und Schalter zu drükken, die sie mir mit zitternder Hand zeigte, wobei ich manchmal den falschen erwischte, weil sie den Finger nicht ruhig halten konnte. Sie bestand darauf, das immer noch allein zu können – sagte, sie lasse mich nur mitkommen, weil sie der Ansicht war, ich solle aus dem Haus gehen und mich amüsieren, statt zu Hause Wäsche zu bügeln. Die Grenze war für mich, ihr mit ihrem Feuerzeug zu helfen, und deshalb sah ich immer weg, wenn sie daran herumfummelte und fluchte und sich bemühte, einen Funken zum Leben zu erwecken, während hinter ihr vergnügte Akkordeonmusik tönte.

»Die nächste halbe Stunde widmet Ihnen Dropos' Begräbnisinstitut. Das sind wirklich nette Leute, die Dropos. Die nehmen ihre Arbeit ernst. Die nächste Platte ist für Pete und Bunny Biziewski, die morgen zum dreiundvierzigsten Mal ihre Flitterwochen feiern – oh, Pete, deine Kielbasa tut weh!«

Im Februar 1982 erklärte mich das Nachlaßgericht von Rhode Island zum offiziellen Eigentümer von Grandmas Haus, und im Monat darauf erhielt ich einen Einschreibebrief des Staates Vermont, in dem stand, daß die Behörden meine Ehe auflösen würden, wenn ich die beigefügten Papiere unterzeichnete. Dantes flüssige Unterschrift war schon überall, wo eine hingehörte.

An dem Abend gingen Roberta und ich ins China Paradise,

um meine Freiheit zu feiern, aber als ich meinen Island Passion Drink zur Hälfte geleert hatte, wurde ich trübsinnig. »Auflösen«, murmelte ich. »Man werfe vier Jahre seines Lebens in ein Glas Wasser und sehe zu, wie es wegsprudelt wie Alka Seltzer.«

Roberta stocherte gerade in ihren Zähnen herum und wischte jetzt meine Bemerkung mit einer Handbewegung weg. »Ich sage nur, sei froh, daß du den Dreckskerl los bist. Das Leben ist viel zu kurz. Was wirst du mit dem Geld machen?«

Nach Abzug der Gebühren waren mir von Grandmas Sparkonto 3100 Dollar verblieben. »Ich weiß nicht«, sagte ich. »Ich hatte daran gedacht, mir so einen Videorecorder zu kaufen. Vielleicht sogar einen Großbildfernseher. Ich hätte ihm meinen alten Schwarzweißfernseher nicht lassen sollen. Den hat man mir geschenkt, bevor ich Dante überhaupt *kannte.*«

»Du bist schön blöd, wenn du deine Knete für solchen Schrott ausgibst. Du brauchst ein Auto. Einen fahrbaren Untersatz.«

»Ich könnte ja seine Eltern anrufen und ihm ausrichten lassen, daß ich den Fernseher zurückhaben will«, sagte ich. Ich wußte wirklich nicht, ob ich vor allem den Fernseher zurückhaben oder hauptsächlich Dante wiedersehen wollte, seine Stimme hören. Manchmal, wenn ich im Halbschlaf im Bett lag, griff ich immer noch zu ihm hinüber. Ich fragte mich, ob ich mir seinen Egoismus nicht teilweise nur eingebildet hatte. Es wäre nicht das erste Mal gewesen, daß ich mich selbst belogen hätte. Ganz zu schweigen von all den Lügen, die ich ihm aufgetischt hatte.

»Du solltest wirklich anfangen, dich nach einem Auto umzusehen«, sagte Roberta.

Ich war noch mit meinem ersten Drink beschäftigt, als bereits das zweite Glas an den Tisch gebracht wurde. »Warum? Damit ich den Rest meines Lebens als dein Chauffeur verbringen kann?«

Im Wayfarer spielte an diesem Abend *Bodyheat.* Vom Rum etwas beschwipst saß ich schmollend im Dunkeln und sah mir William Hurt und Kathleen Turner in einer schwülen Sexszene an, die den beiden sichtlich Spaß machte. Am Anfang war es mit ihm im Bett so schön gewesen. Er hatte sich richtig bemüht, mich zu befriedigen. Ich sah mich im Kino um, sah die Silhouetten der anderen Zuschauer und fragte mich, wie viele von ihnen diese Woche Sex hatten und wie viele von ihnen nach dem Kino nach Hause gehen und Sex haben würden. Roberta sackte schnarchend mit weit offenem Mund auf meine Schulter.

Als ich Dantes Vater am späten Abend anrief, klang seine Stimme am Telefon etwas benommen. Er sagte, sie hätten schon seit etwa einem Monat nichts mehr von Dante gehört – nicht seit er an der juristischen Fakultät angefangen habe –, aber er würde ihm meinen Wunsch wegen des Fernsehers ausrichten.

Ich schob die Entscheidung über die 3100 Dollar auf und nahm statt dessen eine zweite Teilzeitbeschäftigung an, vormittags und an den Wochenenden in Gutwax' Bäckerei. Je mehr ich zu tun hatte, um so besser, dachte ich mir.

»Was empfehlen Sie denn heute?« pflegten mich die Leute zu fragen.

»Alles!« antwortete ich regelmäßig darauf und meinte das auch so. Manchmal kamen die Kunden im genau richtigen Augenblick und kauften Brot, Muffins und Doughnuts, die noch warm waren. »Ah«, seufzten sie dann und spürten die Wärme und die Frische durch die Papiertüten.

Mrs. Gutwax liebte ihre Backwaren, ihre Kunden, ihren Sohn Ronnie und mich. Sie sagte mir, sie würde jeden Morgen um drei Uhr die Füße aus dem Bett schwingen und fest daran glauben, daß in der ganzen Welt alles gutgehen würde, wenn die Leute sich nur Mühe geben würden, eine Winzigkeit netter zueinander zu sein. Sie hätte ihren Mann bis zum Tag seines Todes geliebt, sagte sie mir, und sie liebte ihn *immer noch,* jetzt, neun Jahre später. Was sie sich mehr als alles andere auf der großen, weiten Welt wünschte – darum betete sie jeden Abend –, war, daß ihr Ronnie eine gute Frau fand, die ihn liebte und gut für ihn sorgte. Manchmal, so erzählte sie mir, spielte sie im Traum mit künftigen Enkelkindern.

Am zweiten Wochenende, an dem ich dort arbeitete, machte ich ihr den Vorschlag, sie solle unsere Blätterteighörnchen mit Eidotter bestreichen und sie künftig Croissants nennen. Um elf Uhr waren wir ausverkauft. »Sie sind ein Genie!« sagte Mrs. Gutwax. »Ich muß nur aufpassen, daß Sie mir nicht weglaufen.«

»Ich halte nichts von der Ehe, Mrs. Gutwax, falls Sie das gemeint haben.« Zu Mrs. Gutwax konnte man brutal offen sein und wissen, daß sie einen trotzdem weiter lieben würde.

»Aber sicher glauben Sie daran«, sagte sie mir.

»Nein, tu' ich nicht. Ich war vier Jahre lang verheiratet. Das war eine einzige Katastrophe.«

»Er war einfach nicht der Richtige.«

Ronnie Gutwax arbeitete für seine Mutter in der Backstube. Er redete nicht viel, lief aber die ganze Zeit in dem Raum hinter dem Laden herum und lächelte alles an, was er machte, und bewegte sich mit einer Art schwerfälligen Grazie, die mir allmählich wie Zeitlupenchoreographie vorkam.

Jedesmal, wenn er mich dabei ertappte, wie ich ihn beobachtete, wurden wir beide rot. Er war jetzt dreiunddreißig, seine Figur war aus dem Leim gegangen, und er war zu drei Vierteln kahl. Seine größte Leidenschaft waren die Boston Red Sox und sein wertvollster Besitz dicke Alben mit Bildern, Zeitungsausschnitten, Ticketabschnitten und allen möglichen Denkwürdigkeiten über das Team, die er seit seiner Kindheit führte, wo sein Vater ihn regelmäßig in den Fenway Park mitgenommen hatte. »Er ist nicht zurückgeblieben«, flüsterte Mrs. Gutwax mir eines Nachmittags zu, während Ronnie draußen an der Mülltonne war. »Er ist nur ein wenig langsam. Aber süß wie Zucker, Dolores, so süß, wie sein Vater war. Noch süßer.«

Ich traf meine Entscheidung: einen Großbildfernseher und eine von diesen Satellitenschüsseln, mit denen man Hunderte von Sendern hereinbekam. Ich ließ die Anlage an dem Wochenende installieren, an dem Roberta zur Untersuchung im Krankenhaus in Providence war. Drei Männer waren den ganzen Vormittag damit beschäftigt, die Schüssel an Grandmas Dach anzubringen und den Mechanismus in Gang zu setzen. Fußgänger und Autofahrer an der Pierce Street hielten immer wieder an, um das Wunderwerk anzustarren.

Ich lag zurückgelehnt auf dem Wasserbett und sah mir »The Dukes of Hazzard« an – Beau und Luke Duke so groß wie in einem Drive-in-Kino! –, als das Telefon klingelte. Zweimal. Robertas Signal, daß sie reden wollte. Oder, was wahrscheinlicher war, *mir einen Vortrag halten.* Ich ignorierte das Klingeln. Es klingelte erneut zweimal. Ich bin jetzt langsam diese Beweglichkeitsrede, die sie mir immer hält, leid, sagte ich mir. Ich hatte das Recht, mein Geld so auszugeben, wie es mir paßte. Wer hatte denn das Leben mit Dante erdulden müssen: sie oder ich?

Das Telefon klingelte einmal.

Ich schaltete den Fernseher leise und wartete. Wenn sie *wirklich* Hilfe brauchte, würde sie noch einmal anrufen. Vorn knallte die Gehhilfe gegen die Tür.

»Was, zum Teufel, soll dieses Astronautending auf dem Dach?« fragte sie.

»Sieh dir das an«, sagte ich und richtete die Fernbedienung auf den Bildschirm. Die »Hollywood Squares« huschten vorbei, Fischotter in einer Natursendung, »Hawaii Five-O« in spanisch. Der Bildschirm nahm die halbe Wand ein.

»Wieviel hast du für diesen Schrott rausgeschmissen?« fragte Roberta.

»Da schau! Die ›Patty Duke Show‹! Die habe ich seit meiner High-School-Zeit nicht mehr gesehen. Die beiden sind Vettern, weißt du. Der eine ist Wissenschaftler und der andere . . .«

»Schaff dieses Ding hier raus! Kauf dir ein Auto!« Ihr ganzes Gesicht war gerötet und verzerrt. Sie schrie so, daß ihr Speichelfetzen aus dem Mund flogen.

»Halt den Mund«, sagte ich. »Verschwinde hier! Laß mich in Frieden!«

Sie stürzte von der obersten Verandastufe. Sie schürfte sich das Gesicht auf und blutete. Ihre dünnen Beine lagen verkrümmt auf den Treppenstufen. Sie verlor das Bewußtsein unmittelbar vor dem Eintreffen der Ambulanz.

Die Buchbinders standen Schulter an Schulter da und fragten mich, ob etwas nicht stimme. »Es ist alles in Ordnung«, sagte ich. »Warum fragen Sie?«

»Weil der ganze Laden voll Staub ist«, sagte Mr. Buchbinder. »Und weil der Teppich gesaugt werden muß.«

»Und blaß ist sie«, erinnerte ihn Mrs. Buchbinder. »Vergiß das nicht.«

Ich hatte die halbe Nacht wach gelegen, meinen großen Fernsehschirm angestarrt und endlos über Robertas Sturz nachgedacht – daß ich sie ebensogut selbst hätte über die Treppe schubsen können. Daß ich, wenn sie gestorben wäre, diejenige gewesen wäre, die an ihrem Tod schuld war. In den sechzehn Tagen, die sie im Krankenhaus gewesen war, hatte ich ihr zwei Blumensträuße für jeweils zwanzig Dollar geschickt, hatte aber nicht den Mut aufgebracht, sie zu besuchen. Während die Buchbinders jetzt dastanden und auf eine Erklärung warteten, baute sich in mir eine Lüge über eine tödliche Krankheit – einen Gehirntumor, der in meinem Kopf wuchs – auf. Aber ich schob sie von mir. Die Buchbinders waren nie zufrieden; ich war ziemlich sicher, daß sie mich liebten, ob ich nun staubsaugte oder nicht. »Gar nichts ist los«, sagte ich. »Wirklich nicht.«

Ich staubte den ganzen Nachmittag mürrisch und nicht sehr sorgfältig ab. Jedesmal, wenn Kunden an die Theke kamen, ignorierte ich sie – ließ sie auf Mr. oder Mrs. Buchbinder warten, damit diese ihr Geld entgegennahmen und ihr Zeug eintüteten. Das ganze Leben war so ein sinnloser Witz. Die Buchbinders hatten ein Todeslager überlebt, um jetzt in diesem engen Loch zu enden und Plastikkotze und ausgestopfte Schlümpfe und Nummernschilder mit der Aufschrift »Fuck the Ayatollah« zu verkaufen. Kein Wunder, daß ich meinen Job am liebsten hingeschmissen hätte. Welchen Sinn hatte das alles?

Unmittelbar vor Ladenschluß stieß ich mit dem Rücken gegen einen Ständer mit »Wer hat J. R. erschossen?«-Plaketten, worauf diese alle zu Boden krachten. Es klang genauso häßlich wie Robertas Sturz.

»Jitzt reeicht's, Dolores!« schrie Mr. Buchbinder. »Jitzt hab' ich's satt!«

»Ich auch!« schrie ich zurück. »Sie beide sind richtig widerlich!«

»Sie sind gefeuert! Sie arbeiten nicht mehr hier! Ich kenn' Sie nicht einmal.«

»So behandelt man jemanden, der einen Gehirntumor hat!« kreischte ich.

Ich feierte meine Befreiung von den Buchbinders, indem ich eine Mikrowelle und zwei Goldfische kaufte, die ich William Hurt und Kathleen Turner taufte. Ich besuchte die beiden immer, wenn ich kurz den Fernseher verließ, um mir in der Mikrowelle einen Imbiß zuzubereiten. Dabei fiel mir etwas auf: Wenn ich meine Hand etwa einen Zentimeter vor den Fernsehschirm oder die Mikrowelle hielt, konnte ich ein leichtes Prickeln spüren. Ich fragte mich, ob da nicht irgendwelche Strahlungsmoleküle an mir abprallten, ob ich mich nicht etwa langsam mit all dem Fernsehen und dem schnell erhitzten Essen vergiftete. Ich hatte die Goldfische ganz impulsiv gekauft und immerhin noch daran gedacht, eine Schachtel mit Flocken für sie zu kaufen, aber keine Schale. Sie lebten jetzt in Grandmas Küchenausguß und schwammen ganz zufrieden herum, so daß ich mir eine Weile beinahe einredete, daß ich etwas lieben konnte, ohne es zu zerstören. Nur, daß ich die Goldfische nicht liebte. Ich liebte Roberta. Machte mir Sorgen um sie. Fragte mich, ob sie mich jetzt wohl haßte. Ihr Sender stellte statt ihrer irgendeinen Oldies-but-Goodies-Diskjockey ein, den man in Hollywood gezüchtet hatte. Ich hatte sie jetzt seit über einem Monat nicht mehr gesehen: Das Krankenhaus sagte mir, sie sei in das Sunny-Windows-Rekonvaleszentenheim überwiesen worden.

»Aber *sicher* wäre es mir recht, wenn Sie den ganzen Tag hier arbeiten!« sagte Mrs. Gutwax und drückte mich an sich. »Dann gehören Sie noch mehr zur Familie.« Was sie mißverstand, war ihre Angelegenheit.

Die ganze nächste Woche summte und lächelte Mrs. Gutwax – sie wollte jetzt, daß ich Bea zu ihr sagte – und dachte sich eine Million Vorwände aus, die es erforderlich machten, daß sie ihren Mantel anzog und mich und ihren süßen Sohn miteinander allein ließ.

Am Nachmittag hörte Ronnie auf zu arbeiten und kam zu mir herüber, als ich gerade eine Geburtstagstorte dekorierte. Er lächelte sein gummiartiges Lächeln und wurde rot.

»Was ist?« sagte ich. »Was ist denn, Ronnie?«

»Wen mögen Sie bei den Red Sox lieber? Jim Rice oder Dewey Evans?«

»Das weiß ich nicht.« Ich zuckte die Achseln. »Und Sie?«

»Rice«, sagte er.

»Oh.«

»Meine Mutter hat gesagt, ich soll Sie küssen. Darf ich?«

Ich legte das Streichmesser weg und sah ihn an. Nickte. Er griff mit seinen mehligen Händen nach meinen Wangen und schloß die Augen. Dann atmete er tief ein, als wolle er ins tiefe Wasser springen.

Ich analysierte den Kuß ganz objektiv – fest und fleischig, weder ein angenehmes noch ein unangenehmes Gefühl.

Er lächelte, als der Kuß vorbei war. Ich lächelte zurück.

»Macht es Ihnen etwas aus, wenn ich das noch einmal tue?« sagte er.

»Ronnie«, sagte ich. »Ich kann wirklich nicht – ich habe keine ... also schön. Meinetwegen.«

Dieses Mal erwiderte ich den Kuß. Nicht, daß ich Ronnie geküßt hätte, wenigstens nicht genau. Ich küßte den Geruch von Zimtgebäck im Ofen und den warmen Raum mit seinen ächzenden Fußbodendielen und Mrs. Gutwax' Träume von Enkelkindern. Küßte ihn, um mir selbst zu zeigen, daß ich zärtlich sein konnte – liebevoll –, ganz gleich, wie schlecht ich die arme Roberta behandelt hatte. Dann küßte ich Dante, rieb mich an *Dantes* Schenkeln. Der Kuß war ebenso eine Lüge wie mein Gehirntumor ... ebenso eine Lüge, wie meine Ehe eine gewesen war. Wir küßten und küßten uns, bis Ronnie eine Erektion bekam.

Mrs. Gutwax war am Ende meiner Schicht immer noch nicht zurückgekommen. Ich schrieb meine Kündigung auf einen Zettel und legte ihn in die Registrierkasse. Die nächsten drei Tage ließ ich das Telefon klingeln und hob nicht ab. Jedesmal, wenn es zu klingeln anfing, legte ich mich auf das Wasserbett und zielte mit der Fernbedienung auf den Fernseher. »Twilight Zone.« »Three's Company.« »Johnny Carson.« »M.A.S.H.« Ich konzentrierte mich ganz auf das, was vor meinen Augen ablief.

Als der Sommer zu Ende ging, bekam ich einen Brief von einer Frau, die ich nicht kannte, einer Jacqueline Price, der dritten Frau meines Vaters. »BITTE NACHSENDEN« stand auf dem Umschlag, der über die Adresse Grandmas an mich gerichtet war. Sie schriebe mir, stand in dem Brief, weil sie der Ansicht war, ich hätte ein Recht darauf, zu erfahren, daß mein Vater vergangene Woche nach einer sechs Monate währenden Krankheit gestorben sei. Als er im Februar das Krankenhaus aufgesucht habe, um sich operieren zu lassen, hätten sie so viele Krebszellen gefunden, daß sie ihn gleich wieder zugemacht hätten. *Er* habe bestimmt, daß sie erst nach der Beerdigung mit mir Verbindung aufnehmen solle, erklärte sie. *Er* habe den Wunsch geäußert, feuerbestattet zu werden und alles, was er besessen hatte, ihren Kindern aus einer vorangegangenen Ehe zu hinterlassen. »Er war ein liebevoller Mann«, schrieb sie.

»Battlestar Galactica.« »Roller Derby.« »Joanie Loves Chachi.« »Meine Frau ist eine Hexe.«

Was mir am meisten angst machte, war, daß ich überhaupt nicht trauerte – obwohl mir den ganzen Tag über sein Tod immer wieder in den Sinn kam, während ich auf den Bildschirm starrte. »Kann ich ihn einfach loslassen?« hatte ich Dr. Shaw einmal während einer Therapiesitzung gefragt. Ich *hatte* ihn losgelassen, und jetzt zeigte mir sein Tod, wie sinnlos meine Entscheidung gewesen war. »Er war ein liebevoller Mann«, schrieb seine dritte Frau. Hatte sie ihn zu einem gemacht? War er von Anfang an einer gewesen? Hatte ich das nur nicht erkannt? Vor dem großen Fernseher sitzend, mußte ich die Augen schließen, um mir Daddy vorzustellen. Und als ich ihn dann *sah,* saß er am Rand unseres neuen Schwimmbeckens am Bobolink Drive und lachte über etwas, was ich gesagt hatte, irgend etwas Spaßiges, das uns beide zum Lachen gebracht hatte. Dann weinte ich. Zuerst dachte ich, das sei ein gutes Zeichen: Jene Tränen machten mich menschlich, machten mich schließlich doch zu einem Menschen, der lieben konnte. Aber das war eine Lüge. Die Tränen waren nicht für ihn; sie waren für mich – das arglose Mädchen, das auf und ab schwamm und dachte, ihr Vater würde immer bleiben, würde so lange dasein, wie sie ihn brauchte. Ich schaltete den Fernseher ab und saß in der unbehaglichen Stille. »Daddy?«

In »Good Morning, America« führte am nächsten Morgen die neue Miss America vor, wie man Bananenpfannkuchen zubereitete. Ich schrieb mit und ging anschließend in den Supermarkt, um die Zutaten einzukaufen. Die Pfannkuchen gingen herrlich auf, genauso wie im Fernsehen. Ich setzte mich an den Küchentisch, goß Ahornsirup darüber und nahm den ersten Bissen. William und Kathleen schwammen im Spülbecken im Kreise. Ich hatte die Teller zu einem Stapel anwachsen lassen, seit ich die beiden hatte. Ich stand auf, ließ die Pfannkuchen liegen und ging wieder zu meinem Fernseher.

Ich ließ den Fernseher die nächsten zwei Wochen laufen, hatte Angst, er würde vielleicht, wenn ich ihn ausschaltete, nicht wieder einzuschalten sein. Ich schlief auf dem Wasserbett, anstatt nach oben zu gehen. Gelegentliche kurze Nickerchen und dann wieder eine Art Koma, ich schrak jedesmal auf, wenn »As the World Turns«, »That's Incredible«, »Dr. Who« auf dem Bildschirm erschienen. Mein Energiemangel faszinierte mich. Ich saß manchmal stundenlang da und versuchte, mich zu überreden, ein Bad zu nehmen oder die Jalousie hochzuziehen. Ich kam mir vor wie die Leute, die ich in »Donahue« gesehen hatte – die, die in den Operationssälen über ihren eigenen Körpern schwebten und sich darüber klarzuwerden versuchten, ob sie bleiben oder gehen sollten.

»Mir geht's gut, Mrs. Buchbinder ... wirklich«, log ich in den Telefonhörer und ließ dabei meinen Blick über die leeren Kartoffelchipstüten und Coladosen schweifen, wie sie das vielleicht auch getan hätte. Ich war inzwischen bei meinen letzten hundert Dollar angelangt. Das Goldfischwasser in der Spüle begann sich zu verfärben. Meine Bananenpfannkuchen standen immer noch auf dem Küchentisch und begannen sich mit einer Schimmelschicht zu überziehen. *Echter* Schimmel, nicht die Art, die ich mir in Gracewood ausgemalt hatte, als ich so abgenommen hatte. Ich fing wieder an zuzunehmen – knöpfte meine Jeans oben auf und lief den ganzen Tag im Muumuu herum. Fettleibigkeit war Teil meiner Regressionssymptome gewesen, hatte Dr. Shaw mir erklärt. Nur, daß ich jetzt fett wurde, ohne irgend etwas zu unterdrücken. Was unterdrückte ich? Die Tatsache, daß ich nicht einmal imstande war, einen Job zu behalten? Daß eine alte Frau sich auf mich verlassen hatte und ich sie praktisch die Treppe hinuntergeworfen hatte? Ich hängte das Telefon aus und warf die Post ungeöffnet weg. Allmählich betrachtete ich das Tageslicht als ein Eindringen in meine Privatsphäre. Der Supermarkt schloß um zweiundzwanzig Uhr, also kaufte ich in der Lebensmittelabteilung der Tankstelle an der River Street ein. Der Laden überraschte mich jedesmal aufs neue, wenn er wie eine Fata Morgana aus der nächtlichen Dunkelheit auftauchte. Der Angestellte dort, ein pummeliger, rothaariger Mann, sah mich nie auf sich zuschweben. Vermutlich war er vom Summen seiner verschiedenen Kühl- und Tiefkühlschränke hypnotisiert und schrak deshalb jedesmal zusammen und warf seine Pornomagazine jedesmal, wenn ich den Laden betrat, unter die Theke. Er stand in Habachthaltung da, während ich in den Regalen herumsuchte, und tippte dann meine Einkäufe in die Registrierkasse ein – Zwiebeldip, Milky Ways, Pepsi. Ich sah ihm zu, wie er mir das Wechselgeld in eine Hand zählte, die ich mit schierer Willenskraft am Zittern hinderte. Obwohl wir nie miteinander sprachen, wuchs in mir der Argwohn, daß er in mich verknallt war. Daß er mir auf seine ganz persönliche, schüchterne Art den Hof machte, indem er kleine Geschenke in meine Tüte steckte – Streichhölzer, Teilnahmescheine für Wettbewerbe. Eines Tages fing er an, Pappbrillen mit roten Zellophangläsern dazuzulegen. »SEHEN SIE DIE KIEMENFRAU IN BLUTDÜRSTIGEM 3-D« stand auf dem Seitenteil der Brillen. »ACHTEN SIE AUF DIE ANZEIGE IN IHRER LOKALZEITUNG.« In kürzester Zeit hatte ich ein halbes Dutzend solcher Brillen zusammen. Ich begann, sie im Haus Tag und Nacht zu tragen, und stellte mir vor, daß ich von innen heraus radioaktiv leuchtete. Der Infrarotblick, den mir die Brille verschaffte, gefiel mir.

Auf der anderen Straßenseite bei Roberta gingen die Lichter an. Ich legte den Telefonhörer wieder auf die Gabel. Lauschte auf das Hupen von Taxis. Aber nichts war zu hören. Sie hielt die Vorhänge geschlossen. Vorhänge, die *ich* für sie genäht hatte, jetzt gegen mich zugezogen. Ich wollte sie anrufen – mich bei ihr entschuldigen. Ihr Hilfe anbieten ... *sie* um Hilfe bitten, so wie an jenem Abend vor langer, langer Zeit, als ich barfuß über die Straße zu ihr gegangen war, an ihre Seitentür geklopft und ihr erzählt hatte, daß Jack mich vergewaltigt hatte. »Das fette Mädchen kommt wieder«, wollte ich ihr jetzt sagen. »Ich glaube, sie könnte mich erwischen.« Aber ich rief nicht an. Konnte nicht.

Die *Kiemenfrau* kam zwei Tage später auf Kanal 38, aber die 3-D-Effekte waren enttäuschend. Die Kiemenfrau selbst, eine großbusige Frau in einem schuppigen Anzug und mit einer 1950er Frisur, war teils Meerjungfrau, teils Haifisch. Ein Hurrikan hatte ihr die Orientierung geraubt. Sie wurde von Wissenschaftlern studiert, die sie gefangen, aber ihre Absichten mißverstanden hatten. Sie hielten sie in einem Schwimmbecken unter Wasser in Ketten gefangen, schwammen jeden Tag zu ihr hinunter, stachen mit langen Stangen auf sie ein und wunderten sich dann über ihren völlig gerechtfertigten Zorn.

Es klopfte an der Haustür. Roberta. Ich dachte, daß ich sie hereinlassen würde, falls sie das wollte – ein so kalter Fisch war ich nicht –, aber wenn sie sich wieder darüber ausließ, welche Fehler ich machte, würde ich mir kein Wort davon anhören. Kein Wort über Fernsehen oder Beweglichkeit.

Nur, daß es nicht Roberta war. Es war Dante.

Mit meinem Schwarzweißfernseher und einer Frau. Eigentlich einem Mädchen – höchstens Anfang Zwanzig. »Ich habe ein paarmal versucht anzurufen«, sagte er, »aber es war immer besetzt. Wir sind gerade auf der Durchreise. Du wolltest das hier haben?«

Ich stand da und wünschte mir, ich würde jetzt nicht diese 3-D-Brille tragen oder das ausgefranste Disneyland-Sweatshirt, das ich auf unserer Reise gekauft hatte. Mein Haar war hinten zu einem schmierigen Pferdeschwanz zusammengebunden. Meine Beine waren haarig. »Also, vielen Dank«, sagte ich, als er den Fernseher im Eingangsflur abstellte. »Wiedersehen.« Ich schickte mich an, die Tür vor ihrer Nase zu schließen.

»Jenny muß mal die Toilette benutzen.«

Daß er ihren Namen aussprach, gab mir irgendwie die Erlaubnis, sie anzusehen. Sie hatte krauses, dreieckig geschnittenes Haar und trug rötlichschwarzen Lippenstift. Sie hatte ein T-Shirt an, auf dem sich das Wort Innuendo über ihren Junior-High-School-Busen spannte, und Lycra-Stretchhosen, wie ich sie am selben Morgen bei »Richard Simmons« gesehen hatte, an ehemaligen Dicken, die erfolgreiche Abmagerungskuren hinter sich hatten. »Oben«, sagte ich.

Dante blickte an mir vorbei auf den Bildschirm. »Du dickes Ei. Sieh dir das an«, sagte er. Er ging hinein.

Er trug einen handgestrickten Pullover und dazu passende Socken. Ich hatte das Gefühl, daß er besser aussah.

»Ich höre, du studierst jetzt Jura«, sagte ich.

»Ja, das stimmt.«

»Und eine Dauerwelle hast du dir machen lassen.«

»Das hat Janice gemacht. Sie ist Kosmetikerin.«

»Wie alt ist sie denn?«

Er lächelte geduldig. »Ich glaube, die Frage ist wirklich nicht fair.«

»Oh, tut mir leid. Übrigens, du hast ein Paar von deinen Schuhen in eine von diesen Kisten gepackt, die du mir geschickt hast. Aus Versehen. Braune Halbschuhe.«

»Oh, richtig«, sagte er. »Die habe ich schon gesucht. Die könnte ich brauchen.«

»Ja, das denke ich mir. Anwaltsschuhe. Sie sind in der Küche. Ich hole sie.«

»Nein«, sagte er. »Sieh du dir nur das Programm hier an. Ich hole sie schon.«

»Sie stehen im Wandschrank auf dem Boden. Ganz hinten, denke ich.«

Erst als er draußen war, erinnerte ich mich an die schimmligen Pfannkuchen, die Goldfische in der Spüle, die Stapel ungewaschener Teller, die inzwischen überall herumstanden. Ich preßte die Augen zusammen, um meine Tränen zurückzuhalten.

Oben ging die Toilettenspülung, und dann hörte ich ihre Schritte. »Oh, *wow*«, sagte sie. »3-D?« Ich reichte ihr eine der Brillen.

In der Küche war ein Klappern zu hören. Jetzt kam eine Werbung. »Paß mit Dante auf«, sagte ich. »Er beißt.«

Sie sah zu mir herüber, aber die roten Zellophanbrillengläser verbargen ihre Reaktion.

Dante kam wieder herein, einen Schuh in jeder Hand. Sein Gesicht wirkte blaß. »Komm, Babe«, sagte er zu ihr. »Laß uns gehen.«

»Augenblick. Ich will bloß sehen, ob die Haie sie erwischen.«

»Ich habe gesagt, laß uns *gehen.*«

Sie nahm die Brille ab. »Okay«, meinte sie und zuckte die Achseln. »Schon gut.«

Während sie in den Wagen stieg, drehte Dante sich unerwartet um und kam wieder die Treppe herauf. »Das ganze Haus stinkt nach totem Fisch und Schweiß«, sagte er. »Wasch das Geschirr in der Küche! Reiß dich zusammen!«

»Kümmere dich um deinen eigenen Mist«, schrie ich. »Hau ab!«

Ich sah ihm nach, wie er in ihrem apfelgrünen Le Car wegfuhr – wahrscheinlich gehörte er ihr, dachte ich mir. Auf der anderen Straßenseite stand Roberta am Fenster und sah ihnen ebenfalls nach.

Er hatte eine Schleife mit ein paar Luftballons daran um meinen Fernseher gebunden. Ich setzte mich wieder, ließ geistesabwesend die winzigen Ballons mit dem Fingernagel zerplatzen und sah zu, wie der Kiemenfrau Blut aus den Wunden quoll, die ihr die Haie gerissen hatten.

Ich sah »Innuendo« im Wörterbuch nach. »Eine Andeutung oder Anspielung. Anzüglichkeit«, stand da. Ich dachte, seine Bemerkung über »toten Fisch« sei eine Art sarkastischer Kommentar zur *Kiemenfrau,* aber als ich in die Küche ging, sah ich, was er wirklich gemeint hatte. William und Kathleen schwammen mit den Bäuchen nach oben an der Wasseroberfläche, von ihrem eigenen Dreck getötet.

Roberta hatte abgenommen. Sie hatte eine rosa Narbe an der Stirn und eingetrockneten Eidotter am Kragen ihrer Jacke.

»Starr mich nicht so an! Ich bin *nicht* verrückt!« schrie ich.

»Natürlich bist du nicht verrückt. Aber wenn du uns nicht schleunigst beide hier herausschaffst, werden wir es beide! Also, wie ist es jetzt. Darf ich reinkommen, ehe es Januar wird und ich mir den Arsch abfriere?«

Ich fing mit den Pfannkuchen an und machte die ganze Nacht durch sauber, schrubbte, schabte, saugte Staub, badete. »Es tut mir schrecklich leid«, sagte ich zu den beiden Fischen, als ich endlich genug Mut aufbrachte, um sie in die Toilette zu spülen. »Ehrlich. Das ist alles meine Schuld.« Am Morgen schlich ich mich mit meinem tragbaren Schwarzweißfernseher hinter den Supermarkt und warf ihn dort in den Müllcontainer. Dann rief ich die Firma an, die mir die Satellitenschüssel geliefert hatte. Sie sträubten sich dagegen, mir alles zurückzubezahlen, aber ich schrie so lange auf sie ein, bis sie fünfundsiebzig Prozent bezahlten.

Der Wagen, den wir kauften – ein 67er Biscayne mit endlosem Durst –, hatte ein Steuerrad, das bei Geschwindigkeiten über fünfunddreißig unkontrolliert zu zittern begann, und ein Ölleck, das jedesmal, wenn man parkte, eine Tätowierung auf der Straße hinterließ. Aber es hatte auch einen Kassettenrecorder und einen Kofferraum, der groß genug war, um Robertas zusammenlegbaren Rollstuhl aufzunehmen. »Dieses Auto hat den Pikes Peak bezwungen!« verkündete der Rest eines Aufklebers auf der hinteren Stoßstange. Ich fand die unbeschrifteten Kassetten eines Nachmittags, als ich nach dem Hebel der Sitzverstellung suchte. Es waren drei, die zwischen Bierflaschen, zusammengeknüllten Zeitungen und Styroporbechern unter den Fahrersitz gestopft waren, und sie lagen in einer seltsam geformten grauen Schachtel mit der Aufschrift »Kühl aufbewahren«. Ich hatte mir die Anzeige aufgehoben, aber als ich anrief, um den ehemaligen Besitzer des Wagens zu fragen, ob er mir die Kassetten wirklich auch hatte überlassen wollen, bekam ich nur eine Ansage zu hören – die mit der eisigen Stimme, die einem sagt, daß der Betreffende seinen Anschluß abgemeldet habe und weggezogen sei.

Ein paar Tage später schob ich bei einer Ausfahrt mit Roberta eine der Kassetten hinein. Ich hatte Country Music erwartet – der Mann, der mir das Auto verkauft hatte, hatte Cowboystiefel getragen. Aber ich wußte sofort, was es war. Ich war auch nicht überrascht. Sie waren mir mein ganzes Leben lang gefolgt.

»Wale«, sagte ich.

Roberta zündete sich eine Zigarette an. »Buckelwale«, nickte sie. »Hab' sie selbst mal gehört. Der Kanadier hat mich mächtig verprügelt, und dann haben wir mit der Fähre eine Reise nach Nova Scotia gemacht, das war seine Art, sich zu entschuldigen.« Sie lachte in sich hinein. »Ich hatte auf der Fahrt links und rechts ein Veilchen«, sagte sie. »Ich habe ausgesehen wie ein Waschbär.«

Wir fuhren, bis ich jede Kassette zweimal von Anfang bis zum Ende gespielt hatte. Bis wir den Kopf voll vom Klagegesang der Buckelwale hatten.

»Was meinst du, was die tun, Dolores?« fragte Roberta. »Singen sie oder weinen sie?«

Am nächsten Tag zog sie bei mir im Haus ein.

Erst im November des darauffolgenden Jahres – sie hatte zwei gute Monate gehabt – versuchten wir die Reise in Richtung Norden. Wir hatten sie nicht geplant. Wir fuhren eines sonnigen Vormittags einfach drauflos, bis die Route 1 in die Interstate 95 überging, und dann stand da plötzlich die »Welcome to Maine«-Tafel vor uns. Kanada – Campobello Island – erreichten wir am späten Nachmittag.

»Die Buckelwale?« fragte ein alter Mann am Steg. »Nee. Die ziehen Ende September, Anfang Oktober nach Süden. Die haben Sie um zwei Monate verpaßt.«

Die Fahrt zurück war lang und anstrengend. Unsere Pläne waren so spontan gewesen, daß wir erst auf halbem Wege an Robertas Medizin gedacht hatten.

»Wir sind einfach zu ehrgeizig geworden, sonst gar nichts«, sagte ich. »Du hast schon recht. Wir können immer noch Abenteuer erleben – solange wir uns nur Zeit dabei lassen.«

Aber da schnarchte Roberta schon. Ich redete mit dem Rückspiegel.

27

Im September 1984 fiel mir die Decke auf den Kopf.

Ich war um diese Zeit bereits wieder bei Buchbinder tätig, diesmal als stellvertretende Geschäftsführerin, und verkaufte Stoffpuppen und Michael-Jackson-Porzellanfigürchen, so schnell wir sie herbeischaffen konnten. Ich hatte den Vorschlag gemacht, im Laden eine Stereoanlage einzubauen und eine Agentur für Theater- und Konzertkarten dazuzunehmen. Mr. Buchbinder zuckte die Achseln und ertrug den dröhnenden Rhythmus. Die Kunden drängten sich in den Gängen. »Kluhges Mädchen«, rief er eines Nachmittags, um die Musik zu übertönen, und kniff mich in den Arm. »*Geh*ören ins Kollidsch.«

Die Decke fiel mir symbolisch gesprochen auf den Kopf. Konkret blieb mein Kopf unversehrt. Mein Lehrer in Englisch

101 im Ocean Point Cummunity College hatte mir schließlich den Unterschied zwischen »konkret« und »symbolisch« beigebracht – ein ganz einfacher Begriff, sobald man einmal soweit war, daß man ihn sich von jemandem erklären ließ. Englisch 101 war der erste Kurs, den ich belegte. Obwohl ich Mr. Buchbinder das Geld für den Unterricht immer wieder hinschob, tauchte es doch jeden Abend wieder in meiner Manteltasche auf.

Er schien ebenso erpicht darauf zu sein, daß ich eine Collegeausbildung bekam, wie Ma das gewesen war.

»Also, wie war es?« fragte Roberta mich nach meinem ersten Abendkurs.

»Ich hör' wieder auf. So war es.«

Sie holte den Nagellack aus der Schublade und setzte sich neben mich auf den Stuhl. Ich schüttelte die Flasche und schraubte sie auf. »Warum?«

»Hot pink, hot pink«, sagte ich. »Ich kann die Farbe nicht mehr ertragen.«

»Warum hörst du schon nach dem ersten Abend wieder auf?«

»Weil mir das alles zuwider ist. Das ist nicht das Richtige für mich. Zuerst mußten wir uns im Kreis hinsetzen und den Leuten von uns erzählen.«

»Was für Zeug denn?«

»Lauter Quatsch. Wo wir gerne hinreisen, und warum wir das Fach gewählt haben – was wir uns davon erhoffen. Ich war die letzte, die er aufrief, und bis dahin war meine ganze Kehle bereits gelähmt.«

»Vielleicht hast du recht«, sagte Roberta. Sie sah auf ihre Zehen, bewegte sie. »Nächstes Mal nehme ich Rot. Mal sie mir an wie bei einer Nutte.«

». . . also fing ich an, ihm von unserer Fahrt nach Kanada zu erzählen, und daß wir die ganze Zeit vorhaben, wieder dort hinzufahren, und es doch nie tun. Aber dann hörte ich mitten drin auf. Alle sahen mich so komisch an.«

»Lampenfieber«, sagte Roberta.

Ich nahm ihren Fuß auf meinen Schoß und tauchte den Pinsel in den Nagellack. Es verblüffte mich immer wieder: daß sie mich einfach ihren Fuß anfassen ließ, ohne zu schreien.

»Der Lehrer möchte, daß wir ihn mit Vornamen ansprechen – als ob er unser Freund wäre und nicht jemand, der uns durchfallen lassen kann.«

»Weißt du, was ich gesagt hätte, wenn ich dortgewesen wäre? Ich hätte denen gesagt: ›Sagt mir einen Ort, und ich fahre hin.‹«

Ich sog an meinen Zähnen. »Wir haben eine Punkerin in der Klasse, ihr Kopf ist glatt rasiert. Im sechsten oder siebten Monat schwanger, mindestens. Und dann dieser Typ, der so riesig ist, daß er nicht einmal hinter ein Pult paßt. Er saß die ganze Zeit auf dem Boden. Ich mußte immer daran denken, daß ich auf der High School genauso fett war. Es war deprimierend.«

»Und du willst dich von einem fetten Typen verjagen lassen?«

»Er war nicht fett. Einfach riesengroß. Ich wette, er ist über zwei Meter groß. Die Punkerin hat gesagt, sie hätte den Kurs genommen, weil sie ein Science-fiction-Drehbuch schreiben möchte. Dabei soll es darum gehen, daß Astronauten sich im Weltraum verfliegen, und als sie dann zurückkommen, hat ein Atomkrieg stattgefunden, und alle sind wieder primitiv und beten Statuen und Boy George an. ... Die Leute töten sich gegenseitig, um Fleisch zu bekommen, und Boy George ist Gott.«

Roberta warf den Kopf in den Nacken und lachte laut.

»Ich habe seit über fünfzehn Jahren keine Hausaufgaben mehr gemacht, und diese Frau schreibt ein *Drehbuch*. Ihre Zehennägel sind *schwarz* lackiert.«

»Schwarz?« sagte Roberta. Sie sah auf ihre eigenen Füße und überlegte.

»Sie zieht im Unterricht die Schuhe aus und legt ihre Füße

auf die Möbel. Hinten an ihrer Jeansjacke hat sie einen Aufkleber, wie man ihn auf Stoßstangen klebt. ›Züchtet man in Ihrem Bad Bolschewiken?‹ Keine Ahnung, was das eigentlich bedeuten soll.«

Robertas Lachen ging in einen Hustenanfall über. Mein Pinsel fing an zu wackeln. Ich stellte ihren Fuß auf den Boden zurück und holte ihr ein Glas Wasser.

»Das dämliche Lehrbuch hat mich vierundzwanzig fünfundneunzig gekostet. Wenn ich weiterhin solche Kurse belege, bin ich zweiundvierzig, bis ich meine Abschlußprüfung mache.«

»Wie alt wirst du denn dann sein, wenn du die Prüfung *nicht* machst?«

»Du kannst leicht dasitzen und Witze reißen«, brauste ich auf. »*Du* brauchtest ja schließlich nicht eineinviertel Stunden dort rumsitzen und aufs Klo müssen. Wir sollen einen Aufsatz schreiben und nächste Woche abliefern. ›Schreiben Sie über eine alltägliche Aufgabe, die Sie erfüllen, und welche emotionelle Beziehung Sie zu dieser Aufgabe haben.‹ Was soll ich denn schreiben – vielleicht, was für ein herrliches Gefühl es ist, Toast zum Frühstück zu machen? Wie fasziniert ich davon bin, dir die Zehennägel rosa zu lackieren?«

Roberta sagte gar nichts. Ich konnte ihr Lächeln eher fühlen als sehen. Ich nahm ihren Fuß von meinem Schoß und ging zur Treppe.

»Hey. Ich habe drei lackierte Zehennägel und sieben ohne.«

»Yeah, also, das Leben ist ein Shit Sandwich«, sagte ich. »Sieh zu, wie du damit klarkommst.«

Das war der Abend, an dem die Decke herunterkam. Also, genaugenommen am nächsten Morgen. Irgendwann gegen drei Uhr. Zuerst klang es wie Schüsse. Ich befand mich in jenem Niemandsland zwischen Träumen und Wachen und dachte, du liebe Güte! Da erschießt jemand unten Roberta! Dann spürte ich Staub in der Nase, hörte weitere Schüsse und dann ihre Stimme im Treppenschacht.

»Hol mich hier raus, ehe mir alles auf den Kopf fällt!«

Ich schaltete die Treppenbeleuchtung an und konnte gerade noch sehen, wie ein weiterer Brocken aus dem Verputz herunterfiel. Er krachte neben dem Bett auf den Boden und zersprang in tausend Stücke. Ich duckte mich, hielt mir die Hände über den Kopf und rannte hinein, um sie aus dem Bett zu holen. Wieder fiel ein Brocken herunter. Ich kam mir vor wie ein Soldat im Krieg.

Im Telefonbuch standen sechs Firmen, die Häuser reparierten. Von dem Apparat im Flur trug ich mein Anliegen Ehefrauen und Anrufbeantwortern vor. Jedesmal, wenn sie mich warten ließen, sah ich mir die freigelegten Balken an, wo der Verputz abgefallen war, eine Art von Deckenskelett.

Mike von Mike's Home Repair machte mir einen Kostenvoranschlag. »Neunhundertfünfzig Dollar«, sagte er.

Roberta knallte ihre Gehhilfe auf den Boden. »Herrgott im Himmel! Halten Sie ihr doch gleich einen Revolver an die Schläfe!«

»Okay, achthundertfünfundsiebzig, aber ohne Materialarbeiten, akzeptieren Sie es, oder lassen Sie es bleiben!«

»Bleibenlassen!« schrie Roberta genau in dem Augenblick, wo ich murmelte: »Ich akzeptiere.« Er hörte sie.

Der Typ von Superior Homes wollte 1050 Dollar. Er sagte mir, er habe beim Hereinkommen gesehen, daß ich auch ein neues Dach brauchen würde – daß mein Dach, wenn Dächer Alarmanlagen hätten, schon lange klingeln würde.

»Ein neues Dach? Wieviel würde das kosten?«

»El dinero grande.«

»Und wieviel ist das in amerikanischem Geld?« wollte ich wissen.«

»Viel. Ich habe da einen Vetter, der ...«

»Ach, verschwinden Sie«, schrie Roberta.

Später dann am Nachmittag führte sie die Aufsicht, während ich auf der obersten Sprosse der schwankenden Trittleiter stand und die herunterhängenden Verputzbrocken herauszog, die als nächste abzufallen drohten. Wir beschlossen, daß wir eine Weile mit den Löchern leben würden.

***

Roberta hatte die Idee, Johnny Wu, den Inhaber des China Paradise, wegen eines Nebenjobs anzusprechen.

Ich saß ihr gegenüber im Restaurant, rührte in meiner vegetarischen Suppe und verdrehte die Augen. »Hör zu«, sagte ich. »Ich habe schon einen Job und nehme Abendkurse. Ich habe einfach nicht die Zeit dafür.«

»Die Zeit wirst du schon finden«, sagte sie. »So verdienst du nämlich nicht genug Geld für eine neue Decke.« Als Johnny an unserem Tisch vorbeikam, packte sie ihn am Schoß seines tropengemusterten Hemds. Für jemanden, der Parkinson hatte, war sie noch ziemlich schnell.

»Ihr Chinesen seid alle so schlau«, sagte sie. »An welchem Wochentag ist hier am wenigsten Betrieb?«

»Montag«, sagte Johnny. »Warum?«

»Weil mein Hirn gerade Überstunden macht. Setzen Sie sich mal.« Sie hatte die Idee, daß Johnny jeden Montag zum »Polnischen Abend« erklären, sie als Zeremonienmeisterin und mich als Diskjockey engagieren sollte. »Sie könnten ja allen Polacken zehn Prozent Nachlaß geben – sich ihre Führerscheine zeigen lassen, wenn Sie ihnen nicht glauben. Die halbe Stadt würde erscheinen, besonders, wenn die hören, daß *ich* hier bin. Glauben Sie mir, das gäbe eine Bombenparty!«

Johnny lächelte die ganze Zeit und schüttelte den Kopf. »Nein. Das hier *China*restaurant. Es wäre schlecht für das ...«

»... Ambiente«, sagte ich. Mein Lehrer hatte dieses Wort im Unterricht gebraucht, und ich hatte es nachgeschlagen.

»Also gut«, sagte Roberta, »und wie wäre dann das: Sie und ich bauen einen Wochenenddienst auf, und wir liefern für Sie ins Haus.«

»Was meinen?«

»Ich meine, Leute bestellen etwas telefonisch, und wir fahren es ihnen ins Haus.«

»Roberta ...«, sagte ich.

Aber es war, als säße ich gar nicht am Tisch. »Schauen Sie, ich bin eine Menschenbeobachterin, Johnny Boy. Und jede Woche komme ich hier rein und sehe dasselbe. Da stehen Leute draußen an der Kasse, die schlampig gekleidet hereingerannt kommen und Angst haben, jemand, der sie kennt, würde sie sehen. Oder, wenn ihr Essen noch nicht fertig ist, sitzen sie auf den jämmerlichen kleinen Stühlen in der Garderobe und versuchen, ihren Nachbarn nicht mit den Knien anzustoßen. Lieferung frei Haus. Sie lassen sich da ein Vermögen entgehen. Stimmt's etwa nicht, Dolores?«

Ohne meine Antwort abzuwarten, griff Johnny hinter sich und zog sich einen leeren Stuhl heran. »Reden Sie weiter«, sagte er.

Wir arbeiteten Freitag und Samstagabend bis elf, an den Sonntagen bis sechs. Johnny gab uns einen Schreibtisch und ließ ein zusätzliches Telefon einrichten und bezahlte die Karosseriewerkstatt dafür, daß sie den Rücksitz des Biscayne herausrissen und statt dessen eine Warmhaltebox einbauten. Das CB-Radio zahlten wir selbst; das half uns Benzin sparen. Roberta sagte, seit sie als Dispatcher arbeitete, käme sie sich vor, als wäre sie wieder im Showbusineß. Für ihren CB-Namen erweckte sie ihren alten Radionamen zu neuem Leben.

»Polkaprinzessin an Süßsauer. Sind die Ohren an? Over.«

Das Kauderwelsch war mir peinlich. Aber sie reagierte einfach nicht, wenn ich nur sagte: »Was willst du, Roberta?« Und Sturheit konnte ich mir nicht leisten. Der Biscayne brauchte sechsundzwanzig Liter auf hundert Kilometer.

»Zehn vier, Prinzessin. Was ist? Over.«

»Wenn du noch nicht in Hillcrest warst, dann komm zurück und hol ein Pupu und acht Unsterbliche auf Seereise ab. Over.«

»Verstanden, Prinzessin. Over.«

»Wir können uns jetzt durchaus vorstellen, wie Sie Ihre Fenster putzen«, sagte Roy zu einer meiner Klassenkameradinnen. Wir hatten inzwischen die dritte Stunde hinter uns, und es fiel uns bereits leichter, ihn mit Vornamen anzusprechen. Er saß im Türkensitz auf seinem Pult und las Ausschnitte aus den Aufsätzen der Klasse vor. »Sie sehen schon. Die Darstellung ist klar. Aber bis jetzt kann ich noch keine emotionale Qualität feststellen, die in diesen Aufsatz investiert wäre. Da ist kein *Gefühl* – wenigstens keines, das ich wahrnehmen kann.«

Im Studentenhandbuch stand, daß man einen Teil der Kursgebühren zurückbekam, wenn man sich frühzeitig wieder abmeldete; ich beschloß, daß ich in der nächsten Pause aussteigen würde, hoffentlich bevor er zu meiner Arbeit kam. Aber als die anderen aufstanden und sich einen Imbiß holten, sagte die Punkerfrau – Allyson hieß sie –: »Hey, fühlen Sie mal.«

»Wie bitte?« sagte ich.

»Schnell. Sonst spüren Sie es nicht mehr.« Sie zog ihr Sweatshirt hoch und legte meine Hand auf ihren Bauch. Etwas stupste mich an.

»Oh, mein Gott«, sagte ich.

»Die ersten drei Monate mußte ich dauernd kotzen. Jetzt treibt sie Gymnastik.«

»Sie?«

»Ja, ich bin zu neunundneunzig Prozent sicher. Ich werde sie Isis nennen. Gefällt es Ihnen?«

»Isis. Yeah, das ist hübsch.«

»Mein Boyfriend spielt in einer Band. Er möchte sie Cacophony nennen, aber ich habe gesagt, kommt nicht in Frage. ›Ich gebe denen den Namen, die ich austrage, und du denen, die du austrägst‹, habe ich zu ihm gesagt.« In ihrem gewaltigen Bauch regte sich etwas – ganz offensichtlich ein Fuß.

Nach der Pause las Roy die beiden – wie er sagte – besten

Aufsätze vor. Der erste war meiner. Ich hatte schließlich doch davon geschrieben, wie ich Roberta die Zehennägel lackierte – wie es mir eine Art Macht über ihre Krankheit verlieh, diese zitternden Füße in der Hand zu halten. In Roys Stimme klang das nicht ganz so dämlich. Der andere Aufsatz war von dem Riesenbaby, das immer auf dem Boden saß. »Mein ganzes Leben hat immer ein Zahnschmerz pulsiert.« Das war sein erster Satz. In dem Aufsatz berichtete er davon, wie er seine Schlaflosigkeit dadurch los wurde, daß er auf Zehenspitzen in das Zimmer seines Sohnes schlich und ihm beim Schlafen zusah – wie er seinen eigenen Atem auf den seines Sohnes abstimmte und daß der Sohn ihn umbringen würde, wenn er es erfuhr.

»Ich möchte Beifall für Dolores und Thayer hören«, schlug Roy vor. Der Applaus ließ mein Herz beben. Ich konnte nicht aufblicken, also sah ich zu Thayer hinüber.

Es war schwer, sich einen Reim auf ihn zu machen, wie er so in seiner eigenen Umgebung dasaß, diese Beine wie Sequoias, am Knie abgeknickt. Ich sah während der restlichen Zeit immer wieder einmal verstohlen hinüber und während der nächsten Stunde auch, und allmählich fielen mir an ihm außer seiner Größe noch andere Dinge auf. Sein Haar beispielsweise: ein Polster aus blonden Locken, so dicht, daß man Münzen hätte hineinstecken können. Sein Bart war rötlichbraun. Wenn er das Klassenzimmer verließ oder wieder hereinkam, mußte er den Kopf einziehen, um ihn sich nicht anzustoßen. Aber sein Gang war schwungvoll; seine Locken wippten, wenn er ging.

»Thayer?« sagte ich.

Wir waren im Korridor zum Parkplatz unterwegs. Seinen Namen zu hören schien ihn zu erschrecken. »Ich wollte bloß sagen, daß mir Ihre Arbeit wirklich gefallen hat. Die, die Roy das letzte Mal vorgelesen hat.«

»Im Vergleich mit der Ihren klang sie ziemlich lächerlich«, sagte er. Aber sein Gesicht machte mich froh, daß ich das Kompliment riskiert hatte.

»Darf ich Ihnen etwas sagen? Sie sollten versuchen, sich ein wenig näher zu uns anderen zu setzen. Wenn Sie so abseits sitzen, entgeht Ihnen eine ganze Menge. Das baut Barrieren auf.«

»Woher wissen *Sie* das?«

Wärme stieg in mein Gesicht. »Ich *weiß* nicht. Ich mußte es nur denken. Das ist mein Wagen.«

»Sie können wirklich gut beschreiben«, sagte er. »Als Roy Ihren Aufsatz vorgelesen hat, konnte ich praktisch Ihren Fuß in meinem Schoß spüren.«

»Das konnten Sie?«

»Yeah. Und das hat mich richtig angetörnt, weil ich nämlich so etwas wie ein Fußfetischist bin.«

Ich sperrte den Biscayne auf, stieg ein, sperrte wieder ab. Er redete durch das Fenster weiter. Das Problem mit diesen kleinen Sprühdosen war, daß man eine Weile in der Handtasche herumwühlen mußte, während der Perversling wartete. Also drehte ich das Fenster ein, zwei Millimeter herunter. »Was ist?«

»Ich habe gefragt, ob Sie vielleicht irgendwann einmal mit mir eine Tasse Kaffee trinken wollen?«

Ich erklärte ihm, daß ich ziemlich viel zu tun hätte.

»Das war bloß ein Witz, wissen Sie. Das mit dem Fußfetisch. Tatsächlich finde ich, daß Füße irgendwie häßlich sind.«

»Oh.«

»Ich habe bloß versucht, witzig zu sein. Das passiert mir immer, wenn ich nervös werde. Tut mir leid.«

»Wie alt ist Ihr Junge?«

»Woher wissen Sie denn, daß ich einen Jungen habe?«

»Ihr Aufsatz? Sie haben doch geschrieben, Sie hätten Ihrem Jungen beim Schlafen zugesehen?«

»O ja, freilich. Dreizehn – ein schlimmes Alter. Nicht, daß er nicht immer schon eine ziemliche Plage gewesen wäre. Ich sehe, Sie tragen gar keinen Ehering.«

Ich schob die Hände in die Jackentaschen.

»Ich bin geschieden«, sagte er. »Falls Sie sich das gefragt haben.«

Ich kurbelte mein Fenster ein Stück weiter herunter. »Ich weiß deshalb, daß einem eine Menge abgeht, wenn man sich so von den anderen absondert, weil ich das auch getan habe. In meiner High-School-Zeit. An einem Tisch ... weil ich fett war.«

Sein Lachen klang leicht gereizt.

»Nicht, daß *Sie* fett wären«, sagte ich. »Sie haben schwere Knochen. Ich war .. also, ich war fettleibig. Aber jedenfalls hat mir Ihr Aufsatz gefallen.«

Ich saß in meinem Biscayne, der Motor lief, und ich sah ihm nach, wie er wegging. Meine Hände am Steuer schwitzten; ich weiß nicht, weshalb ich dasaß und ins Leere starrte, statt einfach nach unten zu greifen und den Gang einzulegen. Er schloß einen Van auf und stieg ein; der ganze Wagen senkte sich auf seiner Seite herunter.

Als er an mir vorbeifuhr, winkte er mir zu. »Massive Regipswände« stand auf dem Wagen. »Gute Arbeit für echte Individuen.«

Sie würden staunen, wie viele Leute sich am Weihnachtsabend nach chinesischem Essen sehnen. Roberta hatte einen Schwindelanfall gehabt, so daß ich allein war. Mr. Puccis Bestellung war eine der letzten, die hereinkam – das Sonderangebot *Dinner for Four*. Als ich zu ihm hinüberfuhr, war ich etwas nervös.

»Frohe Weihnachten, Mr. Pucci«, sagte ich. Mein Tablett war randvoll mit braunen Papiertüten. Ich verlagerte mein Gewicht ein wenig und hätte fast die ganze Bestellung fallen lassen.

»Ist das *Dolores?*« sagte er. »Du liebe Güte, Sie sind die *allerletzte* – haben Sie Zeit, auf einen Schluck reinzukommen?«

»Oh, also, nein, eigentlich nicht. Ich möchte nicht, daß Ihre Sachen kalt werden. Ein halbes Glas vielleicht.«

Der Tisch im Eßzimmer war gedeckt, wie man es sonst in Wohnzeitschriften sieht. In dem abgesenkten Wohnzimmer waren Männerstimmen und Gelächter zu hören. Ich folgte Mr. Pucci in die Küche.

Ein paar stumme Sekunden lang lächelten wir bloß und musterten einander. »Wie lange arbeiten Sie denn schon in dem Restaurant?« fragte er.

Das Glas Apfelwein, das er mir gab, war warm, und kleine Zimtstückchen schwammen darin herum, es sah aus wie Sommersprossen. Ich erzählte ihm von meiner Scheidung, vom Abendunterricht und von Roberta. »Also«, lachte ich. »Ich trinke auf den Mann im Mond.«

Tränen traten ihm in die Augen, und er schüttelte den Kopf. Er sah älter aus, alt. »Auf alte Freunde«, sagte er.

Einer der Männer rief herauf: »Dieses Essen duftet so, daß es eine Qual ist, Fabio. Wann essen wir?«

Ich leerte mein Glas. »Ist das Gary? Ich würde ihn gern begrüßen«, sagte ich. »Ihm frohe Feiertage wünschen.«

»Also – er war krank. Erkältet.« Ich sah einen Nerv in seinem Gesicht zucken. »Aber schon gut. Kommen Sie rein. Klar.«

Ich nickte und lächelte, als er mich seinen Gästen vorstellte – gutaussehenden Männern aus einem Modekatalog, die in ihren hübschen Zöpfchenpullovern und scharf gebügelten Hosen zum Leben erwacht waren. Der ganze Raum duftete nach Eau de toilette.

»Und Sie erinnern sich an Gary?« sagte Mr. Pucci.

Ich hatte Mühe, mein Gesicht im Griff zu behalten, meine Muskeln zu zwingen, normal zu reagieren. Er hatte eine Dekke über den Beinen. Er war zum Skelett geworden.

Er blickte aus zusammengekniffenen Augen zu mir auf. »Wer ist das, Fabio?«

»Dolores Price, Honey. Eine ehemalige Studentin von mir.« Er starrte mich an, ohne mich zu erkennen.

»Ich bin einmal bei Ihnen reingeplatzt«, sagte ich. »Sie beide wollten gerade zu einem Picknick wegfahren. Sie haben mir Plätzchen gegeben und Billie Holiday auf Ihrer Jukebox gespielt.« Plötzlich bemerkte ich die Jukebox und deutete darauf. »Da ist sie«, sagte ich.

Er zitterte noch heftiger als Roberta. »Jetzt erinnere ich mich«, sagte er. »Das große, fette Mädchen.«

Mr. Pucci lachte und wurde rot. »Es tut mir leid«, sagte er. »Er weiß nicht, was er sagt.«

Roberta war auf, als ich nach Hause kam. Ich ließ mich neben ihr aufs Wasserbett fallen und starrte zu den Überresten unserer Decke hinauf. »Jetzt tut es mir leid, daß wir uns keinen Baum besorgt haben«, sagte ich. »Ganz gleich, wie es hier drinnen aussieht.«

»Ich weiß, was du brauchst«, sagte sie. »Du brauchst ein Weihnachtsgeschenk.«

Sie packte zuerst mein Geschenk an sie aus: einen Chippendaleskalender, den wir bei Buchbinders verkauft hatten. Wir blätterten die Monate durch, wählten unsere Favoriten und kicherten zusammen über die gutaussehenden Männer.

Mein Geschenk von ihr war in rotes Glanzpapier verpackt, mit Unmengen von weißem geringelten Band. »Das ist so schön, daß ich es gar nicht auspacken möchte«, sagte ich.

»Rot und weiß«, erklärte sie mir. »Polackenfarben.«

Die Schachtel enthielt einen chinesischen Satinhausmantel – Orangenblüten auf Pfauenblau.

»Was zum Teufel heulst du jetzt?« sagte sie. »Jetzt komm schon.«

Ich nahm den Mantel aus der Schachtel und entfaltete ihn zu seiner ganzen Länge. »Der ist so wunderschön. Du bist ein Ekel! Wir hatten doch ausgemacht, daß wir nicht mehr als zehn Dollar ausgeben. Jetzt fühle ich mich richtig beschissen.«

»Ach, hör schon auf«, sagte sie. »Johnny, du weißt schon, vom Restaurant, er hat ihn mir aus New York besorgt, fünfzig Prozent Nachlaß.«

Der Hausmantel fühlte sich kühl auf meiner Haut an; wir streichelten ihn beide.

Ich erzählte ihr von Mr. Puccis Liebhaber.

»Wenn es diese Geschichte ist – das ist doch nicht anstekkend, oder? Der Lehrer hat es doch bestimmt auch.«

»Ich habe Angst«, sagte ich.

»Also, bloß weil du in ihrem Haus warst, hast du es dir bestimmt nicht zugezogen.«

»Nicht davor Angst. Ich habe einfach Angst, daß es überhaupt existiert. Ich werde sein Bild einfach nicht los. Er sah aus wie aus einem Konzentrationslager.«

Wir hielten uns an den Händen, ganz fest.

»Roberta?« sagte ich.

»Hm?«

»Nichts. Ich bin bloß ... ich bin bloß froh, daß du hier bist.«

Thayer Kitchen machte unsere Decke für dreihundertfünfundzwanzig Dollar während der Semesterpause im Januar, er arbeitete eine ganze Woche lang jeden Abend bei uns. Manchmal sah ich von der Tür aus zu, wie er hämmerte und Steinwolle anbrachte, oder auf seinen gefederten Stahlstelzen herumstieg und zu seinen Bob-Seger- und Springsteen-Kassetten pfiff. Wenn er Pause machte, stellte er jedesmal den Herdwecker auf fünfzehn Minuten und ließ sich auf einen Küchenstuhl fallen. Ich setzte mich dann zu ihm, aber die meiste Zeit redete er.

»Wissen Sie, es ist schon schlimm genug, wo er jetzt Haare unter den Armen kriegt und ich manchmal Flecken in seiner Unterwäsche feststelle, wenn ich die Wäsche mache. Aber daß er zur Hälfte schwarz ist, macht es noch viel schlimmer. Schwer für den Jungen, wissen Sie? In letzter Zeit macht er ganz auf Ethno. Lungert die ganze Zeit mit den Brüdern beim YMCA herum und wird sauer, wenn ich mich vergesse und Arthur zu ihm sage statt Jemal. Oder Chilly J, wie ich sagen sollte. Das ist sein Rappername.«

»Was ist mit seiner Mutter? Ist die nicht hier?«

»Claudia? Die lebt in Washington. Er verbringt den halben Sommer dort – den August meistens –, aber es gefällt ihm nicht. Er behauptet, sämtliche McDonalds in Washington wässern ihre Milchshakes. Aber ich denke, er ist dort bloß einsam. Claudia hat wahnsinnig viel Arbeit, also hat er meistens bloß den Videorecorder als Gesellschaft ... ich meine, wir gehen einander furchtbar auf die Nerven, er und ich, aber wir mögen uns sehr. Chilly J. Mein Mann.«

»Ich bin auch geschieden«, sagte ich.

»Kinder?«

Ich schüttelte den Kopf.

»Yeah, na ja, muß ein ziemlicher Blödmann gewesen sein.«

»Wer?«

»Der Typ, der *Sie* gehen gelassen hat.«

Die Bemerkung ging mir unter die Haut. Es vergingen ein paar Sekunden, bis ich das Klingeln des Kurzzeitweckers hörte.

»Du bist wohl in das Riesenbaby verknallt, das uns die Decke macht, oder?« sagte Roberta am Abend. Sie hatte mich dabei ertappt, wie ich »Against the Wind« vor mich hin summte, während ich ihr half, ihren Pyjama anzuziehen.

»Mach dich nicht lächerlich«, sagte ich. »Wie kommst du denn darauf?«

»Weil du die ganze Woche wie benommen hier herumgelaufen bist.«

»Das sind die Farbdämpfe«, sagte ich.

Als das Frühjahrssemester anfing, erklärte ich Mr. Buchbinder, daß ich künftig weniger Zeit hätte, und belegte zwei Kurse: Psychologie 112 und Geschichte: ein feministischer Blick in die Vergangenheit. »Ich habe wirklich nicht vor, mein Examen in Betriebswirtschaft zu machen, Mr. Buchbinder. Also ist es nicht fair, daß ich mir weiterhin meine Kurse von Ihnen bezahlen lasse«, sagte ich und schob ihm den zweiten Umschlag mit Geld zurück.

»Zwing sie nicht, wenn sie es nicht will«, sagte Mrs. Buchbinder.

»Du hältst dich da raus, Ida«, verwahrte er sich. »Das betrifft das Mädchen und mich.«

Ich lächelte über das Wort »Mädchen«. Ich war dreiunddreißig.

Allyson war auch in meinem Feministinnenkurs. Sie hatte gerade mit ihrem Boyfriend Schluß gemacht. Ihr Boy-George-Drehbuch in den Ofen geworfen und Shiva zur Welt gebracht, ein zehnpfündiges, männliches Baby. Ich besuchte sie eines Nachmittags und nahm ein Geschenk mit. Einen dieser Kuschelsäcke, in denen man das Baby an seiner Brust schlafen lassen konnte und dabei sein normales Leben weiterführt. Er hatte 39,99 Dollar gekostet, Verschwendung, aber mir war einfach danach, ihn ihr zu schenken. Allyson und ich lasen die Gebrauchsanweisung, und dann probierte sie ihn an, ehe ich wegging. »*Wow*, fühlt sich richtig urweltlich an«, sagte sie. »Dritte Welt oder so etwas.«

Der einzige Mann im Kurs gab nach der zweiten Woche auf. An manchen Abenden wurde aus der Vorlesung eine Art Gruppentherapiesitzung, wobei ich persönlich den Mund hielt. Je mehr meine Klassenkameradinnen ihre Erfahrungen austauschten und ihr Bewußtsein steigerten, um so entsetzter war ich von der Ehe, die Dante und ich geführt hatten. Ich sah in der Bibliothek unter »Existentialismus« nach. Wenn ich die Theorie richtig verstanden hatte, dann war ich ebenso schuld an meiner mißlungenen Ehe, wie Dante das gewesen war. Roberta ist deine Familie, sagte ich mir. Sie ist alles, was du brauchst. Du führst ein authentisches Leben.

Thayer hatte einen Kurs in Textverarbeitung belegt, den er Dienstag und Donnerstag abends besuchte. Manchmal saßen wir zusammen in einer der Nischen im Aufenthaltsraum, aber jedesmal, wenn er anfing, von neuen Filmen oder neuen Restaurants zu reden, fiel ich ihm sofort mit Klagen über meinen vollen Terminplan ins Wort.

Eines Abends meldete ich mich in der Vorlesung zu Wort. Ich hatte das nicht vorgehabt; diese Frauen hatten mich einfach in ihren Kreis hineingezogen. »Ich denke ...«, sagte ich, »ich denke ... das Geheimnis liegt einfach darin, daß man sich mit der Art und Weise abfindet, wie sich das Leben entwickelt.« Meine Stimme stockte ein wenig, aber ich redete weiter. Alle schienen interessiert. »Ich meine, statt, Sie wissen schon, immer nur zu warten und sich etwas zu wünschen, was einen *vielleicht* glücklich machen könnte.«

»Was könnte Sie denn glücklich machen?« fragte der Professor.

Jetzt redeten alle gleichzeitig. »Ein Märchenprinz«, seufzte eine.

»Schlanke Schenkel.«

»Wenn mein Boyfriend meinen G-Punkt findet.«

Allyson hakte ihre nackten Füße um den Stuhl, der vor ihr stand. »Wenn mein Märchenprinz meinen G-Punkt zwischen meinen schlanken Schenkeln findet.«

Rings um mich lachten Frauen und nickten.

»Nein, danke, Thayer, wirklich nicht«, sagte ich.

»Gibt es einen bestimmten Grund?«

»Ich gehe mit niemandem aus.« Wenn er für die Arbeit an unserer Decke etwas erwartet hatte, dann war das sein Problem, nicht meines. Er sollte das existentiell sehen.

Das wäre alles wunderbar gewesen, wenn Allyson nicht eines Dienstagabends Shiva mit in die Vorlesung gebracht hätte. Sie hatte den Kuschelsack mit Punkrockknöpfen und Schmucknieten dekoriert. Ob die Sicherheitsnadeln einen dekorativen oder einen praktischen Zweck erfüllten, konnte ich nicht erkennen. »Psst«, sagte sie. »Ich habe Krämpfe. Kannst du ihn nehmen?«

Das Baby wärmte meine Vorderseite. Zuzusehen, wie diese kleine verletzbare Lücke an seinem Schädel sich bei jedem Atemzug ausdehnte und wieder kleiner wurde, wirkte irgendwie hypnotisch. Die Stimme des Professors wurde zu einem fernen Dröhnen.

»Wie wäre es denn, wenn ich ihn bis nach der Pause behalten würde?« flüsterte ich Allyson zu, als sie zurückkam.

Thayer war im Aufenthaltsraum und aß einen Teller Chili. »Nun«, sagte er und lächelte dem Kuschelsack und seinem Inhalt zu: »Ich sehe, Sie sind ein Beuteltier geworden.« Er holte mir eine Cola, und als er zurückkam, beugte er sich vor und strich mit den Lippen über den Kopf des Babys – genau die Stelle, von der meine Augen nicht loskamen. Allyson hatte eine Münze in die Jukebox geworfen und tanzte völlig aufgelöst alleine.

In der Woche darauf mußte ich als Hausaufgabe einen Aufsatz schreiben: »Die biologischen Uhren von Baby Boomers: ein Problem für Feministinnen in den achtziger Jahren.« Nun, »Aufgabe« war das falsche Wort; ich hatte mir das Thema aus ihrer Liste *ausgewählt*.

In der Bibliothek las ich einen Artikel nach dem anderen, starrte unzählige nach unten zeigende Kurven an, sobald man einmal fünfunddreißig geworden war. Im Laden hatte Mr. Buchbinder zwei neue Serien Uhren aufgenommen, Kuckuck und Digital. Allyson begann eine Reihe durchsichtiger Armbanduhren zu tragen, deren Innenleben wie Röntgenbilder frei dalagen. Die ganze Welt schien sich in einer Art Countdown meiner mir noch verbliebenen gebärfähigen Zeit verschworen zu haben. Zumindest sah ich das so. Im Aufenthaltsraum für Studenten ertappte ich mich manchmal dabei, wie ich zu Thayer hinüberstarrte, der immer in derselben Nische saß, unmittelbar unter der großen Wanduhr. Aber, was auch immer er vorschlug, ich sagte immer nein, danke: Kegeln, Minicarrennen, ein Essen bei ihm zu Hause.

»Es ist wegen meiner Größe, nicht wahr?« sagte er.

»Selbstverständlich nicht. Ich habe nur ... ich habe nur keine Zeit.«

Gary, Mr. Puccis Lover, starb im März. Ich hatte seinen Familiennamen nie gekannt und auch vergessen, daß er Angestellter in einem Reisebüro gewesen war. Ich hatte seit den Feiertagen die Todesanzeigen gelesen und immer nach ihrer Adresse Ausschau gehalten.

Trotzdem war ich nicht auf den Schock vorbereitet, mit dem es mich traf. In der Todesanzeige waren seine Verwandten erwähnt, eine Ehrung seitens der Handelskammer und eine »längere Krankheit«. Kein Wort von Mr. Pucci.

Ich redete mir ein, daß ich keine Zeit hätte, Mr. Pucci zu besuchen: zwei Jobs, eine Semesterarbeit, die bevorstehenden Prüfungen. Diese »Kumpel«-Geschichte, die er bei Grandmas Beerdigung erwähnt hatte – daß Neil Armstrongs Moonwalk eine Beziehung zwischen uns hergestellt habe –, das war nur seine Art, nett zu sein, mich zu trösten.

Aber genau das war es. Er hatte mich getröstet.

Ich konnte nicht schlafen. Ich ging auf Zehenspitzen die Treppe hinunter in der Hoffnung, ich könne meinen Atem dem Robertas anpassen. Aber ihr Schnarchen klang wie eine Kettensäge. Als ich wieder im Bett lag, sagte ich mir, wie beruhigend es doch sei, endlich ein ordentliches, vorhersehbares Leben zu führen, mit oder ohne Deckeneinsturz. Wenn man Mitte Dreißig war, dann hatte das seine Vorteile, machte ich mir klar. Man fing an, Dinge wie Ordnung und Klarheit zu *schätzen*, und daß alles an Ort und Stelle war, da, wo es hingehörte. Dies ist die Form, die dein Leben angenommen hat, sagte ich mir. Sei existentiell. Geh schlafen.

Die nächsten drei Abende fuhr ich durch die schlafenden Straßen Easterlys, verbrannte Benzin und hörte mir meine Buckelwalbänder an. Und Mr. Puccis Licht im Obergeschoß brannte jede Nacht: ein einzelnes Rechteck des Schmerzes.

An dem Wochenende, bevor ich meine Arbeit abliefern mußte, saß ich am Küchentisch, Karten mit Notizen vor mir ausgebreitet. Draußen fiel der Schnee in dicken, klumpigen Flokken. Es klingelte an der Tür. Roberta war beim Jai-alai.

»Sind Sie Dolores?« fragte der Junge. Er war schlaksig und sah gut aus und hatte glatte, kaffeebraune Haut. Er hatte die Kapuze seines Sweatshirts über den Kopf gezogen und hielt eine Tüte mit irgend etwas Bedrohlichem unter dem Arm.

»Mein Mann schaufelt uns immer die Einfahrt frei«, sagte ich. »Im Augenblick zieht er sich gerade die Stiefel an.« Ich deutete hinter mich ins leere Haus.

Hinter den Büschen sagte eine Stimme: »Sie blufft. Geh weiter.«

In der Tüte war keine Waffe – auch keine Schneeschaufel –, es war ein Ghettoblaster. Plötzlich sang Aretha Franklin »Freeway of Love«, und Thayer stand auf der Veranda. Sie begannen einen Vater-und-Sohn-Breakdance.

Der Junge – ich konnte mich nicht erinnern, wie er hieß – wirbelte und kreiselte und vollführte akrobatische Sprünge auf der schneebedeckten Veranda, ohne auch nur ein einziges Mal auszugleiten. Thayer war katastrophal, er grunzte und wiederholte – immer wieder – ein einziges Manöver ohne jegliche Eleganz. Dann ließ ein Fehltritt eines seiner schweren Arbeitsstiefel drei Geländerstäbe von der Veranda in den Schnee fallen.

»Hey!« protestierte ich.

Am Ende des Lieds schaltete der Junge das Gerät ab und begann mit den Fingern zu schnippen.

The name's Jamal
And I'm the best
I got fine ladies
Hangin' off my chest

Thayer hatte die ganze Zeit die Hand seines Sohnes angestarrt und versucht, mit den Fingern im Takt mitzuschnippen. »Yeah, komm zur Sache, Blödmann«, sagte er. Er keuchte immer noch angestrengt.

This here's Thayer
He's sayin' a prayer
You'll be his lady
The deal ain't shady ...

»Meine Semesterarbeit ist am Dienstag fällig und ...«

My man here's cool
He ain't no fool
Thinks about you all day
*Make him drool**

»Also schön«, sagte ich. »Einmal. Ich gehe einmal mit ihm abends essen. *Nach* dieser Arbeit. Und vergessen Sie ja nicht, ich bin Vegetarierin.«

Thayer lächelte dämlich und schnippte mit den Finger. »Ist sie nicht süß? Sie ißt kein Fleisch.«

---

* Übersetzung:
Jemal heiße ich, Baby,
Mich liebt jede Lady
Sie können's nicht lassen
Ich lass' mich nicht fassen.
Thayer heißt dieser Prolet
Er spricht ein Gebet
Du sollst ihn erhören
Er wird Liebe dir schwören ...
Mein Mann hier ist klasse
Der Beste von allen
Er ist dir verfallen
Sag doch endlich ja.

Jemal schüttelte den Kopf. »Den hat's schlimm erwischt, Mama. Der ist völlig durchgeknallt.«

Ich schickte mich an, die Tür zu schließen. »Ich bin nicht deine Mutter«, sagte ich und versuchte, finster zu blicken. »Und bring die Veranda in Ordnung, ehe er geht.«

Als ich dann wieder an meinem Tisch saß, mußte ich dauernd lächeln, wenn ich auf meine Karten mit den Notizen blickte.

Mr. Pucci jagte ich Angst ein, als ich mitten in der Nacht an seiner Tür klingelte. Ich konnte die Furcht in seinem Gesicht lesen – und dann das Erkennen und die Neugierde.

»Dolores?« sagte er.

»Tut mir leid, daß es so spät ist«, sagte ich. »Ich habe Ihnen etwas mitgebracht.«

Er streckte beide Hände aus und nahm das afrikanische Veilchen in Empfang, starrte es an, drehte es in der Hand. Dann fingen die Blätter und Blüten an zu zittern. Als er anfing zu weinen, nahm ich ihn in die Arme.

Während unserer ersten nächtlichen Fahrt waren Mr. Pucci und ich die meiste Zeit still. Ich bewegte mit der linken Hand das Steuer und hielt mit der rechten seine Hand. Wir spielten die Buckelwalkassetten, spielten sie immer wieder. Sie beruhigten ihn, sagte er.

Am Ende der zweiten Woche hatte sich zwischen uns ein Schema eingespielt, das jeder mit einem einzigen Klingeln des Telefons auslösen konnte. Er wartete auf seiner vorderen Terrasse in einem Liegestuhl, eingehüllt in einen Trenchcoat und mit einer Tweedmütze auf dem Kopf. Gewöhnlich sah ich den roten Punkt seiner brennenden Zigarette als erstes. »Hi, Kumpel«, pflegte er dann zu sagen. Dann schloß er immer ganz leise die Tür, und wir fuhren los.

Allmählich fingen wir an, miteinander zu reden – nicht darüber, wie Gary gestorben war, sondern über seine wunderschöne Singstimme, seinen liebevollen Umgang mit Pflanzen, seine Kenntnisse fremder Länder. Ich fuhr immer wieder zu seinem Haus und fuhr Mr. Pucci in der Dunkelheit herum und erfuhr allmählich, wen er verloren hatte.

In den achtzehn Jahren, die sie zusammengewesen waren, hatten sie sich nur ein einziges Mal getrennt – das war 1982 gewesen, in dem Jahr, in dem sie beide fünfzig geworden waren. Die Trennung hatte gerade lange genug gedauert, um den unbekannten Virus ins Haus zu bringen. Später hatten sie sich um die Krankheit gesorgt, sagte Mr. Pucci – aber ihren Lebensstil nicht eingeschränkt. Sie hatten über ein Jahr lang nichts bemerkt, bis dann Garys hartnäckiger Husten einfach nicht mehr aufhören wollte. »Aber es war wirklich erstaunlich, Dolores«, sagte er. »Je schlimmer sein Zustand wurde, um so schöner wurde er für mich.«

Ich hatte Angst, Mr. Pucci nach seiner eigenen Gesundheit zu befragen, seiner eigenen Zukunft. Ich redete überhaupt nicht viel. Ich hörte zu. Zuzuhören, wenn er von seinem Leben mit Gary erzählte, war, als würde man Unterricht in Liebe nehmen.

Zu dem Abendessen bei Thayer trug ich meine schwarze Bluse, schwarze Hosen und den blauen chinesischen Hausmantel. Am Nachmittag hatte ich mir helle Strähnen ins Haar färben lassen.

»Viel Spaß bei deinem großen Rendezvous, Blondie«, sagte Roberta.

»Das ist kein großes Rendezvous. Das ist ein Abendessen. Und übrigens, das mit dem Haar war nicht meine Idee. Die Friseuse hat mir das eingeredet.«

»Entschuldigung, das war mein Fehler. Und hüte dich vor Farbdünsten.«

Ich machte ihm und seinem Sohn Schokoladenplätzchen. Ich stieg in den Biscayne und stellte die Schale mit den Plätzchen auf den Beifahrersitz. Auf halbem Wege sah ich mich im Rückspiegel an. Du fährst da auf einen Fehler zu, begann ich mir klarzumachen. Dante hatte am Anfang auch süß und nett gewirkt. Dante hatte einen Van gefahren. Lerne gefälligst aus deinen Fehlern! Aber mein Haar lenkte mich ab. Es war *wirklich* hübsch geworden. Ich sah recht gut aus – für mich.

Sie wohnten in einem Doppelhaus gleich hinter der Ampel an der Route 3. »Wenn Sie vor dem Autofriedhof stehen«, hatte er gesagt, »haben Sie uns verfehlt.«

Ich lenkte den Biscayne vorsichtig die steile, nicht asphaltierte Zufahrt hinauf, vor der er mich gewarnt hatte, arbeitete mich ruckelnd und schwankend über die gefrorenen ausgefahrenen Furchen. Oben angelangt, wurde ich etwas schneller und bremste dann heftig, um einen Truthahn nicht zu überfahren, der vor den Wagen gelaufen war. Die Schale mit den Keksen fiel auf den Boden.

Fahr einfach wieder weg, redete ich mir zu. Aber ich hob die Plätzchen auf, wischte sie ab und stieg aus. Und jetzt fing der Truthahn an, mich zu verfolgen – quer über den Garten und die Treppe hinauf. Auf der Veranda gelang es ihm schließlich, mich in die Enge zu treiben, so daß ich langsam Angst bekam, als er immer wieder vorstieß und nach mir zu picken versuchte. Ich warf mit Plätzchen nach ihm und schrie nach Thayer.

Er kam mit feuchtem Haar und in einem Bademantel heraus und lachte.

»Schaffen Sie dieses gottverdammte Biest hier weg«, sagte ich. Es machte einen erneuten Vorstoß; ich landete einen Treffer ins Schwarze, indem ich ihn mit einem Plätzchen am Kopf traf.

»Das sind mir die richtigen Vegetarier«, lachte Thayer. »Die tut Ihnen nichts, oder, Barbara? Außerdem sind Sie zu früh dran.«

»Bin ich nicht. Sie haben gesagt, sechs.«

»Ich habe gesagt, halb sieben. Aber ist schon gut.«

»Sie haben gesagt, sechs. Ich *weiß*, daß Sie sechs gesagt haben.«

Er hob ein Plätzchen auf und biß hinein. »Gar nicht schlecht«, sagte er. »Ein wenig mit Nüssen gespart.« Er klemmte sich die Truthenne unter den Arm und hielt mir mit der anderen Hand die Tür auf.

»Jemal ist bei seinem Freund, falls Sie sich wundern«, rief er mir vom Schlafzimmer aus zu, während er sich anzog. »Auf die Weise kann ich meine sämtlichen *Playboy*tricks an Ihnen ausprobieren, ohne daß jemand mich beobachtet.«

»Haha«, sagte ich.

Von meinem Platz auf der Couch aus sah ich mich um, wie er wohnte: Stapel von Farbkanistern, Stapel von Zeitungen, ein offener Beutel Karamelpopcorn auf dem Fernseher. Eine scheckige Katze kam gemächlich ins Zimmer, ließ sich etwas geziert in ihrem Katzenklo nieder und starrte mich dabei an.

»Irgendwelche Schwierigkeiten gehabt, hierher zu finden?« rief Thayer laut, um das Brummen seines Haartrockners zu übertönen.

»Nein«, rief ich zurück. Meine schwarzen Hosen waren bereits mit Katzenhaaren bedeckt. So würde dein Leben sein, sagte ich mir. Unordnung. Ein aussichtsloser Kampf mit dem Staubsauger. Ewig das Katzenklo ausleeren müssen. »Erst als ich dann auf Ihre Begrüßungsdame stieß, heißt das.«

»Wer, Barbara? Die gehört nicht uns. Die ist nur zu Besuch, sie kommt immer von der Farm ein Stückchen weiter an der Straße.«

Die Katze sprang mir in den Schoß, drehte sich einmal um und machte es sich bequem. Ich kraulte sie am Hals und ließ mir die Finger von ihrem Schnurren massieren. Die Hosen waren bereits nicht mehr zu retten.

Das Abendessen bestand aus im Wok zubereitetem Tofu und Gemüse mit Linguini und einer Flasche Rotwein. Unsere Konversation hatte immer wieder Lücken.

»Haben Sie sich jetzt die Augen untersuchen lassen?« fragte ich ihn. Er hatte mir in der letzten Woche einmal in der Pause erzählt, daß er die Schrift auf dem Bildschirm in seinem Textverarbeitungskurs nicht richtig lesen könne.

»Yeah. Ich brauch' Zweistärkengläser, aber ich habe keine bestellt. Das Mädchen, das mir den Spiegel hingehalten hat, hat dauernd ihren Kaugummi schnalzen lassen. Ich habe sämtliche Brillengestelle anprobiert und bin immer mehr durcheinandergeraten. Das ist wirklich unheimlich, wissen Sie? Da ist man gerade noch ein junger Kerl, ganz cool, mit einem Camaro, und hat noch sein ganzes Leben vor sich. Und im nächsten Augenblick ist man ein weitsichtiger alter Knacker und sitzt einer ›Optikerberaterin‹ gegenüber, die jung genug ist, daß sie meine Tochter sein könnte. Wie schmeckt das Essen?«

»Köstlich«, sagte ich. Das war es auch.

»Wahrscheinlich haben Sie ein Fertiggericht erwartet, stimmt's? Mit mir würden Sie viel Spaß haben, ganz bestimmt. Ich stecke voller Überraschungen. Ich habe den Tofu sogar mariniert in, äh ... Augenblick mal.«

Er trottete auf Strümpfen in die Küche und tauchte dann wieder auf. »In Tahinsoße. Damit es nicht so wie Styropor schmeckt.«

»Mein Exehemann war auch ein Wok-Fan«, sagte ich. »Er hat auch einen Van gefahren.«

»Was für einen?«

»Einen Ford.«

»Ich habe einen Volkswagen. Wie groß war er?«

»Wie groß? Einen Meter fünfundsiebzig, einen Meter siebenundsiebzig. Warum?«

»Also, all diese Zufälle. Ich wollte bloß sichergehen, daß wir nicht ein und derselbe sind, wissen Sie?«

Er spülte das Geschirr, und ich trocknete es ab. Beim Trivial Pursuit gewann er. Im Auto ließ ich mich von ihm küssen. Einmal.

Nach unserem zweiten gemeinsamen Abendessen machten wir einen langen Spaziergang auf den dunklen Straßen bei seinem Haus, und er erzählte mir von sich. Seine Frau hatte er, wie er sagte, Anfang der siebziger Jahre in ihrem Wohnheim kennengelernt, als er für einen Bauunternehmer tätig war und dort neue Leitungen legte. »Ich war gerade flügge geworden, und sie war drei Jahre älter. Sie hat mich mit der Politik vertraut gemacht und mit Stoff und all den guten Sachen. Ich bin in die ganze Geschichte eingetaucht, daß ich irgendwie vergessen habe, wer meine Eltern waren, bis wir dann miteinander ausgerissen waren. Die haben mir dann geschrieben, sie würden einfach eine schwarze Schwiegertochter oder einen halbschwarzen Enkel nicht anerkennen, der noch dazu nicht einmal ehelich zur Welt gekommen war. Wir waren ihnen peinlich, verstehen Sie? Wie lange waren Sie verheiratet?«

»Vier Jahre.«

»Ich war neuneinhalb verheiratet. Wenn ich kein Existentialist wäre, dann wäre die Versuchung wirklich groß, meinen Eltern nach wie vor die Schuld für unsere Scheidung zu geben. Oder den Zeiten. Reaganomics.«

»Reaganomics?«

»Ich will Ihnen sagen, was sie in ihrem Abschiedsbrief geschrieben hat. Da stand: ›Es ist nicht, daß ich dich nicht liebe, aber irgendwie bin ich über dich hinausgewachsen. Mein Leben hier ist irgendwie eingetopft, und dabei gibt es augenblicklich so viele Chancen für schwarze Frauen mit einem MBA. Und das war es wohl auch. Sie verdient jetzt fünfundsechzig Riesen im Jahr. Jemals Collegeausbildung ist bereits finanziert. ›Eingetopft.‹ Als ob sie ein Gummibaum wäre oder so etwas.«

»Das muß schwer für Sie gewesen sein, als sie Sie verlassen hat. Was haben Sie getan?«

»Mal sehen. Zuallererst bin ich mit einer Brechstange auf die Wand unseres Badezimmers losgegangen und habe dort alles kurz und klein geschlagen. Dann habe ich alles wieder in Ordnung gebracht, ehe Jemal etwas davon zu sehen bekam. Das Pfannkuchenrezept habe ich auswendig gelernt. Bügeln gelernt. Jemal war damals auf einer kirchlichen Schule. Ich kriegte die ganze Zeit Mitteilungen von den Nonnen, weil seine Uniformen so schlampig aussahen ... Aber nach einer Weile haben wir wieder Schritt gefaßt, der alte Chilly J und ich. Eine Therapie haben wir auch mitgemacht. Und dann haben wir beide Claude dazu überredet, die Sache mit dem Sorgerecht fallenzulassen. Das war etwa die Zeit, als ich anfing, Abendkurse zu nehmen, und Existentialist wurde. Das Leben ist absurd. Lebe authentisch. Hör auf zu jammern. Peng! Ich wollte es einfach *wissen*.«

»Muß ziemlich hart gewesen sein, ihn ganz allein großzuziehen.«

»Manchmal schon. Im Augenblick haben wir diesen Dauerstreit über die Zahnspange, die er kriegen soll. Er sagt mir, Schwarze tragen einfach keine – er sagt, ich will eine ›geradzahnige Vanillewaffel‹ aus ihm machen.«

»Ich war auf einer kirchlichen Schule«, sagte ich.

»Und fett.«

»Und was noch?«

Die Nacht war mondlos und kalt. Eine klare Kälte, kein Wind. »Ich bin vergewaltigt worden, als ich dreizehn Jahre alt war«, sagte ich.

Er legte den Arm um mich und wartete, sagte nichts.

Ich fing mit dem Abend an, an dem Jack Speight mich an den Füßen kitzelte, und redete immer weiter, erzählte von Mas Tod, von Gracewood, von Dante und meinem Leben mit Roberta. Am Ende erzählte ich von dem Leid, das ich mit Mr. Pucci teilte, und wie ich mich nach einem Baby sehnte.

Dann wieder im Wagen um drei Uhr früh, sagte ich: »So, jetzt wissen Sie genug, um wegzurennen.«

Er sagte mir, ich solle nicht so eingebildet sein. Ich würde ihm nicht einmal halb soviel Angst machen, wie ich mir das einbildete. Er fragte mich, wann wir uns wieder treffen könnten.

»Warum?«

»Weil ich neulich einen ganzen Kanister Latex Matt umgestoßen habe, weil ich bloß Sie im Kopf hatte. Ich bin einsam.«

»Sie haben den Abschiedsbrief Ihrer Exfrau auswendig gelernt«, sagte ich.

»Welchen Brief?« sagte er. »Welcher Exfrau?«

Mr. Pucci fing an, über Aids zu reden und wie der Tod sich in Garys Leben, ihr gemeinsames Leben gedrängt hatte. Um die Zeit hatte er angefangen, mich auf eine Tasse Kräutertee einzuladen, dazu aßen wir irgend etwas, das ich für ihn gebacken hatte. Sein Teekessel war von der Art, die lautlos Dampf abgab. Überall an den Küchenschränken klebten vergilbte Schnappschüsse der beiden.

»Ist es jetzt leichter, wo es vorbei ist?« fragte ich.

Er sah mich einen Augenblick lang an, dachte über die Frage nach. »Es ist *nicht* vorbei«, sagte er. »Ich brauche ihn immer noch so – hundertmal am Tag. Neulich habe ich im Schlafzimmer etwas gesucht, und da war plötzlich ein Hauch seines Geruchs von einem seiner Pullover ...« Sein Gesicht schrumpelte ein, aber er kämpfte gegen die Tränen an. »Der Schmerz ist fast körperlich. An dem Tag damals habe ich ihn so vermißt, daß ich Nasenbluten davon bekam – sie fing einfach völlig grundlos an zu bluten –, und dabei hatte ich seit meiner Kindheit kein Nasenbluten mehr.«

Ich nahm seine Hand und fuhr eine seiner Venen entlang, meine Finger waren von der Teetasse warm. »Vielleicht wird es besser, wenn Sie wieder anfangen zu arbeiten«, sagte ich. »Sie machen das so gut – mit all den aufgekratzten Kids.«

Er lächelte. »Ich weiß nicht, ob ich das noch kann – sie mit meinen Hoffnungsbotschaften aufpumpen, meinem Glauben an ihre vielversprechende Zukunft ... Eines Nachts, kurz bevor es zu Ende ging – nachts war es aus irgendeinem Grund schlimmer –, stand ich auf, um nach ihm zu sehen. Er war nicht im Bett, und ich bekam solche Angst. Und dann bemerkte ich, daß der Boden kalt war, das ganze Haus. Die hintere Tür stand offen, und ich fand ihn draußen im Garten. Er ging im Kreis um den Wagen herum ... und ich legte den Arm um ihn und führte ihn wieder herein. ›Was zum Teufel hast du da draußen gemacht?‹ fragte ich. ›Daß du das ja nicht wieder tust.‹ Ich war richtig böse auf ihn. Ich meine, wir lebten in beständiger Angst, daß er sich erkälten könnte oder ... Er saß bloß auf dem Stuhl und konnte nicht aufhören zu frösteln, selbst unter der Decke, die ich ihm umgelegt hatte. Er war barfuß draußen gewesen. Weiß Gott wie lange. Und dann blickte er auf und sagte, glasklar wie der helle Tag: ›In der Nacht frißt es an dir, Fab. Hör zu. Du kannst es hören.‹«

Und dann hat er geweint. Richtig geschüttelt hat es ihn, ein würgendes, qualvolles Weinen, sein Gesicht am Tisch, die Arme wie ein Rahmen über seinem Kopf.

Als er dann ruhiger geworden war, ging ich ins Wohnzimmer hinunter zu ihrer Jukebox. Mein Finger strich über die einzelnen Schilder, und ich dachte darüber nach, wieso es immer die Liebe war, die einem das antat – einfach auf einen einschlug, daß man ganz wund davon wurde. Und je mehr man liebte, um so weher tat es.

... puttin' rain in my eyes
tears in my dreams
and rocks in my heart.

Die Musik ließ ihn aufblicken. Er starrte die Jukebox an. »Billie Holiday«, sagte er. »Sie hätte Aids nicht überrascht, Dolores. ›Typisch‹, hätte sie gesagt. ›Ganz normal.‹«

Und jetzt brachte ich endlich die Kraft auf. »Haben Sie es?«

Er antwortete erst am Ende des Liedes. Dann lächelte er. »Ich bin HIV-positiv.«

»Das bedeutet ... ?«

»Das bedeutet, daß es in mir ist und wartet. Sich entscheidet, ob es aufblühen möchte.«

***

Die dritte Verabredung mit Thayer war meine Idee. Ich hatte einen Plan.

Wir hatten uns nach dem Unterricht am Donnerstag verabredet. An jenem Tag war der lange Winter gebrochen, und den ganzen Nachmittag hatte eine warme Brise geweht. Die Leute liefen in Hemdsärmeln herum, warfen einander im Schlamm Frisbees zu. »Ich würde mit Ihnen gern am Samstag zum Strand fahren«, sagte ich. »Ich nehme aus dem Restaurant etwas zu essen mit, und wir machen einen langen Spaziergang. Ich hole Sie gegen Mittag ab.«

»Ein richtiger Dirigent, was?« lachte er. »Ich bin mit Arthur Fiedler verabredet.«

Aber am Samstag war es wieder kalt geworden. Der Wind fegte am Ufer entlang und blies uns den Sand ins Gesicht. Die Brandung klang gefährlich; ein Spaziergang am Strand war undenkbar.

Ich parkte mitten auf dem leeren, für tausend Fahrzeuge gedachten Parkplatz. Das Essen aus der Warmhaltebox war lauwarm. »Kennen Sie dieses Lied, das die da spielen?« fragte Thayer und deutete mit einer Kinnbewegung auf das Radio.

»Es klingt irgendwie vertraut«, sagte ich.

»›Life in the Fast Lane.‹ The Eagles.« Er sang ein Stück mit.

»Yeah, was ist damit?«

»Als ich es das erste Mal hörte, habe ich gar nicht verstanden, was die gesungen haben. Ich dachte, sie würden singen ›Flies in the Vaseline‹.«

Ich lächelte nicht.

»Mhm, das sind wir. Das Leben auf der Überholspur ... aber irgendwie sind Sie heute ein wenig durcheinander. Ist etwas?«

Ohne ihn anzusehen, machte ich meinen Vorschlag. Wartete.

»Nun«, sagte ich schließlich, »Ihr Schweigen sagt mir, daß ich mich blamiert habe.« Ich ließ den Wagen an.

»Augenblick mal, ja? Schalten Sie dieses Ding hier ab. Ich war darauf bloß nicht vorbereitet, sonst gar nichts. Ich muß darüber nachdenken.«

Ich schaltete den Motor ab. »Also schön«, sagte ich. Ich stieg aus und ging um den ganzen Parkplatz herum und dann ein zweites Mal, schneller. Ich stieg wieder ein.

Wie seine Antwort lauten würde, wußte ich sofort, als ich sah, wie er die Schachteln und Tüten geordnet und alles wieder verpackt hatte. »Tun Sie mir einfach den Gefallen, und vergessen Sie, daß ich es gesagt habe«, sagte ich. »Wirklich. Ich meine, vergessen Sie es.«

»Es ist so«, sagte er, »ich habe mich ein halbes Jahr darum bemüht, Sie dazu zu überreden, mit mir auszugehen, und dann – plopp! – wollen Sie, daß ich Ihnen dabei helfe, ein Baby zu bekommen. Ich weiß nicht, ob Ihnen eigentlich bewußt ist, wie schwer es ist, ein Kind allein zu erziehen. Sicher, es *klingt* romantisch, aber ...«

»Ach, Blödsinn!« sagte ich. »Das ist nicht bloß so eine impulsive Laune.« Ich ließ den Wagen wieder an, ließ den Motor aufheulen.

»Ich meine ... Ihnen mein Sperma leihen? Daran muß man sich erst gewöhnen.«

»Vergessen Sie es. Ich bringe Sie jetzt nach Hause.«

»Und was kommt für mich dabei heraus?« fragte er.

»Keine Ahnung. Gratissex. Wollen Sie nachher Popcorn? Einen Scheck?«

»Jetzt lassen Sie die blöden Sprüche«, sagte er. »Ich habe ein Recht darauf, das zu fragen. Und dann muß ich schließlich auch an Jemal denken. Ich meine, soll ich es ihm sagen oder nicht? Er würde dann einen Bruder oder eine Schwester dort draußen haben. Zur Hälfte jedenfalls.«

»Nein, das wird er nicht. Das war eine dumme Idee. Vergessen Sie es einfach.«

»Sehen Sie, mir gefällt es, Ihnen etwas zu geben, was Sie sich so sehr wünschen. Und was den Sex angeht – das hat auch seinen Reiz. Aber ich weiß nicht. Ich bin nicht sicher, ob ich das könnte.«

»Das verlangt ja niemand von Ihnen.«

»Sie müssen doch zugeben, es ist schon ein recht starkes Stück – der Vater eines Kindes zu sein, das man nicht großziehen wird.«

»Ich wünsche mir bloß, ich hätte den Munde gehalten.«

Er schaltete das Radio ein, trommelte mit den Fingern auf dem Sitz herum, schaltete das Radio wieder aus. »Okay, ich will Ihnen sagen, was ich mache. Ich werde eine Woche lang darüber nachdenken. Wenn Sie mir versprechen, daß Sie auch über etwas nachdenken.«

»Worüber?«

»Ein Baby auf die übliche Art zu bekommen. Zu heiraten.«

»Vielen Dank«, sagte ich. »Es würde nicht funktionieren.«

Er strich mir mit der Hand über meine feuchte Wange. Daß ich auch gerade jetzt weinen mußte!

»Warum nicht?«

»Es würde eben nicht funktionieren. Das ist alles. Es funktioniert nie. Lieben Sie mich nicht.«

Der vom Wind aufgewirbelte Sand kratzte am Wagen. Ich schneuzte mich. Ich hatte das Gefühl, wir würden dort den Rest unseres Lebens parken, würden erodieren, ehe wir wegfuhren.

»Sie überheizen«, sagte Thayer.

»Ich bin ganz ruhig. Ich wünschte mir nur, ich hätte überhaupt nichts gesagt, weil jetzt jedesmal ...«

»Nein. Ich meine, Sie überhitzen den *Wagen*. Den Kühler. Wir sollten besser losfahren.«

»Na fein«, sagte ich. »Fahren Sie.«
»Sie fahren«, sagte er.

28

Im Oktober 1985 wurde ich vierunddreißig Jahre alt und begann, nachts häufiger wach zu liegen, zu lauschen, Angst zu haben. Vor herunterfallenden Decken, davor, daß Roberta die Treppe herunterfiel, und Angst vor den Dominosteinen, die jetzt schicksalhaft und unvermeidbar anfingen, gegen Mr. Pucci zu fallen. Im vergangenen Sommer waren an seinen Mundwinkeln Läsionen aufgetaucht, und sein Aids-Test hatte endgültig ergeben, daß der Virus mit voller Kraft gegen ihn wirkte.

Ich wollte mich von Thayer trösten lassen, wollte aber nicht, daß er es erfuhr. »Schauen Sie«, sagte ich, als er mich auf dem Schulparkplatz anhielt. »Sie haben recht gehabt. Es war nicht fair von mir, das von Ihnen zu verlangen.«

»Das heißt aber nicht, daß wir uns nicht mehr treffen können.«

»Für mich schon«, sagte ich. »Es ist vorbei.«

Mr. Puccis Gleichgewichtssinn ließ ihn als erstes im Stich. Im November fiel er in der Easterly High School die Treppe vom ersten Stock herunter und mußte sechs Tage im Krankenhaus verbringen.

Während seines Aufenthalts dort stieß eine Schreibkraft auf seinen Namen. Sie ließ den Schulausschuß wissen, daß sie großes Mitgefühl für Mr. Pucci und seinesgleichen empfinde, ganz gleich welche Folgen ihre Art zu leben für sie hatte, aber ihre Verantwortung als Mutter habe absoluten Vorrang. Ob einem das nun gefiel oder nicht, so argumentierte sie, er war unrein. Wenn man alles in Betracht zog, was man *wirklich* über die Krankheit wußte, dann war es möglich, daß er ihre Söhne – und die Kinder aller – mit den Dingen, die er in der Schule berührte, und der Luft, die er atmete, infizierte. Ihre Indiskretion kostete sie ihre Stellung. Mr. Pucci entschied sich dafür, nicht um die seine zu kämpfen.

»Die haben kein Recht, Sie so zu behandeln«, sagte ich zu ihm. »Versuchen Sie doch nicht, ein Heiliger zu sein.«

Aber er war bereits zu müde, sagte er, und wer konnte denn schon sagen, wie sein Zustand in sechs Monaten sein würde? »Außerdem bin ich einfach kein Kämpfer, Dolores. Gegen den physischen Aspekt anzukämpfen wird schon schwer genug sein.«

Er bot seine und Garys Wohnung zum Verkauf an, lehnte aber meine Einladung ab, zu mir und Roberta zu ziehen. Einer seiner Freunde in New York habe ihm ein ähnliches Angebot gemacht, sagte er. Aber sobald die Eigentumswohnung verkauft war, würde er wieder nach Massachusetts ziehen und bei der Familie der Schwester wohnen. Die Neffen, die er in seinem Bilderwürfel auf seinem Schreibtisch zur Schau gestellt hatte, waren inzwischen erwachsen und hatten selbst Familien gegründet. »Ich bin Großonkel«, sagte er. »Meine Schwester möchte, daß ich zu ihr nach Hause komme.«

In jenem Jahr lernte ich seine Schwester Annette, seine Neffen und deren Frauen und seinen Kreis schwuler Freunde kennen – Steve und Dennis, Ron und Robert (der den Virus ebenfalls hatte), Lefty aus New York. Im Wintergarten des Krankenhauses, beim Kaffee, am Telefon – bildeten wir so etwas wie ein Netz, tauschten Neuigkeiten aus über versuchsweise eingeführte Präparate und etwa im Wochenabstand Beobachtungen darüber, wie er aussah und sich fühlte. Die schwulen Männer verliebten sich alle in Roberta, waren von ihrer obszönen Redeweise entzückt und ermunterten und bettelten sie um Geschichten über ihren Tätowiersalon und ihr stürmisches Liebesleben an. »Meine Jungs«, nannte Roberta sie. Sie brachten ihr Parfum, Bücher mit schmutzigen Witzen und Modeschmuck. Die Aufmerksamkeit, die sie genoß, erfüllte sie mit neuem Leben. Jedesmal, wenn sie wußte, daß sie ins Haus kommen würden, bestand sie darauf, ihren Morgenrock auszuziehen und ihre Perücke aufzusetzen.

»Mach mich jetzt für meine Jungs schön«, pflegte sie zu sagen, wenn ich auf ihre Schmollippen Lippenstift auftrug.

Das Krankenhaus entließ Mr. Pucci an dem Freitagabend vor seinem Geburtstag. Er und Roberta hatten eine gute Woche gehabt. Wir fuhren mit einem Geburtstagskuchen und einem Topf Spaghettisoße zu ihm. Lefty war über das Wochenende gekommen, und Annette war da; die Party kam praktisch spontan in Schwung. Lefty und ich erhielten Anweisung, zum Haus zurückzufahren und Robertas alte Schallplatten zu holen. Als wir dann wieder in Mr. Puccis Wohnung waren, luden wir die Jukebox mit Polkamusik, und Roberta wurde wieder zur Prinzessin, stellte die einzelnen Stücke vor und rief Dennis und Ted und Lefty aufmunternd zu, als sie herumstolzierten und eine wilde Polka nach der anderen aufs Parkett legten und dabei im Kreis in dem tieferliegenden Wohnzimmer herumtobten. Mr. Pucci, Annette und ich saßen am Rand und lachten und klatschten Beifall.

»Also«, sagte Roberta auf dem Nachhauseweg im Wagen. »Das war heute vielleicht eine Party. Wie?«

»Du warst wunderbar«, sagte ich.

»Das war ich«, pflichtete sie mir bei und kicherte. »Ich hab's immer noch in mir.«

Die Wohnung war jetzt seit einigen Monaten auf dem Markt, aber immer noch nicht verkauft. Mr. Pucci wirkte auf mich müde und blaß, und manchmal wurde er, wenn ich ihn besuchte, plötzlich weinerlich oder gar verbittert. Er wollte wenigstens einen Teil seiner Krankenhausrechnungen bezahlen, sagte er. Es käme ihm nicht richtig vor, zu seiner Schwester zu ziehen, solange er sein und Garys Zuhause nicht verkauft hatte – bis das erledigt war.

Eines Morgens wurde ich im Laden aufgehalten und kam

zu spät, um ihn zu seinem Arzttermin zu bringen. Ich traf zur gleichen Zeit bei ihm ein wie das Taxi, das er gerufen hatte. »Sie haben sich ganz schön Zeit gelassen«, meinte er, als wir zum Taxi gingen. »Es muß wirklich schön sein, wenn man so viel Zeit hat.«

Am Abend entschuldigte er sich immer wieder und schluchzte ins Telefon.

»Vergessen Sie es. Ist doch keine große Affäre. Was hat der Arzt denn gesagt?«

»Ich muß ein paar zusätzliche Untersuchungen machen lassen. Er meint, der verschwommene Blick könnte CMV sein.«

»Die Augeninfektion?«

»Yeah. Es könnte sein, daß ich blind werde.«

Am Samstag morgen, als die Maklerin ein Open House veranstaltete, fuhr ich ihn abholen; ich wollte ihn über das Wochenende zu seiner Schwester bringen.

»Er ist irgendwo in der Wohnung«, sagte die Maklerin. Sie hantierte an einer riesigen Kaffeemaschine herum. Auf dem Tisch standen Teller mit Gebäck und ein Ständer mit Prospekten.

Ich fand ihn im Schlafzimmer, Tränen in den Augen, in der Hand die Fotos, die ihn und Gary zeigten und die er von den Küchenschränken abgelöst hatte. Ihr gerahmtes Plakat aus dem Wohnzimmer – Nurejew im Sprung – stand ans Bett gelehnt da.

»Es ist alles in Ordnung«, sagte er. »Sie hat mich nur einen Augenblick aus dem Tritt gebracht, als sie anfing, Sachen von den Wänden und aus den Bücherregalen zu holen. ›Wenn die schwul riechen, dann denken die Leute gleich an Aids‹, hat sie gesagt. ›Und wenn die an Aids denken, sind wir erledigt.‹«

»Jetzt kommen Sie«, sagte ich. »Verschwinden wir hier.«

»Ja, schon gut, okay. Schieben Sie dieses Ding zuerst unter das Bett, ja?«

Als ich ihn durch die Tür hinausführte, klapperten die hohen Absätze der Frau hinter uns. »Ich hoffe, ich habe Sie nicht beleidigt, Fabian«, sagte sie.

»Er heißt Fabio.«

»Fabio – Entschuldigung. Diese Hausveranstaltungen sind noch mein Tod, aber Geschäft ist Geschäft; wir wollen ja Mr. und Mrs. America schließlich etwas verkaufen.«

»Das ist schon in Ordnung«, murmelte er.

»Hey, Augenblick noch. Ehe Sie gehen ...« Sie verschwand um die Ecke und kam mit dem Innenleben der Kaffeemaschine zurück – einem korbähnlichen Gebilde mit einem langen Metallrohr. »Weiß jemand, was man damit macht?«

»Ich hätte eine Idee«, sagte ich. »Wie wäre es, wenn Sie sich das Ding in den Hintern stecken würden?«

Wir saßen im Wagen und rollten auf die Fernstraße, als er die Stille plötzlich mit einem lauten Lachen durchbrach.

»Was ist denn so komisch?« sagte ich.

»*Sie!* Das klang jetzt ganz wie die Dolores von der High School.«

»Ja, nun ja, gelegentlich lasse ich sie heraus. Für diejenigen, die sie wirklich verdienen, ist sie jederzeit bereit.«

Er griff nach meiner Hand. »Mein Kumpel«, flüsterte er. »Dolores, ich liebe Sie.«

Das war das erste Mal, daß ich vor ihm weinte. Ich lachte und weinte gleichzeitig – so heftig, daß ich anhalten mußte. Wir beide standen schräg auf dem Unfallstreifen, hatten die Warnblinker eingeschaltet und lachten und weinten wie die Blöden. »Ich liebe Sie auch«, war das erste, was ich schließlich herausbrachte.

»Oh, Mann«, sagte Thayer. »Ich liebe dich.«

Wir lagen nackt nebeneinander auf dem Wasserbett. Ich las *Der alte Mann und das Meer*, las es zum zweiten Mal für meinen neuen Kurs in amerikanischer Literatur und unterstrich die

Passagen, die ich für symbolisch hielt. Thayer starrte mich einfach an und lächelte dümmlich.

»Jetzt werde bloß nicht sentimental«, sagte ich, ohne von der Seite aufzublicken. »Du mußt am Sex Spaß haben.«

»Das ist nicht Sex. Das ist Wissenschaft. Wir tragen ja praktisch weiße Labormäntel.«

»Du bist kein Wissenschaftler«, sagte ich. »Du bist ein Hurrikan auf hoher See.«

»Du brauchst ja gerade zu reden. Oder war das *wissenschaftliches* Stöhnen?«

Es war unser dritter Versuch. Also genaugenommen unser vierter, aber beim zweiten Mal im August war es mehr um eine Hitzewelle und ein paar Biere als meinen monatlichen Eisprung gegangen. Dies war unser dritter Versuch zum Thema Fortpflanzung.

»Weißt du, was wir tun sollten?« sagte Thayer. »Laß uns einfach heiraten.«

Ich blickte von meiner Lektüre auf. »Wir waren uns doch einig, daß das alles ganz locker läuft, ohne jede feste Bindung. Wann, hast du gesagt, müssen wir sie abholen?«

»Sie« waren Roberta und Jemal. Das war jetzt ihr dritter Busausflug zu der Jai-alai-Arena in Newport. Jemal schob Robertas Rollstuhl, und sie tätigte seine Wetteinsätze. Gegen jede Logik waren die beiden Freunde geworden.

»Halb sechs. Chilly ruft von der Bushaltestelle aus an.« Er ließ sich auf das Wasserbett zurückfallen und lächelte die Arbeit an, die er an der Decke geleistet hatte.

»Herrgott, ich arbeite wirklich gut«, sagte er. »Ich würde sagen, ich bin eher Künstler als Trockenbauer, findest du nicht?«

»Ein Großmaul bist du.«

Seine Hand, die auf meiner Brust lag, war so groß wie ein Baseballhandschuh; seine Handfläche war rauh und schwielig, aber trotzdem war es eine ganz sanfte Berührung.

»Also, was denkst du?« sagte er.

»Was denke ich worüber?«

»Denkst du, irgendwelche kleinen Fischlein schwimmen stromaufwärts und kommen ins Ziel?«

Ich ließ die Hand mit dem Buch sinken und stupste ihn damit am Hintern an.

»Vielleicht sollten wir es noch einmal probieren. Du weißt schon, für alle Fälle.«

»Thayer«, sagte ich. »Ich habe jetzt ein und denselben Absatz elfmal gelesen. Ich habe Mittwoch abend eine Prüfung über dieses Buch.«

Er rollte sich an den Bettrand und kletterte herab. Auf einem Fuß herumhüpfend, schlüpfte er in seine Unterwäsche. »Also, ganz ehrlich, du würdest mächtig Spaß haben, wenn du mit mir verheiratet wärst. Das wäre der Hammer. Ich bin überhaupt nicht mit D. F. zu vergleichen.«

Das war seine Abkürzung für Dante, der Fuzzi. In den drei Monaten, die wir uns jetzt mit Fortpflanzung befaßten, hatte Thayer sich alle Mühe gegeben, Dante für mich einzuschrumpfen, eine Art Witzfigur aus ihm zu machen.

»Mhm«, sagte er, »das ist der beste Rat, den ich dir geben kann. Heirate mich, solange du die Chance hast. Ich bin ein guter Fang.«

Ich fuchtelte mit *Der alte Mann und das Meer* herum. »Ein guter Fang ist nicht immer ein Segen«, sagte ich.

»Weil nämlich, ehrlich gesagt, diese Tour, die wir da miteinander fahren, langsam anfängt, mir ein wenig unheimlich zu werden. Sie frißt an meiner existentiellen Seele.«

Aus dem Augenwinkel sah ich, wie er sich die Hosen hochzog und sich sein T-Shirt über den Kopf zog. Ich unterstrich eine Zeile in meinem Buch. »Mhm«, sagte ich.

Er klatschte in die Hände. »Hey, Dolores! Ich meine das ernst.«

Ich blickte auf. Er meinte es wirklich ernst.

»Ich meine, ich habe in letzter Zeit beschissen geschlafen. Ich wache mitten in der Nacht auf, und du fehlst mir. Du weißt schon, ich *brauche* dich – mehr als einmal im Monat.

Mehr als bloß zum Sex ... und dann fange ich an, mit mir selbst zu reden. Also, was ist, wenn sie dich bloß ausnutzt? Oder, wenn es irgendwann einmal *doch* klappt und wir *wirklich* dieses Kind machen? Was ist dann mit mir, Dolores? Ich meine, Scheiße, wenn du es dir einmal richtig überlegst, ist es richtig verantwortungslos von mir.«

»Aber du hast mir gesagt ... du bist in mein Haus gekommen und hast gesagt ...«

»Yeah, schon. Aber ich *liebe* nun einmal kleine Babys. Wenn wir eines machen, dann weiß ich einfach, daß ich es dann auch im Arm halten will. Mit seinen kleinen Fingerchen spielen. Sein Daddy sein.«

Ich stieg vom Bett und griff nach meinem Bademantel. »Okay, in Ordnung«, sagte ich. »Wir tun es nicht mehr.«

»Was –? Ich darf dir also nicht sagen, wie mir zumute ist? Weil du da gleich sauer wirst?«

»Natürlich darfst du mir sagen, wie dir zumute ist. Ich hätte mir nur gewünscht, daß du es mir früher gesagt hättest ...«

»Warum *können* wir denn nicht einfach heiraten und ein Baby so machen, wie alle anderen das tun? Wovor hast du solche Angst?«

»Ich habe keine Angst.«

»Was hast du denn dann?«

»Jetzt paß auf!« sagte ich. »Mein Vater hat meine Mutter verprügelt! Ich hatte einen Ehemann, der mich durch den Fleischwolf gedreht hat. Und jetzt hat einer meiner besten Freunde Aids! Ich glaube einfach nicht an den schönen Satz ›Von da an lebten sie glücklich und zufrieden. Und wenn sie nicht gestorben sind, dann leben sie noch heute.‹ Das ist einfach Schwachsinn!«

»Ich *weiß*, daß es Schwachsinn ist. Ich biete dir auch gar nicht Glücklich-und-zufrieden-immerdar. Ich biete dir ... Glücklich-und-zufrieden-vielleicht-immerdar. Irgendwie. Du weißt schon, mit Warzen und Scheiße.«

Ich preßte mir die Hände über die Ohren. »Hör auf! Mein

ganzes Leben tut immer noch weh!« Das kam als Schrei heraus.

Als er sprach, war seine Stimme wieder ganz weich und leise. »Das würde nicht deine Ehe mit *ihm* sein. Das würde *unsere* Ehe sein – deine und meine.«

»Und die von Jemal und Roberta«, sagte ich. »Und ein Baby. Du siehst das nicht realistisch.«

»Was ist denn realistisch? Einmal im Monat mit einem Thermometer im Mund mit mir bumsen?«

Ich fing an, das Bett zu machen, zog die Laken gerade. »Also, darüber brauchst du dir jetzt ja keine Sorgen mehr zu machen. Das war ein Fehler, und jetzt ist es vorbei.«

»Was soll das heißen? Was ist vorbei?«

Ich gab ihm keine Antwort.

»Krieg' ich nicht wenigstens eine Antwort? Was zum Teufel ist jetzt hier los?«

Ich gab immer noch keine Antwort.

»Also schön«, sagte er. »Klasse. Zeit für mich zum Rock 'n' Roll.« Er ließ die Autoschlüssel um den Finger kreisen. »Ich werde Roberta absetzen. Laß dir's gutgehen.«

Die nächsten zwei Wochen starrte Roberta mich an und sog wütend an ihren Zigaretten. »Du siehst aus wie der aufgewärmte Tod«, sagte sie. »Ruf ihn an.«

»Ich will nicht mit ihm reden«, sagte ich. »Kümmere dich um deinen eigenen Kram.«

Überzeugt, daß ich schwanger war, kaufte ich mir einen Schwangerschaftstest und deponierte ihn auf dem Dachboden, schlich mich am nächsten Morgen auf Zehenspitzen mit meinem Urinfläschchen hinauf. In der ersten Woche waren die Ergebnisse weniger verläßlich, stand auf der Schachtel. Auf dem Dachboden waren es vermutlich schon dreißig Grad. Tausend Faktoren konnten dazu beigetragen haben, daß der Test negativ verlaufen war. In jener Nacht brachte ich im Traum eine Amazonentochter zur Welt und wachte lachend auf, fest überzeugt, daß ich schwanger war. Dann griff ich im Dunkeln nach unten und spürte es: das Blut, klebrig zwischen meinen Beinen.

»Die wollen ihn nicht entlassen«, sagte Mr. Puccis Schwester am Telefon zu mir. »Er verlangt immer wieder nach Ihnen.«

»Wie geht es ihm?«

Sie sagte mir, er sei die ganze Woche apathisch gewesen und die schwammige Geschwulst in seinem Mund behindere ihn immer mehr beim Schlucken. Sie habe auch den Eindruck, daß sein Husten schlimmer geworden sei. »Ich weiß, Sie haben viel zu tun. Aber kommen Sie bitte, wenn es irgendwie geht«, sagte sie.

Ich kaufte ein großes Schokoladenherz für Mr. Pucci und fuhr los. In dem halben Jahr, seit er nach West Springfield gezogen war, war das meine sechste Reise dorthin.

Tatsächlich *hatte* ich gar nicht mehr soviel zu tun. Ich hatte meine Abendkurse eingeschränkt und auch den Lieferdienst aufgegeben. Allyson und Shiva wohnten im Stockwerk über mir, in der alten Wohnung der Speights. Anstatt die beiden Miete zahlen zu lassen, hatten wir eine besondere Übereinkunft getroffen: Allyson war mir mit Roberta behilflich und ließ mich Shiva ausborgen, wenn ich das Bedürfnis danach verspürte. Wenn sie abends Unterricht hatte, paßte ich auf das Baby auf. Er war ein friedlicher, immer lächelnder kleiner Junge. Wir bemühten uns, ihn fernseh- und zuckerfrei zu halten.

Allyson sah Thayer in der Schule; er trug ihr dauernd Grüße für mich auf. »Falls es dir hilft«, sagte sie, »seine neue Freundin sieht aus wie eine Spitzmaus.«

»Was meinst du mit ›falls es dir hilft‹? Was interessiert es mich, wie sie aussieht?«

Ich konnte klar erkennen, daß er bald sterben würde – ich wußte, gleich als ich ihn sah, weshalb Annette angerufen hatte. Ich pikste das Schokoladenherz an seine Pinnwand und zog ihm seine Decke zurecht. Obwohl deutlich zu erkennen war, daß es ihm Mühe bereitete, wollte er unbedingt reden.

Über mich.

»Sie sollten sich wenigstens mit dem Burschen treffen«, drängte er. »Reinen Tisch machen.«

»Roberta hat Ihnen damit in den Ohren gelegen, nicht wahr? Sie machen jetzt so viel durch, da sollten Sie nicht auch noch ...«

»Heiraten Sie ihn«, sagte er.

»Sie verstehen das nicht. So einfach ist das nicht.«

»Warum nicht? Was ist so kompliziert daran?«

»Draußen ist es eisig kalt. Der Wind weht so kalt, daß ...«

»Ich weiß, ich bin aufdringlich, Kumpel ... ich kann mir den Luxus einfach nicht mehr leisten abzuwarten, wie sich alles entwickelt.«

»Da«, sagte ich. »Trinken Sie einen Schluck von Ihrem Saft. Ich halte Ihnen den Strohhalm an die Lippen.«

»Sie sollen sich nicht mit mir streiten, Dolores, okay?« sagte er. »Ich bin müde, und ich habe etwas zu sagen und ... Sie machen es mir noch schwerer.« Seine Augen blickten dabei ins Leere. Auf dem Kurvenblatt stand, daß er noch dreiundneunzig Pfund wog.

Die Menschen waren ihm immer schon ein Rätsel gewesen, begann er. Aber seit der Krankheit waren sie das noch mehr. Solange er und Gary zusammengewesen waren, sagte er, hatte Garys Mutter ihn als Liebhaber ihres Sohnes akzeptiert, hatte ihnen ihren Segen gegeben. Dann, bei der Beerdigung, hatte sie ihn kaum zur Kenntnis genommen. Später, als sie dann in die Wohnung gekommen war, um ein paar persönliche Dinge abzuholen, hatte sie sich Plastikbeutel über die Hände gebunden, als sie in den Schubladen ihres Sohnes herumwühlte.

»... und doch«, flüsterte er. »Der Hausmeister in der Schule – Sie erinnern sich doch an ihn? Mr. Feeny? – Der hat mir neunzehn Jahre lang ganz deutlich seine Mißbilligung gezeigt. Einer der unangenehmsten Menschen, die ich je gekannt habe. Und dann, als es öffentlich bekannt wurde, als ich gekündigt hatte, tauchte er jeden Sonntag an meiner Tür auf und brachte mir einen Milchshake. Im Sonntagsanzug auf der Fahrt zur Kirche. Und seine Frau hat draußen im Auto gewartet. Leute haben mir Schmähbriefe geschickt, Kondome, vervielfältigte Gebete ...«

Was ihm die größte Angst bereitete, erklärte er mir, waren nicht die großen Fragen – die Unbarmherzigkeit des Schicksals, die Möglichkeit, daß es einen Himmel gab. Um damit zu kämpfen, war er zu erschöpft, sagte er. Aber die Art und Weise, wie die Menschen ihr Leben vergeudeten, ihre Chancen verpraßten wie ihre Monatsgehälter – das erfüllte ihn mit Ungeduld.

Ich saß an seinem Bett, massierte seine Schläfen und tat so, als brauchte ich nur kräftig genug zu reiben, um die Krankheit aus ihm herauszumassieren. Im Spiegel betrachtete ich uns beide – Mr. Pucci, zerbrechlich und ausgezehrt, ein lebender Toter. Und ich mit meiner Chirurgenmaske vor dem Mund, um *ihn* vor *mir* zu schützen.

»Die Ironie des Ganzen«, sagte er, »... ist, daß es mir jetzt, wo ich blind bin, viel klarer ist als je zuvor. Wie heißt es in dem Gedicht? ›War blind, doch seh' ich jetzt ...‹« Er hielt inne und führte die Lippen an den Plastikstrohhalm. Saft stieg halb in dem Strohhalm auf und glitt dann wieder hinunter. Er winkte das Glas weg. »Sie haben mir vor einer Weile vorgeworfen, ich sei ein Heiliger, Kumpel, aber da hatten Sie unrecht. Gary und ich waren nicht anders. Wir haben uns gestritten ... uns schreckliche Dinge an den Kopf geworfen. Ein ganzes Wochenende lang haben wir einmal nicht miteinander geredet, und das bloß, weil einer von uns beiden einen Anruf für den anderen entgegengenommen und irgend etwas durcheinandergebracht hatte ... und als wir uns damals getrennt haben, war das meine Idee. Ich dachte, nun ja, jetzt bin ich fünfzig, und vielleicht gibt es irgendwo dort draußen jemand anderen. Die Menschen vergeuden ihr Glück – das ist es, was mich so traurig macht. Alle haben solche Angst davor, glücklich zu sein.«

»Ich weiß, was Sie meinen«, sagte ich.

Seine Augen öffneten sich weiter. Eine Sekunde lang hatte ich den Eindruck, als würde er mich sehen. »Nein, das wissen Sie nicht«, sagte er. »Das kann gar nicht sein. Er will die ganze Zeit nichts anderes als Ihnen seine Liebe schenken, ein großes Geschenk, und Sie wollen nichts davon wissen. Tun es mit einem Achselzucken ab, weil Sie Angst haben.«

»Ich habe keine Angst. Es ist eher ...« Ich betrachtete mich im Spiegel über dem Waschbecken. Die Maske war plötzlich wie ein Knebel. Ich lauschte.

»Ich will Ihnen geben, was ich aus all dem gelernt habe«, sagte er. »Akzeptieren Sie, was die Menschen Ihnen anbieten. Trinken Sie ihre Milchshakes. Nehmen Sie ihre Liebe.«

Die Spedition lieferte mir die Jukebox sechs Monate nach seinem Tode. Es war ein trüber Novembernachmittag im Jahre 1987. Auf dem Zettel, der beilag, stand: »Für meinen Kumpel.«

Ganz hinten in meinem Schlafzimmerschrank auf einem Regal ganz oben fand ich, was ich dort gesucht hatte: meine alten 45er Platten. Als ich wieder hinunterging, blieb ich auf dem Treppensims stehen und musterte die alten, vertrauten Gesichter: Onkel Eddie, Ma und Geneva, Grandma am Tag ihrer Hochzeit. Am längsten stand ich vor dem kleinen gerahmten Überbleibsel von Mas Gemälde mit dem fliegenden Bein, und dann berührte ich es: Flügelspitze und Himmel. Ich strich mit den Fingern leicht darüber.

Ich füllte die Jukebox mit den alten Schallplatten. Dann steckte ich den Stecker in die Dose und saß in dem dunkler werdenden Zimmer, badete mich im purpurnen Schein der Maschine.

Thayer kam, als ich ihn anrief. Er trug seine neue Brille, Bifokalgläser in einem Drahtgestell. Irgend etwas an ihm wirkte ungewohnt. Ich mußte ihn die ganze Zeit anstarren.

»Sie machen mich alt, nicht wahr?« sagte er. »Sei ehrlich.«

»Richtig nett siehst du damit aus. Spiel mir ein Lied.«

»Was soll ich denn spielen?« sagte er. »Da sind keine Schilder.«

»Spiel irgend etwas.«

Er drückte auf die Knöpfe. Als wir auf das Glas und durch das Glas durchblickten, sahen wir uns und unter uns den Plattenspieler, wie er suchend auf seiner Bahn dahinglitt.

»Nimm Liebe ...«, sagte ich.

»Was?«

»Nichts. Nimm mich in den Arm.«

Den Kopf an seiner Brust, die Augen an seinem Sweatshirt geschlossen, sah ich ihn. Erkannte ihn. Teils Mann, teils Wal.

»Ich habe einmal ein Bild von dir gemacht«, sagte ich. »Das war vor Jahren, lange bevor ich dich überhaupt gekannt habe. Deine Stahlbrille und alles.«

»Wirklich?«

»Auf meinem Etch-a-Sketch. Ein Medium hat mir gesagt, ich solle zeichnen, was mich glücklich machen würde. Und da habe ich dich gezeichnet. Mir dein Bild eingeprägt, ehe ich dich wieder ausgeschüttelt habe.«

Er drückte mich fester an sich. »Und was soll das heißen?« sagte er.

»Das heißt, daß ich dich liebe. Ich mache dir einen Antrag.«

»Was für einen Antrag?«

»Du und ich. Einen Heiratsantrag.«

Ich blickte auf, sah die Tränen in seinen Augen. »Okay«, sagte er. »Ja.«

29

»Ist dir eigentlich schon einmal aufgefallen«, fragt mich Thayer, »daß wir immer dieselben Stühle nehmen, wenn wir in diesem Zimmer sind? Daß wir nie die Plätze tauschen?«

Ich nicke ihm kurz zu, die Andeutung eines Lächelns. Meine Arme sind an mich geschnallt wie in einer Zwangsjacke. Du bist nicht schwanger, sage ich mir. Aber das ist eine Taktik. Wenn ich denke, daß ich schwanger bin, dann werde ich es nicht sein; wenn ich denke, daß ich es nicht bin, dann werde ich überrascht werden. Ich weiß nicht recht, wem ich eigentlich etwas vormachen möchte.

»Welche Farbe ist das eigentlich?«

»Was?«

»Diese Stühle. Die Vorhänge.«

»Oh, das«, sage ich. »Mauve.«

»Das McDonald's in Warwick haben die gerade neu gestrichen, in dieser Farbe. Und die Zahnarztpraxis, die ich renoviert habe. Mauve.« Das ist eines der Rituale unserer jetzt drei Jahre alten Ehe: Wenn wir beide nervös sind, dann schnalle ich mich wie in einer Zwangsjacke fest, und Thayer redet über nichts. »Die Hälfte der Wände, die ich heutzutage streiche. Das ist – wie heißt dieses Wort, ich meine, daß etwas überall ist?«

»Allgegenwärtig?«

»Yeah, genau. Mauve. All-scheiß-gegenwärtig.«

»Ich hasse dieses Warten«, sage ich. »Ich wünschte, er würde jetzt kommen, damit wir es erfahren.«

Er streckt die Hand aus, massiert mir die Spannung aus der Schulter. »Beruhige dich«, sagt er. »Wenn es passiert, dann passiert es. Und wenn nicht, nun ...«

»Ich glaube, ich habe da irgendwo gelesen, daß es psychologisch ist.«

»Was?«

»Daß die jetzt überall Mauve verwenden. Es hat etwas

Betäubendes an sich. Stumpft den Widerstand ab, oder so. Damit du auch einen Big Mac kaufst.«

Dr. Bulanhaguis Stimme ist jetzt vor der Tür zu hören; dann öffnet sich die Tür und schließt sich wieder mit einem wischenden Geräusch am Teppich. Er hängt sein Sportsakko auf und schlüpft in seinen weißen Labormantel, zupft an den Ärmeln. Der Aktendeckel, den er in der Hand hält, enthält unser Leben.

Er sagt noch im Hinsetzen: »Tut mir leid. Der Vorgang war nicht erfolgreich.«

Ich höre nicht auf seine Erklärung von Östrogenniveau und Zelleben. Sechs Eier, sechs Tode. Alles ist Mauve: ich bin betäubt.

»Und was ist mit den anderen?« fragt Thayer. »Die Eier, die Sie eingefroren haben?« Seine Stimme klingt dünn, enttäuscht. Irgendwann im zweiten Jahr unserer Versuche hat meine Besessenheit Thayer angesteckt.

Dr. Bulanhagui lächelt und entschuldigt sich. Er sagt, jetzt sei nicht die Zeit für eine Entscheidung, ob wir den Vorgang wiederholen sollen. Aber die Entscheidung hatten wir bereits getroffen, schon vor Wochen. Unser Sparkonto hat sie für uns getroffen.

Dann wieder im Wagen, schnallen wir uns im gleichen Augenblick an, so daß ich nur ein Klicken höre, nicht zwei. Wir beide blicken gerade nach vorn.

Thayer startet den Motor und läßt dann seinen Kopf gegen die Kopfstützen fallen, bläst die Luft aus sich heraus. »Weißt du, was wir brauchen?« sagt er. »Wir brauchen Urlaub.«

Ich erinnere ihn daran, daß wir uns einen Urlaub nicht leisten können. Wir haben gerade viertausend Dollar in einer medizinischen Lotterie verspielt. Viertausend Dollar im Eimer.

»Scheiß aufs Geld!« sagt er. »Wenn du es noch einmal probieren willst, probieren wir es.«

Ich schüttele den Kopf. Nein. »Ich brauche bloß mein Zuhause«, sage ich. »Bring mich nach Hause.«

Als wir in die Einfahrt biegen, hört Jemal zu dribbeln auf. Er trägt Shorts, die ich nicht kenne – unförmige, bis zum Knie reichende Hosen mit Dinosauriern in grellen Farben. Er drückt sich den Basketball an die Schulter. Sein Blick stellt die Frage.

»Nee«, sagt Thayer.

»Scheeeiiiiße«, sagt Jemal, zieht es endlos in die Länge, um es voll auszukosten. Der Ball kracht gegen den Asphalt, fliegt noch über seinen Kopf, prallt gegen die Regenrinne.

Drinnen riecht es nach Kaffee. Das liegt auf dem Küchenschrank: ein Stapel Post, ein Gugelhupf von Mrs. Buchbinder und der Styroporkopf mit Robertas Perücke. Im Trockner kreist Wäsche. Das Chaos, das ich mir die ganze Woche im Krankenhaus ausgemalt habe, verflüchtigt sich.

Roberta hält im vorderen Zimmer ein Nickerchen auf dem Wasserbett. Das Radio steht dich neben ihr auf ihrem Rollstuhl, überträgt ein Baseballspiel. Wenn sie aufwacht, wird sie wütend sein, daß sie es verpaßt hat; auf ihre alten Tage ist sie eine begeisterte Anhängerin der Red Sox geworden. Die Katze schläft auch, an Robertas Hüfte geschmiegt. Draußen ziehen Wolken, und die plötzliche Nachmittagssonne beleuchtet die Katze und die Hälfte von Robertas Gesicht. Im Radio höre ich das Knallen des Schlägers, das Brüllen der Menge, die Begeisterung des Kommentators.

Thayer stellt meinen Koffer neben mich auf den Boden und breitet die Arme zu riesigen, einladenden Klammern aus. Wir stehen da, betrachten Roberta, studieren ihr Nickerchen. »Richtig nett, wenn sie schläft, nicht wahr?« flüstert er.

Im Wagen auf der Fahrt dorthin ist er zu still, zu respektvoll; geradezu unheimlich ist es. »Sag etwas!« fordere ich ihn auf.

»Was?«

»Irgend etwas.«

»Dieser Wagen hat gute Stoßdämpfer.«

Gegen all meine Proteste hinsichtlich Pflicht und Finanzen

wechseln sich Allyson und Jemal die nächsten drei Tage mit dem Aufpassen auf Roberta ab, während Thayer und ich Urlaub machen. »Wie soll ich wissen, was ich einpacken soll, wenn du mir nicht einmal sagst, wo wir hinfahren?« hatte ich mich am Abend zuvor beklagt.

»Pack einfach alles ein«, sagte er. »Ein bißchen von allem.«

Thayer schaltet im Radio die Nachrichten ein. Eine Meinungsbefragung hat ergeben, daß die Frauen, für die die Amerikaner den höchsten Respekt haben, Oprah Winfrey, Nancy Reagan, Mutter Teresa und Cher sind. Das britische Königspaar denkt an Scheidung. In einer Stadt Florida haben die Nachbarn das Haus einer aidskranken Familie in Brand gesteckt.

Ich weiß es jetzt, akzeptiere es: Ich werde nie gebären. Ich ziehe mein Tagebuch unter dem Sitz hervor; ich habe damit vor sechs Tagen im Krankenhaus angefangen, als ich in meinem Krankenhausbett lag und über mein Leben nachdachte und darauf wartete, daß die befruchteten Eizellen sich teilen sollten. Ich ziehe die Verschlußkappe von dem Bic, will über Negatives klagen: das unfaire Leben, die Unfruchtbarkeit. Aber etwas anderes kommt heraus, etwas, das ich gar nicht vorgehabt hatte. Ich schreibe: *Liebe ist wie Atmen. Man nimmt sie in sich auf und läßt sie heraus.*

Die Buckel in der Straße lassen meine Schrift über die Seite wandern, so daß die Handschrift meine und doch nicht meine ist. Er hat recht gehabt – wir brauchen diese Reise. Ein Stoßdämpfer.

Jetzt spielen sie Oldies aus den sechziger und siebziger Jahren. Bei jedem Lied stellen sich Gesichter ein – Ma, Dante, Dottie, die Pysykzwillinge –, und ich denke mir, wie seltsam es doch ist, daß ich jetzt in diesem Leben stecke, mit diesem zwei Meter großen Ehemann und seiner Überraschungsreise. Die Interstate 95 kann überall hinführen. »Niagara Falls, stimmt's?« sage ich. »Irgendein spießiges Flitterwochenzimmer mit Jacuzzi?« Aber Thayer lächelt nur.

Der Verkehr vor uns wird langsamer, gerät ins Kriechen, kommt dann ganz zum Stillstand. Der glatzköpfige Geschäftsmann in der Spur neben uns hat eine Klimaanlage und die Fenster geschlossen. Seine weiße Manschette sieht so sauber und frisch gebügelt aus wie die Hostien bei der Kommunion, die die Priester mir immer auf die Zunge gelegt haben.

She didn't know what she headed for
And when she found what she was headed for ...

»Hey, schau!« sage ich zu Thayer. Der Geschäftsmann hat denselben Sender eingeschaltet – er singt ebenfalls mit. Man kann es von seinen Lippen ablesen.

»Harmonie«, sagt Thayer. »Was sagt man jetzt dazu?« Er drückt auf die Hupe, und der Mann schaut herüber und lacht. Die beiden machen so etwas wie Lippensynchron. Vielleicht für mich, den Menschen zwischen ihnen.

»*Undone*« schreibe ich in das Tagebuch – starre das Wort an, drehe es hin und her. Jack Speight hat mich zerstört, zunichte gemacht, und dann hatte ich mich beinahe selbst zunichte gemacht, aber einiges von dem Schlimmen habe ich auch wieder rückgängig gemacht, einiges von dem Schaden. Mit Hilfe anderer. Mit Glück und Liebe ...

Wir nähern uns allmählich dem grünen Wegweiser, sind jetzt so nahe, daß ich die Schrift lesen kann, wenn ich die Augen zusammenkneife. »Cape Cod and East.«

»Wir fahren zum Kap?«

Er nickt und lächelt. »Es gibt da so eine alte Tante, die wir beide kennen, die sagt, du hättest immer schon einen Wal in Aktion sehen wollen. Wir fahren Wale anschauen.«

Er entscheidet sich für das Seaview Inn – Kabelfernsehen, Stereo, ein Restaurant, wo das Hauptgericht fünfundzwanzig Dollar kostet. »Tasse Kaffee?« rufe ich durch das Prasseln der Dusche zu Thayer hinüber. Kaffeemaschine haben wir auch – im Zimmer in der Wand eingebaut.

Sein Kopf schiebt sich aus den Dampfschwaden heraus. »Nee, sonst bin ich die ganze Nacht wach. Wir müssen um acht Uhr früh auf dem Boot sein.«

Im Bett das lockige Haar noch feucht, zielt er mit der Fernbedienung auf den Fernseher und schaltet ihn ab. Ganz sachte nimmt er seine Metallbrille ab und schlüpft aus seinen Unterhosen. »Nun«, sagte er, »wie geht es dir?«

Meine Hand findet die seine. »Ein wenig durchgedreht. Aber nicht erledigt. Und *dir?*«

»Mir? Ich weiß nicht – ein wenig tut es weh, denke ich. Ist ja hart, wenn man nach so vielen Jahren einfach sagen muß ›Okay, wir geben auf. Schluß.‹«

»Danke für die Reise.«

Er lächelt und küßt mich. »Danke, daß du mich gefragt hast, wie es mir geht.« Seine Hand schiebt sich unter mein Nachthemd an meinen Beinen empor. »Also, was meinst du?« sagt er. »Rotes Licht? Grünes Licht?«

»Ich denke, gelb«, sage ich. »Vorsichtig.«

Er hatte sich mit dem Kaffee richtig entschieden. Meine Nerven sind ausgefranst; ich kann nicht schlafen.

Ich stehe wieder auf und schalte den Fernseher ein, ganz leise, schalte von einem Kanal zum nächsten. Ich sehe gar nicht richtig, was eigentlich läuft; ich sehe Mas aufgedunsenes Gesicht in der Sekunde, als sie die Schnur meiner Fernsehtruhe durchschnitt. Sie dreht sich zu mir herum – meinem alten fetten Ich –, das Steakmesser in der Hand. Ma, in ihrem besten, stärksten Augenblick.

Einer der öffentlichen Fernsehsender zeigt den Film *Woodstock*. Woodstock, alt genug, um nach Mitternacht gezeigt zu werden!

Thayer auf seinem Bett seufzt, er schläft tief. Auf dem Bildschirm singt John Sebastian im ausgefransten Batikhemd von einem Traum.

Die Kamera schwenkt über die Menge, und da, einen winzigen Augenblick lang, sehe ich sie, unverkennbar. Larry und Ruth und Tia. Sie haben es geschafft. Sie sind dort!

Am Morgen ist der Himmel dunkel, und wir haben beide verschlafen. Auf der hastigen Fahrt zum Pier nimmt Thayer den Regen nicht zur Kenntnis, weigert sich, die Scheibenwischer einzuschalten. Er ist zu abgelenkt, um sich anzuhören, was ich letzte Nacht im Fernsehen gesehen habe. Ein Blitz zuckt über den Himmel.

»Schau«, sage ich zu ihm, »vielleicht sollten wir gar nicht hinfahren. Dieses klasse Hotel ist ja auch etwas. Ich muß keinen Wal sehen.«

Er wartet, bis der Donner verrollt ist. »Wir fahren hin«, sagt er.

In der Kabine, eineinhalb Stunden auf offener See, drängen wir uns zu hundert auf Bänken. Es riecht nach nassem Haar, nassen Sweatshirts und dem Erbrochenen einer seekranken Frau; Regen peitscht auf den Ozean herab.

Thayer hält mich an sich gedrückt. Wir sind beide zu leicht angezogen; wir frieren. »Enttäuscht?« fragt er.

»Yeah ... Ist schon in Ordnung.«

Die Meeresbiologin schaltet ihr Mikrofon ein und bietet uns ein paar Theorien an, weshalb wir keine Wale gesehen haben. Sie sagt, die Snackbar würde während der Fahrt zurück in den Hafen geöffnet sein. Sie würde in zehn Minuten beginnen. »Wir halten für Sie Bier und Cocktails ...«

Ich spüre das Poltern der Schiffsmaschinen in meinen Beinen und meinem Magen. »Der Regen hat aufgehört«, sage ich zu Thayer. »Ich denke, ich gehe noch einmal kurz hinaus.«

»Da draußen ist es kalt«, sagt er.

»Ich bin kribbelig. Ich ertrage das Sitzen einfach nicht mehr.«

»Soll ich mitkommen?«

»Nein, danke.«

Oben auf dem Ausguck lachen die jungen Matrosen in ihren orangefarbenen Regenumhängen. Ihre Feldstecher tanzen auf ihrer Brust. Ich kann mir ihre zufriedene Gleichgültigkeit nicht ansehen.

Aber ich denke dies: Was auch immer ich bezahlt habe, was für Sorgen auch immer auf meinen Schultern lasten sollten, nun, es hat auch Gutes gegeben. Nicht nur meine Familie jetzt, sondern auch die anderen – die anderen, die gestorben sind: Ma und Grandma, Mr. Pucci, Vita Marie. Sie sind noch bei mir. Sie sind hier.

Dicht vor dem Boot wird der graue Ozean plötzlich grün. Moussiert – ein zwanzig Fuß durchmessender Kreis aus Blasen.

Ich bin am nächsten daran; die Matrosen sehen es nicht.

Dann wird das Wasser wieder normal, dunkel, und obwohl es ganz still ist, geschieht etwas – etwas, das nur *ich* fühlen kann. Ich werfe schnell einen Blick durch das mit Regen betröpfelte Fenster, suche Thayer, habe aber keine Zeit, ihn zu holen. Ich zittere, ich kann mir nicht leisten, den Blick abzuwenden, sie bricht durch.

Die Nase voran, steigt ihr gefurchter Körper zum Himmel auf. Der muskulöse Schweif löst sich vom Wasser. Ihre Flossen sind wie schwarze Schwingen. Der Fall zurück ist langsamer – Grazie, statt Kraft. Sie kracht auf den Ozean und taucht in einer weißen Schaumexplosion wieder ein.

Ich habe sie gesehen, schwimmend und fliegend. Ich bin vom Gischt über und über durchnäßt. Getauft. Ich lache und weine und lecke mir die salzigen Lippen.

Jetzt kommen die Leute aus der Kabine gerannt, drängen sich an mir vorbei, rufen aufgeregt, zielen mit ihren Kameras und ihren Bierflaschen auf die Stelle, wo gerade noch der Wal war.

Thayers Kopf ragt über die Menge heraus. Er ruft nach mir. Ich rufe auch, dränge mich zwischen den anderen durch auf ihn zu.

»Thayer, ich habe sie gesehen!« schreie ich. »Ich habe sie gesehen!«